김실 大河小說

신의 눈물

〈제4권〉

도서
출판 우와

김실

작품으로는 불곰(전6권), 쌍기통 코너, 트럼펫, 여보 나 여기 있소 등의 다수가 있으며 꽁트로는 별종인간, 마빡안수, 52번째 여자, 2019년 정치똘마니들 등 1100여편을 발표, 희곡으로는 나는 부활이요 생명이니, 귀향, 안악골 호랑이 김익두, 부르터스 너까지도, 돌아온 탕자 외 100여편이 있다. 월간 신문고에 27년째 연재하고 있다.

초판인쇄 2020년 1월 20일/초판발행 2020년 2월 1일
지은이/김실·펴낸이/임석래·펴낸곳/우와·경기도 안산시 단원구 당곡2로 29. 807-201/전화(031) 411-1208·팩스0504-004-7550·모바일 010-7272-7550·편집/라인북

ISBN 978-89-91518-35-3

값은 표지에 있습니다.
잘못된 제본은 바꿔 드립니다.

|일러두기|
· 고유명사 중 일부는 그 시대의 사용에 따른 용어를 그대로 적용하였다.
· 속어·비어·은어 등은 당시 시대와 등장인물의 언어습관에 따라 그대로 유지하였다.
· 토속어·고유어·의성어·의태어·외래어·개인방언 등은 작가의 의도에 따라 원본을 그대로 유지하였다.

|차 례|

거역할 수 없는 운명 · 8
돼지족발 같은 인간 · 18
송이버섯이 있는 곳 · 31
사진속 세 청년 · 41
인생유전 · 54
호사다마 · 61

제4부 · 75

정체 모를 음모 · 76
음산한 괴물 · 90
협박 받는 교회 · 102
이상한 꿈과 기괴한 식료품가게 · 114
속아준 생일축하 · 127
그 아버지에 그 아들 · 138
비밀 탄로면 끝장 · 149
친구가 주는 정보 · 160
활개치는 그림자 · 170
칼국수 파는 권사 · 178
더러운 팔자 · 185
날뛰는 악령 · 191
화장실 속 비명 · 206
주모 그만두던 날 · 215
그날 밤의 닭백숙 · 221
수도원으로 가는 춘자 · 228
뒤틀린 손등의 기적 · 234
그들은 바보였을까 · 246
왕건달들의 포옹 · 260
죽을 목숨이라면 벌써 · 268
탕남 탕녀 · 277
풍진세상살이 새댁 · 283

네 명의 배신자 · 293
창녀와 쌍칼과 인간병기 · 300
된장찌개 끓는 행복 · 311
수도원 공사장의 난장질 · 320
개미촌의 법 · 335
하얀 종이쪽지 · 344
황금라이터 · 355
기약없는 오누이 · 365
색녀 공작원 · 373
돼지고기 한 접시 · 378
엉뚱한 강물을 타고 흐르는 인생 · 391
너나 지옥에 가라 · 400
감싸는 힘을 느끼지만 · 411
개척교회 초대장 · 417
고요한 밤은 아니었지만 · 426
급선회하는 정치음모 · 439
4대 강국의 틈바구니에서 · 443
이성본능 · 451
함박눈과 초고추장 · 467
우리는 다시 만나야 해 · 479
자리잡혀 가는 수도원 · 485
음담패설 말잔치 · 490
칠순잔치 한복 · 498
덩실덩실 흥겨운 춤판 · 505

―제5권에서 계속

등장인물

김귀로 : 결손가정에서 자라나며 온갖 고초를 겪는다. 우수한 두뇌를 가졌지만 격분을 참지 못해 어려움을 겪는다. 정의로운 사회를 갈망하는 정치가 지망생. 대권을 꿈꾼다. 고등학교 동창 김종태, 이현우와 함께 일생을 같이한다. 아내 정명희.

김종태 : 친일파 할아버지와 개망나니 아버지를 둔 가정환경을 비관한다. 사회와 친화하지 못하고 세상을 향한 복수에 불탄다. 불의를 참지 못하지만 때로는 불의를 역으로 활용한다. 개미촌 조직을 세우고 훗날 불의한 재물을 사회에 환원한다. 김귀로의 대권도전에 물심양면으로 돕는다.

이현우 : 귀로와 종태의 절친이며 셋 중 무난한 가정환경의 인물이다. 경찰간부후보생 출신이다. 고위공직자의 직위에 오르지만 정치현실과 사회구조에 괴로워한다. 귀로와 종태의 조언자로서 정직한 삶을 살아간다. 동생이 설희, 아내가 정신애이다.

최석천 : 별명이 쌍도끼. 거구의 몸을 가진 그는 씨름대회에서 적수가 없을 정도의 힘을 과시한다. 영등포 일대를 주름잡는 깡패로 지내다가 김종태와 결투에서 패한다. 이후 떠돌다가 맹골교회에서 감화를 받고 목회자가 된다. 개미촌교회를 세워 부흥한다.

정명희 : 김귀로의 아내. 어린 시절 시골에서 귀로와 만나게 되며, 이 인연은 평생의 반려자로 이어지고 남편 김귀로와 희노애락을 함께 한다. 부자집 맏딸이지만 심성이 순박하고, 정직하며 활달한 성격이다. 전공이 패션 디자인이다.

진마담 : 이름은 유정. 오찬우의 단골술집의 마담이며 훗날 진마담은 오찬우의 아내가 된다.

부영 : 무태의 여동생. 남편에게 버림받는다. 그 와중에 임신, 정신이상자가 된다. 아들을 낳는다. 수도원으로 입주해 몸과 마음이 회복되어 간다. 훗날 호철이의 아내가 된다

수현 : 곰보댁 춘자의 딸이다. 어려서부터 사내 못지 않게 거친 왈가닥. 어느 날 가출, 씨를 알 수 없는 남자의 애를 배고, 정신마저 미쳐 버린다. 춘자는 고아원에 맡긴 외손주와 수현을 데려와 수도원으로 들어간다.

호진 호철 형제 : 일도 삼형제의 배다른 어머니들과 함께 사는 여인의 아들이다. 미숙이 이 가정으로 들어와 결혼해 살다가 피살된다.

수지 : 미모의 20대 여인. 북한공작원의 신분을 감추고 하바드대학에서 김귀로에게 접근, 미인계로 김귀로를 괴롭힌다. 차차 그 정체가 드러난다.

마카오 박 : 청량리 백악관 나이트 클럽 소유자이며 무태와 관련된 조직의 인물. 김종태와 연결된다.

황금라이터 : 홍콩과 북한, 일본, 대만 등을 드나드는 국제건달이고 살인전문가. 위조의 천재.

춘자 : 얼굴의 마마자국으로 별명도 곰보댁 춘자로 불린다. 숯공장으로 가는 길목의 술집 여주인이다. 밑바닥에서 살아온 여인. 숯공장 남자들과 애환이 얽히지만 황 영감과 유별한 정분을 쌓는다. 춘자는 19살에 땡추에게 강간당하고 애를 낳는다. 그 딸이 수현이다. 춘자는 딸 수현의 성미가 남달라 애를 태우고 가출한 딸을 찾았을 때는 씨도 모를 애를 임신, 딸은 정신마저 온전치 못하게 된다. 춘자는 흘러흘러 숯공장 아래에 주막을 차리고 생계를 이어간다. 어느 날 술집을 정리하고 개미촌교회 수도원으로 입주한다. 딸 수현과 손주까지 데려온다.

미숙 : 불운의 덫에서 끝내 벗어나지 못하는 불행한 여자. 양조장이 망하자 아버지가 빚으로 딸 미숙을 팔아 넘긴다. 거기서 할아버지뻘 남자에게 팔려 갔다가 견딜 수 없자 도망친다. 정처없이 흘러 풍기읍에 왔다가 뒤를 쫓아온 장정들에게 쫓긴다. 호진과 호철 형제가 미숙을 구해서 집으로 데려온다. 호철이와 살림을 차리고 사는 행복도 잠시, 범죄조직에 의해 참혹하게 죽는다.

거역할 수 없는 운명

　오찬우 박사가 양겨드랑이 속에 목발을 깊숙이 파묻고 몹시 불편한 거동으로 곱창집 홀 안을 들어서고 있었다. 곧 세 사람은 눈이 마주쳤다. 일순 오 박사는 흠칫 놀라는 눈치였으나 곧 냉정을 되찾은 듯 종태와 현우 앞으로 쩔룩거리며 다가왔다. 그가 먼저 입을 열었다.
　"빈자리가 없군요. 옆자리에 좀 앉아도 되겠습니까?"
　현우가 마지못한 듯 고개를 끄떡였다.
　"앉으시오."
　종태는 그만 기분이 확 상해 버리고 말았다. 순식간에 입안이 텁지근해지면서 곱창 맛이 홱 달아나 버린 느낌이었다. 언젠가 귀로네 집에서 맷돌을 매달아서 강물 속에 던져 버리라고 살모사 춘식에게 명령했었던 주인공이었다. 종태는 좌불안석인 듯 자리가 불편하기 짝이 없었다. 저쪽 구석에 빈자리가 전혀 없는 것도 아닌데 굳이 옆자리에 와 앉는 오 박사의 배짱도 어지간하다는 느낌이 들었다. 종태가 속으로 불평을 터뜨렸다.
　'쌍! 재수 없는 놈이…'
　오 박사가 먼저 말을 건넸다.
　"제 술 한 잔 받으시겠습니까?"
　오 박사가 종태의 잔에 술을 채웠다. 종태가 오 박사의 눈을 찌르듯이 노려보았다. 예상외로 오 박사의 눈은 조금도 적의가 없는 맑고 깨끗한 눈동자였다.

"선생께서도 제 술 한잔."

현우가 술잔을 내밀었다. 오 박사가 현우의 잔에 술을 부었다. 현우가 오 박사에게 술병을 받아 쥐고 오 박사의 잔에 술을 따르면서 말했다.

"꽤 오랜만입니다."

"그렇습니다. 언젠가 김귀로 씨의 병실에서 만나 뵌 후론."

"몸을 많이 다치셨군요. 생활하시기엔 그런 대로 괜찮습니까?"

"보시다시피 휴지처럼 구겨졌지만 간신히 휠체어 신세는 면했습니다."

"다행입니다."

오 박사가 종태 쪽으로 흠끔 눈길을 보내며 술잔을 입으로 가져갔다. 그가 술을 입안에 털어넣고 나서 중얼거리듯 말했다.

"이 또한 기적이군요. 이렇게 좁은 술집에서 얼굴을 마주 한다는 것이."

현우가 대답했다.

"그렇군요."

종태는 말없이 입으로 술잔을 가져갔다. 잠시 세 사람 사이에 어색한 침묵이 흘렀다. 홀 안은 점점 시끄러워지기 시작했다. 찌무룩하기 짝이 없는 분위기를 먼저 깨뜨린 것은 현우였다.

"요즘은 무슨 일로 소일하십니까?"

현우의 질문에 오 박사는 서슴없이 대답했다.

"저도 정치를 해 볼까 해서요. 아버지의 여의도 사무실에 출근합니다."

현우와 종태는 의외라는 듯 눈을 둥그렇게 뜨고 오 박사를 쳐다보았다. 현우가 놀라움을 감추지 못하며 말했다.

"정치를 하고 싶다고 했습니까? 과학자가 정치가로 변신하겠다 이런 말씀이오?"

오 박사는 거침없이 대답했다.

"그렇습니다. 저는 아버지의 후원에 힘입어 정치판에서 경력을 확고히 쌓을 것이고 머잖아 정치적 입지를 단단하게 굳힐 것입니다. 그리고 당당하게 국회로 진출할 작정입니다."

종태가 또 한 잔의 술을 마시고 나서 비웃적거리는 말투로 말했다.

"국회로 진출한다면 국회의원이 되시겠다 이 말씀이네."

오 박사의 입에서 듣기에 따라서는 울컥 비위가 상하는 말이 너덜너덜 새어나왔다.

"김귀로 씨가 대통령이 되겠다고 미국 유학까지 간 마당에 나도 가만히 손놓고 앉아 있을 게 아니라 정치판에 뛰어들어 김귀로 씨에게 맞불을 놓아야겠다고 결심했습니다."

순간 종태의 얼굴에 살얼음이 쫙 깔렸다.

'이새끼가 또 귀로를 들먹이고. 너구리같은 새끼가.'

어쩐지 현우는 오 박사의 말에 흥미가 돋아 묻지 않을 수 없었다.

"김귀로가 정치를 하겠다는데 왜 오 박사께서 정치를 해야 합니까?"

"사는 맛이죠."

"사는 맛요?"

"김귀로 씨가 살아있는 한 저는 평생 살맛을 잃지 않을 것입니다."

오 박사가 막힘이 없이 잘도 대답을 해 댄다 싶어 현우는 확 비위가 상했다. 현우가 쏘는 듯이 물었다.

"사는 맛입니까? 아니면 천박한 도전입니까?"

오 박사가 피식 웃으면서 또 술잔을 비웠다. 그는 안주를 한 점 먹고 나서 여유롭게 담배를 한 대 피워 물고는 연기를 흠뻑 빨았다. 종태나 현우의 머리에 오 박사는 음모와 작간을 부리는 데는 따를 자가 없을 만큼 탁재를 발휘하는 인물로 이미 각인되어 있었다.

"허허허! 천박한 도전요. 그럴 듯한 비유이군요."

오 박사의 웃음소리가 아니꼬운 나머지 종태는 오 박사의 얼굴에 주먹을 한 대 날리고 싶었지만 참았다. 종태는 언젠가 귀로가 오 박사를 너구리에 비교했던 것을 기억하고는 신경질적으로 또 한 잔의 소주를 입안에 털어 넣었다. 느닷없는 오 박사의 등장으로 종태와 현우는 순잔을 비우는 속도가 빨라졌다. 오 박사가 계속 말을 이어 갔다.

"제가 사고를 당해 병원에 입원해 있을 때 김귀로 씨와 정명희 씨가 제 병실을 찾은 적이 있습니다. 그때 저는 놀랐습니다. 의외였기 때문이죠."

현우가 호기심 어린 눈으로 오 박사를 주시하며 물었다.

"그래요? 그래서요? 그들은 오 박사님께 뭐라고 했습니까?"

"속히 완쾌하여 좋은 두뇌를 국가와 민족을 위해 써달라고 했죠. 우리나라는 과학분야에서 다른 나라에 비해 10년 이상 후진성을 벗어나지 못하고 있다면서요. 그렇게 말하는 그들을 보며 속으로 많은 생각을 할 수밖에 없었습니다. 김귀로 씨가 무슨 대단한 지도자나 된 것처럼 말했으니까 말입니다."

듣다 못해 종태가 따지듯 얼굴을 확 내밀었다.

"당신은 그때 죽을 뻔했어. 그걸 살려준 사람이 누군 줄 알아? 바로 명희 씨의 간청 때문이었어. 그걸 알기나 하고 그런 말을 하는 것인가?"

"그건 잘 알고 있습니다."

"그런데 아직도 그들을 음해할 작정이야?"

"음해라고 했습니까?"

"안 그런가? 당신은 음해의 천재지."

"명희 씨는 제게 종교보다 강하고 산소 같은 의미가 있는 여잡니다."

오 박사의 입에서 그 말이 떨어지자마자 종태가 술잔을 깨질듯 탁자 위에 탕 내려놓았다.

"쌍! 아직도 개소리야? 걸레처럼 구겨진 몸을 하고서도 여전히 명희 씨에 대한 망상을 못 버렷!"

오 박사가 손바닥을 쫙 펴서 종태를 제지하며 말했다.

"종태 씨, 흥분하지 마십시오. 이렇게 걸레처럼 구겨진 육신을 갖고도 나는 명희 씨에 대한 미련을 버리지 못하고 있습니다. 망상이라면 종태 씨가 말씀하신 대로 망상일 수 있겠지만 나로서는 결코 망상이 아닌 진실이고 너무도 확고부동한 자존심이자 거역할 수 없는 운명입니다."

종태의 입에서 또 벼락치듯 일갈이 터졌다.

"이런! 무슨 귀신 씨나락 까먹는 소릴 하는 거얏!"

홀 안에서 술을 마시고 있던 사람들이 일제히 고개를 돌려 이쪽을 쳐다보

있다. 현우가 급히 종태를 다독거리고 나서 궁금한 게 꼭 한 가지 있다는 듯 오 박사의 눈을 빤히 들여다보면서 물었다.

"오 박사께서 정치를 하고 싶다면, 또 국회의원에 출마하겠다면 오 박사님을 국회로 보내 주겠다는 국민들의 보장이라도 있습니까?"

오 박사가 현우의 술잔에 조용히 술을 따르면서 말했다.

"선생! 내 말을 명심해서 들으십시오. 두 분께서 김귀로를 대통령으로 만들려고 애쓰시는 것처럼 나도 누군가를 대통령으로 만들고 말 겁니다. 누군가를 대통령으로 만들기 위해 나는 뼈가 부서지도록 노력할 겁니다. 두 분께 정중하게 부탁드리겠습니다. 우리 이제부터는 선의의 경쟁을 하자고 말이죠."

기어이 종태의 분노가 폭발했다.

"뭐라굿? 뱀대가리같은 새끼갓!"

종태가 금방이라도 주먹을 날릴 기세였다. 현우가 종태의 팔을 잡으며 달랬다. 홀 안에 있던 손님들의 시선이 다시 종태네 자리를 향해 쏟아졌다. 종태가 분을 참지 못하고 버럭 소리를 질렀다.

"이런 쥐대가리 같은 놈에 새끼갓!"

오 박사는 예상외로 차분했다. 오 박사가 자조의 웃음을 뿌리며 말했다.

"좋습니다. 나는 쥐대가리요. 아니 쥐대가리만도 못한 놈일지도 모르오. 하지만 뭐 전 아무래도 괜찮습니다. 정치만 할 수 있으면 말이죠."

오 박사는 묵묵히 또 한 잔의 술잔을 들어 거침없이 목구멍 속에 털어 넣었다. 술 마시는 속도가 빠르다는 것은 그만큼 마음 자세가 침착성을 잃고 있다는 증거였다. 종태는 천정에서 늘어진 60촉짜리 백열등 불빛에 비친 오 박사의 눈에서 얼핏 이슬이 반짝했다고 생각했다. 종태는 오 박사의 눈에 비친 이슬방울이 무엇을 의미하는지 이해할 수 없었다.

두 사람은 오 박사를 남겨둔 채 곱창 집을 나섰다. 명동은 어느새 휘황찬란한 네온사인으로 대낮처럼 환하게 밝았다. 종태와 현우에게 있어서 오 박사는 징그럽기 짝이 없는 외계인이고 옹치였다. 현우가 몹시 기분이 상한 듯 눈살을 찌푸리며 말했다.

"하필이면 모처럼 너하고 술 한잔 하는 자리에 오 박사란 놈이 나타나다니. 술맛 영 잡쳤네."
종태가 씹어뱉듯 말했다.
"역시 정체를 파악하기 힘든 괴물 같은 놈이야. 오 박사는."
"그 새끼, 또 뭔가 꿍꿍이속이 있음에 분명해."
종태가 조금 전 오 박사가 했던 말을 분해하며 말했다.
"누군가를 대통령으로 만들겠다고? 게다가 국회로 들어가겠다고? 허긴 루즈벨트도 다리를 저는 장애인이었지. 놈은 자기 아버지를 대통령으로 만들려는 야심이야. 그래서 귀로 부부를 물 먹이고 말겠다는 거야. 너구리 같은 놈."
종태는 오 박사를 만났다는 사실 하나만으로도 똥을 씹는 듯 불쾌했다. 게다가 오 박사의 입에서 아버지를 대통령으로 만들기 위해 정치판에 뛰어들겠다는 말이 쏟아져 나오다니 괘씸하고 얄미운 생각이 들어 속이 바글바글 끓는 느낌이었다. 현우가 격앙된 목소리로 말했다.
"오 박사가 자기 아버지를 대권주자로 밀고 싶은 거야."
종태가 어딘가에 대고 손짓을 하자 곧 검은색 승용차 한 대가 두 사람 옆에 미끄러지듯 다가왔다. 두 사람은 곧 승용차 속으로 자취를 감추었고 승용차는 물처럼 명동을 빠져나왔다. 그 뒤를 이어 여러 대의 승용차가 따라붙었다. 살모사 춘식이 종태의 표정을 훔금거리며 물었다.
"큰형님, 기분이 안 좋아 보이는데 괜찮습니까? 어디로 모실까요?"
"병원으로! 서울대학병원으로 가자."
"모시겠습니다."
두 사람은 혜진이 엄마의 병문안을 갈 셈이었다.

병실의 창문을 뚫고 햇살이 환하게 밀려들고 있었다. 얼마전 기차 안에서 배병숙이 만났던 희정이가 혜진 엄마의 얼굴을 들여다보며 조심스레 물었다.
"커튼을 닫을까요, 어머니?"
침대에 누운 혜진 엄마가 창백한 얼굴로 고개를 조금 흔들었다. 불면 훅 날아갈 듯 가냘파 보였다. 병색이 짙은 혜진 엄마의 얼굴이 몹시 쓸쓸해 보여 희정은 또 가슴이 아팠다.
"놔둬. 낙엽도 보고 싶고, 곧 나뭇잎도 자꾸 떨어져 갈 테니. 그러다보면 한 잎도 남지 않겠지."
"네, 어머니, 커튼을 닫지 않을 게요."
"아들만 둘이라고 했지? 애들이 잘 생겼겠지?"
"네, 아빠를 닮아서 아주 씩씩해요. 큰 애는 야구를 하고 작은 애는 문학을 좋아해요. 작가가 되겠다네요."
"마음 든든하지? 좋은 남편에다 착하고 공부 잘하는 아들이 둘이나 있구."
"그럼요, 어머님, 미국에 건너가고부터 교회에 나가기 시작했는데 삶의 과정이야 어떻든 줄곧 감사할 뿐이예요. 저흰들 어려움이 없었겠어요?"
"애들 얼굴 한번 보았으면 좋겠네."
"남편이 내년이면 영구 귀국해요. 그때 남편과 아이들을 만나게 해 드릴 게요. 하지만 아이들은 곧 미국으로 돌아가서 좀더 공부를 해야죠."
"남편이 잘해 줘?"
"그럼요, 어머니."
예전에 혜진 엄마는 술도 잘 마시고 담배도 잘 피웠는데 불교신자가 되고부터 술담배를 끊었다. 남편이 안마사로 일하면서 생활비를 대주었으나 몇 년 전 간암으로 세상을 떠났다. 그 직후 그녀는 산속의 절로 들어갔다. 남편이 남긴 상이연금이 있어서 그것으로 겨우 입에 풀칠하고 살 수 있었다.
"어머니. 또 혜진이 생각하시죠?"
"응… 요즘 들어 자꾸 생각나. 죽을 때가 가까워서 그런가 봐."
"어머니 또 그런 말씀을 하시다니! 치료 받으면 곧 건강해 지실 거예요."
혜진 엄마의 눈꼬리에 이슬이 가득 고였다.
"어머니, 김귀로 씨 말인데요."
"귀로 학생 말이지?"
"혜진이의 사랑이 김귀로 씨의 삶을 바꾸어 놓았잖아요. 혜진이는 옛날에 교회는 안 다녔지만 귀로 씨를 위해서 마음으로 얼마나 많이 기도했는지 몰라요. 전 누구보다 혜진의 마음을 잘 읽고 있었거든요."

"그랬었어? 혜진이한테 좋은 친구들이 여럿 있었는데 희정이하고 제일 가까웠던 것 같아."

병실문을 두드리는 소리가 났다. 희정이가 문쪽으로 다가갔다.

"누구세요?"

"김종태입니다."

희정이 병실문을 열었다. 종태와 현우가 문밖에 서 있는 것을 보고 희정이 반갑게 맞이했다.

"어서 오십시오."

종태와 현우가 혜진 엄마 곁으로 조용히 다가섰다. 희정이가 혜진 엄마에게 말을 전했다.

"어머니, 김귀로 선생님 고교동창이 되는 친구분들이에요."

혜진 엄마가 몸을 일으키려했으나 종태가 손바닥을 들어 제지했다.

"아주머님, 가만 누워 계세요."

"늙은이가 면목이 없습니다."

현우가 감회 깊은 표정으로 말했다.

"옛날에 한번 뵌 적이 있습니다. 귀로가 다니던 체육관에서요."

"그래요? 이렇게 다시 보게 되다니 다 부처님의 은덕이에요. 반가워요."

"귀로가 체육관에서 자취하고 있을 때 마침 아주머님께서 체육관엘 한번 찾아온 적이 있었습니다. 제가 그날 귀로를 만나러 체육관엘 들렀었거든요."

"그랬었요?"

"아주머님께서 계란을 여러 개 삶아 오셨습니다. 그때 저도 그 계란을 맛있게 먹었던 기억이 납니다만."

"계란을 갖다 주면서 꽤 망설였지요. 내 딸 혜진이가 알면 어쩌나 싶었지요. 혜진이는 귀로 학생에게 쌀쌀 맞게 대했던 것 같아요."

"아주머님은 그때 계란을 귀로 어머니가 삶아 보낸 것이라고 말씀하셨지만 당시 저도 귀로도 그렇게 믿지 않았습니다."

"왜 그렇게 생각했나요?"

"당시 귀로 어머니는 항상 술에 취해 있었으니까요."

혜진 엄마의 눈에서 눈물이 뚜르르 굴러 떨어져 베갯잇을 적시고 있었다.
"귀로 학생은 보기에 너무 안타깝고 불쌍했어요. 싸움질을 자주 해서 사람들이 깡패라고 흉을 많이 봤지만 그래도 귀로 학생이 싫지는 않았어요."
현우가 말했다.
"언젠가 귀로가 큰일을 저지를 뻔했을 때도 아주머니와 혜진 씨가 용감하게 막아 주셨다고 훗날 귀로가 제게 말했습니다."
혜진 엄마는 고개를 흔들더니 입가에 부드러운 웃음을 지으며 말했다.
"혜진이가 하도 애걸하는 바람에 나도 덩달아 귀로 학생을 막았었지만 과연 귀로 학생 그때 대단했지요. 세상을 모두 뒤엎어 버릴 듯 무서운 기세였어요. 하지만 내가 보기에 귀로 학생이 화가 날 만도 했어요."
현우가 혜진 엄마의 손을 잡고 확신시키듯 말했다.
"귀로는 아주머님의 은혜를 잊지 않고 있습니다."
"부끄러워요. 그런 말씀. 제가 귀로 학생에게 뭘 얼마나 해준 게 있다고요."
종태가 말했다.
"다행스럽게 저희들이 모시게 돼서 얼마나 마음 뿌듯한지 모르겠습니다."
"그렇게 말해 주시니 제가 오히려 몸 둘 바를 모르겠어요. 혜진이가 귀로 학생에게 마음을 빼앗기고 있다고 느꼈을 때 솔직히 딸애한테서 위기감을 느꼈지요. 딴 데 눈 돌리지 말고 의대에 합격하라고 얼마나 호되게 야단쳤던지. 지금 생각해 보니 그게 혜진이한테 너무 미안해요. 그때 혜진이를 야단치고 나서 생각해 보니 어느새 내 마음에도 귀로 학생이 성큼 들어앉아 있는 거예요. 참 신기한 느낌이었어요. 그래서 계란을 삶아 체육관엘 찾아갔지요. 왠지 부끄러운 마음이 들어 귀로 학생 엄마가 삶아 보낸 거라고 거짓말을 했지요."
혜진 엄마는 또 눈물지었다. 희정이가 손수건으로 혜진 엄마의 눈물을 닦았다. 혜진 엄마가 가녀린 목소리로 물었다.
"귀로 학생이 대통령이 되겠다는 큰 꿈을 가졌다면서요?"
종태가 대답했다.
"어렸을 적부터 품었던 꿈이라고 했습니다."
"옛날에 귀로 학생이 싸움꾼으로 소문이 자자했었는데요. 그런데도 조금도 미움이 가지 않는 이상한 학생이었지요."
현우가 혜진 엄마의 말끝에 웃으며 입을 열었다.
"나쁜 길로 들어설 뻔했지만 용케도 마음을 잡았지요."
"귀로 학생이 잘못될까 봐 귀로 엄마가 많이 걱정했었지요."
종태가 혜진 엄마의 말에 고개를 끄덕이며 말했다.
"그랬었죠. 아주머님, 하지만 이제 귀로는 지도자를 꿈꾸는 성실하고 유망한 정치 지망생입니다."
혜진 엄마가 만족한 듯 고개를 크게 끄덕이고는 궁금한 듯 물었다.
"귀로 학생 아이들은 누굴 많이 닮았어요?"
"큰애는 아빠를, 작은애는 엄마를 닮았더군요."
"네에…."
혜진 엄마는 힘 없이 고개를 창밖으로 돌려놓고 다시 아무런 말이 없다. 종태가 의자에서 일어났다.
"아주머니, 곧 건강해 지실 겁니다. 이 병원은 의료진들이 훌륭하니까요. 병원비 걱정은 조금도 마시고 하루 빨리 건강을 되찾기 바랍니다. 그리고 약속 드리는데 아주머님의 노후는 우리 개미촌에서 책임질 테니 그리 아십시오. 또 찾아뵙겠습니다. 바쁜 일이 있어서 오늘은 이만 가 봐야겠습니다."
혜진 엄마는 종태를 향해 아쉬운 듯 말했다.
"고마워요. 정말 고맙습니다."
현우가 희정이 쪽에다 대고 인사를 했다.
"그만 가보겠습니다. 안녕히 계십시오. 곧 미국에 가셔야 하나요?"
"아뇨, 남편일이 꽤 오래 걸릴 것 같아요. 안녕히 가세요. 거듭 말씀드리지만 이렇게 큰 배려를 해 주셔서 참 고맙습니다."
집에 들어가 커피라도 한잔 하고 가라는 현우의 청을 다음 기회로 미루고 종태는 현우를 집 앞에까지 데려다 주고 차를 돌렸다.

돼지족발 같은 인간

목포에서 일도네 3형제의 어머니를 찾는 일에 실패한 병숙은 서울로 되돌아가는 길에 풍기역에서 기차를 내릴 마음을 굳히고 밤차를 탔다. 약효가 탁월하다고 소문난 풍기인삼을 모처럼의 여행길에 한아름 사들고 가서 몇몇 식구들에게 선물할 심산이었다. 여러 날 동안 여행을 하는 동안 병숙은 꽤 많은 생각을 정리한 듯했다. 그리고 보면 풍기 땅은 귀로를 비롯해 여러 사람들과 인연이 깊은 땅이었다. 병숙은 생각했다.

'남편과 어린 딸 경희를 졸지에 잃게 된 것은 감당하기 너무도 엄청난 고난의 가시였다. 그래도 여장부답게 꿋꿋하게 살아내야 하는 거야. 비록 공부는 많이 못했지만 개미촌 여장부로서 김귀로 선생님을 이 나라 대통령으로 올려 앉히기 위한 나름대로의 사명이 있다고 믿어지긴 하는데…'

문득 여행중에 만났던 희정이가 불쑥 눈앞에 떠올랐다. 우연한 만남이라고 하기에는 희한한 만남이라고 여겨지자 병숙은 자신도 모르게 입가에 미소가 피어올랐다.

'김 선생님에게 만년필을 선물하려다 졸지에 교통사고로 죽은 혜진의 엄마를 서둘러 병원에 입원시킨 일은 참 잘했다고 느껴지는데, 남을 위해 뭔가를 했다는 이 뿌듯함이 이번 여행중 얻은 큰 소득이라면 소득이겠구나.'

누군가를 위해서 나름대로 작은 힘이나마 보탤 수 있다는 자신감이 들었을 때 비로소 병숙은 솟구쳐 오르는 삶의 활력소를 느낄 수가 있었다. 이런 마음을 갖기까지 최석천 개미촌교회 목사의 격려와 권면의 힘이 크다고 그녀는 믿었다. 병원에 입원하고 있는 동안 최석천 목사는 틈만 나면 찾아와 기도와 관심 어린 진심을 아끼지 않았었다. 언젠가 최석천 목사가 병실을 찾았을 때 병숙은 새삼스러운 질문을 했었다.

"목사님, 김귀로 선생님을 어떤 마음으로 보고 계신가요? 김 선생님은 장차 이 나라의 지도가가 될 꿈을 안고 미국에 유학중인데요."

최 목사는 이렇게 배병숙 앞에서 말했었다.

"방향을 잡지 못하고 정처없이 표류하는 정치역사의 키를 올바르게 되돌려 잡을 만한 인물을 찾자고 하면 김귀로 선생님을 따라잡을 만한 정치지망생도 흔하지 않다고 봅니다. 김귀로 선생은 수단과 방법을 가리지 않고 권력을 움켜쥐는 데에만 혈안이 되어 온 부패한 정치꾼들과는 정책노선이라든가 인간적인 색깔 자체가 기본적으로 틀린 분이라 생각합니다. 누군가 대통령만 되면 모든 국가정책의 수장들을 자신의 코드에 맞는 사람에게만 보은하는 파렴치한 행태. 역사와 현실의 거리를 인지하지 못하고 전문성이 없는 텅 빈 머리의 사람들을 자신의 주변에 포진시키고는 잘하는 듯 자신의 가슴을 두드리는 한심한 대통령, 대통령의 주변을 철새처럼 날아들어 한 몫 챙기겠다는 정치꾼들에게 둘러싸이는 나라, 물론 다는 아니겠지만 권력만 쥐었다 하면 졸책을 부리며 돈을 쇠갈퀴로 낙엽 긁듯 긁어모으는 데 혈안이 된 권력자들로 바글대는 나라, 혼탁한 시대의 고통을 비집고 들어가 사람들의 마음을 획책하는 빨간 색깔의 종북세력들, 하루빨리 새로운 지도자가 나타나 모든 잘못된 것들을 바로잡아 놓지 않으면 국가의 장래가 심각한 위기에 빠지게 될 우려가 큽니다."

병숙은 언젠가 남편 일도가 김귀로 선생에 대해 가지고 있던 희망 어린 말들이 줄줄이 생각나자 또 눈시울을 붉혔다.

'김 선생님이 대통령이 되도록 뒤에서 힘껏 돕는 것이 저 세상에 간 남편에 대한 아내로서의 예의일 테지.'

그녀의 기억 속에 생생하게 살아있는 최 목사의 설교 말씀이 계속 그녀의 가슴을 두드렸다.

"요즘 각종 매스컴을 통해서 알려진 바에 의하면 지금도 북한의 동포들은 굶기를 밥먹듯 하고 병들어 굶어 죽는 어른들과 어린이들의 수가 헤아릴 수조차 없답니다. 개미촌 사람들은 북한의 굶어 죽어 가는 동포들을 도와줘야 합니다. 설움 중에 제일 큰 설움이 배고픈 설움이라고 조상님들이 버릇처럼 말씀하셨습니다. 같은 민족의 어린 꿈나무들이 대책도 없이 굶어 죽어 가는데 그걸 강 건너 불 보듯 해서는 안 되지요. 어떤 정부가 들어서든 개미촌은 개미촌 나름대로 북한의 굶어 죽어 가는 어린이들에게 먹을 것을 공급해 줘야 해요. 이것이 네 이웃을 네 몸처럼 사랑하라는 하나님의 뜻입니다. 하지만 정말 배 곯아 죽어 가는 사람들에게 혜택이 돌아가도록 해야 합니다. 전쟁 준비에만 혈안이 되어 있는 엉뚱한 세력들의 손아귀에 우리가 뼈빠지게 번 돈을 퍼줄 순 없어요. 열심히 일해서 번 돈으로 힘을 합쳐 고통스럽게 살아가는 이웃을 돕고 굶어 죽어 가는 북한동포들에게 의약품과 먹을 것을 보내 줘야 합니다."

새삼 병숙은 최 목사의 입에서 떨어지는 말 한 마디 한 마디에 기진맥진해 있던 영혼이 생기를 얻어 가는 느낌이었다. 그것은 매사에 자기중심으로만 살아왔던 지난날에는 결코 겪어 보지 못했던 생소한 감동이었다. 병숙은 이전에 보지도 듣지도 느끼지도 못했던 것들에 조금씩 눈을 뜨게 된 것인데 그것은 충격이었다. 그러나 이상한 것은 그런 생각에 몰입하면 할수록 또 다른 힘이 병숙으로 하여금 최 목사의 말을 자꾸 거부하게 만드는 것이었다. 병숙은 그 점이 무척 혼란스러웠다.

기차는 지금 어디쯤 달려가고 있는 것일까. 문득 병숙은 배가 출출하다고 느꼈다. 그녀는 벌떡 일어서서 선반에서 배낭을 내려 족발 한 개를 꺼내었다. 그리고 소주를 한 병 꺼내어 뚜껑을 물어뜯었다. 병따개가 준비되지 않은 탓에 별 수 없이 이빨로 병뚜껑을 열어야 했다. 그녀는 술을 마실 때마다 병따개를 사용하지 않았다. 병따개를 사용하면 술맛이 없는 것일까. 그녀는 언제나처럼 먼저 족발부터 한입 가득히 물어뜯었다. 이어 소주를 크게 한 모금 목구멍 속에 쏟아부었다. 병숙은 자신의 위장이 보통 사람보다 두 배 세 배는 튼튼하다는 세브란스 내과 의사의 진단을 믿었다.

그녀는 족발을 씹으면서 하염없이 차창 밖으로 시선을 내몰았다. 또 까닭 없이 한숨이 새어 나왔다.

'하지만 하루하루 산다는 것이 외나무 다리를 걷는 듯해. 산다는 것이 왜 이리 수수께끼 같은 것일까. 예전에 여행중에 기차 안에서 일도 씨를 만났었다. 그리고 어느 한 순간 일도 씨와 딸을 잃었어. 왜 내게 이러한 일이 일어났어야 했을까?'

어느 새 족발 한 개가 자취를 감추었다. 병숙은 또 한 개의 족발을 꺼내 한입 크게 물어뜯었다. 볼이 미어터져라 족발을 씹으면서도 또 그녀는 눈시울이 뜨거워지는 느낌이었다. 전에는 남자 뺨치게 거쿨스럽기 짝이 없던 병숙은 가족을 잃은 뒤로 걸핏하면 눈시울이 빨갛게 물들곤 했다. 병숙은 지금까지 자신의 정체성을 흔들어 놓고 있는 최석천 목사의 말을 본심은 아닌 듯 한데도 자꾸만 털어내려는 자신의 속마음이 이해되지 않았다. 그녀는 이 정체를 알 수 없는 의혹의 힘 때문에 마음이 무척이나 혼란스러웠다. 병숙은 그것이 진리의 길목을 가로막고 있는 사탄의 술책임을 아직 모르고 있었다.

'모두 현실성이 없는 소리야. 비극은 비극이고 슬픔은 슬픔이지 예수가 어쩌고 저쩌고 하나님의 섭리가 어쩌고 저쩌고… 나 배병숙은 배병숙의 모습대로 살아가는 거야. 하나님은 사랑이라고? 무슨 말 같지 않을 소리. 사랑의 하나님이, 전능하신 분이 왜 인간들의 비극을 남의 일처럼 본체만체하는 건데. 왜 피비린내 나는 전쟁과 굶주린 사람들을 저렇게 내버려두는 건데. 난 내 남은 삶의 여백을 배병숙의 색깔로 마음껏 색칠하고 살다가 죽을 거야.'

그렇게 생각하다가도 금세 병숙은 쉬 정리되지 않는 자신의 이중성에 바짝 긴장했다.

'내가 제정신이 아니구나. 천국에 가서 일도 씨와 경희를 만나야 하는데.'

그때였다.

"식성이 대단히 좋으시군요."

낯선 목소리에 병숙이 깜짝 놀라 옆 좌석에 와 앉은 사나이를 쳐다보았다. 희넓적하게 생겼는데 첫눈에도 몹시 느끼하다는 느낌이 드는 남자였다. 여행을 하다 보면 언제든 생면부지의 옆사람과 쉽게 이야기 보따리를 풀어 놓기 쉬운 법이다. 그런데 귀접스럽기 짝이 없는 이 남자는 하필이면 참 운 나쁘게도 이날 병숙을 만난 것이다. 첫인상 자체가 일도를 만났을 때의 감동과는 결코 비교도 안 된다고 병숙은 생각했다. 잔뜩 경계하는 눈으로 바라보는 병숙에게 남자가 입가에 웃음을 머금고 말했다.

"왜 그렇게 뚫어져라 쳐다보십니까? 식성이 매우 좋다고 말씀 드렸습니다."

병숙이 엉겁결에 들고 있던 족발을 남자의 눈앞에 쑤욱 내밀었다.

"드실래요?"

남자가 깜짝 놀라며 말했다.

"아뇨! 전 족발은 못 먹습니다. 주시려면 뭐 딴 거 없습니까?"

"족발을 못 잡숴요? 왜요? 뭐 이 족발에 바퀴벌레 똥이라도 묻었을까 봐 그래요?"

"아뇨, 그런 건 아닙니다. 하여튼 뭐 딴 거 없습니까?"

남자는 깔끔하게 정장을 한 모습답지 않게 넉살이 좋았다.

"닭 드세요? 통닭이 있긴한데."

"통닭요?"

"그건 드실 줄 아세요?"

"하이고오! 제가 제일 좋아하는 고기가 닭고깁니다."

원래 병숙은 남달리 너울가지가 좋아서 아무하고도 쉽게 터놓고 쾌소를 터뜨리며 떠들기를 좋아했다. 처음 만난 사람이라도 곧 친숙해지는 매력이 병숙에게 있었다. 한번 병숙과 이야기의 물꼬를 텄다 하면 상대방은 금세 병숙에게 넋이 빠져 버리게 마련이었다. 병숙은 먹을 것이 있으면 남과 나눠먹기를 좋아했다.

병숙은 배낭 속에서 통닭을 한 마리 꺼내 종이에 싼 그대로 남자 앞에 내놓았다. 그는 활짝 웃으며 좋아하는 기색이었지만 병숙은 별다른 내색도 없이 연신 족발을 씹으면서 캄캄한 차창 밖으로 시선을 던져 놓고 있었다. 남자가 닭다리를 한 쪽 찢어들고 말했다.

"혹 저 때문에 불쾌하신 건 아닙니까?"

"네?"
"암말도 않고 창밖만 내다보시니 저 때문에 불쾌해 하는 것 같아서요."
"아뇨, 저한테 신경 쓰지 마시고 어서 닭이나 뜯으세요."
남자가 은근한 눈길을 병숙에게 보내며 말했다.
"불쾌하지 않으셨다니 다행이군요. 저도 소주 한잔 안 주시렵니까?"
"한잔 하시겠다구요? 그럼 그러세요."
병숙이 소주병을 신사 앞에 쑥 내밀었다. 남자는 자신의 얼굴을 내립떠보는 병숙의 눈길이 여간 따갑지 않았다. 하지만 남자는 곧 그쯤 아무렇지도 않은 듯 짐짓 태연을 가장했다. 병숙이 불쑥 말했다.
"그렇게 남의 여자한테 얻어먹는 게 좋으세요?"
"예?"
"달라는 얼굴이 어쩐지 뻔뻔해 보여서 말이죠. 무슨 남자가 처음 보는 여자한테 함부로 먹을 걸 달래요?"
병숙의 말엔 아랑곳하지 않고 남자가 소주병을 쥐고 뭔가 찾는 듯 두리번거렸다. 그 모습을 곁눈질로 쳐다본 병숙은 남자가 잔을 찾는 모양이라고 생각했다. 걸걸했던 입담이 병숙의 입에서 거침없이 쏟아져 나왔다.
"잔 없어요. 그냥 주둥아리째 나발 부세요."
"허허, 주둥아리째 나발을 불어요? 그럼, 그럴까요?"
남자가 술병을 입에 가져가다 말고 껄껄대며 웃고 말았다.
"왜 웃으세요?"
"말씀하시는 모습이 여간 재미있지가 않습니다. 어린아이 같기도 하고 익살스런 코미디안 같기도 하고요."
"술 달라 해 놓고 술은 안 들고 뭔 딴 소리죠?"
"정말 잔도 없이 이대로 말입니까?"
"그럼요? 주둥이째루요. 사람 주둥이로 병주둥일 빠는 거죠."
"주둥이로 주둥일 빨아요?"
"그럼요!"
신사가 냉큼 소주병을 거꾸로 들고 몇 모금 들이마셨다. 그가 얼굴을 잔뜩 찡그렸다. 신사의 입에서 카으윽! 하는 소리가 났다. 병숙이 욱지르듯 말했다.
"소주 처음 마셔요?"
"그렇진 않습니다. 친구들과 자주 마시죠."
"그런데도 얼굴을 똥 먹은 듯 잔뜩 찡그리죠? 처음 술 마시는 사람처럼."
"허허허! 드시죠."
남자가 술병을 병숙에게 내밀었다.
"그냥 다 드세요."
"왜요?"
"전 유부녀예요. 유부녀가 남의 남자랑 주둥이를 맞춰요? 미쳤습니까? 제가 미친년예요?"
"허허허, 제가 결례를 했습니다. 죄송합니다. 그럼 이 술은 제가 다 마시겠습니다."
병숙은 아무런 일도 없었다는 듯 차창 밖으로 다시 시선을 내몰았다. 지난날 자갈치 시장에 가서 회를 실컷 얻어먹으려고 기차를 탄 적이 있었다. 그곳에서 이모가 크게 횟집을 하고 있었기 때문이었다. 그때 기차 안에서 일도를 만났다. 지금 다시 혼자 떠난 여행에서 또 낯선 남자를 만났다. 그러나 일도를 만나던 그때는 홀가분한 여행이었지만 지금 그녀의 가슴은 일도와 딸을 잃은 슬픔으로 바위처럼 무거웠다. 희정을 만나 잠시 웃고 떠들었던 일이 언제였나 싶을 만큼 그녀의 마음은 어둡고 우울했다.
두 사람 사이에 어색한 침묵이 한동안 흘렀다. 이윽고 옆자리의 남자가 입을 열었다.
"그런데 서울까지 가세요?"
"아뇨, 풍기에서 내릴 거예요."
"풍기에 누구 아는 사람 있습니까?"
"아뇨, 거기 가서 인삼을 사려고요."
"예! 풍기인삼은 소문 그대로 약효가 뛰어납니다."
"댁은 어디까지 가시죠?"
"전 제천까지 갑니다."

"제천이 집이세요? 저도 내려올 땐 제천에 한번 들렀는데."
"그랬습니까? 아참, 제가 아직 명함 한 장도 안 드렸군요."
"명함 주실 필요 없어요. 전 남의 남자에게 관심이 없어요."
퉁명스레 내뱉는 병숙의 말에도 아랑곳하지 않고 남자는 서둘러 지갑에서 명함을 한 장 꺼내서 병숙의 코앞에 내밀었다. 그런 그의 태도가 몹시 태깔스러워 보여서 병숙은 이맛살을 찌푸렸다. 명함을 받아 본 병숙이 눈을 동그랗게 떴다.
"어머! 국회의원이네."
"허허허, 그렇습니다."
병숙은 어쩐지 입맛이 씁쓰레했으나 의자 등받이에 몸을 기대고 눈을 감았다. 병숙은 정치인들을 병적일 만큼 싫어했다. 병숙이 묻지도 않았는데 남자는 자신의 신상 이야기를 꺼냈다.
"제천에 제 형님이 계십니다. 지나는 길에 잠깐 찾아뵙고 인사를 드릴까 해서요. 형님이 제천에선 제일 알아주는 유명 인사이자 부잡니다. 다음번 선거에도 막강한 제 후원자가 될 분이기도 하죠."
"국회의원쯤 되시는 귀한 분이 서민이 타는 완행열차를 타셨군요."
어딘가 비아냥이 섞인 병숙의 말투였다. 몇 모금의 술 탓인가 국회의원의 입에서 돌아온 대답은 이랬다.
"허허허, 전 보통사람입니다. 국회의원이라고 특혜를 누리고 싶지 않습니다. 완행열차를 탄 덕에 부인과 같은 유머 넘치는 분을 만날 수 있지 않습니까? 이런 걸 가리켜 우연이랄까요 필연이랄까요?"
병숙은 문득 그가 슬슬 농교를 걸어오는 것이라고 내심 긴장했다. 남자가 계속 말을 걸어왔다.
"물론 혼자이신 줄 압니다만 시간이 되신다면 제천의 경치 좋은 곳에 제 별장이 한 채 있지요. 와서 놀다 가시지 않겠습니까?"
병숙이 자못 은근한 눈길로 그를 쳐다보며 물었다.
"의원님의 별장에 외간 유부녀가 와서 놀다갔다고 하면, 그런 사실이 세상에 알려지면 어쩌려구요?"

"허허허."

"웃으세요? 제 말이 우스워요?"

"그게 뭐가 흠이 됩니까? 그리고 누가 보길 합니까? 듣길 합니까? 별장지기 노인이 한 분 계신데 그분은 입을 함부로 놀릴 위인이 절대 아니죠."

병숙이 다시 물었다.

"그럼, 잠은 저 혼자 잡니까?"

"허허허, 그야 저엉 혼자 쉬시겠다면 조용하게 혼자 쉬었다 가시는 거죠."

병숙은 순간 장난기가 불쑥 치밀어 오름을 느꼈다. 그녀가 얼굴을 곤추 들고 말했다.

"혼자서야 무슨 재미로 자요? 이럴 줄 알았으면 애인이랑 같이 올걸."

"허허허, 그러게요."

병숙이 슬쩍 곁눈질로 남자를 훔쳐보았다. 얼굴에 개기름이 번들번들 흐르는 걸 보니 국회의원은 확실히 국회의원인가 싶었다. 병숙이 슬쩍 한 마디 던졌다.

"그럼, 한번 구경시켜 주실래요?"

"허헛! 여부가 있습니까. 술에, 닭고기에, 대접을 이렇게 잘 받은 형편에 그깟 빈 별장 하룻밤쯤 빌려 드리는 거야."

"밤에 귀신은 안 나올까요?"

"허허허허! 아무래도 안 되겠소."

"예? 무슨 뜻이예요?"

"별 수 없이 제가 오늘밤 부인의 보디가드가 되어 드려야겠습니다."

"그래 주실래요? 그러실 수 있어요?"

"여부가 있습니까! 이것도 오다가다 만난 인연 아니겠습니까. 오늘 저녁은 그럼 제 별장에서 함께 보내시죠."

"그렇다면 방은 각자 따로 하고 자요."

"허허허! 부인이 좋으실 대로 하죠. 한방 한 침대라면 더더욱 좋습니다만. 허허허."

병숙이 남자를 슬쩍 빗떠보면서 짓궂게 말했다.

"한방 한 침대에선 무얼하죠?"

순간 남자가 침을 꼴깍 삼켰다.

"흐흐흐, 그야 부인이 더 잘 아실 텐데."

"허긴 뻔한 얘길 물었네요. 남녀가 한방 한 침대에서 함께 잔다면 하는 짓이야 뻔한데요. 하지만 한방에선 자되 한 침대에선 안 되겠어요. 전 유부녀거든요. 단지 귀신을 막아 준다는 조건 때문에만 한방에서 같이 잔다는 의밉니다. 자칫 주둥이로 주둥일 빨게 될라."

병숙은 자신의 주특기인 장난기가 서서히 도를 더해 가고 있음을 느꼈다. 병숙의 속내가 어떠한지도 모르고 소위 국회의원이라는 남자는 연신 벙글대며 말했다.

"흐흐흐, 허지만 남녀가 한방에서 어찌 잠자코 잠만 잘 수 있습니까?"

병숙이 되받았다.

"어떤 식으로 하는 걸 제일 좋아하죠?"

"그건 제가 이따 별장에서 찐하게 가르쳐 드리겠습니다. 흐흐흐!"

"정말 찐하게 가르쳐 주실 거죠? 하지만 전 일단 풍기에서 내려 인삼을 사야 해요. 참! 국회의원쯤 되시면서 왜 멋진 승용차를 안 타셨죠?"

"먼지 때문입니다. 울퉁불퉁한 비포장도로가 이곳저곳에 널려 있어서 먼지가 많이 나요. 저는 먼지 뒤집어 쓰는 게 제일 싫습니다. 그래서 비서보고 수행원 몇 명과 함께 먼저 제천에 가서 기다리라고 했죠. 이렇게 혼자 완행열차를 타고 여행을 해야 홀가분하게 부인같은 미인과 터놓고 사귈 수도 있잖습니까."

"네에, 그러시군요."

남자가 한층 고무된 목소리로 말했다.

"풍기에서 내려 함께 인삼을 삽시다. 그리고 풍기에서 택시로 제천까지 달리죠. 풍기에서부터는 아스팔트가 잘 깔려 있어서 좋습니다."

"그러죠."

병숙은 눈을 감았다. 잠든 척 들릴락말락 코를 골아 보였다. 아니나 다를까 남자의 손가락이 슬금슬금 병숙의 허벅지 위로 거미처럼 기어 올라오기 시작했다. 병숙이 모른 척 가만 있어 보았다. 남자의 한쪽 손이 가슴속으로 비집고 들어오려고 블라우스를 들추고 있었다. 병숙이 눈을 번쩍 떴다. 안내방송에서 조금 후에 기차가 풍기역에 도착할 것을 예고하고 있었다. 대체로 이렇게 자발없는 짓을 서슴지 않는 귀신들이 무랍도 못 얻어먹는다는 옛말대로 상대방이 어떤 사람인지 파악도 못하고 경솔하게 굴면 얻어먹을 것도 못 얻어먹고 낭패를 당하기 십상이었다.

"뭐하는 거죠?"

일순 남자의 손가락이 병숙의 젖무덤 위에서 주춤했다. 소위 국회의원이란 작자가 하는 행동 치고는 치졸하기 짝이 없었다.

"흐흐흐, 부인, 어차피 우리 둘은 오늘 예약된 한 쌍 아닙니까?"

드디어 병숙의 눈에 독기가 자르르 흐르기 시작하면서 배병숙 본래의 모습이 정체를 드러냈다.

"예약된 한 쌍? 누가 너하고 예약을 했지? 이새끼가 사람을 뭘루 보구!"

그가 깜짝 놀라 눈을 둥그렇게 뜨고 병숙을 뚫어지듯 쳐다보았다. 무언가에 세게 뒤통수를 얻어맞은 듯한 얼굴이었다.

"이새끼라 했소?"

"이새끼 봐! 국회의원이란 새끼가 기차간에서 남의 여자 허벅질 만지지 않나 젖가슴을 만지지 않나! 뭐 이런 새끼가 다 있어!"

남자의 얼굴이 금세 시뻘겋게 달아오르며 당황하기 시작했다.

"부인! 언성을 낮추십쇼. 사람들이 듣습니다."

병숙이 벌떡 일어나 배낭을 짊어졌다.

"부인, 내리십니까?"

병숙이 다짜고짜 남자의 머리털을 오른손으로 꽉 움켜쥐었다. 그녀가 열차 안 승객들이 다 들을 만큼 바락 소리를 질렀다.

"너 이새끼 사기꾼이지? 국회의원 아니지? 사칭한 거지? 나같은 여자들 말 아먹으려고 수작을 부리는 거지?"

"무슨 그럴 말을! 그게 아니라, 아고! 부인, 머리칼 잡아당기지 말아요!"

병숙은 남자의 머리카락을 우악스레 휘어잡은 채 거칠게 말했다.

"좋아, 명함 말고 신분증을 내놔 봐! 사실이면 내 참아 주지. 내놔 봐!"
"좋습니다."

남자가 헐떡거리며 지갑에서 신분증을 꺼내 병숙에게 내보였다. 신사가 건네준 신분증은 국회의원 신분증이 분명했다. 병숙은 그걸 확실하게 간파했으면서도 딴소리로 국회의원을 물먹일 셈이었다. 병숙이 버럭 소리를 질렀다. 사람들이 들으라고 일부러 크게 내지른 소리였다.

"나쁜 놈! 그럴 듯한 신분증이네. 하지만 내가 이 가짜 신분증을 믿을 줄 알아?"

"부인, 부인! 그건 진짜 국회의원 신분증이예요. 가짜가 아니라고요!"

병숙이 놈의 머리통을 바짝 뒤로 잡아 젖혔다가 의자 팔걸이에다 힘껏 내리찍었다.

"이새끼가 보아하니 사기꾼 중에 사기꾼이네! 국회의원을 사칭하다니, 국회의원쯤 되는 새끼가 남의 마누라 젖통을 떡 주므르듯 하냐!"

진짜 국회의원 박삼근은 머릿속의 골이 산지사방으로 흩어지는 듯 정신이 하나도 없었다. 열차 안에서 꾸벅꾸벅 졸고 있던 손님들이 희한한 광경에 얼이 빠져 버렸다. 남자의 코에서 코피가 물컹물컹 쏟아지고 있었다. 사람들의 눈에 그 모습이 참혹하기 짝이 없어 보였다. 배병숙의 목소리가 다시 기차 안에 쨍 하고 울려 퍼졌다.

"말해 봐. 별장을 네 돈으로 지었냐? 너 이 새끼야, 나같은 아녀자한테 국회의원임네 사기쳐서 연약한 여자들 돈 뜯었지?"

남자가 엄청난 병숙의 손아귀 힘에 꼼짝도 못하고 비지땀을 흘리면서 낑낑 대고만 있었다. 병숙이 남자의 심중을 떠볼 셈으로 또 한번 헛장을 쳤다.

"말해! 별장을 네 돈으로 지었냐구! 일단 경찰에 연락해 볼까? 진짜 국회의원 맞는지 알아볼까?"

"아이고, 부인! 고만합시다. 내가 국회의원이라는 게 세상에 알려지면 난 끝장 나요. 내가 잘못했으니 고만합시다."

병숙이 다시 한번 손아귀에 힘을 주고 남자의 얼굴을 무릎치기로 들이박았다. 그가 뒤로 벌렁 자빠지며 열차통로에 나뒹굴었다.

진짜 국회의원 박삼근은 두 손으로 피투성이가 된 얼굴을 감싸쥔 채 이게 웬 날벼락인가 싶어 정신이 하나도 없었다. 혹시 꿈이 아닌가 의심도 해 보았지만 상황이 엄연한 현실임을 알고는 그만 앞이 캄캄해지는 느낌이었다. 자칫 이 상황이 세상에 알려지기라도 하면 그의 정치생명은 끝장날 판이었다. 어느새 기차가 풍기역에서 가쁜 숨을 쏟아내고 있었다. 아침햇살이 역사에 가득했다.

송이버섯이 있는 곳

🌢

 병숙은 뒤도 안 돌아보고 열차에서 내려 풍기 역사를 총총걸음으로 빠져나왔다. 병숙은 모처럼 여행길에서 뜻하지 않게 불쾌한 일을 당한 것이 여간 찜찜하지 않았다. 그가 진짜 국회의원 신분인지 아니면 가짜를 사칭한 사기꾼인지 그것은 병숙에게 그닥 중요하지 않았다. 진짜 국회의원이나 가짜 국회의원이나 종이 한 장 차이밖에 나지 않는다고 병숙은 생각했다. 어디 병숙뿐이겠는가. 정치꾼에 대한 불신의 강은 오물처럼 추하고 악취가 지독한 것이 작금의 정치판의 현실이었다.
 병숙은 역사 앞에 서 있는 커다란 고목나무 밑에 있는 벤치에 앉아 잠시 마음을 달랬다. 국회의원 박삼근을 생각해 보니 웃음이 저절로 퍼졌다. 병숙은 문득 최석천 목사의 말이 다시 머릿속을 혼란스럽게 하는 느낌이었다.
 "배 선생님, 인간은 태초에 하나님의 형상대로 지음을 받았습니다. 태초부터 인간은 다른 창조물들과는 그 가치와 존엄성에 있어서 엄격한 차이가 있었어요. 왜냐하면 하나님은 인간에게 인간 이외의 모든 피조물을 관리하고 다스릴 권리를 주셨거든요. 창조 당시 인간의 정체성에는 죄가 들어가지 않은 무죄성의 존재로 창조주 하나님과 친밀한 관계였습니다. 하나님은 인간의 조상 아담과 하와에게 에덴동산에 있는 모든 피조물을 관리하고 다른 과일은 다 먹어도 좋지만 선악을 구별하는 선악과는 따먹지 말라고 엄중하게 명령하셨습니다.

그러나 인간은 사탄의 유혹에 빠져 선악과를 따먹고 말았습니다. 바로 그 순간 인간에게 죄가 들어왔고 저주가 임하고 말았습니다. 슬프게도 그때부터 인간은 하나님과 거리가 멀어졌습니다. 인간이 하나님과 분리된 순간부터 인간에게 주어진 가장 무서운 저주는 죽음이었습니다. 인간타락의 결과는 결국 원죄를 발생시켰고 그로부터 인간은 원죄에서 벗어날 수 없는 저주의 감옥에 갇히고 말았죠. 따라서 원죄로부터 세상의 모든 죄악이 비롯되었고 죄악은 인간을 타락하게 했죠.

뿐만 아니라 인간은 감정의 타락을 서슴치 않고 저지르기 시작해서 온갖 퇴폐주의와 쾌락주의의 늪에 빠져 헤어날 줄을 모릅니다. 요즘 각종 스포츠가 얼마나 난폭하고 정치 교육 문화 예술은 또 얼마나 타락일변도를 달리고 있습니까. 결국 인간은 영원한 멸망의 용광로에 떨어질 수밖에 없는 처지까지 왔습니다. 요한복음 3장 16절에 기록된 것처럼 하나님께서 세상을 이처럼 사랑하사 독생자를 주셨으니 이는 그를 믿는 자마다 멸망치 않고 영생을 얻게 하려 하심이라고 말씀하고 있습니다.

배 선생님, 이제 제 말을 명쾌하게 머리에 새기시기 바랍니다. 하나님의 독생자 예수가 이 땅에 오셔서 십자가의 형벌을 지고 우리 인간의 죄를 대신해서 물과 피를 흘리고 돌아가셨습니다. 그리고 사흘만에 죽음에서 부활하셨습니다. 부활사건이 없었다면 지구상에서 가장 불쌍한 사람들이 기독교도들입니다. 잘못된 종교에는 사람을 미혹하는 달콤한 말들이 많이 들어있습니다. 부활사건은 역사적인 사실입니다. 베드로께서 사도행전 2장에서 하신 설교내용의 핵심도 역시 예수 그리스도의 부활이었습니다. 하나님께서 계획하시고 이루신 초자연적인 사건이지요. 성서는 인류 역사의 처음과 끝을 말하고 있습니다. 그런데 영화나 드라마 등에서 멋대로 천국과 지옥을 그려내며 사람들을 미혹하고 있지요.

놀랍게도 예수의 피가 인간의 죄를 씻어 줍니다. 그 예수의 피에 의해서 하나님과 인간의 관계가 회복되었습니다. 이것이 진리입니다. 그러므로 누구든지 예수 그리스도의 공로를 믿고 순종하면 구원을 받게 되는 것입니다."

병숙은 머리를 세차게 흔들었다. 여전히 최 목사의 말은 병숙의 가슴에 의혹의 잔을 내밀 뿐이었다. 맞는 말인 듯한데도 그녀의 가슴에 웅크리고 있는 또 다른 존재가 최 목사의 말을 자꾸만 몸 밖으로 밀어내는 느낌이었다.

또 다시 최 목사의 이야기가 머리에 떠올랐다.

"인간들은 교만에 눈이 가리워져서 나름대로 온갖 논리와 가설, 과학의 무한성 등을 내세워 창조론을 무시하고 진화론을 내세워 우주의 존재를 자연발생적인 결과라고 입에 거품을 물고 대듭니다. 바로 여기에 인간의 어리석음과 비극이 있습니다. 배 선생님은 요리를 잘해서 맛 있는 음식을 만들어서 손님들 앞에 내놓을 수 있습니다. 그런데 사람들이 그것을 병숙 씨가 만든 것이 아니라 스스로 만들어진 것이라고 우긴다면 얼마나 기가 차겠습니까. 인간은 하나님의 말씀을 믿고 순종하며 최선을 다해 살면 그것으로 인간의 권리와 의무를 다하는 것입니다. 병숙 씨의 남편과 따님은 죽음을 이기고 천국에서 영생하는 축복을 받았습니다. 하나님의 말씀, 곧 성경 말씀을 일점일획이라도 달리 생각하지 말고 온전히 믿고 순종하는 삶이 영원한 죽음에서 영원한 생명으로 이어지는 비결입니다. 이 세상에서 가장 불쌍한 사람들은 하나님의 존재와 능력을 부인하는 사람들입니다. 배 선생님은 그런 사람들 편에 서지 마시길 바랍니다."

마침 장날인지 원근 각처에서 몰려온 장꾼들로 풍기읍내는 왁자지껄했다. 병숙은 이내 밝은 웃음을 입가에 흘리면서 행길 옆으로 줄지어 서 있는 인삼가게를 찬찬히 둘러보았다. 그녀는 장구경을 먼저 하고 난 뒤에 인삼은 올라가는 기차시간에 맞추어 사기로 마음먹었다. 사람들이 많이 모여 있는 틈을 비집고 들여다보니 팔뚝만한 구렁이를 목에 감고 앉아 열심히 떠들고 있는 뱀약장수였다. 언젠가 호진과 호철에게 뱀으로 귀싸대기를 맞았던 바로 그 뱀약장수였다.

"이 약을 딱 일주일만 아침 저녁으로 두 알씩 먹어 보시요잉. 마, 칠십 팔십 자신 할배도 밤새도록 구들장 찍어대는 소리에 동네사람들 새벽잠 죄 깬다 이기요. 알겠능교!"

언뜻 병숙이 주위를 살펴보니 여자라곤 자기 하나밖에 없었다. 아니나 다를까 구경꾼들이 병숙을 알아채고는 연신 곁눈질을 굴리고 있었다. 병숙은 무안한 생각이 들어 얼른 그곳을 빠져나왔다. 아낙네들이 행길가에 늘어앉아서 갖가지 산나물이랑 약초 등을 쌓아 놓고 병숙에게 사 주기를 호소하고 있었다. 쌀강아지를 너댓 마리 놓고 앉아 있는 할아버지가 호소하듯 병숙의 눈길을 따라잡고 있었지만 강아지를 사 갖고 간다는 것은 말도 안 되는 일이었다.

"보소, 아주메요, 소백산 백도라지 아인교. 싸게 드리께여! 사이소."
"더덕 사이소! 소백산에서 켄기라요. 싸게 드리께 사소."
"다래 사이소. 잘 익어서 억시기 달아요. 머루도 이래 큰 바가지에 5천원만 주소."

병숙은 생각 같아서는 모두 팔아 주고 싶었지만 여행길에는 짐스럽다고 생각했다. 병숙은 장터 깊숙이 들어갔다. 한쪽에 메뚜기를 산더미처럼 쌓아 놓고 앉아 있는 할아버지 한 분을 발견하고 병숙은 그리로 발걸음을 옮겼다.

"어떻게 파세요?"
"한 말에 만오천원 주소."
"조금은 안 팔아요?"
"한 되에 2천원."
"두 되만 주세요."

그렇게 말하면서 병숙은 조금은 불만인 듯 중얼거렸다.
"아직 살이 덜 쪘잖아."
병숙의 중얼거림을 알아들었는지 할아버지가 말했다.
"아이라예. 요새 잡는 메뚜기가 젤로 살찌고 맛있다 아이요. 좀 있으모 서리 온다 아이요. 서리 오기 전에 잡은 메뚜기가 젤로 맛있는기라예."
"그래요?"
"하모요."

그 말이 맞는지 어떤지는 모르지만 병숙은 메뚜기 봉지를 배낭 속에 집어넣고 또 장터 이곳저곳을 두루 구경하며 다녔다. 병숙은 이런 시골장이 무척이나 정감이 가고 신기하게 느껴졌다.

병숙이가 메뚜기를 산 데는 이유가 있었다. 언젠가 숯공장에서였다. 그때도 지금처럼 가을이 꽤 깊어 갈 때쯤 일도와 함께 숯공장에 갔었다. 사람들이랑 종태가 보이지 않았었다. 잔뜩 의아해진 일도가 귀로에게 물었다.

"김 선생님, 큰형님과 사람들 다 어디갔습니까?"

귀로가 멋쩍게 미소를 흘리며 대답했었다.

"메뚜기 잡으러 갔습니다."

"엣? 메뚜기요? 메뚜길 잡아서 뭘 하게요?"

귀로는 일도의 물음에는 아무 대답도 않고 잠자코 시선을 먼산으로 돌렸었다. 일도가 물었다.

"큰형님이 메뚜길 어디서 잡고 있습니까?"

"저기 산 아랫마을 쪽으로 벼이삭이 누렇게 펼쳐진 곳에."

"그럼 저희도 다녀오겠습니다."

일도와 병숙은 곧바로 흙먼지를 뽀얗게 일으키며 지프차를 몰고 산 아랫마을로 내리달렸다. 벼이삭이 누렇게 물결치는 논 가운데서 종태는 숯공장 사람들을 몇 명 동원해서 메뚜기를 잡느라고 정신을 몽땅 빼앗기고 있었다. 일도가 이쪽에 서서 종태를 소리쳐 불렀다.

"큰형님, 메뚜길 뭘하려구 잡소?"

"뭘하긴! 볶아 먹지."

"차아암! 형님도 별 괴짜시우. 먹을 게 없어서 메뚜길 잡습니까?"

"메뚜기 맛을 네가 몰라서 그래. 너도 빨리 와서 잡아라."

"어휴! 메뚜길 손으로 어떻게 잡소."

"나도 처음엔 몇 마리 못 잡았는데 이젠 잘 잡는다. 이것 봐라. 벌써 반 병이다."

그날 두어 됫박은 실히 됨직한 메뚜기를 잡았었다. 귀로가 한뎃부엌에 걸어놓은 무쇠솥에다 참기름과 소금으로 적당하게 간을 맞춘 뒤 잘 볶아 냈었다. 이날 귀로는 술안주 삼아 볶은 메뚜기를 매우 맛있게 먹었었다. 병숙이 신기한 듯 귀로의 얼굴을 들여다보며 물었었다.

"김 선생님, 메뚜기가 그리 맛 있어요?"

귀로는 고개만 한번 꾸뻑했을 뿐 막걸리 안주로 열심히 메뚜기를 입에 넣는 데만 열중했었다. 그런 생각을 떠올리며 병숙은 속으로 중얼거렸다.

'미국에 가 있는 김 선생님에게 보내 줄 테야. 내가 보낸 메뚜기를 미국에서 받으면 깜짝 놀라시겠지.'

병숙은 더덕을 광주리에 수북이 담아 놓고 앉아 있는 하얀 할머니 앞에서 걸음을 멈추었다.

"할머니, 더덕 잘 팔려요?"

"얼매 못 팔았어예. 더덕 살랑교?"

"모두 얼마예요."

"다예?"

"네, 할머니, 더덕냄새가 무척 강하네요. 고추장에 박아 두었다 먹으면 맛있죠."

"맛있다마다요. 전부다 해서 2만원만 주소. 한보따리 아잉교."

"그래요? 그럼 다 주세요. 할머니!"

할머니는 신이 나서 잰 손으로 더덕을 신문지에 야무지게 싸서 병숙의 배낭에 차곡차곡 넣어주었다. 금세 배낭의 배가 불룩해졌다. 할머니가 활짝 갠 얼굴로 말했다.

"아이고, 속 씨원타!"

"할머니는 집이 어디쯤이세요? 산골에 사세요?"

"산골에 살제."

"할머니 사시는 곳에 이런 더덕이 많이 나요?"

"마이 나지요. 어데 더덕뿐잉교? 산나물도 억수로 마이 나고 약초도 많고예. 송이버섯도 나고."

"어머! 송이버섯두요? 그런데 송이버섯은 왜 안 갖고 나왔어요?"

"우리 아들이 지금 산에서 따고 있는 중이라예. 다음 장날에나 갖고 나와야제. 옛날부터 소백산 송이버섯이라 카모 나랏님도 알아주었다 카제."

"많이 따요?"

"마이 딸 때도 있고 시원찮게 딸 때도 있고."

"할머니."
"와요?"
"할머니네 집에 가면 송이버섯 살 수 있겠네요."
"하모! 살 수 있다마다. 아들이 따러 갔으이께."
"그럼 저와 함께 가요. 할머니네 집 구경도 할 겸해서 하룻밤 재워 줄 수 있어요?"
"하이고! 촌집을 머 볼끼 있다고. 잘 수야 있고마고재."
"어쨌든 말이죠. 송이버섯도 살 겸요. 인삼은 가는 길에 살 거예요."
"그랍시더. 집이 누추해서 개안을지 모르겠네."
"고맙습니다. 할머니."
"고맙기사."
병숙은 할머니를 따라 와글대는 장꾼들 사이를 빠져나왔다.
"할머니 식구 많아요?"
"일곱 명이라예."
"아들 며느리랑 같이 사세요?"
"동서들하고 아들하고 살제."
"동서들요?"
"그라요."
"동서들이라면?"
"그거는 꼬치꼬치 묻지 마소. 복잡한기라."
"예."
"서울서 왔능교?"
"예, 할머니, 풍기인삼이 유명해서 사다가 이웃과 나눠 먹으려구요."
"하모, 풍기인삼 유명하고 말고제."
"예, 소문 들어 잘 알고 있어요."
할머니가 잠깐 걸음을 멈추고 무엇을 찾는 듯 주위를 두리번거리며 살피기 시작했다.
"왜요? 할머니."

"약방을 찾는기라."
"약방요?"
"근방에 약방이 있을낀데."
"약방은 왜요? 누가 아파요?"
"아픈기 아이고."
"옳아! 저어기 약방 간판이 보이네요."
"약방에 들렀다 가입시더."
"그러죠."
할머니보다 한 걸음 앞서 병숙이 약방문을 밀고 들어섰다. 나이 지긋해 보이는 여자가 두꺼운 돋보기안경을 고쳐 쓰면서 물었다.
"어서 오이소. 먼 약 드릴까예?"
병숙이 할머니를 돌아다보며 물었다.
"할머니, 어디 아픈 데 먹는 약 달라고 할까요?"
"아픈 데 먹는 게 아이고."
할머니가 어쩐지 속시원히 말을 못하는 듯 싶자 병숙이 할머니의 입에다 빠짝 귀를 갖다 댔다. 그제야 할머니가 속삭이듯 중얼거렸다.
"안즉도 경수가 안 끊어진 동서가 있어 갖고."
병숙은 고개를 크게 끄덕이며 약사를 향해 한쪽 눈을 찡긋해 보였다. 약사는 금세 알아차렸다는 듯 쓰렁쓰렁 상자를 종이에 포장해서 할머니 앞에 내밀었다.
"이기 거그다 쓰능 거 맞능교?"
병숙이 얼른 답했다.
"네, 할머니."
병숙이 재빨리 물건값을 지불했다.
"와카노?"
"괜찮아요. 할머니, 대신에 송이버섯 한 개쯤 더 얹어 주심 되죠."
"하기사."
병숙이 할머니의 팔을 끌면서 주위를 두리번거리며 물었다.

"할머니, 푸줏간이 어디 있죠?"
"푸줏간? 고깃간 말인교?"
"예, 할머니."
"고깃간은 저어게 시계방 옆에 있제."
"가요. 고기를 사다가 식구들이랑 함께 나누어 먹어야죠."
순간 할머니의 얼굴에 당황한 빛이 역력했다.
"고기 사 묵을 돈 없소. 우리는 일 년 내내 생일이나 추석날하고 설날 빼놓고는 고기 사 묵는 날 없제. 고깃값이 여간 비싸야 말이제."
"호호! 할머니 염려 마세요. 제가 살게요."
"우예요."
병숙은 푸줏간에서 돼지고기와 쇠고기를 열 근씩 사서 배낭에다 넣고 다시 등에 짊어졌다. 할머니가 눈이 휘둥그레졌다.
"웬 고기를 그래 마이 사능교? 무거와서 우예 메고 갈라꼬."
"많긴요. 제가 힘이 세서요. 이런 것쯤은 조금도 무겁지 않아요."
병숙이 할머니의 손을 끌었다. 그너기 할머니의 손을 들여디보며 안쓰리운 듯 말했다.
"할머니 손이 돌처럼 딱딱하네요."
"땅만 파 묵고 사는 사람들 손이 다 그렇제."
"농토가 많아요?"
"영감이 쪼매큼 남기고 간 돈 갖고 자갈땅을 3천 평쯤 샀제."
"3천 평요? 그렇게 많이요?"
"처음에는 자갈투성이 밭이었는데 우리가 죽기 살기로 자갈을 줏어냈다 아잉교."
"세상에! 고생이 심했겠어요."
"인자는 그기 문전옥답이 됐제. 그 바람에 새까맸던 머리가 모시바구니가 됐잖나. 말똥에 굴러도 이승이 좋다고 죽을 고생 다 하믄서 살았네."
"처음부터 그 동네에 사셨어요?"
"아이라요."

"그럼요? 이리루 시집오셨어요?"
"자꾸 묻지 마소? 대답하기 귀찮으이께."
"예, 할머니 죄송해요."
 두 사람을 기다리고 있기나 했다는 듯 버스는 두 사람을 태우자 마자 곧바로 출발했다. 수철리로 가는 버스였다.

사진 속 세 청년

　　풍기읍에서 떠난 시골버스는 수철리 정류소에서 멈췄다. 할머니와 병숙이 내렸다. 할머니가 묻지도 않은 말을 끄집어냈다.
　　"이 근방 땅이 죽령이라 카는데 말시더."
　　"예, 할머니."
　　"그 와 평강공주 남편 있잖능겨. 바보 온달이라카제."
　　"예, 할머니, 그런데요?"
　　"온달장군이 신라하고 전쟁하다 여개서 죽었다카는데 그기 사실인지 아닌지는 내도 잘 모릅니더."
　　"네에."
　　"옛날에는 나그네들이 쉬어 가라꼬 주막도 억수로 많았고 짚신가게도 많았다 카데. 떡집도 많았다카고."
　　"예, 그랬군요."
　　병숙은 주위를 둘러보며 속으로 감탄했다. 사람들의 발길이 뜸해서 그런지 식생이 눈에 차도록 다복하고 풍부해 보였다. 온갖 잡목으로 우거진 숲, 하늘을 찌를 듯 솟아오른 낙엽송의 군락에다 형형색색의 야생화가 길옆에 지천으로 깔려 있었다. 병숙은 모처럼 마음이 편안해지는 느낌이었다.
　　'아, 이 놀라운 자연의 아름다움과 오염되지 않은 태고의 숨결은 말로 표현할 수 없을 만큼 신비롭구나! 바위 틈 사이로 부서지고 깨지며 흐르는 저 맑은 물빛 좀 봐! 가슴이 시원하다.'

병숙의 중얼거림에 앞서가던 할머니가 말했다.

"내사마, 흔하게 댕기는 길이라서 별로구마. 아즈메는 그케 좋은교?"

"예, 할머니, 별천지에 온 기분이에요. 저 낙엽송 좀 보세요. 하늘을 찌를 듯 높이 솟아올라 있잖아요. 그런데 무슨 넝쿨이 칭칭 감겨 있는 저 낙엽송은 귀찮기도 하겠네요."

"칡넝쿨이라요. 개안타 아이요. 나무하고 숲은 다 그렇게 서로 도와 가면서 산다카데. 사람은 눈만 뜨모 죽자사자 물어뜯고 싸우는데."

"그러게 말이에요."

이윽고 두 사람은 황금색 벼이삭이 파도처럼 넘실대는 논두렁 옆을 한가로이 지나가고 있었다. 논바닥에 드문드문 세워 놓은 허수아비를 비웃 듯 참새들이 허수아비 머리 위에 올라앉아 동료들을 끌어 모으는 듯 쉬지 않고 짹짹대고 있었다. 벼이삭을 까먹는 참새 떼를 원수처럼 여기는 호물떼기 할아버지 한 분이 논두렁을 내달리며 소리를 지르고 있었다.

"훠어이! 훠어이! 이놈에 참새새끼들! 하이고요! 인자는 쫓아도 눈도 깜짝 않네. 우예면 좋노오!"

할머니와 병숙이 걸음을 내디딜 때마다 살찐 메뚜기들이 논 가운데로 새까맣게 날아들었다.

"할머니, 송이버섯은 아무나 캐는 게 아니라면서요?"

"함요! 아무나 캐는 게 아이제."

"아직도 멀었어요?"

"저어개 고개 하나만 넘으면 집이라요. 힘드요?"

"아아뇨. 힘들긴요."

이윽고 지붕이 둥그스름한 초가집 한 채가 병숙의 눈에 반갑게 들어섰다. 갈꽃이 무성하게 피어 있는 옆에 사립문이 반쯤 열려진 채 두 사람을 반기는 듯했다. 밭머리에 심은 머드레콩은 일손이 부족한 탓인지 이미 늦사리였다. 처음 보는 사람인데도 검둥이랑 흰둥이가 짖지도 않고 아즐아즐 걸어와 꼬리를 흔들며 좋아했다. 사람이 몹시 그리운 모양이었다. 마당 가운데 버텨 세운 바지랑대 끝에 빨간 고추잠자리 한 마리가 조는 듯 앉아 있었다. 할머니가 무릎이 시원치 않은 듯 드림줄을 잡고 끙하는 소리와 함께 마루에 올라섰다.

"일로 마루에 와 앉제."

"예, 할머니."

병숙은 배낭을 벗어 마루 위에 내려놓으면서 물을 찾았다.

"할머니, 물은요? 근처에 샘이 있을 듯한데요."

"잠깐 있으소. 내 한 바가지 떠 올끼요."

"아뇨, 제가 직접 가서 떠먹을래요."

"그라모 집 뒤로 돌아가소. 옹달샘이 있꾸마. 얼음물 같습니더."

"예, 할머니."

과연 뒤꼍 바위 뿌리에서 수정처럼 맑은 물이 찰찰 넘쳐흐르고 있었다. 산골의 기온이 아침저녁으로 찬바람머리였지만 한낮은 아직 더웠다. 병숙은 옹달샘에 떠 있는 자루바가지를 들고 물을 떠올려 입으로 가져갔다.

"아! 참 시원하다. 정말 얼음물이야. 탁 쏘는 맛끼지!"

할머니가 언성을 높여 누군가를 불렀다.

"바라아! 아가, 어데 있노? 퍼뜩 와 보그라!"

병숙이 물을 마시고 와서 마루 위에 올라앉았다. 그녀가 멀리 치솟아 있는 고봉준령에 시선을 던져 놓고 있을 때 미숙이가 사립문을 들어섰다.

"어머, 그새 더덕을 다 파셨어요?"

"그래, 저 아줌마 덕분 아이가. 퍼뜩 가서 다들 들어오라 케라."

"예."

미숙이 밖으로 내달으며 소리치고 있었다.

"고만 하시고 어서들 들어오시래요."

망쇄 중인데도 작은할머니와 막내할머니가 머리에 쓰고 있던 수건으로 땀을 닦으며 마당에 들어섰다. 곧 미숙의 시어머니 될 호철이 엄마도 잰걸음으로 마당으로 들어서고 있었다. 작은할머니도 무릎이 성치 않은 듯 드림줄을 잡고서 마루에 올라서며 물었다.

43

"형님, 우짠 일로 이래 빨리 팔고 왔능교? 얼래? 이 아지매는 누군기요?"
"장터에서 우연히 만냈는데 서울 아지매 아이라. 저 아지매가 더덕을 몽땅 샀다. 그래 이래 일찍 안 왔나."
"하이고오! 고맙네요. 아지매."
"고맙긴요. 제가 먹고 싶어 산 걸요. 더덕 냄새가 어찌나 코에 향기롭던지."
막내할머니가 물었다.
"그래 우째 이런 산골집에 다 오신능교?"
큰할머니가 말했다.
"야들 안즉 산에서 안내려 왔제?"
"안즉 안 내려 왔어예."
"이 아지매가 송이버섯을 산다꼬 해서 델고 왔다."
"송이버섯을 산다꼬요?"
병숙이 얼른 대답했다.
"네, 할머니."
"울매나요?"
"글쎄요, 얼마나 따 오시나요."
작은할머니가 적삼을 훌렁 벗어 젖히고 말했다.
"그기사 모르제. 안즉 안 내려 오는 걸 보이께로 억시게 마이 따 올란갑네."
병숙이 자신있는 말투로 말했다.
"많아도 다 사 갈 거예요."
막내할머니가 수건으로 얼굴을 닦으면서 묻는다.
"먼 장사하능교? 송이버섯을 그케 마이 사그러."
"예? 할머니, 뭐라고 하셨어요?"
"송이버섯 그케 마이 사모 서울 가서 팔라꼬예?"
"아아뇨! 우린 식구들이 많아요. 나누어 먹을 거예요."
작은할머니가 큰할머니가 이고 온 보따리를 풀면서 말했다.
"금방 날이 저물낀데 자고 가야제요?"
병숙이 맞은편 산기슭을 손가락으로 가리키며 물었다.

"이미 해가 기울기 시작하는데 저어기 저 사람들은 무엇하러 산에 올라왔을까요?"

과연 두 명의 남자가 배낭을 짊어지고 숲속으로 들어가고 있었다. 큰할머니가 별것 아니라는 듯 말했다.

"땅꾼인가 싶네. 가끔씩 땅꾼이 나타나서 산에다 천막을 치고 며칠씩 묵다 가니더. 그뿐 아이고 때로는 산삼을 캐러 댕기는 심마니도 보이는데 신경 쓰지 마소. 산에 댕기는 사람들 치고 나쁜 맘 가진 사람들 드물어예."

병숙이 배낭을 열고 고기덩어리를 할머니들 앞에 내놓았다. 할머니들의 입이 딱 벌어졌다.

"형님요, 세상에 왠 고기를 이래 마이 샀는교. 고깃값이 얼매나 비싼데!"

큰할머니가 대답했다.

"내가 먼 돈으로 고기를 사노. 이 아지매가 산기라. 우예 됐든간에 오늘밤은 고기도 꾸 먹고 술도 한잔씩 하고 하룻밤 풋 쉬었다 가소."

"예, 할머니. 하룻밤만 재워 주세요."

큰할머니가 부엌에다 대고 큰소리로 말했다.

"아가, 퍼뜩 저녁준비 하그라. 호진이 호철이 올 때 다 돼 간다. 고구마도 삶아라."

"예."

병숙이 큰할머니에게 묻는다.

"며느리예요?"

"인자 얼매 안 있어 며느리 될끼요."

"말씨가 서울이예요."

"서울이라요."

"서울 색시가 용케 시골에서 살기로 결심했군요."

"서방될 총각이 워낙에 좋으잉께로."

"네에."

산골은 해가 일찍 기울었다. 어느새 처마끝으로 땅거미가 바짝 다가와 있었다. 귀뚤귀뚤 귀뚜라미 울음소리가 뒷뜰 쪽에서 차분하게 시작되고 있었다. 인기척이 조금도 없는 듯한데 검둥이와 흰둥이는 하늘에다 주둥이를 향한 채 맹탕 짖어댄다 싶었다. 인기척이 없는 것이 아니라 송이버섯 따러 나갔던 호진이와 호철이가 숲정이를 막 빠져나오고 있는 모습을 발견하고 짖는 것이었다. 두 사람이 둘러맨 망태가 불룩한 것이 송이버섯을 꽤 많이 딴 듯했다. 마당에 들어선 호진과 호철이가 병숙을 발견하고는 흠칫 놀라는 듯했으나 곧 모른 척 망태를 툇마루 위에 내려놓았다. 두 사람의 몸에서 송이버섯 향기가 몰큰몰큰 풍겨 나왔다. 호철이 어머니가 망태를 들여다보면서 탄성을 질렀다.

"하이고야! 마이도 땄네. 어데서 이래 마이땄노? 알이 실하기도 하네!"

호진이가 말했다.

"내나 따던데서 땄어예."

호철 어머니가 말했다.

"저 아지매가 송이버섯 사러 왔다."

호철이가 병숙을 한번 힐끗 쳐다본 뒤 푸접없이 퉁명스레 물었다.

"우째 알고요?"

"장터에서 큰엄마 더덕 몽땅 샀다 아이가."

"그래예?"

"퍼뜩 개울에 가서 목물하고 온나."

호진과 호철이가 개울가로 내려간 사이 병숙은 호진의 얼굴에서 묘한 그리움을 한 장 한 장 뜯어내면서 일도의 얼굴을 뇌리에 떠올렸다.

"어쩌면 우리 경희 아빠랑 저리도 꼭 닮았을까?"

병숙의 눈가에 이슬이 핑그르 고이기 시작했다. 이제는 거의 습관처럼 된 슬픔이 시도 때도 없이 밀려오곤 했다.

날이 완전히 어두워졌다. 병숙은 멍석 위에 앉아 이 댁 식구들과 두런두런 이야기꽃을 피우며 즐거워했다. 마당 한쪽 구석에 무쇠솥을 걸어 놓고 장작을 지폈는데 어느새 물이 쌀쌀 끓고 있었다. 얼마 안 있어 호진이 새빨간 숯불을 부삽으로 그러담아 무쇠화로에 옮겨 담았다. 미숙이가 배추와 풋고추를 깨끗이 씻어 고추장 그릇과 함께 소쿠리에 가득하게 담아 들고 왔다. 병숙이 고기꾸러미를 멍석 위에 풀어놓았다.

"자, 이제 소댕을 올려놓으세요."

미숙이가 부엌으로 달려가 소댕을 갖고 나왔다. 병숙이 화로 위에 다리쇠를 걸쳐 놓고 그 위에 소댕을 뒤집어 올려놓았다. 병숙이 칼로 적당히 썬 고기를 한 장 한 장 펼쳐 놓기 시작했다. 금세 고기 익는 냄새가 사위에 자욱하게 퍼져서 사람들의 코끝을 심하게 자극했다. 호진의 목구멍 속에서 침 넘어가는 소리가 꿀꺽하고 들렸다. 그것이 부끄러웠던 모양 힐끗 병숙의 눈치를 살폈지만 병숙은 모른 척 고기굽기에만 몰두하고 있었다. 그 사이 미숙이가 부엌 아궁이에서 검부잿불을 뒤져 꺼낸 고구마를 양푼에 담아 들고 멍석 위에 갖다 놓았다. 그리고 호철이를 향해 한쪽 눈을 찡긋해 보였다. 배고픈데 군고구마부터 먹으라는 뜻이었다. 병숙이 뒤도 돌아보지 않으면서 물었다.

"할머님들 소주 한잔씩 하실래요? 제 배낭 속에 소주 두 병이 있어요."

큰할머니가 주름살을 활짝 펴면서 반가워했다.

"소주? 조오채! 아지매도 소주 좋아하는 갑네."

"좋아하죠. 이런 멋진 곳에 좋은 안수까지 있는네요."

막내할머니가 신이 난 듯 목청을 한껏 돋우며 말했다.

"형님들, 차암! 와 소줄 마시능교? 탁배기 담가 놓은 게 한 독이나 있는데예. 자알 익었잖능교."

큰할머니가 무릎을 탁 쳤다.

"그래! 맞다. 내사 깜빡했네. 함지박 갖고 가서 퍼뜩 퍼온나."

병숙이가 물었다.

"술을 집에서 담가 놓고 잡수세요?"

"하모! 힘들게 일 끝내고 나서 탁빼기 한잔 쭉 마시고 자모 잠이 얼매나 잘 오는데."

"네에, 그렇긴 하겠어요. 할머니."

"그란데, 아지매요."

"예?"

"이 많은 고기를 다 먹을낍교? 남으면 상할낀데."

"호호호! 그게 염려 되세요? 남으면 간장 붓고 졸여서 장조림해 놓고 두고 두고 잡수세요. 차가운 샘물에 그릇을 담가 놓으면 쉬 상하지도 않구요."
"하기사 호진이하고 호철이가 고기 먹새가 어지간 하이께로."
"그래요? 오히려 고기가 모자라겠군요."
"모자라기사!"
"글쎄요, 그럼 한번 시작해 볼까요!"
미숙이 두리함지박에 막걸리를 그득하게 담아 왔다.
"자! 아지매, 탁베기 한잔 드소. 손님잉께로."
큰할머니가 조롱박으로 막걸리를 가득 퍼서 병숙에게 건넸다. 병숙이 그걸 두 손으로 받아서 단숨에 비웠다. 아직도 석쇠 위에서 조금은 덜 익었다 싶은 돼지고기를 된장과 함께 배추에 싸서 한입에 쓸어 넣고는 몇 번 우물대더니 금세 꿀꺽 하고 목구멍 넘어가는 소리가 들렸다. 곧 입안이 잠잠해졌다. 모두들 눈이 휘둥그레졌다. 곧 이어 병숙이 감탄하는 소리가 입 밖으로 터져 나왔다.
"야! 정말 맛있다. 이렇게 맛있는 막걸리는 난생 처음 마셔 봐요. 자! 할머니들도 한잔씩!"
병숙이 큰할머니에게 조롱박을 넘겼다. 작은할머니가 혀를 내두르면서 말했다.
"세상에! 우예 식성이 그래 쿵교!"
"호호호, 할머니, 전 보통남자들 서너 명 분은 먹어야 양이 차요. 호호호."
"머래? 남자들 서너 명 분을 먹어야 양이 찬다꼬?"
"네, 할머니."
"그라모, 그 쌀값을 우예 다 대노? 어데 쌀값 뿐잉가? 먹는 게 황솔세."
"염려 없어요. 할머니, 제 남편이 실컷 먹고 죽을 만큼 돈을 많이 놔두고 죽었거든요."
식구들이 눈을 동그랗게 뜨고 병숙의 얼굴에 시선을 쏟아부었다. 큰할머니가 병숙의 얼굴에 눈을 바짝 들이대고 물었다.
"그라모 아지매 과분교?"

"예, 할머니."
"쯔쯔쯔, 그 나이에 하마 과부라꼬? 우째다 팔자가 그래 됐노."
"그냥 사고로 죽었어요."
"우째꼬!"
밤은 점점 깊어 갔으나 식구들은 병숙의 걸쭉한 입담에 넋을 빼고는 마냥 즐거워했다. 늦사리지만 무쇠솥에서 금방 쪄낸 끝물옥수수 맛도 그저 그만이었다. 병숙이 호진에게 잔을 권했다.
"이름이 뭐라고 해요?"
"호진이라 캅니다."
"호진이라, 그래 좋은 이름같애. 자, 이 누나 술 한잔 받을 테야?"
"고맙심더."
호진이는 병숙이 건네주는 조롱박을 단숨에 비워 내고 다시 병숙에게로 내밀었다. 호진이도 호철이도 보통 장정들보다는 식성이 훨씬 컸지만 병숙에게만큼 비교가 안 되었다. 병숙의 식성에 습습하고 활달하기 짝이 없던 호진이와 호철이조차 기가 죽다 못해 숫제 존경스러운 눈치였다. 병숙이 호철이에게 잔을 권하며 물었다.
"이쪽 총각 이름은?"
"호철이라 캅니다."
"호철이? 이 누나 술 한잔 받아."
"고맙심더."
얼핏 병숙이 손목시계를 내려다보니 어느새 10시를 넘어가고 있었다. 그래도 식구들은 졸리지도 않은 모양 쉬 잠자리에 들 생각을 않았다. 병숙이 큰할머니의 손을 잡고 통사정 비슷하게 물었다.
"할머니."
"말해 보소."
"저도 할머님들이랑 여기서 살면 안 될까요?"
"말이 되는 소릴 하소!"
"왜요?"

"농사 지어 갖고 그 배 못 채우제. 여기서 살다가는 굶어 죽제."
"글쎄, 그런 걱정 말아요 일 년 먹을 쌀 10가마쯤 들여놓으면 되잖아요."
"머래? 쌀 10가마? 농담 마소!"
"호호호! 할머니 진짜예요. 쌀 10가마 들여놓고 할머니들이랑 살면 좋겠는데…."
"그래 하고 싶으면 그래 하소. 하지만도 아지매 먹을 양식은 꼭 책임져야 하능기라. 웬만큼 먹어야 야속한 말을 않제."
"호호호, 진짜예요? 허락하신 거예요?"
"혼자 와 있다고?"
"예, 할머니."
"소원이면 그래 하소!"

병숙은 비록 취중이었지만 쏟아 놓은 말대로 하고 싶었다. 여년묵어 모서리가 닳아빠지긴 했지만 모처럼 멍석 위에 펼친 둥근상에 둘러앉은 사람들의 짜드라 웃어대는 소리에 숲의 요정들이 밀려오는 졸음을 참느라 안간힘을 썼다. 풀벌레 소리는 한층 더 깊어지고 있었다. 병숙은 감동했다.

'참 좋다! 이곳이. 나도 복잡한 도시를 떠나 이런 곳에서 살았으면!'

속으로 그렇게 생각한 병숙은 곧 고개를 흔들었다.

'할 일이 얼마나 많은데… 이 다음에 늙어서나 모를까….'

큰할머니가 자리를 털고 일어섰다.

"고마 자자. 호진아, 호철이 델고 너들 방으로 가그라."
"예."

호철이와 호진이 자리를 떴다. 병숙이 남은 고기를 미숙에게 건네며 부탁했다.

"새댁, 이걸 바가지에 담아서 샘물에 잘 담가 놔요. 물이 들어가지 않도록. 내일 아침에 장조림을 할까 해요."

미숙은 남은 고기를 바가지에 옮겨 담고 뒤꼍으로 사라졌다. 큰할머니가 목골통이에서 담배 한 개비를 꺼내어 입에 물고 성냥을 그었다. 파란 담배연기가 옷깃을 여미며 처마 끝으로 사라지고 있었다. 그녀는 초탈한 모습으로 별이 가득한 밤하늘을 올려다보며 입속으로 중얼중얼했다.

"내일도 비는 안 올지 싶다. 별도 달도 저렇게 밝은데 비가 오겠나. 그자?"

작은할머니도 담배를 한 대 피워 물고 말했다.

"그케요. 콩도 털어야 되고 깨도 털어야 되는데 비가 오모 우째요. 그래도 비오는 날에는 군불 뜨끈뜨끈하게 때 놓고 마루에 나와 탁배기 안주로 부침개나 부쳐 먹으모 그저 그만이제."

조금 뒤, 병숙은 할머니들과 함께 몸을 구푸리고 방으로 들어갔다. 순간 매캐한 흙냄새가 코를 찔렀다. 막내할머니가 부엌에다 대고 큰소리로 말했다.

"아가, 정지문하고 방문 꼭 걸어 잠가야 한데이. 요새 늑대가 극성이라 카데. 딴 동네는 늑대가 진즉에 없어졌다 카든데 우리 사는 데만 늑대가 많다 아이가."

"예."

미숙이 호야(주 : 호야는 남포등이라는 뜻인데 일본어에서 온 말이다. 그대로 호야라는 말을 쓰기로 하는 것은 이 소설의 시대배경에는 농촌에서 대부분 일본어 잔재를 의식없이 쓰고는 했기 때문이다. 도시락을 벤또라고 말했듯이 일제강점기가 끼친 언어라 하겠다)의 등피를 조금 들추고 심지에 붙어 있는 불꽃을 입으로 훅 불어 껐다. 방안은 상대를 식별할 수 없을 만큼 캄캄해졌지만 곧 방안의 윤곽이 희끄무레 되살아나고 있었다.

"자입시더."

"예, 할머니."

큰할머니가 호철이 어머니에게 뭔가를 전해 주며 소곤거렸다.

"바라, 이거 사 왔다."

"뭐고?"

"경수 나올 때 쓰는기다."

"예?"

"편타카드라."

"예, 고맙심더. 큰형님요."

방안은 곧 사람들의 코고는 소리로 가득했다. 통마루 밑에서 들리는 씨르

래기의 울음소리가 처량하도록 가슴에 와 닿았다. 병숙은 전에 없이 마음이 포근하고 편안함을 느꼈다. 그때 검둥이와 흰둥이가 무엇을 보았는지 아닥치듯 짖어댔다. 꿈결 속에서도 큰할머니는 투덜투덜했다.

"쟈들이 와 저래 짖어쌌노? 땅꾼들 낌새에 놀랬나 아이모 노루가 내려왔나 산돼지가 내려왔나. 내일 아침에는 둘암탉 잡아서 아지매 백숙탕 끓여 줘야겠다. 신세를 너무 마이 졌잖나."

이제 큰할머니의 말을 듣는 이는 아무도 없었다. 모두들 곤침 속으로 깊이 빠져들었기 때문이었다.

꼬끼오오! 새벽닭 우는 소리에 병숙은 반짝 눈을 떴다. 뒤꼍으로 뚫린 조그만 붙박이창에 어슴새벽이 밀려오고 있었다. 워낙 공기가 좋아서 그런지 막걸리를 꽤 많이 마셨는데도 머리가 맑고 상쾌한 느낌이 들었다.

병숙은 오늘은 서울에 가야겠다고 마음을 먹었다. 며칠 더 머물고 싶은 생각도 들었지만 마음이 조급해 지는 느낌이었다. 어느새 할머니들이 자리에서 일어나 주섬주섬 옷매무새를 고치며 머리에다 비녀를 찌르고 있었다. 누군가가 마당을 쓰는 소리가 들렸는데 아마도 미숙인 듯 싶다고 병숙은 생각했다.

새벽이 물러가자 어둠은 사라지고 방안이 점점 환해져서 모든 사물이 병숙의 눈안에 선명한 모습으로 드러나고 있었다. 순간 병숙이 눈을 화등잔만큼 뜨고 벌어진 입을 다물 줄 몰랐다.

"세상에, 이게 무슨 일이야? 아니 대체 이 이럴 수가…!"

병숙은 벽에 걸린 사진틀 속에 있는 세 청년의 얼굴에 시선을 못 박은 채 석상처럼 꼼짝도 않았다.

"이게 대체 무슨 일이야!"

이윽고 머리를 털고 정신을 차린 병숙이 후다닥 돌아앉아 큰할머니의 어깨를 와락 움켜잡았다.

"할머니!"

큰할머니는 그렇게 갑작스레 돌변한 병숙의 얼굴을 유심히 살피면서 몹시 의아스러워했다.

"아즈매, 와 이라요? 잠이 덜 깼는교?"

"할머니 저기 저 사진틀 속에 있는 세 청년이 누구예요?"

큰할머니가 사진틀을 쳐다보며 되물었다.

"쟈들 말잉교? 쟈들 우리 아들 아잉교. 맨 오른쪽에 서 있는 장정이 내 아들이고 그 다음이 우리 둘째동서 아들이고 고 다음이 막내동서 아들이제. 그런데 아즈매가 와 그래 놀래능교?"

"할머니 아드님의 성함이?"

"이름요? 이름은 일도라카제. 쟈는 이도고 쟈는 삼도고."

금세 병숙의 얼굴이 와르르 허물어졌다. 그녀의 눈에서 눈물이 비 오듯이 흘러내렸다.

인생유전

병숙이 큰할머니의 목을 끌어안고 천정이 떠나가라 몸부림치며 통곡했다.
"아…! 어머니!"
"머라꼬?"
"어머니! 어쩜 좋아요. 어머니이!"
"아즈매, 와이카노오!"
병숙은 더욱 큰소리로 큰할머니를 붙들고 애간장이 녹아 내리듯 울었다.
"어머니, 여기 이렇게 살아계신 줄 모르고 우리 일도 씨는… 어머니 이렇게 여기 살아계신 걸 못 찾고 일도 씨는, 으흐흐흐흐…"
"뭐라꼬? 보소! 아즈매, 뭐라켓노? 일도 우짜고 했나?"
갑자기 세 할머니가 병숙을 가운데 하고 긴장된 얼굴로 모여 앉았다. 호철이 어머니가 어안이 벙벙한 얼굴로 병숙을 쳐다보고 있었다. 밖에서 미숙이가 후다닥 뛰어 들어왔다. 미숙이 놀란 듯 급한 말투로 물었다.
"왜 그러세요. 아줌마?"
차마 병숙은 그간에 있었던 일을 할머니들 앞에 털어놓을 수가 없었다.
"어머니이이, 어쩌면 좋아요오! 어쩌면 이런 일이!"
"아즈메, 대체 와 이라능교?"
"이아고오, 어머니, 어쩌면 좋아요오!"

한참동안을 몸부림치며 울고 있던 병숙이 조용히 몸을 일으켰다. 그리고 할머니들께 차례로 큰절을 올렸다. 할머니들이 무슨 영문인지 몰라서 어쩔 바를 몰라했다.

병숙은 지나간 세월을 차분하게 털어놓기 시작했다. 어느새 호진과 호철이도 잔뜩 긴장된 얼굴로 구석에 자리하고 앉아 병숙의 말에 귀를 기울였다. 병숙으로부터 자초지종을 다 듣고 난 할머니들의 눈이 새빨갛게 물들었다. 큰할머니가 옷소매로 연신 눈물을 찍어 내며 울먹였다.
"그래, 그래됐나. 어차피 살아 있을끼라고 꼭 믿지는 않았제. 야쿠자의 세계라 카는 거 우리 자알 알제. 하루하루 목숨을 잽히 놓고 사는기 야쿠자들 아이가. 살아있어도 산 목숨이 아니다. 그래도 행여 살아 있었으면 했는데. 아이고, 일도야아!"
"세 분 형제가 어머님들을 얼마나 목메도록 찾았는데요. 설마 이런 산골에 숨어 사실 줄은!"
큰할머니가 목이 멘 목소리로 지나간 일들을 낱낱이 늘어놓기 시작했다.
"영감이 세상을 뜨자마자 아들 셋은 즈들 아부지 친구가 서울로 불러 올라갔고 우리는 고마 이래저래 세상 꼴 보기가 싫어서 물어물어 이 산골에 들어와 살았제."
"그럼, 호진이 청년은요? 아드님이라구 하셨는데."
"일도가 열두 살 되던 해에 내가 호진이를 뱄는데 일도 아부지가 호진이를 아들 취급을 안 할라켓다. 낳기 전부터 병원에 가서 아를 지우라카는 걸 내가 죽기 살기 각오로 낳았제."
"어머니, 참으로 힘든 결심을 하셨군요."
"일도 아부지는 형제가 4분5열 되모 조직이 망가지기 십상이라 카믄서 재산을 물려줄 아들은 일도와 이도와 삼도뿐이라고 칵 쐐기를 박아뿌렀제. 성질이 하도 불같고 한번 뱉아낸 말은 다시 주어 담는 법이 없는 양반이라 아무런 대꾸도 못하고 속만 끓였제. 별 도리가 없었제. 그래서 호진이 출생신고도 호진이 아부지 죽고 나서야 했다. 우예 됐든간에 일도 아부지가 호진이를 눈앞에 얼씬도 몬하게 했다아이가. 할 수 없이 아를 고아원에 매끼 놓고 틈만 생기면 먹을 거 입을 거 챙기 갖고 찾아봤제. 말은 고아원이라고 했어도 호진이 쟈를 고아처럼 키우지는 않했다."

 일도 어머니가 담배 한 개비를 꺼내 입에 물었다. 털어놓고 지난날을 늘어 놓자니 억장이 무너지는 모양이었다. 이도 어머니가 얼른 성냥을 그어 일도 어머니 담배에 불을 붙혔다. 긴 한숨이 담배연기와 함께 천정으로 퍼져 나갔다. 삼도 어머니는 돌아앉아 연신 눈물지으며 먼 산만 바라보고 있었다. 이도 어머니가 담배에 불을 붙여 삼도 어머니 입에 물려 주었다. 일도 어머니가 또한 번 한숨을 길게 토해 놓고 나서 이야기를 계속 이어 나갔다.

 "일도는 제 밑에 동생이 하나 또 있다는 걸 전혀 모르고 살았다."
 병숙이 아직도 흥분이 가시지 않은 얼굴로 대답했다.
 "그럼요, 일도 씨는 그런 사실을 전혀 모르고 있었어요. 어머니."
 일도 어머니의 말은 계속 이어졌다.
 "일도도 이도도 삼도도 저들 낳은 에미는 다 달라도 호적은 다 한 아버지 이름으로 올라 있다. 호적상으로는 쟈들이 다 내 아들인기라. 그저 억울하고 불쌍한기 이 동서들 아이가. 내사 그래서 이 동서들을 떠나서는 하루도 몬 살 겠고 동서들도 마찬가지라. 우리는 이래 한곳에 뭉쳐서 살다 죽을끼라. 같이 모여 사니 서로 의지도 되고 웃어도 같이 웃고 울어도 같이 울고 그래 산다."
 "어머니들이 그나마 참 힘든 결단을 하셨어요."
 "그때 영감이 죽고 나자마자 내가 서둘러 동서들 델고 이 산골로 들어온기 썩 잘했지 싶다. 늙어 가믄서 서로 의지할 데 있는 것도 아이고 그렇다고 야쿠자 아들 믿고 살기도 진절머리나고."
 "잘 하시긴 했어요. 어머니! 언젠가 어머님들을 찾으러 일도 씨가 기차를 탄 적이 있었는데 그때 기차 안에서 저희 둘이 인연이 되어 결혼까지 했는데…"
 일도 어머니가 잠시 말을 잇고 또 눈시울을 적셨다. 병숙은 아직도 꿈을 꾸는 듯한 느낌이었지만 분명 꿈이 아닌 현실이었다. 일도 어머니가 긴 한숨을 토해 내며 탄식했다.
 "그래 부산 남포동에 몇 달 산 적이 있다. 애고, 애고! 그래도 살아있기를 바랬는데. 언젠가는 야쿠자짓 고만하고 이 산골로 3형제 다 델고 와서 농사나 짓고 알콩달콩 살라캤는데. 애고애고, 불쌍한 내 새끼야!"

눈두덩이 새빨갛게 부어오른 이도 어머니가 일도 어머니의 등을 토닥거리며 위로했다. 그녀는 삼형제 중에서 살아 있는 아들이 이도밖에 없다는 게 공연히 미안하게 여겨졌다.

"형님, 너무 그래 애 끓이지 마소. 다행이 이도가 안죽도 살아있다 안 캅니까. 낳기사 내 속으로 낳긴 했지만도 형님 자식 아잉교."

끓어오르는 격정을 참지 못하고 일도 어머니가 두 동서를 와락 부둥켜안았다. 세 명의 어머니가 한데 뒤엉켜 구곡간장이 녹아내릴 듯 통곡했다.

"애고, 불쌍타이! 애고, 불쌍타이! 일도도 죽고 삼도도 죽었다칸다아. 애고애고, 불쌍타이! 우째면 좋노. 우째면 좋노!"

얼마쯤 시간이 흐른 뒤 일도 어머니가 눈에 눈물이 그렁그렁 한 채로 병숙이 쪽으로 돌아앉았다.

"이래 희한한 일도 다 있다. 부처님이 도와 주신갑다. 그래 자네가 내 며느리라 그 말 아이가?"

"예, 어머니, 일도 씨는 삼형제가 합동결혼식을 올려야겠다면서 세 분 어머니를 찾으려고 무척 노력했어요. 어머니들을 찾기 전에는 결혼식도 안 올리겠다고 고집을 부리다가 작년에 겨우 합동결혼식을 올렸는데."

겨우 울음소리를 멈춘 일도의 어머니가 치맛자락으로 얼굴을 훔쳐내며 연거푸 한숨을 쏟아냈다. 일도 어머니와 이도 어머니는 몸이 가냘프고 얼굴도 갸름한 편이었다. 삼도 어머니는 얼굴이 넙데데하고 몸집도 살이 올라 부해 보였지만 다른 어머니들에 비해 말수가 적고 속내를 쉽게 드러내기를 조심스러워하는 것 같았다. 이도 어머니가 눈물을 연신 닦아내며 물었다.

"그라모 이도 색씨는 목발 짚고 댕기나?"

"예."

"애고, 불쌍해서 우예노오!"

병숙이 망설이다 말고 겨우 입술을 열었다.

"그런데 어머니 한 가지 궁금한 것이."

일도 어머니가 새빨갛게 물든 눈으로 병숙을 쳐다보며 물었다.

"뭐꼬?"

"호철이 총각 말씀인데요, 어떻게 된 사연인지…"

"호철이 말이제."

"예, 동서되신다고 하셨으니."

"호철이 엄마가 일도 작은엄마된다 아이가. 저 동서도 참 팔자 억시게도 몬 타고 났제."

호철이에 대한 일도 어머니의 이야기가 슬프게 이어졌다.

"일도 작은 아부지에 대해서는 내도 잘은 모른다. 하지만서도 대충 아는 대로 얘기하모 일도 작은 아부지가 말이다. 옛날부터 방황벽이 워낙 심해 조선 천지를 거지행색하면서 댕깃다 아이가. 그런데 언제부턴가 지리산에 들어간다고 사라진 뒤로 몇 년 동안 얼굴 한번 안 보이더만도 어느 날 갑자기 장가를 들었으니 아부지가 물려준 재산에서 자기 몫을 달라고 일도 아부지한테 떼를 썼다 아이가. 일도 아부지가 돈을 어데다 쓸라 카나고 물었제. 여자한테 집을 한 채 사 줘야겠다고 안 카나. 일도 아부지가 집 살 돈을 준기라."

일도 어머니가 이야기를 계속하는 동안 호철이 어머니는 고개를 외로 떨어뜨린 채 눈시울만 빨갛게 적시고 있었다. 햇볕에 그을린 얼굴이지만 아직 젊음이 남아 있는 아름다운 여인이었다. 사실 이 집에 들어와서 처음 그녀를 보았을 때 병숙은 속으로 세상에 저렇게 아름다운 여인이 다 있나 싶을 만큼 감탄했었다.

"지금이사 나이를 먹어 비록 눈가에 잔주름이 몇 줄 생기긴 했지만도 옛날에는 양귀비 뺨 칠 만큼 인물이 뛰어나게 이뻤던 게 화근이라. 소문이 세상에 돌고 돌아 건달세계에서 한가닥 단단히 하는 두목한테 소문이 들어간 모양이라. 천벌을 받아 날벼락을 맞아 죽을놈의 자석이 글쎄 부하들을 시키 갖고 한날 밤에 호철이 엄마를 잡아다가는 기어코 욕심을 채웠다 아이가."

"어머니, 기가 막히네요."

"그날부터 그놈이 호철이 엄마를 아예 지놈 첩으로 삼아부렀제."

병숙은 한 자리에 모여 앉은 네 어머니를 보고 있자니 네 분 모두 모질기도

한 운명을 타고 났다고 속으로 탄식했다. 일도 어머니가 담배 연기를 길게 내뿜으며 방바닥에 한숨을 쏟아냈다.

"휴우! 여자는 별 수 없는 기라. 하루 이틀이 지나고 서너 달 넘도록 그 웬수놈의 첩질을 했으잉께. 호철 엄마도 고마 자포자기해 뿌린기제. 이래저래 불쌍한 게 여자 팔자제."

울먹이는 목소리로 이어지는 일도 어머니의 이야기는 그칠 줄 모르고 계속되었다.

"일도 작은 아부지가 눈에 불을 키고 제 처를 찾아 댕기다가 등잔 밑이 어둡다고 결국에는 목포에 와서야 자기 처를 찾았는데 알고보이 상대는 독종으로 소문 난 야쿠자 두목이었다 이 말이다."

"네에."

병숙은 이어지는 일도 어머니의 이야기에 정신이 홀랑 빠져 버렸다.

"일도 작은아부지가 또 얼매나 무서운 사람인고 하모 무슨 희한하게 생긴 쇠꼬챙이를 한 다발씩 갖고 댕긴는데 그 쇠꼬챙이로 나는 참새도 떨어뜨린다고 소문이 자자하게 날 정도였던기라."

"어머니, 그 이야기는 저도 일도 씨한테서 들었어요."

순간 병숙의 눈앞에 종태의 얼굴이 훅 바람처럼 지나갔다. 일도 어머니는 이야기를 계속했다.

"언날밤 일도 작은 아부지가 건달두목놈을 그 쇠꼬챙이로 대번에 쥑여뿌렸제. 그라고부터 일도 작은 아부지는 뒤도 한번 안 돌아 보고 어둘로 사라졌다 아이가. 몇 달 후에 저 동서의 배가 남산만치로 불러 왔는데 그 씨가 바로 일도 작은 아부지 씨라. 호철이가 바로 일도 조카 된다 아이가. 일도 작은 아부지는 자기 처가 그놈과 바람이 나서 붙어먹은 줄 알고 이를 갈고 있었지만 실은 그기 아이라. 그저 불쌍하고 한맺힌 게 호철이 엄마뿐잉기라. 우예 됐든 간에 일도 작은 아버지는 소식 한 장 없다. 어데 가서 거지처럼 살다가 죽었지 싶다. 세상 살다 보이 별 희한한 사람도 다 있다 아이가."

병숙이 얼핏 호철이 어머니 쪽으로 눈길을 보냈다. 호철이 어머니의 어깨가 심하게 떨리고 있는 것으로 보아 간신히 울음을 참고 있는 모양이었다. 일도 어머니가 또 입을 열었다.

"그런데 그때 말이다. 일도 아부지가 죽을 때 유언을 했는데 누군가한테 작은 아버지 재산을 물려주라고 유언했다 카는데 그기 또 누군지 모른다."

병숙이 떨리는 음성으로 말했다.

"전 알아요, 어머니, 삼촌의 이름은 나민호라고 했죠?"

"옳제! 희얀키도 하다. 니 귀신 아이라? 우예 그것까지 아노?"

순간 호철이 어머니가 무릎 사이에서 파뜩 얼굴을 들었다. 깜짝 놀란 표정이었다.

"삼촌 이름은 일도 씨한테서 들어서 알구요. 삼촌이 그 쇠꼬챙이 기술을 가르쳐 준 사람이 있는데요. 그분 이름이 김종태라고 해요. 지금 개미그룹 총수예요."

병숙은 한 분 한 분마다 손을 붙잡고 울고 또 울었다. 자꾸만 슬픔이 폭포수처럼 입 밖으로 터져 나올 것만 같아서 견디기 힘들었다. 인생유전이란 참으로 기묘한 외줄을 타는 듯 아슬아슬한 것이었다. 인간이란 어느 누구든 자신의 앞일에 대해 한 치 앞도 내다 볼 수 없는 나약한 존재라는 걸 병숙은 새삼 깨달았다. 괴로움과 고난이 끊일 새 없이 이어지는 인생살이는 대체 누가 조정하며 수습하고 있는 것일까. 최석천 목사를 통해서 병숙이 조금씩 알아가고 있는 하나님은 왜 일도 3형제가 살아있을 때 어머니를 만나게 해 주지 않고 모든 것이 부서지고 없어지고 난 지금에야 나타나신 것일까. 어쨌든 병숙은 이런 문제에 관해서 훗날 최석천 목사와 이야기해 보기로 마음먹었다.

호사다마

　병숙은 산골 초가집에 며칠 더 머물기로 마음먹었다. 그리고 사흘의 시간이 흘렀다. 병숙이 부엌으로 들어가 말없이 호철이 어머니의 허리를 끌어안았다. 호철이 어머니가 쌀을 씻다가 말고 흠칫 놀라 하면서도 싫지 않은 듯 얼굴을 반쯤 돌리고 말했다.
　"와카능교?"
　"에이, 아직도 존댓말이에요? 작은엄마, 좀 늦긴했지만요. 이왕에 어머니 환갑잔치 겸 약혼식을 올리는데 소도 한 마리 잡고 돼지도 한 두어 마리 잡아야죠?"
　"뭐래? 돼지를 두 마리나 잡아? 누가 다 묵을라꼬? 그라고 소를 잡는다고? 하이고오! 말 같은 소릴 하그라. 소 한 마리에 돈이 얼만데."
　"아이구, 참, 무슨 말씀이에요. 어머니 환갑잔친데 서울서 손님이 오백 명은 내려올 텐데요? 돼지 두 마리 갖고도 모자라요. 세 마리는 잡아야 할 걸요? 이왕에 경사 났는데 소 한 마리 잡는 것도 괜찮죠."
　"뭐래? 오백 명? 그래 마이 오나?"
　"그럼요, 그것도 추리고 추려서죠. 그렇게 애타게 어머님들을 찾았었는데 개미촌이 경사가 난 것이죠."
　호철이 어머니가 씻은 쌀을 솥에 앉힌 뒤 눈을 동그랗게 뜨고 말했다.

"우예노? 우째 다 대접하노"

"걱정 마세요. 서울에서 일 잘하는 여자들이 많이 몰려 올 거예요."

"내사 이기 꿈인지 생신지 모르겠네. 꿈 아이가?"

"꿈이 아니고 생시예요. 그러니까 기쁜 마음으로 잔치 준비하세요. 아무 걱정 마시라구요."

결혼식은 내년 봄쯤으로 예정했지만 쇠뿔은 단김에 빼랬다고 금년 가을에 약혼식부터 덜퍽지게 올리자고 병숙이 수선을 떨었다. 결국 세 분 할머니가 의견을 모으고 그러자고 쾌히 승낙한 터였다.

"참 멋지겠어. 작은 엄마, 이곳에 동네 사람 죄 불러다 놓고 어머니 환갑잔치 겸 약혼식을 올리는 거 너무 재미있고 멋져요. 그죠?"

"하모! 온 동네 잔치났제. 잔치를 크게 올린다고 소문내모 사람들이 믿을지 싶다. 마당에 큰 솥 다섯 정도는 걸어야겠다. 그자?"

"그럼요, 읍내 유지들도 모두 불러요."

"읍내 사람들까지? 음식을 우째 다 장만할라꼬."

"작은 엄마는 아무 것도 염려 마시라니까요. 제가 다 알아서 할게요."

"그라모."

호철이 어머니가 무언가를 말할 듯하다가 입을 다물었다. 어쩌면 말 못할 내막이 있어서 그런다 싶어 병숙은 호철이 어머니의 얼굴에 눈을 바짝 들이대며 물었다.

"뭔데요? 무슨 말씀 하시려다 만 거예요? 네? 작은 엄마."

호철이 어머니가 마지못해 병숙의 귀에다 대고 으밀아밀 뭔가를 속삭였다.

"동네 이장님은 잊아뿌지 말고 꼭 초대해야 된데이."

"동네 이장요? 그럼요, 당연히 초대해야죠."

병숙이 문득 짚히는 게 있었지만 아무 말하지 않고 호철이 어머니의 말을 기다렸다. 호철이 어머니가 작심하고 입을 열었다.

"호진이가 말이다. 호진이가 이장님 딸을 그래 좋아해도 이장님 쪽에서는 눈도 까딱 않는다 아이가. 잔치를 크게 벌리모 이장님 댁도 우리 호진이를 함부로 보지 않을낀데. 이장님 댁 딸이 워낙 콧대가 높아갖고 호진이는 허구한

날 벙어리 냉가슴만 앓고 있는기라. 보기에 얼매나 안 됐노. 나이가 하마 서른한 살인데 말이다."

병숙은 그렇게 말하는 호철이 어머니의 눈매가 옛날에는 정말 아름다웠을 것이라고 새삼 감탄했다. 게다가 50이 넘었다지만 호철이 어머니는 나무랄 데 없이 탄력있는 몸맵시를 그대로 유지하고 있었다. 병숙은 문득 좋은 남자한테 시집을 보냈으면 싶은 엉뚱한 생각도 해 보았다. 호철이 어머니가 말했다.

"큰형님이 하도 호진이가 불쌍타고 한탄해싸서 가슴이 아픈기라. 아버지 앞에 얼굴도 한번 내비치지 몬하고 키운 게 한이 맺히 갖고 우째든가 호진이를 고등학교까지는 갈킬라고 애를 썼는데 고마 중학교밖에 몬 시킷다."

"작은엄마, 제가 사람 보는 안목이 좀 있는데요. 호진이 도련님 나중에 큰일을 할 재목 같아요. 비록 중학교밖에 못 나왔지만 두고 보세요. 덩치값 할 테니."

"집도 얼매나 부잔지 아나? 땅도 많고 소도 다섯 마리나 된다."

호철 어머니는 호진이를 놔두고 자기 아들인 호철이부터 장가를 보낸다는 게 큰형님 보기에도 미안스럽고 동네 사람들한테도 은근히 눈치가 보였다. 그 마음을 눈치챈듯 병숙이 다독이듯 말했다.

"작은엄마, 염려 마세요. 호진이 장가 문제는. 제가 책임 지고 호진이를 좋은 곳에 장가보낼 게요."

"그래? 니 정말 호진이를 장가들게 해 줄 자신이 있나?"

"그럼요, 조금도 염려 마세요. 호진이 장가들 곳 얼마든지 있으니까요."

"그래? 그라모 다행이지만. 호진이는 이장 딸 아이모 장가 안 갈라 할긴데."

그때, 먼지를 뽀얗게 뒤집어쓴 두 대의 지프차가 집으로 들어오는 초입에서 엔진을 멈추었다. 모두들 깜작 놀라서 밖으로 뛰쳐나왔다. 검둥이와 흰둥이가 악을 쓰며 짖어댔다. 곧 지프차 한 대에서 4명씩 모두 8명의 험상궂게 생긴 청년들이 뒤뚱거리며 마당으로 들어서고 있었다. 모두들 영문도 모른 채 청년들을 넋 빠진 듯 쳐다보고 있었으나 병숙의 감각은 날카로웠다.

'건달들인데, 이런 산골에 웬 놈들일까?'

병숙의 눈길은 재빨리 부엌 안으로 몸을 숨기는 미숙을 놓치지 않았다. 훅 불안한 예감이 머리를 때렸다. 병숙은 곧 침착함을 가장하고 놈들을 지긋이 노려보았다. 만고풍상을 다 겪고 살아온 일도의 어머니도 놈들이 예삿일로 들이닥친 건달들이 아니라는 것을 직감했다. 그녀도 한때는 건달계의 최고 보스 밑에서 잔뼈가 굵었기 때문이었다. 큰할머니가 더듬거리는 목소리로 물었다.

"뉘, 뉜교?"

이마에 콩알만한 점이 있는 사내가 물었다.

"이 집에 아가씨 하나 와 살지?"

"아가씨예? 와요? 아저씨들은 뭐하는 사람들인데예?"

어느새 호진과 호철이가 긴장된 얼굴로 달려왔다. 호진이 툭 불거진 목소리로 물었다.

"뭔교? 누구 찾능교?"

놈들 중 하나가 앞으로 나섰다. 그가 호진과 호철이를 칩떠보며 말했다.

"이 새끼덜! 네놈들이 우리 애들을 잘도 팼겠다. 엉?"

호철이가 눈망울을 데굴데굴 굴려 가면서 던지듯 대답했다.

"팰 만하이이께 팼제."

점박이 사내가 빽 소리를 내질렀다.

"씨발! 맞아 죽기 전에 물건 내놔!"

점박이 사내가 금방이라도 주먹을 날릴 기세였다. 호진이가 소리쳤다.

"물건? 무슨 물건 말이고?"

"이 새끼갓! 기집년 내놔!"

"뭐래?"

"풍기에서 훔쳐갔던 기집년 내놔!"

"뭐? 훔쳐 와? 언제 우리가 훔쳐 왔노? 그 시끼들이 델고 가라고 했다. 그라고 다시는 내 앞에 얼씬도 말라고 했드이마는 지들은 몬 오고 딴 패거리들이 왔나?"

분위기가 점점 험악해져 가고 있었다. 병숙은 머리털이 하늘로 쫙 뽑혀 올라가는 듯한 위기감을 느끼며 몸을 부르르 떨었다. 믿을 만한 어깨들을 몇 명

딸려 보내겠다던 종태의 말을 들었어야 했다고 후회가 파도처럼 밀려왔다. 하지만 여행을 다니다가 이렇게 난처한 경우를 맞이할 줄 꿈엔들 알았을까. 병숙은 피가 나도록 입술을 깨물었다.

'큰일이네. 어떡해야지? 호사다마라더니 좋은 일이 벌어진다 싶었는데 마가 끼는가?'

행동대장인 듯한 놈이 명령했다.

"빨리 찾아내랏! 거추장스럽게 굴면 모조리 두들겨 팻! 늙은이고 젊은 것이고 가릴 것 없다!"

놈이 금세 사람을 요절이라도 낼 듯 눈을 부라리며 설쳐댔다. 놈들이 병숙과 할머니들을 옆으로 와락 밀어 붙이고는 부엌 안으로 뛰어 들어갔다. 곧 찢어지는 듯한 미숙의 비명소리가 식구들의 심장을 칼로 도려내는 듯했다.

"싫어요! 안 갈 거예요! 사람 살려!"

두 놈이 미숙의 팔을 한쪽씩 움켜쥐고 부엌에서 나왔다. 그때였다. 호진이가 놈들에게 산대지처럼 돌진해 들어가면서 고함쳤다.

"이새끼들 그 손 못 놓겠나?"

미숙을 붙잡고 있는 놈들의 몸동작이 분명 지난번 장터에서 해치웠던 놈들과는 비교도 안 될 정도로 날렵하고 빨랐다. 놈의 돌려차기가 달려드는 호진의 턱을 호되게 때렸다. 호진이가 억 하는 소리를 지르면서도 굽히지 않고 놈들을 향해 돌진했다. 눈 깜짝할 새에 호진은 뒷덜미에 수도를 맞고 앞으로 꼬꾸라졌다. 싸움실력으로 봐서 호진이나 호철이는 맞잡이가 못 되었다.

"이새끼덜아앗! 쥑이뿔끼다앗."

호철이가 고함을 지르며 놈들에게 달려들었다. 점박이놈이 풀쩍 공중으로 몸을 솟구치더니 달려드는 호철이의 턱을 걷어찼다. 황소 같은 힘을 자랑하는 호진과 호철이이긴 했지만 싸움실력으로 봐서 놈들은 턱도 안 될 만큼 고수였다. 호철이도 뒤로 벌렁 나가 떨어졌다. 깜짝 놀란 호철이 어머니가 달려가서 호철이의 몸을 일으켜 안고 부르짖었다.

"와 이라능교? 와 사람을 개패듯 하능교!"

호철이가 어머니를 뿌리치고 또 놈들에게 달려들었다. 이번에도 호철이는 관자놀이가 폭발해 버릴 듯한 충격으로 땅바닥에 고꾸라지고 말았다. 보다 못한 병숙이 휙 몸을 날려 놈의 면상에 주먹을 나렸다. 놈이 병숙의 주먹을 맞고 깜짝 놀라면서도 괴물처럼 얼굴을 일그르뜨렸다. 놈이 병숙의 옆구리를 주먹으로 내질렀다. 병숙이 재빨리 몸을 돌려 놈의 턱을 힘껏 올려찼다. 병숙은 처녀 때부터 태권도와 합기도를 몸에 익힌 탁월한 싸움꾼이었다. 게다가 쌀 한 가마를 어깨 위에 덥썩 올려 놓고 공기돌 던지듯 했었다. 지금은 그때보다 몸이 약해지긴 했지만 그녀의 발길질과 주먹은 여전히 위력이 있었다.

병숙이 고함을 지르며 다시 몸을 날렸다. 그녀가 두발당성으로 달려드는 놈의 얼굴을 힘껏 내박찼다. 놈이 비명을 내지르며 뒤로 벌렁 나가떨어졌다. 호진이 재빨리 미숙을 붙들고 있는 놈의 허리를 뒤에서 두 팔로 덥석 끌어안았다. 마치 구렁이가 돼지를 휘감아 조이듯 놈의 허리를 조이기 시작했다. 호진의 얼굴이 공처럼 부풀어올랐다. 그때까지 속수무책으로 발만 동동 구르던 식구들이 일제히 놈들을 향해 괭이나 지게작대기 등을 휘두르며 대들기 시작했다. 악에 받힌 미숙이 부엌으로 달려 들어가 식칼을 들고 뛰어나왔다. 병숙의 눈에 비친 미숙의 모습이 가슴이 저리도록 애처러웠다. 미숙이가 발악하듯 소리쳤다.

"네놈들에게 끌려가느니 한 놈이라도 죽이고 나도 죽어 버릴 테얏!"

겨우 정신을 차린 호철이가 재빨리 한 놈의 뒷덜미를 거머잡고 대추나무 몸통에다 힘껏 박아버렸다. 놈이 눈을 허옇게 까뒤집고 산골짜기가 울리도록 비명을 내질렀다. 싸움기술이 변변치 못해서 그렇지 힘으로는 경상도를 통틀어 당할 장사가 없을 만큼 소문난 씨름선수였다.

일순 놈들은 당황한 기색이 역력했다. 호철에게 맞은 놈의 얼굴에서 검붉은 피가 콸콸 쏟아지고 있었다. 호진은 아직도 이를 악물고 아까부터 미숙을 붙들고 있던 놈의 허리를 조이고 있는 중이었다. 놈의 얼굴이 새빨갛게 충혈되더니 드디어 놈의 몸 어딘가에서 우드득 뼈다귀 꺾어지는 소리가 들렸다. 드디어 놈의 얼굴이 흙빛으로 변하면서 고개를 푹 떨구었다. 실로 삼두육비 뺨칠 만큼 무서운 괴력이었다.

"으ㅇㅇ"

상황이 의외의 방향으로 돌변하자 놈들은 인정사정 볼 것 없다는 듯 나약한 여자들에게까지 마구 발길질과 주먹질을 해 대기 시작했다. 병숙이 이번에는 태권도 실력을 발휘해서 달려드는 한 놈의 얼굴에다 또 한번 돌려차기로 오른쪽 발꿈치를 날렸으나 그것이 빗나가자 놈이 주먹으로 병숙의 턱을 후려쳤다. 순간 극심한 통증이 그녀의 정신을 혼미케 했다. 병숙은 절망감으로 어금니가 깨져라 사리물었다.

"아, 이런 참담한 지경에 이르다니!"

그때쯤 이미 호진과 호철이가 놈들에게 둘러싸여 떡이 되도록 터지고 있었다. 식칼을 빼앗긴 미숙이 파랗게 질린 얼굴로 와들와들 떨고 있었다. 병숙이 목이 터져라 울부짖었다.

"천벌을 받을 놈들아! 힘없는 노인네들에게 이런 짓을 하고도 살기를 바래?"

바로 그때, 놈들 중 하나가 목젖이 달아날 만큼 소리를 크게 내질렀다.

"아앗! 저, 저게 뭐얏?"

놈들이 일제히 하던 짓을 멈추고 놈이 손가락질 하는 곳으로 얼굴을 돌렸다. 두 대의 지프차에서 시커먼 연기와 함께 불길이 치솟고 있었다. 행동대장 놈이 소리쳤다.

"왓! 지프차에 불이 붙었다아! 큰일났다. 빨리 불을 꺼랏!"

놈들이 지프차를 세워 둔 곳으로 우르르 몰려갔다. 지프차는 어느새 불의 혀를 날름거리면서 보닛(bonnet : 자동차의 앞부분 덮개) 쪽으로 빠르게 옮겨 붙고 있었다. 놈들은 혼이 다 빠져 이리 뛰고 저리 뛰며 어쩔 바를 모르고 있었다. 불길은 점점 더 거세게 두 대의 지프차를 화마처럼 삼켜 가고 있었다. 행동대장놈이 혀가 빠지도록 부르짖었다.

"뭣해! 새끼덜아아! 빨리 불을 꺼랏! 지프차가 불타면 우린 맞아 죽어!"

놈들 중 누군가 화급한 목소리로 외쳤다.

"그릇이 없습니닷!"

"씨발!"

행동대장놈이 식구들을 향해 사납게 으르렁댔다.

"바께스 갖고 와! 그릇이란 그릇은 죄다 갖고 와서 물 퍼 날랏. 목아질 비틀어 죽여 버리기 전에!"

병숙이 무언가 심상치 않은 예감을 느낀 듯 소리쳤다.

"네놈들이 꺼! 왜 우리가 네놈들 지프차를 살려 주냐?"

행동대장놈의 얼굴이 보기 흉할 정도로 일그러졌다.

"이런 씨발년이!"

"뭐야? 이 새끼가 어따 대고 욕이얏!"

놈이 지프차와 병숙을 번갈아 보면서 주먹을 터질 듯 부르쥐고 몸을 떨었다. 지프차가 없으면 만사가 헛수고인 셈이었다. 더구나 지프차를 두 대씩이나 태워 먹었다면 두목에게 초죽음이 되도록 맞을 각오는 단단히 해야 했다. 놈들이 웃통을 벗어 던지고 부엌으로 달려 들어갔다. 양동이랑 함지박 등을 들고 나와 냇가로 달려갔다. 그제야 병숙은 지긋이 눈살을 찌푸리고 주위를 살펴보았다.

'저절로 난 불은 아냐. 누군가가 분명 손을 썼음에 틀림없다. 누굴까?'

놈들이 겨우 지프차의 불길을 잡아 놓고 풀섶에 퍼질러 앉아 숨을 씩씩대고 있었다. 이미 지프차는 타이어까지 납작하게 주저앉은 채 시커멓게 그을어 괴물 같은 형체로 침묵하고 있었다. 행동대장놈이 이빨을 아득아득 갈면서 호진네 식구들을 죽일 듯이 노려보았다. 놈이 속으로 중얼거렸다.

'지프차가 왜 저절로 불이 붙었을까? 한 대도 아니고 두 대가 다.'

마침내 행동대장놈이 지프차에 대한 집념을 포기하고 부하들에게 소리를 질렀다.

"할 수 없다! 저 두 놈이 끝까지 대들면 죽일 수밖에 없다. 이번에도 저년을 놓치면 진짜 곡소리 나는 거야. 새끼덜아! 빨리 지프차에 가서 무기 갖고 와!"

두 놈이 무기를 가지러 지프차를 향해 달려갔다. 놈들이 곧 무기가 담긴 마대자루를 갖고 와서 쇠파이프와 대검 등을 쏟아놓았다. 점박이 놈이 미숙에게 와락 달려들어 우악스럽게 손목을 끌었다. 미숙은 앙탈을 부리며 끌려가지 않으려고 사력을 다해 몸부림쳤다. 피투성이가 된 호철이가 또 달려들어 미숙을 잡고 있는 놈의 목덜미를 홱 낚아채어 미숙을 자신의 뒤로 돌려놓앉다. 그때였다. 등산복 차림의 낯선 청년 두 명이 어슬렁어슬렁 마당으로 들어서고 있었다. 행동대장이 두 청년을 노려보면서 일갈했다.
"뭐하는 새끼들이얏! 빨리 꺼지지 않으면 죽는다?"
두 청년은 검독수리 영표 영철 형제였다. 영표가 눈을 하얗게 지릅뜨고 일갈했다.
"새끼들, 그 아가씨 놔주고 빨리 꺼지지 않을래?"
행동대장놈이 이빨을 하얗게 까보이며 검독수리 형제를 향해 소리쳤다.
"네놈들이 지프차에 불을 질렀구나?"
영표가 입가에 비웃음을 흘리며 말했다.
"눈치 하나 되게 굼뜨네. 그새끼!"
"으으으! 이새끼들이 지프차에 불을 질러 우릴 망하게 했다. 이왕 이렇게 된 비에야 죽여 버리겠어. 이새끼들!"
검독수리 영표가 여유를 부리며 툭 던지듯 말했다.
"좋아! 기꺼이 죽어 주겠어!"
그제야 놈들은 두 청년이 예사롭지 않다는 걸 알아채고는 긴장했다. 병숙은 새롭게 나타난 두 명의 청년이 개미촌 사람이라는 것을 알아차렸다.
'결국 큰형님이 사람을 딸려 보내었구나. 용의주도하긴!'
행동대장놈이 이를 와드득 갈면서 말했다.
"씨발! 네놈들이 이 할망구들하고 뭔 상관이냐? 할망구들 기둥서방이라도 되냐!"
영철이 쓰고 있던 밀짚모자를 휙 벗어 던졌다.
"새끼가 기둥서방짓만 하고 살았냐? 두 말 말고 아가씨 놔두고 꺼져 버려! 그래야 신상에 탈 없다."
영표와 영철이 윗옷을 휙 벗어 던져 버리고는 몇 걸음 더 앞으로 나섰다. 순간 놈들이 바짝 긴장했다. 떡 버티고 서 있는 영표의 가슴에 계곡처럼 쫙 찢겨진 칼자국이 놈들의 눈을 질리게 했다. 그 옆에 서 있는 영철 또한 머리를 빡빡 밀었으나 머리통 이곳저곳에 온통 바늘로 꿰맨 자국이 어지럽게 난립해 있었다. 영표와 영철이 슬그머니 뒷주머니에서 쌍절곤을 하나씩 꺼내 들고 있었다. 검독수리 영표 형제의 기세에 놈들이 주춤했다. 하지만 호진에게 맞아 갈비뼈가 몇 대 꺾인 놈을 빼고는 아직은 수적으로 자기들이 압도적으로 우세함을 믿은 행동대장이 쇠파이프를 꼬나들고 검독수리 영표 영철 형제를 향해 돌진했다.
"씨벌! 대가리에 도끼자국만 났으면 다냐?"
순간 영표의 쌍절곤이 바람을 찢었다.
"딱!"
행동대장이 몇 번 거구를 휘청거리더니 사립문을 붙잡고 나가 떨어졌다. 놈은 곧 오뚝이처럼 몸을 발딱 일으켜 세웠다. 놈이 회오리바람을 일으키며 영표의 얼굴을 향해 쇠파이프를 휘둘렀다. 영표가 재빨리 몸을 빼면서 놈의 발목을 쌍절곤으로 호되게 후려쳤다. 영철은 자신이 휘두른 쌍절곤에 맞은 놈의 발목뼈가 부서졌을 것이라고 믿었다. 일단 싸움에 불이 붙었다 싶자 검독수리 영표 영철 형제는 마치 신들린 듯한 몸놀림으로 놈들을 두들기기 시작했다. 행동대장놈이 발목을 절뚝거리며 바락바락 악을 썼다.
"이대로 돌아가면 두목한테 맞아 죽는닷! 절대로 그냥 돌아갈 수 없다! 죽여라! 죽여도 괜찮앗!"
호진과 호철이가 두 청년을 도우려는 듯 몸을 추스르며 일어섰으나 병숙이 재빨리 말렸다.
"가만 있어요!"
도끼를 꼬나들고 달려드는 놈의 머리통에 영철의 쌍절곤이 호되게 날아가 박혔다. 놈의 머리에서 피가 분수처럼 터져 나왔다. 이제 놈들은 과연 죽기 아니면 살기 식이었다. 그도 그럴 것이었다. 지프차를 두 대나 태워 먹고 미숙이도 데려가지 못한 데다 이렇게 누군가에게 형편없이 깨진 채 보스 앞에 나타난다는 것은 상상하기조차 소름끼치는 일이었다. 그래서 더더욱 놈들은 죽기 아니면 살기 식이었다. 하지만 아무리 놈들이 이를 악물고 검독수리 영철 영표 형제에게 무기를 휘둘렀지만 두 사람은 조금도 당황해 하는 기색 없이 굿판에 선 무녀처럼 예리한 몸놀림으로 놈들을 차근차근 요절내고 있었다.
얼마 가지 않아서 놈들은 얼굴이 피범벅으로 으깨어져서 마당에 즐비하게 널브러졌다. 영표가 얼굴에 흐르는 땀을 손등으로 닦아내며 중얼거렸다.
"새까만 똘마니 새끼들이."
병숙이 가슴을 쓸어내리며 내심 탄식했다.
'아! 역시 큰형님이 배려한 탓에 무사했어. 정말 큰일날 뻔했어.'
쌍절곤을 움켜쥔 채 영철이가 행동대장놈을 까딱까딱 손가락질해 불렀다.
"이리 와!"
놈이 절뚝거리며 다가와서 털썩 검독수리 형제 앞에 무릎을 꿇었다.
"몰라 뵈었습니다. 한번만 봐 주십시오."
"이름이 뭐냐?"
"골패라고 합니다."
"골패? 왜 골패냐?"
"마작놀음에 일인잡니다. 진짜 이름은 표대치라고 합니다."
"표대치? 그래 어떤 새끼 밑에서 밥먹고 사냐?"
"……"
"말 않을래?"
"말할 수 없다는 거, 형님들도 건달이시니 잘 아시겠는데."
"말해."
"절대로 말씀 드릴 수 없습니다."
"어리석은 노옴! 이미 네놈들은 밥줄이 끊어진 상황 아니냐!"
"……"
"말해! 새끼얏!"
표대치라고 이름을 밝힌 행동대장은 검독수리형제의 득달같은 독촉에도 어금니를 굳게 깨물고는 끝내 버티었다. 검독수리 영표가 표대치의 머리를 움켜쥐고 죽일 듯이 노려보며 말했다.
"우리가 누군지 아냐?"
"알 리 없잖습니까."
"여기 계시는 분들이 모두 개미촌 식구들이다. 우리는 몰라도 개미촌의 김종태 회장님을 모른다 할 순 없겠지!"

개미촌이라는 말이 나오자 표대치의 얼굴에 비로소 동요가 이는 듯했다. 그가 머뭇머뭇하다가 작심한듯 입을 열었다.

"방사달입니다. 일명 방사마귀라 합니다."

"방사달! 방사마귀?"

"경찰을 등에 업고 부산에서 비밀 카지노를 운영하는데 그 방면에서 방사달의 위세는 막강합니다. 저명한 정치인들도 자주 드나드는 곳입니다. 저희들은 아직까지 똘마니 신세입니다. 이번에 성공하면 중간보스로 진입할 기회가 주어졌습니다만, 이렇게 되면 저희들의 운명은 불을 보듯 뻔합니다."

"저 아가씬 왜냐? 왜 잡아가려는 거냐? 인신매매냐?"

"그게 아니고 방사마귀의 아버지가 저 아가씰 좋아합니다. 다른 아가씨는 절대로 안 되고 꼭 저 아가씨라야 한다고 해서 이곳까지 도망친 걸 잡으러 왔습니다."

검독수리 영철이가 물었다.

"저 아가씨가 이 산골짜기에 살고 있다는 걸 어떻게 알았지? 무슨 마술을 부렸냐?"

"읍내의 술집을 찾아가서 술집 여주인을 쥐어짰더니 여기에 가 보라 해서."

검독수리 영표 영철 형제는 그제야 생각이 난 듯 얼른 몸을 돌려 병숙에게 90도로 정중하게 절을 했다.

"형수님, 큰일날 뻔했습니다."

병숙은 비로소 며칠 전 저녁나절쯤 앞산 숲속으로 자취를 감추던 두 명의 청년을 기억해 내었다. 병숙은 내심 짐작했으면서도 모른 척 물었다.

"고마워요. 누가 딸려 보냈나요?"

"제 친구 살모사가 큰형님한테 명령을 하달 받고 저희 형제를 보냈습니다. 출출해서 저 아랫마을 주막에 잠깐 들러 대포 한잔 한다는 게 그만."

"어쨌든 여간 다행이 아니예요. 내 생각에 저 사람들도 큰형님께 잘 말씀 드려 주는 게 좋을 것 같아요. 형편이 저 지경이 됐으니 앞으로 먹고살 일이 막막하잖아요?"

"형수님, 잘 알겠습니다. 큰형님에게 뜻을 잘 전해 드리겠습니다."

한 달 뒤, 가을이 깊어져서 들녘은 가을걷이가 거의 끝나갈 무렵이었다. 일도 어머니의 환갑잔치 겸 호철이와 미숙의 약혼식이 이 산골짜기에서 성대하게 벌어졌다. 이도는 세 분 어머니에게 절을 올리면서 울었다. 일도와 삼도가 이 자리에 없는 것이 찢어지도록 가슴 아팠다.

어마어마하게 밀려드는 자가용의 행렬과 손님들로 읍내 전체가 들먹거릴 정도였다. 그도 그럴 것이 이미 죽고 없는 일도와 삼도지만 그들의 어머니들을 병숙이 여행길에서 우연히 찾아냈다는 소문이 개미촌에 파다하게 깔렸고 게다가 일도의 어머니 환갑잔치 겸 호철이의 약혼식이 함께 거행된다니 개미촌으로서는 이만저만 큰 경사가 아닐 수 없었다. 시골 사람들은 하나같이 눈이 휘둥그레져서 이렇게 수군댔다.

"대통령이 내리와도 저래 야단나지는 않을끼라. 그쟈."

"하모! 굉장하다. 그쟈? 그 할마시들 팔자가 우예 그리 팔딱 뒤집어졌노!"

"아들이 서울서 무지무지 돈이 많다카데."

"그란데 그 할마시들이 와 여태까지 고생하고 살았노."

"그기사 모를 일이제."

잔치를 마친 이튿날 점심 때쯤 쇠뿔도 단김에 빼랬다고 병숙은 그 마을 이장댁을 방문했다. 이장은 뜻하지 않은 병숙의 방문을 받고 오히려 황송해서 어찌할 바를 몰라했다. 그는 증조부 때부터 전해 내려오는 연관장이 일로 심심찮게 돈을 벌어 사축해 놓았는데 지금은 원근에서 제일 부자라고 소문이 자자했다.

"찾아온 용건을 말씀 드리겠습니다. 당돌하다 꾸짖지 마시고 말씀이죠. 나 호진이라고 바로."

"아! 예, 호진이를 알고 있다마다요. 그란데 우짠 일로?"

"우리 호진이 도련님이 이 댁 따님을 몹시 좋아한다고 하면서 꼭 이 댁 따님과라야만 결혼하겠다고 저렇게 고집을 부리는 통에."

"그라모 우리 딸아하고 아줌네하고 혼사를 맺자는 그 말입니껴?"

"네."

"글쎄, 그기사."
"어디 정해진 사람이라도 있으세요?"
"아이라예, 그건 아이고예. 우리 딸이 안즉 나이도 얼마 안 됐는데예."
"그만한 신랑감 찾기도 쉽진 않을 거예요. 서울로 데리고 가서 하고 싶은 일을 찾아 줄까 해요. 원한다면 따님도 대학공부 시켜 주겠습니다."
"하이고오! 그래까지요."
"어떻습니까? 제 의향이요."
"그래 되도록 한번 노력해 해 보입시다. 하지만서도 우리 딸아 말도 좀 들어 바야 되잖겠능교."
"잘 부탁드리겠습니다."
이장댁을 나선 병숙은 내심 쾌재를 질렀다.
"좋아! 잘 되겠군. 잘될 것 같아!"
그날 밤 병숙은 네 분 모두 서울로 가서 같이 살자고 통사정하다시피 했으나 모두들 극구 마다했다. 큰할머니가 담배를 피워 물면서 말했다.
"아이다, 우리는 고마 여개서 농사 짓고 사는 게 편타. 우리는 호진이 호철이 데리고 여서 살란다."
"이제 연로하신데 그건 안 될 말씀이세요."
"개안타. 죽을 때까지 여개서 살란다. 인자는 옛날처럼 농사 짓는게 크게 힘 안 든다. 힘든 일이사 사람 사서 하면 되고 인자는 기계가 일을 해 주는 세상 아이가."

제4부

정체 모를 음모

밤 9시가 되어서야 외출에서 함께 돌아온 귀로와 명희는 고국에서 날아온 소포를 조심스레 뜯었다. 오늘은 혁진이가 따라붙지 않아서 참 좋았지만 아무리 혁진이라 할지라도 모처럼인데 두 사람의 데이트를 방해하기가 미안했던 모양이라고 생각했다. 하지만 혁진이 귀로 부부를 따라붙지 않은 것은 나름대로 이유가 있었다. 그것은 하얀 바둑알이 혁진의 손아귀에 꽁꽁 숨어 있는 게 그 증표였다. 혁진의 손에 쥐어진 하얀 바둑돌은 무엇을 의미하는 것일까? 저번날 밤에도 반쯤 열어놓은 창문을 통해 하얀 바둑알이 날아들었다. 그때 세 명의 괴한들이 침입해서 큰일날 뻔했던 기억을 되살리며 혁진은 긴장했다. 까만 바둑알은 귀로의 신변에서 절대로 떨어지지 말라는 암시였고 하얀 바둑알은 귀로의 집주변을 철저하게 감시하라는 암호였다. 그 바둑돌은 누가 던져 주는 것일까. 어쨌든 혁진은 일주일에 세번 장애인학교에서 음악공부를 하는 시간 외에는 항상 귀로네 가족을 그림자처럼 따라다녔다.

소포꾸러미를 뜯던 명희가 짧게 소리쳤다.

"어맛! 여보, 이것 좀 봐요. 메뚜기예요. 병숙 씨가 메뚜기를 보내왔어요."

소파에 기대어 앉아 타임지를 뒤적이고 있던 귀로가 튕기듯 몸을 일으켰다. 명희가 탁자 위에 헌 신문지를 펼치고 그 위에 메뚜기를 쏟으며 감탄했다.

"어머나! 빨갛게 볶았네."

귀로는 탁자 위에 수북하게 쏟아 놓은 메뚜기를 보고 감개무량해 했다.
"초벌로 살짝 볶아낸 거지."
"세상에! 병숙씨는 어찌 메뚜기 보낼 생각을 다 했을까?"
"내가 메뚜기 잘 먹는 거 아는 모양이지."
"하긴! 고국에선 지금 가을걷이가 거의 끝났겠군요."
"그럼, 벌써 10월이 다 지나가는데."
명희가 귀로의 귀를 잡아당기며 짓궂게 물었다.
"생각나요?"
"생각 나다마다지."
천연덕스레 대답하는 귀로를 쳐다보며 명희가 재차 말했다.
"뭐가요? 뭐가 생각나요? 당신은 내가 뭘 물으면 언제나 잘도 대답하죠. 내가 무얼 물어보려고 했죠?"
"어렸을 적에 메뚜기 내다 팔아서 당신 손거울을 하나 샀었잖아. 그날 밤 아버지에게 혼이 나고 갈 데가 없어 명희네집 디딜방앗간에 숨었었잖아."
"그걸 아직도 생생하게 기억하고 있어요?"
"그 밤에 명희와 함께 올려다본 밤하늘엔 별이 보석을 뿌려 놓은 듯 찬란했었지."
"그때는 참 가슴 아팠지만 지금 생각해 보면 참 꿈처럼 아름다웠던 지난날의 추억이에요. 그러고 보니 여보, 어느 새 우리 나이 50을 바라봐요. 금용이가 열 여덟, 금희가 열 여섯, 세월이 참 빠르죠?"
"그러게 말이야. 우리가 벌써 그 나이가 됐군. 어쨌든 지금 이 순간도 훗날엔 아름다운 추억으로 기억될 거야."
귀로는 메뚜기가 담긴 그릇을 들고 주방으로 들어갔다. 명희가 따라들어오면서 물었다.
"당신이 하려구요?"
"메뚜기 요리는 내가 당신보다 잘하잖아."
"아이! 이리 줘요. 내가 하겠어요."
귀로가 마음이 놓이지 않는지 잔소리를 늘어놓았다.

"불을 너무 세게 하면 안 돼. 타기 쉬우니깐. 참기름이랑 소금으로 적당히 간을 맞추는 것도."

"호호! 알고 있어요."

명희는 메뚜기 그릇을 삼분의 일쯤 후라이팬에 쏟아부었다.

"혁진이는?"

"자기 방에서 오선지하고 씨름하고 있겠죠."

"또 뭔가를 작곡하나 봐."

"한번 몰두하기 시작하면 집에 불이 나도 모를 거예요. 대단한 노력가인 것은 확실해요. 듣지도 못하고 말도 못하는 사람이 작곡을 한다는 게 너무도 신기해요. 헨리 교장선생님의 기대도 날마다 높아가구요."

"혁진이가 베토벤 같은 음악의 천재이면 좋겠군."

그러나 명희는 보일 듯 말 듯 고개를 저었다.

"하지만 헨리 교장선생님은 여전히 혁진이의 천재적 음악성 속에 웅크리고 있는 증오의 눈을 걱정하고 있죠. 마치 태풍의 눈처럼 잠재된 무서운 폭발력이 엉뚱한 곳에서 터지지 않을까 몹시 걱정하시던데요."

"대체 무엇이 혁진이의 영혼을 그토록 증오로 뒤틀어 놓았을까?"

명희가 귀로의 눈을 똑바로 올려다보며 말했다.

"당신은 혁진에 대해 들은 이야기가 있잖아요? 다른 얘긴 못 들었어요?"

"혁진의 아버지가 음악가였고 세상을 방황하며 살다가 서울역 대합실에서 얼어죽은 일과 혁진의 엄마가 장질부사에 걸려 죽었다는 얘기는 대강 종태한테 들었지만 그 외의 자세한 건 몰라."

"금용이랑 금희도 부를까요? 메뚜기 먹으라고."

"그렇게 해. 혁진이도 부르지."

"금용이나 금희가 먹지 않으려고 할 텐데. 우릴 몬도가네(주 : 몬도 카네. 이탈리아어 Mondo Cane, 1962년 다큐멘타리 영화 제목이다. 미개 지역이나 문명 사회를 가리지 않고 세계 각국의 기괴하고 엽기적인 풍습을 찾아내어 이를 다큐멘터리 형식으로 표현, 전세계를 깜짝 놀라게 한 영화)라고 기겁할 지도 모르잖아요."

"허허허, 그래도 어디 한 번 불러봐!"

명희가 아이들을 부르러 주방을 나갔다. 귀로는 메뚜기를 맛있게 먹는 아버지의 모습을 보고 기절초풍할 아이들을 생각하면서 입가에 미소를 가득 머금었다. 문득 고국의 친구들이며 사람들이 떠올랐다.

'종태와 현우는 지금쯤 뭘하고 있을까? 개미촌 식구들은 다 잘 있을까? 모두들 보고 싶구나'

귀로가 그런 생각을 하고 있는데 조금 뒤 엄마의 뒤를 따라 아이들이 주방으로 달려왔다. 금용이가 호기심 어린 얼굴로 물었다.

"뭐예요? 아버지 아주 맛있는 음식이라는 게?"

귀로는 프라이팬 속에 있는 메뚜기를 뒤집으면서 대답했다.

"메뚜기다!"

금용이와 금희가 자석에 붙잡힌 듯 뚝 멈추어 섰다.

"엣? 메뚜기라고요?"

"그래 너희들도 교회학교에서 배워서 잘 알고 있잖니. 세례요한이 석청과 메뚜기를 즐겨 먹었다는 걸 말이다."

금용이가 얼굴을 찌프리며 물었다.

"하지만 아버지, 메뚜기를 먹다니 대체 왜 먹죠? 맛있는 게 얼마든지 있는데 말이죠."

"이노옴! 메뚜기가 얼마나 고단백 식품인지 모르지? 한번 먹어 보기나 해 봐. 이렇게."

귀로는 메뚜기를 한 움큼 집어서 한 마리씩 입속에 넣고 와작와작 씹었다.

"우와앗! 아버짓!"

명희도 메뚜기를 입안에 넣고 보란 듯이 아작아작 씹어 보이고 있었다. 금희가 얼굴을 잔뜩 찡그렸다.

"앗! 엄마까지!"

귀로가 금용이와 금희를 맞은편 의자에 앉게 했다.

"금용아, 금희야, 너희들은 의미있는 이야기를 아버지에게서 들어야겠다."

"무슨 이야길요? 메뚜기에 대한 이야기죠?"

"아버지가 어렸을 때 말이다. 먹을 것이 없어서 매일 산을 헤매고 다녔다."
"산을요? 왜 산을 헤매죠? 산에 무엇이 있다고."
"사람이 먹을 수 있는 열매라든가 버섯이라든가 더덕 등을 얻기 위해서였지. 칡뿌리, 옥수수대궁 같은 것도 없어서 못 먹을 만큼 배가 고팠어. 아버지뿐만 아니라 당시에는 그렇게 먹을 것이 없어 배를 곯고 살았단다."

금희가 고개를 갸우뚱하면서 물었다.

"아버지, 왜 그토록 먹을 것이 없어야 했나요?"
"쉽게 얘기해 주마. 역사책에서 배웠다시피 우리나라는 일제치하에서 36년 동안이나 고통당하며 살아야 했고 또 1945년 해방이 되었으나 소련의 공산주의 물결이 물밀 듯 밀려들어 결국 6·25 전쟁이 터졌지. 그 비참한 참상이란 말로 표현하기 힘들지. 친부모, 자식, 형제자매가 생이별의 비극을 감수해야 했고 온 국토가 폭탄 자국으로 황폐화되어 사람들은 모두 헐벗고 굶주려 먹을 것을 찾아 헤매고 다녔지. 그때 우리민족의 허기진 뱃속을 달래준 것이 바로 이 메뚜기였다. 메뚜기 덕분으로 아버지의 세대는 힘을 얻어 열심히 일했지. 어떻게 해서든 살아보자. 하루빨리 폐허의 조국을 일으켜 세워야 한다. 강해지지 않으면 다시 또 어떤 세력이 이 조그만 땅덩어리를 집어삼키려고 늑대처럼 입을 벌리고 대들 것이다. 해 보자 잘살아 보자 그렇게 이를 악물었지. 아버지 세대들은 폭풍처럼 밀려오는 고난과 역경의 파도를 억척스러울 만큼 용감하게 헤치고 나왔지. 그렇게 해서 대한민국을 세계인들이 놀라워할 만큼 이만한 국가로 이루어 놓았다. 바로 이 메뚜기 먹은 뚝심으로 말이다."

잠자코 아빠의 이야기를 듣고 있던 금용이가 먼저 입을 열었다.

"아버지, 저도 메뚜기 한 마리 먹어 볼 게요."
"그래 먹어 봐라. 메뚜기만큼 질 좋은 고단백 식품도 드물지."

귀로가 메뚜기를 한 마리 집어서 금용에게 건넸다. 금용이는 잠시 머뭇거리는 듯하더니 냉큼 입안에 넣고는 눈을 딱 감고 질끈 어금니에 힘을 주었다. 금용이의 이빨 사이에서 메뚜기 부서지는 소리가 아자작 하고 새어 나왔다. 이내 금용이의 얼굴이 활짝 밝아졌다.

"와! 엄마! 고소하고 맛있어요. 더 주세요."

"금희는? 싫으냐?"

금희는 아무래도 자신이 안 서는 모양이었다. 어느새 숙녀 티가 완연한 금희가 얼굴을 귀엽게 찡그리며 고개를 파르르 떨었다.

그때 전화벨이 울렸다. 명희가 얼른 수화기를 들었다. 수화기 저편에서 맑고 투명한 여자의 음성이 들려왔다.

"김귀로 선생님 댁이죠? 사모님이세요? 안녕하세요? 저는 수지라고 하는데요. 김 선생님 좀 바꿔주시겠어요?"

명희의 얼굴에 어두운 그림자가 훅 드리워지는 것을 귀로는 재빨리 눈치챘다. 명희가 말했다.

"여보! 수지라는 여자예요. 전화 받으세요."

귀로가 의자에서 일어나 수화기를 건네받았다.

"수지, 이 밤에 웬일로?"

"선생님, 죄송한데요. 목소리가 듣고 싶어 전화했어요. 어쩔 수 없었어요."

귀로의 얼굴에 불쾌한 그림자가 먹구름처럼 지나갔다.

"수지, 난 지금 아내와 메뚜기 파티를 하고 있어. 특별한 일이 아니면 전화 끊을게."

귀로는 수화기를 내려놓았다. 명희의 얼굴이 겨우 제 모습을 되찾은 듯했다. 귀로는 수화기를 건네줄 때의 명희의 얼굴을 스치고 지나가는 어두운 그림자를 놓치지 않았던 것이다. 명희가 짐짓 침착한 목소리로 말했다.

"수지라는 학생 말인데요."

"수지가 뭘? 신경 쓸 것 못 돼."

"무슨 할 말이 있어 전화한 모양인데 그렇게 잔혹한 대답이 어디 있어요?"

"당신이 신경 쓸 일이 못 돼. 바람처럼 지나가는 낯선 여자일 뿐이야."

귀로는 메뚜기를 또 몇 마리 입안에 털어 넣고 응접실로 되돌아왔다. 마음이 편치 않은 것은 귀로도 명희 못지않았다.

'늦은 시간에, 그것도 딱히 할 말이 있는 것도 아니면서, 하지만 몹시 기분이 상했겠어.'

그렇게 생각하고 있는데 혁진이 이층에서 응접실로 내려왔다. 귀로가 수화로 말했다.

"끝났어? 뭔가 열심히 하던데."

혁진은 입가에 벙긋 웃음기를 띄우며 고개만 정중하게 끄떡했다.

"주방에 가 봐. 메뚜기볶음이 있어."

메뚜기볶음이 있다는 말에 혁진도 잰걸음으로 주방으로 향했다. 주방 쪽으로 사라지는 혁진의 뒷모습을 보면서 귀로는 얼마 전에 있었던 사건을 떠올렸다. 그때의 일을 귀로는 명희에게 여직 숨기고 있는 중이었다.

'누군가가 나를 노리고 있음이 분명한데, 왜 나를 겨냥하고 있는 것일까?'

그날 귀로는 재미 한국인 유학생친목회에 갔다가 꽤 늦게 귀가중이었다. 자정이 훨씬 지난 탓인지 가끔씩 한두 대의 승용차가 귀로의 차를 지나쳐 갔을 뿐 도로는 고즈넉할 만큼 한산했다. 그때도 혁진이 옆자리에 탔었다. 혁진은 장애인학교에 가는 시간 외에 귀로가 가는 곳이면 어디든 그림자처럼 따라붙길 습관처럼 했다. 귀로가 그런 혁진을 때로 꾸짖기도 했었다.

"혼자 다녀 와야 해. 왜 자꾸 귀찮게 구니?"

귀로가 묻는데도 혁진은 아무런 반응을 보이지 않고 차창밖의 백미러만 열심히 들여다보고 있었다. 귀로가 다소 볼멘 목소리로 말했었다.

"따라갈 곳이 있고 안 갈 곳이 있지. 심지어는 화장실까지 따라 오다니. 사람들이 보면 뭐라고 하겠니? 미국이란 사회는 이상한 놈들이 많아서 자칫 우릴 호모로 볼 수도 있겠다. 귀찮게 굴지 마!"

그래도 혁진은 막무가내였다. 화가 치민 귀로가 큰소리로 혁진을 야단쳤을 때 혁진은 입술을 꽉 다문 채 눈물을 글썽이기조차 했었다. 귀로는 혁진을 이해할 수가 없었지만 혁진이 자신도 함경도 아바이가 자신에게 찌르듯 째못을 박았던 당부를 도저히 잊을 수가 없었다.

"혁진아! 그림자가 되어야 한다. 알겐? 그분은 장차 이 나라의 지도자가 될 분이야. 우리민족의 희망이야. 만에 하나 무슨 일이라도 그분에게 생긴다면 그건 혁진이 네 책임이 크다이. 네가 민족의 희망을 무참하게 깔아뭉게 버리는 셈이 되는 거야. 어떠한 일이 있어도 그분 곁을 멀리 떨어져 있지 말기다. 내 말 알겐?"

그때 귀로는 지금껏 보이지 않던 몇 대의 자동차가 백미러에 가득 차 있는 것을 발견했다. 시간이 흐를수록 귀로는 뒤에 따라오는 차에 신경이 쓰였고 혁진이조차도 연신 뒤를 돌아다보며 긴장하는 눈치가 역력했다. 귀로가 자동차의 속력을 시속 40Km로 뚝 감속해 보았다. 뒤에 차도 귀로의 차처럼 속력을 떨어뜨렸다. 좋지 못한 예감이 뇌리를 때리는 순간 귀로는 급하게 브레이크를 밟으며 깨어지듯 소리쳤다.
"혁진아! 뛰어내려!"
두 사람은 재빨리 도로 옆 우거진 숲속으로 몸을 숨기고 놈들의 행동을 예의 주시했다. 다친 다리에 충격이 갔던지 귀로는 통증을 참느라 입술을 깨물었다. 놈들은 차를 한쪽으로 세워 놓은 채 플래시를 비치며 두 사람을 찾고 있었다. 귀로는 괴한들이 자신들을 추적해 온 놈들이 분명하다고 믿었다.
'웬 놈들일까?'
귀로는 괴한들이 사라지기 전까지 숨을 죽인 채로 숲속에서 꼼짝도 말아야 했다.
'나를 억만장자쯤으로 잘못 짚은 갱들이 아닐까?'
귀로는 그렇게 생각해 보았다. 하지만 권총을 들지 않은 것도 의아스럽긴 했다.
'무엇인가 분명 다른 목적이 있는 사람들임에 틀림없다. 우릴 헤치려는 의도는 아닌 것 같다. 어쨌든 이 경우엔 끝까지 몸을 숨기고 볼 일이지.'
그들은 플래시를 이리저리 비추면서 두 사람을 열심히 찾는 모양이었지만 귀로와 혁진은 숨을 잔뜩 죽인 채 손끝 하나 까딱 않았다. 어느새 손목시계의 야광침은 새벽 3시를 지나가고 있었다. 이윽고 그들도 어디선가 자신들의 모습을 쏘는 듯이 살피고 있을 두 사람이 은근히 두려웠던지 오던 길로 차를 돌리더니 쏜살같이 사라졌다.
그런 일이 있었던 것을 귀로는 아직 명희에게 이야기해 주지 않았다. 그러나 그런 일이 있고 나서 귀로는 가능한 야간외출을 삼갔고 식구들에게 문단속도 이전보다 엄격하게 부탁했다. 그런 귀로를 보고 명희가 장난기 섞인 말로 말했었다.

"의외예요. 당신이 문단속에 그토록 신경을 쓰시는 거. 뭔가 불안하세요? 누군가 야간에 침입해서 명희를 업구 갈까 봐서?"

귀로는 영어성경에서 눈도 떼지 않고 농담투로 대답했다.

"그래, 명희를 업고 갈까 봐 염려가 되어서. 명희를 잃으면 나 혼자 어떻게 견뎌 내겠어."

그날 밤의 일을 상기하면서 귀로는 영어성경을 테이블에 올려놓고 잠시 생각에 잠겼다. 조금 뒤 혁진이 금용이와 함께 메뚜기 접시를 갖고 와서 테이블 위에 올려놓았다. 귀로가 메뚜기 한 마리를 집어서 입으로 마악 가져 가려는 찰나였다. 누군가 급하게 문을 두드리는 소리가 들렸다. 식구들이 움직이던 손길을 뚝 멈추어 놓고 바짝 긴장했다. 귀로가 벌떡 일어나 문쪽으로 가려고 하자 혁진이 재빨리 귀로를 붙들어 앉혀 놓고 문으로 성큼성큼 다가갔다. 혁진이 귀로를 뒤돌아보았다. 어떻게 할까라는 눈치였다. 명희가 걱정스러운 얼굴로 귀로를 올려다보며 말했다.

"누굴까요? 이 밤에."

귀로가 혁진에게 고개를 끄덕해 보였다. 혁진이 문을 열자 한 여자가 뛰어 들어왔다. 귀로가 소리쳤다.

"앗! 수지, 수지 아냐?"

수지는 얼굴이 온통 눈물로 범벅이 되어 귀로의 가슴을 마구 두들겼다.

"선생님, 어쩜 전화를 그런 식으로 받으실 수 있어요? 좀 더 상냥하게 받으실 수 있잖아요? 하루라도 선생님 목소리를 듣지 않으면 잠이 오질 않는 걸 어떡해요. 으흐흐흑."

수지의 울먹이는 목소리에 명희는 아연 긴장했다. 수지의 울음 속에는 귀로에 대한 원망과 애교가 묘하게 뒤범벅되어 있다고 느끼며 명희는 속으로 탄식했다.

'너무 이해하기 힘들다. 수지라는 이 아가씨는.'

귀로도 명희도 그만 할 말을 잃고 말았다. 수지는 멈추지 않고 귀로를 아닥치듯 원망하기 시작했다.

"소문에는 장차 대한민국의 지도자가 되겠다는 분이 한 여자의 전화 한 통조차 너그럽게 받아줄 수 없어요? 그렇게 도량이 좁고 단순한 분이 어떻게 그런 큰일을 담당하죠? 네? 그렇게 제 목소리가 듣기 싫으세요? 제가 사모님보다 그렇게 못나고 밉게 보였어요?"
귀로는 당황한 목소리로 나직이 나무랐다.
"수지, 무슨 말도 안 되는 소릴!"
얼핏 명희의 얼굴을 보니 이미 명희의 얼굴은 하얗게 질린 채 석상처럼 굳어져 있었다. 수지는 분해서 못 참겠다는 듯 더욱 큰소리로 울면서 귀로의 가슴을 마구 두들겼다. 기어이 귀로가 화를 내면서 버럭 소리를 지르고 말았다.
"이봐! 수지, 대체 이게 무슨 말도 안 되는 짓이야? 아내와 아이들이 보는 앞에서! 수지는 지성인 맞아?"
수지는 단호한 목소리로 딱 끊어서 말했다.
"사과하세요. 겉으로 대충하는 사과는 안 돼요."
귀로가 목소리를 낮추고 달래듯 말했다.
"알았어. 수지 사과할게. 미안해. 내가 전화를 잘못 받았어."
"안 돼요!"
"뭐라고? 사과했는데도 안 된다니. 그럼, 어떡해야 된다는 거지?"
"그런 식의 사과는 싫어요."
"어떤 식의 사과를 해야 하는데?"
"키스 해 주세요. 볼에 말구요. 입술에요. 그것도 최소한 10초 이상으로요."
순간 귀로는 사탄이 쥐고 있는 음모의 방망이 같은 것이 뒤통수를 호되게 때리는 느낌이었다.
"이봐 수지! 지금 정신 있는 거야? 제 정신으로 하는 소리야? 이 밤에 남의 가정집에 쳐들어와서 이게 무슨 말도 안 되는 행패얏! 더구나 우리 아이들이 있는 앞에서. 자꾸 이러면 수지네 집에 전화하겠어."
"하세요. 겁 안 나요. 전 원래 남에게 수치를 당하면 그 수치심이 사라질 때까진 지구가 폭발하는 한이 있어도 반드시 보복하고 마는 성격인 걸요. 우리 아빠도 제 성격을 잘 알고 계시죠. 선생님의 전화를 받으면 우리 부모님께서는 또 얼마나 속이 상하겠어요? 그래도 할 수 없죠. 전 반드시 선생님에게 당한 제 수치심을 보복하고 말 거예요."
 귀로가 기어코 또 한번 언성을 크게 높이고 말았다.
 "이봐, 수지! 이런 억지가 어디 있어?"
 "키스해 주세요!!"
 "이봐, 수지! 지금 정신이 있는 거야?"
 그때 명희가 나서서 부드러운 목소리로 달래듯 말했다. 참담하기 이를 데 없는 속마음을 그녀는 혼신의 힘을 다해 다독이고 있었다.
 "수지 양, 그렇잖아도 아까 무슨 전화를 그렇게 받느냐고 제가 남편에게 말씀 드렸어요. 남편을 대신해서 제가 진심으로 사과드릴 게요. 우린 한국인이에요. 한국인은 사과를 키스로 하지 않습니다. 이만 화 푸시고 집으로 돌아가셨으면 좋겠군요."
 수지의 눈에는 아직도 눈물이 그렁그렁 맺혀 있었다. 수지의 모습이 명희가 보기에는 가슴이 철렁 떨어질 만큼 아름답다고 생각했다. 수지의 눈에 이상한 광채가 이는 것도 명희는 감당하기 힘들었다. 어쩐지 행동과 생각이 동떨어져 있는 느낌이 드는 눈빛이었다. 이윽고 수지가 단호한 어조로 말했다.
 "엘리엇 하우스까지 데려다주세요."
 일순 귀로는 낭패했다. 그것마저 거절할 수는 없는 노릇이었다.
 "그래, 데려다주지."
 귀로가 웃옷을 걸쳤다. 혁진이 재빨리 귀로와 동행할 준비를 했다. 혁진이 동행할 움직임을 눈치 챈 수지는 또 앙탈을 부리기 시작했다.
 "싫어요. 선생님이랑 둘이서만 갈 거예요."
 보통의 여자들이라면 이런 경우 십중팔구는 대뜸 수지의 따귀를 올려붙이고도 남았을 것이었다. 명희는 수지가 망상스럽기 짝이 없는 여자라고 생각했다. 대체 정신이 올바로 박힌 여자가 저럴 수는 없는 일이었다. 수지는 한 가닥 분노의 눈길도 보내지 않고 마치 한 마리 학처럼 단아한 모습으로 바라보고 서 있는 명희의 내공을 발견하고 전율을 느꼈다. 수지는 아무리 힘든 상황에도 눈썹 한 올 까딱 않고 위기의 순간을 침착하게 흘려보내는 명희 같은 여자를 지금껏 한번도 만나 보지 못했다는 느낌이었다.

'아프로디테마저도 까무러질 듯한 저 신비롭고 자신감 넘치는 미소 속에는 분명 나를 경멸하는 빨간색의 여우가 숨어있는 게 분명해. 대체 저런 자신감은 어디에서 나오는 것일까.'

수지는 한 여자로서의 자존심이 질투의 기름띠를 삼킨 듯 꽃불처럼 활활 타오르고 있는 것을 느꼈다.

'종말의 종이 울린다 해도 저 여자에게 지지 않을 테야.'

수지는 더 이상 앙탈을 부리지 않았다. 그녀는 언제 그랬냐는 듯 금세 다소곳해졌다. 비로소 그녀는 자신의 추악한 모습이 밖으로 드러난 것에 대해 부끄러움을 느끼는 듯했다. 그녀는 겨우 온순해져서 아직도 눈가에 남아 있는 눈물을 손끝으로 씻어 내면서 입가에 미소마저 띠우며 사과했다. 사악한 영혼의 소유자만이 연출할 수 있는 놀라운 변신이었다.

"죄송합니다. 오늘처럼 선생님 식의 냉대를 한번도 받아본 일이 없었기 때문에, 그것이 몹시 분했습니다. 때로 전 이렇게 막되먹은 아이처럼 사리 분별을 못 할 때가 종종 있었어요. 선생님과 사모님께 정말 못된 짓을 했어요. 용서해 주세요."

수지는 두 사람에게 번갈아 허리를 굽혔다. 명희는 비로소 마음이 한층 가라앉는 것을 느꼈지만 여전히 가슴이 떨리는 것은 어쩔 수 없었다.

"고마워요. 수지 양, 우리를 이해해 줘서요. 그렇게 쉽사리 남의 마음을 편안케 해 주는 수지 양의 모습 정말 훌륭해요."

"별말씀을. 아무쪼록 용서, 하지만 사모님."

"말씀하세요."

"가끔 이댁에 놀러와도 될까요?"

명희는 가슴이 섬짓했지만 곧 서슴지 않고 고개를 끄덕였다.

"물론이예요. 수지 양, 혹 좋은 일이 있을 때도 수지 양을 특별히 초대하겠어요. 남자친구와 같이라면 더욱 환영할 일이구요."

"감사합니다. 사모님."

"LA에서 아버님이 동물원사업을 크게 하신다고요? 작은 아버님이 재미교포로서는 보기 드물게 미국 정계에까지 진출하셨다고 들었어요."

"네, 사모님."

돌변한 수지의 태도가 귀로의 입장에서는 도무지 이해하기 힘들었지만 일단 귀로는 마음을 놓았다. 하지만 수지를 노려보는 혁진의 눈에서는 여전히 증오의 꽃불이 뚝뚝 떨어지고 있었다.

"수지, 갈까? 내가 엘리엇하우스까지 바래다줄게."

"감사해요. 선생님, 하지만 엘리엇하우스까지는 아니구요. 근처에서 내려주세요. 친구한테 들렀다 가려구요."

혁진이 재빨리 먼저 문을 열고 밖으로 나섰다. 혁진이 함께 동행할 것이라는 걸 확실하게 느낄 수 있었지만 수지는 더 이상 까다롭게 굴지 않았다.

"잘 가요. 수지 양. 얘들아, 인사해야지."

"안녕히…."

아이들이 내키지 않는 표정으로 말끝을 흐렸다. 세 사람이 문밖으로 사라지고 난 뒤에야 비로소 명희는 쓰러질 듯 소파에 몸을 던졌다.

"앗! 엄마, 괜찮아요?"

"괜찮아. 약간 현기증이 났을 뿐이야."

금희가 분해하는 표정으로 엄마 옆에 바싹 다가앉아 말했다.

"이상한 언니야. 나쁜 마음을 가진 언니 같애. 그쵸, 엄마?"

"아냐, 금희야, 워낙 자존심이 강한 여자이기 때문이야. 세상에는 때로 보통의 상식으로는 이해할 수 없는 사람이나 흐름이 있는 거란다. 너희들도 그걸 꼭 가슴에 새기고 세상을 이기고 살아갈 각오를 단단히 해야 해."

금용이도 흥분한 어조로 엄마를 위로하듯 언성을 높였다.

"엄마, 그 누나는 아빠를 좋아하나 봐. 엄마에게서 아빠를 빼앗아 갈려고 못된 생각 품은 게 틀림없어. 하지만 우리 아빠에게 엉뚱한 생각을 품다니, 한참 잘못 짚었지. 우리 아빠가 그런 여자의 유혹에 넘어갈 분이 아니지."

명희가 미소 띤 얼굴로 두 아이의 머리를 쓰다듬으면서 속삭이듯 말했다.

"얘들아, 사람을 한두 번 겪어 보고 그렇게 나쁘게 몰아세우면 못써. 사람은 오래 사귀어 봐야 하는 거야. 하나님도 말씀하셨지. 사람을 외모로 판단하지 말라고. 금용아, 메뚜기나 마저 먹을까? 아버지 것 한 접시 남겨 놓고 말이지."
"네, 엄마, 메뚜기 맛있어요. 금희야, 먹어 봐. 먹어 보면 맛을 알 테니까."
금희는 여전히 얼굴을 찡그리며 고개를 흔들었다.
"싫어!"
귀로는 그날 밤 내내 밤잠을 설쳤다. 아무리 생각해도 수지의 행동을 이해할 수 없었기 때문이었다. 공부하러 미국에까지 힘들게 왔는데 이해할 수 없는 일들이 간단없이 귀로네 가족을 괴롭히는 바람에 귀로는 밤을 태우며 공부에 열중하면서 한숨이 폭발하듯 터져 나왔다. 그럴 때마다 귀로는 고통스럽게 절규했다.
"하나님, 공부에만 매달려도 학위를 받을까말까 한데 제 주변을 압박하는 못된 현실이 너무도 힘들고 가슴 아픕니다. 하나님, 도와 주십시오."
그러면서 귀로는 어금니를 잔뜩 사리물고 가슴으로 부르짖었다.
'아무리 세상이 나를 억압하고 힘들어도 미국유학을 유종의 미로 마감하고 금의환향하겠다. 나 링컨이나 루즈벨트 대통령에게 배울 점이 많다고 보지만 다윗을 닮은 대통령이 되고 싶다. 시편을 읽으면 읽을수록, 특히 구약성경에는 정치 사회 경제 문학 등등 심오한 진리가 가득히 있어. 올바른 지도자가 되기 위해서는 성경을 끊임없이 되풀이해 읽을 필요가 있겠다…'

음산한 괴물

　이튿날 귀로가 학교에 갔을 때 수지는 어느 곳에도 보이지 않았다. 존 하버드 목사의 동상 주위로 가득하게 떨어진 형형색색의 낙엽들이 한차례 불어치는 돌개바람에 휩쓸려 하버드 야드를 어수선할 만큼 어지럽히고 있었다. 귀로는 도서관에서 공부하고 싶은 생각에 평소보다 빠른 걸음으로 와이드너 도서관을 오르고 있었다. 다리가 불편한 탓에 도서관 계단을 올라 다니는 것이 힘들긴 했다. 그때, 여자의 목소리가 귀로의 발걸음을 마지막 층계 위에다 붙들어 세웠다.
　"선생님!"
　귀로는 가슴이 쿵 떨어지는 느낌이었다. 수지였다. 그녀는 코발트색 가을 하늘이 무색할 만큼 청아한 얼굴로 귀로를 향해 웃음 짓고 서 있었다. 잘 맞는 청바지에 빨간색 재킷을 입고 빨간색 모자를 삐뚜름하게 쓰고 있었다. 만날 때마다 느낀 것이지만 그녀의 뛰어난 미모마저 받쳐 주지 않는다면 언제 보아도 아기똥한 그녀의 태도가 참 싫증날 것이라고 귀로는 생각했다.
　"그렇게 앞뒤도 옆도 안 보고 다니세요? 제가 이 도서관 계단에 앉아 사색에 잠기길 좋아한다는 거 전혀 모르셨어요?"
　"어쩐지 안 보인다 했지. 계단에 앉아 사색에 잠기기엔 날씨가 너무 쌀쌀하지 않아?"

"쌀쌀하다는 느낌이 전혀 안 든 건 아니네요."
"수지, 난 그만 들어가볼게. 까딱 하면 놀만 교수님 눈 밖에 나겠어."
귀로는 도서관 안으로 모습을 감추어 버리고 말았다. 수지는 짧게 한숨을 토해 내었다. 그녀가 층계에 털썩 앉더니 손바닥 위에 턱을 고이고는 가을하늘을 올려다보았다. 동쪽 하늘 멀리 솜털구름이 드문드문 떠 있는 게 눈 안에 들어왔을 뿐 하늘은 맑고 투명하기만 했다.

수지는 귀로가 급한 걸음으로 도서관 정문을 나올 때까지 계단에서 몸을 일으킬 줄 몰랐다. 귀로가 깜짝 놀란 말투로 물었다.
"어? 쌀쌀한 날씨에 여직 여기 앉아 있었어?"
"기다리고 있는 거예요. 오늘 승용차를 안 타고 오신 거 알아요. 데이트가 끝나면 제가 선생님을 집까지 모셔다 드릴 게요."
"오늘 아내가 한인회에 가야 해서 차를 못 타고 왔지. 무슨 특별한 일이 있는 것도 아닌 것 같은데."
"선생님이 강의를 듣고 나오실 때까지 여기 그냥 있겠어요."
귀로는 또 난처해지는 자신을 어쩌지 못하고 건성으로 대답했다.
"오늘 수지와 함께 보낼 시간은 아무래도 만만치 않겠는데."
"기다릴 거예요!"
귀로는 수지의 그 말을 뒤로하고 강의실을 향해 뛰듯이 걸었다. 그날 귀로는 별 수 없이 수지의 빨간색 승용차를 타고 워싱턴 근교의 한적한 숲속으로 반 납치되다시피 끌려갔다. 여름 내내 하늘을 가릴 만큼 우거졌던 고목들은 이제 거의 잎이 떨어져 벌거벗겨져 있었고 사람들은 뜨문뜨문 했다. 귀로는 어둡기 전에 집으로 돌아가야 한다는 생각만으로 마음이 조급했다. 항상 그림자처럼 붙어 다니던 혁진이 오늘은 떨어지고 없다는 사실 때문인지 모처럼 자유로운 느낌이 들기도 했다. 차를 길옆에 세워 둔 채 두 사람은 숲속을 걸었다.
"굉장한 숲속이군."
"괜찮으세요. 기분이?"

"썩 좋아. 잎이 거의 떨어졌지만 낙엽이 내뿜는 숨소리가 좋아서 머리가 맑아지는 느낌이야."

수지가 느닷없는 질문을 했다.

"선생님, 사모님을 무척 사랑하시죠?"

"물론이지. 벌써 몇 번째나 묻는 거야? 그런 건 물어보나마나지. 내가 세상에서 제일 사랑하는 여자이고 아내라니까."

수지는 귀로의 아내에 대한 신뢰와 사랑에 대해 짜증이 났다. 그녀는 자신의 구두코쯤에 시선을 떨어뜨리고 골똘히 생각에 빠진 듯했다. 그녀가 귀로의 귀에 입을 바짝 갖다 대고 속삭이듯 말했다.

"모세 다얀 장군님."

"뭐야, 그 소린?"

"저는 선생님을 사랑해요. 그리고 전 전쟁영웅을 참 존경해요."

귀로가 눈을 크게 뜨고 수지의 얼굴을 쳐다보았다. 몹시 놀라는 표정이 분명했다. 그 모습을 보고 수지는 까르르 웃었으나 귀로의 표정은 이미 딱딱하게 굳어졌다. 날은 벌써 어둑어둑해져서 가로등의 불빛이 아니면 사물의 형체를 알아보기 힘들었다.

"아무 말도 않아요?"

"하나마나 한 얘기해서 뭘해. 수지, 사랑한다는 말은 그렇게 쉽게 하는 게 아니야."

"어머, 선생님, 그런 섭섭한 대답이 어딨어요. 하나마나한 얘기라뇨. 선생님은 젊은 여자에게서 사랑한다는 말을 듣는 게 언짢아요?"

"수지, 그런 농담을 함부로 하다니 기분이 매우 언짢군. 수지는 젊고 장래성 있는 아가씨라고 생각해. 젊은 엘리트 청년들이 얼마든지 많잖아. 게다가 가문이 훌륭한 집 아가씨 아냐? 그런 아가씨가 유부남에게 그런 농담을 함부로 입 밖에 흘린다는 건 적절치 않지."

수지는 입술을 귀엽게 찡그리며 귀로의 말을 대수롭지 않게 흘려버렸다. 머리가 하얗게 센 노부부가 털이 땅에 닿을 듯 길게 늘어진 강아지를 데리고 그들 앞을 한가로이 지나치고 있었다. 어느새 이곳 미국에도 겨울이 문턱에 이른 듯 밤공기가 차가웠다. 쌀쌀한 바람이 두 사람의 얼굴을 때리고 사라졌다. 낙엽들은 떼지어 아스팔트 위를 굴러갔다. 한동안 침묵이 흐른 뒤 수지가 입을 열었다.

"전쟁영웅이라서만 아니구요. 어쨌든 전 선생님을 존경하고 사랑해요."

수지의 말에 언짢아진 귀로가 딱 끊어 말했다.

"이봐, 수지, 난 전쟁영웅이 아니야. 그만 가지."

"아뇨, 더 놀다 가요."

"난 피치 못할 일 외에는 어둡기 전에 집으로 돌아가는 것을 철칙으로 해. 이미 날이 어두워지고 말았어. 그만 가자고. 수지."

귀로가 어서 승용차를 타자고 수지의 팔을 잡아끌었다. 수지가 갑자기 귀로의 목을 껴안고 입술을 힘껏 빨았다. 귀로는 온몸에 얼음물을 뒤집어쓰는 듯 전율했다. 귀로는 이 여자의 정체가 어쩌면 귀신일지도 모른다는 강한 의구심이 들었다. 귀로는 입안으로 자꾸만 밀고 들어오려는 수지의 혀를 강하게 뿌리쳤다. 그러나 수지의 입술은 문어발처럼 흡착력이 강했다. 그때였다. 어디서 나타났는지 시커먼 그림자 서너 명이 차에서 내리더니 카메라 플래시를 몇 번 터뜨렸다. 놈들은 재빨리 승용차에 올라타더니 쏜살같이 사라졌다. 순간 귀로는 머리털이 차가운 밤하늘 속으로 뭉턱 뽑혀 올라가는 듯 소름이 끼쳤다. 귀로는 두 손으로 수지의 두 어깨를 움켜쥐고 뒤로 확 밀어냈다. 귀로가 화난 듯 앞서서 숲속을 빠져나갔다. 뒤에서 수지가 소리치며 따라왔다. 귀로는 머리가 혼란스럽기 짝이 없었다.

'플래시를 터뜨리고 도망간 놈들의 정체가 무얼까? 남의 사생활을 훔쳐서 써먹으려는 불량배인가?'

"안 돼욧! 같이 가요. 절 여기 혼자 두고 가시면 어떡해요. 나쁜 놈들한테 못된 짓 당해도 괜찮아요? 선생님은 차도 없잖아요. 여기선 택시도 하늘에 별 따기예요. 그래도 혼자 가실 거예요?"

귀로는 난감한 표정이 되어 걸음을 멈추고 수지를 돌아다보았다. 귀로는 참으로 감당하기 힘든 여자라는 듯이 고개를 절레절레 흔들었다. 이런 불량한 여자와 함께 시간을 나누었다는 자체가 오물을 밟는 듯 불쾌했다.

"차 따위는 문제가 안 돼. 차가 없으면 걸어서라도 가면 되지. 아무래도 안 되겠어. 어서 가자구."

수지가 쪼르르 달려와서 귀로의 팔짱을 끼었다. 귀로는 속내가 땡감을 씹은 듯 불쾌했다. 그는 암담해지는 가슴을 가까스로 억누르며 수지가 세워둔 승용차 쪽을 향해 빠르게 걸음을 옮겼다. 무리를 한듯 수술한 부위에 심하게 통증이 왔다.

"선생님 댁까지 태워다 드릴 거예요."

"안 돼. 근처에서 내려줘."

"왜요? 사모님 보시기 뭣해서예요? 키스 한번쯤 한 걸 가지고 그렇게 사모님께 큰 죄나 진 것처럼 겁먹어요? 하긴 유부남을 사랑한다는 것이 스릴이 있기는 하네요. 호 호호."

귀로가 버럭 소리를 질렀다.

"어쨌든 안 돼!"

"어맛! 깜짝이야. 선생님 웬 목소리가 그리 커요? 화 났어요?"

"그래, 화났어! 그러니까 아무 말 말어. 입도 뻥끗 말구 가기나 햇!"

이윽고 수지가 천천히 차를 움직이기 시작했다. 갑자기 까만색 승용차 한 대가 달려와서 수지의 차를 가로막았다. 차에서 쏟아져 나온 세 명의 괴한들이 우르르 몰려와 두 사람이 타고 있는 차를 에워쌌다. 수지가 소스라치게 놀라면서 소리쳤다.

"어마! 뭐예욧! 누구예요?"

순간 매우 불길한 예감이 귀로의 머리를 강하게 때렸다.

'또 나타났다. 대체 뭣하는 놈들일까?'

귀로는 주먹을 불끈 쥐고 어둠 속의 괴한들을 뚫어져라 쏘아보았다.

"누구십니까? 왜 우리를 막는 거죠?"

괴한 중에 하나가 둔중한 목소리로 딱 잘라 말했다. 한국어였다.

"그런 건 알아서 뭐하게?"

귀로는 놈의 입에서 한국말이 새어나오자 일단은 침착을 되찾았다. 이런 일을 당할 때마다 귀로는 청년 때처럼 다리가 무쇠처럼 튼튼하지 못한 것이 몹시 속상했다. 하지만 지금은 최선의 방어를 하지 않으면 안 될 다급한 상황이었다. 귀로는 애써 침착을 가장하고 점잖게 말했다.

"대체 이러시는 목적이 뭡니까?"

"그런 거 네놈이 알 것 없어!"

"난 당신들에게 이런 대우를 받을 이유가 없소!"

"남의 여자와 밤 늦게 숲속에서 어정거리고 키스까지 열렬히 주고 받은 주제에 할 말이 있닷!"

어둠속에서 수지가 파랗게 질린 채 몸을 파들파들 떨고 있었다. 순간 귀로의 머리가 빠르게 회전하기 시작했다. 이렇게 한적한 곳, 그것도 묻지마식 테러를 당해 행여 목숨이라도 잃게 되면 가족과 사람들 앞에 너무도 허무한 삶이라는 생각이 들었다.

'놈들은 분명 무기를 갖고 있을 텐데. 섣불리 굴다간 자칫 큰일을 당할지도 모른다.'

어쨌든 섣불리 대할 상대는 아니라고 생각하면서 귀로는 바짝 긴장했다.

"타협은 안 됩니까? 뭔가 더 좋은 조선으로 말이죠!"

"개소리는! 계집애 너!"

수지가 화들짝 놀라서 놈을 쳐다보았다. 어둠속이라 얼굴을 확연하게 분별하기는 힘들었지만 놈은 차돌처럼 냉혹하고 단단하게 생긴 남자라고 귀로는 단정했다. 수지가 발악하듯 소리쳤다.

"왜요? 왜들 이러시는 거죠? 대체 원하는 게 뭐예요. 돈이에요? 돈이라면 얼마나 필요한지 말해 봐요."

"흥! 유부남이나 꼬시고 다니는 주제에!"

수지는 괴한의 말에 발끈했다.

"뭐라구? 남이야 유부남을 꼬시든 연애를 하든 네놈들이 무슨 상관이얏!"

"잔소리 말고 빨리 내렷! 그리고 앞차에 올라타!"

놈의 말이 떨어지자 수지의 표정에 잠깐 어두운 그림자가 휙 지나갔다. 수지가 앙칼진 목소리로 대들었다.

"비켜. 경찰에 알릴 테야."

"경찰? 흐흐흐, 알려 보시지. 저기 공중전화가 있어. 내가 다이얼을 눌러 줄까? 우리가 경찰 따위를 무서워할 만큼 하찮은 쫄따구들인 줄 알앗?"

순간 귀로는 놈들의 배후에서 누군가 눈을 홉뜨고 자신을 감시하고 있다는 강한 위협을 느꼈다. 놈들 중 하나가 조급한 말투로 명령했다.

"저 절름발이 놈을 반 죽도록 패 버려! 이년은 우리 차에 태워라! 이년의 차는 내가 끌고갈 테니!"

귀로는 위기감이 폭풍처럼 온몸을 휩싸는 느낌이었다. 무슨 수를 써서라도 이 위기에서 빨리 벗어나지 않으면 안 된다는 생각으로 가슴이 타는 듯했다. 놈들이 수지를 강제로 자신들의 차에 옮겨 태우려는 찰라 귀로가 재빨리 몸을 돌려 놈의 얼굴에 박치기를 날렸다. 실로 오랜만에 써먹는 박치기였다. 놈이 순식간에 날아온 귀로의 박치기를 맞고 땅바닥에 푹 고꾸라졌다. 귀로는 놈의 얼굴을 뭉개버린 자신의 이마가 기분 나쁠 만큼 미끈둥하다고 느꼈다. 놈이 떨어뜨린 권총을 재빨리 주워 든 귀로가 괴한들을 향해 권총을 겨누었다. 예전처럼 다리가 불편하지 않았다면 좀더 일찍 상황이 끝났을 것이었다. 귀로가 엉거주춤 서 있는 또 다른 사내의 얼굴에 박치기를 들이박았다. 예상하지 못한 일격을 맞은 사내가 비명을 지르며 나뒹굴었다. 귀로의 박치기는 한창 때에 비하면 약했지만 여전히 위력적이었다.

한순간 귀로가 쥐었던 권총을 숲속에다 멀리 던져 버렸다. 섣불리 권총을 쥐고 있다가 행여 사람이 죽거나 다치기라 하면 그 후폭풍을 어떻게 감당할 것인가. 귀로는 점점 숨이 가빠오기 시작했다. 나이든 탓도 있었지만 다쳤던 다리를 제대로 쓸 수 없는 불편함이 너무 커서 입안이 모래를 머금은 듯 답답했다. 이렇게 폭풍같은 위기가 닥쳤음에도 남을 먼저 배려하는 귀로의 본능은 예외없이 드러났다. 귀로가 수지를 향해 소리쳤다.

"수지! 빨리 차에 올라타랏!"
"선생님!"
"빨릿! 빨리 차에 올라타고 도망쳐랏!"
"선생님, 어쩌려구요?"
"잔소리 말고 어서 차를 타고 도망쳐!"

그때였다. 어디선가 또 번쩍 빛을 발하면서 카메라 플래시가 몇 번 터졌다. 귀로는 그들이 조금 전에 나타나서 플래시를 터뜨리고 도망쳤던 놈들이 틀림없다고 생각했다. 하지만 수지를 끌고가려던 놈들은 어쩐 일인지 끄떡도 하지 않았다. 오히려 얼마든지 찍어도 상관없다는 태도가 분명했다. 플래시를 터뜨렸던 괴한들 중의 한 놈이 소리쳤다.

"이년놈들은 놔두고 빨리 복귀하라는 명령이다. 사태가 나빠졌어. 빨리 차에 타랏!"

귀로와 수지를 위협했던 괴한들이 재빨리 승용차에 올랐다. 곧이어 급하게 자동차를 회전시키는 금속성의 비명소리가 들렸다. 나중에 나타나 플래시를 터뜨린 자들도 앞서 달려간 자동차의 뒤를 따라 황급히 자취를 감추었다. 놈들은 한패거리가 틀림없다고 귀로는 생각했다. 귀로는 최근 자신의 신변에 정체 모를 괴한들이 시도때도 없이 접근하는 횟수가 매우 잦다는 생각에 마음이 적잖이 우울했다.

'뭐하는 놈들이고 왜 내게 이런 짓을 하는 것일까?'

귀로는 눈을 부릅뜨고 주위를 살펴보았다. 어둠속에서 괴물처럼 시커멓게 입을 벌리고 서 있는 고목나무 사이사이로 누군가 숨어서 자신의 모습을 노려보는 듯한 착각마저 들었다. 고목나무 숲속에서 금세 서양유령이 여러 마리 너풀거리며 나타날 것 같은 환영에 빠져드는 듯도 했다. 비로소 귀로는 정신을 차린 듯 어둠 속에서 오들오들 떨고 있는 수지를 향해 다급한 목소리로 물었다.

"수지 괜찮아? 다친 데 없어?"

"네, 선생님은요? 다친 데 없으세요?"

"괜찮아. 빨리 가자. 내가 운전할게."

귀로의 말이 채 끝나기도 전에 수지의 눈빛이 이상한 광기로 반짝 빛을 발했다. 귀로는 그것을 알아채지 못했다. 수지가 무엇에 쫓기는 듯 당황한 표정이었지만 그것조차 귀로는 눈치채지 못했다. 수지가 조급한 어조로 말했다.

"아녜요, 제가 차로 선생님을 집으로 모셔다 드릴 게요. 제가 꼭 들려야 할 곳이 있어요. 먼저 선생님을 집으로 모셔다 드리겠어요. 어서요."

하지만 귀로가 수지 대신 운전대를 잡았다. 두 사람은 순식간에 유령의 소굴과도 같은 기분 나쁜 숲속을 부랴부랴 빠져나왔다. 수지는 이 순간 엄청난 환상의 꽃길을 달려가고 있는 중이었다.

'내 비록 떳떳하지는 못하지만 이처럼 영혼을 뒤흔들 만큼 황홀한 남자, 자신보다 타인의 생명을 소중하게 여기는 이 남자, 이런 사람은 처음 보았다. 난 이 남자를 떠나서는 결코 이 지구상 어느 곳에서도 존재할 가치가 없겠구나. 한편으로 생각해 보면 몹시 서글프기도 하지만 이것은 또 얼마나 예측 못 했던 행운인가.'

수지는 가슴속으로 뛸 듯이 기뻐했다. 눈물이 쏟아질 것만 같아서 견딜 수 없었다. 유부남이면 어떠냐 싶었다. 이 세상에 태어나서 자신의 모든 것을 아낌없이 내던져도 후회스럽지 않을 남자를 만난다는 것이 여자로서 얼마나 큰 행운인가 싶었다. 수지는 자신이 귀로의 숨겨진 여자란 취급을 받는 한이 있어도 괜찮다고 각오했다.

"선생님, 조금 전에는 정말 대단했어요. 선생님이 불편한 몸으로 저를 위해서 악당들을 쓰러뜨렸어요. 저를 별 것 아닌 여자처럼 취급하지 않았어요. 선생님, 저 지금 너무 황홀해요."

귀로가 불편한 심기를 드러내기라도 하듯 수지의 말을 꾹 눌렀다.

"암말 말았으면 좋겠어. 아무 말도 하지 않는 게 날 위로해 주는 거야."

수지는 겁먹은 듯한 목소리로 대답했다.

"네, 선생님, 암말도 하지 않을 게요."

운전대를 잡은 귀로도 옆에 앉아 있는 수지도 미몽에 빠진 듯 한동안 침묵으로 일관했다. 역시 입을 먼저 연 것은 수지였다.

"플래시를 터뜨렸던 놈들이 몹시 궁금해요. 그렇죠?"

귀로는 운전대를 잡은 채로 눈살을 잔뜩 찌푸렸다. 창밖으로 시선을 보내 놓고 있는 수지의 얼굴에 또 다른 의미의 긴장감이 싸늘하게 흐르고 있는 것을 귀로는 전혀 눈치채지 못했다. 수지는 마음속으로 중얼거렸다.

'권총을 들고 나타났던 놈들과 사진을 찍은 놈들 모두 아빠가 보냈을 게 틀림없다.'

이윽고 집 근처에 차를 세운 귀로는 뒤도 한번 안 돌아 보고 집을 향해 빠르게 걸음을 옮겨 놓았다. 수지는 한마디 말도 없이 어둠속으로 사라져 가는 귀로의 뒷모습만 응시한 채 눈물만 글썽이고 있었다. 어쩔 것인가. 수지가 흘리는 눈물은 사악하기 짝이 없는 악어의 눈물인 것을.

그런 수지를 뒤로 한 채 앞만 보고 걷는 귀로는 어쩐지 명희에게 죄 지은 듯한 심정이어서 마음이 편치 못했다. 그때였다. 시커먼 그림자 하나가 귀로 앞에 나는 듯이 달려왔다. 귀로는 본능적으로 몸을 잔뜩 도사렸다. 조금 전에는 어쩔 수 없이 박치기를 써먹었지만 이런 복잡한 상황에 자주 접하는 것이 정말 진절머리가 날 만큼 싫었다. 가만히 앉아 죽을 수도 없고 몸을 쓰자니 다리가 끊어질 듯 아픈 것이 여간 고통스럽지 않았다. 미국에 와서 열심히 공부만 하면 되는 줄 알았는데 전혀 뜻하지 않은 사건사고가 연발하는 바람에 귀로는 마음이 몹시 무거웠다.

"우워워워!"

혁진이었다. 가로등 불빛에 비춰진 혁진의 얼굴은 분노와 원망으로 뒤범벅되어 있었다. 혁진은 온몸으로 따지듯 물었다.

"어디 다녀오시는 길입니까? 얼마나 찾아다녔는지 아세요?"

"뜻하지 않은 일이 생겨서 워싱톤 근교까지 갔었다. 애들 엄마는?"

"몹시 걱정하고 있습니다. 앗! 저 얼굴의 상처는?"

"괜찮아. 밤눈이 어두워 나무에 이마를 부딪쳤을 뿐이야."

혁진의 눈을 속일 수는 없었다. 혁진은 말도 안 된다는 듯이 온몸을 부르르 떨었다.

"부딪친 자국이 아닙니다. 어떤 놈들이었습니까?"

"혁진아, 별 일이 아니야. 지나친 상상은 하지 마라."

혁진은 귀로의 해명에는 아랑곳하지 않고 다시 격렬한 수화로 귀로에게 부르짖었다.

"절대로 밤에는 외출을 삼가야 합니다. 아뇨, 집을 다른 데로 옮겨야 할 것 같습니다."

"허허허, 혁진이, 집을 옮긴다고 나를 노리는 놈들이 날 찾지 못하겠나?"

"사람들이 많이 모여 사는 곳 말이죠. 경찰이 가까이 있는 곳으로 말이죠."

"됐다."

"조심해야 합니다. 무슨 일이 있어도 이 혁진과 함께 다녀야 합니다."

하긴 조금 전 귀로는 번개처럼 뇌리를 때리는 후회가 있었다.

'혁진을 귀찮아했던 게 어리석었다!'

두 사람이 현관으로 들어섰을 때 명희는 금방이라도 울음이 터질 듯한 얼굴로 달려와 귀로의 목을 와락 껴안았다.

"여보, 얼마나 가슴 졸였는지 아세요? 전화도 없이 대체 무슨 일이에요?"

"아무 일 없었어. 이렇게 무사히 돌아왔잖아. 진정해. 금용엄마."

"어맛! 이것 봐요. 분명히 무슨 일이 있었어요. 이마에 피가 묻었잖아요! 무슨 일이예요? 싸우지 않을 수 없는 상황이 벌어졌었다면 상대는 보통 심각한 사람들이 아니었군요. 그렇죠?"

"허허! 너무 엉뚱한 상상 말어. 그냥 한쪽 눈이 불편한데다 밤눈이 어둡다 보니 나무에 이마를 좀 부딪혔을 뿐이야. 아무래도 안경을 맞춰야겠어. 애들은?"

명희는 귀로의 말을 믿지 않았다. 그래도 귀로의 말을 믿는다는 듯 차분한 어조로 대답했다.

"겨우 잠들었어요. 계속 아빨 걱정하며 기다리다가요."

귀로가 혁진에게 수화로 말했다.

"혁진인 네 방으로 가라."

겨우 안심한 듯 혁진이 허리를 한번 꾸벅하고 2층으로 올라갔다. 명희가 귀로의 얼굴을 쳐다보며 말했다.

"여보, 아까 한 시간 전에 전화가 왔었어요."

"누구에게서?"

"아주 기분 나쁘고 음산한 한국인의 목소리였어요. 게다가 평안도 사투리를 썼어요."

"이북말을? 뭐라고 했어?"

"지도자는 아무나 마음먹으면 되는 게 아니라고 하면서요. 일찌감치 보따리 싸서 한국에 가서 장인 사업이나 도우면서 조용히 목숨 부지하구 사는 게 현명하다면서 말이죠. 국민에게 영웅대접 받았다고 해서 국민이 당신을 지도자로까지 받들어 모실 줄 착각하지 말라고 하면서 말이죠. 목숨을 두 개 가지고 있는 사람은 아무도 없지 않느냐면서. 대체 그 사람들이 우리집 전화번호를 어떻게 알았을까요?"

"전화번호를 알려면 뭐 그리 어렵겠어."

"하루빨리 보따리 싸지 않으면 무서운 일이 생길 거라며 전화를 끊었어요."

명희가 귀로의 손을 두 손으로 꼭 쥐었다.

"제발 아무 탈 없이 무사히 돌아오게 해 달라고 하나님께 간절히 기도했어요. 이곳 먼 나라까지 공부하러 온 남편을 하나님께서 반드시 보호해 주셔야 한다고 어린아이처럼 떼를 썼지요. 이렇게 무사히 돌아오게 해 주셔서 참 감사해요."

귀로는 명희의 입술을 한번 가볍게 깨물어 주고 나서 샤워실로 들어갔다. 그는 욕탕에 몸을 담그고 생각해 보았다.

'아무래도 정치적 음모가 깃든 부류에서 걸려 온 전화임이 확실해 보인다. 내가 정치판에 발을 들여놓는 것을 몹시 꺼려하는 사람들이겠지. 게다가 전화의 목소리가 이북말을 썼다?'

귀로는 복잡한 머릿속을 잠재우기라도 할 듯 조용히 눈을 감았다.

협박 받는 교회

추수감사주일이었다. 귀로네 식구들은 일찍부터 교회에 갈 준비로 바쁘게 서두르고 있었다. 설거지를 하고 있던 명희가 넥타이를 목에 두르는 귀로를 향해 소리쳤다.

"여보, 금용 아빠, 아버님한테 전화 안 했죠? 주일날 아침마다 꼭 전화하기로 되어 있는데. 불편함이 없도록 우리 생활비를 책임져 주시는 아버님을 서운하게 해서는 안 되겠죠?"

"그렇고 말고. 염려 말어. 옷 입고 나서 걸 테니까."

"명일이 결혼식 날짜가 잡혔는지도 물어보시구요."

"알고 있어."

"돼지엄마랑 개성댁도 다 무고하신지 묻구요. 김 씨 아저씨도요."

"알았어. 병숙 씨한테 전화했어? 메뚜기 보내 줘서 고맙다고."

"물론 했지요."

혁진이도 검정색 정장으로 말쑥하게 갈아입고 응접실로 내려오고 있었다. 여전히 어깨까지 늘어뜨린 풀머리 그대로였다. 혁진은 아무리 귀로가 타일러도 머리만큼은 우직스럽게 고집했다.

"어깨까지 늘어지는 머리를 더 기를 거야? 삼손도 아닌데 이제 좀 짧게 하는 게 어떨까?"

혁진은 숫제 죽으면 죽었지 머리만은 못 자른다는 식의 결연한 표정이었다. 혁진은 귀로에게 애원하듯 수화로 말했다.

"선생님, 머리만큼은 제발 부탁입니다. 용서해 주십시오."

"아무래도 안 되겠다구."

"예, 선생님!"

"땅에 닿도록 끌고 다닐래?"

"지금보다 더 길게는 기르지 않겠습니다."

"머리를 짧게 자르는 것이 왜 싫은 거지?"

묻는 귀로를 향해 혁진은 조심스럽게 대답했다.

"어머니에 대한 기억이 없어질 때까지는 머리를 짧게 자르지 않겠습니다."

"어머니에 대한 기억?"

"예, 선생님!"

"슬픈 기억인가?"

혁진은 귀로의 물음에 대답을 하지 않았다. 긴 머리를 하고 다니는 혁진의 머리가 이곳 미국 사회에서는 전혀 이상해 뵈지 않았다. 긴 머리 탓에 혁진은 오히려 사람들에게 호기심의 대상이 되기도 했다. 이상스러울 만큼 미국여자들은 혁진을 관심 어린 눈으로 쳐다보기도 했다. 특히 헨리 장애인학교의 미술교사 클라라 여선생이 혁진에게 유독 남다른 눈길을 보내왔다.

"혁진이가 여자들에게 인기가 높아요."

언젠가 명희가 사과를 깎으면서 그런 말을 한 적이 있었다.

"목사님의 설교를 알아듣기 힘들면 내가 나중에 자세히 설명해 주마."

귀로가 그렇게 말했을 때 혁진은 입가에 부드러운 미소를 띠우면서 고개를 설레설레 흔들었다. 귀로가 물었다.

"다 알아들어?"

혁진은 고개를 끄덕끄덕했다. 귀로는 언젠가 한국에서 종태와 함께 단성사에서 보았던 한 편의 영화가 생각났다. 중국 무술영화였는데 마지막 장면에서 외팔이와 일본 사무라이와의 결투가 벌어졌다. 일본 무사는 장님이었다. 장님이었는데도 불구하고 그의 칼솜씨는 주인공 외팔이 무사에게 조금도 뒤떨어지지 않았었던 기억이 새롭게 떠올랐다. 공기의 흐름조차도 알아채는 듯한 예리한 청각으로 사무라이가 수많은 적들을 도륙하는 장면이 있었는데 귀로는 혁진을 볼 때마다 언뜻 그때 그 영화에서 보았던 맹인무사가 생각나곤 했다. 물론 영화이기 때문에 과장된 점이 있겠지만 상대방의 입술놀림만으로도 그가 무엇을 말하는지를 알아듣는 모양이었다. 그때 영화의 주인공인 일본 사무라이의 귓바퀴가 소리에 예민하게 움직였듯 때로 혁진의 귓바퀴에도 미세하게 흐르는 움직임이 있었다. 이 아침에도 귀로가 슬쩍 농담조로 말을 던져 보았다.

"너희 학교의 미술선생 클라라 말인데, 널 보는 눈치가 심상치 않던데? 널 좋아하는 눈치였어."

설거지를 마치고 주방에서 나오던 명희가 귀로를 향해 밉지 않게 눈을 흘겼지만 귀로는 혁진의 표정이 어떻게 반응할지가 몹시 궁금했다. 과연 혁진은 펄쩍 뛰는 얼굴이었다. 그가 손짓발짓 다 동원해서 부정했다.

"당치도 않습니다. 그런 훌륭한 선생님이 저 같은… 절대로 가당치도 않는 말씀."

혁진의 그 말에 귀로도 명희도 깜짝 놀라 대뜸 수화로 되물었다.

"저 같은? 저 같다니? 혁진이가 어때서!"

혁진은 잠자코 창밖으로 시선을 보내고 있었다. 그 모습이 몹시 외로워 보였다. 명희가 꾸짖듯이 말했다.

"혁진이! 혁진이는 자신을 비하시키고 사는 거야? 그렇게 몹쓸 생각이 혁진의 가슴속에 웅크리고 있었다니! 놀라운 음악적 재능이 있고 아름다운 이목구비하며 하늘을 울릴 듯 고귀한 정의감하며, 양처럼 온순한 겸손하며, 더욱이 혁진은 상대방을 감동시키는 깨끗한 양심이 있어서 사람들의 마음을 얼마나 편안케 해 주는지 알아? 못써! 그 따위 몹쓸, 자신을 비하시켜 학대하는 식의 생각은! 지금 이 순간부터 그따위 생각은 버려야 해. 알겠지? 하나님은 많은 사람에게 모두 색깔이 틀리지만 공평한 권리와 능력을 주셨어. 누구든 자신을 비하시키는 생각은 하나님을 모욕하는 행위예요. 알아들어?"

명희는 혁진의 눈가에 이슬이 촉촉하게 젖는 것을 보고 가슴이 아팠다.

'외로운 것이구나. 혁진에게 아무리 친누나처럼 대해 줘도 혁진은 외로움의 새장 속을 쉽사리 벗어 나오지 못하는 거야. 가족들 모두가 이전보다 더 사랑으로 대해 줘야겠구나.'

명희는 그렇게 스스로 가슴을 토닥거렸다.

귀로가 장인 장모에게 안부전화를 드리고 난 뒤에 귀로네 식구들은 추수감사주일이라 평소보다 일찍 교회로 향했다. 그날 귀로네 가족은 뼈 아픈 절망감을 안고 교회의 문턱에서 발걸음을 되돌려야 했다. 그들이 승용차에서 내려 교회의 출입구 쪽을 향해 계단을 오르고 있었을 때였다. 귀로도 명희도 뭔가 몹시 심상치 않은 느낌을 받고 잠깐 걸음을 세웠다. 명희가 귀로를 쳐다보며 불안한 표정으로 입을 열었다.

"여보, 이상하잖아요? 우리를 쳐다보는 사람들의 시선이 곱지 않아요. 아는 체를 해도 모두들 얼굴을 피하는데 이상해 보여요."

"그러게 말야. 나도 그렇게 느꼈어. 왜들 저러지?"

그때 뒤에서 누군가가 부르는 소리가 들렸다.

"김 선생님!"

신학수 담임 목사님이었다.

"잠깐 제 방으로 와 주시겠습니까? 아이들 말고 두 분만요."

"네, 그러죠."

귀로는 명희와 함께 목사님을 따라 들어갔다.

"좀 앉으시죠."

"네."

신 목사가 난처한 기색을 띠고 입을 열었다.

"몹시 꺼내기 힘든 말이지만 결단하지 않을 수가 없어서."

명희가 차악 가라앉은 목소리로 말했다.

"괜찮습니다. 목사님, 무슨 말씀이든 서슴지 마시고 말씀하세요."

"며칠 전 제게 전화가 한 통 걸려 왔었습니다."

"전화요? 저희들에 관한 전화였나요?"

"그렇습니다."

"누가 무슨 내용으로 목사님에게 전활 드렸나요?"

"김 선생님 일가로하여금 이 교회에 더 이상 나오지 못하게 하라는 식의 협박 전화였습니다."

"옛?"

"누구신지, 왜 그런 전화를 하는지 이유가 뭐냐고 물어봐도 그에 대한 대답은 않고 무조건 교회에 나오지 못하게 하라고 윽박질렀어요. 만일 계속해서 교회에 나오는 것을 방치하면 교회를 폭파시켜 버리겠다고 말입니다."

명희가 소스라치게 놀라서 소리쳤다.

"뭐라구요? 교회를 폭파시켜욧?"

"예, 그러겠다고 협박해 왔습니다."

귀로가 끙 하고 신음소리를 내면서 물었다.

"다른 교인들도 알고 있는 눈치던데 벌써 소문이 났습니까?"

"그런 전화를 교회 장로님과 권사님들 집집마다 했더랍니다. 교인들의 전화가 빗발치듯 했었지요."

어리둥절한 채로 침묵을 지키고 있던 명희가 조그만 목소리로 말했다.

"그래서 사람들이 우리를 보는 눈들이."

신 목사가 차분한 목소리로 입을 열었다.

"김 선생님."

"예, 말씀하시지요."

"물론 교회는 누가 협박한다고 해서 문을 닫고 여는 곳은 아닙니다. 교회는 우선 교인이 있어야 교회의 존립가치가 있죠."

"아무렴 그렇죠, 목사님, 사람 없는 텅 빈 교회가 무슨 교회의 역할을 감당하겠습니까."

"이 교회는 한인교회로서는 미국에서도 성공한 교회 중에 하납니다. 미국의 한인교회 중에서 성도가 200명 이상 모이는 교회도 흔치 않습니다."

"알고 있습니다."

"김 선생님은 장차 대한민국의 지도자가 되시겠다는 꿈을 안고 더 많이 공부하기 위해 하버드대학에 유학 오신 걸로 알고 있습니다만 엊그제의 협박

전화가 많은 사람들을 불안에 떨게 한 것은 사실입니다. 미국은 테러가 공공연히 행해지는 곳입니다. 자유민주주의 꽃이 활짝 핀 나라이긴 하지만 그 줄기를 끊어 버리려는 악한 세력도 만만치 않은 나라죠. 미국은 행복과 불행의 운명을 양손에 쥐고 아슬아슬하게 세계 역사를 주도해 가고 있지만요."

어느 순간 귀로와 명희의 눈이 딱 마주쳤다. 귀로는 명희의 얼굴이 저토록 보기 민망할 만큼 실망하는 모습은 처음 보는 것 같았다.

신 목사의 말은 계속 이어졌다.

"어떤 세력이 무슨 목적으로 이런 협박을 하는지 알 수 없지만 어쨌든 김 선생님 가족은 저희 교회를 떠나 주셨으면 합니다. 이것이 교인들의 희망사항이고 당회에서 논의한 후에 내린 결론입니다."

그렇게 말하는 신 목사의 얼굴에 고뇌의 빛이 짙게 드리워 있었다. 그가 무거운 어조로 말을 이었다.

"이런 말씀 드리기까지 무척 힘들고 괴로웠습니다. 부디 우리를 이해하시고 용서해 주시기 바랍니다."

서서히 귀로는 가슴에서 분노의 불길이 일기 시작하는 것을 느꼈다. 도대체 어떤 세력이 무슨 목적으로 교회에 나오지 못하도록 교회에다 그런 협박을 했는지 도무지 이해할 수가 없었다. 귀로는 간신히 마음을 가다듬고 입을 열었다. 목소리마저 떨리는 것은 그만큼 마음에 받은 충격이 컸다는 것을 의미했다.

"목사님, 제 좁은 생각으로 한 말씀 드리는데요. 어떤 불순한 세력이 우리 가족을 빌미삼아 교회를 폭파하겠다고 협박했다면, 그래서 그것이 두려워서 교회가 겁을 먹고 불순한 세력 앞에 무릎을 꿇는다면 수난과 순교의 행진을 이어 온 기독교 역사가 어떻게 지금까지 맥을 이어올 수 있었을까요. 목사님, 외람된 말씀이지만 제가 보기에 이 교회는 교회로서의 정체성을 상실한 나머지 교회만이 가지고 있어야 할 힘과 능력을 잃어버렸다는 좌절감이 듭니다. 교회에 나오는 신자는 많이 있는데 이 교회에 계신 하나님은 무척 외로울 것이라는 느낌입니다. 물론 하나님은 무소부재하시고 전능하신 분이라는 걸 저도 믿습니다. 그런데 우리가 교회에 나오지 않으면 그들이 이 교회를 가만 둘

것이고, 우리가 끝내 이 교회에 출석한다는 이유로 누군가가 이 교회를 폭파한다면 전능하신 하나님은 어떤 마음으로 창조 때부터 우주의 질서를 지켜오신 분일까요? 교회가 신앙훈련을 쌓아가는 영적 터전이라고 나름대로 믿어 왔습니다만 신도들의 신앙훈련에 대한 교회의 책임이 이토록 허무하게 무너진다면 교회의 의미란 대체 무엇일까요. 신도들의 마음을 충분히 이해는 합니다. 저희 가족이 교회에서 쫓겨난다고 생각하니 마음이 무척 아픕니다."

귀로의 말이 떨어진 후에도 사무실 안은 한동안 답답하고 무거운 침묵으로 가득했다. 이윽고 신학수 목사가 침통한 목소리로 입을 열었다.

"김 선생님은 언제부터 교회에 다녔습니까?"

귀로는 신 목사의 질문에 답하기조차 마음에 내키지 않았다.

명희가 대신 나서서 대답했다.

"저희는 어린 소년소녀 시절에 조그만 시골 교회에 다녔던 적이 있었어요. 지금은 돌아가시고 안 계시지만 저희 시어머니가 무척 신앙심이 깊으신 분이셨어요. 제 남편은 고난의 세월을 헤치고 살아내느라 하나님의 존재를 전혀 신뢰하지 않았어요. 어떤 큰 사건을 겪고 난 뒤에야 저희 부부는 하나님은 진정 살아서 역사하시는 실존적인 분이라는 걸 굳게 믿게 되었습니다. 비록 성숙된 신앙은 못되지만 그래도 주일성수와 기도, 이웃을 네 몸과 같이 사랑하라는 하나님의 말씀, 그리고 겸손과 온유 등 주님의 교훈을 잘 듣고 순종하는 삶을 살고자 우리 부부는 굳게 마음을 합하고 노력해 왔습니다. 오늘 목사님의 입에서 떨어진 말씀 때문에 우리 부부는 흡사 사형당하는 느낌이 들 만큼 참혹해요. 하지만 목사님, 우리 부부는 이쯤 되는 일에 굴복해서 하나님을 불신하는 어리석은 짓은 결코 않을 겁니다."

"훌륭하신 말씀입니다"

잠자코 바닥에 시선을 떨어뜨리고 있던 귀로가 얼굴도 들지 않은 채 입을 열었다.

"언젠가 제가 한국에서 우연히 다이제스트를 뒤적거리다가 어떤 흑인 목사님의 간증담을 읽어 본 적이 있었습니다. 그 흑인 목사님은 그 책에서 이런 말을 했었죠. 자신은 허구한 날 술에 취해 뒷골목에서 행인들에게 행패를 부리며 돈을 갈취해서 술과 마약, 온갖 쾌락에 젖어 살아가는 탕자였답니다. 어느 날 갑자기 자신의 모습이 너무도 초라하고 안되어 보인 나머지 주일날 교회를 찾아갔답니다. 하지만 그 흑인 목사님은 교회에서 쫓겨나고 말았답니다. 흑인 목사님의 몸에서 냄새가 심하게 나고 더럽다고. 또 그 교회는 흑인은 들어올 수 없다는 게 이유였답니다. 그때 흑인 목사님은 죽고 싶은 심정으로 교회의 계단에 털썩 주저앉아서 슬피 울고 있었답니다. 그런데 흑인 목사님 앞에 하얀 옷을 입은 남자가 나타났다는 거죠. 그가 물었답니다. 왜 여기서 울고 있느냐고요. 흑인 목사님은 흰 옷 입은 남자에게 사연을 털어 놓았답니다. 그랬더니 그 흰 옷 입은 남자가 이렇게 말했답니다. 나도 이교회에서 쫓겨났다면서 못 자국 난 손으로 흑인 목사님의 얼굴에 흐르는 눈물을 닦아주었다는 사연이었습니다."

또 다른 의미의 침묵으로 세 사람은 한동안 잠잠했다. 이윽고 신학수 목사가 잔기침을 몇 번 한 뒤 입을 열었다.

"김 선생님, 그 흑인 목사의 이야기를 저도 알고 있습니다. 그리고 그 흑인 목사님과 같은 사례는 지구촌에 세워진 교회에서 너무도 흔하게 벌어지는 안타까움입니다. 비로소 말씀드리지만 전 이 교회 담임목사를 사임하기로 이미 결심한 터입니다."

귀로가 깜짝 놀라서 다그치듯 물었다.

"왜, 왜입니까? 목사님."

"이번 김 선생님의 일로 당회에서 장로님들과 많이 부딪쳤죠. 교회가 이런 일에 쉽게 굴복하면 교회는 교회의 가치를 이미 상실하고 만다고. 그것은 천국에 대한 소망을 포기하는 행위라고 말입니다. 하지만 당회에서는 김 선생님 가족을 출교시키는 쪽으로 결정하고 말았습니다. 이번 일로 나야말로 교회에서 주님을 내쫓는 음모를 꾸미는 일당들과 협력했다는 양심의 가책으로 가슴을 쥐어뜯으며 울었습니다."

귀로와 명희는 고개를 떨구고 말았다. 신학수 목사의 말은 계속되었다.

"그러나 성도들의 입장을 나쁘다고만 할 수도 없는 답답한 형편이라 전 당회의 결정에 결국 굴복하고 말았습니다. 지금 김 선생님이 말씀하신 그 흑인 목사님의 이야기를 듣고 보니 우리 교회에서도 주님을 내쫓았다는 심한 자괴감으로… 저도 지금 견딜 수 없는 심정입니다. 하지만 어차피 사임하고 한국으로 돌아가기로 결심한 바이니… 이젠 오히려 마음이 홀가분해졌습니다. 하긴 그동안 이 교회를 담임하면서 답답하고 견디기 힘든 고통 때문에 얼마나 하나님의 옷소매를 붙잡고 울었는지 모릅니다. 우리 교회 장로님들과 권사님들은 사사건건, 일거수 일투족 제 목회 방침을 간섭하고 제동을 걸었습니다. 일테면 천국과 지옥 설교를 하지 말라고. 기복신앙을 나쁘게만 설교하지 말라고. 헌금을 강요해야 교회 건물을 새로 지을 수 있다면서 십일조와 헌금을 많이 하는 사람에게 하나님이 넘치게 복을 주신다는 식으로 설교해 달라고 시도 때도 없이 간섭해 왔습니다. 김 선생님, 하나님은 건강하게 해 달라고 기도한다고 해서 건강하게 해 주고 부자 되게 해 달라고 조른다 해서 부자 되게 하시는 분이 아닙니다. 명예와 권력을 달라고 부르짖어 기도한다고 해서 일일이 응답해 주시는 분이 아닙니다. 하나님은 받을 만한 자격이 갖추어진 자녀의 기도에 응답하는 분이죠. 남을 위해서 건강과 물질을 사용하고 남을 위해서 명예와 권력을 아낌없이 나누어 줄 줄 아는 사람을 사랑하시고 이런 분들의 순수하고 어린아이 같은 믿음을 기뻐하십니다."

귀로가 안타까운 눈빛으로 신학수 목사를 바라보며 물었다.

"한국으로 돌아가시면 무슨 일을 하실 겁니까? 목사님."

"조그만 시골교회를 개척해서 노인들을 열심히 보살피면서 농촌 어린이들에게 영어와 컴퓨터를 가르치고 어린이 오케스트라를 만들어 가난하고 소외받는 농촌 어린이들에게 꿈과 희망을 심어주고 싶습니다. 제 아내가 음대출신이에요. 허허허, 가난하고 힘없는 사람들이 모여서 기도하고 찬양하는 교회는 결코 주님을 내쫓지 않습니다. 부자들과 권력 있는 사람들이 많은 교회가 하나님을 내쫓습니다. 김 선생님은 조금도 실망하지 마시기 바랍니다. 교회에서 자신들과 신앙관이 맞지 않는다고 다른 성도를 내쫓는 사람들은 결국 파멸의 구렁텅이로 빠지지만 오히려 내쫓긴 자는 주님이 사랑의 팔을 벌려 주십니다. 김 선생님, 우리 교회를 협박한 목소리의 주인공은 이북말을 쓰는 한국인이었고 놀라운 것은 여자였습니다. 짚히는 데가 있습니까?"

목소리의 주인공이 여자였다는 신 목사의 말에 귀로는 고개를 갸우뚱했다. 귀로는 신 목사와 헤어질 때 한국에서 다시 만날 수 있기를 바란다는 말을 건넸다. 신 목사와 석별의 정을 나눈 뒤 집으로 돌아오는 승용차 속에서 귀로는 가슴이 뻥 뚫린듯 허전하기 짝이 없었다. 교회가 이럴 줄은 정말 상상도 못했던 일이었다. 그것은 명희도 마찬가지였다. 한참 후 명희가 귀로의 손을 꼭 쥐면서 울먹이는 목소리로 말했다.

"금용아빠."

귀로가 대답하지 않자 명희가 계속해 말했다.

"마음이 좀 그렇긴 하지만 목사님께 참 좋은 말씀을 들었어요. 그러고보니 성경에 교회가 하나님을 내쫓는 일이 있을 거라는 말씀이 새삼스럽게 다가오네요. 하지만 하나님을 내쫓지 않는 교회도 얼마든지 있을 줄 믿어요. 우리집은 주님을 내쫓는 집이 되지 말아야 해요. 가게에 들러서 과일이랑 채소 등을 사 갖고 집에 가서 우리끼리 추수감사 예배를 드리는 게 어때요? 예배가 끝난 뒤 메뚜기 안주해서 와인이나 한잔 합시다. 네?"

명희의 말에 귀로의 얼굴이 조금은 밝아졌다.

"메뚜기가 아직도 남았어?"

"그럼요, 당신이 너무 좋아하는 건데요. 따로 잘 포장해서 냉장고에 잘 보관해 두었죠."

"그래, 그것 참 기분좋은 말이군."

얼마 뒤 그들은 단골로 다니는 한국인 식료품 가게의 문을 밀치고 들어섰다. 추수감사예배를 드리려고 과일을 몇 가지 사기 위해서였다. 그런데 귀로네 가족을 보자마자 가게 주인이 얼굴이 새파래지며 출입구 쪽으로 뛰다시피 달려왔다. 그리고는 귀로와 명희의 등을 밀쳐내며 화급한 목소리로 말했다.

"나가세요. 앞으로는 우리 가게에 오지 마세요. 알았어요? 절대로, 절대로 우리 가게에는 얼씬도 말아요."

귀로와 명희는 가게주인 제임스 김의 태도에 아연실색했다. 명희가 따지듯 대들었다.

"뭐에요? 왜, 왜 저희들한테 이러는 거예요?"

"글쎄, 이유는 묻지 말고 우리 가게에 얼씬도 말라는데 뭘 말이 많소?"
 보다못해 귀로가 언성을 조금 높이며 말했다.
"당신도 한국인인데, 같은 민족끼린데 이유도 없이 이러면 안 되지 않소?"
"글쎄, 아무 말 말고 우리 가게에 오지 말란 말이오."
 계속해서 출입구까지 따라나오며 등을 밀쳐내는 가게 주인에게 혁진이 가슴을 내밀며 험악한 기세로 위협하자 명희가 재빨리 혁진의 팔을 끌고 밖으로 나왔다. 귀로와 명희는 마치 커다란 망치로 뒤통수를 세게 얻어맞은 듯 정신이 하나도 없는 느낌이었다. 오늘은 어쩐지 생판 모르는 딴 나라에 뚝 떨어진 느낌이었다. 귀로가 잔뜩 미간을 찌푸리며 고통스러워하는 모습을 보고 명희가 귀로의 손을 끌어당겼다. 아이들도 영문을 모른 채 아빠 엄마의 눈치만 살필 뿐 표정은 돌처럼 딱딱하게 굳어 있었다.
"금용아빠, 그만 집으로 가요."
 귀로는 잠자코 고개를 끄덕이며 승용차에 몸을 실었다. 그러나 자꾸만 가슴속에서 솟고라지는 분노의 감정이 쉬 가라앉질 않았다. 명희가 다시 귀로의 손을 꼭 눌러 잡고 나지막이 속삭였다.
"금용아빠, 날씨가 추워요. 애들 감기 걸리겠어요. 어서 시동 걸어요. 집으로 가자구요."
 귀로는 승용차의 시동을 걸고 천천히 집으로 향해 차를 몰았다. 응접실을 들어서면서 명희는 아무렇지도 않은 말투로 아이들에게 말했다.
"금용아, 금희야, 그만 너희들 방으로 가렴. 엄마는 아빠와 좀 얘기가 있어. 혁진이도 방에 가서 음악공부를 하든지."
 혁진은 그런 명희를 향해 잠깐 바람을 쐬고 오겠다며 허리를 꾸뻑한 뒤 응접실을 나갔다. 아이들이 2층으로 사라진 뒤, 명희는 잠자코 주방으로 가서 메뚜기 한 접시와 와인병을 들고 나와 귀로와 마주 앉았다. 그녀가 귀로의 잔에 와인을 절반쯤 부은 뒤 자신의 잔에도 와인을 부었다. 그러고서도 두 사람은 약속이나 한 듯 한동안 잔만 내려다볼 뿐 말이 없다. 갑자기 명희의 어깨가 심하게 떨리더니 그녀의 눈에서 눈물이 폭포수처럼 쏟아지기 시작했다.
"아, 이렇게 참담한 기분이란! 교회에서 쫓겨났다는 사실이 믿어지지 않아요. 정말이지 이렇게 참담한 기분은 처음이예요. 하지만 여보, 금용아빠."

이번에는 귀로가 명희의 등을 두드리며 달랬다.

"금용엄마, 울지 마. 내년 추수감사절에 금년에 못 다한 정성을 두 배로 하면돼. 하지만 정말 기분이 말이 아니군. 갑자기 찰리 채플린의 말이 생각나는군. 인생은 가까이서 보면 비극적으로 보이지만 멀리서 보면 희극이라고. 금용엄마, 먼 훗날의 우리의 모습을 향해 지금부터 웃는 연습을 하자. 자, 메뚜기 안주해서 와인 한잔씩 들자."

"그래요, 여보, 내년 추수감사절에 정말 원없는 추수감사절을 보내요."

명희는 눈물이 그렁그렁한 채로 귀로를 향해 활짝 웃어 보였다. 귀로가 와인을 조금 마시고 메뚜기 한 마리를 씹었다.

명희가 물었다.

"맛있어요?"

"그럼! 맛있다마다! 마누라도 어서 마셔. 그리고 메뚜기를 먹어 봐."

명희가 귀로를 마주 쳐다보며 와인잔을 높이 쳐들었다.

"미래의 대통령에게 축배를! 그리고 여보, 마누라란 말, 이젠 퍽 다감하게 들리고 재미있어요."

명희 눈에 여전히 눈물이 그렁그렁했다.

바로 그 시각에 길가의 고목나무에 기대어 선 채 잔뜩 눈을 부릅뜨고 석양을 쏘아보고 있던 혁진이 비호처럼 몸을 날려 어딘가로 사라졌다. 응접실 안에서 명희와 마주앉아 와인을 마시면서도 귀로의 머릿속은 거미줄이 얽히듯 혼란스럽고 복잡했다.

'교회를 협박한 목소리가 여자였다고…?'

이상한 꿈과 기괴한 식료품가게

제임스 김은 털이 너슬너슬한 팔뚝을 걷어붙이고 손목시계를 내려다보았다. 어느새 시간이 꽤 깊어 있었다. 식료품 가게 앞을 오가는 행인들의 발걸음도 뜸했다.

"벌써 시간이 이렇게 됐나? 닫아야 겠군."

그가 현금박스 위에 놓인 열쇠 꾸러미를 들고 마악 식료품 가게 셔터를 내리려던 찰라였다. 갑자기 시커먼 복면을 뒤집어 쓴 괴한들 너댓 명이 폭풍처럼 가게 안으로 들이닥쳤다. 제임스 김은 기절할 듯 놀라서 소리쳤다.

"앗! 누, 누구야?"

검은 가죽장갑을 낀 복면괴한들 중 하나가 짤막하게 잘라 말했다. 알아듣기 힘들 만큼 서툰 영어였다.

"불 꺼! 그리고 셔터를 내렷!"

제임스 김은 순간 위급한 상황이 벌어졌음을 직감하고 재빨리 머리를 굴렸다.

"셔터를 밖에서만 내릴 수 있습니다."

순간 복면한 사나이 중 한 명이 주먹으로 제임스 김의 얼굴을 호되게 갈겼다. 제임스 김이 비명을 지르며 얼굴을 두 손으로 감쌌다. 또 다른 괴한 하나가 재빨리 전원 스위치를 눌렀다. 식료품 가게 안은 순식간에 칠흑처럼 깜깜해졌다. 누군가 플래시를 켰다. 플래시 불빛이 제임스 김의 얼굴에 쏟아졌다.

"이새끼 잔머리 굴려? 빨리 셔터 내렷! 죽여 버리기 전에!"

분명 잡티가 섞이지 않은 순수한 한국말이었다. 괴한은 소음기가 달린 권총을 제임스 김의 이마에 바짝 들이댔다.

"알겠소."

제임스 김은 온몸을 후들후들 떨면서 손을 더듬거려 셔터의 스위치를 내렸다. 섣불리 굴었다간 총에 맞아 죽을 수도 있다고 생각했기 때문이었다. 괴한들이 제임스 김을 화장실로 끌고 들어가더니 화장실 문을 닫아 버렸다. 괴한들 중 하나가 플래시불빛을 제임스 김의 얼굴에 쏟아붓고 짧게 명령했다.

"꿇어앉아!"

제임스 김이 화장실 바닥에 무릎을 꿇었다. 그가 애걸하다시피 말했다.

"대체 당신들은 누구욧! 돈을 달라면 금고에 있는 돈을 있는 대로 다 주겠소. 딴짓만은 제발 부탁이요."

"개소리 말고 아가리 꽉 닥치고 있어!"

누군가 제임스 김의 머리털을 꽉 움켜잡았다. 금세 두피가 쫙 찢어질 듯한 엄청난 고통으로 그는 혓바닥이 오그라드는 느낌이었다. 엄청난 힘을 가진 기계가 자신의 머리털을 송두리째 뽑아 버릴 것만 같은 고통으로 그는 처절하게 울부짖었다.

"으으아악!"

제임스 김의 비명 따위는 안중에도 없다는 듯이 사나이는 제임스 김의 얼굴을 연거푸 벽에다 절구공이 찧듯했다.

"아아악!

도저히 감당 못할 엄청난 힘이었다. 사람이 아니라 거대한 로봇으로 착각할 정도였다. 깨진 얼굴에서 검붉은 핏물이 목덜미를 타고 쏟아지고 있었다. 제임스 김의 처참한 꼴이 복면한 괴한들에겐 조금도 동정심을 유발하지 못하는 듯했다. 누군가 제임스 김의 허벅지를 쇠몽둥이로 사정없이 내려쳤다.

"으악! 살려주시오!"

제임스 김의 얼굴이 형편없이 으깨어져 참혹하기 짝이 없었다.

"으으으… 제발 살려주시오. 왜 이러는 겁니까? 돈을 몽땅 가져가시오."

그가 화장실 바닥에 꿇어앉은 채로 두 손을 싹싹 비비면서 살려 달라고 애걸했지만 괴한들은 플래시만 비칠 뿐 전등을 켜지 않았다. 화장실에 전등 스위치가 있었지만 괴한들이 전등을 켜지 않은 것도 수상했다. 아마도 불빛이 밖으로 새어나갈 것을 막기 위함인 듯했다. 누군가 또 제임스 김의 정강이를 흉기로 호되게 후려쳤다. 정강이뼈가 뚝 부러진 것 같았다.

"으악! 제발 살려 줘요! 요구하는 게 뭔지 말을 해야 알 것 아닙니까?"

제임스 김이 내지르는 단말마의 비명소리가 화장실 문틈으로 새어나가 30여평쯤 되는 가게 구석구석을 처절하게 울렸다. 괴한들 중 하나가 한쪽 가죽장갑을 벗어 제임스 김의 입안으로 쑤셔넣었다. 괴한들은 조금도 사정을 봐주지 않겠다는 듯 누군가 제임스 김의 등을 쇠몽둥이로 힘껏 내리쳤다. 정체가 누군지는 몰라도 형언할 수 없을 만큼 무시무시한 테러였다. 뼈가 부서지는 듯한 극심한 고통으로 제임스 김의 얼굴은 처참하게 일그러졌다. 공포에 질린 눈동자는 덫에 걸린 사슴처럼 처절하게 허물어지고 있었다.

괴한 중 하나가 한국말로 또깡또깡 제임스 김의 귀에다 쐐기를 박았다.

"너 마피아 똘마니 맞지? 마피아 놈들에게 확실하게 경고해라. 우린 이미 저승에 목숨을 저당 잡힌 현대판 가미가제라고. 오늘 있었던 일을 경찰에서 불든지 말든지 그건 네가 알아서 해. 만약 섣불리 입을 놀렸다 하면 한 시간 안에 네 대갈통은 묵사발이 되는 거야. 마피아에게 말해. 우린 죽음 따윈 조금도 겁내지 않는다고. 알았나? 분명히 말해 둔다. 네가 오늘밤 왜 이런 꼴을 당했는지를 잘 생각해 봐. 곧 신문 기자들이 몰려올 거야. 우리가 누군가를 통해서 이 사실을 기자들에게 알릴 것인데 분명히 또 한번 경고한다. 아무 소리도 하지 마 알겠어? 아가리에 자물통을 꽉 잠그라 이 말이야. 알아들었어? 이 사실을 세상에 알리는 이유는 우리도 마피아놈들에게 경고장을 보낸다는 의미야. 명심해."

괴한들 중 하나가 쓰러진 제임스 김의 목을 발로 짓이겼다. 그가 고통으로 숨이 넘어갈 듯 몸부림쳤다. 하지만 여전히 괴한들은 차가운 눈빛으로 제임스 김을 내려다보고만 있을 뿐이었다. 그때 괴한들 중 하나가 와락 달려들어

제임스 김의 팔을 두 손으로 붙잡고 마치 빨래 짜듯이 비틀었다. 실로 사람이라고는 믿을 수 없을 만큼 엄청난 괴력이었다. 제임스 김은 팔뼈가 산산조각이 나는 것만 같은 고통으로 죽을 듯이 몸부림쳤다. 제임스 김은 죽음의 문턱에서 까무러치고 말았다. 누군가 제임스 김의 입에 물린 가죽장갑을 꺼내 들었다. 그제야 만족한 듯 괴한들은 셔터를 들어올린 뒤 유유히 어둠속으로 사라졌다.

다음날 미국의 주요 일간지에 한국인 교포 제임스 김의 테러사건이 꽤 비중 있는 기삿거리로 실렸다. 제임스 김이 테러로 인해 무참하게 깨진 모습 또한 사진으로 선명하게 찍혀 있었다. 보도에 의하면 제임스 김은 무엇에 크게 놀란 듯 공포에 질린 눈빛으로 입을 다문 채 일체 말을 안 했다고 했다.

병원측의 강력한 반발에 부딪혀서 병실 밖으로 밀려난 기자들은 혀를 차면서 일단 뿔뿔이 흩어졌다. 제임스 김의 테러사건은 교포사회에서 무슨무슨 사연으로 마피아에게 당했다는 둥 정치적 음모에 휩싸인 테러라는 둥 별의별 소문과 억측을 타고 사람들의 입에 오르내렸다. 테러 이후 제임스 김의 입은 자물통을 잠가 놓은 듯 열릴 줄을 몰랐다. 신문에 실린 기사는 다음과 같은 내용으로 끝나고 있었다.

–마치 굉장한 괴물을 보고 놀랐거나 유령 따위에게 혼을 빼앗긴 듯 그의 눈동자는 초점을 되찾지 못하고 있었다.–

그런 사건이 있고 난 사흘 후, 학교에 갈 준비를 마치고 귀로는 아침식사를 하기 위해 명희와 마주앉았다. 귀로가 물었다.

"혁진이는?"

"밤새도록 오선지와 싸웠나 봐요. 아직도 책상 앞에 붙어 있을 걸요? 공부할 때 보면 무아지경에 빠진 것 같아요."

"아침 먹으라고 하지."

"안 돼요. 혁진이가 공부에 몰두할 때는 가만 놔둬야 해요. 언젠가 한번은 뭣도 모르고 건드렸다가 크게 당황했던 적이 있어요."

"왜?"
"밤늦게까지 앉아 공부하기에 커피와 함께 간식을 들고 들어갔죠."
"그래서?"
"방해를 받은 것에 대한 증오심 때문인지 아주 무서운 눈빛이었어요. 쏘는 듯한, 날아가는 새도 질려서 떨어질 것만 같은 그런 무서운 눈빛이었어요. 혁진이는 그런 경우 참 이해하기 힘든 성격이에요. 왜 그래야만 할까요?"
"나도 혁진이의 그런 점이 몹시 수상해."
"그런데 식료품 주인 제임스 김 테러사건 말이죠. 정말 궁금하죠? 누가 그토록 지독하게 그를 때려 줬을까요? 그가 우리에게 물건 팔기를 냉정하게 거절한 이튿날에 그렇게 테러를 당했어요."
"글쎄… 뭐 깽들한테 빌미가 잡혔거나 누군가에게 원한을 샀거나 그렇겠지. 어쨌든 우리가 더 이상 신경 쓸 일 못 돼. 애들은?"
"아직 자요. 이제 여섯신데요. 요새 와서는 강의시간도 되기 훨씬 전부터 학교에 가는 이유가 뭐예요?"
"이른 시간 존 하버드 동상 앞에서 조용히 기도하면서 묵상에 잠겨 있노라면 많은 것을 생각하게 되고 조용해서 머리가 맑아지는 느낌이야."
"이렇게 추운 날씨에 밖에서요?"
"서울의 남산 도서관 들어가 봤지?"
"그럼요."
"옛날에 재수할 때 말야. 난 새벽 5시에 어김없이 일어났어. 어느새 어머니는 도시락을 두 개 싸서 신문지에 꼭꼭 말아서 책가방 속에 넣어 주셨지. 나는 얼음을 깨트린 차가운 물로 세수하고 나서 첫 버스를 타고 도서관엘 갔었어. 그렇게 일찍 가서 가방을 선착순으로 줄 세워 놓지 않으면 자리가 없어서 입관할 수 없었기 때문이야. 그리고 오전 9시 문을 열 때까지 그 추운 도서관 밖에서 오들오들 떨며 영어단어와 수학공식을 외었었지. 그때의 추억을 되새기면서 초심으로 돌아가 공부에 박차를 가해 보기도 하는 거야. 어차피 해야 할 공부라면 최고가 되도록 노력해야지."
"훌륭한 생각이에요. 하지만 날씨가 이렇게 추운데 어디에서 공부해요?"

"파카(parka)의 모자를 뒤집어 쓴 채 벤치에 앉아서."
"어디 빈 강의실에라도 들어가서 하면 안 되요?"
"난 겨울바람을 사랑해. 겨울바람은 나를 강하게 해줘."
"가끔씩 맞아 보는 겨울바람은 상큼한 풀잎 냄새가 나기도 하죠. 옛날 우리가 어렸을 때 살았던 동네 생각 나죠? 우리집 앞을 지나가는 작은 계곡을 타고 올라오는 겨울바람이 볼이 따가울 만큼 매웠지만 깨끗하고 향기로웠다는 기억이에요."
"맞아. 공기가 맑은 동네였어."
잠시 두 사람 사이에 침묵이 흘렀다. 교회 문제에다 가게 주인 테러 사건소식에다 악몽까지 겹쳐 잠을 설친 탓인지 명희가 잔뜩 고리삭은 어조로 먼저 입을 열었다.
"다른 어려움은 넉넉히 이길 수 있지만 교회에 갈 수 없다는 게 너무도 가슴 아파요. 그래서 그런지 요즘은 조막손처럼 영혼이 마구 오그라드는 느낌이에요."
"미국인 교회라도 가자구. 이번주부터는."
"또 어떤 나쁜 세력이 교회를 폭파하겠다고 협박하면 어쩌죠? 교회를 옮길 때마다 쫓아다니면서 그러면 괜히 우리 때문에 교회가 피해를 보게 될 텐데, 아, 정말 누가 우릴 교회에 가지 못하게 하는 걸까? 하나님이 혼내 주시면 좋겠어요. 무엇보다 아이들이 다니던 교회를 떠나기 싫어하는 게 몹시 안타까워요. 모처럼 사귄 친구들과 헤어지는 게 싫은가 봐요. 난 아직도 영어듣기가 서툴러서 미국 목사님 설교를 자세히 알아들을 수가 없구요."
"설마 미국인 교회에까지 그런 협박하려구? FBI가 가만 있겠어? 영어설교는 걱정 마. 당신 영어 실력이면 곧 익숙해질 테니까."
창틀이 파르르 소리를 내며 떨리는 걸 보면 바깥은 바람이 몹시 거칠게 부는 모양이었다. 창밖으로 내다보이는 나목들이 겨울바람 속에서 와들와들 떨고 있었다.
"저렇게 추운 바람 속에 앉아서 책을 읽겠다니… 당신은 아무튼 대책없이 유별난 사람이에요. 금용아빠, 아무래도 마음이 편치 않아 안 되겠어요. 오늘은 벤치에 앉아 책을 읽지 말아요."

된장찌개를 입으로 가져가던 귀로가 숟가락을 잠시 공중에 매달아 놓고 사랑스런 눈길로 명희를 쳐다본다. 그리고 고개를 크게 끄덕이며 말했다.

"그래? 그럴까?"

명희가 애잔한 눈빛으로 창밖에다 시선을 던져 놓은 채 조그맣게 말했다.

"어젯밤 꿈에 말이예요."

"꿈? 무슨 꿈 꿨어?"

"수지 양 꿈을 꾸었어요."

"수지? 왜 수지 양 꿈을 꾸었을까? 수지한테 지나치게 신경쓰지 마."

"그 학생이 밤중에 또 찾아왔어요. 그리고 침대에서 나를 확 밀쳐내고는 대신 당신 옆에 냉큼 드러눕겠죠? 아! 끔찍해요!"

귀로가 다시 된장찌개를 입으로 가져가며 건성으로 물었다.

"왜?"

"알몸으로 당신에게 달려들지 뭐예요. 그런데 난 당신이 수지 양을 완강히 거부할 줄 알았는데, 당신은 수지 양을 매우 정열적으로 사랑하고 있었어요. 나는 방 한쪽구석에 밀려난 채 울고 있는데 말이죠. 나는 너무도 절망했고 화가 난 나머지 방문을 박차고 뛰쳐나갔죠. 사람이 하나도 없는 캄캄한 아스팔트 위를 홀로 뛰고 또 뛰었죠. 그런데 갑자기 누군가 내 머리채를 홱 낚아채겠죠. 깜짝 놀라 돌아보니 그게 수지였어요. 너무나 무서운 얼굴이었어요. 마치 우리나라 전설의 고향에 나오는 귀신처럼 무서운 얼굴이었는데 그녀가 내게 손톱을 세우면서 죽일 듯이 대들었어요. 도망가면 안 된다고 반드시 날 죽여야 한다고 입을 크게 벌리면서 악을 바락바락 쓰는 수지의 얼굴을 보고 나는 꿈속에서 기절할 뻔했죠. 아무리 도망하려고 안간힘을 써도 발이 허공을 짚은 듯 제 자리에 머물러 있겠죠? 갑자기 수지의 입에서 이빨이 모두 없어졌는데 순간 터널 같은 시커먼 동굴이 나를 확 집어삼키겠죠? 나는 그 터널 속으로 한없이 떨어지면서 당신과 아이들의 이름을 불렀는데 아무도 대답해 주지도 않았어요. 나는 절망의 터널을 벗어나오려고 얼마나 발버둥을 쳤는지 몰라요."

이윽고 식사를 마친 귀로가 냅킨으로 입술을 닦았다. 조용한 눈빛으로 명희를 쳐다보며 빙그레 미소를 지었다.

"명희 씨, 가위 눌렸군!"

"가위요? 그게 뭐죠?"

"옛날 어렸을 적에 나도 그 비슷한 꿈을 꾼 적이 있는데 그런 꿈을 가위 눌렸다고 어른들이 말씀하셨지. 당신이 수지에게 과민하게 신경을 쓰는 것 같아. 그러지마. 난 아내 외에는 어떤 여자에게도 관심없어."

"그래도 수지 양을 만난 뒤로 내내 마음이 편치가 않아요."

"그러지 마. 쓸데없이."

"그런데 말이죠. 참 이상한 건요."

"뭐가?"

"바로 그 순간 누군가가 나타나서 내 몸을 싸뿐히 감싸안고 하늘로 치솟아 올라가겠죠? 빛처럼이나 빠르게 그 캄캄한 터널을 순식간에 빠져나와 나를 마치 솜털처럼 포근한 풀밭 위에 조심스레 내려놓는 거예요. 주위를 돌아다보니 온갖 이름 모를 꽃들이 만발해 있고 말이죠. 공중에는 아름다운 새들의 노래가 음악처럼 울리고 먹음직스런 과일들이 주렁주렁 열린 나무들이 줄지어 늘어섰구요. 수정보다 맑은 개울물이 졸졸졸 소리를 내며 숲속으로 흘러가고 있었어요. 아! 이 세상과는 비교도 할 수 없을 만큼 아름다운 곳이었어요. 아마도 그곳은 천국이었나 봐요."

"꿈속에서 당신을 그곳에 데려다 놓은 사람이 누구였어?"

"그분은… 바로 개미촌의 최석천 목사님이었어요."

"뭐? 최석천 목사?"

"네, 참 이상한 꿈이었죠?"

"그리 나쁜 꿈 같진 않구먼. 어쨌든 수지 생각은 더 이상 하지 않는 게 좋겠어. 수지에게 너무 과민하지 마."

"당신을 믿어요."

"이봐, 마누라."

"또 마누라. 점잖지 못해요."

"이봐, 명희!"

"그것도 우리 둘만 있을 때예요. 금용아빠, 말해 봐요."

"이 김귀로의 가슴에는 오직 정명희란 아내 외에는 그 어떤 여자도 들어앉을 자리가 없소이다. 공연히 쓸데없는 잡념 따위로 몸과 마음을 상하게 하지 마시라. 알아듣겠는가?"

"호호, 그래요. 그래야죠. 고마워요. 그렇게 말해 줘서."

"사랑하고 아끼는 부부 사이에 고맙다는 말이 어울려? 진심으로 사랑하는 사람 사이에는 고맙다거나 미안하다는 식의 말은 어쩐지 어색해."

명희가 그렇게 말하는 귀로의 안대를 바로잡아 주며 말했다. 언제 어느 때나 남편을 바라보는 명희의 눈은 사랑스러움으로 맑고 따뜻했다.

"그럼, 그런 느낌을 어떻게 표현해요?"

"서로 쳐다보기만 해도 눈으로 확인할 수 있잖아. 참된 사랑은 오직 눈빛과 가슴으로만 느낄 수 있지."

"금용아빠, 당신을 사랑해요."

갑자기 전화벨이 요란하게 울렸다. 두 사람은 파뜩 긴장하며 눈을 마주쳤다. 귀로가 조금은 긴장된 목소리로 말했다.

"누굴까?"

명희가 벌떡 일어나 응접실로 달려갔다.

"여보세요. 네? 네에, 잠깐 기다리세요. 바꿔 드릴 게요."

귀로가 응접실로 걸어 나와서 명희로부터 수화기를 받아들었다. 역시 명희도 긴장하고 있는 눈치였다.

"여보세요? 전화 바꿨습니다. 누구? 수지? 웬일이야. 이른 아침인데."

수화기 속에서 물에 젖은 듯한 수지의 목소리가 께끄름하기 짝이 없었다.

"선생님, 저 내일이 무슨 날이냐 하면요. 내일이 제 생일이거든요."

"생일? 집에 못 갔어?"

"갈 수 없어요. 내일 아주 중요한 강의를 들어야 하기 때문에요. 대신 선생님께서 제 생일축하 겸 어딘가 멋진 곳으로 데려가서 맛있는 저녁 좀 사 주시겠어요?"

"곤란해."
"왜요? 또 사모님 눈치 보여서 그렇죠?"
"어쨌든!"
"하잉! 선생님, 부탁이예요. 저녁 사 줘요!"
"안 돼!"
"정말 이러심 내일 강의실로 처들어갈 거예요. 강의실에 퍼질러 앉아 하버드 교정이 떠나가라 마악 울어 버릴 거예요?"
"이봐요, 수지 양. 그런 억지를 부려서 어쩔려구 그래?"
"저녁 사 주실 거죠? 네?"
귀로가 명희를 흘끔 돌아보며 이렇게 말했다.
"수지, 그럼 우리 이렇게 하지."
"어떻게요?"
"내일 우리집에서 간소하게 저녁식사 겸 생일축하를 함께하지. 어때?"
"치! 겨우 그거예요?"
"아내의 요리솜씨가 썩 좋거든! 내가 조그마한 선물도 하나 마련할게."
시큰둥하던 수지의 목소리가 선물이라는 말에 활짝 밝아졌다.
"선물요? 정말요?"
"그래."
"좋아요. 저녁식사에 절 초대하는 걸로 알구요. 멋진 선물 기대하겠어요."
수화기를 내려놓자마자 귀로는 명희를 꼬옥 껴안았다.
"내일 저녁 식사에 수지를 초대하자. 생일이라고 떼쓰는 걸. 어쩌겠어."
"그래요. 초대해요."
"학교에 다녀올게."
"그래요. 어서."
귀로는 가방을 들고 현관을 나섰다. 쌩 하는 칼바람이 귀로의 얼굴을 할퀴고 지나갔다. 귀로는 숨을 한번 헉 끓어 쉬고는 배웅하는 명희를 향해 손을 흔들어 보인 뒤 승용차를 향해 뛰어갔다. 하지만 여전히 다리가 성치 못해 뛰는 모습이 눈에 띌 만큼 불편해 보이는 것이 명희는 또 가슴이 아팠다. 뛴다고 해도 빨리하는 걸음에 불과했다.

 제임스 김의 병실에 세 명의 남자가 병문안을 왔다. 첫눈에 보기에도 하나같이 쇠뭉치처럼 단단하고 강해 보이는 얼굴들이었다. 셋 중 한 남자가 묵직한 목소리로 입을 열었다.
"견딜 만해?"
제임스 김이 고개를 끄덕이며 간신히 대답했다.
"예."
"어떤 놈들인지 전혀 감이 안 잡혀?"
"꼭 한 사람만 영어로 말했는데 영어 발음이 매우 서툴렀습니다. 그러나 역시 전혀 모르겠습니다. 모두들 복면을 하고 있었으니까요."
"요 근래에 누구 마음에 걸리는 수상한 놈 가게에 온 적 없나?"
제임스 김은 눈알을 뱅글뱅글 굴리면서 뭔가 몹시 망설이는 듯한 표정이었다. 순간 그의 눈빛이 반짝 빛을 발했다.
"비로소 말씀드리는데요. 테러 당하던 하루 전에 김귀로 씨 가족이 물건을 사러 들렀습니다. 그런데 물건을 팔지 않겠다고 내몰았죠."
"왜 그랬나. 왜 물건을 안 팔겠다고 했지? 이유가 뭐였나?"
"절대로 아무에게도 알리지 말라고 무섭게 협박하기에 지금껏 입을 꽉 다물고 있었지만 그들은 마피아였습니다. 마피아들이 직접 가게로 찾아와서 절 협박했습니다. 김귀로에게 물건을 팔면 가게를 폭파하겠다고요. 마피아는 한다면 하는 놈들 아닙니까."
"그래서? 김귀로는 어쨌지?"
"그냥 영문을 몰라 어안이 벙벙한 표정으로 가게를 나갔죠."
"누구누구 왔었는데?"
"김귀로 부부와 애들 둘, 함께 산다는 청년이 하나 있었는데 놈은 귀머거리고 벙어립니다. 아시다시피 헨리 장애인학교에 다니고 있잖습니까."
"그래서?"
"김귀로 쪽은 분명 아닙니다. 그날밤 쳐들어온 놈들은 5명의 프로들이었습니다."

"프로?"

"그렇습니다. 프로가 아니고선 그런 류의 테러를 못하죠. 제가 보기엔 프로 중의 프로였습니다."

제임스 김의 말을 심각한 표정으로 듣고 있던 사나이는 새우눈을 가늘게 좁히면서 중얼거렸다.

"마피아가 손을 대기로 마음먹고 협박했다면 절대로 김귀로네 식구에게 물건을 팔면 안 된다. 이 가게는 한국에 계시는 사장님 재산이기 때문에 사장님 재산이 피해를 입으면 우리도 목구멍에 거미줄 쳐야 해. 알겠냐? 사장님을 재정적으로 후원하는 분은 따로 있어도 우리가 미국에서 활동할 동안 필요한 모든 경비는 이 가게에서 나오는 수입금으로 충당되어진다는 사실을 잊어서는 안 된다."

"예."

그가 다시 제임스 김에게 물었다.

"다시 한번 말해 봐. 마피아가 뭐라고 했다고?"

"앞으로 김귀로네 식구에게 물건을 팔면 가게를 폭파시켜 버리겠다고 협박했습니다. 어쩌죠? 김귀로는 우리가게 단골손님이기도 하지만 우리가 물건을 팔지 않으면 생활에 불편이 클 텐데 말이죠."

"그래도 사장님의 별도 지시가 있을 때까지는 가게문을 계속 열어야지 민감한 시기에 마피아의 심기마저 건드려선 우리가 일하기 매우 곤란하니까. 상대가 마피아가 확실하다면 당분간 김귀로네에게 물건을 팔면 안 돼. 누군가 김귀로 가족으로하여금 미국생활에 불편을 느끼게 할 목적인 게 틀림없다. 그 배경이 누구인지 알아내는 것도 우리 임무야."

"마피아가 이런 데까지 시시콜콜 손을 댈 줄이야 미처 상상도 못했습니다."

"아니다. 누군가 마피아에게 상당한 댓가를 치뤘을 게 틀림없어. 마피아 정도가 그저 공부나 할 목적으로 미국에 온 김귀로에게 손을 뻗쳤다면 그 뒷돈이 엄청날 거야. 자칫 김귀로의 목숨이 위태로울 수도 있겠군. 누굴까? 마피아를 등에 업고 김귀로를 갖고 노는 집단의 배경이. 이봐, 제임스 김!"

"예."

"당분간 가게를 로라 아줌마한테 맡겨라. 로마 아줌마는 마피아를 잘 알고 있어. 로라 아줌마의 동생이 그 바닥에서 놀고 있다는 정보도 있어. 아줌마는 우리 가게를 운영했던 경력이 있으니까 잘해 나갈 거야. 마피아의 신경을 건드리지 않으면서 유심히 살펴봐라. 마피아를 움직이게 한 배경이 무엇인지 의외로 쉽게 알아낼 수 있을지도 모르니까."

"알겠습니다."

"하지만 무엇보다 널 이 모양이 되도록 린치를 가한 놈들의 정체가 대체 누구냐. 그것이 몹시 궁금하다. 널 이 모양으로 만들어 놓고도 버젓이 경찰과 언론에 알렸다면 놈들이 감히 마피아에게 도전장을 던졌다는 뜻인데, 이만저만 대담한 놈들이 아니야."

사나이는 품속에서 권총 한 자루를 꺼내 제임스 김에게 건넸다.

"마피아에게 눈치 채이지 않도록 각별히 조심해. 미국에서는 정당방위가 상당부분 참작되는 사회야. 권총은 반드시 목숨이 위태로운 때 정당방위로만 사용해라. 마피아에게 섣불리 권총을 들이대는 서투른 짓은 마라. 위험에 처하면 곧바로 경찰을 부르고."

"잘 알겠습니다. 내게 테러를 감행한 놈들이 스스로 말하길 자기들은 현대판 가미가제라고 했습니다. 가미가제가 뭡니까?"

"현대판 가미가제? 자살 특공대란 말? 필요 이상으로 신경 쓸 것 없다. 우린 사장님이 지시한 대로 우리가 할 일만 실수없이 해 내면 되니까. 우리가 할 일은 한정되어 있어. 절대로 김귀로 가족에겐 물건을 팔지 마. 그래야 마피아가 우릴 의심하지 않는다."

그런 뒤 그들은 병실 밖으로 바람처럼 사라졌다. 제임스 김은 재빨리 권총을 베게 밑으로 쑤셔넣었다.

속아준 생일축하

명희는 참으로 고통스러운 식사 준비를 해야 했다. 그것은 전혀 달갑지 않은 여자손님을 억지로 초대해 놓고는 울며 겨자 먹기 식으로 생일축하를 해주어야 하는 번거로움 때문이었다. 그녀는 전혀 예기치 못했던 고뇌의 가시를 제거해 달라고 울면서 기도한 후에 만들고 있는 저녁식사였다.

명희는 아무리 생각해 보아도 수지라는 학생을 이해할 수가 없었다. 때로는 교양 있는 엘리트 여대생인 것처럼 느껴질 때도 있긴 했지만, 대개는 이성도 상식도 전혀 없는, 외쪽생각만으로 똘똘 뭉쳐진 막무가내식 성격이었다. 세계에서 머리 좋은 수재들만 모여 있다는, 전통과 명예가 손꼽히는 하버드대학을 다니는 여학생이라고 믿기지 않을 만큼 그녀는 당돌하고 저돌적이면서 저급한 여자들이 하는 행동 또한 서슴지 않았다. 수지의 눈을 보고 있노라면 전혀 다른 세계에서 살다가 날아온 성질 나쁜 파랑새 같기도 했다. 때로 그녀의 눈빛은 광기의 꽃불로 이글거리는 느낌이었다.

지금도 명희는 프라이팬에서 익고 있는 계란을 뒤집으면서 머릿속이 풀리지 않는 실타래처럼 혼란스러웠다.

'많은 일을 감당해야 할 우리 부부를 좀 더 겸손케 하기 위해서 하나님이 준비해 두신 연단의 가시라고 생각할 수밖에 없다.'

또 명희는 교회를 폭파시키겠다고 협박한 세력에 대해 분노가 일었다.

'무슨 흉계를 꾸며서라도 금용아빠를 망하게 하고 말겠다는 불순한 집단의 음모임에 틀림없다. 그런데 왜 단번에 목숨을 빼앗지 않고 고양이처럼 우리 가족을 툭툭 건드리며 장난감처럼 갖고 노는 걸까? 금용아빠가 지도자가 되는 길을 막아보겠다고 나선 악한 세력이 파놓은 함정이야. 하지만 어림도 없다. 이쯤 갖고 물러설 우리 부부가 아니지. 우리에게는 전능하신 하나님의 보호하심이 있다. 하나님은 금용아빠에게 사명을 주시기 위해 죽음의 무덤에서 살려내셨지. 두려워 말자. 하나님이 우리와 함께 하신다.'

명희는 가슴속에서 새롭게 용솟음치는 자신감으로 다시 프라이팬 손잡이를 힘주어 잡았다. 학교에서 마악 돌아온 귀로가 머리에 눈을 잔뜩 뒤집어쓰고 응접실에 들어섰다.

"뭘 그렇게 많이 해?"

"많이 하긴요. 선물은 뭘루 샀어요? 어머! 눈이 많이 와요?"

"많이 와. 학교 근처의 가게에서 털실로 짠 예쁜 벙어리장갑을 한 켤레 샀어. 당신은 뭘로 준비했어?"

"조그마한 목걸이를 하나 샀는데 좋아할까요?"

"싫어할 리가 없잖아? 선물인데. 또 좋아하지 않아도 할 수 없잖아."

이윽고 초인종 울리는 소리가 들렸다. 귀로가 현관 쪽으로 걸어갔다.

"수지야?"

"네, 선생님."

귀로가 현관문을 열어주자 수지가 활짝 웃으며 들어섰다. 역시 눈을 흠뻑 뒤집어 쓴 채였다. 바깥 날씨에 두 뺨이 빨갛게 얼어 있었다. 수지가 주방 쪽으로 걸어가면서 소리쳤다.

"사모님, 저 수지예요. 뭘 그렇게 열심히 하세요?"

"오! 수지, 어서 와요. 뭐 별루 맛있는 것도 못했는데."

"맛있는 냄새가 코를 찌르네요. 아! 배고픈데요."

"그래요? 어서 상 차릴 게요. 소파에 앉아 조금만 기다리세요."

"네, 사모님."

이런 경우 대개는 함께 거들어 식사 준비를 빨리 끝내는 것을 당연시하고 있는 것이 한국 여성들인데도 수지는 그대로 몸을 돌려 응접실 쪽으로 훌쩍 사라졌다. 그럴 때는 꼭 철없는 어린아이 같기도 했지만 명희는 곧 아무렇지도 않은 듯 마음을 털어버렸다. 곧 명희가 준비한 케이크를 가운데 놓고 혁진도 아이들도 모두 둘러앉은 자리에서 생일축하 노래가 끝났다. 귀로는 생일을 축하한다는 의미로 조그마한 선물상자를 수지 양에게 내밀었다.

"수지, 생일을 축하해."

수지는 마치 어린아이처럼 기뻐했다.

"고마와요, 선생님."

명희도 수지에게 예쁘게 포장된 조그마한 선물상자를 내놓았다.

"수지 양, 생일을 축하해요."

"어머! 사모님께서두요? 너무너무 고마워요."

수지는 먼저 귀로가 준 상자의 포장을 뜯었다. 흰 바탕에 빨간 꽃무늬가 점점이 박힌 벙어리장갑이었다. 귀로는 언젠가 그와 같은 벙어리장갑을 한 켤레 사서 설희에게 주려고 마음먹었던 기억이 얼핏 되살아났다.

"어머! 털실로 짠 벙어리장갑! 예뻐요. 고마워요."

수지는 명희의 선물을 풀었다. 수지는 조그만 보석상자 속에서 십자가가 대롱대롱 매달린 순금 목걸이를 꺼내 들고 탄성을 내질렀다.

"어머나, 사모님, 예뻐요!"

수지는 기뻐서 어쩔 줄 몰라 하며 귀로의 손등에 입을 맞추었다. 여느 때도 그렇긴 했지만 오늘 따라 수지의 행동이 유난히 잔망스럽고 사풍맞기 짝이 없다고 명희는 속으로 생각했다.

'내가 준 선물인데 남편의 손등에 입을 맞추다니.'

명희는 눈곱만큼 남아 있던 자존심마저 형편없이 구겨지는 참담한 심경이었다. 그리고 놀라운 상황이 벌어지고 말았다. 아무 말 없이 음식만 먹고 있던 혁진이 갑자기 야수와도 같은 괴성을 내질렀다. 그가 와락 달려들어 수지에게서 선물을 빼앗아 들고는 마구 쥐어뜯기 시작했다. 마치 성난 고릴라를 연상케 하는 순간이었다. 귀로가 소리쳤다.

"앗! 혁진앗, 무슨 짓이얏?"

"으으으으우…!"

털장갑도 금목걸이도 순식간에 모두 찢어지고 뜯겨져 산산조각이 나 버렸다. 수지의 얼굴이 새파랗게 질렸다. 그녀는 광란하는 혁진의 모습에 심장이 멎는 느낌이었다. 귀로가 혁진의 팔을 붙들고 부르짖었다.

"혁진앗! 왜 이랫!"

"우워워 으으으 와아!"

혁진이 귀로의 손을 뿌리치고 나서 마치 역도선수처럼 수지의 몸을 번쩍 치켜 올렸다. 그리고 현관 쪽으로 달려갔다. 수지를 밖으로 내던질 모양이었다. 혁진은 상상을 초월할 만큼 무시무시한 괴걸이었다. 대체 인간이 어떻게 저럴 수 있는가 싶을 정도였다. 금희가 혁진의 옷자락을 움켜쥐고 늘어지면서 애원했다.

"오빠! 이거 놔! 왜 이래욧?"

현관 밖으로 수지를 사정없이 내팽개치려는 찰라 혁진은 공중에다 두 손으로 수지를 들어 올려놓은 채로 온몸을 와들와들 떨었다. 모두의 눈에 혁진은 끓어오르는 분노를 도저히 삭일 수 없을 것 같아 보였다. 금세라도 폭발하고 말 듯 혁진의 얼굴은 광기로 처참하게 일그러졌다. 혁진의 그런 모습에 누구보다 놀란 것은 명희였다. 그녀는 비로소 헨리 교장이 염려했던 것처럼 혁진의 영혼을 사로잡고 있는 증오의 핵이 폭발하는 광경에 전율했다. 금희가 다시 혁진의 팔을 붙잡고 애원했다.

"혁진오빠! 왜 그래? 그 언닐 빨리 내려놔요!"

혁진은 어금니가 깨져라 악물면서 수지를 그 자리에 던지듯이 내려놓았다. 참다못한 귀로가 혁진의 볼퉁이를 주먹으로 힘껏 후려쳤다. 혁진이 뒷걸음으로 몇 번 비틀거렸다. 이웃과 꽤 떨어진 집이지만 행여나 고함이 들릴까 염려한 귀로가 목소리를 낮추긴 했다. 귀로의 입에서 떨어진 한 마디 한 마디가 분노로 이글거리는 것을 명희마저도 어쩔 도리가 없었다.

"혁진이 이놈, 이런 무례한 짓을 하다니! 대체 왜 이런 짓을 하는 거냐! 사람을 죽일 뻔했잖아. 당장 함경도 아바이에게 전화해서 널 한국으로 쫓아 버릴 테다!"

함경도 아바이에게 도로 보내겠다는 귀로의 엄포에 혁진은 귀로 앞에 무릎을 털썩 꿇었다. 그의 눈에서 굵은 눈물 몇 방울이 응접실 바닥에 굴러 떨어졌다. 그러나 귀로의 분노는 쉽사리 가라앉지 않았다.

"이놈, 너무도 무례한 놈! 밖으로 나가 잣! 그렇게 사람에게 폭력을 쓰고 싶으면 차라리 내게 모든 분풀이를 해치워 버렷!"

깜짝 놀란 명희가 달려들어 혁진을 막아섰다.

"무슨 말씀하세욧!"

금희가 울먹이면서 아빠를 가로막았다.

"아빠, 혁진 오빠가 울고 있잖아요. 아빠가 참아요. 네?"

그런 중에도 금용이는 어렸을 때의 귀로의 모습과 닮아 있어서 눈만 껌벅껌벅하고 앉아 있었다. 무슨 말을 동원해서 혁진을 꾸짖어 보았자 혁진의 귀에 들릴 리가 없지만 그래도 귀로는 목젖이 떨리도록 혁진을 나무랬다.

"이놈! 너 그 못되고 버릇없는 짓을 설마 함경도 아바이가 가르쳐 준 것은 아닐 테지?"

수지가 귀로의 팔을 붙들고 떨리는 목소리로 말했다.

"선생님, 이해할 수 없어요. 왜 저런 사람을 선생님 집에서 키우고 계시죠?"

수지의 말에 가장 분노한 것은 금희였다.

"수지 언니, 키우다니! 혁진 오빠가 무슨 짐승이에요? 애완동물이에요? 언니가 우리집에 올 때마다 우리집은 불행해져요. 이젠 오지 말아요. 제발 오지 마세요!"

수지가 말문이 꽉 막혀 버린 듯 딱 벌어진 입을 향해 손을 가져갔다.

"뭐라고? 세상에, 어쩜 그렇게 심한 말을!"

한번 분노의 도화선에 불이 붙었다 하면 쉬 사그라지기 힘든 것 또한 귀로의 성격이었다. 그것을 누구보다 잘 알고 있는 명희였다. 명희는 귀로의 앞을 가로막고 분노로 부들부들 떨고 있는 남편의 얼굴을 뚫어지듯 노려보았다. 명희의 울먹이는 목소리가 귀로의 가슴을 울렸다.

"수천만 민족의 고통을 이끌고 나가겠다고 결심한 사람이 혁진이 한 사람의 잘못쯤 너그러이 용서할 수 없다면 지금 바로 그 꿈을 포기하시죠!"

귀로 또한 그토록 결사적으로 자신을 쏘아보는 명희의 강렬한 눈빛을 지금껏 한번도 본 적이 없었다. 명희와 금희의 애끓는 하소연 덕분에 귀로는 겨우 가슴을 진정시킬 수 있었다. 틈을 놓치지 않고 금희가 살몃살몃 다가와서 혁진의 손을 잡고 2층 그의 방으로 데리고 갔다. 혁진과 마주앉은 금희는 아직도 눈물이 그렁그렁한 혁진을 들여다보면서 안타까운 마음을 주체할 수가 없었다. 금희도 이젠 어른스러울 만큼 몸도 마음도 훨씬 조숙해 있긴 했다. 금희가 수화를 섞어 가며 말했다.

"왜 그랬어? 아빠가 화내실만두 하지. 어쩜 수지 언니에게 준 생일선물을 그토록 무참하게 망가트릴 수가 있는 거야? 오빠 제정신 맞어? 진짜로 수지 언닐 던져 버릴 뻔했어. 그랬다면 우리집은 어떻게 될 뻔했을까? 오빠, 아직도 울어? 치! 오빤 남자이면서 왜 그리 잘 울어?"

혁진은 금희의 얼굴을 힐끗 쳐다보고는 금방 고개를 푹 떨구었다. 금희가 물었다.

"오빤 아빠가 밉지?"

금희의 물음에 깜짝 놀란 듯 혁진이 고개를 몇 번 강하게 저었다.

"하지만 아빠를 이해해 줘야 해. 사실은 나도 속이 후련하긴 해. 아빠엄마가 수지 언니에게 준 생일선물을 오빠가 마구 찢어버린 게 말이지."

혁진이 얼굴을 번쩍 들어 금희를 한번 쳐다보고 난 뒤 다시 고개를 툭 떨구었다. 금희가 혁진의 손을 잡았다. 혁진이 잠깐 고개를 들자 금희가 수화로 말했다.

"난 말야, 수지 언니가 참 싫어. 수지 언니는 지나치게 아빠에게 관심이 많아. 그러니까 엄마도 말을 하지 않아서 그렇지 속상한 거 당연하구 말야. 어쨌든 수지 언니는 나쁜 징조만 갖고 다니는 것 같애. 그래서 다시는 수지 언니가 우리집에 나타나지 말았으면 좋겠고, 아빠를 만나지도 말고 전화도 말고 아예 아는 체도 않았으면 참 좋겠어. 오빠, 이제 기분 좀 나아졌어?"

혁진이 고개를 몇번 끄덕끄덕했다. 혁진은 기분이 우울할 때마다 천사처럼 나타나 자신의 우울한 심경을 위로해 주는 금희가 여간 고맙지 않았다.

"참! 오빠에게 꼭 물어보고 싶었는데, 기분 나빠 하지 말기로 약속하면 말할게."
 혁진의 얼굴이 금세 환하게 밝아지면서 고개를 크게 끄덕거렸다.
 "오빠는 듣질 못하잖아? 그런데 어떻게 사람의 말소리나 또 자연의 모습에서 온갖 새소리나 온갖 꽃의 노래를 들을 수가 있는 거지?"
 금희의 물음에 혁진은 수화로 알아듣기 쉽게 설명했다.
 "가슴과 영혼으로."
 "가슴과 영혼?"
 혁진이 고개를 끄덕였다.
 "그럼 오빤 가슴과 영혼으로 모든 사람들의 마음도 분별할 수 있는 거야? 착한 사람과 나쁜 사람을?"
 혁진이 그렇다고 고개를 크게 끄덕였다.
 "그럼 난? 난 착한 마음이야? 아빠도 엄마도?"
 혁진이 만면에 웃음을 가득 싣고 고개를 크게 끄덕였다.
 "수지 언니의 영혼은 어때?"
 갑자기 혁진의 얼굴에서 웃음기가 싹 사라지고 얼음처럼 차가운 표정이 되어 버렸다. 그가 수화로 격렬하게 말했다.
 "수지는 악한 사람이야. 선생님을 헤치려고 해. 수지는 악한 영혼이야."
 이상한 말만 수화로 늘어놓는 혁진을 보고 금희는 고개를 갸우뚱했다.
 "오빤 가끔 화를 내기도 하는데 오빠가 화를 낼 땐 아빠보다 몇 배나 더 무섭게 보여. 왜 그렇게 무서운 얼굴로 화를 내는 거야?"
 "내 속에 보이지 않는 어떤 나쁜 힘이 작용해서 그래."
 "오빠 속에 있는 나쁜 힘? 아이! 무슨 소린지 모르겠다. 어쨌든 오빠, 담부터는 오늘 같은 짓 하면 안 돼? 그땐 정말로 아빠가 용서하지 않을 거야. 틀림없이 오빨 한국으로 돌려보내고 말 거야. 알았지?"
 혁진이 고개를 끄덕였다.
 "오빠, 나 그만 내려갈게."
 금희는 혁진의 방을 나섰다. 그 사이 수지는 어떤 모습으로 되어 있을까 내심 궁금했는데 놀랍게도 그녀는 아무런 일도 없었다는 듯이 아빠와 엄마 맞은편에 앉아 포크로 케이크를 찍어 입으로 나르고 있었다. 수지는 명희가 정성껏 마련한 저녁식사는 입에 대지도 않고 케익만 열심히 찍어 먹고 있었다. 명희가 이층에서 내로온 금희를 향해 궁금한 듯 물었다.

"혁진 오빠는?"
"엄마, 괜찮아요."

수지가 금희를 향해 토라진 말투로 불평했다.

"금희는 너무했다구 생각해."

귀로도 명희도 파뜩 긴장된 눈빛으로 수지를 건너다보았다. 금희가 수지를 생경한 눈빛으로 바라보며 물었다.

"네?"
"날보고 이 집에 다시는 오지 말라고 한 거, 진심이야?"
"……."

명희가 부드러운 어조로 금희에게 타일러 주었다.

"금희야, 수지 언니에게 사과해야 해. 그런 말투는 두 번 다시 엄마가 허용 않을 테야. 알겠니? 미안하다고 사과해라."

금희의 이마에 빨갛게 독이 피어올랐다. 그런 금희를 볼 때마다 귀로는 명희의 옛 모습을 떠올리곤 했다. 명희도 예전에는 화가 나면 아무 말도 없이 이마에 잔뜩 독이 피어오르곤 했었다.

"금희야."
"네, 아빠."
"사과해라. 사과하는 건 결코 부끄러운 일이 아니야. 자신의 잘못을 사과할 줄 모르는 사람이 부끄러운 것이지."

금희가 수지를 향해 눈길을 보내며 사과했다.

"죄송해요, 수지 언니. 앞으론 그런 말 않을게요."

아무래도 이 저녁에 먹는 음식은 전혀 소화가 될 것 같지가 않은 느낌은 귀로도 명희도 금용이나 금희도 모두 마찬가지였다.

그날 밤 침실에서 귀로는 쉬 잠을 이룰 수가 없었다. 귀로는 아무래도 저명한 심리학자 한 분을 수소문해서 혁진을 놓고 자세히 상담을 받아 볼까 생각

중이었다. 하긴 연구대상은 혁진보다 수지가 먼저일 것이라는 섣부른 판단도 해 보았다. 잠을 이루지 못하고 있는 것은 명희도 마찬가지였다. 명희가 귀로 쪽으로 돌아누우면서 손으로 귀로의 얼굴을 쓰다듬어 주었다. 항상 그런 건 아니지만 귀로는 가끔씩 자신이 저지른 행동에 대해서 소심할 만큼 자책할 때도 많았다. 그럴 때마다 엄마처럼 포근하게 감싸 주고 위로해 주는 명희의 지혜는 차라리 존경스러울 정도였다. 명희가 속삭이는 듯 말했다.

"잠이 안 와요?"

"잠이 올 리 없잖아."

"수지 때문에 괴로웠지요?"

"혁진이를 한 대 때린 것이 몹시 가슴이 아파. 너무도 후회스럽군. 아직도 자신의 감정을 다스리는 절제력이 많이 부족하다는 느낌이야. 하나님께 몹시 부끄럽다는 생각으로 가슴이 아프군."

"낙심하지 말고 앞으로 더 잘해 주면 돼요. 모세와 같은 위대한 지도자도 자신의 분을 다스리지 못해 하나님께 큰 과오를 범했어요. 모세는 결국 자신의 분을 다스리지 못해 젖과 꿀이 흐르는 가나안 땅에 들어가지 못한 비운의 지도자가 되고 말았죠. 좀더 자신을 다듬어야겠어요. 금용아빠."

"함경도 아바이한테 죄지은 기분이야. 전화 한번 드려야겠어."

귀로는 함경도 아바이가 이 세상에 죽고 없다는 사실을 까맣게 모르고 있었다. 종태도 개미촌 사람들 그 누구도 그 사실을 귀로에게 알려주지 않았기 때문이었다.

"어쩌죠?"

"뭘?"

"수지 양 말이예요. 이상한 아가씨예요. 가문이 훌륭하고 지적이고 아름다운 아가씨가 왜 그리 비뚤어진 성격일까요? 한국인 부모를 둔 아가씨 치곤 너무도 버릇이 없어요."

귀로는 베개 위에서 머리를 몇 번 세차게 흔들었다. 마음 같아서는 당장이라도 수지네 집으로 달려가 수지의 어른들 앞에 모든 사실을 털어놓고 대책을 의논해 보고 싶었지만 그것은 역시 경솔한 짓이라고 마음을 바꾸었다. 잠깐의 침묵이 흐른 뒤 귀로가 낮은 목소리로 말했다.

"너무 마음 쓰지 마. 내가 곧 해결할게. 이대로 두면 자칫 우리 가족이 돌이킬 수 없을 만큼 힘들어질 테니까."

"해결요? 어떻게요?"

"다시는 이 집에 못 들어오게 할 테야."

"……."

"더 이상 우리 집에 찾아오는 걸 허용해선 안 되겠어. 가족들이 모두 괴로워하니까. 내가 비로소 하는 얘기인데 수지는 아주 맹랑한 아가씨야. 수지의 정체가 점점 의심스러워져. 경계하지 않으면 안 되겠다는 위기감마저 들어."

"맹랑하다뇨? 무슨 뜻이에요?"

"생일은 무슨 생일, 거짓말였어."

"옛? 설마! 당신이 그걸 어떻게 알아요?"

"언젠가 와이드너도서관에서 리포트를 작성하느라고 정신 없이 하고 있을 때였어. 수지가 내 옆의 빈자리에 와서 앉았지. 수지가 초면은 아니었지만 그저 눈인사 정도로 그쳤고 나는 계속 리포트 작성에 열중했는데, 얼핏 정신을 차려보니 수지가 어느새 사라지고 없었어. 그런데 수지가 앉았던 자리에 빨간 손지갑이 떨어져 있길래 무심코 집어들고 열어보았지. 학생증이 있었는데."

"그런데요?"

"얼핏 생년월일을 보았는데 정확한 날짜는 기억 못하겠지만 분명 생일은 3월이었어. 오늘은 수지의 생일이 아니야. 오늘이 수지의 생일이라면 가문이 좋은 그녀의 부모가 왜 수지를 홀로 두었겠어? 중요한 강의를 들어야 하기 때문에 집에 못 갔다는 것도 거짓말이야. 수지의 친구들이 말했어. 오늘은 강의가 없다고."

"그럼 알면서도 모른 척 속아 준 거예요?"

"그래, 사람은 상대방의 의중이 어떻든간에 알면서도 모른 척 눈 감아 주는 배려도 때로는 필요하다고 생각했기 때문이지."

"어쨌든 기분 나쁜 아가씨예요. 당신 조심하세요. 자칫 엉뚱한 스캔들에 휘말릴 수도 있어요."

명희는 침대에서 스르르 몸을 일으켰다.

"어딜 가?"

"기도를 해야겠어요. 빈방에서 기도하고 올게요. 마음이 이렇게 울칩할 땐 기도만큼 좋은 약이 없죠. 잠들도록 노력해 보세요. 하나님께 모든 걸 맡기고 함께 믿음의 배를 타고 이 어려운 상황을 헤쳐 나가요. 여보."

"고마워, 마누라."

"또 마누라? 그 말 언제 들어도 재미있어요. 그럼 대통령님! 잘 주무시도록 하세요."

그녀는 귀로의 입술을 살짝 깨물어 준 뒤 사붓사붓 잠옷자락을 끌며 침실을 나갔다.

그 아버지에 그 아들

김귀로가 미국의 낯선 곳에서 교회문제, 식료품 가게 테러, 수지의 병적인 접근과 이에 따른 기괴한 사건, 혁진의 돌발적인 행동 따위로 간단없이 수난을 당하고 있을 즈음, 정치를 해 보겠다고 이를 악문 오찬우 박사의 야망은 태평양 거센 파도처럼 소용돌이 치고 있었다. 그가 미국에서 쌓아온 과학은 정치적 야망에 휩쓸려 뒷전으로 밀려난 지 이미 오래였고 그는 어느 새 한국의 정치를 과학과 통섭한다는 미명하에 불철주야 정치공학에만 몰두했다.

부정한 정치인으로 몰락했던 오세형 의원의 극적인 반전 또한 한순간에 일어났다. 정치도 생명체라는 정치생명체론이 오찬우 집안에 생태계처럼 발생했던 것이다. 악덕 정치인으로 내몰렸던 오세형 의원은 어느 순간 카멜레온처럼 화려한 보호색을 입고 정치일선에 복귀했다.

언제부턴가 일부 언론과 정치철새들이 오세형쪽으로 마음을 돌리기 시작했다. 말하자면 정적들의 음해공작에 휘말려 오세형 의원은 누명을 뒤집어 쓴 정략의 희생양이라고 언론이 아우성쳤다. 오세형 의원이 재산이 많았던 것은 그의 장인이 간암으로 돌아가고 난 뒤 많은 재산이 딸에게 남겨진 때문이고, 오세형 의원은 단지 장인이 아내에게 남겨 준 재산을 나름대로 부동산에 투자한 사실이 그의 결점이라면 결점일 뿐이라는 것이었다.

오세형 의원은 국세법이나 민형사 어느 법에도 부정부패한 인물이 아니라고 오히려 여론이 반전했다. 그때는 상황을 잘 몰랐기 때문이라고 국민은 언론과 일부 극우세력을 비난했다. 그 반사이익이 고스란히 오세형 의원에게로 돌아갔다.

오늘 오찬우 박사는 그렇게 화려하게 정계에 복귀한 아버지 오세형 의원과 응접실에서 마주했다. 아버지와 마주한 오박사는 무엇을 생각하고 있었던지 눈썹 하나 까딱하지 않고 고개를 곧추들고는 엉뚱한 말을 했다.

"유명 일간지 신문사 사장 중 누군가를 한 분만 소개시켜 주십시오."
"뭐야? 신문사 사장을 왜?"
"오찬우 과학이야기를 연재하고 싶어서요."
"그따위 것은 써서 뭐하냐? 뭣에 도움이 된다구!"
"국민들의 마음을 사로잡을 수 있는 감동적인 칼럼을 써 보겠습니다."

오세형 의원은 아들의 생각이 한심스럽다 싶어 할 말을 잃고 말았다. 칼럼에다 과학이야기를 써서 국민의 마음을 자기편으로 끌어들여 보겠다는 아들의 의도가 여간 딱해 보이지 않았기 때문이었다. 아들은 한술 더 떴다.

"TV에도 출연하도록 힘써 주십시오. 과학 이야기를 통해 국민에게 가까이 다가가 보고 싶습니다. 단순한 생각만으로 말씀 드린 게 아니고 여러 날을 두고 고민하고 생각했던 것을 말씀 드리는 것입니다. 아버지, 물리학의 세계는 깊히 들어가면 들어갈수록 사람들의 마음을 사로잡을 만큼 흥미진진합니다. 이젠 정치도 과학적으로 해야할 시대가 왔습니다. 과학은 위선과 흉계가 없습니다."

오세형 의원은 진지한 표정으로 말하는 아들에게 답답한 마음만 앞서서 한숨만 연거푸 토해 냈다. 오 박사가 또 청천벽력 같은 소리를 했다.

"차기 국회의원 선거에도 출마해서 김귀로와 맞붙어 보겠습니다."
"뭐라고? 국회의원 선거에 출마하겠다고?"

그렇게 서슴없이 입장을 털어놓는 아들을 바라보는 오세형 의원의 심경은 착잡하기 짝이 없었다.

"대체 그 몸으로 느닷없이 정치를 하겠다니 도저히 널 이해할 수가 없다. 네가 내 자식이 분명하니?"

오 박사가 피식 웃음을 흘리면서 대답했다.

"아버지의 DNA가 저와 틀림없으면 전 아버지 아들이 분명합니다."

"이놈아, 그걸 말이라고 해? 될 말을 해야지. 그 몸으로 어떻게 방방곡곡을 돌며 선거운동을 하겠다는 거냐?"

오 박사의 태도는 조금도 흔들리지 않았다. 바늘로 찔러도 들어갈 틈이 없을 만큼 단호한 아들의 태도에 오세형 의원은 내심 놀라움을 금치 못했다. 도대체 아들의 속요량을 알 수가 없었다. 오 박사가 아버지의 불신에 도전장을 던지듯 말했다.

"몸은 망가졌어도 생각은 정상입니다. 아버지."

"답답하기 짝이 없는 놈. 그 좋은 두뇌를 과학발전에 기여해야 하는 거지 정치를 하겠다니 누가 널 제 정신이라고 바로 봐 주겠니?"

"꼭 여쭈어 보고 싶은 점이 있습니다."

"뭘 물어보겠다는 거냐?"

"아버지, 대권에 도전하실 작정이시죠?"

"그건 왜 묻니? 대통령선거가 끝난 지 겨우 1년인데."

"알고 싶으니까요."

"차기 대통령 출마는 어렵겠지만 차차기엔 도전해 볼 생각이다. 또 내가 대권을 포기할 상황이 온다면 누군가를 확실하게 밀어줘야겠지!"

"당내에서 키우고 있는 똑똑한 인물이 있기나 합니까?"

"장영식 의원이 뜨고 있긴 하지만 아직 능력이나 정치적 경력이 짧아서 대통령감으로 지목을 받기엔 시기상조다. 그런데 내가 대권에 도전하든 안하든 그것이 왜 그리 궁금하냐?"

"당연히 궁금하지 않겠습니까? 아들인데요."

오 박사의 말에 아버지인 오 의원도 조그맣게나마 웃지 않을 수 없었다.

"허허허! 허긴… 아들이니까 그렇긴 하겠다. 헌데, 애비가 대권에 도전한다면 넌 어쩔 테냐?"

"당연히 아들로서 아버지의 당선을 위해 최선을 다 해야겠죠. 하지만 전 아버지가 대권을 잡기보다는 애국자가 되는 편을 권장해 드리고 싶습니다. 누가 대권에 도전하든 앞으로의 선거유세는 걸어다니는 식의 옛날 방법만으로는 어렵습니다."

오 박사가 생각하기로 앞으로의 정치지도자는 국가의 녹만 받아먹는 직업정치인으로 낙인찍힌다거나 유세장에서의 능변쯤으로는 결코 승산이 없다고 단정했다.

"특히 언론의 힘을 무시해서도 곤란합니다. 참신한 정치철학을 행동으로 옮겨서 자연스럽게 많은 언론매체를 자기 편으로 끌어들일 수 있어야 합니다. 정보통신 분야가 눈부시게 발전하는 시대이니만큼 정보통신의 힘을 최대한 이용하는 것은 더 더욱 중요합니다."

"그래, 그건 나도 동감이다만."

"하지만 아버지, 그 무엇보다 지도자는 국민의 가슴에 신뢰의 탑을 차곡차곡 쌓아 가야 합니다. 차차기 대권 도전에선 많은 대권 유망주들이 불꽃 튀는 경쟁을 벌일 것입니다. 그들 중에서도 아버지에게 가장 강력한 라이벌은 김귀로입니다."

오 박사는 누가 대권에 도전하든간에 도덕적인 신뢰가 없는 걸코 김귀로를 이길 수 없다고 진단했다. 그만큼 김귀로가 갖고 있는 장점이 불의와는 타협할 줄 모르는 도덕심이라는 것이었다. 도덕심이 없는 개인이나 사회와 국가는 망할 수밖에 없다는 게 김귀로의 지론이었다. 모름지기 차차기 대통령 선거에는 세대교체론이 뜨거운 감자로 국민들 사이에서 떠오를 게 불을 보듯 뻔했다. 그런 의미에서 차차기 대선 때면 아버지는 이미 나이가 칠순의 문턱을 바라볼 때인 것이다. 차차기 대권도전은 말하자면 그만큼 세대론의 폭풍을 잠재우기 어렵다는 예측이 우세할 것이었다. 하지만 국민들의 마음속에 아버지에 대한 도덕적 신뢰가 두텁게 쌓이면 아버지는 국민의 마음을 어느 정도의 수준까지 끌어올리는 데는 성공할 수 있다고 보았다. 그러나 그런 국민의 신뢰를 업고 아버지는 대권을 잡기보다는 대권을 잡을 만한 훌륭한 정치 후배들을 키우는 것이 아버지의 정치적 공로가 후세에 빛나게 될 것이라고 오 박사는 예단했다.

오세형 의원은 은근히 속이 뒤틀리는 느낌이었지만 아들의 이야기에 마지

못해 귀를 기울였다.
"아버지, 지금 제가 드리는 말씀을 업신여겨 듣지 마시기 바랍니다."
"들을 말이라면 들어야겠지."
"국민의 가슴에 다가가기 위해서는 거짓이나 위장의 탈을 벗어 버리고 국민을 위한 진정한 양심으로 개혁을 실천해야 합니다. 사람들이 모두 고개를 끄덕일 만큼 참신한 개혁의 옷으로 갈아입어야 합니다. 고급 외제승용차를 처분하시고 서민들이 가장 즐겨 타는 국산승용차로 바꾸어야 합니다. 값비싼 외제차에다 고가의 집에서 산다는 것 자체가 국민으로부터 신뢰를 잃어가고 있다는 증거입니다. 가정부나 정원사도 한 명 정도로 줄여야 합니다."
오 의원은 아들의 설득에 아무런 동요도 없이 창밖으로 시선을 내몰고 있었다. 그러면서도 오의원은 아까부터 가슴 밑바닥에서 아들에 대한 불쾌한 감정이 소용돌이치고 있는 느낌이었다. 오찬우의 말은 계속 이어졌다.
"아버지, 뭣보다도 선행해야 할 일이 있습니다."
"선행해야 한다니 그게 뭐냐?"
"경호원을 해체하셔야 합니다."
"경호원을? 그건 안 돼! 불순한 세력들이 호시탐탐 내 주변을 기웃거리고 있는데? 아비의 신변을 걱정해 주지는 못할망정 경호원을 물리치라고?"
"아버지가 차차기 대권에 도전하실 결심이 확고하게 서 있다면 아버지의 역량을 마음껏 발휘할 수 있게 하기 위해서라도 신변의 위험쯤은 과감하게 포기할 수 있어야 합니다. 말하자면 용기죠. 섭섭하게 들리시겠지만 지금의 인지도 갖고서는 아버지가 대권에 도전해도 김귀로에게 이길 성공확률이 매우 희박합니다. 다시 한번 말씀드리지만 대권보다는 훌륭한 정치 후배를 많이 키우는 진정한 애국자가 되는 것이 바람직합니다."
오세형 의원은 겉꾸림으로는 아들의 열변에 귀를 기울이는 듯했지만 이미 그의 심기는 매우 불편해 있었다. 오 박사가 또 입을 열었다.
"고리타분하게 들리실지 모르지만 양복도 계절에 맞게끔 두 벌씩만 장롱 속에 보관하시고 나머지는 사람들에게 드러나지 않도록 모두 양로원 어른들께 기증하십시오. 이제부터는 식탁의 메뉴도 서민들의 수준을 넘지 마시고 시장이나 막벌이 공사장 주변이나 달동네, 고아원, 양로원, 탄광 같은 곳에 자주 모습을 나타내셔야 합니다. 그리고 진정한 의도로 벽돌 한 장이라도 국민에게 힘을 실어 줘야 합니다. 대권의 꽃은 서민의 토양에서 꽃 핍니다. 아버지는 어떡해서든 서민의 신뢰를 받는 정치인이 되셔서 대권을 잡기보다는 많은 사람들이 존경하는 민주주의 정치의 선구자가 되시는 게…"

오세형 의원은 아들의 열변에 심기가 불편했지만 그정도로 아들에게 기선을 빼앗기기는 자존심이 허락하지 않았다. 별 도리없이 오세형 의원은 목에 잔뜩 힘을 주어 꾸짖듯 말했다.

"네 말은 듣기에 따라서는 그럴 듯 할지는 몰라도 우리나라 정치 양심의 흐름을 이해하지 못하는 허황된 말이야!"

모처럼 시작된 아버지와의 대화인데 오 박사는 아버지에게 할 말을 다 해야겠다는 결의로 얼굴이 상기되었다.

"훌륭한 정치인이 되기 위해서는 한 점의 사심도 없이 농사꾼들과 어울려 막걸리 사발에 너털웃음을 담을 줄도 알아야 하고 무엇보다도 불의한 일에는 목숨 걸고 온몸으로 항거할 수 있는 용기와 사신감이 있어야 합니다. 아버지 스스로가 부패의 온상이 되면 볼장 다 보는 거죠. 무엇보다 꼭 염두에 두셔야 할 것은 아버지의 가슴에 진실의 뿌리가 없으면 아버지에 대한 국민의 눈초리는 무섭도록 날카롭습니다."

오세형 의원은 전혀 뜻하지 않은 아들의 열변에 몸 둘 바를 모를 만큼 당황했다. 무엇보다 오 의원은 아들 오찬우의 입에서 전혀 예상밖의 말들이 거침없이 쏟아지는 데에 내심 크게 놀랐다.

"이놈, 찬우야! 정치란 정직하기만 해서는 어려운 거야. 정경유착으로 이어지는 악순환의 고리를 하루 빨리 끊어야 한다고 떠들고는 있지만 아직도 이 나라에선 재벌들과의 물밑거래가 없어서는 정치생명을 유지한다는 것이 불가능하다. 조직을 운영하기 위해서 막대한 돈이 필요하고 국민의 마음을 사기 위해서는 돈이 절대적으로 필요하다. 우리 국민은 여전히 있는 자들에게서 무언가 받아내고 싶어하는 거지 근성이 있지!"

오 박사는 아버지의 말이 결코 부정할 수 없는 이 나라 정치현실이라고 인정은 했다. 하지만 대다수 국민의 의식수준은 이미 기성 정치철학에서 서서히 자리이동을 하고 있다고 믿었다. 하루 빨리 낡은 정치구도에서 탈바꿈하지 않으면 미래의 정권을 손에 쥔다는 망상은 어느 누구도 일찌감치 포기해야 한다고 결론을 지었다.

변화를 과감히 노출시키고 하루빨리 글로벌화 되어 가는 국제정세에 눈을 돌려야 한다는 것이 오 박사의 주장이었다. 머잖아 컴퓨터 하나로 인간의 지능을 대신할 뿐 아니라 홍수처럼 쏟아지는 정보를 순간순간 접할 수 있을 만큼 세계는 빠르게 변화하고 있는 형세였다. 아버지는 이제 젊고 패기가 있는 후배들에게 이 나라 정치 미래를 맡기고 혼탁한 정치현실에서 양심적이고 미래지향적인 정치인으로 후세에 회자될 수 있도록 거리낌없이 물러나는 것이 옳다고 생각했다. 그런데 전혀 예상치 못했던 오 박사의 변신은 어찌된 것일까. 오 박사가 다시 입을 열었다.

"아버지, 아버지의 시대는 역사의 뒷문으로 사라져야 합니다."

아들의 말에 오세형 의원 심사가 또 뒤틀리기 시작했다. 말하자면 아들과 바둑 한판을 두다가 느닷없이 허를 찔린 기분이었다. 하지만 그것이 오세형 의원의 그릇의 한계였다. 이전에는 볼 수 없었던 아들의 변화가 너무도 당돌해졌다는 괘씸스러움이 불뚝불뚝 치솟아 오르는 것도 감당하기 힘들었다.

오세형 의원은 단호하게 잘라 말했다.

"돈이 없인 안 돼!"

"아버지."

오세형 의원은 아들의 눈에 눈물이 글썽이는 것을 보고 깜짝 놀랐다.

"찬우야, 이놈, 대체 언제부터 네 마음속에 무슨 괴물이 들어앉았길래 너를 이렇게 생판 말도 안 되는 놈으로 바꾸어 놓은 거냐!"

더욱 놀랄 일은 갑자기 아들이 무릎을 꿇고 아버지 앞에서 심하게 어깨를 떨고 있는 모습이었다.

"대체 마음속에 무슨 말 못할 사정이 있어서 그러냐? 무엇이든 애비한테 털어놓고 말해 봐. 근래 들어 느낀 것인데 애비를 보는 네 눈빛이 예전과는 너무도 틀려. 무슨 피치 못할 이유라도 있는 거냐?"

"아버지에게 드리는 아들로서의 마지막 선물이자 마지막 효심입니다."
"뭐라고? 마지막 선물이자 마지막 효심이라고? 무슨 뜻이냐? 그것이."
"부디 이 못난 자식의 간청을 꼭 실천에 옮겨 주시기를 간절히 빕니다. 아버지, 그래야 아버지가 살 수 있습니다."
"뭐야? 내가 죽기라도 한단 말이냐? 이놈이 갑자기 미쳤구만!"
"아버지."

오 의원은 더 이상 아들의 말을 듣기 싫은 듯 눈을 가느다랗게 좁히고 창밖으로 얼굴을 향했다. 키가 높아서 미처 따지 못한 주먹만한 홍시 몇 개가 삭풍 속에서 아슬아슬하게 매달려 있었.

오 의원은 아들의 말도 일리가 있다고 생각했다. 하지만 대한민국 정치 성격상 돈이 없이는 정치적 발판을 얻기는 하늘의 별 따기였다. 아들의 말대로 정치하는 사람들은 모두 똥차만 타고 다녀야 하고 낡은 양복에다 된장찌개만 먹어야 하고 여나믄 평의 아파트에만 살아야 한다. 그것은 자신의 입지를 성사시키기 위한 쑈는 될망정 결코 현실은 될 수 없다고 생각했다. 오 의원이 못 박듯 말했다.

"명심해라. 애비는 대권에 도전할 것이고 반드시 대권을 움켜쥐게 될 것이다. 이건 움직일 수 없는 시대의 선택이야. 그래 네 소원대로 차기 국회의원에 출마토록 해. 내가 힘껏 밀어줄 테니 너도 힘껏 애비를 도와라. 알았니?"

"아버지의 의지가 그토록 확고하다면 아버지를 돕는 것은 아들로서의 정체성을 확고히 하는 것이고 국민의 이해를 쉽게 끌어들이는 지름길이기도 할 테지요."

"명심해라. 돈이 없이는 한 발짝도 내디딜 수가 없는 게 정치판이고 쑈가 없이는 결코 국민의 마음을 사로잡지 못한다."

오세형 의원은 정권을 잡지 못하고서는 아무리 입으로 나발을 불어봐야 정치인의 성실성과 진실은 휴지조각만한 가치도 없다고 생각했다. 정치를 펼쳐 나갈 권한이 없는데 올바른 정책을 어떻게 펼쳐 나가겠는가가 그의 지론이었다.

"너는 알고 있느냐? 중국의 여황제 측천무후 말이다. 내가 알기로 그녀는 황제가 되기 위해 아들이 목을 매 죽게 한 악랄한 여자였다고 하더라. 음란의 극치를 달렸던 측천무후였지만 위대한 통치자였다고 하기도 하고, 경제를 챙기고 인재를 과감하게 등용하고 신하의 간언을 흔쾌히 허용했다는 거야. 뿐만 아니라 여성과 약자를 보호하고 문화융성에 남다른 관심을 보였다고 한다. 국가안보에도 힘써 당태종 때보다 넓은 영토를 확장했다.

후세 사람들은 측천무후를 향해 '살아서 천하를 정복하고 죽어서 역사를 정복했다'라고 전하고 있지. 악랄의 극치를 저지른 여황제였지만 난 그녀가 마음에 든다. 측천무후가 천하를 움켜쥔 배경에는 그녀가 무슨 수를 써서라도 일단 권력을 움켜쥘 수 있었기에 가능했다는 거야. 그리고 찬우야, 나의 정치적 전략은 북한을 파트너쉽으로 삼아야 한다는 것이야."

오세형 의원은 모처럼 성숙한 아들의 모습을 발견한 것 같아서 마음이 흐뭇했지만 정치지망생이 초년시절에 누구나 갖고 있는 환상적인 생각은 일찌감치 떨쳐버려야 한다고 지레 염려했다. 오 의원이 말했다.

"어쨌든 네 뜻이 정 그렇다면 차기 국회의원 선거에 출마해 보렴. 아직 시간이 많으니 노력해 봐. 애비가 힘껏 밀어 주마. 그때 네가 비로소 깨달을 것이야. 돈과 권력의 힘이 얼마나 막강한 결과를 낳는지를. 꼭 하나 명심해라. 돈으로 직업이 없는 청년들과 대학생들을 매수해야 한다. 돈의 힘으로 청년들을 우리편으로 만들어야 해."

그러나 오 박사는 대들듯이 아버지에게 말했다.

"아버지의 정치적 야심을 측천무후에 빗대다니 말도 안 됩니다. 지금 아버지가 할 수 없다는 모든 것을 온몸으로 실천하고 있는, 젊은 사자 한 마리가 숨차게 달려오고 있습니다."

"뭐? 뭐라굿?"

"조금 전에도 말씀드렸지만 김귀로라고."

"김귀로! 그놈을 잘 기억하고 있지. 어린이 인질사건의 영웅이라고 해서 정치 지도자도 될 수 있다고 망상의 허물을 붙들고 있는 놈. 흥! 어림 반푼어치도 없지. 대한민국 정치가 제 놈이 생각하는 것처럼 그렇게 호락호락할 줄 알아? 미국에 유학 가면서 앞으로 대권에 도전할 꿈을 갖고 있다고 신문기자들에게 큰소리 쳤던 걸로 기억한다. 녀석이 그랬나? 돈 안 드는 정치하겠다고. 정치 경력도 전무한 주제에."

"아버지, 그가 정치적 경력이 짧다고 얕보아서는 안 됩니다. 정치 경력이 없는 유명 스포츠맨이나 연예인이 단번에 국회에 입성하는 것이 오늘의 정치판입니다."

오 박사는 정적이 없을 수 없는 것이 민주정치라고 인정했다. 때문에 훌륭한 도전자 앞에 경쟁력이 있는 또 다른 인물이 끊임없이 속출해야 이 나라의 정치장래가 밝아진다고 믿었다. 오 박사는 낡은 정치이념으로는 이 나라의 정치 미래는 암담하다고 결론지었다. 훌륭한 지도자는 무엇보다 국가안보를 최우선의 전략으로 삼아야 하고 어느 시대이건 국가 존립을 허술히 한 정치 지도자 때문에 국가가 망한 예는 얼마든지 있다고 나름대로 판단했다. 그런 의미에서는 측천무후의 단면을 참고할 만도 하다고 오 박사는 내심 고개를 끄덕였다.

어쨌든 그렇게 열변을 토해 내는 아들을 보고 오세형 의원은 연신 고개를 갸우뚱했다. 대체 아들의 변신을 이해할 수 없었다.

"네가 하는 말을 잘 알아듣겠다만… 이토록 감정에 격해서 애비 앞에서 어깨를 떨다니! 무슨 다른 이유가 있는 것이 아니냐?"

"아버지! 오직 아버지를 위한 효심에서 이 못난 자식이 아버지께 드리는 처음이자 마지막 진언입니다."

오 박사는 아버지가 대권에 도전하기보다는 젊고 참신한 정치 지망생을 많이 키우는 것이 현재로선 최선의 포석이라고 생각했다. 그 어느 때보다 백성과 국가의 미래를 뼈아프게 염려하는, 그래서 말로만 아니라 도덕과 정의감으로 영혼이 몸부림치는 고굉지신이 필요한 때라고 생각했다. 화려한 상식을 내세우며 말잔치만 벌이는 좌파진보세력은 이 나라의 존립에 관한한 백해무익하다고 단정했다.

"처음이자 마지막?"

"부탁드립니다. 마음 잡숫기에 따라서 아버지는 이 나라 정치 역사상 영원히 기억될 위대한 애국자도 될 수 있는 기회가 마지막으로 남아 있습니다."

오세형 의원은 더 이상 듣기 거북한 듯 자리에 눌러 있지 못하고 소파에서 몸을 일으켰다. 그가 아들에게 이렇게 말했다.

"젊은 사람은 젊은 정치를 해야 한다고 큰소리는 잘도 치지. 젊은 정치가 국가의 장래를 위해 최고인 줄 착각하지. 정치란 결코 애들 주먹구구식으로 되는 게 아니다. 요즘 정치인들 중에 애비만큼 북한을 손바닥에 놓고 미래를 설계할 능력 있는 정치인이 과연 몇이나 있겠느냐? 김귀로 따위 걸음마 정치 지망생은 꿈도 못 꾼다."

오세형 의원은 철빗장을 굳게 걸어 잠근 북한을 대화의 마당으로 끌어낼 수 있는 유일한 방법은 당장 무엇이든 퍼 주는 도리밖에 없다고 단정했다. 북한에게 많이 퍼 줄수록 빗장은 빨리 열린다고 믿었다. 그렇게 하기 위해서는 재벌을 이용하지 않을 수 없다고 생각했다. 악어와 악어새의 관계처럼 정치와 재벌은 따로 놀 수 없다. 정치란 정직 운운 주먹구구식으로 되는 게 아니라고 단정했다. 비록 내키지 않더라도 좋은 정치를 하기 위해선 때론 썩은 토양에서 자라는 온갖 곰팡이와 지렁이 같은 정치인들과도 함께 한솥밥도 먹을 줄도 알아야 한다는 것이 오세형 의원의 주장이었다.

그는 아무리 아들이라도 애비의 앞길에 걸림돌이 된다면 결코 가만두지 않겠다고 어금니를 지긋이 깨물었다. 흘러가는 역사의 물꼬를 혼란의 늪으로 빠뜨리는 걸 가만히 보고만 있을 수 없다는 것이 오세형 의원의 주장이었다.

"내 말을 명심해 들어라. 김귀로란 놈, 그놈은 절대 대통령이 될 수 없어. 불가능해. 하지만 한 가지는 약속하지. 네가 그 몸으로 정치판에 뛰어들겠다는 욕망을 버릴 수 없다면, 과연 네 말이 옳은지 애비 말이 옳은지 한번 내기해 보자. 해 봐. 내가 힘껏 도와 주마. 오늘 너와의 대화에서 어쩌면 정치판에서 네가 성공할지도 모른다는 가능성을 발견했기 때문이야. 좋은 정치를 펼치기 위해서는 일단 대권을 잡고 봐야 한다. 측천무후처럼. 그렇게 하기 위해서는 주사파 출신 정치지망생을 우리 주위에 대거 포진시켜야 한다…"

비밀 탄로면 끝장

아버지 오세형 의원과의 담판으로 정계를 향한 진입로 확보에 성공한 오찬우는 요즘 날로 기분이 새롭다. 오찬우는 5층 빌딩 벽에 국회의원 오세형 사무실이라고 커다랗게 써서 붙인 아버지 소유의 사무실을 나와 목발을 절룩거리며 명동을 벗어나왔다. 금세 함박눈이라도 핑핑 쏟아져 내릴 듯 히늘은 진회색으로 잔뜩 찌푸려 있었다. 오전까지도 살을 엘 듯 날카롭던 고추바람은 언제였냐는 듯 잔자누룩 해졌다. 추위가 한풀 꺾인 듯도 했으나 눈이 오기 직전의 날씨는 대개 이렇게 푹했다. 길가의 상점에서 크리스마스 캐럴이 성급하게 거리로 쏟아지고 있었지만 어쩐지 사람들의 표정은 크리스마스 기분과는 뚝 떨어진 모습이었다.

'그동안 많이 보고 싶었지만 참았는데 오랜만에 한번 들려볼까? 이렇게 망가진 모습을 보면 진마담이 몹시 실망하겠지.'

얼마 후 오 박사는 진마담네 술집으로 목발을 들여놓았다.

"어머머? 이게 누구야? 오 박사님 아니세요? 세상에!"

"잘 있었소?"

"네에, 그럼요, 어서 이쪽으로 들어오세요."

오 박사는 진마담이 안내하는 곳으로 잠자코 따라갔다.

"이리 앉으세요."

"고맙소."

오 박사의 맞은편에 앉은 진마담은 신기한 듯 오 박사의 얼굴과 몸을 샅샅이 뜯어보며 반가운 기색이 역력했다. 오늘따라 진마담의 옷매무새가 여느 때와 달리 깔끔하고 세련되어 보였으나 의외로 얼굴은 수척했다.

"소문을 듣고 놀랐어요. 요즘 제가 오 박사님 때문에 잠을 제대로 못 잔다면 믿겠어요? 그동안 왜 한번도 찾아 주지 않았어요? 몹시 서운했어요."

"찾아와 보았자 이런 모습인 걸."

"아이! 오 박사님, 그런 소리 마세요. 사람은 저마다 카멜레온 같은 변신의 천재라면서요. 온전한 사람일수록 남에게 쉬 위선의 이빨을 까 보이죠. 하지만 오 박사님처럼 부서지고 깨진 사람들은 위선의 꽃을 피울 줄 몰라요. 왜냐하면 그래 봤자 비웃음의 배설물로 전락할 테니까 말이죠. 아파 본 사람이 아픈 사람을 이해하죠. 나도 많은 아픔을 겪고 버텨 온 여자예요."

오 박사는 의미 깊은 눈길로 진마담을 바라보며 물었다.

"가게는 잘 되오?"

"오 박사님 덕분에 편하게 장사해요."

오 박사가 깜짝 놀란 듯 물었다.

"내 덕분이라니 왜지? 비꼬는 건가? 몸이 이렇게 됐다고?"

"아이, 무슨 그렇게 섭섭한 말을. 그때 2억 주신 걸로 빚을 갚았으니까."

그제야 알아듣겠다는 듯 오 박사는 고개를 크게 끄덕였다.

"다리가 몹시 불편하세요?"

"괜찮아! 목발이라도 짚을 수 있는 게 다행이지."

"신문에서 읽었지요. 오 박사님 이야길요."

"뭣에 대한 얘길 읽었소?"

"아버지 오세형 의원을 도와서 정계에 발을 들여놓았다는 이야길요. 과학자로서 권위가 있으신 분이 과학자의 길을 접고 정계에 발을 들여놓는다는 게 쉬 납득하기 힘들다면서요. 어쨌든 아버님께선 장차 대권에 도전할 가장 강력한 여당 후보감이라는 평가도 함께요."

"아버님이 부정축재자로 국민들에게 낙인찍혔었는데, 그 점에 관해서는 사람들이 뭐라고 수근거렸소?"

"물론 당시에는 악평이 지독했죠. 국민의 피와 땀을 빨아먹는 흡혈귀, 역적, 매국노, 심지어는…."

"심지어는?"

"시청 앞 광장에 매달아 놓고 굶겨 죽이자는 식의 악담도."

"근간엔 여론이 어때요?"

"여론이란 참 묘한데요? 위장에 능한 전투병처럼 보호막을 바꾸어 가며 반전에 반전을 거듭하면서도 강처럼 결국엔 한 줄기로 흘러가요."

"어떻게 그렇게 시국의 흐름을 잘 읽소?"

"이런 술장사를 하니까 많은 사람들의 이야기를 들어요. 술집처럼 여론이 집중적으로 들끓는 곳도 드물지 않나 싶네요. 듣자 하니 지난날 내로라하는 여야 정치인들이 줄줄이 구속됐잖아요. 그들의 부정축재가 세상에 드러나자 온 국민은 치를 떨었죠. 정치하는 사람들 아무도 믿을 사람이 없다면서 모두들 분통을 터뜨렸죠. 그렇게 매스컴에서는 언젠가부터 오세형 의원을 일컬어 두둔하듯 그렇게 되먹지 못한 수많은 정적들의 음해공작에 휘말려 홀로 억울하게 누명을 뒤집어 쓴 정략의 희생양이라고 편들어 주던데요? 오세형 의원이 재산이 많았던 것은 그의 장인이 간암으로 돌아가시고 난 뒤 많은 재산을 딸에게 남겨 준 때문이고, 오세형 의원은 단지 장인이 아내에게 남겨 준 재산을 나름대로 여기저기 차명으로 부동산에 투자했다는 결점만 있다는 거죠."

그래서 그런지 세간에는 오세형 의원이 재산이 많다는 것이 국민들에게 대체로 사면되어 가는 중이라고 언론이 편들기도 했다. 한편으로 대한민국 국민은 너무 단순하고 정치인의 잘못을 너무 쉽게 용서하고 잊어버리는 게 흠이라고도 했다. 또한 대한민국 국민은 정치인들에게 속고 속고 또 속으면서도 또 대통령도 뽑고 국회의원도 뽑는다고 꼬집기도 했다.

"아버지가 희생양이라고… 술 마시러 온 사람들도 그런 얘길 했소? 신문에 실린 기사처럼?"

"네, 대부분요."

"글쎄, 진마담이 방금 말했듯이 여론이란 마치 카멜레온 같아서 언제 색깔이 다르게 바뀔지 모르지 않소."

진마담은 어쩐지 오늘의 오 박사가 예전같지 않다는 느낌이 들었다. 진마담은 보란 듯이 다리를 꼬고 오 박사를 도전적인 눈매로 훑어보았다. 진마담이 오 박사에게 물었다.

"정치판에 발을 들여놓으니 어떠세요? 연구실에 틀어박혀 연구에 몰두하는 것보다 할 만한 거예요?"

"할 만해서 하는 게 아니라 꼭 해야 하오."

"왜죠? 정치를 꼭 해야 하는 이유가. 오 박사님은 과학자신데."

"망망대해를 방향도 못 잡고 표류하는 백성들에게 희망의 키를 쥐어 주기 위해서."

"어머? 말씀이 대단해 지셨어요. 오 박사님."

"모처럼인데 술이나 한잔 주시오."

"잠깐만요. 제가 직접 갖고 올게요."

진마담이 밀실을 빠져나갔다. 오 박사는 밀실을 찬찬히 둘러보았다.

'이 밀실에서 나는 처음으로 진마담과 정사를 벌였었다.'

오래지 않아 진마담이 안주와 함께 죠니 워커 한 병을 들고 들어왔다. 죠니 워커는 오 박사가 전부터 즐겨 마시는 술이었다. 그녀가 뚜껑을 열고 글라스에 술을 부었다. 이윽고 진마담의 자태가 언젠가처럼 농염해지기 시작했다.

"그동안 섹스는 누구와 했어요? 여자들이랑 많이 했어요?"

오 박사가 입가에 웃음을 흘리면서 고개를 저었다.

"병치레 하느라고 그거 할 정신 있었겠소? 진마담 옆에는 좋은 남자들이 많으니까 즐거웠겠지."

"천만에요. 저 이래뵈도 춘향이처럼 열녀예요? 오 박사님을 알고 나서부터는 오 박사님과의 섹스 외에는 전혀 없었어요. 전 거짓말은 절대 안 합니다. 그것이 저의 제일 큰 장점이죠. 다치긴 했지만 페니스만큼은 멀쩡히 살아 있을 거 아녜요?"

오 박사가 술을 한잔 입속에 털어 넣고 나서 잔을 조용히 탁자 위에 올려놓았다. 술 마시는 자세도 예전과 완연히 달라져 있었다.

"그렇긴 하지. 그것만큼은 아직 멀쩡하고 힘이 남아 있는 게 신기해. 그래서 그놈 때문에 난 아직 자신감을 갖기도 하고."

"다리가 불편해서 정상위로는 못하겠네요?"

"그렇소."

"여자가 올라가든 아니면 옆으로 드러누워 하든, 옳아! 맞아요, 여자가 전적으로 리드하면 되겠군요."

"그렇겠지."

"해 드릴까요?"

오 박사가 고개를 몇 번 옆으로 저었다. 진마담은 의외라는 듯 눈을 동그랗게 뜨고 오 박사의 얼굴을 들여다보았다. 오 박사가 그런 진마담을 마주 쳐다보고 피식 웃음을 날렸다. 진마담이 놀란 눈으로 물었다.

"섹스가 싫어요? 아님 제가 싫어졌어요? 난 오 박사님만 그리워했는데."

"그런 것이 아니라 몸을 보여 주기 싫어서 그래. 프랑켄슈타인처럼 온통 붙이고 꿰맨 자국으로 난장판이 된 걸."

"치! 그래서가 아니구요. 오 박사님은 그동안 제 생각 전혀 하시 않았나 봐요? 섭섭하게."

"나 같은 사람이 여자를 사랑할 자격이나 있을려구. 진마담은 뛰어난 미인에다 사교성이 좋아 멋진 남자들이 줄을 잇겠지."

"아이, 섭섭한 소리 자꾸 말아요. 요즘 남자들 일부러 페니스에 상처를 내어 꿰매기도 한다는데 말이죠. 뿐만 아니라 쇠구슬을 넣어 인테리어도 해서 만지면 괴물인 듯 울끈불끈하게 말이죠. 한번 만져 봐도 돼요?"

"내키지 않아."

"왜죠? 이쯤 되었으면 벌써 장작깨비처럼 벌떡 일어났을 텐데 말이죠. 정말 하고 싶지 않아요? 정말 내가 싫어졌나 봐."

"몸을 보여 주기 싫타니까."

"괜찮아요. 정 싫으시면 옷 입은 채 지퍼만 내리세요. 네? 하지만 난 오 박사님의 몸에 난 수술자국 조금도 징그럽지도 두렵지도 않아요. 저에 대한 옛정이 그대로 있고 페니스만 건강하다면 아무 문제 없어요. 육신의 장애도 사랑과 영혼 앞에선 맥을 못 춘다고 생각해요."

진마담이 오 박사의 바지춤 속으로 손을 쑥 집어넣었다. 진마담이 뜨거운 입김을 오 박사의 얼굴에 쏟아내며 속삭였다.

"어맛! 이것 봐욧! 돌처럼 딱딱해요. 게다가 울퉁불퉁해졌구요."

진마담은 성급하게 오 박사의 바지 지퍼를 내렸다. 팽팽하게 치솟은 오 박사의 양물이 튕기듯 바지 밖으로 튀어나왔다.

"아! 역시 멋진 페니스예요."

진마담은 다짜고짜로 오 박사의 양물을 입안으로 깊숙이 집어넣었다. 그리고 열심히 그것을 탐닉했다. 오 박사의 입에서 신음소리가 흘러나왔다.

"아으으으으… 진마담은, 진마담은 남자를 미치게 하는 데는 천재적 소질을 가졌어. 아으으으으"

다시 진마담의 입에서 새어 나오는 뜨거운 입김이 오 박사의 귓불을 쉴 새 없이 간지럽혔다. 더 이상 못 참겠다는 듯 진마담은 오 박사를 카펫 위로 끌어내려 눕혔다. 그녀가 오 박사를 타고 앉아 그의 양물을 자신의 몸속에 깊숙이 밀어넣고 격렬하게 몸을 흔들어댔다. 두 남녀의 몸은 금세 용광로처럼 뜨겁게 달아올랐다. 이 순간 오 박사는 그동안 짓눌려 왔던 고통의 비늘이나 좌절의 찌꺼기는 전혀 없었다. 이 순간만이 최고의 행복이었다. 이윽고 절정으로 치달은 그녀는 미친 듯이 괴성을 질러대며 오 박사의 몸 위에서 자지러지듯 몸서리 쳤다.

진마담은 오 박사를 진심으로 사랑하는 건 아닐까. 진심으로 사랑하는 사이에는 어떤 성적인 테크닉을 발휘해도 조금도 부끄러워 할 일은 아니지만 오 박사를 향한 진마담의 열정은 언제나 최고였다. 오 박사는 그런 진마담이 정말 좋았다. 그녀는 비단 섹스뿐만 아니라 모든 면에서 적극적 성격이었다. 그녀는 이중성을 오물을 대하듯 싫어하는 여자였다. 그런 면에서 어느 누구 앞에서든 예와 아니오를 분명하게 짚고 넘어 가는 그녀의 성격이 오 박사는 마음에 들었다.

"아우우욱."

"으으으… 으흐흐… 오 박사님, 사랑해요. 정말이에요."

오 박사가 진마담 술집을 나섰을 때 거리는 어두워져 있었지만 상점마다 네온사인이 터지고 거리는 현란한 불빛으로 대낮처럼 환했다. 사람들의 머리 위에 떨어진 눈송이가 보석 가루처럼 반짝반짝 빛을 발하고 있었다.

'그래도 스스럼없이 날 잊지 않고 반겨 주는 사람은 이 세상에 진마담밖엔 없구나. 진마담이 정말 나를 알고부터는 나 이외의 남자와는 상관하지 않고 나만을 사랑했을까. 진마담, 그녀와 차라리 결혼해 버릴까? 내가 정식으로 프로포즈를 하면 받아 주기나 할까?'

오 박사는 목발걸음으로 인파 속을 걸어가면서 퍼뜩 그런 생각을 떠올려 보았다. 사실 오 박사에게 전혀 혼사가 들어오지 않는 것은 아니었다. 혼사가 들어오지 않을 리도 없었다. 비록 몸은 온통 꿰매고 뜯어붙이긴 했어도 여전히 그는 미래가 촉망되는 과학자일뿐 아니라 아버지 오세형 의원은 몰락하던 정치적 입지를 기적처럼 되살려 놓았다. 오세형 의원은 오히려 이전보다 더욱 정치무대가 탄탄해졌고 그의 서슬은 나는 새도 떨어뜨릴 만큼 막강했다. 돈과 권력이 골프공 속살처럼 똘똘 뭉쳐진 집안이었다. 일류대학을 나왔고 미모와 돈과 훌륭한 가문이 겸비된 여자들이 여전히 오 박사네 집 주위를 서성거리고 다녔으나 오 박사는 돌처럼 차갑게 머리를 흔들었다.

"싫습니다! 그들은 이 오찬우의 남편이 되고 싶은 게 아니라 유명인의 며느리가 되고 싶은 것입니다. 그들은 우리가 갖고 있는 돈과 권력을 사랑할 뿐 오찬우의 영혼은 사랑하지 않습니다. 그것이 제가 결혼하고 싶지 않은 충분한 조건입니다."

그런 오 박사가 너무도 속이 상해서 오 박사의 어머니는 화병이 날 지경에 이르렀다.

"그럼, 돈도 없고 권력도 없으면 여자들이 네 영혼을 사랑하니? 그따위 정신 나간 소리 하려거든 정치지망 열정도 꺾어 버리지. 정치는 왜 하겠다고 대들었어?"

그래도 오 박사는 어머니의 성화에 조금도 동요하지 않았다. 때로는 이런 식의 말로 집안 사람들을 발딱 놀라 자빠지게 했다.

"결혼하지 않겠습니다. 혹 정명희 씨와 얼굴도 성격도 똑같은 여자라면 몰라도 말입니다. 닮은꼴이 아니라 눈썹 한 올마저 똑같은, 차라리 복제 정명희를 만들어서 결혼하면 몰라도."

참다못한 오세형 의원이 아들의 따귀를 불이 번쩍 나도록 올려부쳤었다.

"이 예끼! 불효막심한 놈! 차라리 혀를 물고 죽는 편이 낫겠다. 이놈아."

아직도 진마담의 체액이 자신의 아랫도리에 묻어 있는 듯 허벅지께가 끈적끈적했다. 손님이 찾는다는 종업원의 급한 말에 진마담이 뒤처리를 깨끗이 처리해 주지 못하고 밀실을 나갔기 때문이었다. 그때 진마담은 한쪽 눈을 깜빡하면서 미안해요 라는 한 마디를 남겼었다.

'나 같은 패륜아가 입에 맞는 떡만 구한다는 게 얼마나 몰염치한가. 하지만 내가 진마담에게 프로포즈한다면 나는 파렴치한 인간일까…?'

오 박사가 스스로를 몰염치하다고 한다거나 파렴치하다는 말을 쓴다는 것도 기적같은 일이었다. 오찬우의 영혼은 왜 저렇게 변했을까.

그는 미도파 백화점을 좌측으로 꺾어 들어 극동 복지회란 간판이 붙어 있는 5층 빨간 벽돌 건물 속으로 목발을 들여놓았다. 간판은 복지회라고 그럴 듯하게 써 붙였지만 실체는 전혀 딴 일을 하는 곳이었다. 장부정리를 열심히 하고 있던 아가씨가 사무실로 들어서는 오 박사를 알아보고는 자리에서 벌떡 일어나 인사를 했다. 언제 와 봐도 미니스커트를 필요 이상 짧게 입는다고 오 박사는 생각했는데 오늘도 그랬다. 빨간색 미니스커트 위로 그녀의 팬티 라인이 선명하게 돌출해 있었다.

"계시나?"

"네, 잠깐만요."

그녀는 돌아서서 사무실 뒤쪽에 붙어 있는 철제문을 두어 번 두들겼다.

"오 박사님 오셨습니다."

"들어오시라고 해."

"들어오시랍니다."

오 박사가 아가씨가 열어 준 문 안으로 들어섰을 때 어깨가 떡 벌어지고 인상이 고약해 보이는 건장한 남자가 의자에서 벌떡 일어나 오 박사를 반겼다.

"아이구, 오 박사님, 이 시간에 어쩐 일이십니까?"

"지나가던 길에 생각나서 들렸소. 그 사람들 실수없이 잘 하고 있습니까?"

"물론이죠. 여부 있겠습니까? 저희는 프로 중의 프로입니다."

"또 노파심에서 하는 얘긴데 말이요. 무슨 일이 있어도 신변이 노출되면 큰일이요. 알겠소?"

"그 점에 대해서 조금도 염려 마시라니까요. 우리 조직에서 최고로 손꼽히는 프로들입니다."

곧 사나이가 뒷머리를 손가락으로 긁적긁적했다. 오 박사의 눈치를 흘금흘금 살피는 것이 꼭 할 말이 있는 듯한 얼굴이었다.

"뭐요?"

"돈이 좀 필요합니다."

"얼마나 필요하오?"

"일억쯤."

"돈을 너무 자주 요구하는 거 아니요?"

"아이! 천하에 오세형 의원님 자제분께서 돈 일억쯤 갖고."

"그건 아버지 돈이지 내 돈이 아니니까. 충고하건대 나와 섣불리 돈게임을 벌일 생각 추호도 마시오."

"허허, 그 돈이 그 돈 아니겠습니까. 게임을 벌이다뇨?"

"이 일이 누군가에게 눈치 채이게 되면 나나 당신네들 끝장나는 거요. 언젠가 나는 해결사를 고용한 적이 있었는데 그 해결사에게 5억이나 되는 돈을 뜯긴 적이 있지. 하지만 이젠 나도 어림없지. 세상살이에 닳고 닳았으니까."

"비밀은 결코 새어 나갈 틈이 없습니다. 그 점은 안심하셔도 됩니다. 거듭 말씀드리지만 우리는 프로 중에 프로입니다. 귀신도 모르게 일합니다."

"프로인 줄 알기에 일을 맡겼지. 난 비록 몸은 이렇게 망가졌어도 날 우습게 보는 건달패거리들은 말 한 마디로 완전 쑥대밭을 만들 수 있는 사람이지. 당신들의 인생살이를 무덤으로 만들 수도 있소. 실수없이 일을 처리 않으면 당신은 이 바닥에서 끝장이오. 알아들었습니까?"

사나이는 전에 없이 강력하게 가슴을 내미는 오 박사의 태도에 다소 놀린 듯 표정이 굳어졌다.

"그리고 꼭 하나 말해 둘 게 있소."

"예, 말씀하시죠."

"앞으로 내게 조직원을 감옥에서 빼내 달라는 부탁은 일체 마시오. 앞으로는 그런 일 못해요. 알겠소?"

"그건 좀 섭섭하군요. 지금껏 오 박사님 덕을 많이 보았는데 말이죠. 어쨌든 잘 알겠습니다."

"나는 앞으로 대권에 도전하실 아버님을 도와드릴 막중한 책임이 있소. 따라서 불의한 청탁은 결코 받아드릴 수 없소. 분명히 말해 두지만 이 계획이 행여나 세상에 노출되기라도 하면 나도 당신네 조직도 그날로 끝장이오. 알겠소? 명심하시오. 권력은 온상처럼 따뜻할 때도 있지만 한번 돌아서면 얼음보다 차갑고 냉정합니다."

"그야 말씀 않으셔도 명심하고 있죠. 염려 마시고 훗날 아버님께서 대권을 잡으시면 틀림없이 제게도 한 자리, 허허허!"

"그런 말은 농담이라도 하지 말아요. 내일 만납시다."

"어디에서 만납니까? 시간은?"

"밤 10시, 청풍옥 7호실에서. 술 한잔 하면서 말이요."

"잘 알겠습니다. 그런데 궁금한 것 한 가지가 있습니다."

"뭡니까?"

"오 박사님은 왜 이런 일을 해야 합니까?"

오 박사가 단호한 목소리로, 그러나 찍듯이 말했다.

"프로라면서 프로답지 않소. 필요 이상의 호기심은 금물이오. 난 당신한테 돈을 주고, 당신은 돈을 받고 내가 시키는 대로 하면 되지. 언제부턴가 나도 말이 많은 사람이 싫어졌어. 내일 밤 10시 청풍옥 7호실에서 1억을 전달해 주겠소."

"1억을 다 말입니까? 역시 시원시원하시군요. 감사합니다."

"1억은 내 돈이 아니고 공금이오. 공금이라는 사실을 훗날에 알게 될 것이

오. 공짜로 생긴 돈이라고 착각하면 나중에 큰 낭패를 볼 겁니다. 정신 바짝 차리고 매사에 빈틈이 없어야 합니다. 당신도 목숨은 소중한 것 아닙니까?"

"공금요?"

"그렇소. 누군가가 쓰지 않으면 안 될 돈, 그러니까 그것은 공금이지."

"하여간에 감사합니다. 결단코 실수 없도록, 목숨 걸고 약속하겠습니다."

"한번 멋지게 해 보시오. 잘하면 명동에 당신 몫으로 조그만 집 한 채 마련해 줄지도 모르니까. 만에 하나 실수라도 해서 사건의 배경이 세상에 노출되기라도 하면 당신도 나도 공멸하는 거요. 명심하시오."

"좋습니다. 목숨 걸고 한번 해 보이겠습니다. 명동에 집 한 채요? 하하하핫, 좋습니다. 오 박사님."

오 박사는 명동거리로 나왔다. 언제 보아도 명동은 젊은이들의 숨결로 활기에 넘쳐 있었다. 그는 피곤했던지 하품을 길게 쏟아냈다. 마침 빈 택시를 발견하고 오 박사는 택시에 몸을 실었다. 그는 목발을 택시 안으로 끌어들이며 기사에게 목적지를 말했다.

"필동으로 갑시다."

친구가 주는 정보

종태는 곰보댁 춘자네 가게에서 혼자 빈대떡을 안주 삼아 막걸리를 마시고 있었다. 출입문이 활짝 열리고 작업반장 박 씨가 얼굴을 들이밀었다.
"김 씨 여기 계셨소? 전화 왔는디."
종태가 빈대떡을 씹다 말고 대답했다.
"전화요? 어디서? 누구래요?"
"정호라고 합디다. 정호라면 안다던디?"
"정호?"
종태가 자리를 박차고 일어나 오토바이를 몰고 공장사무실로 달려갔다.
"정호? 정호 네가 어쩐 일로 전화했냐? 뭐 급한 일 생겼냐?"
수화기 속에서 들려오는 정호의 목소리가 긴장되어 있다는 것을 종태는 직감했다.
"무슨 일 있나?"
"종태야, 만나서 할 얘기가 좀 있는데 만날 수 있겠냐? 귀로 일로 긴하게 의논할 게 있다."
장정호는 종태와 귀로가 군복무시절 내무반 사건으로 남한산성 영창으로 갈 뻔했을 때 구해 줬던 고등학교 동창이다. 그는 당시 사단헌병대 장교로 복무하고 있었다. 종태는 뛸 듯이 놀라서 다그쳐 물었다.

"뭐라곳? 귀로에게 무슨 일이 있어?"

"서울로 좀 오렴. 만나서 이야기하자. 그렇다고 너무 지레 겁먹지는 말고."

저쪽에서 먼저 수화기 끊는 소리가 찰칵 들려왔다. 종태가 밖에다 대고 큰 소리로 황 씨를 불렀다.

"이봐, 황 씨!"

황 영감이 뛰어들다시피 사무실로 들어섰다. 작업반장은 박 씨지만 황 영감이 숯공장에서는 제일 고참이었다.

"왜 그러시오? 무슨 일 터졌소?"

"나 서울 좀 다녀와야겠소. 숯공장 잘 부탁해요."

종태는 지프차에 몸을 싣자마자 힘껏 엑셀을 밟았다. 지프차는 새까만 숯먼지를 회오리바람처럼 일으키며 꼬불꼬불 산길을 돌아 사라졌다. 서울까지 가려면 이대로 달려도 두 시간 이상은 달려야 할 것이었다. 종태가 힐튼호텔 커피숍 출입문을 마악 밀치고 들어섰을 때 한쪽 구석자리에 처박히듯 앉아 있던 정호가 번쩍 손을 치켜들고 있었다. 정호는 헌병대를 소령으로 제대 후 외삼촌의 배려로 남산의 모처에서 정보요원으로 근무하고 있었다.

"빨리 도착했구나. 하지만 얼굴에 먼지가 쌔까맣구나. 사람들이 죄다 이쪽을 힐끔대는군. 흐흐흐."

종태는 자리에 앉자마자 대뜸 전화이야기부터 끄집어내었다. 정호의 얼굴이 딱딱하게 굳어졌다. 종태가 말했다.

"여긴 너무 조용하다. 나가자. 시끌벅적한 대폿집 같은 곳이 좋아."

조금 뒤 두 사람은 남대문시장 어느 허름한 대폿집에서 탁자를 사이하고 마주앉았다. 종태가 담배를 꺼내 정호에게 한 개비 빼 주고 자신도 한 대 피워 물었다.

"말해 봐. 무슨 일이야?"

"귀로를 해코지하려던 놈들의 정체가 일단 마피아로 판명됐어."

"마피아? 별 볼 일 없는 똘마니들 입질 정도로만 알았는데 마피아씩이나? 어떻게 입수된 정보지?"

"인터폴에서 일하는 내 친구가 알려줬어."

"대체 마피아가 귀로에게 무슨 원한이 있다고?"
"커넥션이겠지. 누군가에게 매수당한 거야."
"마피아를 매수해서 귀로를 귀찮게 구는 놈들이라면 대체 정체가 뭘까?"
"아직 북한 측이 직접 개입했다고 단정할 수는 없지만 북한에서 생산되는 대량의 마약을 유통시키는 마약 밀매단과 방대한 조직을 결성하고 있는 모종의 범죄집단일 가능성이 크다."
"그들이 왜 귀로를 못살게 굴어야 할까?"
"악연치곤 지독히도 질긴 악연이지만 어린이 인질사건을 벌써 잊었니? 북한은 오랜 세월 동안 김귀로 때문에 자존심이 잔뜩 상해 있는 판에 김귀로 같은 걸출한 인재가 대한민국의 지도자가 되는 걸 좋아할 리가 없지. 따라서 북한에서 떨어뜨리는 꿀물을 받아먹고 사는 이중간첩들이 팔짱만 끼고 있을 턱이 없지. 그리고 최근에 날아든 정보에 의하면 어마어마한 양의 마약이 북한 밀수책을 통해서 마피아에 흘러 들어갔다는 정보가 잡혀 있어. 미국 정보기관이 바짝 긴장하고 있지. 무엇보다 놈들이 김귀로에게 칼끝을 디밀기 시작한 가장 큰 이유 중의 하나는 그들에게 눈엣가시나 다름없는 개미촌의 김종태가 김귀로와는 둘도 없는 친구 사이라는 데 있다. 김귀로가 대통령이 되는 꼴을 벨이 꼴려 못 보겠다는 세력이 있다는 뜻이다."

여종업이 다가왔다. 정호가 하던 말을 뚝 끊었다. 종태가 주문했다.
"소주 한 병에 낙지볶음."
여종업이 돌아가자 정호가 다시 입을 열었다.
"이건 가상의 시나리오인데 이미 드러난 사실이긴 하지만 마피아가 김귀로를 제거해 주는 조건으로 대신 북한에서 생산되는 다량의 마약을 공급받을 수도 있잖아. 또 하나, 어쩌면 정치적 음모일 수도 있어. 누군가 김귀로의 정치적 야망에 일찌감치 찬물을 끼얹으려는 음모론이 우리 정보원들 사이에 설득력을 얻고 있다. 하루빨리 수면 아래 엎드려 있는 괴물의 정체를 잡아내는 것이 시급해. 일단 귀로네 가족을 즉시 귀국시켰으면 좋겠는데 귀로가 순순히 응할지 모르겠어. 놈들이 지금은 귀로네 가족에게 겁을 주는 정도로 끝냈지만 막다른 골목에 다다르면 죽일 수도 있어. 가족들을 납치해서 피를 말릴 수도 있고. 종태야, 마피아놈들은 어떤 조건만 갖추어 주면 사람을 죽이는 일은 일도 아니야. 빌딩의 옥상에 엎드려 있다가 목표물이 조준경 안에 잡히자마자 저격하는 식이 마피아가 즐겨 쓰는 살인 방법 중의 하나지."

정호의 말에 종태는 고개를 설레설레 흔들었다.

"귀로가 유학을 중단하고 귀국한다는 건 바늘도 안 들어갈 소리야. 귀로가 죽음 따위를 겁내서 뜻을 접는 위인이 결코 아니거든. 녀석은 절대로 목숨이 두려워서 자신의 입지를 포기할 놈이 아냐."

"하지만 종태야, 이것은 국가가 개입할 문제도 못된다. 귀로는 그저 한 평범한 시민이자 유학생일 뿐이거든. 국가가 모든 유학생과 교민들을 책임지고 보호해 줄 순 없는 노릇이니까 말이다. 알고 있었지? 몇 달 전에 귀로가 어떤 괴한들에게 습격당했던 일 말이다."

"……?"

정호가 심각해진 눈빛으로 입을 꽉 다물고 있는 종태의 눈을 들여다보며 말했다.

"귀로가 살고 있는 집 근처에 한국인 식료품 가게가 하나 있는데 말이냐. 그 식료품 가게 주인이 귀로네 식구들에게 물건 팔기를 거절했다."

종태는 정호의 말에 귀신경을 곤두세우면서도 표정의 변화는 조금도 없이 침착했다. 정호가 종태의 표정을 힐끔 살펴보았다. 뭔가를 알고 있으면서도 시침을 뚝 떼고 있는 종태의 심중을 떠보려는 의도임이 분명했다.

"왜냐하면 누군가가 그 한국인 식료품 가게 주인을 무섭게 협박했거든. 만일 귀로네에게 물건을 팔면 가게를 폭파시켜 버리겠다고 말이다. 식료품 가게 주인은 잔뜩 겁을 먹고 귀로네 식구들에겐 소시지 한 개도 팔지 않았어."

"그래서."

"그런데 가게주인이 정체불명의 괴한들에게 지독하게 테러를 당했다. 대체 가게주인을 인사불성이 되도록 두들겨 팬 괴한들의 정체는 또 누굴까?"

종태의 눈이 천정 한쪽을 응시한 채 꼼짝도 하지 않았다. 종태의 표정에 미세한 기류가 흐르고 있음을 정호는 재빨리 알아차렸다. 정호의 말은 계속 이어지고 있었다.

"뿐만 아니라 귀로네 식구들은 지금 교회에도 못 나가고 있다."

종태도 깜짝 놀라 다그쳐 물었다.

"그건 또 무슨 소리냐? 교회를 못 나가다니?"

"마피아 놈들이 교회 신도들과 교회 담임목사에게 협박했거든. 귀로네 식구들이 교회에 계속 나오면 교회를 폭파시켜 버리겠다고 말이지. 어쨌든 귀로네 식구 주변에 기분 나쁜 기운이 근래 들어 심각하게 증폭되고 있어. 정체를 알 수 없는 아주 막강한 배후세력이 마피아의 등에 업혀 있는 것이 분명한데 그 막강한 배후가 또한 북한의 최고위급 세력을 등에 업고 있다 이 말이지. 막강한 배경이 바로 수면 아래에 엎드려 있는 제3의 괴물이야."

종태가 또 담배를 새로 피워 물었다. 그의 입에서 쏟아진 담배연기가 허공으로 머리를 풀며 사라졌다.

"얼마 전 빌 트럼프라는 이름의 국제마약조직 거물이 검찰에 체포되었어. 놈은 한국을 경유해 전세계에 마약을 유통시킨 혐의로 붙잡혔는데 수사결과 놈들이 가장 가깝게 거래하는 마약조직책이 일본을 무대로 한 북한통 야쿠자들로 드러났어. 겉으로는 북한통 야쿠자와 맥이 두터웠지만 속으로는 조직들간에 이권다툼으로 몹시 껄끄러운 입장에 처했던 터여서 빌 트럼프는 상대 조직을 와해시키려 호시탐탐 기회를 노렸지."

"그런데?"

"서울 중앙지법에 계류된 빌 트럼프 일당의 범행 내용을 자세하게 들추어 보았더니 놈들이 남미 최대의 마약조직인 칼리카르텔, 일본의 야쿠자 등과의 긴밀한 연대를 통해 마약을 밀수출한 거래량은 상상을 초월했어. 전세계인들의 영혼을 마약으로 오염시킬 수 있을 만큼 북한의 마약생산은 가히 핵폭탄만큼이나 위험하다."

두 사람은 잠깐 침묵하며 소주잔을 비우고 안주를 씹었다. 정호가 이야기를 계속했다.

"빌 트럼프는 1985년 8월, 가짜여권을 이용해서 아프리카로 도망간 후에도 세계 도처에 포진하고 있는 조직을 통해서 끈질기게 유럽 아시아 등지에다 엄청난 양의 마약을 유통시키다 체포된 거야. 그런데 놈과의 범죄를 저지른 10

여 명의 조총련계 거물급 마약 조직책은 어느 날 갑자기 빌 트럼프에 대한 정보를 인터폴에 흘려놓고 감쪽같이 사라졌어. 놈들이 빌 트럼프 조직에 배신을 때린 것이지. 미국 수사기관과 인터폴은 어느 한 순간 닭 쫓던 개 지붕 쳐다본다는 격으로 조청련계 마약책의 꼬리를 놓쳐 버리게 된 거지."

"그래서?"

"빌 트럼프는 주로 여행가방에 담긴 마약을 마치 의류샘플인 양 속여서 유통시키는 비밀스런 네트워크 외에도 국제우편을 통해서도 한국인 마약 운반책들에게 한 건당 5000달러에서 7000달러씩 운임을 지불해 가면서 교묘한 수단으로 마약을 유통시켜 왔는데."

거기까지 이야기를 한 정호가 담배를 한 대 피워 물었다. 종태가 조바심이 난 듯 다그쳤다.

"그런데 이야기가 그리 긴 이유가 뭐냐?"

"잠자코 끝까지 잘 들어봐."

"인터폴이 빌 트럼프 체포에 총력을 기울이는 사이 미국수사기관의 마약범 리스트에 오른 10여 명의 조총련계 야쿠자 간부들은 어디로 감쪽같이 숨었을까?"

그렇게 말하고 종태를 물끄러미 건너다보는 정호를 향해 종태는 확신한 듯 잘라 말했다.

"북한이지."

정호가 크게 고개를 끄덕였다.

"맞아. 놈들은 북한으로 꽁꽁 숨어 버린 거야! 조총련계 야쿠자들이 몸을 안전하게 숨길 수 있는 최상의 피난처가 북한 아니겠어?"

"뭘 얘기 하고픈데 그렇게 서론이 기냐?"

정호는 속주머니에서 서류봉투 하나를 끄집어냈다. A4용지 가득히 사진이 실려 있는 종이 한 장을 꺼내 종태 앞에 내밀었다.

"이놈들 중에 네가 기억나는 얼굴이 여럿 있지? 이 사진들 중에 조총련계 야쿠자 두목 가쓰를 비롯해 마동탁과 중간보스 십여 명은 명은 이미 죽고 없다. 여기 있는 사진의 주인공들 대부분이 모두 남한에서 활동하고 있던 간첩들이야."

종태가 눈살을 잔뜩 찌푸리며 사진을 훑어보기 시작했다. 순간 종태는 숨을 한번 크게 들이마시고 말았다. 사진의 인물들 중에 하야찌와 외팔이가 들어 있었기 때문이었다. 정호가 종태의 표정을 살피며 물었다.

"알고 있는 놈이 있니?"

종태가 찌르듯이 정호를 노려보며 말했다.

"너 지금 이걸 내게 보여 주며 날 유도심문을 하려는 거지?"

정호가 그러는 종태를 안심시키려는 듯 자못 여유롭게 손사래를 쳤다.

"오해 마라. 말하기 싫으면 그만 둬. 내가 얘기할게. 이 두 놈 중에 외팔이란 놈이 개미촌 합동결혼식 때 폭발물을 장치했던 놈이고 옆의 놈은 하야찌라는 재일교포 2세였어."

"그런데?"

"이 두 놈은 얼마 전 인천에서 두어 시간 떨어진 어느 섬에서 마동탁이란 이중간첩의 별장에서 자살폭탄을 안고 죽었어. 하지만 외팔이와 하야찌는 간첩은 아니었고 마동탁의 하수인에 지나지 않았어."

정호의 이야기는 열기를 머금고 계속되었다.

"이번에 잡힌 국제마약 조직책 두목인 빌 트럼프는 이미 죽고 없는 마동탁 일당들과 마약업을 공유하고 있었다. 운 나쁘게도 빌 트럼프는 마약을 독식하려고 흉계를 꾸미던 빨갱이 야쿠자들의 배신으로 체포되었지만 빨갱이 마약범죄집단은 이렇게 거짓과 배신을 밥 먹듯이 주고받는 게 특성이지. 개미촌의 피비린내는 이상할 만큼 이놈들과 뿌리 깊은 증오의 강을 함께 타고 흐르고 있다. 그런데 말이다. 더 큰 문제는 이놈들의 등 뒤에 웅크리고 있는 괴물의 정체를 우리도 아직 정확하게 알아내지 못하고 있어."

종태가 안주를 씹으며 말했다.

"그렇다면 귀로에게 뻗친 마피아의 입김이 역시 정체를 알 수 없는 괴물의 입김 때문이란 결론인가? 대체 그 괴물이 왜 귀로를 귀찮게 건드리는 걸까?"

"거기에 대해서는 아직 네게 말해 줄 게 없다. 놈들을 문어발처럼 조종하고 있는 괴물의 정체를 잡아내기 위한 가장 희망적인 루트는 바로 개미촌이라는 것이다. 그것이 미국에 관광을 빌미로 나가 있는 개미촌의 전사들을 미국 수사기관이 모른 척 건드리지 않는 이유야."

정호의 장황한 설명을 들으면서 뭔가 기분이 언짢아진 듯 종태는 이맛살을 잔뜩 찌푸렸다. 정호가 말을 이었다.

"놈들은 분명히 언젠가는 그것도 머지않은 시일에 다시 한번 개미촌을 건드릴 것이다. 조심해라. 이건 전쟁이야. 왜인지 아니?"

"왜?"

"놈들은 단순히 마약밀매만 일삼는 국제 범죄집단이 아니라 엄청난 규모의 조직을 움직여 가면서 대한민국 체제 자체를 전복시키려는 불순분자들로 똘똘 뭉쳐 있다는 것이지. 그렇게 악랄한 범죄집단의 레이다에 걸린 가장 큰 먹잇감이 바로 김귀로와 개미촌의 수장인 김종태라 이 말이다."

"우리가 놈들의 레이다에 걸린 먹잇감이라고?"

"종태야 내 말 명심해 들어야 해. 이 게임은 가히 전쟁 수준이란 것이야. 어쩌면 말이다. 국가와 민족의 운명이 걸려 있는 게임일 수도 있다. 남한 곳곳에서 활동하고 있는 이 거대한 조직을 총괄하고 있는 행동종책이 미국 LA에 살고 있는 최달재란 놈인데 놈도 감쪽같이 사라졌어. 최달재에 대한 흥미로운 이야기는 나중에 시간이 나면 자세히 설명해 주마."

종태가 담배 꽁초를 재떨이에 부벼 끄면서 말했다.

"마약을 취급하는 대규모 범죄집단이라면 어렴풋이 짚이는 데가 있다."

"종태야, 우린 이미 다 알고 있다."

"뭣을?"

"조금 전에도 네게 귀띔을 주었지만 네가 비밀리에 귀로의 주변에 개미촌 사람들을 여럿 보내 놓고 있다는 것을."

종태가 은근히 짜증스런 얼굴로 정호를 건너다보며 말했다.

"기분 나쁘게스리 우리 뒤를 그렇게 쑤시고 다니다니!"

"오해하지 마라. 종태야, 귀로를 향한 나의 우정도 만만치 않아. 귀로가 차차기 대통령 후보감이란 것도 잘 알지. 우리는 인내를 갖고 역사의 손놀림을 차분한 마음으로 지켜볼 수밖에. 비록 귀로가 정치경력이 짧다는 게 변수이긴 하지만 김귀로가 국민의 마음에 깊숙히 각인되어 있는 것은 틀림없다. 정치경력이 길다고 훌륭한 지도자가 되는 것도 아니잖니. 우리들 수사관들 중에도 터놓고 말을 안 하지만 대화 중에 눈빛만 봐도 김귀로의 지지자가 많다는 느낌이야. 그래서 말인데, 상황이 이 지경까지 이른 바에야 너나 나나 귀로를 보호하기 위해 아무도 눈치 챌 수 없는 비밀의 강에 함께 우정의 배를 띄워야 하지 않겠니?"

종태는 새삼 눈두덩이 뜨거워짐을 느꼈다. 언젠가 군대에서도 종태와 귀로가 사단헌병대로 잡혀갔을 때 정호가 아니었으면 오늘의 김귀로나 김종태는 어떤 형태로 남아 있을지 알 수 없는 일이었다. 종태가 신음하듯 중얼거렸다.

"전쟁이란 말이구나. 거대 빨갱이 마약 범죄집단들과 말이지?"

종태는 정호의 우정에 새삼 가슴이 뜨거워졌다. 귀로를 대한민국의 지도자로 세우려면 이제 이 전쟁은 피할 수 없는 암초라는 느낌이었다. 정호가 다시 입을 열었다.

"이곳에 오기 전부터 나름대로 생각을 했지. 어차피 국가가 개입할 사안이 아니라서 공식적으로야 어떻게 해 보기 어려운 노릇이지만 암암리에 인터폴과 FBI에 있는 친구들과 은밀히 공조해서 귀로의 주변을 철저하게 감시해야겠다고 마음을 굳혔어. 그 친구들에게 말할 명분도 있잖냐. 마약 밀매단을 일망타진하기 위한 당근이라고 설득하면서 말이다. FBI조차 김귀로가 무사해야 북한을 등에 업고 마약을 밀매하는 거대 국제마약단을 빠른 시일 안에 일망타진할 수 있다는 걸 잘 알고 있지. 종태 네 말처럼 나 역시 김귀로가 학업을 중단하고 귀국해 버릴 만큼 나약한 인간은 결코 아니라고 봐. 그렇다 할지라도 귀로의 처와 아이들은 귀국시키는 게 좋겠어. 만에 하나 놈들이 귀로의 가족을 인질로 해서 서툰 짓을 하면 낭패니까 말이다. 이쯤 해 놓고 오랜만인데 술이나 마시자. 필요 이상의 과민반응은 자칫 망상에 빠지기 쉽다. 어차피 국가안위를 불안하게 하는 범죄집단과의 전쟁은 시작되었으니까."

종태는 아무래도 풀리지 않는 수수께끼에 마음이 찌무룩했던지 미간을 잔뜩 찌푸렸다. 종태가 정호의 얼굴에 바짝 다가가 속삭이듯 말했다.

"제3의 인물인 괴물의 정체를 너 정말 몰라? 알면서도 말하지 않는 거지?"

정호가 얼굴의 근육을 꿈틀대며 말했다.

"종태야, 너무 앞서나가지 마라. 그처럼 엄청난 국가기밀을 아무리 친구라 해도 그렇지 어떻게 쏟아놓냐? 단지 괴물의 정체가 조금씩 수면 위로 드러나고 있는 것 말고는 아무 것도 할 말이 없다."

정호의 시선을 애써 외면하면서 종태는 말이 없다. 정호가 담배를 한 대 피워 물면서 말했다.

"그런데 참 수상해. 섬 폭파사건에 대한 경찰과 검찰의 수사가 영 뜨뜻미지근하고 점점 기억의 저편으로 사라져 가고 있는 느낌이야. 그게 너무 수상하다 이 말이지. 게다가 말이다. 우리 정보국에도 보이지 않는 압력의 입김이 점점 뜨거워진다는 것이야. 이건 나만의 느낌이 아니라 정보요원들 모두가 피부로 느끼는 상황이다. 섬 폭파사건을 은연중에 유야무야하려는 세력, 대체 그 세력은 어디에 숨어서 음흉한 흉계를 꾸미고 있을까?"

두 사람 사이에 또 답답한 침묵 흘러갔다. 조금 뒤 정호가 다시 입을 열었다.

"미국 수사기관에서는 개미촌 식구들이 귀로의 주변을 서성이는 걸 일부러 모른 척하고 있어. 왠지 아냐? 마약 밀매단을 일망타진하기 위한 폭풍의 핵이 바로 개미촌의 김종태와 김귀로이기 때문이지. 그래서 귀로는 어쩌면 어부지리로 득을 보고 있는 셈이기도 하고. 종태야, 마피아가 쉽사리 귀로를 죽이지 않는 비밀의 열쇠가 바로 제3의 괴물에게 있다. 그 제3의 괴물은 최달재를 수족 부리듯 하고 있고 김귀로와 모종의 게임을 즐기려는 것 같다. 여기까지만 이야기하자."

종태가 머리를 후드득 털고 나서 말했다.

"정호야, 목이 마르다. 한잔 하자."

두 사람은 그제야 오랫동안 탁자 위에서 졸고 앉아 있던 술잔을 목구멍 속으로 털어 넣었다.

활개치는 그림자

장정호와 헤어진 뒤 종태는 곧장 집으로 돌아왔다. 정호에게서 들은 소식은 심각했고 건성으로 넘길 일이 아니었다. 귀로에게 뜻하지 않는 일이 벌어질 수도 있다는 예상은 했다. 그 예상을 뛰어넘어 보이지 않는 그림자가 은밀하게 움직이고 있는 것이다. 귀로의 미국행은 미래의 정치로 나아가는 발판을 준비하는 과정의 하나였다. 그가 학자가 되겠다고 미국유학중이라면 비교적 순탄한 학업과정이 될 것이다. 귀로는 미래의 한국 정치의 지도자가 될 꿈을 품고 유학을 간 것이었다. 어느새 귀로의 신변에 정적이라 할 검은 그림자가 짙게 드리우고 있다고 종태는 판단했다.

집 현관을 들어서자마자 종태는 수화기를 들고 다소 떨리는 손끝으로 다이얼을 두드렸다. 주방에서 저녁 준비를 하던 가정부가 깜짝 놀라 뛰어나왔으나 종태는 가벼운 손짓으로 그녀를 안심시켰다.

"춘식이냐?"

"예, 큰형님, 웬일이십니까? 이 밤에요."

"영철이와 영표는 어디 있나?"

"노숙자로 변장하고 골목 안 쓰레기 통 뒤에 숨어서 김 선생님 집 주위를 귀신처럼 노려보고 있습니다. 무슨 일입니까?"

"마피아들이 김귀로를 툭툭 건드린다는 정보가 들어왔다."

"마피아요? 마피아면 뭐 대숩니까? 여기서 논다는 놈들 알고 보니 덩치만 하마같앴지 죄 물통이예요!"

"이놈, 춘식앗!"

"예! 형큰님."

"놈들은 주먹이 아니고 기관총으로 말하는 거대 범죄조직이야. 김귀로가 수상한 놈들에게 다치게 해서는 안 된다!"

"큰형님, 잘 알겠습니다. 저희들이 죽을 각오로 김 선생님을 지키겠습니다."

"춘식아, 내 말 명심해 들어라."

"말씀하십시오."

"개미촌이 귀로와 어떤 통로로든 연관이 있다는 의혹이 세상에 알려지는 건 김귀로의 앞날에 방해가 됐지 도움이 되지는 않는다. 어차피 훗날에야 다 드러날 일이지만 상황이 상황이니만큼 신분이 드러나지 않도록 조심해라. 귀로가 개미촌과 끈끈한 관계라는 소문이 세상에 나돌면 귀로의 정치적 입지가 타격을 받지 않을까 염려된다. 아직도 개미촌은 국민들에게 그리 좋은 시선을 받고 있는 입장이 아니기 때문이지."

"예, 큰형님, 꼭 명심하겠습니다."

"고생이 많겠지만 잘 부탁한다. 명심해. 너희들은 사람이 아니고 유령이야. 알겠나? 투명망을 쓴 듯 움직이라 말이다. 참고로 너희들의 신상에 대해서 미국 수사관들이 훤히 알고 있다. 그건 염려하지 않아도 돼."

"아, 그렇습니까? 잘 알겠습니다. 우린 목숨 걸고 유령의 임무를 완수하겠습니다. 그런데 큰형님, 아주 기분 나쁜 미모의 여성이 김 선생님에게 자꾸만 접근합니다. 신경 되게 쓰이게 하는 여잡니다."

"여자가? 뭐하는 여자 같던가?"

"김 선생님과 같은 하버드대학에 다니는 여대생입니다. 김 선생님을 유혹하려는 모양인데 미인계도 마피아 못지않게 위험하지 않습니까? 자칫 스캔들이라도 일으키면."

"염려 마. 그 점에 있어서는 김귀로를 믿어도 돼. 김귀로는 아내 외에는 결코 다른 여자에게 눈을 돌리지 않는다. 난 김귀로의 마음을 잘 알아."

"알겠습니다."

"그리고 혁진에게 말이다. 내가 신신당부했지만 절대로 함경도 아바이가 죽었다는 걸 알려주지 마라. 혁진의 심경에 커다란 파장이 일면 녀석은 주체할 수 없을 만큼 방향감각을 잃어 버릴 수도 있으니까."

"명심하고 있습니다."

"혁진이는 백운거사 밑에서 다년간 도를 닦은 놈이다. 맨주먹으로 황소만한 곰이나 멧돼지를 때려잡는 솜씨야. 이제야 함경도 아바이가 왜 그토록 김귀로에게 혁진을 딸려 보내려고 애썼는지 그 깊은 뜻을 이해할 것 같아. 함경도 아바이는 선견지명이 뛰어났었어. 그분이 몹시 보고 싶다."

"저 역시 아버지 같았던 그분이 그리울 때가 많습니다. 어쨌든 김 선생님과 한 집에서 함께 살고 있으니 든든한 놈이군요."

"훗날 개미촌에서 꼭 필요한 인물이기도 하고, 또 함경도 아바이의 특별한 부탁이기도 하다."

"알겠습니다."

종태는 춘식과의 전화를 끊었다. 종태는 근래 들어 개미촌 식구들의 별명을 자주 써먹지 않으려고 마음먹었다. 어느새 그들의 자식들도 머리가 커진 아들딸들이기 때문이었다. 실은 그것도 경진의 충고가 큰 역할을 담당하긴 했다. 종태는 수화기를 다시 들고 전화를 걸었다. 조금 뒤 수화기 속에서 남자의 목소리가 들려왔다.

"여보세요?"

"이도냐?"

"큰형님! 숯공장에서 언제 오셨습니까?"

"오늘 왔다."

"지금 곧 뉴욕에 나가 있는 강 전무에게 연락해서 바로 귀국하지 말고 워싱톤 근교에 교회건물을 지을 만한 땅을 살 수 있는지를 현지 교포들을 통해 좀 알아보라고 해. 또 한 가지 있다. 청량리정신병원엘 가면 수현이란 여자가 있다. 곰보댁 딸이다. 그 여잘 데리고 나와서 수도원에 데려다 놓아라. 병원 측에 납득이 가도록 충분히 말을 잘해서 말이다. 여의치 못하면 돈을 줘서라도 데려다 수도원에 맡겨라. 곰보댁이 딸 생각으로 오매불망하고 있는 꼴이 몹시 마음에 걸려서."

"알겠습니다."

종태는 전화를 끊고 담배를 한 대 피워 물려다가 다시 담뱃갑 속에 밀어 넣었다. 경진이가 집안에서 담배연기 냄새 나는 것을 싫어했기 때문이었다. 조금 뒤 인기척이 들리더니 태진이가 책가방을 들고 응접실을 들어서고 있었다. 귀로의 아들 금용이보다 한 살 위인 태진이는 어느 새 어른처럼 성대가 굵어졌고 키도 아버지를 거의 따라잡고 있었다. 경진은 아들에게 그만큼 컸으니 이제 그만 아빠라고 부르지 말고 아버지라 부르라고 여러 번 주의를 주었지만 그 버릇이 쉬 고쳐지지 않았다.

"태진이 오니?"

"아빠 오셨네? 언제 오셨어요?"

"조금 전이다. 학원에서 오는 길이구나. 곧 고3이 될 텐데 대학 갈 준비 열심히 해라."

"네에, 엄마는요? 엄마는 수도원에 계속 계시고 싶으신가 봐요."

"그래, 수도원에서 할아버지 할머니들 돌보느라고 바쁘다. 몸을 제대로 못 쓰는 장애자들도."

주방에서 가정부가 얼굴을 내밀면서 말했다.

"태진이 왔어? 어서 와. 저녁 먹어."

"네, 아줌마, 아빠 저녁 안 잡수세요?"

"아빤 밖에서 먹고 왔다. 어서 너나 많이 먹어라. 축국선수가 되는 걸 포기하고 공부를 하려니 힘들지?"

"아뇨, 별루예요."

종태는 창가로 다가가 어둠이 깃들기 시작하는 정원의 잔디밭을 내려다보면서 무언가 깊은 생각에 빠져 가고 있었다.

이튿날 오전, 종태는 귀로의 장인인 정 회장의 응접실에서 정 회장과 마주 앉았다. 어느새 정 회장의 머리는 눈처럼 하얗게 세어 있었지만 혈색은 붉그

레한 게 동안인 모습이 보기에 좋았다.
"사모님은 외출중이신가 보군요."
"그래, 개미촌 회장께서 뭐가 그리 화급해서 달려왔는고?"
"회장님, 귀로의 문제로 의논 드릴 게 있어서 찾아뵈었습니다."
정 회장은 가슴이 철렁 떨어지는 느낌이었다.
"뭐라고? 김 서방 일로? 왜? 김 서방한테 무슨 좋지 않은 낌새가 있어?"
"정보처에서 일하는 친구로부터 들은 바에 의하면 수상한 집단이 귀로를 전방위적으로 압박하고 있다고 합니다."
"뭐라구? 수상한 집단? 그게 어떤 집단인지 모르고?"
"아직은요. 저도 처음엔 그저 똘마니 건달들이 용돈이나 뜯으려는 줄 알았습니다만."
"그러니 어쩌자는 소린고?"
"귀로만 놔두고 가족을 하루빨리 귀국시켜야겠는데 귀로가 고집을 부릴 것이 뻔합니다. 회장님이 직접 말씀해 주셨으면 합니다."
"대체 어떤 놈들이 김 서방을 건드리는 걸까?"
"마피압니다."
"뭐라굿! 마피아? 이보게, 대체 마피아가 왜 김 서방을 건드린다 말인가?"
"뒤에 어떤 불순한 음모를 꾸미는 배후세력이 있나 봅니다."
"김 서방만 놔두고 가족들 모두 말인가? 아니 김 서방이 위험하다면서?"
"귀로는 공부를 마치기 전엔 절대로 귀국 안 합니다. 그 친구의 고집은 누구보다 제가 잘 알고 있습니다. 절대로 굽히려 들지 않을 것입니다."
"아무런 방비도 대책도 없이 그냥 미국에 홀로 놔둔단 말인가?"
종태는 정 회장을 안심시키려는 듯 얼굴에 미소마저 보이며 말했다.
"다행하게도 귀로의 신변보호를 위해 정보처에서 일하는 제 친구가 미국 수사관들과 공조해서 도와주고 있습니다. 개미촌에서도 귀로가 공부를 마치고 무사히 귀국하도록 총력을 기울이겠습니다. 그러니 너무 심려 마십시오."
"고맙네. 그런데 말야, 차라리 돈을 주고라도 현지에서 사립탐정을 고용하는 게 낫지 않을까?"

"회장님, 마피아는 목적을 위해서는 수단과 방법을 가리지 않고 사람을 파리 죽이듯 하는 살인집단입니다. 사립탐정 따위론 어림도 없습니다. 하여간에 아이들과 명희 씨는 꼭 귀국시켜야 합니다. 놈들이 아이들을 볼모로 잡고 엉뚱한 짓을 벌이기라도 하면 그것이야말로 큰일 아니겠습니까?"

"알겠네. 하지만 아무래도 그 배후세력이란 게 몹시 의혹이 가구먼."

"북한의 미끼에 걸려든, 추악한 정치세력일 수도 있답니다. 그 증거로 야쿠자를 대거 포섭한 마약 범죄집단이 국내에 뿌리를 내리고 있는 중입니다. 놈들은 귀로가 정치판에 뛰어드는 것을 아주 싫어하는 듯합니다."

"마약범죄집단이라…"

"놈들은 귀로가 정치계로 진출하는 걸 수수방관만 하고 있기엔 아무래도 뭔가 배알이 틀리고 불안한 모양이죠."

"북쪽에서는 당연히 자신들과 이념노선이 정반대인 김 서방이 유능한 정치인이 되는 걸 어떡해서든 막아볼 심산이 크겠지. 최근 뚝 끊어졌던 대남방송이 다시 극성을 부리기 시작했고 말야. 나도 친하게 지내는 외교부 친구에게 들었는데 북한은 이미 핵개발의 끝수순을 밟고 있다고 하더군. 그런데도 남쪽에서는 어마어마한 돈을 북쪽에다 퍼 주고 있다는 것이야. 그 돈이 다 어디에 쓰이는 것이냐 말이지. 남쪽에서 퍼 주는 돈이 굶어 죽어 가는 북한동포에게 쓰여진다는 증거는 조금도 찾아볼 수 없다는데, 그렇다면 그 엄청난 돈을 어디에다 쏟아붓고 있는 것일까?"

"회장님, 귀로가 출국 전 기자회견 때 한 말 중에 이런 대목이 있습니다."

"뭔가? 잘 기억이 나지 않네만."

"만일 자신이 최고 지도자가 되는 기회가 주어진다면 절대로 북한의 눈치를 보느라 퍼 주기에만 급급한 허약한 정부는 결코 만들지 않겠다는 대목이 북한을 자극시켰을 것입니다. 더욱이 귀로는 매사에 손바닥을 뒤집듯하는 북한의 이중적 태도에 끌려다녀서는 안 된다는 신념이 강해서 북한의 도발에는 결코 물러서지 않겠다는 의지가 강합니다. 미국과의 혈맹관계를 더욱 돈독히 하고 강한 안보만이 강한 국가를 만들 수 있다고 결의에 찼던 귀로의 말이 저들의 아킬레스건을 건드렸을 것이고 그래서 그 틈새를 비집고 분명 어떤 정치적 음해공작이 진행되고 있다는 것이죠. 회장님, 귀로가 정계에 진출하는 걸 제일 싫어하는 집단이 있다면 그 집단은 어떤 세력이겠습니까? 그 불순한 집단이 이미 국내에 뿌리를 깊이 내리고 있다는 증거가 확보되어 있습니다. 그놈들은 남한을 적화시키기 위해 암암리에 종북세력을 풀뿌리처럼 남한 곳곳에 심어 두고 적화야욕을 획책하는 대규모 간첩집단을 의미하는 것이 아닐까요?"

정 회장이 종태의 말을 이어 받았다.

"자네 말에 나도 동감이긴 하지만 안타깝게도 언젠가부터 우리는 남쪽에 수만 명도 넘는 간첩이 깔려 있는데도 태평성대인 듯 잘 먹고 잘 사는 데에만 혈안이 되어 있다는 거야. 국민들과 정치권의 안보의식이 자꾸만 희미해져 가는 것이 큰 걱정이야."

"섬뜩할 만큼 놀라운 것은 국회에도 이미 종북세력이 상당수 침투해 들어갔고 우리 국군의 고급장교 수십 명이 놈들의 마수에 걸려들었다는 것이죠. 뿐만 아니라 아무 것도 모르는 순진한 학생들에게 북쪽 사상을 주입시키는 교사들이 활개를 치고 있습니다. 친구의 말에 의하면 북한은 극도로 어려워진 경제사정 때문에 달러를 벌어들이기 위해 혈안이 되어 있답니다. 달러를 벌어들이기 위한 자구책으로 위조달러를 무한정 찍어 내고 중동국가에 미사일을 판매하거나 엄청난 양의 마약을 재배해서 전세계에 퍼뜨린다고 했습니다. 주로 홍콩이나 중국 일본을 경유해서 말이죠. 요즘은 러시아 마피아와도 깊숙이 연관되어 있고 근래 들어 시리아를 포함해 이란 등, 중동에도 손을 뻗치기 시작했답니다."

"달러를 벌어들이기 위해 대규모 간첩단을 마약밀매 집단으로 구조를 바꾸어 암암리에 남한을 적화시키겠다는 음모, 그 말이군."

"그렇게 벌어들인 달러를 인민을 위해서 쓴다면 그나마 다행인데 정작 굶어 죽어 가는 북한 동포들은 나 몰라라 하죠. 게다가 핵무기 개발을 위해 구소련의 핵물리학자들을 대거 영입해서 핵무기 제조에 쓸어넣는다는 사실입니다. 회장님, 놈들이 눈엣가시 같은 귀로를 죽음의 공포에 몰아넣으려는 술책을 써서 대권의 꿈을 일찌감치 포기하게 하려는 야심으로 마피아를 고용했을 가능성이 큽니다. 제 친구의 말로는 의문의 제3인물이 귀로와 모종의 게임을 벌이는듯 하다고도 했습니다. 가족들을 빨리 불러들이셔야 합니다."

정 회장은 결심한 듯 크게 고개를 끄덕이며 말했다.

"알겠네. 미국에 전화해서 가족들을 철수시키도록 하지. 그러나 아무래도 내 딸만큼은 나도 장담 못하겠네. 고집으로 말하면 사위 못잖아."

"아주 강력하게 말씀하셔야 합니다. 불같이 화를 내시면서라도 말입니다."

"잘 알겠네. 김 회장."

"그럼, 저는 이만 돌아가겠습니다. 사모님께 못 뵙고 가서 죄송하다고 말씀 좀 전해 주십시오."

"알았네."

정 회장집을 벗어나온 종태는 개미촌 사무실을 향해 지프차를 몰았다. 어느새 차창밖에는 빗방울이 뚝뚝 떨어지기 시작하고 있었다. 지프차를 새까맣게 덮고 있던 까만 숯먼지가 때를 벗으며 흘러내렸다. 종태는 어금니를 지긋이 깨물며 분노했다.

"좋다! 빨갱이 야쿠자 놈들, 네놈들이 위조지폐와 마약과 미사일 등을 팔아서 벌어들인 더러운 돈에 비하면 차라리 개미촌 전과자들이 피눈물을 뿌리며 벌어들인 돈이 얼마나 깨끗하고 떳떳한 돈인가를 소름 끼치도록 보여 주지. 비록 개미촌 사람들이 남들이 다 손가락질하는 전과자들 출신이긴 하지만, 부동산 투기로 벌어들인 돈더미에 파묻혀 살긴 하지만, 어디 한번 죽기 살기로 붙어 보자. 씨발! 빨갱이 야쿠자 새끼들!"

종태는 다시 지프차의 악셀을 힘주어 밟았다. 경진이 수도원에 가 있어서 종태는 하루가 멀다하고 숯공장을 찾았다. 수도원에서 일하고 있는 경진을 가까이에서 볼 수 있기 때문이었다. 종태는 날이 갈수록 경진에게 자석처럼 끌리고 있는 자신을 되돌아보고 입가에 미소를 띄었다.

'나 혼자서 서울집에서 지내고 싶지 않아. 경진이 옆에 없으면 허전한 마음을 달랠 수도 없고 밤새 잠도 잘 자지 못하는데 어쩌겠어…'

칼국수 파는 권사

　종태가 정 회장을 만나고 숯공장으로 간 그 시각, 아내 하경진은 홍천에 있는 수도원의 사무실에서 방금 성경강좌를 끝내고 돌아온 최석천 목사와 마주 앉았다. 최 목사는 일주일에 한번씩 수도원을 찾아 봉사자들에게 예배와 성경강좌를 열기도 했다. 최 목사가 경진을 향해 입을 열었다.
　"말씀하시죠. 하 선생님."
　"목사님, 며칠 전에 미국에 있는 명희 씨한테서 전화를 받았거든요. 아무렇지도 않은 듯 말했지만 교회를 못 나가게 된 것이 몹시 속상하나 봐요. 미국인 교회에 나가야 하겠지만 영어설교에 익숙하지 않아 걱정이라면서요."
　"교회를 못 나가다뇨? 그게 무슨 말씀이신가요?"
　"어떤 몹쓸 갱들이 김 선생님 가족을 교회에 나오게 두면 그 교회를 폭파해 버린다고 담임목사님에게 협박했다는군요. 공포에 질린 성도들이 목사님에게 압력을 넣었고 당회에서 결정한 대로 목사님은 할 수 없이 김 선생님 가족에게 교회에 나오지 말아달라고 부탁했답니다. 그래서 주일에 집에서 가족들과 둘러앉아 예배를 드린답니다."
　"그래요? 대체 무슨 이유 때문이죠? 인종차별일 리도 없고."
　"무슨 이유인지 잘 모르겠는데 태진 아빠한테 말했어요. 이유를 알아봐 달라고요."

"미국은 세계제일의 강대국의 위치를 고수하고 있으면서 또한 세계에서 선교사를 가장 많이 보내는 나라도 미국이지요."

경진이 고개를 끄덕이며 말했다.

"제가 미국에서 꽤 오래 살아 봐서 잘 알겠는데요. 우리가 가난한 민족이라는 게 얼마나 부끄러웠는지 몰라요. 어떤 미국인들은 한국인을 내리깔고 보는 듯한 느낌도 많이 받았어요."

"안타까운 일이긴 하지만 미국의 영혼이 서서히 병들어 가고 있습니다. 바벨탑을 쌓듯 하늘 높은 줄 모르고 치닫는 물질문명이 미국인의 영혼을 걷잡을 수 없이 타락시키고, 이대로 가다 보면 머잖아 미국교회도 유럽교회처럼 교회가 텅텅 비어 갈 우려가 있습니다. 하지만 하나님은 미국 곳곳에 남은 자(remnant)를 세워 놓고 계시기도 하죠."

최석천 목사의 말은 계속되었다.

"대한민국이 전쟁의 상처로 신음해 온 역사를 갖고 있지만 우리 민족에겐 소망이 있습니다. 이 민족의 가슴속에 하나님을 사랑하는 마음이 튼튼하게 뿌리 내리고 있기 때문입니다."

최석천 목사는 잠시 말을 멈췄다가 계속했다.

"뿐만 아니고 머잖아 인류는 기계 앞에 무릎을 꿇게 될 것입니다. 기계가 인간을 지배하는 만화같은 현실이 다가온다는 것이죠. 그러나 기계는 아무리 인공지능이 발달해도 하나님을 구원의 주로 따르는 인간의 영혼만큼은 침범하지 못합니다. 지구상에서 영혼이 있는 존재는 인간밖에 없습니다."

경진은 최 목사의 말에 공감한다는듯 고개를 끄덕였다.

"이야기가 엉뚱한 곳으로 빗나갔군요. 제가 김 선생님이 교회를 다닐 수 있도록 기도하면서 고민해 보겠습니다. 염려 마십시오. 하나님은 그렇게 약한 분이 아닙니다. 조금도 염려하지 마세요."

"목사님 말씀 듣고 보니 마음이 놓이는 느낌이에요. 참, 태진 아빠가 말씀이죠. 춘천에 있는 에스더고아원에 가서 아이 하나를 데려오라고 했어요."

"고압니까?"

"외할머니도 있고 엄마도 있어요. 외할머니는 바로 개미촌 숯공장 옆에서 술장사를 하고 있구요. 이름이 춘자라 하고 얼굴에 마마자국이 있다고 하더군요. 아이 엄마는 정신이상이 되어 청량리 정신병원에 있는 것을 태진 아빠가 손을 써서 지금 이리로 내려보낸다는 전갈이 왔어요. 그런데 그 여자가 아주 무섭대요. 여자인데도 힘이 어찌나 센지 병원에서도 의사들이 감당을 못했다네요."

최 목사가 고개를 끄덕이며 말했다.

"그래요? 김 회장님이 그런 일을 다 손수 배려하다니."

"그 아이 외할머니에게 숯공장 사람들이 옛날부터 신세를 많이 졌다고 했습니다. 그런데 정신병원에 있는 딸과 고아원에 있는 손자아이 생각으로 외할머니가 태진 아빨 붙잡고 눈이 짓무르도록 우는데 그만 두손 들었답니다."

"허허허, 김 회장님이 참 어려운 일을 했습니다. 하지만 정신이상자 된 딸은 봐야 알겠지만 아주 중증이면 따로 격리시켜야 할 겁니다. 자칫 노인들이나 장애아들이 다칠 우려가 있으니까요."

"다루기가 아주 무섭겠죠?"

"때로 악령은 사람을 통해서 상상할 수 없을 만큼 무서운 짓을 저지르기도 합니다. 이야기 하나 들려 드릴 게요. 제가 아직 전도사 시절이었던 때였어요. 승용차를 몰고 강원도 정선 쪽으로 갈 때였습니다. 거기 폐광촌에서 개척교회를 하고 있는 선배목사를 찾아 가던 길이였죠. 꼬불꼬불 비포장도로를 한참 달려가는데 어느새 날이 어두워지고 있었습니다."

목사님의 이야기를 귀담아 듣고 있던 경진이 몸을 파르르 떨었다.

"무서워요. 목사님."

"허허허, 무섭긴요. 들어보세요. 무섭지 않아요."

"목사님, 그래서요?"

"갑자기 헤드라이트 속에 하얀 소복을 입은 여자의 뒷모습이 잡히는 게 아니겠습니까. 인적이 전혀 없는 산골길에 말이죠."

"아니, 여인이 소복을 입을 채 밤길을 걸어요?"

"경적을 울렸으나 여인은 아무런 반응도 보이지 않고 계속 앞으로 걷고만 있는 겁니다."

"옆으로 피해 주지도 않고요?"

"그럼요. 전혀 옆으로 피해 줄 낌새도 안 보였습니다. 차츰 저는 당황해지기 시작했지요. 부흥회 예배시간은 점점 가까워 오는데 아직도 갈 길은 멀고요. 참 기가 찰 일 아닙니까?"

"그러게요. 왜 그랬을까요?"

"계속 경적을 울리기도 미안해서 일단 차를 세웠지요. 그러자 여자가 홱 돌아서면서 저를 쳐다보는 겁니다."

"그래서요, 목사님?"

"무서운 얼굴로 나를 노려보는데 말입니다. 헤드라이트 속에 비친 그녀의 눈빛이 얼마나 강렬하고 무섭던지 온몸에 소름이 쫙 끼쳤습니다."

"그래서요?"

"저도 여자를 노려볼 수밖에 없었습니다. 온몸이 전류에 감전된 듯 찌릿찌릿했어요. 그런데 여자가 갑자기 얼굴을 누그러뜨리고 다가오는 겁니다."

"세상에!"

"그러더니 차문을 두드리며 큰 소리로 어딘가로 좀 데려다 달라는 거예요."

"그래서요?"

"폐광촌에서 농사를 짓고 사는 남편을 보러 가는 길이라고 하면서요."

"참 이상한 여자군요. 남편과 함께 살지 않는 여잔가 보죠? 그런 모습으로 밤중에 산골길을 소복차림으로 걷고 있었다니."

"할 수 없잖습니까. 태웠죠."

"세상에!"

최 목사는 경진이 무서워하는 얼굴이 재미있었던지 더욱 실감나게 이야기를 이어 갔다.

"저는 떨리는 가슴을 추스르고 기도했죠. 담대함을 달라고 말이죠. 그런데 참으로 기절할 일이 한두 번이 아니었습니다. 운전을 하는 도중 무심코 거울 속을 들여다보던 나는 그만 억 하고 비명을 지르고 말았죠."

경진이 깜짝 놀라면서 물었다.

"왜요? 목사님."

"그녀가 거울 속에서 나를 뚫어져라 노려보고 있는 게 아니겠습니까? 그 눈빛이 너무도 소름끼쳤습니다."

"세상에!"

"나도 모르게 어금니가 딱딱 마주치는 겁니다. 그러면서도 제발 빨리 마을이 나타나 주길 애타게 바랬지요. 갑자기 여자가 소리를 질렀습니다."

"뭐라구요?"

"이 개 같은 새끼야. 차 좀 살살 몰지 못해? 하고 말이죠. 그리고 자라목처럼 바짝 오그라들어가 있는 내 뒷덜미를 마구 물어뜯지 않겠습니까?"

"어머낫! 세상에!"

"순간적으로 옆에 있는 성경책으로 여자의 이마를 냅다 갈기면서 사탄아 물러가라! 하고 고함을 내질렀죠."

"그랬더니요?"

"갑자기 여자의 눈이 허옇게 까뒤집히더니 입에서 거품이 부글부글 끓어 흐르는 겁니다. 제가 연거푸 성경책으로 여자의 이마를 때리면서 사탄아 물러가랏! 하고 고함을 쳤죠. 그래도 여자는 끝까지 대들었어요. 정말 생사가 걸린 악전고투였습니다. 내 생전에 그토록 힘들고 무서운 싸움은 처음이었어요. 아무도 없는 깜깜한 산골짜기 자동차 속에서 말이죠. 제가 젊었을 때 영등포 극장에서 보았던 영화가 엑소시스트였는데 그 영화 속에 나오는 여주인공의 얼굴과 흡사했습니다."

"세상에! 저 같으면 까무러쳐 버렸을 거예요. 그래서요? 목사님?"

"여자가 갑자기 제 머리털을 움켜쥐고는 발악을 하는 겁니다. 손아귀의 힘이 얼마나 센지 제 머리의 모근이 몽땅 뽑혀 나오는 느낌이었어요."

"세상에 그런 무서운 일이… 그래서요?"

"모름지기 제 꼴이 병속에 갇혀 짓눌린 메뚜기가 발악을 하다가 목이 빠져나가는 그런 꼴과 흡사했을 겁니다. 신학교 때에 한출첨배란 말을 배운 적이 있는데 정말 흐르는 땀이 등을 흠뻑 적시는 느낌이었습니다."

"어머나, 세상에!"

"별수 없이 차를 세워 놓고 나도 여자의 머리채를 두 손으로 움켜잡고 있는 힘을 다해 잡아 흔들었죠. 그리고 계속해서 고함을 질렀죠. 이 더러운 악령아, 예수님의 이름으로 물러가랏! 물러가랏! 물러가랏! 하고 말이죠. 그렇게 여자와 한 시간이 넘도록 사투를 벌이고 있었는데 친구목사가 나타났습니다. 기다리다 못해 무슨 사고나 나지 않았나 싶어서 교회 식구들과 함께 봉고차를 타고 달려온 거지요. 겨우 사람들이 여자를 제게서 떼어 놨는데 제 몰골이나 그 여자 꼴이나 얼마나 해괴망측했겠습니까? 넥타이는 풀어져서 제 멋대로이고 와이셔츠도 찢어지고 머리는 쑥대강이처럼 헝클어져 엉망진창이구요. 참 가관이였죠. 결국 그날 저녁은 집회를 못했는데 잠자리에 누워 가만히 생각해 보니 은근히 화가 나는 거예요."

"왜요? 목사님."

"미친 여자에게 목사가 당한 것만 같아서 자존심이 상해서 견딜 수가 없더란 말이죠. 꼭 하나님 얼굴에 먹칠을 한 것만 같아 참을 수가 없었습니다."

"그래서요?"

"밤이 깊었고 날이 새기도 전에 나는 여자가 헤매고 다니는 산골짜기로 다시 달려갔습니다. 사람들의 말에 의하면 여자는 그 산골짜기를 떠나지 않고 고총을 파 젖히면서 뱀이나 들쥐 등을 잡아먹고 산다고 했습니다."

"세상에! 그 여자는 항상 그곳에서만 방황하고 있대요?"

"나중에 사람들에게 듣고 안 이야기지만 여자의 남편이 폐광촌에서 농사를 짓고 있다는 건 거짓말이었습니다. 놀음빚에 쪼들리다 못한 여자의 남편이 그 골짜기에서 목매달아 죽었답니다. 뿐만 아니라 골짜기에서 실종된 그녀의 어린 딸아이가 늑대한데 잡아먹혔고 입고 있던 옷만 발견되었답니다."

"어머나! 세상에! 그래서 목사님, 어떻게 됐어요?"

"그녀의 몸속에 따리 틀고 앉아 있는 악령과 밤새도록 목숨을 건 사투를 벌였죠. 결국 새벽녘에 그녀는 잠자듯 조용해졌습니다. 정신을 차려 보니 내 몸은 물에 빠진 생쥐처럼 온통 땀으로 흠뻑 젖어 있었습니다. 하지만 악령과의 사투에서 승리했다는 감격으로 그 자리에 꿇어앉아 하나님께 감사의 기도를 올렸습니다."

"대단하셨군요. 목사님. 그럼, 여자는 온전하게 나았어요?"

"우리 개미촌교회에서 새벽기도회가 끝나면 항상 홀로 남아 교회의 마당을 쓸고 계시는 권사님 한 분 보셨습니까?"

"봤어요. 그 분이예요?"

"예, 병이 나은 즉시 절 따라와서 부흥회에서 은혜를 크게 받고 하나님도 만났지요. 겨우 천막교회 신세를 벗어나 정식으로 땅을 사서 건축허가를 받아 조그맣게나마 교회를 새로 지었을 때였지요. 그 후부터 그녀는 개미촌교회 마룻바닥에서 밤낮으로 기거하다시피했는데 얼마 후 폐광촌에서 모든 걸 정리한 뒤 아예 개미촌으로 이사했습니다. 지금은 개미촌 마을 삼거리 한 모퉁이에서 조그맣게 칼국수 장사를 하죠. 개미촌교회에서 당회를 열어 그녀에게 먹고 살 방법을 고민하던 중 두어 평 되는 포장마차 자리를 구해 주었던 것이죠. 장사라고 하지만 장사가 아니예요. 남들은 모두 한 그릇에 삼천원씩 받는데 그분은 한 그릇에 2천원 받습니다. 남에게 주기만 하고 살아요. 그래도 그분에겐 의식주의 염려가 조금도 없습니다. 그냥 항상 기쁨에 넘쳐 살아요. 압구정동에서 개미촌 칼국수집 하면 가난한 서민들은 거의 모르는 사람이 없을 정도입니다."

경진은 최 목사의 눈빛을 보면서 남편이 한 말이 생각났다.

"최석천 목사를 보고 있으면 쌍도끼 최석천이 맞나 싶을까 의문이 들고는 해. 사람이 변해도 저렇게 변할 수 있을까. 알다가도 모를 게 인생이야."

더러운 팔자

숯공장 근처에서 술장사로 먹고사는 곰보댁 춘자는 지금 춘천에 있는 에스더고아원에 있는 외손주 생각을 하면서 눈물짓고 있는 중이었다.
"어이, 춘자 씨, 아니 곰보댁! 고만 울고 닭고기 뜯으라구."
"김 씨나 어여 많이 먹어."
종태는 닭다리 한쪽에 왕소금을 몇 알갱이 묻혀 입으로 가져갔다. 산에다 멋대로 풀어놔 기른 닭이라서 살집이 쫄깃쫄깃하고 담백한 것이 얼마나 맛이 좋은지 몰랐다. 춘자가 말했다.
"닭고기는 김 선생님도 어지간히 좋아 하셨는데."
"귀로 말야?"
"그려."
"내 다 알지. 곰보댁이 귀로 잡아먹을려고 애쓰다 애쓰다 못 먹고 만 거."
"우리네 상식 없는 사람들 허군 근본이 다른 분인 줄 내가 미처 알기나 했어? 감히 어따 대고 침을 흘렸다니, 차암!"
춘자에 대한 과거사를 잠깐 늘어놓자면 대략 이렇다.
"왜 이래욧! 이 머리채 놧! 왜 사람을 개 끌듯해! 이년아아, 이 개가 뜯어먹다 버릴 년아아!"
"이년! 이 곰보 딱지년, 가 보면 알거 아냐아. 이 콩멍석 같은 년아아!!"

"곰보면 네년이 내 아가리에 밥 한 술 떠 넣어 줬냐? 아, 갈 테니까 이 머리채 놔아. 이년아!"

여자는 겨우 춘자의 머리채를 풀어 주었다. 춘자는 불안한 가슴을 가까스로 달래면서 앞서가는 여자의 뒤를 오리걸음으로 주춤주춤 따라갔다. 대체 무슨 일 때문에 포장마차 하는 차돌이 엄마가 이러는지 알 수 없는 일이었다. 여자가 씩씩대며 춘자를 끌고 들어가려고 하는 곳은 초등학교 교무실이었다. 순간 그녀는 못 박힌 듯 그 자리에 걸음을 뚝 세우고 말았다. 교무실 마룻바닥에 꿇어앉아 있는 딸애 옆에 서 있는 또래의 사내아이 얼굴이 손톱으로 긁힌 자국으로 엉망이 되어 있었다. 금테안경을 쓴 아주 앳돼 보이는 여선생이 기다렸다는 듯이 그녀를 보자 먼저 말을 건넸다.

"수현이 엄마 되세요? 아유, 큰일 날 뻔했어요. 이만하길 천만다행이죠."
"왜, 어쩌다가 저렇게 됐대요?"

차돌 엄마가 교무실이 떠나갈 듯 앙칼지게 소리를 내질렀다.

"어쩌다가는 무슨 놈에 어쩌다가여어? 네 딸년이 우리아들 얼굴을 저 모양으로 쥐어뜯어 놨잖아! 얼굴에 상처 안 지워지면 어쩔거여? 책임져! 고쳐 놔! 말끔하게 해 놔! 딸년헌테 밥은 안 해 먹이구 고양이 고기만 삶아 처멕였냐. 할퀴긴 왜 할켜? 치료비 듬뿍 내놨!"

담임인 듯 해 보이는 여 선생이 남자 아이의 엄마를 토닥였다.

"진정하세요. 어린아이 상처라서 시간이 지나면 새살 돋아납니다."

선생의 달램으로 아이 엄마는 겨우 분을 삭이고 돌아가긴 했지만 그날 춘자는 딸애를 집으로 데리고 와서 죽도록 몽둥이질을 해댔다.

"죽어, 이년아아! 차라리 나가 되져 버려어. 이년아!"

그런 일은 그것으로 그친 게 아니었다. 딸애는 정말로 이해할 수 없는 아이였다. 동네사람들은 둘셋만 모였다 하면 춘자의 딸을 놓고 쑤군쑤군거렸다.

"엊저녁에두 곰보네 딸년이 최 영감네 수캐자지를 쪼물락쪼물락거리고 있었다며? 세상에 망측도 한 년이네 그거."

"안 되겠어. 그냥 이 동네에 붙어 살게 두었다간 동네 망신살 온 천지에 뻗치겠어."

"쬐끄만 년이 뭘 벌써 밝히는 거야? 왜 짐승들 자지는 떡 주무르듯 한다지? 미친년 아녀?"

"이장 어른헌테 말해서 쫓아내야 해. 그러다가 조금만 더 대가리 크고 궁뎅짝 커져 봐. 동네 남정네들 죄 훑어 처먹을 년이여. 일찌감치 동네에서 내쫓아 버려야 해."

"맞어. 일찌감치 내쫓아."

결국 춘자 모녀는 동네에서도 쫓겨날 처지에 놓이고 말았다.

춘자의 아버지는 춘자의 나이 열한 살에 콜레라에 걸려 죽고 엄마는 어느 날 아침에 자고 나니 온데간데없이 사라졌다. 정처 없이 거리를 헤매고 다니던 춘자는 우연히 마주친 어떤 신사 영감이 춘자를 고아원에 데려다 주었다. 원장은 춘자를 초등학교도 졸업하기 전에 읍내에서 알부자로 소문난 집에 식모로 들여보냈다. 전쟁고아들이 차고 넘치니 잠잘 곳이나 먹을 것이 턱없이 부족했기에 때문이었다.

춘자가 열아홉 살 되던 어느 봄날, 머슴인 개똥아범이 산에 나무하러 간 사이 춘자는 대문 밖에서 목탁을 두드리는 땡추를 맞이했다. 땡추는 냉수를 한 그릇 달라 했는데 집에 춘자밖에 없는 것을 알고 갑자기 짐승으로 돌변했다. 춘자는 개똥아범에게 당했던 대로 꼼짝없이 땡추에게 몸을 빼앗겼다. 눈치를 챈 주인이 춘자를 내쫓아 버렸다. 춘자는 점점 불러오는 배를 내밀고 거지처럼 사람들에게 음식찌꺼기를 얻어먹어 가면서 살다가 어느 집 마구간에 몰래 들어가 아이를 낳았다. 그 아이가 지금의 수현이었다. 팔자에 없는 딸 하나 데리고 뒤뿔치기 신세로 남의 집 일을 봐 주며 그럭저럭 목구멍에 풀칠하면서 살았다.

그러던 중에 요행스럽게도 아들 하나 달린 홀아비를 만나서 살림을 차렸다. 그럭저럭 무던하게 참고 살아 주었던 남편도 동네에 해괴한 소문이 파다하게 퍼진 뒤로부터 마음이 돌아서고 말았다. 남편인들 어쩔 도리가 없었던 이유는 춘자의 딸애가 전처에게서 난 초등학교 4학년짜리 남편의 아들놈을 틈만 나면 못살게 군다는 것이었다. 집안에 어른들만 없었다 하면 딸애는 남편의 아들이 공부하는 방에 들어가 인정사정 두지 않고 남자아이의 옷을 물어뜯어 홀랑 벗겨 놓고는 고추를 떡 주무르듯 했다. 어떤 때는 혼자 낮잠을 자고 있는 의붓 아버지의 바지춤 속으로 손을 집어넣고 망측한 짓도 했다.

견디다 못한 춘자는 딸애를 초등학교 3학년에서 도중 하차시켜 버렸고 어느 날 밤 마을을 쥐도 새도 모르게 떠나 버렸다. 그녀가 딸애를 데리고 발길 가는 대로 떠밀려 간 곳이 경기도 동두천 땅 보산동이었다. 거기에서 그녀는 닥치는 대로 몸을 팔았다. 군인이건 학생이건 지게꾼이건 깜둥이든 흰둥이든 가리지 않고 몸을 팔아서 한많은 인생을 겨우겨우 연명해 나갔다.

얼굴은 콩밭에 엎어진 듯 얽빼기였지만 벗겨 놓으면 몸 하나는 그래도 죽여줄 만큼 잘 빠져서 남자들은 그녀와 관계를 맺을 때면 으레 얼굴을 수건으로 덮어 버리고 그 짓을 하기 일쑤였다. 얼굴이 콩명석을 닮아서 그렇지 남자들 물고구마 만드는 데에는 그런 대로 화류계 바닥에서는 알아줄 정도였다. 그녀는 집에 있을 때는 딸을 조금은 자유롭게 해 주었으나 일하러 나갈 때는 꼭 쇠줄로 팔다리를 기둥에다 걸어 놓고 자물쇠를 채우고 나가곤 했다. 딸애를 도저히 밖에다 내보낼 수가 없었다. 밖에만 나갔다 하면 무슨 사고를 저지를지 불안해서 견딜 수가 없었다. 그러던 어느 무더운 여름날이었다. 그녀는 모처럼 딸과 함께 시원한 목물을 끝내고 나서 쪽마루에 걸터앉아 참외를 깎았다.

"참외가 참 달다. 그치?"

수현이는 어린 아이처럼 고개를 끄덕끄덕했다.

"먹고 엄마랑 한숨 자자. 응? 어디 나갈 생각은 말어! 알았니?"

그래도 미덥지가 못해서 춘자는 딸애의 손목에 끈을 묶어 자신의 팔목에다 붙들어 매놓고야 잠을 잤다. 긴 낮잠을 끝내고 춘자가 눈을 떴을 때 옆에 드러누워 있을 줄 알았던 딸이 간곳없이 사라져 있었다.

"어엉? 이년이 어델 갔다?"

당황한 나머지 고무신을 신는 둥 마는 대문 밖으로 뛰쳐나온 그녀는 미친 듯이 딸의 이름을 부르며 거리를 헤맸으나 해가 저물어 깜깜해지도록 딸을 찾을 길이 없었다. 그녀는 포기하지 않고 목이 쉬도록 딸의 이름을 부르며 동두천 일대를 이 잡듯이 헤매며 찾아다녔다.

"수현아아, 어데 갔냐아. 수현아아!"

딸을 찾아 밤이 새도록 울부짖고 다니는 그녀를 향해 사람들이 안됐다는 듯이 혀를 찼으나 누구하나 내일처럼 나서서 도와주는 사람이 없었다. 그해 가을, 신곡머리쯤에 그녀는 사람들의 입에서 입으로 바람결처럼 흘러 다니는 소문을 그예 놓치지 않고 귀담아 들었다.

"세상에 어떤 덜 떨어진 새끼가 좆대가리를 그런 데다가 휘둘러댔누. 글쎄."

"왜?"

"그 왜 적성면사무소 앞에 맨날 죽치고 앉아 희죽거리는 미친년 못 봤어?"

"봤지! 언젠가 친정에 다녀오다 봤어. 근데 그 미친년이 왜?"

"앨 뱄어!"

"뭐야? 배가 불러? 저런! 어떤 못돼먹은 놈이 글쎄 거기다 대구 좆대가릴 휘둘렀구먼. 에그!"

"어쩌누 글쎄! 천벌을 받고 날벼락맞아 뒈질놈에 새끼."

그녀는 부랴부랴 적성행 버스를 탔다. 여자들의 말대로 그녀는 적성면사무소 앞에 퍼질러 앉아 빵쪼가리를 뜯고 앉아 있는 미친 여자에게로 달려갔다. 몇 달을 세수도 안 했는지 얼굴은 땟국으로 자르르 윤이 흐르고 있었고 사자 갈기처럼 산지사방으로 헝클어진 머리털에는 서캐가 하얗게 묻어 있었다. 춘자가 미친 여자의 얼굴에 눈을 바짝 갖다 대고 화급하게 물었다.

"수현아, 수현이 맞지. 너?"

수현이는 자기 앞에 얼굴을 디밀고 있는 여자가 엄마라는 사실을 아는지 모르는지 그저 희죽희죽 웃기만 하고 있었다. 그녀는 남산만해진 딸의 배를 내려다보고 그만 털썩 땅바닥에 엉덩방아를 찧고 말았다. 그리고 손바닥이 터져라 땅을 치며 대성통곡했다.

"아이고오! 이놈에 더러운 팔자야아! 어쩌면 좋아아. 어쩌면 좋아아. 아이고 이년아아! 아이고 이년아아! 차라리 어데 가서 칵 죽어 버렸으면 잊고나 살지이. 아이고 어쩌나, 아이고 어쩌나아!"

구경꾼들이 인산인해를 이루고 있는 한가운데서 춘자는 목이 터져라 땅을 치며 통곡하고 통곡했다. 그래도 그게 제 속으로 낳은 딸자식인데 버려 둘 수야 없는 노릇이었다. 그녀는 딸을 집으로 데리고 왔다. 근처 이발소에서 고물로 처박아 놓은 바리캉을 빌려다가 딸의 머리를 박박 밀어 버렸다. 그리고 살갗이 닳도록 딸의 몸을 씻기면서도 그녀는 하염없이 눈물을 흘렸다.
"이것아, 혼자서 어델 그리 쏘다녔니. 엄마가 보고 싶지도 않든?"
춘자는 가슴이 저미는 슬픔을 참을 길 없어 울고 또 울었다.
"히히히힛!"
"수현아! 이 불쌍한 것아, 배가 얼마나 고팠을까? 에이그! 에미가 죄가 많아서 그렇다아. 에미 죄가 많아서 네가 이꼴이 된 거야. 으ㅎㅎㅎㅎ"
"히히히히."
춘자는 이듬해 3월에 딸의 몸에서 어느 놈의 씨인지도 모를 사내아이 하나를 받아 내었다. 그 아이가 지금 춘천에 있는 에스더고아원에 맡겨진 외손주였다.

날뛰는 악령

💧

 수도원 사무실 문이 열렸다. 앉아 있던 경진과 최석천 목사가 누가 먼저랄 것도 없이 자리에서 벌떡 일어났다. 건장한 남자 둘이서 여자 하나를 팔뚝 하나씩 나누어 잡고 들어섰다. 얼핏 서른 살쯤 될까 말까 해 보이는 여자였다. 종태에게 데려다 달라고 간청하던 곰보댁 춘자의 딸 수현이었다.
 "목사님, 큰형님의 명령으로 이 여자를 청량리 정신병원에서 데리고 왔습니다. 저는 황명구라고 하고 이 친구는 심권택이라고 합니다."
 경진이 힐끗 여자를 쳐다보았다. 오랫동안 햇빛을 보지 못해서 그런지 얼굴이 어둡고 창백했다. 그녀의 눈동자도 초점을 잡지 못하고 연신 뱅글뱅글 돌아다니고 있었다. 환자복을 입고 있는 그녀는 자기의 팔을 붙잡고 서 있는 두 남자를 번갈아 쳐다보면서 히죽히죽 웃고 있었다. 청년들이 그러는 그녀를 보고 몸서리를 쳤다.
 최 목사가 말했다.
 "데리고 오느라고 수고 많았소. 이제 그만 돌아가십시오."
 청년들은 몹시 겁을 먹은 듯 이러지도 저러지도 못하고 그냥 쩔쩔매는 모습이었다. 청년 중 광대뼈가 유난히 돌출한 심권택이 단호하게 말했다.
 "목사님, 안 됩니다."
 "예? 안 되다니요? 무슨 말씀인가요?"

"우리한테 당분간 이 여자를 철저히 감시하라는 큰형님의 명령입니다."
"그래요?"
"힘이 얼마나 센지 모릅니다. 만에 하나 이 여자가 도망을 친다거나 개미촌 수도원에서 무슨 일을 저지르기라도 하면 저희들이 큰일납니다."
"알겠습니다. 그럼 수도원 한 곳에 낡긴 하지만 옛날집이 비어 있으니, 저 여잘 데리고 따라오실까요?"
"감사합니다."

수현이를 수도원에 데려다 놓았다는 소식을 듣고 곰보댁 춘자가 구르듯 달려왔다. 그녀가 못질을 하고 있는 뒤범벅상투 영감에게 물었다.
"우리 수현일 이리로 데리로 왔다고? 어디 있쑤?"
배우지 못하고 삶의 밑바닥에서 하루살이처럼 살아가는 사람들의 말투가 대개 목수 영감처럼 그랬다.
"씨벌! 수현이가 어느 년인지 내가 어째 알어? 저어기 덩치 큰 남자들헌테 물어봐!"
거기다 대고 곰보댁 춘자도 입술을 씰룩거리며 퍼대기를 주저하지 않았다.
"씨발놈아, 뭘 물었으면 대답 좀 곱게 해 주면 좆대가리가 좀이 쓴다냐?"
"뭐여? 저놈에 여편네가 어따 대구 아갈질여. 쌍판대기가 우주정거장 모양 죄 빵구가 나같구성! 씨벌!"
"뭐가 어째? 저런 개씹으루 빠진 새끼가 다 있나아?"
"뭐, 뭐여? 뭘루 빠져?"
"개씹으루 빠졌다구 그랬다 왜? 생긴 게 꼭 청설모 대가리 같이 생겨 같구성! 쓰펄! 입술 좀 봐라. 저게 입술이냐? 오리 똥집이지."
"아니 뭐여어? 아니 저 여편네가 맞아 되질려구 환장을 했나아?"
"그으래? 맞아 죽어 줄 테니깐 이따가 보자. 청설모 대가리 새끼!"
"하이고오! 이런 썩을 곰보년!"
곰보댁 춘자는 궁둥잇바람을 행행 일으키며 인부가 말해 준 쪽으로 잰걸음으로 걸어갔다. 그러면서도 망막에서는 연신 종태의 얼굴이 웃고 있었다.

"김 씨가 이렇게 고마울 데가 있는가. 어찌 수현일 데려다 줄 생각을 다 했을꼬. 고맙기도 하지."

수현이는 역시 양손과 양 발목에 차꼬를 차고 있었다. 그것은 최 목사라도 어쩔 수 없는 일이었다. 워낙애 힘이 센데다가 그 힘 센 손아귀로 수도원에 있는 장애인이나 노인네라도 다치게 하면 큰일이기 때문이었다.

"수현아아! 애고, 이 불쌍한 내새끼, 애고, 이 불쌍한 내 새끼."

곰보댁 춘자는 딸의 목을 끌어안고 대성통곡했다. 그제야 지키고 섰던 청년들이 슬며시 자리를 비켜 주었다. 그들도 수현이를 지키고 있는 게 죽을 맛이었다. 군대로 치면 보직치고 제일 더럽고 치사한 보직이었다.

"수현아, 에미 알아보겠냐?"

"히히히."

"못 알아봐? 정신병원에 있어 봐야 죄 헛거구나. 에그, 못 알아봐도 괜찮아. 옆에 가까이서만 살자. 응? 수현아."

"히히히."

그녀를 수도원으로 데려오도록 배려한 종태의 행동으로 인해 개미촌 수도원에서 고생하는 사람들에게는 마음의 짐이 여간 큰 것이 아니었다. 딸을 붙들고 애통해 하고 있는 모녀를 잠시 애처로운 눈빛으로 바라보고 있던 경진은 임시로 쳐놓은 천막 속으로 몸을 구푸리며 들어섰다. 바닥에 스티로폼을 깔아놓고 병숙과 신애가 개미촌 자원봉사자들과 함께 어울려 비지땀을 뻘뻘 흘리고 있었다. 노인들의 더러운 옷을 벗기고 새옷으로 갈아입히는 일이 이만저만 힘든 일이 아니었다. 모두들 하늘색으로 똑같이 맞춘 유니폼을 입고 있었다. 경진이 그들에게 위로의 말을 건넸다.

"수고들 하네요."

"응? 태진 엄마."

신애는 바쁜 중에도 경진을 쳐다보며 활짝 웃음을 보내왔다. 신애가 호기심 어린 눈으로 물었다.

"왔어요? 그 여자?"

"네, 조금 전에요."

"어느 정도예요. 심해요?"

경진은 걱정스런듯 말했다.

"잘은 모르겠지만 손목과 발목에 차꼬를 채우지 않으면 안 될 정도로 난폭한가 봐요."

"저런!"

"온몸이 멍이 들었대요. 누군가에게 많이 맞았나 봐요."

신애는 간호사 경력이 있는 사람답게 말했다.

"정신병자는 그렇게 물리적인 방법으로만 고칠 수 없어요. 신경안정제를 투여해 보았자 그때 뿐이고 오래 약을 복용할수록 내성이 생겨 오히려 병이 악화될 수 있어요. 그 사람을 조종하는 주인공은 그 사람 속에 들어가 있는 또 다른 영혼이거든요."

"네, 최 목사님 말씀도 그랬어요."

신애는 다년간 간호사로 일했던 경력을 되살려 아픈 노인들의 상처를 소독하고 약도 먹여 주면서 정신없이 바빠했다. 경진은 핸드백을 의자 위에 내려 놓고 탈의실로 들어가 옷을 갈아입고 나왔다. 신애가 경진을 향해 또 말문을 열었다.

"그 여자 엄마가 숯공장 옆에 사신다면서요?"

"네, 지금 딸을 붙잡고 울고불고 난리예요."

경진은 할머니의 더러운 옷을 벗겨 내고 새 환자복으로 갈아입히면서 노인들과 씨름하고 있는 병숙에게 안쓰러워하며 말을 걸었다. 병숙의 얼굴에서 구슬 같은 땀이 끊임없이 떨어지고 있었다.

"병숙 씨! 정말 할 만하세요? 힘 안 들어요?"

"아휴! 처음엔 냄새가 어찌나 지독한지 머리가 딱딱 아팠지만 이젠 괜찮아졌어요. 세상에! 이 할아버지는 자식들이 모두 고급공무원으로 있다는데 어쩌자고 집을 뛰쳐나와 거리를 쏘다니고 계셨담."

"자식들이 찾지도 않는데요?"

"아뇨, 할아버지 말씀이 찾아올까 봐 되레 무섭대요."

"왜죠?"

"집에 데려다 놓고 문을 꼭 잠가 버린대요. 화장실 갈 때나 식사시간에만 잠깐씩 문을 열어 주구요."

"저런!"

"먹고살기 걱정 없는 집인데도 아들이 할아버지한테 드리라고 주는 용돈을 며느리가 애완견들 치장하는 데다 다 써버린다는군요."

옆에서 듣고 있던 신애가 탄식 어린 어조로 말했다.

"야! 참 나쁜 며느리군요. 할아버지 말씀대로라면."

경진이 가슴을 치며 분해 했다.

"더욱 기가 찬 할머니도 있어요. 저기 구석에 넋 나간 듯 앉아 계시는 할머니 말인데요. 경찰이 시에서 관할하는 임시보호소에 데려다 놓았을 당시 할머니의 손에 만원짜리 지폐 10장이 꼬옥 쥐어져 있더랍니다."

"웬 돈을요?"

"아들이 그걸 손에 쥐어 주고는 개미촌교회 마당에 내려놓고 어디론가 가 버렸대요."

병숙이 경진의 말에 입으로 손을 가져가며 애통해 했다.

"어머머! 세상에! 그런 기가 막힌 일이."

"무슨 피치 못할 사연이 있었는지는 몰라도 좌우지간 아들이 어머니를 교회 마당에다 내다버린 거죠. 현대판 고려장이죠."

"아유, 끔찍해요. 어떻게 사람의 얼굴을 하고 부모를!"

병숙이 벽에 걸려 있는 휴지를 뚝 끊어서 팽하고 코를 풀면서 말했다.

"매스컴에 다 드러나지 않아서 그렇지 모르긴 해도 저 할머니 같은 사람 수도 없이 많을 거예요. 인륜과 도덕이 땅에 떨어져가요. 고령화 문제가 깊어 갈수록 노인복지 문제는 심각한 미래사안이죠. 그래서 말인데요, 우리 개미촌 공동체는 하나님의 축복으로 이루어졌다는 느낌이에요."

경진은 병숙의 말에 공감이 가는 듯 고개를 크게 끄덕이며 말했다.

"우리나라 노인문제가 큰일이군요."

과연 병숙은 열심이었다. 남편과 딸을 결혼식장에서 비명에 잃고 난 뒤 한동안 병숙은 삶 자체가 혐오스럽게만 느껴져 몹시 우울하고 힘든 시간을 보냈었다. 병원 신세를 벗어난 뒤 건강이 좋아지면서 무엇보다도 가장 견디기 힘든 것은 역시 자신의 옆자리에 남편과 딸이 없다는 지독한 공허감이었다. 특히 밤이 무서웠다. 남달리 성욕이 왕성한 병숙은 밤마다 육체의 깊은 곳에서 뱀처럼 꿈틀대며 솟구치는 정욕의 혓바닥을 감당하기가 너무도 힘들었다. 일도가 살아 있었을 때도 정욕의 목마름이 심했었던 병숙이었다. 병숙은 그런 자신의 모습이 너무도 추악하고 싫었다. 때론 죽고 싶은 심정이 목구멍까지 치밀어 오를 때도 많았다.

"아! 차라리 콱 죽어 버릴까."

병숙은 그렇게 가슴으로 비명을 질렀다. 그녀는 궁여지책으로 화장품 외판을 하는 아줌마를 통해서 일본에서 밀수입되어 온 남성 성기를 한 질 구해다가 사용하기 시작했다. 살아있는 남자의 성기만큼이야 만족스럽지 않았지만 그래도 온몸이 불덩이처럼 확확 달아오를 때마다 병숙은 그 기구를 이용해서 가까스로 정욕을 잠재울 수가 있어 다행스럽긴 했다. 그것은 배터리로 움직이는 기구였는데 사타구니 속에 삽입해 놓고 스위치를 틀면 그놈이 전후좌우로, 강하게 또는 약하게 별의별 테크닉을 다 부려 가며 그녀의 몸속을 휘젓고 다녔다. 그러던 그녀가 모처럼 배낭 한 개를 메고 전국을 돌며 여행을 하던 중 인삼을 사러 풍기에 들렀었다. 정말 기적적으로 남편의 어머니를 만났다. 다른 남자 한번 거들떠보지 않고 산골짜기에서 농사를 지으며 말년을 보내는 어머니들의 정갈한 모습을 보고 그녀는 많은 것을 깨달았다. 하지만 병숙의 변화에 가장 큰 역할을 담당한 것은 최석천 목사였다. 그의 가식 없는 믿음의 행위가 현실에서 사랑의 행위로 사람들에게 꾸밈없이 표출되었을 때 병숙은 크게 감동을 받았다. 어떻게 저런 사람이 다 있나 싶을 만큼 최석천 목사는 여러모로 배병숙에게 감동을 주는 존재였다.

"그래, 나도 무언가 일을 찾자. 이렇게 세월만 때우고 사는 허무한 삶은 비할 데 없이 비참한 거야. 자랑스러운 모습으로 천국에 가서 일도 씨와 경희를 만나 보자."

어느 날 최석천 목사가 수도원을 건립하면서 의지할 곳 없는 노인들과 장애자, 고아들을 위해서 자선사업을 함께 한다는 말을 신애에게서 전해 듣고 그녀는 내심 쾌재를 질렀다.

"옳거니! 바로 이거다! 종태형님과 의논해서 언젠가는 남편이 물려준 몫을 이 사업에 과감하게 투자하도록 노력해 보자. 당장은 몸으로 하는 거야. 먼저 몸과 마음으로 열심히 이웃을 위해 나를 불태우자. 네 이웃을 네 몸과 같이 사랑하라는 주님의 말씀을 본받아야지. 그리고 온 세상의 많은 불쌍한 사람에게 꾸밈없는 사랑을 숨어서 실천해 보여야겠어. 그래야 훗날 김 선생님이 정치계에 진출할 때 그분을 위한 나의 간절한 호소 한 마디가 많은 사람들의 가슴을 감동시킬 수가 있을 거야. 대한민국을 이끄는 훌륭한 지도자를 만드는데 나도 한몫 거드는 영광도… 그래야 비명에 간 남편의 뜻을 이루어 주는 역할분담도 멋지게 해내는 것이지."

곧 바로 병숙은 수도원 일에 자신의 삶 전체를 내던졌다. 자식들에게 버림받은 불행한 노인들과 스스로 몸을 추스르지 못하는 지체장애자들, 고아들, 불쌍한 소년소녀 가장들을 위해 병숙은 열정을 쏟기로 마음먹었다. 그렇게 마음을 비우고 자신을 내던졌을 때 병숙은 아침 햇살처럼 맑아져 가는 자신의 영혼을 발견했다. 병숙은 비로소 하나님의 마음을 이해할 것 같았다.

'인간의 죄를 대속하기 위해 외아들 예수를 십자가에서 참혹하게 죽게 할 수밖에 없었던 하나님의 가슴은 얼마나 아팠을까. 나는 내 딸 경희를 잃은 슬픔으로 자살을 생각했던 적도 많았는데, 이제야 하나님의 사랑을 이해할 것 같다.'

어느 날 새벽기도회에서 그녀는 지금까지 살아오면서 지은 자신의 죄를 통렬히 회개하며 가슴을 찢었다. 어느 한순간 그녀의 입에서 알아들을 수 없는 놀라운 말이 폭포수처럼 터져나왔다. 병숙의 경우처럼 그런 놀라운 변화를 방언의 은사를 받았다고 표현한다. 자신의 힘으로 도저히 할 수 없는 엄청난 영적인 변화를 체험했다는 뜻이다. 병숙은 교회의 바닥에 엎드려 목이 터져라 울부짖었다.

"아! 하나님, 어찌하여 나같이 죄 많은 여자에게 이토록 엄청난 은혜를!"

그때부터 흉측스런 기구도 쓰레기더미에 던져 넣고 휘발유를 퍼부어 불태워 버렸다.

지난 밤 내내 감기 기운으로 엎치락뒤치락하며 여원잠을 잔 탓인지 눈두덩이 푸석푸석한 경진이 얼굴에 웃음기를 띠우며 말했다.

"병숙 씨, 너무 과로하면 병 생겨요. 적당히 휴식도 취하세요."

경진을 돌아다보며 병숙은 활짝 웃었다.

"태진 엄마, 아직도 나 몰라요?"

"네? 무슨 말씀이세요? 병숙 씨를 모르다뇨?"

"내가 장정 몇 사람 분 먹는 거 몰라요?"

"그야 많이 드시는 줄은 알죠."

"3인분 먹었으면 3인분만큼 일해야 하잖아요?"

"하이유, 참, 병숙 씨도."

병숙이가 허리를 펴고 썩 진지해진 얼굴로 말했다.

"내가 한 가지 제안을 해야겠군요."

"뭣을요? 하시죠."

"우리끼리 앞으로 아무개씨, 아무개 엄마 그런 식으로 부르지 말고 말예요. 배병숙은 배 선생님, 하경진은 하 선생님, 정신애는 정 선생님 이렇게 선생님으로 통일해서 부르기로 해요. 어때요? 모두들 우릴 보고 선생님이라고 하잖아요."

신애도 경진도 손뼉을 치며 그 말에 찬성했다.

"네, 그게 좋겠어요. 배 선생님."

그때, 수현이를 지키고 서 있었던 두 청년 중 하나가 피가 철철 흐르는 또 다른 청년의 귀를 손수건으로 싸매고 뛰어 들어왔다. 모두들 깜짝 놀라서 청년을 쳐다보았다. 황명구라는 청년이 화급한 목소리로 소리쳤다.

"큰일났습니다. 귀가 다 떨어져 가욧!"

"뭐라구욧? 귀가요?"

"빨리 붙이지 않으면 귀가 떨어질 겁니다!"

간호사 경력이 있는 신애가 거의 본능적으로 달려왔다. 심권택이라는 청년의 귀를 유심히 살펴보았다. 청년의 귀가 거의 3분의 1쯤이나 찢어져 있었다. 찢어졌다기보다는 물어 뜯겼다는 표현이 맞았다.

"안 되겠어요. 수술해야 해요. 어쩌죠? 수술도구가 없는데 빨리 승용차에 태워요. 홍천에 데리고 가야겠어요."

신애가 먼저 천막 밖으로 황급히 뛰어나갔다. 병숙이 피가 홍수처럼 쏟아지는 심권택의 귀를 한 손으로 덮어 누르고 신애를 따라 밖으로 뛰어나갔다. 경진이 상황을 이해할 수 없다는 듯 황명구에게 물었다.

"대체 귀가 어쩌다가 저리 되었지?"

황명구가 난색을 하고는 대답을 못하고 우물쭈물했다. 순간 속어림으로 이상한 느낌을 받은 경진이 부리나케 수현이가 있는 건물 쪽으로 달려갔다. 아니나 다를까 수현이의 입가에 피가 낭자하게 번져 있었다. 곰보댁 춘자는 머리가 풀어져 산발한 모습으로 어쩔 줄을 모르고 발만 동동 구르고 있었다. 경진이 황망한 목소리로 물었다.

"아주머니, 대체 왜 저렇죠?"

"아이고, 글쎄, 이년이 갑자기 내 머리채를 틀어쥐고 마구 잡아 흔들질 않겠쑤. 얼마나 힘이 센지 비명을 질렀더니 저 청년들이 달려와서 이년을 말렸잖겠쑤. 아, 그런데 느닷없이 이년이 청년의 귀를 물고 늘어지는 바람에! 하이유! 저년이 어쩌다 저렇게 되었어! 아이고, 내 팔자야!"

"세상에!"

조금 뒤 소식을 듣고 최 목사가 숨을 달려왔다. 최 목사는 개미촌교회는 부목사에게 맡기고 월요일에서 금요일까지 수도원 공사를 독려하며 바쁘게 뛰어다니고 있었다.

"하 선생님, 대체 무슨 일입니까?"

경진이 안타까운 목소리로 말했다.

"수현이가 청년의 귀를 물고 늘어지는 바람에 귀가 찢어졌대요."

"예? 귀를 물어뜯어요?"

수현이는 입가에 낭자한 피를 혓바닥으로 핥아 먹었다. 그녀는 무엇이든 갈아마시고 말겠다는 듯 광기가 가득한 눈매로 최 목사를 노려보았다. 최 목사는 언젠가 정선의 산골짜기에서 만났던 미친 여자, 지금은 칼국수를 파는 강 권사를 상기하곤 몸을 부르르 떨었다. 수현이 최 목사를 향해 이빨을 허엏게 드러내 보였다. 이빨 사이사이에 아직도 핏물이 고여 있었다. 문득 최 목사는 신약성경의 마가복음 5장의 한 장면을 떠올렸다.

《마가복음 5장 1절~13절) 예수께서 바다 건너편 거라사인의 지방에 이르러 배에서 나오시매 곧 더러운 귀신 들린 사람이 무덤 사이에서 나와 예수를 만나니라. 그 사람은 무덤 사이에 거처하는데 이제는 아무도 그를 쇠사슬로도 맬 수 없게 되었으니 이는 여러 번 고랑과 쇠사슬에 매였어도 쇠사슬을 끊고 고랑을 깨뜨렸음이러라. 그리하여 아무도 그를 제어할 힘이 없는지라 밤낮 무덤 사이에서나 산에서나 늘 소리 지르며 돌로 자기의 몸을 해치고 있었더라. 그가 멀리서 예수를 보고 달려와 절하며 큰 소리로 부르짖어 이르되 지극히 높으신 하나님의 아들 예수여 나와 당신이 무슨 상관이 있나이까. 원하건대 하나님 앞에 맹세하고 나를 괴롭히지 마옵소서 하니 이는 예수께서 이미 그에게 이르시기를 더러운 귀신아 그 사람에게서 나오라 하셨음이라. 이에 물으시되 네 이름이 무엇이냐 이르되 내 이름은 군대니 우리가 많음이니이다 하고 자기를 그 지방에서 내보내지 마시기를 간구하더니 마침 거기 돼지의 큰 떼가 산 곁에서 먹고 있는지라. 이에 간구하여 이르되 우리를 돼지에게로 보내어 들어가게 하소서 하니 허락하신대 더러운 귀신들이 나와서 돼지에게로 들어가매 거의 이천 마리 되는 떼가 바다를 향하여 비탈로 내리달아 바다에서 몰사하거늘…〉

최 목사가 그녀를 향해 물었다.
"네 속에 있는 게 무엇이냐?"
그녀가 쉿소리를 내면서 대답했다.
"뱀이다. 군대뱀이다."
"나는 누구인가? 날 아나?"
순간 그녀는 무서운 눈동자로 최 목사를 쏘아보았다. 그녀의 눈은 마치 먹이를 노리는 독사의 눈처럼 무섭고 음산했다. 최 목사가 다시 그녀에게 큰소리로 꾸짖듯 말했다.
"너는 나를 알고 있지? 나를 누구라고 생각하는가. 나는 예수의 이름을 힘입어 너를 그 안에서 끌어내어 멀리 내쫓아 버릴 능력이 있다. 나와 싸워 이길 자신 있느냐? 자신이 없으면 당장 거기서 나오라.”

그녀가 또 한번 몸을 부르르 떨었다. 그녀는 최 목사를 쏘아보던 시선을 땅으로 뚝 떨어뜨려 놓고 온몸을 사시나무처럼 떨었다. 그리고 갑자기 자신의 얼굴과 머리를 쥐어뜯기 시작하면서 괴성을 질러댔다. 경진이는 그녀의 해괴한 행동을 보고 심장이 얼어붙는 듯한 충격을 받았다.

“목사님, 왜 저러죠? 왜 사람이 저렇게 흉측하게 되는 거예요.”

“발악하는 것입니다. 그녀를 사로잡고 있는 악령이 나오지 않으려고 발악하는 거예요.”

“악령이라니요? 그럼 언제까지 악령이 수현이를 저토록 괴롭히는 건가요?”

“일단 제가 사라지면 잠시는 조용해집니다. 하지만 언제 또 발작할지 모릅니다. 굉장히 강력한 힘이 그녀의 몸안에서 똬리를 틀고 앉아 있습니다.”

“어쩌죠?”

“쫓아내야죠.”

“어떻게 쫓아내죠?”

“이런 유의 악령은 절대로 물리적인 힘으론 안 됩니다. 영적인 전투로 이겨야 합니다. 악령을 이길 강력한 기도가 필요합니다. 일찍 쫓겨나는 악령도 있지만 몇 달이 걸려도 나오지 않는 무시무시한 악령도 있습니다.”

“목사님이 만났던 그분보다 무서운 악령이예요?”

“우리교회 권사님께 들었던 악령 말입니까?”

“네.”

“그보다 몇 배나 강합니다. 그러나 충분히 승산 있습니다. 악령은 성령의 능력 앞에 무릎을 꿇게 되어 있으니까요. 은사 중에 신유의 은사라는 게 있는데 악령을 쫓아내는 은사를 받은 분들이 많아요. 그분들을 불러서라도 싸워 이겨야 합니다.”

그때까지 폭삭 낙심이 되어 땅이 꺼져라 한숨만 푹푹 내쉬고 있던 곰보댁 춘자가 또 신세타령을 절절이 늘어놓기 시작했다.

“하이고오! 청량리정신병원에 그냥 놔둘 것을 공연히 데리구 와서 엄한 사람들 못살게 구나보다아. 아이고오, 내 팔자야아, 하이고 이놈에 더러운 팔자야아, 어데 가서 칵 목이라도 매달아 죽고 싶다아!"

퍼질러 앉아 목이 쉬도록 땅을 치며 신세타령을 늘어놓는 곰보댁을 최 목사가 위로했다.

"아주머니 딸의 병은 고칠 수 있습니다. 너무 가슴 아파 마세요."

곰보댁 춘자가 신세타령을 뚝 멈추고 나서 최 목사를 구세주나 만난 듯 뚫어지게 쳐다보았다.

"목사님, 우리 수현이를 고칠 수 있다구요? 어떻게 하면 고칠 수 있습니까? 우리 수현이 병만 고칠 수 있다면 무슨 짓이든 할게요. 목사님."

"아주머니."

"예?"

"아주머니가 진심으로 딸의 병을 고치길 원하십니까?"

"그럼요! 그걸 말씀이라고 하세요?"

"그렇다면 꼭 제가 시키는 대로 하십시오. 그렇게 하실랍니까?"

"죽으라면 죽는 시늉이라도 하죠."

"죽는 시늉 갖고 안 됩니다. 죽어야 합니다."

"예?"

"아주머니 직업이 무엇입니까?"

"숯공장 옆에서 술도 팔고 밥도 팔고 또."

"또 뭡니까?"

"말씀드리기가."

"스스로 입으로 시인하십시오. 뭘 팝니까?"

"남정네들헌테 몸도 팔지요."

"과거에서부터 지금까지 쭉 그래왔지요?"

"예."

"아주머니의 기억 속에 가장 선명하게 남아 있는 남자가 누굽니까? 저 딸의 아버지라고 기억되는 사람이 누굽니까?"

"개똥아범인지 땡중인지 잘 모르겠네요."

"개똥아범은 누구고 땡중은 누굽니까?"
"개똥아범은 제가 식모로 있던 집의 머슴이었구요."
"유부남이었습니까? 총각이었습니까?"
"유부남이었어요."
"땡중은 어떻게 된 중입니까?"
"주인집에 시주받으러 오던 중이었는데."
최 목사가 곰보댁을 바라보면서 조용한 어조로 물었다.
"아주머니는 스스로 죄가 많은 여자라고 생각해 본 적이 있습니까?"
곰보댁의 눈에서 주먹 만한 눈물이 뚜르르 턱자가미를 타고 흘러내렸다.
"대답해 보세요. 죄가 많은 여자라고 스스로 생각해 본 적이 있습니까?"
"죄가 많은 년이라고 생각한 적은 많았지만 목구멍에 풀칠하고 살려니 어쩔 수 없었습니다요."
경진은 얼핏 수현의 얼굴을 쳐다보고 또 쿵하고 떨어지는 가슴을 가까스로 쓸어내렸다. 수현은 잠자코 고개를 숙인 채 다소곳이 최 목사의 물음에 고분고분 대답하고 있는 엄마의 얼굴을 무서운 눈초리로 노려보고 있었다.
최 목사가 다시 말했다.
"그럼 그 죄를 모두 하나님 앞에 쏟아 놓으십시오. 그리고 다시는 죄를 짓지 마세요."
"아이고오, 목사님, 될 소리를 해야지요. 어떻게 죄를 쏟아 놓습니까요. 물건도 아닌데."
"지금까지 지은 수많은 죄를 하나님 앞에 낱낱이 고백하고 난 뒤 다시는 죄를 짓지 마십시오."
"그렇게 하면 제 딸의 병이 나아요? 무슨 그런 말도 안 되는 소리를 해요?"
"하나님께 회개한 뒤 모든 걸 정리하고 이곳에 내려와 아주머니보다 훨씬 불쌍한 사람들을 위해서 열심히 일해 보지 않겠습니까? 어차피 먹고살기 위해 하는 일이라면 몸을 함부로 굴리는 일보다 남을 위해 자신을 희생하는 삶이 훨씬 보람 있고 행복할 것입니다."
"세상에, 목사님도 참, 이 세상에 나보다 기구한 팔자로 사는 사람이 어디 있다고 불쌍한 사람들 위해서 살라고 합니까!"
 수현이가 또 발악을 하기 시작했다. 어찌나 무섭게 발악하는지 쇠줄이 끊어질까 아슬아슬할 지경이었다. 그녀가 자신의 어머니를 향해 찢어발기듯 저주의 폭언을 쏟아내었다.
 "쌍년앗! 집어치웟! 네가 무슨 죄를 졌다구 그랫! 목사하구 붙어먹어랏. 목사×이 얼마나 맛있는 줄 알아? 목사랑 붙어먹어랏! 목사랑 실컷 해!"
 최 목사가 다시 하던 말을 이어나갔다.
 "이 세상에 아주머니보다 힘없고 불행한 사람은 얼마든지 있습니다. 우선 이 수도원 안에만 해도 얼마든지 있습니다."
 "……"
 "여기 서 계시는 부인이 누구신지 모르시죠?"
 그녀가 힐끗 경진을 올려다보고는 고개를 저었다.
 "몰라요. 내가 저 아줌마가 누군지 어떻게 알아요?"
 "숯공장 김종태 회장님의 부인되십니다."
 "옛? 김 씨 부인이라고요? 말도 안 되는 소리!"
 "이 부인을 따라서 수도원을 한번 돌아보시렵니까? 아주머니보다 힘 없고 불쌍한 사람들이 얼마나 많은가를."
 "……"
 "그리고 결심을 세우고 다시는 음란한 죄를 짓지 마시기 바랍니다. 그리고 딸의 병을 고쳐 달라고 하나님께 간절히 기도하세요. 그러면 하나님의 은총이 아주머니에게 임할 때가 분명히 올 것입니다."
 곰보댁 춘자는 되도 않는 말을 쏟아내는 최 목사가 원망스럽기 짝이 없었다. 하지만 김 씨(종태)의 처가 이곳에 와서 고생스럽게 남을 위해 일한다고 하니 최 목사의 말이 전혀 거짓말은 아닐 것이라고 생각되기도 했다.
 "……"
 경진이 아무 말도 못하고 있는 곰보댁 춘자의 손을 잡고 일으켜 세웠다. 그녀는 곧 순한 양처럼 되어 경진을 따라 걸음을 옮겼다. 경진을 따라가는 엄마의 뒷모습을 쏘아보는 수현의 눈빛이 원망과 증오로 부글부글 끓고 있었다.

최 목사가 수현의 눈을 찌르듯 쏘아보며 말했다.
"너는 이제 곧 망하는 군대뱀이다!"
수현이는 돌아서는 최 목사의 등에다 이빨을 사납게 으르렁대면서 오물보다 지저분한 욕지거리를 마구 퍼대고 있었다.

화장실 속 비명

심권택의 귀를 수술하러 홍천에 나갔던 병숙과 신애가 황명구와 함께 돌아왔다. 그들이 승용차에서 내리자 최석천 목사가 사무실에서 뛰어나왔다.
"얼마나 꿰맸소? 수술은 잘됐습니까?"
신애가 대답했다.
"꽤 여러 바늘 꿰맸어요. 하마터면 반쪽 귀가 될 뻔했어요."
귀를 찢긴 심권택이 수현이 쪽을 힐끗 쳐다보고는 와르르 진저리를 쳤다. 그는 이 며칠 수현이와 함께하는 동안 하도 황당하고 기괴한 일을 많이 당하다 보니 어제 저녁에 먹은 닭찜이 소화가 안 되어 배탈이 다 났다. 그가 최 목사 앞에 힘없이 고개를 떨구고 말했다.
"목사님, 부탁이 있습니다."
"말씀하시죠. 혈색이 안 좋아 보이네요. 어디 불편한 데라도 있나요?"
"배탈이 났지만 괜찮습니다. 저희들 정말 확 돌아버릴 것만 같습니다. 어떻게 좀 안되겠습니까?"
"옳아. 서울에다 말 좀 해달라시는 부탁이군요."
심권택이 기겁하며 말했다.
"앗! 그건 아닙니다. 큰일날 말씀입니다. 그런 게 아니고, 말씀드리기 거북합니다만, 염체불구하고 말씀드립니다."

"이해가 갑니다. 어찌해 드리면 좋겠습니까?"

"최소한 밤에만큼은 저 여자가 잠을 잘 수 있도록 해 주셨으면 좋겠는데, 안 될까요?"

"허지만 어떻게 사람을 강제로 잠을 재울 수 있습니까?"

"병원에서는 무슨 주사나 아니면 약을 먹인다고 했습니다. 저 여자는 밤이고 낮이고 통 잠을 안 잔답니다. 그러니 저희들도 잠을 못 잘게 아닙니까. 하루이틀도 아닐 텐데요."

"그래요? 그 주사액이나 약을 어떻게 구할 수 있습니까?"

"병원에 가서 돈을 주고 특별히 부탁하면 구할 수도 있다고 하던데요."

"혹 마약 성분이 있는 건 아닐까요? 그런 건 절대 안 됩니다."

"단지 수면작용을 할 뿐이라고 의사가 귀띔해 주었습니다."

"알겠소. 한번 알아보겠습니다. 합법적인 약이라면 구해 보겠습니다. 하지만 저렇게 날뛰는 여자에게 어떻게 주사나 약을 먹일 수 있겠습니까?"

청년이 말했다.

"여나믄 명이 달려들어 여자를 꼼짝 못하게 누르고 재빨리 주사바늘을 찔러야 하는데."

최 목사는 그건 안 될 것 같다며 고개를 흔들었다.

"저 여자 속에 있는 악령을 쫓아내는 게 우선일 것 같아요. 힘드시겠지만 며칠 참아 봅시다. 곧 저런 병을 고치는 데 특별한 은사를 받은 분들이 오실 겁니다."

귀가 멀쩡한 황명구가 난색을 보이면서 말했다.

"그런데 또 다른 문제가 있습니다. 저 여자가 화장실에 갈 때 어쩌죠? 우리가 휴지로 똥을 닦아 줘야 합니까?"

"글쎄요, 화장실에서 어떻게 처리하는지는 오늘밤 한번 살펴보고 나서 의논하는 게 좋겠소. 아무래도 화장실에 갈 때는 그녀의 어머니에게 도움을 청해야 하지 않겠습니까?"

"알겠습니다."

최석천 목사와 헤어져 창고에 가둬 놓은 수현에게로 돌아온 두 청년은 수현을 똥을 보듯 얼굴을 찡그렸다. 60촉 전등 하나만 외롭게 켜져 있는 옛날집은 수현의 입에서 뿜어져 나오는 악령의 냄새와 숨소리로 음산하기가 지옥 같았다. 두 청년은 몸을 부르르 떨었다. 심권택이 수현을 향해 욕지거리를 쏟아부었다.

"씨발년! 쳐다보긴!"

"히히히히."

"웃지 마. 씨발년앗! 확 아가릴 찢어버리기 전에!"

심권택이 귀가 아픈 듯 다친 귀를 손으로 감싸쥐고 연신 씨부렁거렸다.

"쌍년, 화장실에만 가자구 해 봐라. 똥구멍을 콱 말뚝으로 틀어막아 버릴 거얏!"

"히히히히, 말뚝 갖곤 안 돼. 홍두깨, 그걸로 해줘. 히히히."

화가 머리끝까지 치민 심권택이 버럭 소리를 내질렀다.

"시끄릿! 웃지 마. 쌍년아!"

"히히히히, 히히히히."

심권택이 진저리를 치면서 말했다.

"아고오! 환장허겄네. 진짜! 이도 형님이 하필 우릴 찍어서 일루 보낼 게 뭐야. 딴 애덜두 많은데 말야. 새까만 후배놈들두 쫙 깔렸는데."

황명구가 심권택을 향해 투덜댔다.

"큰형님이 부탁했다는데 말하면 뭐해? 우릴 믿으니까 골라서 보냈지."

"히히히히."

심권택이 비명을 지르듯 소리쳤다.

"저 씨발년, 아가리 안 닥칠래?"

황명구도 질세라 소리를 내질렀다.

"시끄릿! 쌍년아, 웃지 마. 제발!"

"히히히히."

"아고오! 환장하겠다이!"

두 청년은 그만 손바닥으로 귀를 틀어막고 휙 돌아앉아 버렸다. 심권택은 여자가 철그덕 쇠소리만 내어도 진저리를 쳤다. 그날 밤, 아니나 다를까 수현이는 밤이 12시가 넘도록 잠들 생각은 조금도 않고 계속해서 알아들을 수도 없는 소리를 마구 지껄여 대면서 두 청년을 괴롭혔다. 놀라운 것은 여자가 낮에보다 밤에 더욱 기승을 부린다는 것이었다. 심권택이 울부짖듯 말했다.

"하이고오! 진짜로 이러다간 되레 우리가 미치겠다아!"

"쌍년을 각목으로 죽어라 두들겨 패?"

"시끄러, 임마! 다치게 하면 어쩔려고."

갑자기 여자가 잠잠해지고 있는 게 신기했다. 두 청년이 수현의 얼굴을 뚫어지게 쳐다보았다. 수현은 초점 없는 눈동자로 허공을 향하고 아무소리도 지르지 않았다. 황명구가 말했다.

"어라? 이상하네?"

"지쳤나? 지칠 만도 하지. 벌써 열 시간을 넘게 혼자 떠들었어."

수현이가 자리에서 스르르 몸을 일으키고 있었다.

"뭐앗! 왜 일어서는 거야? 쇠사슬을 말뚝에 묶어 놨는데 어딜 갈려고?"

"화장실."

"어? 말을 똑바로 허네? 거꾸로 실성했나? 진짜로 화장실 갈 거야?"

수현이가 고개를 끄덕끄덕했다.

황명구의 눈이 휘둥그레졌다.

"어럽쇼? 진짜로 제정신 든 사람 같잖아. 이봐, 화장실 가겠다고?"

수현이가 또 고개를 끄덕끄덕했다.

"햐! 따라와. 그럼."

"이거."

수현이 황명구의 눈앞에 팔을 쭉 뻗었다.

"뭐야? 차꼬를 풀어 달라고? 하긴 차꼬를 차고서야 일을 제대로 볼 수가 없지. 풀어 줘?"

황명구가 심권택을 돌아다보았다. 심권택은 아무래도 믿지 못하겠다는 듯 고개를 설레설레 흔들었다. 수현이가 또 재촉하듯 입술을 열었다.

"그럼 여기다 싸? 냄새 날 텐데."

"얼씨구? 정신 말짱한 말을 하네. 예의도 알아차리고."

황명구가 친구의 눈치를 살피면서 말했다.

"야, 잠깐 풀어 주지 뭐. 제정신 든 거 같지 않냐? 화장실까지 우리가 따라가면 될 거 아냐."

황명구가 열쇠꾸러미를 꺼내서 두 손을 쭉 뻗고 있는 수현의 손목에서 차꼬를 풀어 주었다. 그녀는 아픈 듯 손목을 어루만졌다. 그녀는 머뭇머뭇거리면서 쉽게 자리를 뜨려고 하지 않았다.

"이봐, 왜 그래? 풀어 주었잖아! 화장실 안 가?"

수현은 발에 채워진 차꼬를 손가락으로 가리키면서 짧게 말했다.

"엉? 발까지 풀어 달라고? 발은 안 돼!"

"이걸 차구 어떻게 똥을 싸? 쇠줄에 걸리잖아!"

청년들은 그녀의 돌발적인 행동에 넌덜머리가 났던지 발에 채워진 쇠줄을 풀어 줄 마음은 내키지 않았다. 심권택이 부르르 고개를 흔들면서 안 된다고 단호하게 잘라 말했다.

"그냥 해. 갈 거야 안 갈 거야!"

수현이 애원했다.

"이걸 풀어 줘야 가지. 도망치지 않을 테니까 풀어 줘."

옆에서 그녀의 일거수일투족을 눈이 빠지도록 노려보던 심권택이 포기한 듯이 말했다.

"까짓것! 제깐년이 도망치면 어디까지 도망칠려구. 더군다나 우리가 따라 붙는데. 풀어 줘 봐!"

황명구가 포기한 듯 여자의 발목에 채워진 차꼬마저 풀어주기 위해서 몸을 구푸렸다. 온몸이 자유로와진 수현이가 앞장서서 창고문을 열고 밖으로 나섰다. 살을 엘 듯한 차가운 바람이 세 사람의 얼굴을 사납게 할퀴고 사라졌다. 3월이 코앞에 다가왔는데도 봄이 오는 것을 시샘하듯 칼바람이 그녀의 풀어진 머리를 마구 흩날리게 했으나 그녀는 머리를 쓸어넘길 염도 하지 않았다. 살갗을 파고드는 꽃샘추위가 소맷부리 속으로 마구 파고들어도 그녀는 추운 기색이 전혀 없었다.

"화장실은 오른쪽이야."

황명구의 말대로 수현은 오른쪽으로 발걸음을 한 걸음 한 걸음 내딛고 있었다. 별들이 보석처럼 깔린 밤하늘에 조각배 한 척이 전봇대 위에 간신히 걸쳐져 있었다. 뒤따라가던 청년 중 하나가 목에다 힘을 주고 말했다.
　"왼쪽이다. 왼쪽 건물이 화장실이야. 어서 일보구 나왓! 똥구멍을 닦든 말든 우린 몰라!"
　수현은 빨려들 듯 화장실 안으로 사라졌다. 얼마나 시간이 지났을까.
　"되게 오래 싸네. 빨리 안 나오고 뭘해. 쌍년이."
　30여분이 더 지나도 수현은 나오질 않았다. 불안해진 황명구가 달려가서 화장실 앞에서 소리를 버럭 내질렀다.
　"쌍년아! 빨리 나왓! 무슨 똥을 그리 오래 싸냐!"
　아무런 인기척이 없자 화가 치민 황명구가 화장실 문을 벌컥 열었다. 순간 청년은 심장이 얼어붙는 충격으로 입을 딱 벌렸다. 그녀가 화장실 한쪽 벽에 그림자처럼 납작하게 붙어 서 있었다. 그녀가 화장실 안으로 어슴푸레 스며든 달그림자를 받으며 하얗게 지릅뜬 눈으로 청년을 쏘아보는 게 아닌가.
　"히히히히!"
　"으아악!"
　황명구가 기절초풍해 뒤로 나자빠지면서 엉덩방아를 크게 찧고 말았다.
　"히히히히."
　심권택이 소리쳤다.
　"왜 그래? 뭐야? 엉?"
　황명구가 엉덩이를 움켜쥐고 소리쳤다.
　"앗! 저년이… 또 미쳤다아. 잡아라앗!"
　여자가 바람처럼 빠른 동작으로 달려가더니 심권택의 등에 찰거머리처럼 찰싹 달라붙었다. 이번에는 심권택의 다른 한 쪽 귀를 마구 물어뜯기 시작했다. 심권택은 시쳇말로 억세게 재수 옴 붙은 날이었다. 조각달이 싸늘하게 웃고 있는 한밤중에 벌어지는, 차마 눈뜨고 보기 힘든 공포의 밤이었다.
　"으으아아악!"
　단말마의 비명소리가 수도원 공사장 주변을 처참하게 울려 퍼졌다. 나자빠졌던 황명구가 달려와서 친구에게서 그녀를 잡아떼려고 안간힘을 썼다. 하지만 그녀는 심권택의 몸에 마치 강력 접착제처럼 달라붙어서 떨어질 줄을 몰랐다. 수현이 황명구는 쳐다보지도 않고 심권택만 집요하게 공격하는 것도 참 희한했다.

"아아아악! 내 귀! 내 귀가 떨어진다아아. 살려줘어어! 왜 내 귀만 물어뜯는 거야아! 아고 사람 살려어!"

다급해진 황명구가 주위를 두리번거렸다. 동강난 각목을 집어들고 사정없이 여자의 등짝을 후려쳤다. 그래도 여자는 꿈쩍도 않고 심권택의 몸에서 떨어지지 않았다. 귀가 물린 심권택은 금방 숨이 끊어질 듯 비명을 내지르며 살려 달라고 울부짖고 있었다. 여자는 조금도 늦추지 않고 굶주린 흡혈귀처럼 그의 귀를 물어뜯고 있었다.

"아아아악! 살려 줘어."

정신이 하나도 없어진 황명구가 엉겁결에 주머니를 뒤졌다. 가스 라이터가 손에 잡혔다. 그는 재빨리 라이터를 그어 여자의 머리털에 불을 붙였다. 머리털 타는 냄새가 코를 찔렀다. 그제야 그녀가 심권택의 목에서 팔을 풀고 떨어졌다. 그녀가 친구의 등에서 떨어지자마자 황명구가 재빨리 외투를 벗어들고 그녀의 머리에 붙은 불을 화급하게 두들겨 껐다.

'무슨 일이 있더라도 여자가 도망을 치거나 다치게 하지 마라.'

이도가 쐐기 박듯 했던 말이 황명구의 뇌리에 떠올랐다. 다시 소름끼치도록 무시무시한 웃음소리와 함께 여자가 지껄여댔다. 하지만 그녀의 입에서 쏟아져 나오는 목소리는 여자의 목소리가 아니라 마치 뚝배기를 긁는 듯한 남자의 목소리였다.

"흐흐흐흐, 나는 머리 깎은 뱀이다. 히히히힛."

비록 주먹세계에서 잔뼈가 굵어온 청년들이었지만 이런 희한한 경우는 처음 당하는 일이었다. 두 청년은 언젠가 심심했던 차에 '지옥의 저주'란 제목의 영화를 보기 위해 극장에 갔었다. 그때 보았던 영화가 지금 상황과 비슷한 공포영화였었다. 두 청년은 지금 그때 보았던 영화의 여주인공이 바로 눈앞에 현실로 재현되는 듯한 착각에 빠진 듯 부르르 몸을 떨었다. 또 한 차례 음산한 밤바람이 그녀의 주위에서 회오리를 일으키며 지나갔다. 두 청년은 젖 먹던 힘까지 다 끌어내어 주먹을 불끈 쥐고 터질 듯한 시선으로 그녀를 노려보았다. 난생 처음 당해 보는 해괴한 공포심에 빠져 두 사람의 이빨은 주체할 수 없을 만큼 딱딱 소리를 내며 부딪치고 있었다. 황명구가 떨리는 목소리로 토해 내는 말이었다.

"무섭다…!"

청년들은 금세 오줌이라도 지리고 폭삭 주저앉고 말 것만 같았다. 차라리 그녀가 어디론가 천방지축으로 마구 뛰어다니다가 흔적도 없이 사라져 버렸으면 싶은 기대감이 밀물처럼 밀려들었다. 그녀는 서서히 별빛 속에서 이빨을 하얗게 내보이며 두 청년을 향해 한 걸음 한 걸음 접근해 오고 있었다. 청년들은 일순 우리는 더럽게 재수 없는 놈들이구나 그렇게 탄식했다. 순간 그녀가 펄렁 나비처럼 몸을 날렸다. 그러고는 한 손으로는 심권택의 목을 끌어안고 또 한 손으로는 그의 바지춤 속으로 깊숙이 손을 뻗었다. 그녀가 심권택의 불알을 터질 듯 움켜잡았다. 바깥 날씨가 차디찼지만 심권택의 사타구니 속은 따뜻했다. 그것이 좋은 듯 수현은 빵끗 미소마저 흘렸다. 양쪽 귀를 물어뜯긴 심권택이 처절하게 울부짖었다.

"아아악! 이런 귀신년아, 놔! 아악! 내 불알! 내 불알 터져어어!"

그녀는 심권택의 고함소리에는 조금도 동요함이 없이 연신 히히닥거리며 이번에는 심권택의 얼굴을 한입 크게 깨물고 사정없이 고개를 흔들었다. 한 손은 여전히 심권택의 불알을 움켜쥔 채였다. 그가 숨이 넘어갈 듯이 비명을 질렀다.

"으아아악! 사람 살려 줘어! 왜, 왜 나만 물어뜯는 거야. 이 년아!"

수도원 공사장의 밤은 때 아닌 비명소리로 처참하게 찢어지고 있었다. 그때 새벽기도를 하기 위해 임시로 지은 천막교회로 향하던 최 목사가 눈을 비비며 허둥지둥 달려왔다.

"왜들 이래요?"

곧 최 목사는 눈앞에 벌어진 처참한 상황에 입을 딱 벌렸다.

"아니, 이게 대체 무슨?"

"목사님, 아흐흐흐."

온몸이 와들와들 떨리고도 남을 추운 날씨였다. 이토록 무서운 일을 당하고서도 온몸을 사시나무 떨 듯하지 않는다면 그게 도리어 이상할 것이었다. 그런데 이번에는 수현이가 홱 고개를 180도 돌리더니 황명구의 얼굴에 냅다 이빨을 꽂았다. 황명구는 비명을 질러대면서 자신에게 붙어 있는 수현을 떨어뜨리려고 죽을 힘을 다해도 수현은 꼼짝도 않았다. 황명구가 애원했다.

"아오오오, 목사님, 저 좀 살려 주세요오!"

최 목사가 달려가서 손바닥으로 수현의 등때기를 힘껏 때리면서 고함을 질렀다.

"이 더러운 귀신아! 그 청년에게서 떨어져랏!"

수현이 흠칫 놀라면서 황명구로부터 뚝 떨어졌다. 그녀의 입에서 검붉은 피가 뚝뚝 떨어지고 있었다. 최 목사가 수현을 꾸짖듯 소리쳤다.

"따라오라! 청년 두 분은 차꼬를 갖고 오시오."

최 목사의 명령에 아무런 저항도 않고 순순히 따라오는 그녀가 두 청년이 보기에는 여간 아슬아슬하고 수상쩍어 보이는 게 아니었다. 최 목사는 그녀를 다시 창고에다 가두어 놓고 손목과 발목에 차꼬를 채웠다. 그리고 커다란 자물쇠로 문을 단단하게 잠가 버렸다.

주모 그만두던 날

두 청년과 수현 사이에 그토록 무시무시한 일이 벌어지고 있던 바로 그 시각에 주점으로 돌아온 곰보댁 춘자는 부엌과 안방을 바지런히 드나들면서 옷가지랑 소소한 가재도구를 트렁크와 여러 개의 사과상자 속에 차곡차곡 챙겨 넣고 있었다. 무슨 사연 때문인지 그녀는 밤이 깊어 가는 줄도 모르고 울어도 울어도 눈물이 그치지를 않았다. 춘자는 이 세상에서 자신의 팔자가 제일 더럽다고 생각하며 살아왔다. 전생과 이생의 죄가 너무도 많아 옥황상제가 자신에게 저주의 보따리를 목이 부러지도록 얹어 주었다고 절망하며 살아왔다. 어떤 때는 거울 속에서 걸레처럼 너덜너덜 찢겨진 모습으로 자신을 바라보고 서 있는 또 다른 자신의 모습이 싫증이 나도록 답답하고 안타까웠다. 그래서 살갗이 찢어지도록 손톱으로 가슴을 마구 쥐어뜯기도 했었다.

어제 낮에 최 목사가 말했었다.

"이 세상에 아주머니보다 힘없고 불쌍한 사람들은 얼마든지 있습니다."

경진을 따라서 수도원 이 구석 저 구석 돌아보던 춘자는 그곳에서 다른 사람의 도움이 없이는 살아갈 수 없는 불쌍한 사람들의 절망적인 시선들과 수도 없이 마주쳤다. 그녀는 최 목사의 사무실에서 그만 울컥 치받쳐 오르는 격정을 주체하지 못하고 울먹이며 말했다.

"목사님, 제가 이곳에서 무슨 일을 해야지요?"

"그 사람들의 손과 발이 되어 주어야 하고 그분들의 가슴속에 사랑을 심어 줄 수 있어야 합니다."

춘자가 물었다.

"어떻게 해야 그분들에게 사랑을 심어 줄 수 있는데요?"

"지금껏 살아오면서 추악하고 더러웠던 추억 속에서, 그리고 미워하고 증오했던 모든 것들로부터 허물을 벗고 나오세요. 자신을 깊이 사랑하십시오. 아주머니의 몸과 영혼은 누군가를 위해서 헌신하고 봉사하며 사랑하도록 소중하게 지음을 받았습니다. 아주머님 뿐 아니라 인간은 누구나 다 그렇게 살라고 지음 받았습니다. 아주머니의 목숨은 천하보다도 소중합니다. 예수님께서 아주머니의 죄를 대신 지고 고통스러운 십자가에 못 박혀 스스로 돌아가신 겁니다."

"내 죄를 그분이 대신 지고 죽어요?"

"그렇습니다. 지은 죄를 하나님께 회개하고 주님께 나아가는 것입니다. 무엇보다 악령과의 영적인 전쟁에서 이기는 길은 믿음으로 하나님께 기도하는 것입니다. 제가 우연히 아주머니가 누군가와 밖에서 말다툼하는 소리를 들었습니다. 하나님은 사람의 입을 하나님을 찬양하고 좋은 말을 하라고 만들었습니다. 아주머니는 입이 너무 거칠어요. 입에다 욕을 담지 마십시오. 좋은 말을 해도 끝이 없는데 왜 입에다 욕을 달고 삽니까."

최 목사의 말에 춘자는 얼굴이 화끈거려 너무도 부끄러웠다. 그 길로 춘자는 숯공장 근처에 있는 자신의 집으로 내달았다. 그리고 밤새도록 짐을 꾸려왔다. 어느덧 새벽이 희끄무레 광창을 물들이기 시작했다. 별들도 빛을 잃고 꾸벅꾸벅 졸고 있었다.

새벽닭 우는 소리가 그녀의 집 주위를 깨우기 시작했다. 그제야 한숨 눈을 좀 붙여 볼까 하고 베개를 베고 누웠다. 그래도 역시 잠이 오지 않아 엎치락뒤치락 궁싯거리던 그녀는 어느 순간 그만 자리를 털고 일어서서 밖으로 나섰다. 훅 차가운 겨울바람이 그녀의 얼굴을 덮쳤다. 곧 떠오르는 아침해를 받아 온누리가 붉게 물들기 시작했다. 마당 한쪽에 예나 지금이나 변함없이 자리를 지키고 있는 누렁우물이 그녀 앞에 시커멓게 입을 벌리고 있었다. 지금

이야 지하수를 끌어올려 먹고 있지만 옛날에는 물이 흐리건 말건 사람들은 이 누렁우물 신세를 많이 졌었다. 이 우물만 먹고 살아도 누구 하나 배탈 나는 사람이 없었다. 숯가루가 새까맣게 날아들어 물이 시커멓게 된 것이 아무래도 좀 그렇다 싶어 종태가 암반수를 끌어올려 사용하도록 했다.

조금 후면 숯공장 사람들을 태운 트럭이 도착할 것이다. 해장국을 먹기 위해서다. 가게로 다시 들어선 춘자는 석유곤로에 불을 댕겨 놓고 그 위에 선짓국이 담긴 커다란 양은 솥단지를 올려놓았다. 주방 한쪽에 터줏대감처럼 앉아 있는 다릿골독에서 막걸리를 양동이에 가득히 퍼 담았다.

'이제 며칠 후면 김 씨가 숯공장 식당을 새로 짓기 시작할 것이고 그렇게 되면 나도 이곳에서의 술장사는 끝이다. 이 숯공장 사람들과도 인연이 멀어질 것이고.'

석유곤로에 얹어 놓은 솥단지에서 선짓국이 펄펄 끓기 시작했다. 곧 사람들이 출입문을 밀치고 밀려들었다. 제일 먼저 박영감이 눈이 휘둥그레져서 물었다.

"어라? 가게가 텅텅 비어부렀네?"
"그러기 곰보댁 어데루 이사갈꺼?"
"그래요, 이사갈 참이우."
"뭐여? 아니, 갑자기 이사가다니 먼 소리야! 그게?"
"김 씨 부인이 그러는데 내가 여길 고만두면 곧 바로 식당을 짓고 주방아줌마를 서울에서 데려다 놓을 거라우."
"이런 젠장! 사람이 어째 목구멍만 풀칠허구 사누? 가운뎃다리는 허구헌 날 사타구니에 보초만 세우란 말여? 엉? 곰보댁!"

전과 같지 않게 사람들의 걸쭉한 음담패설에도 곰보댁은 아무런 대꾸도 없이 묵묵히 사발에다 선짓국을 퍼 담고 있다. 숯공장 사람들은 전날 마신 술독이 덜 깨서인지 해장술을 곁들여 술적심부터 찾고는 했다.

"오늘 해장국은 내가 써비스 허는 거유. 술 한잔씩 돌아가며 걸치구려."

거짓말을 크게 한다고 해서 정대포란 별명이 붙은 정태욱이 물었다.

"대체 갑자기 어델 간다는 거?"

"먼데는 아니구먼. 요 산 아래 수도원 짓는데 가서 김 씨 색씨랑 같이 노인네들 치닥거리할 작정이유."

"뭐여? 수도원에서 노인네들 치닥거리 허겄다? 월급을 많이 준뎌?"

"월급은 무슨, 밥이나 먹으면 됐지."

"쳇! 이봐, 곰보댁, 노인네덜 치닥거리가 쉬운 줄 알어? 그거 아무나 허는 건 줄 알어? 생각 잘허라구."

"생각 많이 했소. 어여 들기나 하구랴."

단숨에 막걸리 사발을 비운 황 영감의 얼굴이 어둡게 물들었다. 겉보기와는 다르게 매사에 실쌈스럽고 마음 씀씀이가 남달리 다심한 황 영감이었다.

"섭섭하네."

찌드럭대며 남의 심정 활딱 뒤집어 열불나게 하는 데는 도꼭지인 박 씨가 빈 술사발을 탁자 위에 내려놓으면서 무덤덤하게 말했다. 오늘따라 점잖을 떠는 것도 유별난 일이었다.

"멀리가지 않는다니 가끔 얼굴이라도 내밀구 살자구."

"곰보얼굴 뭐 볼 거 있다고 가끔씩 얼굴을 내밀라오? 게다가 내일모레가 환갑인 늙다구 할망구한테."

"정이 들었잖은가."

"정이사 들었제. 20년이 다 되가잖나?"

춘자가 허공에다 시선을 못 박아 놓고 손가락으로 하나하나 짚어 본다. 이 숯공장 옆구리에 매달려 노박이로 20년째 정붙이고 살아온 셈이었다.

"그러게 어느새 20년이 되는구먼. 동두천에서 이 숯공장으로 온 지가 그렇게 빨리 흘렀네."

황 영감이 고개를 끄덕끄덕하며 말했다.

"그려, 맞어. 20년 되았어. 내가 이 숯공장에 발 디민 지가 올해로 21년째 돼 가는 걸."

사람들이 춘자와 황 영감의 눈치를 알고 모두들 자리를 떴다. 춘자가 숯공장 사람들과 생사고락을 같이 하다시피 살아온 중에 그래도 황 영감하고 그중 정이 두터웠다. 황 영감은 고향이 전라도 나주였다. 일찍 부모를 잃은 황 영감은 전쟁때 부산으로 피난가던 중에 하나밖에 없는 동생마저 강을 건너다 물살에 떠밀려 잃어버렸다. 전쟁중에는 수많은 사람들이 그렇게 생이별했고 목숨을 잃었다. 폭격으로 죽고 배곯아 죽고 공산당에게 맞아죽고 강물에 빠져 죽고 그랬다. 전쟁이 끝났어도 황 영감은 정처없이 이곳저곳 방황하며 그럭저럭 목숨 연명하다가 우연한 인연으로 이곳 숯공장에 들어와 산 지가 벌써 20년이 넘어 버렸다. 종태가 일도네 형제들과 더불어 이 숯공장을 매입한 것은 황 영감이 이곳에 들어온 바로 다음 해였다. 언젠가 종태가 이런 말을 했었다.

"이봐요, 곰보댁, 그러지 말고 홀아비고 과부 사이인데 그만 황 영감이랑 합쳐서 살지 그래. 내 살림집 하나 장만해 줄게요."

춘자는 종태의 말을 들은 척도 않았다. 잠을 잘 때도 그랬고 눈을 뜨고 있어도 그렇고 그녀의 마음속에는 눈자라기때부터 춘천의 고아원에 보낸 손주놈과 정신병원에 잡혀 있는 딸 생각만으로 가득했기 때문이었다.

"듣기 싫소."

곰보댁 춘자는 딱 끊어 거절했었다. 이 숯공장 옆에서 술장사하면서 20년 몽중몽의 세월을 살아오는 동안 황 영감과 제일 정이 깊이 들었다.

춘자는 사연 많은 옛 기억을 툴툴 털어 버리고 황 씨를 향해 입을 열었다.
"이봐요, 황 씨."
"왜 그려?"
"멀리 가는 거 아니구 요 아래 수도원에서 살 텐데 자주 얼굴 보겠지요?"
"그려, 멀리 안 간대니깐 그리 섭섭진 않어. 자네가 좋으면 좋은 대로 살아야제. 얼굴 보고 싶으면 가끔씩 수도원에 내려가 보면 돼지."
"술 한잔 더 들려우?"
"따러."
그녀가 주전자를 기울여 황 영감의 사발에 막걸리를 채우면서 말했다.
"늙고 병들어 오갈 데 없으면 내 있는 곳으로 와요. 내 잘 보살펴 줄 테니요. 알아들었어요?"

"고마워. 진짜로 괄씨 않을껴?"

그녀가 황 영감의 손에 자신의 손을 살포시 포개 얹었다.

"여기 사람들 중에 황 씨하고 제일 정이 깊이 들었소. 내 절대 괄세 않을 테니 누에늙은이가 되어 어디 마땅한 데 갈 곳 없으면 나 있는 곳으로 와요. 아무 걱정 말구. 고로롱팔십이라구, 골골하긴 해도 영감도 팔구십살까진 살아 낼 거예요."

어느새 황 씨의 눈에도 그녀의 눈에도 이슬이 촉촉하게 내리고 있었다. 황 씨가 손등으로 콧물을 훔쳐 내면서 젖은 목소리로 말했다.

"힘들꺼여. 너무 과로허지 말구 혀. 자네가 건강해야 낭중에라도 내가 그 품에 기어들지."

황 씨는 곰보댁 춘자가 따라 놓은 대폿잔을 꿀꺽꿀꺽 들이마셨다. 그 대폿잔 속에 황 씨의 눈물이 몇 방울 후드득 떨어지는 것을 그녀는 놓치지 않았다. 그녀의 가슴 속에서 울컥 주먹만한 슬픔이 치밀어 올랐다. 대폿잔을 내려놓고 황 영감이 춘자의 시선을 피해 얼굴을 외로 돌렸다. 말이야 그렇게 했지만 미랭시 다 되어 춘자의 품에 기어든다는 게 얼마나 염치없는 짓인가를 잘 알고 있는 황 영감이었다. 춘자가 울음 섞인 목소리로 말했다.

"내 건강하게 당신보다 오래 살꺼니까 늙고 병들면 내게로 오시구려. 황 씨 보는 보람에 숯공장 옆에 붙어 사는 재미가 썩 좋았소."

어느새 산등성이 위로 붉은 해가 활활 타오르면서 숯공장 주변을 검붉게 물들이고 있었다.

그날 밤의 닭백숙

주막을 정리하고 수도원으로 가게 된 곰보댁 춘자는 자기 앞에 펼쳐지려는 새로운 삶이 믿겨지지 않았다. 노는 계집 절단 나도 엉덩이 짓은 남는다는데 춘자가 작심하고 가는 곳이 다른 곳도 아닌 수도원이다. 그녀 스스로 생각해 보아도 별의별 고초를 다 겪은 세월이 아스라하게 스쳐 간다. 게다가 황 영감에 대한 잊지 못할 정분이 춘자를 영 놓아 주지 않는다.

언젠가 황 영감이 이틀씩이나 춘자네 집에 모습을 나타내질 않았었다. 그녀가 이곳에 온 지 3년쯤 되었을 때였다. 그녀는 뜬눈으로 밤을 홀랑 새울 수밖에 없었다. 사흘째 되던 날 춘자는 용기를 내어 술 마시러 온 인부들에게 넌지시 물었다.

"왜 안 나타나우?"

그녀 옆에 앉았던 장만춘이 얼른 되물었다.

"뉘 말여? 황 씨?"

"그래요. 왜 사흘씩이나 얼굴을 볼 수가 없쑤?"

"쓰구 누웠어."

"뭐요? 아파요? 어디가 아프다요?"

"감기몸살이랴. 황 씨도 말여, 뱀을 하도 많이 잡아먹어서 약발도 안 들어. 김 씨가 감기약 몇 번이나 지어다 주었는데도 안 낫는대."

"집이 어딘데요?"

"집이 어디긴! 숯공장 뒤에 있는 성냥갑만한 굴피집 방구석에 틀어박혀 그냥 사는 거지. 지은 지가 수십 년이 넘었어도 구들장 하나는 끝내 주게 놓았어. 건 왜 자꾸 물어? 여태 황 씨가 홀애비로 혼자 사는 걸 모르고 있었단 말여? 괜스리 호박씨 까구 자빠졌어. 쓰벌!"

"아아니, 숯공장에서 혼자 자구 혼자 빨래허구 혼자 밥해 먹구 그러구 산단 말요?"

"그럼 어쩔 거여? 처자식이 있길해 일가친척이 하나 있길해. 천지간에 의지할 건 제 몸뚱이 하난 걸. 씨벌!"

춘자가 쏘아붙이듯 말했다.

"아아니, 묻는 말에 대답이나 해 주면 될 거지, 욕은 왜 허우?"

"바로 옆에다 물건 든든한 기둥서방 놔 두고 앓아누워 골골대는 황 씨는 왜 찾는기여?"

기어코 춘자의 뼛성이 부어 터지고 말았다.

"허이고오! 든든한 물건 좋아허구 자빠졌네. 씨벌! 개가 다 웃고 소가 다 웃어. 그것도 좆이라구 사타구니에 대롱대롱 매달구 다니냐?"

"뭐여? 아아니, 그럼 그게 좆이 아니면 고무줄 없는 사리마다냐? 써먹을 땐 눈깔을 허옇게 까뒤집고 게거품을 푹푹 품어대더니. 쓰벌!"

"게거품 좋아허구 자빠졌네. 하두 문전에서만 깔짝깔짝대다 제 놈 혼자 벌렁 자빠져 버리니깐 내가 고만 기가 막혀 간질이 발작한 거야. 빙신, 뭐 네 깐놈 좆이 잘나구 좋아서 그랬는 줄 알어?"

"뭣이라고? 간질이 발작을 해서 그랬다고?"

"그래, 이 멀떼야, 그래도 최소한 황 씨 정도 물건은 되야지, 원 고개 뭔고? 문지방에서 깔짝깔짝허다 찍 싸버리구! 토끼새길 닮았나?"

"뭐여? 이런 쌍 꼼보딱지 예편네, 칵 아가릴 뭉게 버릴까 보다. 뭐 어째? 황 씨 물건 정도는 되야 헌다구? 이런 순 바람난 암캐 같이 하루에두 수십 놈 대가리 물고늘어지는 똥갈보년이!"

춘자가 금세 얼굴이 붉으락푸르락 되어 팔뚝을 양쪽 다 걷어붙였다. 평소에는 흠잡을 데 없이 서그러웠지만 한번 뻣성이 났다 하면 살똥스럽기가 서당 훈장의 수염 쥐고 흔들 만큼 표독스러운 춘자였다.

"뭐가 어째? 이런 순 쥐대가리 같은 놈에 새끼가 뭐가 어째 똥갈보년?"

"쓰벌, 똥갈보년 아녀 그럼?"

"그래, 내가 똥갈보년이면 똥갈보년 씨꾸녕에 좆대가리 쑤셔 넣은 네 놈은 뭐냐? 그건 똥놈 아냐? 그러구두 마누라한테 가서도 뻗데기만한 좆을 또 써먹게 되디? 나 같으면 똥 냄새가 나서도 조강지처한텐 못 써먹겠다. 쥐대가리 같은놈앗!"

장만춘이 결김에 곰보댁의 귀퉁배기를 불이 번쩍 나도록 올려 붙였다. 고향에서는 개초장이로 겨우겨우 목구멍에 풀칠해서 먹고살았는데 숯공장에서 일을 배우고 난 뒤부터는 어지간히 고참 행세하면서 거만을 떨어온 장만춘이었다. 게다가 방탕벽이 있어 월급만 타면 읍내로 내려가 흔전만전 주색잡기로 밤을 홀랑 태우고는 빈털터리가 되어 숯공장으로 터덜터덜 돌아오는 희뜩머룩이 신세였다. 그런데도 사람들 앞에서 부끄러운 줄을 몰랐다. 그래서 장만춘은 은연중에 종태의 눈에 벗어나 있긴 했다. 이쯤 되자 춘자의 성질이 또 어디 보통인가. 그녀는 대뜸 장만춘의 머리를 두 손으로 움켜잡고 늘어졌다. 발길질로 장만춘의 사타구니를 인정사정 두지 않고 다람쥐 쳇바퀴 돌 듯 걷어찼다. 장만춘이 사타구니를 두 손으로 움켜쥐고 죽는 시늉을 하며 땅바닥에 데굴데굴 굴렀다.

"아이고오, 저 지독한 년 좀 봐라. 아무리 그래도 그렇지 제 살 속에 몇 번씩이나 들락날락한 무골장군을 이렇게 마구잡이로 집어차다니! 하이고오, 쪽발이 놈들보다도 더 악바리네. 저 똥년."

"육시럴! 그래도 또 똥년이얏?"

그녀가 이번에는 빈 술주전자로 장만춘의 머리통을 냅다 후려갈겼다.

"텅!"

"으앗!"

그녀는 재빨리 고무신을 벗어들었다. 그러고는 아직도 땅바닥에 쓸어져 버둥거리는 장만춘의 얼굴을 연거푸 후려갈겼다.

"아이고오! 내 죽는다아. 내 눈알 터졌다아! 이런 육시럴 년잇!"
그제야 사람들이 우르르 몰려와서 두 사람을 뜯어말렸지만 한번 불이 붙은 춘자의 분은 그래도 쉬 풀리지 않았다.
"남이야 똥년짓 하든 말든 네놈이나 똥놈짓 않으면 될 거 아냐!"
사람들이 악을 바락바락 쓰면서 또 다시 장만춘에게 대들려는 그녀를 가까스로 뜯어말렸다.
"이봐요, 곰보댁, 참으라구 참아. 고만해요오. 글쎄."
그렇게 장만춘과 아닥치듯 대판 싸움을 벌였었다.

그날 밤이 이슥하게 되었을 때쯤이었다. 그녀는 닭 한마리를 백숙으로 푹 고았다. 막걸리 주전자와 함께 솥단지 채로 쟁반에 받쳐 들고 어렵사리 굴피지붕 아래 사는 황 씨의 방을 찾았었다. 생긴 건 뒤웅박처럼 울퉁불퉁했지만 성격이 무골호인인 데다 좆심 하나는 숯공장 남자들 중에서는 최고였다. 사람들 말로는 뱀을 하도 많이 잡아먹어서 그게 그렇게 세다고들 했다. 문 앞에 이르자 엉그름이 쩍쩍 벌어진 황토벽에 갈목비 한 자루가 털이 거의 빠진 채로 기대어 서 있었다.
"뭘 허우? 황 씨."
"누구여?"
"나요. 곰보댁."
"뭐요? 곰보댁이 이 밤에 뭔 일여?"
"아프다면서요?"
"젠장, 감기 몸살인가벼. 누구한테 들었어?"
"그냥 사람들 이야기를 귓결에 들었소. 들어가두 되겠쑤?"
"아, 들어와. 왔으면 들어 와야지. 처음 보는 사이두 아닌디."
그녀는 성큼 문지방을 넘어 방으로 들어섰다. 퀴퀴한 냄새가 코를 찔렀다. 황영감은 새까맣게 때에 전 이불을 윗목으로 밀쳐놓고 일어나 앉았다. 일제시대부터 흙벽돌로 지어진 집이었다. 조그만 붙박이 창 밑 고콜에서 관솔이 타고 있었다.

"뭐여, 그기?"

"내 큰맘 먹고 닭 한 마리 삶아 왔소. 어서 들고 힘내시오. 그깐 감기 몸살 쯤 갖고 며칠씩 쓰구 드러눠요? 그게 아니면 하도 밤일을 밝혀서 부족증 걸린 거 아녀요?"

"예끼! 부족증이라니. 내가 자네 말고 어디 딴 여자랑 그 짓 한 적 있어? 쓸데없는 소리 말어. 내 개좆부리는 한번 걸렸다 하면 다른 사람 두 배 세 배여."

"먼 놈에 감기가 황 씨헌티만 두 배 세 배여? 단골 감기유?"

"글쎄, 그 놈의 개좆부리가 한번 걸렸다 허면 이렇게 지독하게 든다니께."

"자, 소금 찍어서 고기도 뜯구 국에다 밥 말아 후룩후룩 마셔 봐요. 감기 뚝 떨어질꺼유. 생강이랑 마늘을 듬뿍 넣었으니까."

앓아 누워 있는 주제에도 황 씨가 그녀를 이윽히 건너다보며 슬그머니 농을 걸어왔다.

"괜찮을까?"

"뭐 말이유? 뭐가 괜찮어요?"

"이거 한 마리 멕여놓구 사람 쥐 잡듯 헐라구 작심허구 찾아온 거 아녀?"

"아파서 골골 허는 주제에 서기나 하겠어. 젠장헐!"

"개좆부리 걸렸다구 방아질 못할 정도면 일찌감치 밥숟가락 놔뿌려야제."

"방아질 헐 수 있긴 있능기여? 그럼?"

"그걸 말이라구 혀? 아, 외딴 산골짜기 단칸방에서 남녀가 딱 둘이 마주 했는디. 어째 맹송맹송 그냥 헤어지남?"

"어여 닭부터 먹어요. 먹구서 힘을 쓰든 용을 쓰든."

황 씨는 땀을 뻘뻘 흘려 가면서 닭 한 마리를 뼈다귀만 뽑아 놓고 모두 먹어치웠다. 국솥을 아예 입에다 대고 후룩후룩 국물을 잘도 마셔 댔다. 그런 황 씨의 모습을 물끄러미 바라보던 그녀가 넌지시 말했다.

"과수댁 하나 얻어서 같이 살지 이게 뭐요? 김 씨가 월급도 꽤 준다던데."

"누가 나 같은 백수헌티 시집와? 집 한 칸이 있나아 땅 한때 기가 있나. 말 같잖은 소리 말어."

이윽고 황 씨가 솥단지를 곰보댁 앞에다 쭉 밀어놓았다.

"아이고, 잘 먹었네. 곰보댁, 고맙구면. 나 같은 놈헌테 이리도 잘해 주니 그저 고맙단 말밖엔 못하겠네."

"이봐요, 황 씨, 이렇게 딱 둘이 마주하고 앉았을 땐 그 곰보댁 곰보댁 소리 안 하면 안 돼? 집 한 칸 없구 땅 한 뙈기 없어두 좆심만 쎄면 돈 많은 과수댁들이 두 팔 벌리구 찾아온답디다."

"내가 물건 쓸 줄 알긴 아는 거여? 내 물건이 쓸만하긴 혀?"

"그만한 무골장군 구하기 쉽지 않소."

"곰보댁, 정말 내 무골장군 맛이 괜찮어?"

"괜찮을 정도가 아니라 까무러쳐 까딱 숨넘어가겠습디다."

"이봐, 곰보댁 가까이 오더라고."

"힘 쓸만 하우?"

"아, 그럼, 닭을 한 마리 다 먹었는디."

그날 밤을 꼬박 새도록 춘자는 황 씨를 조금도 놓아주지 않았다.

이튿날 한나절쯤에 종태는 또 약을 사들고 박 씨와 함께 황 영감 방문을 열었다. 황 씨는 깨나른한 몸을 움직일 기척도 없이 죽은 것처럼 꼼짝도 않았다. 종태가 큰소리로 물었다.

"아니, 오늘도 못 일어나는 거요?"

"……"

"어랍쇼? 사람이 더 까부러졌잖아? 이봐, 황 씨! 어떻게 된 거야?"

"……"

종태는 아무래도 안 되겠다 싶어 사람들을 불렀다. 그동안 겪어 본 경험으로 보아도 황 씨는 아프지도 않은 몸을 아픈 척 언구럭을 부리는 성격이 절대 아니었다. 함께 온 박 씨가 눈이 휘둥그레져서 물었다.

"왜 그래요?"

"아무래도 안 되겠어. 무슨 딴 병이 있나 본데? 홍천에 있는 병원으로 데리고 가 봐야겠어."

"병원에요?"

"어서 트럭에다 옮겨 실어요."

종태가 황 씨를 트럭에 싣고 부랴부랴 홍천 읍내 병원으로 데리고 갔을 때 자세하게 진찰을 마친 의사가 말했다.

"몸살감기가 가시지도 않은 상태에서 지난밤 몹시 과로한 모양입니다."

종태가 깜짝 놀라 의사에게 되물었다.

"지난밤에 과로요? 이 사람은 벌써 며칠째 아파서 방에 드러누워 있었는데 과로라니 당치도 않은 말씀을."

의사가 몹시 떨떠름한 얼굴로 종태를 건너다보며 쩝 하고 혀를 찼다.

"글쎄, 그거야 낸들 압니까. 어쨌든 진이 많이 빠졌어요. 기진맥진한 것으로 보아도 그렇고 눈동자가 개개풀어져 있는 것을 보아도 그렇고. 어쨌든 야간작업을 심하게 한 게 틀림없소. 얼굴 좀 보세요. 피죽 한 그릇도 못 먹은 사람처럼 뇌르끄레하잖습니까."

종태는 의사의 말을 이해할 수가 없었던지 연신 고개를 갸우뚱거렸다.

"그거 참, 알 수가 없네. 간밤에 뭘 했다는 거지?"

그게 춘자가 숯공장 옆에 붙어 산 지 3년만에 있었던 일이었다.

수도원으로 가는 춘자

숯공장 인부들에게 해장국 한 그릇씩 돌려주고 난 뒤, 춘자는 외목장사 20여년 동안 정들었던 집을 뒤로했다. 사과상자 속에 챙겨 둔 물건들은 나중에 박 씨가 숯공장 차로 실어다 주기로 했다. 아쉬운 마음이야 오죽했건만 그녀는 미운 정 고운 정 들었던 숯공장 사람들과의 추억을 가슴에 안고 수도원을 향해 발걸음을 옮겼다. 가끔씩 짧은 바람이 조그맣게 그녀의 발밑에서 숯먼지를 일으켰으나 문득 하늘을 올려다보니 하늘은 어느새 함박눈이라도 쏟아부을 듯 잔뜩 흐려 있었다.

'눈이 내릴라는갑다.'

언제 나타났는지 황 영감이 춘자 손에 힘겹게 매달려 있는 보따리를 빼앗았다.

"이리 내놔. 머리에 인 것도 내려놓고. 내가 지게로 져다 줄꺼."

"괜찮소. 놔두고 어여 가서 일이나 해요."

"왜 이려? 늙고 병들면 내려와 살라고 해 놓고는."

"아니, 어제 오늘 사이에 벌써 늙고 병들어 수도원에 들어와 살 거유?"

"그러니까 내가 짐이라도 좀 들어다 주고 싶다 이 말 아닌감."

황 영감은 그녀의 머리 위에 올려진 보따리조차 덥썩 들어다 지게 고다리 위에 올려놓고 밧줄로 꽁꽁 묶었다. 때로는 뜬금없이 무뚝뚝하다 싶기도 했지만 하는 짓은 예나 지금이나 별다름 없이 희떱다고 그녀는 속으로 피식 웃었다.

"뭔 짐이 이리 많은기여? 이걸 뭘 하려고 죄 싸갖고 가는기여? 언놈허구 살림차릴려구 작심헌 거 아녀?"

"차아암! 영감두 원, 김 씨 색시랑 수도원에서 일하겠다고 했지 않소. 어느 놈하고 살림은 무슨 당치도 않은 소릴."

"누가 알아? 여자덜 맴은 하루에도 12번은 더 변덕을 부린다는디."

두 사람은 앞서거니 뒤서거니 숯공장을 벗어나왔다. 검둥인지 흰둥인지 구별이 안 될 만큼 까맣게 숯먼지를 뒤집어 쓴 강아지 두 마리가 쫄래쫄래 따라나서자 그녀가 회초리를 꺾어 들고 쫓기 시작한다. 숯공장에서 심심풀이로 키우는 강아지들인데 눈만 뜨면 춘자네 주막으로 찾아와 살다시피 했다.

"올라갓! 따라오지 말어!"

강아지들은 그러는 그녀가 되레 이상스럽다는 듯 연신 고개를 갸우뚱거리며 도망갈 줄을 몰랐다. 황 영감이 나무랐다.

"놔두지 그려. 따라오면 어뗘? 수도원에서 강아지 두 마리 못 얻어 먹여?"

"목사님헌테 말 듣지 않을까 싶어서."

"아, 목사가 강아지 두 마리 델구왔다구 임자 쫓아낼껴? 그런 목사도 있남? 걱정 말고 데리고 가. 새끼 때부터 엽때까정 임자 밥 얻어먹구 살아왔는디. 말 못하는 짐승헌티 그러는 거 아녀."

그녀는 황 영감의 말에 조금은 마음이 동하는 눈치였으나 그래도 썩 마음이 편치는 않았다. 황 영감이 재촉했다.

"아, 데리구 가자구."

춘자는 더 이상 강아지들을 쫓을 생각을 거두고 갖고 있던 회초리를 멀리 던져 버렸다. 강아지들이 다시 꼬리를 살랑대며 두 사람을 앞서 멀찍감치 내달리고 있었다. 녀석들이 논바닥 한가운데 수북이 쌓인 괴꼴 더미에 달려들어 마구 뒹굴기도 했다.

"그래, 같이 가자. 외주둥이 하나 먹고 살기로 설마 너희들 두 놈 밥이야 굶기겠니. 내 밥을 덜어서라두 굶기지 않으마. 같이 가자."

후드득! 길가에 엎드려 있던 비둘기 한 쌍이 하늘로 치솟아 올랐다. 숯공장에서 이쯤 걸어 나오면 산속은 잣나무와 잡목으로 빽빽하게 우거져 있었고 숯검정은 티끌 하나 볼 수 없었다. 조금 더 내려가니 왼쪽으로 깎아지른 듯한 절벽이 병풍처럼 이어져 있었고 절벽이 끊어진 산자락 아래로는 누우런 억새풀밭이 학교 운동장만큼이나 널따랗게 펼쳐져 있었다. 때로는 거기에 노루나 고라니 같은 멧짐승들이 가끔 나타나곤 했다. 근간에는 멧돼지 일가족도 심심찮게 구경할 수 있었다고 종태가 말했었다. 소문에는 개미촌 회장인 김 씨가 필지가 다르긴 했지만 그 계곡 아래땅마저 모두 사 들였다고 했다. 그래서 수도원 땅은 얼추 백만 평이나 된다고 했다. 산골의 땅이 워낙 싸서 때는 이때다 싶어 종태는 이도와 병숙을 설득해서 서둘러 개미촌 공동체 명의로 그 땅을 샀다.

두 마리 강아지들이 억새풀 밭을 숨바꼭질하며 신이 난 듯 마음껏 뛰어 놀고 있었다. 춘자는 강아지들이 귀여웠다. 지난밤 내내 강아지를 두고 갈 생각에 가슴이 먹먹해서 더욱 잠을 설친 듯했다. 앞서 가던 황영감이 먼저 입을 열었다.

"딸년은 어찌 됐어?"

"데려다 놨어요. 수도원에."

"뭐여? 수도원에 벌써 데려다 놨어? 언제 그럴 틈이 있었남?"

"김 씨가 사람을 시켜서 데려다 놨어요."

"그려? 그것 참, 고맙긴 허지만 정신 나간 년 델다 놓고 치닥거린 어떻게 다 헐 거여?"

"해야지요. 내 죄가 그리 큰데 해야지요."

"그놈에 죄 많단 소리는, 아, 언년놈은 죄 안 짓고 사는 년놈들 있어?"

"그래도 내 죄는 누구보다 많소. 뼈다귀가 부러지도록 남을 위해 일해 주고 사죄하고 죽을라오."

"허허참, 그 죄 많다는 소리 좀 작작하라고!"

"이봐요, 황 씨."

"왜 그려?"

"몸 다치지 말구 건강에 조심해요. 늙으면 아파 드러누울 때가 제일 서러운 거요. 알우?"

"건강이란 게 어디 사람이 조심한다구 만날 괜찮은 건감? 뒤로 자빠져두 코가 깨질라믄 코가 깨지는 건디."

"술 많이 마시지 말구요."

"술 없이 뭔 재미루 살어? 게다가 임자마저 없는 판에 술이 약이구 친구지."

"누에늙은이 다 되었는데도 아직두 그거 그리 서우?"

"뭐 말여?"

"차아암! 눈치 하난 굼벵이 찜쪄 먹지. 뭐긴 뭐유? 그 가운데 꺼 말이지."

"예전 같지 않어. 아, 임자도 못 느꼈어? 얼마 전에 임자 말로 그랬잖어. 이제 힘 별로못 쓴다구."

"나이가 벌써 내일모래 칠순인데 그래도 그렇지 그게 제일 걱정이겠구랴. 어데 가서 그 물건 달래 줄 거요?"

"생각나면 임자허테 달려가믄 될 거 아녀?"

"그 생각은 이제 아예 말우."

"뭐여?"

"내게 뛰어올 생각은 아예 눈곱만치도 말라구 했쑤."

"젠장!"

"목사님이 그랬소. 다시는 몸을 함부로 굴리지 말라구."

"목사가?"

"예, 수도원 목사가 그럽디다. 다시는 그런 죄를 짓지 말라구요."

"이런 젠장! 아, 목사는 그것도 안 하나? 목사덜도 아들딸 잘도 낳구들 살던데 뭘."

"부부지간에야 뭐 어떻수?"

황 노인이 춘자의 말을 귓등으로 흘려 보내고는 하늘을 올려다본다.

"눈이 오누먼."

그녀가 고개를 젖히고 하늘을 올려다본다.

"그러게, 눈이 오네. 첫눈치고 눈발이 굵기도 해라."

"손주 아이도 있담서?"
"그 애도 오늘 수도원에 데려다 놓을 거유."
"그 아이는 누가 길러?"
"내년 봄에 고등학교 들어가는데 그동안 그놈 학비 대느라고 죽을 똥 쌌네. 다행히 김 씨 마누라가 고등학교 학비는 안 내고 학교 다니게 해 준다니 그렇게 고마울 데가. 김 씨가 잘 아는 분이 강원도 땅 어딘가에 중고등학교도 짓고 대학교도 짓는답디다. 학교는 학비를 안 받는답니다요. 김 씨 마누라가 우리 손주 성철이놈을 그 학교에 보내 준대요. 기숙사에 들어가게 한데요."
"그래도 그 애는 정신이 온전한 모양일세?"
"그럼요, 애는 똑똑해요. 어느 씨종머릴 닮았는지 모르지만."
"어느 씨종머릴 닮았으면 어때? 똑똑하면 그나마 천만다행 아녀?"
두 사람이 산모퉁이를 마악 돌아서자 눈 아래 수도원 공사장이 어지러운 모습으로 펼쳐졌다.
"와이고매! 크게 짓는갑네. 응?"
"굉장히 크게 짓는데요. 양로원, 부모 없는 아이들, 또 손발 못 쓰는 장애인들도 죄다 데려다 놓는데요."
"사지 못 쓰는 사람꺼정? 그런 것들을 죄다 끌어 모아다가 공짜로 재워 주고 옷 주고 밥 멕여 준단 말여?"
"그럼요."
"정신들이 빠졌잖어."
"정신들이 빠지긴! 황 씨도 한번 와서 직접 봐요. 마음이 썩 달라질 테니."
"내사 그 따위 짓 않겠네. 아, 내 돈 내 육신 쳐들여서 공짜로 엉뚱한 사람들 멕여 살리다니 그게 제정신 박힌 사람들 짓이여?"
그녀가 격앙된 어조로 침을 튀기는 황 씨를 웃는 얼굴로 바라보며 조용하게 말했다.
"김 씨가 제정신 없는 사람이유?"
"김 씨가?"
"김 씨가 백만 평이나 되는 저 땅을 수도원 짓게끔 공짜로 수도원에다 기증

했잖쑤. 서울에서 남부러울 게 하나 없이 복스럽게 살아도 될 여자들이 손발 걷어붙이고 대들어 불쌍한 사람들 수발 군소리 하나 않고 다 허잖우. 김 씨 색씨마저도."

"……"

"저기 가면 사람 사는 맛을 배울 수 있소. 사람이 어떻게 살아야 되는지도 느끼게 되고 말유. 나 지난밤에 많이 울었소."

"울어? 왜? 딸애 생각 땜시?"

곰보댁이 고개를 절레절레 흔들었다.

"그럼, 왜 울었어?"

"죄만 짓고 허송세월만 하고 살아온 내 팔자가 너무도 한스럽고 억울해서 밤이 새도록 울었소."

"뭔 소린지 원."

"황 씨, 내 며칠 전에도 말했잖우. 혹 내 생각나면 내려와요. 내 따뜻한 밥 내 손으로 지어 주께."

"그거야 뭐."

"늙고 병들어도 이리로 내려오고."

"……"

황 씨는 수도원 마당 안에까지 들어와 지게에 얹은 짐을 풀어 놓고 다시 숯공장으로 돌아갔다.

뒤틀린 손등의 기적

 춘자는 옷가지들이 들어 있는 보따리를 들고 망치소리 톱소리로 시끄러운 공사장을 가로질러 제일 먼저 딸이 묶여져 있는 집을 향해 부지런히 발걸음을 옮겼다. 창고문을 열자 두 명의 청년은 온데간데없고 최 목사만이 홀로 수현이 앞에 앉아 땀에 흠뻑 젖은 얼굴로 기도하고 있었다. 수현이는 차꼬에 묶인 손을 내밀면서 애처로운 눈빛으로 엄마를 바라보았다. 그녀는 딸의 눈빛을 받아내기가 감당하기 힘든 듯 고개를 돌렸다. 그녀는 보따리를 풀고 옷가지를 낡은 트렁크에 차곡차곡 챙겨 넣었다. 이윽고 최 목사가 기도를 마치고 일어섰다. 춘자가 먼저 최 목사를 아는 체했다.
 "목사님."
 "오, 아주머니."
 "청년들은 어디 갔어요?"
 "잠깐 따라오십시오."
 최 목사가 앞장섰다. 눈송이가 더욱 굵어져 하늘을 가득하게 메우고 있었다. 일하던 사람들 중 누군가가 소리쳤다.
 "안되겠다. 데마찌(주 : 일본어 てまち-작업 시간 중에 일거리가 없어 손을 놓고 있는 상태를 뜻한다. 오늘날에도 우리나라 공사판 따위의 현장에서 여전히 이러한 일본어 데마찌가 쓰이고 있는데, 소설의 현장감을 살리기 위해서

일본어를 그대로 쓴다)야. 눈이 많이 와서 일 못해. 데마찌다! 고기나 구워서 술이나 한잔씩 걸치구 일찌감치 집에 가자구."

그 말에 모두들 하던 일을 멈추고 연장을 챙겼다. 춘자는 최 목사를 따라서 사무실 안으로 걸어 들어갔다. 그녀는 앗 하는 외마디 비명을 내지르고 그 자리에 못 박힌 듯 멈춰 섰다. 의자에 앉은 두 명의 청년이 온통 얼굴을 붕대로 싸매고는 풀기 하나 없는 눈동자로 그녀를 멍하니 쳐다보고 있었다.

"아니? 대체 왜 저래요?"

"따님께서 화장실에 가겠다고 하면서 하도 차꼬를 풀어 달라고 애걸하는 통에 청년들이 마지못해서 잠시 풀어 주었답니다. 그런데 따님이 청년들의 얼굴과 귀 등을 물어뜯어서 저렇게 되었습니다."

"세상에!"

"저분들의 얼굴에 난 상처가 이만저만 심각한 게 아닙니다. 이쪽 청년은 두 귀가 완전히 떨어질 뻔했고 이쪽 청년 얼굴에 박힌 이빨자국들 좀 보십시오. 그리고 코에 박힌 이빨자국도."

"아이고오, 앞으로 어쩌지요?"

"오늘 서울에서 사람들이 내려옵니다. 그분들과 힘을 합쳐 악령과 한판 붙어볼 작정입니다."

"어떤 분들인데요?"

"영적인 능력이 뛰어난 분들입니다. 귀신을 쫓아내는 은사를 받은 사람들이죠. 따님 속에 있는 악령과 사투를 벌일 사람들이요."

춘자는 최 목사의 말을 이해할 수 없었다. 하지만 최 목사의 말을 받아들이지 않을 수도 없었다. 춘자는 쓰러질 것만 같은 몸을 간신히 추스르고 사무실 밖으로 나갔다. 수도원이 완공될 때까지 인부를 시켜서 블럭으로 대강 쌓아 올리고 천막으로 지붕을 덮은 최 목사의 임시사무실이었다. 어느새 공사장 주변에 가득했던 망치소리와 나무 자르는 소리 등이 잠잠해져 있었다. 여기저기 흩어져 있는 건축자재들 위로 소복소복 눈이 쌓여 가고 있었다. 춘자는 숯공장에서 가지고 내려온 솥단지 등을 일단 집 안에 들여놓고 나서 곧바로 천막이 몇 동 모여 있는 곳을 향해 잰걸음을 옮겼다. 그녀는 어제 약속했던 대로 경진이 앞으로 다가가서 자신이 진짜로 주막을 정리하고 떠나 왔음을 알렸다.
"저 왔어요. 김 씨 아줌마! 아니, 하 선생님."
"어머? 아주머니, 참 잘 하셨어요. 며칠 내로 숯공장엔 식당이 새로 지어질 것이고 주방아줌마도 두어 명 개미촌에서 내려올 거예요."
"고마워요. 하 선생님."
"제게 고맙긴요. 회장님의 배려예요."
"배 선생님은요? 배 선생님은 없네요?"
"모르세요? 오늘 춘천에 갔죠. 아주머님 손주 학생 데리러요."
춘자는 금방 눈시울이 확 뜨거워짐을 느꼈다.
"하 선생님, 제가 할 일이 무엇인지 시켜 주시면 고맙겠구먼요."
"무엇을 하냐고요? 여기 무슨 일이든 다죠. 무슨 일이든 일이예요."
춘자가 잠깐 머뭇머뭇하더니 곧 자신있는 어조로 말했다.
"앞으로 수도원 식구들 식사는 제가 책임질랍니다. 나야 밥하고 반찬 만드는 일로 수십 년 늙어 왔다 아닙니까요."
"그 일은 무엇보다 큰일이죠. 오늘 서울에서 사람들이 여러분 내려오신다는데요. 그분들 식사 대접을 해야 하는데 아주머님 마침 잘 오셨어요."
"목사님한테 들었어요."
그녀는 천막에서 조금 떨어진 곳에 위치한 취사장을 향해 눈발 속으로 발걸음을 옮겼다. 그날 오후 세시가 조금 지나자 두 대의 승용차에서 여섯 명의 손님들이 수도원 마당에 내려섰다. 몸이 날씬한 30쯤 되어 보이는 여자 한 분과 그 나이 또래로 뵈는 남자 둘, 그리고 나이가 훨씬 들어보이는 두 명의 장로와 은혜기도원에서 부목사로 있는 김민식 목사였다. 최 목사가 사무실을 나와 반갑게 그들을 맞이했다.
"오시느라고 수고 많으셨습니다."
김민식 목사가 수려한 경관을 둘러보며 감탄했다.
"조용한 산속에 경치도 썩 훌륭하고요. 이렇게 천혜의 수도원 자리를 어떻게 구하셨습니까?"

최 목사가 자랑스럽다는 표정을 지으며 대답했다.

"개미촌 회장님이 기증한 땅입니다."

"개미촌 회장님은 참 대단하군요. 어디 있습니까. 문제의 여자는?"

최 목사가 함께 온 일행을 둘러보며 말했다.

"우선 점심식사를 하셔야 하죠? 좀 늦긴 했지만요."

일행 중 가장 나이 많아 보이는 장로가 대답했다.

"그럴까요? 고맙습니다."

그들은 천막식당에서 늦은 점심을 끝내고 나서 우르르 수현이가 묶여 있는 집을 향해 발걸음을 빨리했다. 춘자가 부지런히 설거지를 끝내 놓고 그들을 따라왔다. 그들이 조그만 마당에 들어섰다. 그때까지 창고 안에서 괴성을 질러대며 입에 담지도 못할 욕지거리를 마구 뇌까려대던 수현의 목소리가 뚝 끊어졌다.

안경 낀 여자가 긴장한 얼굴로 중얼거렸다.

"안에서 뿜어져 나오는 기운이 대단하군요. 강력한 악령이네요."

안경 낀 여자는 최 목사의 신학교 동기가 개척한 교회의 여자 전도사였다. 최 목사가 고개를 끄덕이며 짧게 대답했다.

"그렇습니다."

그때 은혜기도원의 부원장인 김민식 목사가 나섰다. 그는 악령을 내쫓는 은사를 받은, 교계에서 잘 알려진 목사였다.

"문을 열어 주시겠습니까? 최 목사님."

"그러지요."

최 목사가 문을 열었다. 순간 역겨운 냄새가 코를 찌르듯 밖으로 쏟아져 나왔다. 수현의 머리는 폭격을 맞은 듯 산발해 있었고 입술은 사막처럼 바짝 말라붙어 있었다. 뱀처럼 번들거리는 수현의 눈이 증오와 원망에 찬 눈동자로 사람들을 쏘아보고 있었다. 자신에게 쏠리는 사람들의 집중된 시선이 눈부신 듯 그녀가 부르르 몸을 한번 떨더니 슬그머니 고개를 외로 꼬았다.

김민식 목사가 침착하고 힘있는 어조로 수현을 향해 입을 열었다.

"네 이름이 무엇이냐?"

수현의 입에서 뚝배기를 긁는 듯한 남자 목소리가 쏟아졌다.
"머리 깎은 뱀이다."
"왜 그 속에 있느냐?"
"내 집이니까."
"거기는 네 집이 아닐 텐데. 너는 원래 집이 없지 않으냐?"
"천만에, 모르는 소리. 내가 들어가 살 곳은 얼마든지 있다. 머리 깎은 뱀을 좋아하는 사람들이 모두 다 내 집이다."
김 목사가 수현에게 소리쳤다.
"머리 깎은 뱀이 무엇이냐?"
순간 수현이는 김민식 목사를 죽일 듯이 노려보았다. 하지만 김 목사는 조금도 두려워하지 않았다. 그때 수현의 눈길이 천천히 춘자에게로 옮겨가고 있었다. 춘자는 딸의 눈빛을 보고 온몸에 서릿발 같은 소름이 돋는 것을 느꼈다. 또 수현이가 뚝배기 긁는 소리를 내뱉았다.
"내 집은 원래 저 여자였다. 저 여자가 내 집인데 여기가 더 좋아서 옮겼다."
사람들의 시선이 일제히 춘자에게로 향했지만 곧 다시 수현에게로 방향을 바꾸었다. 함께 온 사람들이 한 목소리로 크게 외쳤다.
"주 예수 그리스도의 이름으로 명령한다. 당장 그곳에서 나왓!"
수현이 바락 소리쳤다.
"싫다! 개새끼들! 썩 사라져 없어져! 여긴 내 집이야! 왜 날 내쫓으려고 해!"
이때 김민식 목사가 오른손을 들어 수현의 이마를 탁 치며 큰소리로 부르짖었다.
"주 예수의 이름으로 명령한다. 어서 그 여자의 몸에서 나오랏!"
갑자기 그녀가 온몸을 뒤틀면서 몸부림치기 시작했다. 그녀의 눈이 하얗게 뒤집어지면서 입에서 거품이 꾸역꾸역 입 밖으로 밀려나오고 있었다. 곧 이어 수현의 목구멍에서 소름끼치는 소리가 새어나오더니 온몸을 꽈배기처럼 비틀었다.
수현이가 차꼬에 묶인 굵은 나무기둥을 잡아당겼다. 순식간에 서까래가 무너지며 지붕의 흙이 쏟아져 내렸다. 그녀가 나무기둥을 질질 끌면서 밖으로 걸어 나오고 있었다. 혼비백산한 사람들이 부리나케 수도원 사무실 안으로 뛰어들었다. 최 목사가 춘자의 손목을 끌고 황급히 사무실 안으로 뛰어 들어왔다. 최 목사가 재빨리 문을 닫고 자물쇠를 잠가 버렸다. 수현은 무시무시한 공포의 눈길로 사무실 쪽을 노려보았다.

그녀가 쇠줄을 질질 끌면서 한 발짝 한 발짝 사무실 쪽으로 거리를 좁혀 왔다. 사람들은 그만 얼굴이 새파랗게 질려 온몸을 와들와들 떨었다. 수현이가 출입문의 손잡이를 움켜쥐고 비틀었다. 뿌지직! 하는 소리와 함께 곧 출입문이 활짝 열렸다. 수현이가 사무실 안으로 성큼 들어섰다. 최 목사가 수현이를 똑바로 쏘아보며 소리쳤다.

"그 자리에 서서 꼼짝 마랏!"

수현이가 걸음을 뚝 멈추었다. 그리고 최 목사의 시선을 슬그머니 피하더니 안경 낀 여자에게로 시선을 옮겼다. 그녀의 입에서 조소 섞인 목소리가 쏟아져 나왔다.

"나는 머리 깎은 뱀이지만 너는 무엇이냐? 네 몸 속에 내 부하가 들어 있구나. 히히히히, 새끼뱀 주제에, 히히히히!"

안경 낀 여자의 얼굴에서 식은땀이 비 오듯 쏟아졌다. 이제 수현은 책상 밑에 숨어 있는 남자를 향해 마구 지껄였다.

"저놈! 저놈 속에도 새끼뱀이 들어 있구나. 네년 속에 있는 새끼뱀과 똑같은 뱀 말이다. 감히 네놈이 나보고 나오라고? 히히히히, 웃기고 자빠졌네."

누군가가 사무실 안으로 뛰어 들어왔다. 춘천에서 막 돌아온 병숙이었다. 그녀의 등에 흐느적거리는 몸짓으로 장애인 한 명이 매달려 있었다.

"목사님, 무슨 일이예욧! 앗! 저 여자가 대체… 어찌된 일이예요? 목사님."

최 목사의 얼굴에서도 땀이 비 오듯이 쏟아지고 있었다. 최 목사가 떨리는 목소리로 말했다.

"저 악령 들린 여자가 쉽지 않군요."

딸의 행동을 보고만 있던 춘자가 땅바닥에 털썩 주저앉더니 대성통곡을 했다.

"어엉! 하나님, 내 죄를 용서해 주셔요! 제가 잘못했으니 이 더러운 목숨을 데려가시고 내 딸을 살려주세요. 하나님, 하나니임, 으흐흐흐흐."

땅바닥에 엎드려 울부짖고 있는 춘자를 쏘아보면서 수현이는 쉼 없이 욕설을 내뱉었다.

"씨발년! 개같은년! 지랄 염병허고 자빠졌네. 그래 썩 나가 돼져랏! 지금 당장 혀를 깨물고 칵 돼져 버렷!"

그녀는 엄마에게 금방이라도 달려들 태세였으나 아무래도 손목에 매달려 있는 나무기둥이 여의치 못한 듯 한번 휘청하며 뒤로 자빠질 뻔했다. 병숙은 딱 벌어진 입을 닫을 엄두도 못 내고 등에 업은 청년을 소파 위에다 내려놓았다. 실로 이상한 현상이 그 순간 벌어졌다. 소파 위에 내려놓은 청년이 문어발처럼 사지를 흐느적거리면서 땅바닥에 쓰러져 울고 있는 춘자에게로 주춤주춤 다가갔다. 그러고는 뒤틀린 손등으로 그녀의 눈물을 닦아 주는 게 아닌가. 청년이 흘러내린 그녀의 머릿결을 정성스럽게 한 올 한 올 쓸어 넘겨 주고 있었다. 그러는 청년의 티 없이 맑고 깨끗한 눈동자란! 춘자가 청년의 손을 두 손으로 와락 끌어 잡았다. 춘자는 자신도 모르게 가슴속에서 파도처럼 밀려오는 벅찬 감동을 주체할 수가 없었다. 곰보댁 춘자가 청년을 와락 껴안고 비오듯이 눈물을 흘렸다.

"아! 이 청년은 대체 누구인가. 하늘나라에서 내려온 천사인가."

조금 뒤 청년이 수현을 향해 몸을 틀었다. 그리고 그녀에게로 조금씩 다가갔다. 병숙이 그 모습을 보고 소스라쳐 소리쳤다.

"앗 안 돼! 위험해."

병숙이 달려들어 청년을 데려오려고 하자 최 목사가 무엇을 느꼈는지 조용히 만류했다.

"배 선생님, 가만 두세요. 두고 봅시다. 저 청년의 얼굴을 보세요. 우리와는 달리 저 불편한 몸으로 전혀 무서워하지 않고 있습니다."

청년이 그녀에게로 가까이 다가가서 제멋대로 뒤틀린 손을 수현의 이마에 얹었다. 그러자 그녀가 뒤로 벌렁 나자빠지더니 온몸을 꽈배기처럼 비틀어대면서 소리소리 지르고 악을 썼다.

"싫어! 안 나갈 테야! 나가기 싫어! 나를 여기 살게 해 줘. 아무 짓도 안 할 테니 그냥 이곳에 살게 해 줘어!"

그녀가 발악하며 바닥에 자빠져 데굴데굴 굴렀다. 차꼬가 채워진 그녀의 손목에서 살갗이 벗겨져 피가 흥건히 번져 나오고 있었다. 얼마 후, 소름끼치는 기다란 비명을 또 한번 내지른 뒤 수현의 몸이 물처럼 잠잠해 졌다. 곧 수현은 깊은 수면 속으로 떨어졌다. 이윽고 청년이 사람들 쪽을 향해 몸을 돌렸다. 아무렇게나 비뚤어진 청년의 입가에 도저히 이해하기 힘든 신비스러운 미소가 아침햇살처럼 환하게 퍼지고 있었다. 최 목사가 손뼉을 딱 치면서 소리쳤다. 확신에 찬 목소리였다.

"빠져나갔습니다. 승리했어요. 아주머니."

춘자가 눈이 휘둥그레져서 물었다.

"뭐라구요? 목사님?"

"따님의 병이 나았습니다. 기뻐하세요."

"뭐라구요? 제 딸의 병이 나았다구요? 정말입니까? 목사님?"

"이제 깨어나면 음식을 먹여서 쉬게 하세요. 속이 매우 허탈할 겁니다. 당분간 죽을 먹이세요."

"네, 목사님, 으흐흐흐… 고맙습니다. 고맙습니다!"

사무실 안을 둘러보던 최 목사가 깜짝 놀라서 김 목사에게 물었다.

"아니, 같이 오셨던 집사님 한 분과 여자 전도사님은 어디 갔습니까?"

김민식 목사는 최 목사를 의미 깊은 눈으로 바라보며 조용히 말했다.

"글쎄요, 어느 틈에 둘 다 없어졌군요."

최 목사가 말했다.

"남자집사님은 귀신 쫓아내는 데는 으뜸이라고 교계에 소문이 자자했잖습니까?"

"그랬지요. 언젠가 그분들이 악령에 사로잡힌 사람을 고치는 걸 저도 제 눈으로 똑똑히 보았고 그 당시엔 저도 정말 놀랐습니다만."

"대체 어디 갔지?"

"여자와 함께 먼저 갔을 게 분명합니다."

"예?"

"두 사람은 먼저 사라졌습니다. 이제 두 사람의 모습은 많은 사람들 앞에 나타나기 힘들겠지요."
"김 목사님, 그게 무슨 뜻입니까?"
"교만이 그 두 사람을 음란의 덫에 걸리게 했습니다. 무서운 일이지요. 두 남녀는 각각 가정이 있는 사람들인데 불륜의 덫에 걸리고 말았지요."
모두들 김민식 목사의 말에 충격을 받은 듯 벌어진 입을 다물지 못했다.

그날 오후 5시가 훨씬 넘어서 종태가 이도와 함께 승용차에서 내려섰다. 두 사람은 곧바로 수도원 사무실 안으로 발걸음을 향했다. 눈은 그쳐 있었으나 바람은 더욱 매서워져서 몹시 추웠다. 사무실에 들어서자마자 종태는 책상 앞에 엎드려 무엇인가 열심히 쓰고 있는 최 목사에게 말을 건넸다.
"목사님, 뭐하세요? 언제 서울에 가십니까?"
"어이구! 회장님께서 이곳엘. 금요일에 서울에 갈 예정입니다."
"목사님, 나보고 회장님이라고 부르지 마십시오."
"허허, 그럼 달리 불러 드릴 호칭이 있습니까? 저도 형님이라고 부를까요?"
"김 씨라고 불러주는 게 편합니다. 목사님, 목사님 사무실이 블록으로 엉성하게 쌓인 것이 보기가 영 안 좋은데, 사무실부터 먼저 지으라고 할까요?"
"회장님 보고 김 씨라고 부르라고요? 그건 안 될 말입니다. 저는 그냥 김 회장님이라고 부르겠습니다. 공동체의 대표자이신데 김 씨라고 부르면 격에도 맞지 않지요. 사람들 듣기에도 좋지 않습니다. 그리고 사무실은 괜찮습니다. 눈비 안 맞고 바람 막아 주면 된 거 아닙니까?"
종태가 수현이의 근황을 물었다.
"그건 그렇고, 그 여잔 어찌 됐습니까. 숯공장 식당 아줌마의 딸 말입니다."
"허허허! 그 여자 때문에 모두들 혼쭐이 다 빠졌습니다."
이도가 사방을 두리번거리며 누굴 찾는 듯 최 목사에게 물었다.
"목사님, 우리 애들 둘 어디 있습니까?"
"임시로 친 천막 양호실에 드러누워 있습니다."
"예? 양호실에요? 뭐 병났습니까?"

"그게 아니고 다쳤습니다."
"다쳐요? 누구와 싸웠습니까?"
"그게 아니고 그 여자에게 물어뜯겼습니다."
"그 미친 여자에게 물어뜯겼다고요?"
"예."
이도는 어이가 없다는 듯 할 말을 잊고 종태를 힐끗 쳐다보았다. 종태가 이도에게 말했다.
"가서 애들을 데리고 와라."
"예, 큰형님."
이도가 나간 뒤 종태는 담배를 한 개비 빼어 물고 불을 붙이려다 말고 최 목사를 흘끔 쳐다보았다. 종태가 짤막하게 한숨을 쏟아 놓은 뒤 담배를 다시 담배갑에다 꽂아 넣었다. 경진의 말이 떠올랐기 때문이었다.
'목사님 앞에서 담배 피지 마세요. 술 냄새도 풍기지 말구요.'
"이런 젠장! 목사가 뭐 대단한 사람이라고 이 김종태가 목사 앞에서 담배도 못 피우고 술도 못 마셔?"
경진은 한술 더 떠서 종태에게 단단히 다짐을 받아 내었었다.
"집에서도 담배는 안 되겠어요."
"뭐야? 집에서도?"
"공부하는 태진에게도 해로워서 안 되겠어요. 간접흡연이 더 나쁘대요."
종태는 할 말이 없다.
"아시겠죠? 저엉 담배가 피우고 싶으시면 마당에 나가 피우거나 정원에 내려가서 피세요. 정원에서도 나무나 화초 옆에서는 안 돼요. 식물들에게 담배 냄새가 얼마나 나쁜지 알아요?"
"어허, 거참, 젠장헐!"
종태는 경진의 성화에 못 이겨 그 이후로는 집안에서 담배를 절대 피우지 않았다. 최 목사가 그런 종태를 보고 웃음 지으며 말했다.
"괜찮습니다. 피우세요."
"됐습니다. 이따가 밖에 나가면 피우죠."

"미국에 계신 김귀로 선생께선 잘 계십니까?"

"예, 잘 있다는 전화를 받았습니다. 하지만 제 아내한테서 들었는데, 예기치 않은 상황이 벌어져서 교회를 못 다니게 되었답니다. 예전엔 안 그랬는데 요즘 들어 김귀로 부부는 교회에 못 나가면 죽는 줄 아는데 그건 왜 그렇죠?"

최 목사는 종태의 눈에 시선을 고정시켜 놓고 입을 열었다.

"인간은 누구나 신분의 고하를 막론하고 하나님의 실체를 체험하게 되면 하나님에 대한 믿음을 갖게 됩니다. 김귀로 선생 내외분은 하나님의 실체를 체험한 분들입니다. 그분들에게는 세상의 그 무엇보다도 신앙이 우선일 것입니다."

종태는 최 목사가 하는 말이 하나도 가슴에 와 닿지도 않을 뿐더러 이해할 수도 없었다. 최 목사가 그런 종태를 보고 부드러운 얼굴로 말했다.

"혹시 미국에 계신 김 선생님의 신변에 좋지 않은 일이라도 생겼나요?"

넘겨 짚듯이 말하는 최 목사에게 종태는 즉답을 못하고 천정에다 시선을 보내 놓고 말이 없다. 한참 후 최 목사가 입을 열었다.

"김 회장님, 무슨 일이건 말씀해 주시면 그 문제를 놓고 기도하겠습니다. 기도는 사람이 할 수 없는 불가능한 일도 가능케 하는 능력이 있습니다."

"뭐, 별 일 아닙니다. 불순한 작자들이 김귀로가 다니는 교회를 폭파시키겠다고 협박을 했다는데 그곳 형편을 잘 아는 친구에게 물어보았더니 크게 염려하지 않아도 된답니다. 단지 김귀로 부부가 교회에 나갈 수 없는 형편이 아쉬울 뿐."

출입문이 열리고 이도가 청년들 두 명을 데리고 들어섰다. 종태가 눈이 휘둥그레졌다.

"앗! 그 얼굴이 왜 그 모양이 됐냐?"

이도가 기가 찬 듯 청년들을 대신해서 말했다.

"그 미친 여자한테 물어뜯겨서 이 꼴이 됐답니다. 참 한심한 꼴이죠."

"뭐얏? 여자한테 물어 뜯겼다고?"

"예, 미친 여자에게서요."

종태는 믿어지지 않는다는 듯 열린 입을 다물 줄 몰랐다. 두 청년은 고개를 푹 떨군 채 아무 말도 못하고 서 있기만 했다. 종태가 물었다.

"상처가 심하냐?"

"여러 바늘 꿰맸습니다."

종태가 두 청년에게 말했다.

"오늘 중으로 서울로 올라가도록 해라."

청년들은 종태의 말에 귀가 번쩍 뜨인 듯 반색을 했다.

"그게 정말입니까? 큰형님, 고맙습니다! 미친 여자를 지키고 있다는 건, 그건 정말 미칠 지경이었습니다."

그날 저녁에 종태는 이도와 함께 숯공장으로 향했다. 사무실을 나서기 직전 종태는 귀로 부부에 관해 궁금한 것은 아내 경진에게 자세히 물어보면 된다는 말을 최 목사에게 남겼다.

그들은 바보였을까

　최 목사는 철야기도를 마친 뒤 새벽이 하얗게 창문을 물들일 때쯤 사무실 문을 열고 밖으로 나섰다. 새벽하늘에는 아직도 별들이 꾸벅꾸벅 졸고 있었지만 바람은 한 점도 없었다. 최 목사는 춘자 모녀가 살고 있는 방문을 조그맣게 두드렸다.
　"아주머니, 주무세요?"
　곧 문이 활짝 열렸고 춘자가 얼굴을 내밀었다. 아마도 잠들어 있는 수현을 살피느라 밤에 한숨도 못 잔 듯했다.
　"목사님?"
　"예, 간밤에 별일 없었습니까?"
　"예, 조금 전에 잠이 깨었는데요. 배가 고프다고 해서 죽을 끓여 먹이고 있어요. 저렇게 얌전해졌어요."
　과연 수현이의 무섭던 얼굴은 간곳없이 사라졌고 좀 시르죽어 보이긴 해도 평온한 눈길로 최 목사를 건너다보고 있는 것이 매우 인상적이었다. 최 목사가 조용한 목소리로 물었다.
　"이름이 무엇이죠?"
　"……."
　최 목사가 다시 물었다.

"대답해 보세요. 이름이 무엇이죠?"
수현이 또렷한 음성으로 대답했다.
"수현."
"옳아! 제대로 대답했소. 그럼 옆에 있는 분은 누구인지 알겠소?"
"엄마."
"됐습니다. 아주머니, 이제 따님의 무서운 병이 나았습니다."
"고마워요. 목사님."
"주님을 영접하고 열심히 이웃을 위해 봉사해 보세요. 그러면 몸도 마음도 행복해질 겁니다."
"예, 명심하겠어요."
최 목사는 그녀들 앞을 돌아서서 성애가 하얗게 내려앉은 임시천막 안으로 몸을 구푸리며 들어섰다. 머리가 하얗게 센 할아버지 한 분이 커다란 무쇠 난로 속으로 장작을 쑤셔 넣고 있었다. 할아버지는 짓물러 자꾸만 흘러내리는 눈물을 연신 손끝으로 눌러 짜면서 최 목사를 반겼다.
"할아버지, 날씨가 많이 추워졌지요."
"예, 목사님, 어쩐 일루 이리 이른 아침에 오셨시유?"
"배 선생님은 아직 주무시나요? 워낙 고단하실 테지."
"아녀유, 진즉 일어 나셨는디, 화장실에 간 모양인데유."
"난로가 워낙 화력이 좋아서 천막 안이 훈훈하군요."
"그렇지유. 조금도 춥지 않어유."
배병숙이 천막 안으로 들어섰다. 바깥 날씨가 몹시 쌀쌀했던지 그녀의 코끝이 새빨갛게 얼어 있었다.
"어머? 목사님, 이렇게 이른 시간에."
"혼자서 철야기도를 막 끝내고 이리로 온 겁니다. 바깥이 매우 쌀쌀하죠?"
"네, 목사님."
병숙이 의자를 끌어다 최 목사의 맞은편에 앉았다. 그녀는 내내 궁금했던 모양 최 목사의 눈을 말끔한 시선으로 들여다보며 물었다.
"목사님, 어제일 말인데요. 몹시 궁금해서 말씀인데요."

"말씀하십쇼."

"영력이 대단하다는 분들이 내려와서 수현에게 들어간 악령을 쫓아내려고 그토록 애를 썼는데도 어째서 악령은 더욱 기세를 부렸을까요?"

"그게 그렇게 궁금했습니까?"

"제가 어제 업고 왔던 청년은 지체부자유 장애인이라서 누가 봐도 안타깝고 불쌍하게만 보이는 아주 무력한 존재로만 알고들 있는데 말이죠."

"그렇겠지요."

"청년에게서 무슨 힘이 있어서 악령이 수현의 몸을 빠져 달아났을까요?"

"배 선생님, 악령은 탐심이라든가 탐욕이라든가 이기적인 생각들로 가득 찬 사람들을 조금도 두려워하지 않습니다. 그 청년의 영혼은 우리네 육신이 멀쩡한, 세속에 오염된 사람들이 갖고 있는 영혼과는 근본적으로 차이가 컸던 거지요. 하나님의 말씀이 깊이 뿌리 내린 사람, 그래서 하나님이 함께 하는 영혼, 하나님이 항상 동행하는 영혼이었을 것입니다. 청년의 가슴 속에는 오직 주님만이 요지부동으로 자리잡고 계셨을 것입니다. 악령이 제일 무서워하는 존재가 예수님이죠. 그러니 겉으로 보는 우리의 생각과는 달리 영적인 눈으로 볼 때 그 악령이 얼마나 혼비백산 했겠습니까?"

"네…."

"배 선생님, 하나님으로부터 특별한 은사와 능력을 받은 사람들이 있는데 때로 그런 은사를 받은 사람들 중의 일부가 겸손을 상실하는 경우가 있습니다. 그들은 하나님이 주신 은사를 겸손하게 간직해야 할 사명을 가볍게 여기고 자신이 체험한 은사에만 매달리는 잘못된 길을 가는 사람들이지요. 유명한 목사들 중에도 그런 사람들이 종종 나타납니다. 교만이 그들의 신앙을 오염시킨 것이죠. 병을 고치는 은사가 마치 자신이 가진 능력이라고 착각한 것이죠. 병을 고치는 신유의 은사는 하나님의 능력을 통해서 이뤄지는 것이지, 그 사람이 능력이 있어서 병을 고치는 게 아닌데도 말입니다. 때로 어떤 목사들은 자신에게 주어진 은사를 돈을 받고 팔기도 합니다. 자신의 은사를 자랑하는 교만에 빠지면 하나님이 그 은사를 거둬가시고 맙니다. 무슨 말인지 아시겠습니까?"

병숙은 최 목사의 말을 신중하게 마음에 받아들여야겠다고 내심 작심했지만 여전히 풀리지 않는 몇 가지 의혹의 꼬리가 쉴 새 없이 그녀를 고민케 했다. 그녀는 가슴으로 자신을 타일렀다.

'시간이 가면 차차 알게 되겠지.'

난로 속에서 장작 타는 소리가 쉴 새 없이 탁탁거렸다. 조금 벌어진 난로 뚜껑 사이로 연신 불티가 천막천정으로 날아오르고 있었다. 할아버지는 이제 저쪽 난로 속에 장작을 쑤셔 넣고 있었다. 두 사람 사이에 잠시 침묵이 흘렀다. 이윽고 먼저 입을 연 것은 최 목사였다.

"배 선생님, 수도원이 완성되면 제가 두어 해쯤 미국에 다녀와야 할 것 같습니다. 그래서 곧 당회를 열고 이 문제를 논의할 예정입니다."

"옛? 미국엘요?"

"그렇습니다. 제가 없는 동안 부목사에게 교회와 수도원 일을 맡길 계획입니다."

"목사님, 갑자기 그게 무슨 말씀이죠?"

"제가 생각이 좀 깊어졌습니다. 그래서 그 생각을 행동에 옮겨야겠다고 작심했어요."

"왜 교회와 수도원장 자리를 다른 분한테 맡겨야 하죠?"

"배 선생님."

"네, 말씀해 주시죠. 속 시원히."

"저는 원래 영등포에서 악명 높았던 건달이었죠. 사람 구실 제대로 못하고 살던 시절이 있었지요."

"목사님 별명이 쌍도끼였다면서요?"

"예, 사람들이 모두 그렇게들 불러주었죠."

"그런데요? 그게 지금 목사님 하시는 일과 무슨 상관이죠?"

"젊은 시절 공부를 안 하고 깡패 짓만 했으니 워낙에 배운 게 없습니다. 처음 개미촌에 왔을 때 이곳은 거칠고 사나운 건달들이 득실거렸지요. 이제 세월이 지나면서 많이 달라졌습니다. 삶의 수준이나 젊은이들의 학력 수준도 높아졌구요. 저도 더 늦기 전에 공부를 좀더 해야겠다는 생각을 했습니다. 다행히 훌륭하신 은사 한 분을 만나 어렵사리 신학공부는 마쳤지만 솔직히 성도들의 지식층이 날이 갈수록 두터워지니까 내 자신의 무식함이 자꾸만 한계에 와 닿는 느낌입니다. 머리에 든 게 너무 없습니다. 세상 지식이 성령에 우선해서는 안 되지만 목회자의 머리에 무식의 잡초가 무성하면 성도들에게 무시당하고 홀대받기 쉽습니다. 무시당하고 홀대받는 게 무서워서가 아니라 목회자일수록 세상 지식도 많이 공부하고 연구해야 한다는 걸 통렬히 깨달았습니다. 좋은 설교를 통해 성도들에게 메시지를 전해 드리기 위해서는 지식도 그 역할분담을 많이 한다는 것을 깨달았습니다. 말씀에 뿌리 내린 지식과 상식의 설교가 반드시 필요함을 느꼈습니다."

"그럼, 공부를 더 하시면 되잖아요."

"예, 그럴 생각입니다."

"그런데 굳이 교회를 다른 분에게 맡기고 수도원장 자리조차 다른 분에게 넘길 필요가 있을까요?"

최 목사가 결심이 선 듯 말했다.

"미국으로 가겠습니다."

"그럼 유학을 가시겠다 이 말씀인가요?"

"그렇습니다. 영어를 배워야 할 필요성을 절실히 느꼈습니다. 그래서 안식년동안 공부를 하고 돌아올 계획입니다."

"유학이라면 이해가 가요. 하지만 아무래도 너무 급작스런 말씀이라서."

"배 선생님, 이건 일단 제 개인적인 생각이지만 제가 없는 동안 부목사님을 도와서 배 선생님이 수도원장직을 맡아 주시면 고맙겠습니다."

"제가 수도원장을요?"

"배 선생님이 가장 적임자라고 생각합니다."

병숙은 난색을 지으며 밖으로 시선을 내몰았다.

"언제쯤 떠날 건데요?"

"수도원 건물이 완공되는 대로 가능한 빠른 시일 내에 떠나도록 수속을 준비하겠습니다. 걸리는 일이 몇가지 있지만 노력하면 잘 해결될 줄 믿습니다."

"미국으로 가면 신학대학을 가시나요?"

"그건 아직 모르겠습니다. 일단 미국에 먼저 가 있는 선배 목사님들의 조언을 진지하게 들어보고 결정하겠습니다. 하여튼 어느 것 하나라도 내 뜻대로 되는 삶이 아니니까요."

병숙은 겨우 고개를 끄덕였다. 최 목사가 병숙에게 용기를 불어넣어 줄 심산인지 자신있는 어조로 말했다.

"하 선생님과 정 선생님이 잘 도와 주실 줄 믿습니다. 위로 하나님을 잘 섬기고 아래로 이웃을 위해 맡은 사명에 최선을 다하는 훌륭한 여성 지도자가 되시길 기도 하겠습니다."

"목사님, 제가 수도원장을 해야 한다니 어깨가 무거워지는 것 같아요."

"사람이 자신에게 주어진 값어치를 깨닫지 못하고 허장성세로 살아가는 것은 얼마나 불행한 일입니까. 우리 수도원은 사람들에게 희망을 주기 위해 준비된 공동체입니다. 배 선생님은 열정이 있고 무엇보다 힘이 세잖아요? 그래서 그 역할을 맡으실 분이 바로 배 선생님이란 말입니다."

"목사님 뜻이 정 그러시다면."

"배 선생님, 행복과 즐거움은 어디에서 오는지 설교를 통해 여러 번 말씀드린 적이 있습니다만."

"네……"

"자신에게 숨어 있는 잠재된 능력과 정체성을 발견하고 그 자질과 능력을 남을 위해서 개발하고 또 행동으로 옮길 때 기쁨은 저절로 따라옵니다. 행복은 내 것을 남에게 나누어 줄 때 배가 되니까요."

"요즘 저도 많이 깨달았어요."

"칼 바르트라는 유명한 신학자가 한 말이 있습니다. 나는 십자가만 쳐다보면 나의 값을 발견하게 된다고 말입니다. 말하자면 하나님께서 나 자신을 얼마나 소중하게 생각하셨으면 독생자인 예수를 참혹한 십자가에 매달리게 하면서까지 나를 위해 죽게 했겠는가 이 말이죠. 배 선생님은 그 놀라운 은혜를 깨닫고 사명을 잘 감당하셔야 합니다."

"네, 목사님, 명심할게요."

어느새 무쇠 난로가 시뻘겋게 달아올라 있었다. 두 사람은 난로에서 나오는 뜨거운 열기를 피해 의자를 조금씩 뒤로 빼서 물러나 앉았다. 최 목사가 다시 말을 이어갔다.

"배 선생님, 창조적이고 긍정적인 생각으로, 오늘보다는 내일이 나을 것이라는 자신감을 가지고 수도원을 잘 관리해 주시기 바랍니다."

"하지만 목사님, 저는 부족한 점이 너무나 많습니다. 저도 배운 게 없어요."

"하나님은 결코 완벽한 사람을 들어서 사용하지 않습니다. 하나님이 쓰시는 사람을 살펴보면 대개는 부족하고 약점이 많은 사람을 들어서 사용합니다. 교만을 싫어하는 하나님 특유의 성품 때문이기도 하지요. 배 선생님."

"예, 목사님."

"살아가면서 꼭 기억하고 살아야 할 점이 있습니다. 사람들은 일류를 좋아하고 모든 것을 골고루 다 갖춰진 것을 좋아하고 그래서 완벽을 그리워하고 사랑합니다. 하나님의 생각은 사람의 생각과 전혀 틀립니다. 하나님의 생각은 사람의 생각과 전혀 대조적입니다. 이 점을 명심하시기 바랍니다. 하나님은 흠이 많고 죄가 깊은 약자를 통해서 강한 자의 얼굴을 수치스럽게 하십니다. 배 선생님, 꼭 명심해야 할 게 또 한 가지가 있습니다. 사람이 아무리 험악한 죄를 지어도 용서받을 수 있지만 성령을 모독하는 죄는 용서받을 수 없습니다. 성령모독은 바로 회개하지 않는 죄를 말합니다."

"……."

"그래서 더더욱 하나님은 배 선생님처럼, 절망의 밑바닥에 떨어져 방황하는 사람과 흠이 많은 사람의 회개를 기뻐하십니다. 춘자 씨 모녀가 바로 그 한 예이기도 하구요."

"춘자 씨 모녀요?"

"이제 두고 보십시오. 그 두 모녀에 대한 하나님의 또 다른 계획이 실현될 테니까요. 꼭 큰일을 성취하고 큰 교회를 세워야 참된 하나님의 일꾼이 되는 것은 아닙니다. 사람은 결코 하나님의 뜻을 예측할 수 없습니다. 약자를 통해 큰일을 이루시는 게 하나님의 성품인 것은 확실합니다. 우리 개미촌교회가 교인수가 많이 불어났지만 대형화되는 건 바람직하지 않아요. 성경 말씀에도 있지만 번성하기 시작하면 부패한다고 하나님이 경계하셨어요. 그렇다고 해서 대형교회를 나쁘게만 보는 것도 문제가 있습니다. 복음이 살아있는 교회, 말씀이 생동하는 교회, 하나님의 뜻을 언행으로 실천하는 교회, 그런 교회가 되도록 해야 합니다. 교회는 크든 작든 복음을 모르는 사람들에게 복음을 전하는 것이 첫째 목표가 되어야 합니다. 그것이 우리 수도원이 앞으로 지향해야 할 목표이자 꿈입니다."

장작 타는 소리는 이제 그만 해진 듯 몸통이 시뻘겋게 달아올랐던 난로가 서서히 열기를 가라앉히고 있었다. 최 목사가 말을 이었다.

"배 선생님, 우리는 김귀로 선생님을 지도자로 세우고 싶어 하는 사람들 중의 하납니다."

"그렇고 말구요. 목사님."

최 목사는 지금의 정치 현실이 여간 안타까운 게 아니었다. 모두들 흑백논리에만 정신이 빠져 어디가 산이고 어디가 물인지도 분간 못할 만큼 이 나라의 정치는 바닥을 벌벌 기어 다니고 있는 게 안타까웠다. 돈과 권력만 쥐면 세상을 쥐락펴락 거칠 게 없다는 등식이 고질화되어 버린 지 오래고, 그래서 권력을 쟁취하기 위해서 정치인들은 있는 힘을 다해 겉으로는 양의 소매를 펄럭이지만 그들의 옷소매 속에서는 늑대의 이빨이 번뜩이며 국민을 향해 위선의 혀를 놀린다. 선거철만 되면 정치인들은 꿈같은 장미빛 청사진을 내걸지 않는 사람이 없다. 듣고만 있어도 배가 부를 지경이지만 정치인들의 거짓말에 이제 국민들은 신물을 내는 형국이었다. 개울도 없는데 그곳에다 철근골조로 다리를 놓아 주겠다는 식으로 공약을 남발하는 정치인들의 허세와 위선이 국민의 가슴을 냉동창고처럼 만들고 있다고 최 목사는 가슴을 쳤다.

"배 선생님, 군주론을 쓴 마키아벨리는 이런 말을 했습니다. 모든 정치 지망가들이 자신만이 올바른 정치인이 될 것처럼 말하지만 실은 그 반대라고요. 흔히들 국회의원이 되면 무엇을 어떻게 해 놓고 말겠다고 큰소리들 치죠. 발등에 떨어진 불도 미처 끄지 못하는 판에 어떻게 몇 초밖도 내다볼 수 없는 불확실한 미래에 대해 그토록 자신 있게 큰소리들 치는지 모르겠어요. 국민들은 또 얼마나 어수룩한지 그런 사람들의 나팔에 쉽게 고개를 끄덕이며 종내는 그들의 감언이설에 속아 터덜터덜 투표장으로 걸어가죠."

최 목사와 이야기를 하는 동안 얼핏 병숙의 눈에 반짝 이슬이 고였다. 느닷없이 일도와 경희가 생각났기 때문이었다.
　"배 선생님, 목사의 입장에서 정치 운운하는 게 바람직하지 않지만 현재는 바로 과거의 연장선상에 있고 미래란 오늘 바로 이 시점에서 출발하는 것인데도 정치인들은 현실의 문제는 외면한 채 미래 장미빛 청사진만 내어놓고 국민을 미혹합니다. 어찌 보면 참 서글퍼요."
　병숙이 자신있는 어조로 말했다.
　"목사님, 제 개인적인 생각으로 김귀로 선생님은 훌륭한 지도자가 될 것이라는 믿음이 가요."
　최 목사가 동감이라는 듯 고개를 한번 크게 끄덕이며 말했다.
　"그분을 위해서 우리가 할 수 있는 일은 우리가 물질을 동원해서 선거자금을 듬뿍듬뿍 대 주는 일이 능사가 아니라 그분의 편에 서서 그분을 지지하는 우리 모두의 도덕성이 국민들이 보기에 수긍이 갈 만큼 정직하고 깨끗해야 합니다. 그게 참 중요해요."
　병숙은 최 목사의 말에 자신도 모르게 한숨이 길게 쏟아졌다.
　"목사님 생각에 동감이예요. 언젠가 김종태 회장님이 개미촌의 자산을 일부 떼어 김 선생님 선거자금으로 기탁하겠다고 했을 때 김 선생님이 극구 사양했다네요. 돈으로 민심을 사는 지도자는 결코 안 되겠다고요. 흔히들 민주주의를 입에 침이 마르도록 부르짖는 부류가 있는데 자신들은 온갖 기만과 술수를 다 동원해 특혜를 받고 잘 먹고 잘 살면서 힘없고 가난한 백성은 죽지 못해 사는 현실이 어찌 진정한 민주주의라 할 수 있겠어요. 근간에 세상을 떠들썩하게 만들고 있는 종북세력도 그 한 예라고 생각해요. 목사님, 그들이 국민이 낸 혈세로 얼마나 호의호식하며 살고 있습니까!"
　병숙은 문득 천막 안 어느 곳에서 물방울 떨어지는 소리가 들린다 싶어 천막 안을 살펴 보았다. 천막 한 모퉁이에서 얼었던 눈이 녹은 듯 물방울이 뚝뚝 떨어지고 있었다. 난로에 장작을 지폈던 노인이 세수대야를 그 아래 갖다 놓았다. 병숙이 다시 입술을 열었다.
　"목사님, 궁금한 게 한가지 있습니다. 물어봐도 실례가 안 될런지."

"무슨 말씀이든 상관없습니다."

"결혼 말씀인데요. 왜 결혼을 않으시죠? 사모님이 계시면 내조가 되어 훨씬 목회하시기가 편하실 텐데요."

"결혼 말씀이군요. 저는 결혼할 생각이 없습니다."

"결혼을 않기로 작정하셨어요? 그렇다면 왜죠? 목사님."

"나는 아내를 얻을 자격이 없는 사람입니다. 그냥 바울 사도처럼 혼자 사는 것도 괜찮을 것 같다고 나름대로 생각하고 있지요."

최 목사의 얼굴을 찬찬히 뜯어보면서 병숙이 말했다.

"목사님, 제가 또 궁금하게 여기는 대목이 있어요."

"배 선생님, 뭐가 또 그리 궁금합니까?"

"목사님은 지난날 유명한 깡패두목이었다고 들었어요. 제 남편한테서 목사님의 과거사를 들었지요. 그런 목사님이 과거를 묻어 버리고 어렵고 힘든 목회자의 길을 걷게 된 사연은 무엇인가요?"

최 목사의 얼굴이 금세 벌겋게 달아올랐다. 몹시 부끄러워하는 기색이 역력했다.

"제 과거사를 들어서 알고 계시다니 말씀 드리죠. 김 회장님과의 맞장대결에서 지고 난 뒤, 어느 날 저는 영등포를 뒤로하고 무작정 택시를 타고 몇 시간을 달리다 내린 곳이 맹골마을이란 곳이었습니다. 빼어나게 경치 좋고 공기 맑은 곳이었어요. 마을 입구에는 몇 백년 남짓한 느티나무가 우람한 모습으로 서 있었고 그 옆에 조그만 가게 하나가 있었습니다. 저는 그 가게 주인 할머니댁에 방을 한 칸 세들어 살면서 허구한 날 술로 세월을 보냈죠. 그런데 그 마을에 초라한 교회가 하나 있었는데 교회 사모님은 제가 술병을 꿰차고 갈 때마다 수제비를 끓여 주셨습니다. 수제비는 참 맛있었습니다. 그런 어느 날, 사모님의 입에서 쏟아지는 눈물의 기도를 우연히 창밖에서 듣게 되었어요. 교회라곤 하지만 성도들은 한 명도 없고 미신을 섬기는 마을 주민들의 저항에 부딪혀 심하게 고생하고 있었지요. 전 사모님의 눈물 젖은 기도를 듣고 큰 충격을 받았습니다."

열심히 듣고 있던 병숙이 물었다.

"뭐라고 하는 기도였나요?"

"그 기도는 이제 밀가루마저 떨어져 털보아저씨가 찾아와도 수제비를 끓여 줄 수 없다는 눈물어린 기도였지요. 전 그때까지도 목사님 내외분이 수제비를 좋아하셔서 매일 수제비를 끓여 잡수시는 줄 알았거든요. 참 마음이 선한 목사님 내외분이었습니다. 두 분 다 공부도 많이 한 내외셨는데 그토록 열악하기 그지없는 시골 교회에 오셔서 고생을 밥 먹듯 하고 계셨던 것입니다. 저는 곰곰히 생각해 보았습니다. 저렇게 공부도 많이 하고 훌륭한 분들이 마치 유형지 같은 곳에 오셔서 사시는 이유는 무엇일까? 자신들은 굶으면서 남에게는 수제비를 정성껏 끓여 내놓는 심성의 깊이는 어디에서 오늘 것일까?"

듣고 있던 병숙의 눈에 눈물이 맺히기 시작했다. 최 목사의 이야기는 계속되었다.

"그 마을을 떠난 뒤 허구한 날 술에 절어 살던 저는 간암말기 판정을 받게 됐지요. 병원에서 죽을 날을 기다리고 있던 어느 날, 그 맹골마을 교회의 목사 내외분이 번개처럼 떠올랐습니다. 밀가루가 떨어져 더 이상 수제비를 끓일 수 없게 되었다며 차가운 교회 바닥에 꿇어앉아 눈물로 기도하던 모습이었습니다. 어느 날인가 사모님이 저한테 어느 기도원에서 체험했던 이야기를 해주신 적이 있습니다. 저는 갑자기 그 기도원을 찾고 싶어졌습니다. 그래서 병원을 몰래 빠져나와 찾아간 곳이 그 기도원이었습니다. 거기서 저는 난생 처음 금식기도라는 걸 해 보았습니다. 금식한 지 열흘째 날에 저는 큰 은혜를 받게 되었습니다. 죄투성이로 살아온 제 인생이 부끄럽고 후회가 되어 얼마나 울었는지 모릅니다. 신앙생활이 시작되면서부터 기적적으로 제 몸도 나아지기 시작했지요. 저는 다시 공부를 시작했습니다. 고교때 깡패짓 하느라 전혀 책을 안 들여다봤으니 무식했지요. 몇 해 재수끝에 신학대학에 간신히 진학을 했습니다. 물론 저를 인도해 주신 어느 목사님의 도움이 컸죠. 그렇게 해서 오늘에 이르게 되었습니다. 배 선생님, 하지만 한 가지 유의할 것은 금식기도 한다고 해서 모두 병고침을 받는다는 건 아닙니다. 그것은 하나님의 주권하에서 이뤄지는 오직 그분만의 사랑과 은혜라는 것입니다."

병숙이 손등으로 눈물을 닦으며 말했다.

"맹골마을이라는 교회의 사모님을 한번 만나 보고 싶네요"
"배 선생님, 밀가루가 떨어져 더 이상 내게 수제비를 끓여 줄 수 없는 상황을 애통해 하면서 차가운 교회의 바닥에 무릎꿇고 눈물로 기도를 하셨던 목사님 내외분이 당시로서는 제게 커다란 숙제였습니다."

배병숙이 물었다.

"왜 목회자는 힘난한 가시밭길을 자진해서 걸어가야 하는 것일까요?"
"배 선생님, 예수님을 따른 12명의 제자를 봅시다. 야고보(세베대의 아들)는 박해를 받고 돌에 맞아 죽었습니다. 빌립은 감옥에 갇힌 후 십자가에서 처형되었지요. 마태는 박해받고 창에 찔려 살해당했습니다. 작은 야고보는 유대인들에게 구타당하고 돌로 맞아 죽었습니다. 배신한 가롯 유다의 뒤를 이은 맛디아는 참수형을 당했습니다. 안드레는 십자가에서 처형되어 죽었습니다. 마가는 잔인한 처형 방법으로 몸이 찢겨 죽었습니다. 주님을 세번 부인하다가 회개한 베드로는 십자가에 거꾸로 매달려 처형당했습니다. 감히 예수님처럼 머리를 하늘에 두고 죽을 수 없다며 자청해서 거꾸로 매달렸다고 합니다. 유다도 역시 십자가형으로 죽었습니다. 시몬은 영국에서 전도하다가 십자가 처형으로 죽었습니다. 의심 많은 도마도 창에 맞아 죽었습니다. 바돌로매도 십자가형으로 죽었습니다. 누가는 올리브 나무에 목이 매달려 죽은 것으로 알려져 있습니다. 사도 바울은 로마 병사들에게 끌려나가 칼에 목이 베여 순교했습니다. 요한복음과 요한계시록을 쓴 요한 이분 한 분만이 처참한 순교의 죽음을 당하지 않고 여생을 살다가 돌아가셨습니다. 이에 대해서 성경에 다 기록된 것은 아니지만 12제자의 일생에 대해 정설에 가깝게 전해 져 오고 있는 이야기입니다."

말을 멈춘 최 목사는 잠시 숨을 고른 후 말을 이었다.

"이상하지요? 세상 사람들이 보기에 제자들의 이같은 죽음이 얼마나 우스꽝스럽고 어리석어 보이겠습니까? 하나님을 믿는다는 것이, 그 아들 예수 그리스도를 믿는다는 것이 인간의 생각으로는 바보처럼 보이지요. 하지만 하나님의 사랑과 은혜가 사람의 영혼 속으로 들어오면 세상 사람이 알지 못하는 담대한 믿음이 생겨납니다. 하나님이 주시는 믿음의 시각으로 보면 저 12

제자들의 일생이 무엇을 의미하는지 가슴에 와 닿게 됩니다."

배병숙이 울먹이는 목소리로 말했다.

"목사님, 기독교는 순교의 피로 얼룩진 슬픈 역사이군요."

"배 선생님, 12제자 중 유일하게 사도요한 한 분을 제외하고 모두 처참하게 순교했습니다. 왜 그랬을까요? 여기에 바로 기독교 복음이 담겨 있지요. 멸망당해 영원한 지옥으로 떨어질 수밖에 없는 인간을 구원한다는 것은 택함을 받은 자가 아니면 감당할 수 없는 일이지요. 지옥이 아니라 천국으로 인간을 구원하는 일은 주님의 지상 명령이었습니다. 맹골마을의 젊은 목회자 내외분이 바로 그러한 사명을 하나님으로부터 받은 분들이지요. 그렇기 때문에 밀가루가 떨어져도, 굶어 죽을 현실 앞에서도 하나님의 사명을 포기할 수 없었던 것입니다. 그래서 목회자는 권력이나 재물 앞에 비굴하지 않습니다. 저는 맹골마을 교회의 목사부부에게서 복음의 진실이 무엇인지 충격적인 체험을 한 것이었습니다. 그 목회자의 이름은 정영태 목사님, 저는 앞으로 그분의 목회인생을 본받으려고 합니다."

"맹골마을의 목사님 부부가 보고 싶네요."

눈물로 얼룩이 진 병숙의 얼굴을 바라보며 최 목사는 한 마디 덧붙였다.

"기회가 주어진다면 우리 수도원 선생님들과 함께 맹골마을 교회에 가 봅시다. 원컨데 배 선생님은 앞으로 사람의 얼굴에다 십자가에서 돌아가신 예수님의 얼굴을 그릴 수 있다면 좋겠습니다."

그 말을 끝으로 최 목사는 얼핏 시계를 들여다보았다. 어느 새 시간이 오전 9시가 되어 있었다.

"이제 그만 나가 보겠습니다. 배 선생님."

최 목사는 천막을 나섰다. 매서운 고추바람이 한 차례 최 목사의 얼굴을 물어뜯고 사라졌다. 한 대의 트럭이 저만치에서 머리를 내밀고 뒤뚱거리며 올라오고 있었다. 트럭 위에 사람들이 여럿이 올라타고 있는 걸 보면 공사를 맡은 인부들임에 틀림없을 것이라고 최 목사는 생각했디.

최 목사는 사무실로 들어오자마자 맨 먼저 수화기를 들었다

"성경찬 씹니까? 최석천이라고 합니다. 예? 절 모르시겠습니까? 제가 쌍도

낍니다."
　수화기 속에서 깜짝 놀란 목소리가 터져 나왔다.
　"뭐라구? 쌍도끼? 진짜 자네가 쌍도끼 맞어?"
　"맞다니까."
　"영등포의 쌍도끼가 맞느냐긋!"
　"허허허! 이 사람 맞다니까. 나, 쌍도끼야."
　"햐! 이럴 수가. 대체 몇 년만이지?"
　"글쎄, 아마 한 20년도 넘지?"
　"어쨌든 전화로 이럴게 아니라 만나자구. 그런데 내가 여기서 근무한다는 걸 어찌 알았어?"
　"얼마 전에 TV에서 봤지. 탈북자 문제에 대해서 기자들과 인터뷰하는 걸."
　"그런데 왜 이제서야 연락했나?"
　"뭐 나 같은 사람이 높은 데 있는 사람헌테 감히 전화하기가 쉽지 않길래."
　"쌍도끼, 이노옴! 너 그 따위로 말 다 했으렸다? 만나자. 만나서 자세하게 얘기하자구."
　"그럴까?"
　"명동에 있는 한일관 2층으로 와. 저녁 7시까지."
　"알겠네. 저녁 7시까지 한일관 2층."
　최 목사는 수화기를 내려놓고 의자에 앉아 지그시 눈을 감았다. 삭풍에 흔들리는 마른나무 초두에서 참새들이 간들거리며 곡예를 부리고 있었다. 쏟아지는 아침햇살을 받으며 까치들이 땅바닥에서 먹이를 찾느라 분주했다. 어느새 최 목사의 기억은 청년시절의 쌍도끼로 줄달음질치고 있었다. 성경찬, 그는 잊지 못할 친구였다.

왕건달들의 포옹

성경찬, 그는 대학에서 축구선수로 명성을 떨치고 있었다. 키가 1미터 80은 족히 되었고 온몸이 박달나무 방망이처럼 단단해서 바늘로 찔러도 피 한 방울 날 것 같지 않았다. 성격 또한 여간 야무지고 단단한 게 아니어서 한번 수틀렸다 하면 제 목숨을 걸레처럼 버리는 한이 있어도 불나비처럼 위험 속으로 뛰어드는 성격이었다. 아버지가 육군 중장이었고 집안이 모두 고급 공무원 출신인데다 재력도 누가 감히 넘볼 수 없을 만큼 만만치 않았다. 그의 부모 집은 정릉에 위치한 굉장한 저택이었으나 어쩐 일인지 그는 자기집 식구들에게는 미운 오리새끼처럼 따돌림을 받아왔다. 5남매 중 막내이긴 했지만 형들과 누나들은 모두 일류대학을 우수한 성적으로 졸업해서 제가끔 잘들 나갔지만 그는 세 번이나 재수 끝에 겨우 삼류대학에 턱걸이로 들어 갈 수 있었다. 가족들은 주변 사람들 앞에서 제대로 얼굴을 들 수 없을 만큼 자존심에 상처를 입었다. 성경찬은 그러한 집안 분위기 속에서 항상 외톨이었고 과묵할 만큼 말수가 적었다. 엄마는 항상 그 아들이 마음의 가시가 되었다.

"에그! 남 보기 챙피해서 원!"

근엄한 아버지는 군인답지 않게 아들을 윽박지르기 일쑤였다.

"누가 물으면 무조건 K대라구 해. S대는 아니더래두 K대 Y대 정도는 되어야 체면이 서지. 알았니? 그리고 명심해. 축구는 안돼!"

"……."

"잘나빠진 축구선수가 왜 되려고 해? 그것 해서 어떻게 출세할 건데? 무슨 과 다니냐고 누가 묻기라도 하면 법대 다닌다고 해라. 알겠니?"

"……."

어느 날 밤 그는 안방 은밀한 곳에 깊숙이 감춰 놓은 보석상자에서 패물이란 패물은 몽땅 끄집어내었다. 그리고 장롱 속에 감춰 놓은 현금뭉치를 한아름 싸들고 집을 뛰쳐나왔다. 그가 집을 뛰쳐나오기 1년 전 어느 날이었다. 그는 고3시절부터 가정부 겸 가정교사로 와 있는 2살 연상의 E여대생을 벌건 대낮에 응접실 바닥에서 강제로 깔아뭉개고는 단단히 쐐못을 박았었다.

"혹 애새끼라도 생기면 너 혼자 병원에 가서 떼버렷! 알았어?"

막상 집을 뛰쳐나오긴 했으나 마땅히 정해 놓은 거처도 없는지라 한 여관에 숙소를 잡아 놓고 무작정 밤거리를 헤매고 다녔다. 그가 발길 닿는 대로 가다가다 멈춰 선 곳이 영등포 시장 한복판이었다. 그때 누군가가 쏜살같이 도망가고 있었고 곧 이어 호루라기 소리가 귀청을 찢듯 그의 앞을 달려갔다. 앞서 도망가던 청년은 맞은편에서 달려오는 경찰관에게 잡히지 않으려고 샛골목으로 빠져 달아나려는 듯 그가 서 있는 골목으로 비호처럼 달려들었다. 그가 재빨리 몸을 피했으나 청년은 골목 안에 세워져 있는 누군가의 오토바이에 무릎을 심하게 부딪치며 나가떨어졌다. 그가 무릎을 움켜쥐고 고통스럽게 몸부림쳤다. 무릎뼈를 심하게 다친 듯했다. 성경찬은 청년의 행동이 여간 수상쩍어 보이지 않았다.

'몸이 되게 빠른 놈인데 워낙 다급하다 보니 오토바이에 무릎을 들이박았나 본데, 구해 줘 봐?'

곧 경찰관들이 와르르 달려들어 청년의 손목에 수갑을 채우고는 개 끌듯 파출소로 끌고 갔다. 시장사람들이 목을 기린처럼 잡아 빼고 파출소 안을 기웃거리며 수군대고들 있었다.

"쌍도끼눔 아녀? 우라질놈 한 50년 빵에서 칵 썩었으면, 개새끼."

"아뭇소리 말어. 얼마 후면 저 눔이 아버지를 이어 왕초가 될 텐데 그때 개피 보지 말구."

"저놈이 왕초가 된다? 누가 그려?"
"아, 똘마니들 사이에 소문이 자자하던데 뭘."
"저새끼가 왕초되면 장사 해먹기 고롭다 고로워. 저 새끼 보통 독종이래야 말이지! 저런 새끼는 날벼락이라도 맞아 칵 뒈져야 해."
누군가 끼어들어 말했다.
"깜빵 갈래나?"
"깜빵은 무슨! 두고 봐. 조금 있으면 저놈 아버지가 나타나서 파출소장한테 몇 푼 쑤셔 주구 슬그머니 빼갈 텐데. 쌍도끼 잡아가는 척해야 헛거여, 헛거. 경찰이 금방 돈 받고 풀어줄 텐데 뭘. 자기들끼리 짜고 치는 고스톱이여!"
"쓰펄! 경찰이 있으믄 뭘해?"
순간 성경찬은 묘하게도 장난기가 발동하는 자신을 느꼈다.
'내가 빼줘?'
그는 성큼성큼 파출소 안으로 들어섰다. 조금 전 쌍도끼에게 수갑을 채웠던 형사 앞에 다가서서 꾸벅 인사를 했다. 형사는 수상한 눈길로 성경찬을 치뜨고 내리뜨고 했다.
"누구요?"
"조용히 드릴 말씀이."
형사의 눈이 파출소장의 눈과 번쩍 부딪쳤다. 소장은 다시 모른 척 서류철을 뒤적거렸고 형사는 슬며시 일어나 앞서서 파출소를 나섰다. 사람들이 뜸한 어두컴컴한 골목 안에서 성경찬은 돈뭉치를 그의 손에 슬쩍 쥐어 주었다. 묵직한 돈뭉치에 형사가 깜짝 놀랐다.
"뭐야 이게?"
"뭐는요. 돈이죠."
"뭐 때문에?"
"쌍도끼 말입니다."
"왕초가 보냈나?"
"왕초가 당연히 알고 계시죠."
"그래?"

"확실합니다. 제가 무슨 이유로 이렇게 큰 돈을 드리겠습니까?"
"알겠다. 극장 앞에서 기다려."
곧 형사는 쌍도끼를 끌어내어 백차에 욱질러 태웠다. 사람들은 그가 경찰서로 이송되는 줄 알고 있었지만 그들은 쌍도끼를 영등포 극장 앞 으슥한 골목에 슬며시 내려 주고는 다음과 같은 말을 단단히 하고 사라졌다.
"여기서 네 친구놈 기다려. 그리고 석 달 안으로는 이 근처에 얼씬도 마라. 이번에 잡히면 그땐 진짜로 처넣을 테니깐."
"……."
누군가 그의 옆으로 슬금슬금 다가서고 있었다. 쌍도끼는 바짝 긴장하면서 상대편을 노려보았다. 수틀리면 한 방 날릴 태세였다.
"쌍도끼? 나, 성경찬이라고 합니다."
"뭐라구? 성경찬? 처음 듣는 이름이다. 누구야? 씨팔! 까기 전에 말해."
"당신을 꺼낸 사람이요. 돈 주고 말이요."
"뭐라고? 왕초가 아니고 네가 빼냈다고?"
"조용한 데 가서 술 한잔 하면서 얘기 합시다."
그때부터 성경찬은 쌍도끼와 단짝이 되어 형사의 말대로 석 달 후부터 영등포 일대를 내 집마당처럼 누비고 다녔다. 어느 설날 바로 전날 저녁이었다. 성경찬은 쌍도끼와 함께 포장마차에서 소주를 마시고 있었다. 명절 기분으로 시장 사람들이 한껏 들떠 있는 시장 근처에서였다.
쌍도끼가 물었다.
"오늘도 집에 안 들어 가냐?"
"까짓거 안 들어가."
"아예 가족들하곤 절교했다 이거냐?"
"그래."
바로 그때, 누군가 두 사람의 등 뒤에다 권총을 바짝 들이대고 있었다. 경찰이 시민들에게 섣불리 무기를 들이댄다는 게 어림도 없는 시절이었지만 쌍도끼가 워낙 날고 뛰는 놈인 데다 성경찬의 가족력이 그만큼 막강했다는 증거이기도 했다.

"꼼짝 마! 경찰이닷!"
쌍도끼가 태연한 몸짓으로 경찰들을 돌아다보며 물었다.
"왜 그러우? 날 잡으러 왔쑤? 난 요즘 조용하게 사는데요?"
"너 이리 나와!"
성경찬이 깜짝 놀라 쌍도끼와 경찰을 번갈아 쳐다보았다.
"나, 나말이욧?"
"그래 짜식아!"
그 길로 성경찬은 소식이 두절되었었다. 그후 쌍도끼가 왕초가 되어 영등포 일대에서 주먹의 황제로 군림하고 있던 어느 날, 쌍도끼는 옛날부터 성경찬과 함께 다니던 단골 술집으로 날아든 편지 한통을 받아들었다. 그것은 성경찬에게서 온 편지였고 발신주소는 미국의 LA로 되어 있었다. 내용인즉 그 날로 경찰에 잡혀 가자마자 집으로 끌려왔고 성경찬은 가족들의 반강제에 못 이겨 LA로 유학차 날아 왔다는 설명이었다. 이제는 자신도 마음잡고 공부 좀 열심히 해 보겠다는 그런 내용이었다. 그리고 이왕에 건달이 되려면 왕건달이 되라는 격려 아닌 격려도 잊지 않았었다.

최석천 목사는 지난 날을 떠올리며 입가에 미소를 지으며 감사했다.

'어쨌든 두 사람 다 끝까지 나쁜 길로 빠지지 않고 재생의 삶을 살아왔으니 그것이 참 감사하구나.'

그날 저녁 최 목사는 성경찬과의 약속장소인 명동의 한일관 문을 밀치고 들어섰다. 성경찬은 벌써부터 약속 장소에 나와 앉아 있었다.

"경찬아!"
"석천아!"
두 사람은 누가 먼저랄 것도 없이 와락 부둥켜안았다. 성경찬이 소리쳤다.
"야! 이게 몇 년만이야. 별로 늙지 않았구먼."
"안 늙긴! 이거 정말 꼭 이산가족 만난 듯 반갑구나."
성경찬이 최 목사를 자세히 들여다보며 말했다.
"이상한데?"
최 목사가 깜짝 놀라 성경찬의 눈을 마주 바라보며 말했다.

"뭐가 말야?"

"그렇게 험악했던 쌍도끼의 얼굴이 보름달처럼 환하게 빛이 나다니? 자네 지금 뭐하나?"

"나? 목사됐어."

성견찬이 입을 쩍 벌리면서 놀란 목소리로 되물었다.

"뭐? 뭐얏? 목사? 아니, 자네가 목사가 되었단 말야?"

"놀라긴. 그렇다니까! 난 목사가 됐어."

"진짜 목산가?"

"그럼 가짜 목사도 있어? 하긴 개중엔 엉터리 가짜 목사도 있긴 하지만."

"……!"

"경찬아, 왜 표정이 그래? 내가 목사된 게 미덥지 못해서 그래?"

갑자기 성경찬의 눈가에 이슬이 촉촉하게 돌았다.

"나 지난 달에 장로 안수받았어."

"오호라! 이거야 원! 놀랄 사람은 바로 날세."

두 사람은 누가 먼저랄 것도 없이 다시 한번 힘껏 끌어안았다.

"석천아, 아니 최 목사."

"그래, 앞으로 성 장로라고 불러야겠군."

곧 두 사람은 탁자를 사이하고 마주앉았다. 최 목사가 감개가 무량한 목소리로 말했다.

"그래, 결혼은 물론 잘해서 아이들도 꽤 컸겠군!"

"둘 나았어. 아들로만."

"둘만 낳았어? 생기는 대로 낳지 않구서. 그래 내자는 어떤 여자야?"

"허허허허."

"웃긴! 왜 웃나? 뭐 숨긴 거 있어?"

"내가 자네한테 옛날에 말했었지. 우리집에 가정교사로 와 있던 여대생을 내가 어떻게 했다고 말이지."

"옳아! 그 얘기 지금도 기억하고 말고."

"그때 포장마차 술집에서 자네랑 술 마시다가 경찰한테 잡혀서 곧바로 집으로 끌려갔는데 말야."

"그래서?"

"아, 글쎄, 집에 갔더니 어린 아이 하나가 온 집안에 발발대고 기어 다니잖겠어. 어찌나 우는 소리가 컸던지 내가 소리를 빽 내질렀지. 이래저래 신경질이 잔뜩 뻗쳐 있었을 때였으니까 말이지."

"그래서?"

"그랬더니 어머니가 꾸짖잖겠어?"

"뭐라고 하시면서?"

"애비가 돼서 제 새끼도 몰라 보느냐고. 허허허."

"옳아! 그 아이가 그럼 자네 아이였군."

"깜짝 놀랐지 뭔가. 그리고 웬 여자가 시장바구닐 들고 응접실에 들어서는데 내가 기겁을 했지."

"허어! 그 가정교사 여대생이었군! 그런데 어떻게 자네집에 그대로 눌러 살게 됐을까?"

"나중에야 안 일이지만 그 여대생은 가난한 농부의 딸로 공부를 잘해서 E여대에 합격한 수재였는데, 어디 마땅히 들어가 살 곳도 없는 처지여서 그냥 우리집에서 졸업할 때까지 가정부 겸 살도록 했다는 거야. 그런데 날마다 그녀의 배가 눈에 띄게 불러 가니까 어머니가 눈치를 챈 거지. 그녀를 붙잡고 따져 물었던 모양이야. 결국 그녀가 사실대로 털어놓은 거지."

"허허허, 그렇게 됐군."

"부모님들은 남들이 알까봐 쉬쉬했고 아이와 함께 우리 두 사람을 부랴부랴 미국으로 유학보낸 거지."

"글쎄, 그런데 왜 둘만 낳은 거야?"

"둘 낳고 나서부터 애가 안 생기데. 하나님이 꽉 막아 놓으셨나 봐."

"그랬구먼. 허허허."

"자네는 애들을 몇이나 뒀어?"

"나? 난 결혼 안 했어."

"그래? 허긴 목사님들이 결혼 않고 홀로 사는 분 더러들 계시두만. 바울 같은 훌륭한 사도도 혼자 살았잖는가."

"허허허, 자네가 잘 이해해 줘서 좋군. 나도 안식년을 맞아 한 2년간 미국에 가서 공부 좀 할까 해. 자네한테 몇 가지 물어볼 일도 있고 또 보고 싶기도 해서 전화한 거야."

"미국에 가면 어디 거처할 곳은 있어?"

"우리 교회에서 한 우수한 학생에게 장학금을 주면서 미국에 유학을 보냈어. 그 학생이 작년에 미국에서 신학대학을 졸업했지. 그리고 워싱턴 근교에 한인교회를 개척하게 되었어. 그 교회 사택에 임시 거처하기로 했지."

성경찬이 말했다.

"오랜만인데 쇠갈비나 뜯어볼까?"

"쇠갈비?"

"옛날에 영등포 시장에 있던 쇠갈비집 주인한테 그거 많이 얻어먹었었지. 쌍도끼 주먹 덕택에 말야."

"그래, 그 집 쇠갈비 맛이 참 좋았었지."

"오늘은 이 집에서 실컷 쇠갈비를 뜯자구."

"좋아!"

저녁 식사를 마친 뒤 성경찬과 헤어져 개미촌 교회로 돌아오는 승용차 속에서 최 목사는 깊은 상념에 잠겼다.

'전쟁으로 황폐했던 나라가… 온 국민이 눈물을 머금고 폐허의 조국을 일으켜 잘 살아보겠다고 이를 악물었지. 서독 광부로, 간호사로, 그리고 총알이 빗발치는 월남으로, 열사의 중동으로… 이 땅에 뿌린 순교의 피를 기억하신 하나님의 축복으로… 그리고 친구 성경찬 장로.'

죽을 목숨이라면 벌써

명일건설 회장 정도일 회장은 오후 7시에 명동에 있는 어느 조용한 2층 레스토랑에서 귀로의 고등학교 동창인 현우와 마주하고 앉았다.

"회장님! 어쩐 일로 절 부르셨습니까?"

"중부경찰서장으로 발령 받았다는 소식은 얼마 전 사위헌테 전화로 전해 들었네. 어때 해 볼만 해?"

"다른 곳보다도 이쪽에 사시는 분들 중 워낙 거물급 인사들이 많다 보니 일하기가 여간 조심스럽지 않습니다."

"자넨 원래 소신껏 일하는 공무원 아닌가. 하지만 공무원 중에서도 경찰공무원, 잘해 내기가 여간 힘들지 않겠지. 쉴 새 없이 조여 오는 중앙의 압력에 마음 편할 날이 없겠지."

"절 만나자고 하신 건, 혹시 귀로에게 무슨 심각한 일이라도 생긴 거 아닙니까?"

정 회장이 마시던 주스를 탁자 위에 내려놓고 작심한 듯 입을 열었다.

"얼마 전에 개미촌 회장이 내 집엘 다녀갔네."

"종태가요? 무슨 일로."

"사위가 위험하다는 거야. 빨리 가족들을 철수시켜야 한다고."

"귀로가 위험하다고 말씀이죠?"

"그래, 자넨 통 모르나?"
"아뇨, 전혀 그렇진 않습니다."
"내가 사립탐정을 몇 명 고용해야겠다고 했을 때 완강하게 고개를 저었었는데 말야. 생각하다 못해 노파심에서 또 자넬 좀 보자구 했네."
"네."
"딸은 싫다고 한 마디로 잡아 빼는 걸 내가 좋은 말로 구슬렸어. 아이들을 데리고 귀국하라고. 사람이 목숨을 잃고서야 천하를 얻은 듯 무슨 할 일이 있겠느냐고 말이지."
"잘 하셨습니다. 그래서 귀국하기로 했습니까?"
"예상했던 대로 딸은 고집불통이야. 애들은 귀국시켜도 좋지만 자신은 죽어도 남편과 함께 있겠다는 거야. 물론 전혀 예상 못했던 대답은 아니었지만."
"역시 명희 씨답군요."
"그래서 말인데."
"예, 회장님, 뭐든 말씀 하십시오."
"아무래도 안 되겠어. 마음이 편하지 못해 잠을 통 잘 수도 없어. 더욱이 마누라가 성화야. 미국에서 아주 유능한 경호원을 몇 명 고용하고 싶네. 이 일에는 자네가 발이 넓고 쉬울 것 같은데."
"현지인 경호원을 말씀하시는 거지요?"
"당연하지. 현지 상황과 조건에 능통한 사람이래야 하잖겠나?"
"회장님, 세계를 내 집 마당처럼 밟고 다니는 친구가 한 명 있긴 합니다. 하지만 그 친구는 이미 종태와 은밀히 일을 진행 중에 있거든요. 모든 것은 종태를 믿고 맡겨 두시는 게 좋을 듯합니다."
"김종태 회장의 말로는 사위를 위협하는 세력이 마피아라고 하던데 말일세. 대체 왜 마피아가 사위네를 못살게 굴려고 하는걸까?"
"회장님, 이미 오래 전부터 정체 불명의 불순세력에 의해서 귀로가 정치판에 발을 못 붙이게 하려는 음해공작이 시작되고 있었습니다. 놈들은 이제 노골적으로 그 음해공작의 손을 바짝바짝 조여오고 있는 거죠."
"사위가 대권에 도전하려면 아직도 많은 세월이 기다리고 있는데 벌써부터 그런 음흉한 공작을 뿌리고 다닌단 말인가."

"회장님, 이미 오래 전부터 국민들의 가슴속에 김귀로란 인물이 깊이 각인되어 있는 것이 놈들을 초조하게 만드는 거죠. 회장님, 돌아가는 상황을 냉철하게 분석해 보면 귀로의 주변에 물 샐 틈 없이 깔려 있는 미국 수사망에 범인이 걸려들 확률이 높지 않겠습니까? 그렇게 되면 마피아와 연계된 놈들의 정체가 백일하에 드러나게 될 것입니다."

현우는 잠시 말을 끊었다가 다시 입을 열었다.

"귀로에게 음모의 함정을 파놓고 있는 제3의 괴물은 그걸 두려워하는 거죠. 귀로를 죽게 하는 것은 정치적인 복선이 깔린 음모라는 것이 세상에 알려지지 않겠습니까. 그렇게 되면 제3 괴물의 정체가 만천하에 들통나게 될 것이고 국민들의 분노는 하늘을 찌르게 될 것입니다. 때문에 놈들이 교묘한 트릭을 써서 귀로의 정치적 입지를 사전에 생매장시킬 음모의 함정을 파놓고 있는 것입니다."

현우의 말을 귀담아 듣던 정 회장이 비로소 고개를 끄덕였다. 현우가 말을 계속했다.

"얼마 전 망년회에 참석한 회식장소에서였습니다. 사람들의 화제가 우연히 정치색깔로 바뀌면서 그들의 입에서 김귀로에 대한 이야기가 자연스레 나오기 시작하지 않겠습니까?"

"뭐라고들 말인가?"

"맞아! 그는 지도자의 기질이 다분히 있어. 김귀로가 이 나라의 소망이다! 김귀로가 이 나라의 지도자가 되어야 해. 그렇게들 말입니다. 회장님."

"그래?"

"귀로에 대한 이야기는 아직도 많은 사람들의 기억 속에서 감동으로 남아 있습니다. 회장님, 어쨌거나 이렇게 사람들의 뇌리 속에 김귀로가 요지부동의 인물로 자리잡고 있는데 그 반대편 쪽에 있는 종북세력들의 심사가 뒤틀리지 않겠습니까? 엄청난 음해와 공작이 좌파 언론을 등에 업고 은밀히 진행되고 있을 게 뻔합니다. 지금 정치판에는 진보라는 허울좋은 가면을 쓰고 대한민국을 자기들 세상으로 뒤집어 엎으려는 붉은 세력이 바글바글합니다."

"자네 말을 듣고 보니 수긍이 가기도 하네만 그래도 그렇지 마피아라니! 너무 엉뚱하지 않은가?"

"마피아를 고용할 수도 있을 만큼 막강한 제3 세력이 김귀로의 정치적 입지를 생매장시키려고 음모를 꾸미고 있다고 종태에게 들었습니다. 일단 마피아가 끼어들었다면 떨지 않을 사람이 어디 있겠습니까. 마피아는 손익분기점이 분명한 일을 위해서는 사람을 죽이는 것따윈 일도 아닙니다. 마피아는 마약밀매로 국제 시장에서 악명 높은 놈들이죠. 당연히 인터폴은 물론이고 미국의 수사기관이 놈들의 본거지를 일망타진하기 위해서 귀로의 주위를 물 샐 틈 없이 지켜보게 된 것인데 오히려 그것이 귀로의 신변안전에 매우 긍정적인 효과를 보고 있는 셈입니다."

잠시 두 사람은 뭔가에 골똘해 있는 모양 말이 없다. 일가족인 듯 40쯤 되어 보이는 부부가 두 아들과 딸 하나를 데리고 들어와 현우의 맞은편에 자리를 잡고 앉았다. 현우의 눈길이 우연찮게 그 부인의 눈길과 딱 부딪치자 얼른 현우가 눈길을 거둬 버렸다. 부인의 검은색 미니스커트가 지나치게 엉덩이 쪽으로 올라가 붙었기 때문이었다. 현우가 먼저 입을 열었다.

"국회의원 선거가 아직도 2년이나 남았는데 벌써부터 흑색선전에다 폭로전의 예포가 터지기 시작하고 있습니다. 앞으로는 TV토론회나 미디어정책에 묘수를 두게 될 것이지만 상대를 깎아 내리는 비열한 수법은 쉬 수그러들지 않을 것 같습니다."

정 회장이 현우의 말에 동감이란 듯 고개를 몇 번 끄덕였다.

"회장님, 저녁시간인데요. 식사를."

"돈까쓰 먹겠네."

"겨우 돈까쓥니까? 모처럼 제가 좀 괜찮은 걸로 대접 하겠습니다."

"돈까쓰 먹겠네."

"알겠습니다."

두 병의 병맥주와 식사를 주문해 놓고 난 뒤에도 현우는 맥을 끊지 않고 말을 계속했다.

"이제 선거라면 국민들은 넌덜머리가 나도록 몸살을 앓고, 후보들의 도덕적 품격은 퇴색할 대로 퇴색해서 사람들은 넌덜머리를 냅니다."

뿐만 아니라 선거 뒤에 따라붙는 엄청난 지역감정의 골은 깊어질 대로 깊어질 것이었다. 하다못해 이웃사촌 형제끼리마저도 서먹서먹해지고 비난과 증오의 화살들을 서로 퍼붓다가 양쪽 다 돌이킬 수 없는 상처를 받고 원수가 되어 버리는 형상이었다. 오순도순 사이좋던 조그마한 동네가 순식간에 사분오열돼 버리고 만다. 대한민국이 안고 있는 이 무섭고도 고질적인 이념과 지역 차별의 병폐는 두고두고 골칫덩어리가 될 것인데 이 엄청난 분열의 강을 누가 무슨 수로 막을 것인가.

정 회장은 레스토랑 창문 아래를 오가는 거리의 인파를 물끄러미 내려다보면서 말이 없다. 여직원이 식사를 날라왔다.

"들자구."

"네, 회장님."

현우가 정 회장의 컵에 두 손으로 조심스럽게 맥주를 부었다.

"자네도 한 잔 해야지."

"예, 회장님."

정 회장이 현우의 잔에 맥주를 부으며 말했다.

"자넨 관력이 오래된 경찰관 아닌가. 내 사위와 가까운 친구라는 사실을 알고 사위를 싫어하는 정적들의 압력이 만만치 않을 텐데."

"회장님, 전 얼마 후면 이 자리에서 쫓겨나 첩첩산중에서 밀렵꾼이나 잡으러 헤매고 다닐지도 모릅니다."

"뭐라고? 무슨 소린가, 그게?"

현우가 맥주를 절반쯤 마시고 나서 탁자 위에 내려놓고 입을 열었다.

"몇 달 전에 경찰서장실에 어떤 사람이 찾아왔습니다. 깜짝 놀랐습니다."

"누구였는데?"

"회장님도 잘 아시는 분입니다. 오세형 국회의원의 아들 오찬우 박사라고."

"오 박사 말이군! 잘 알다마다. 우리집과 묘하게 얽혀져서 골치 아팠던 사람이었지. 그런데 그가 왜 자넬 찾아 왔단 말인가?"

"그는 자기 아버지의 대권도전에 일조하기 위해 정계에 눈을 돌렸다고 제게 말했습니다. 그러면서 거듭 도와 달라고 부탁을 아끼지 않았습니다."

"나도 TV에서 그 사람의 소식을 들어 알고는 있었어. 교통사고를 당해 몸이 말이 아니게 부서졌다는 소문을 들었는데 그 몸으로 정치판에 뛰어들었다는 게 이해하기 힘들었지."

"예, 요즘 그의 행보가 눈에 띌 만큼 빠르게 드러나고는 있습니다. 신문이나 각종 잡지에 연재로 칼럼을 싣기도 하고 또 TV 토크쇼에도 자주 나타나고 말입니다. 목발을 짚고 다니면서도 요즘 매스컴에서 부쩍 상승세를 타고 있긴 합니다. 특히 천체물리학이 인간에게 주는 득과 실을 강의할 때마다 시청자들의 시청률이 대단히 높다는 신문보도도 읽었던 기억이 납니다."

"그런데, 뭘 말하려고 그렇게 뜸을 들이는거지?"

"이야기 끝에 그가 내게 두툼한 봉투 하나를 내밀었습니다. 제가 깜짝 놀라서 물었죠. 이게 뭐냐고 말입니다."

"그래서?"

"그는 아무 말도 않고 자리에서 일어나면서 말했습니다. 아버지 오세형 의원이 수고가 많다면서 건네주고 오라고 해서 드리는 것이 라면서. 자기는 그저 아버지의 심부름을 할 뿐 다른 뜻은 전혀 없다면서 말입니다. 그는 봉투를 책상 위에 놓은 채 서장실을 나갔습니다. 황망한 심정으로 봉투를 열어본 저는 깜짝 놀랐습니다. 봉투 속에는 일억 원 수표가 다섯 장이나 들어 있었습니다."

"일억원 수표가 다섯장?"

"예, 회장님."

"그래서 어쨌나?"

"그 즉시로 저는 수표를 고스란히 들고 오세형 의원 사무실로 찾아갔습니다. 아무 말 않고 봉투를 오세형 의원 앞에 내밀고 실례했다는 말 한 마디만 남겨 놓고 나왔습니다."

"그랬는데?"

"두 달쯤 시간이 흐른 뒤 어느 날 바로 며칠 전입니다. 매우 언짢은 발령장을 한 장 받았습니다. 도저히 이해할 수 없는 곳으로 내려가라는 엉뚱한 인사조치였습니다."

정 회장이 말했다.

"인사행정상의 고충 때문에 어쩔 수 없이 발생된 인사조치는 아닐까? 그랬으면 참 마음이 덜 아플 텐데 말이야."

현우는 반 컵쯤 남아 있던 맥주를 마저 마시고 나서 말을 이었다.

"예, 회장님, 그랬을 것이라고 스스로 위로했습니다. 어쨌든 저는 그날 이후로 영혼이 병들 대로 병든 정치인들과 권력의 실세들, 그리고 스스로 치유의 한계를 벗어나 버린 병든 경찰에 몸 담고 있는 자신에게 깊은 회의를 느꼈습니다. 속은 모두 썩어 빠져서 냄새가 진동을 하는데 겉만 번지르르한 저의 제복에 오물이 더덕더덕 묻어 있는 것만 같아서 도저히 견딜 수 없습니다. 하지만 다른 사람들은 모두 모른 척 두루뭉수리 잘들 하고 있는데 왜 나만 유별나게 이래야 하는지 그것 또한 견뎌내기 힘든 고통이었습니다. 어쨌든 제겐 사랑하는 가족을 책임져야 할 가장으로서 또 다른 의무가 있으니까 말이죠."

"그래, 자네의 심경 충분히 이해할 만해."

"회장님, 다시 종태에 대해서 말씀 드리지만 저는 이제껏 종태만큼 감동을 주는 친구를 만나 보지 못했습니다. 앞으로도 종태 같은 친구는 두번 다시 만나 보지 못할 것입니다."

두 사람은 말을 끊고 식사에 열중했다. 현우의 가슴은 종태 생각으로 가득했다. 때로 세상을 향한 분노로 종태는 온세상을 다 뒤집어 엎을 것만 같아 보여도 종태의 가슴은 남들이 감히 흉내 낼 수 없는 인간애와 순수한 정의감으로 가득 차 있었다. 현우는 경찰관의 입장에서 종태를 조금도 미워할 수가 없었다. 종태에겐 종태만의 운명이 있고 종태만이 짊어지고 가야 할 업보가 있다고 생각했다. 한편으로 생각해 보면 딱하고 슬프기도 했다. 그런 맥락에서도 현우는 이참에 서울을 떠나 두메산골로 전보발령 받은 것이 이토록 홀가분한 건지도 몰랐다. 경찰관의 입장에서 종태의 주변을 샅샅이 파헤치고 수사의 강도를 높이지 않을 수 없었던 자신의 위치가 괴로웠다. 현우는 공직자들 중에서도 자기만큼 딱하고 고독한 공무원도 없을 것이라고 한숨 지을 때가 많았다. 잠시후 현우가 냅킨으로 입을 닦으며 말했다.

"회장님, 이 일은 종태가 목숨까지도 각오하고 나서지 않으면 안 될 만큼 중차대한 일입니다. 귀로는 한 평범한 시민일 뿐입니다. 그런데도 귀로는 눈에 보이지 않는 나쁜 세력으로부터 엄청난 신변의 위협을 받고 있습니다. 개미촌 사람들이 아니면 누가 귀로를 보호해 줄 수 있겠습니까?"

현우의 말에 정 회장도 동감이라는 듯 고개를 끄덕였다. 흘깃 창밖을 내다 보니 젊은 여자들이 무엇이 그리 좋은지 연신 깔깔거리며 거리를 흘러가고 있었다. 현우는 경찰관의 입장에서 종태를 도와 주지는 못할망정 그를 막아서지는 말아야 한다고 마음을 굳게 먹어 왔다. 그나마 다행스러운 것은 종태가 치러야 할 전쟁의 상대가 마약밀매를 일삼는 빨갱이 야쿠자라는 사실이었다. 이것이 개미촌으로서는 여간 다행스럽지 않다고 현우는 내심 쾌재를 지르기도 했다. 현우가 입을 열었다.

"회장님, 회장님께서 지금껏 수없이 많은 역경을 극복하고 꿋꿋하게 살아오신 것처럼 끝까지 귀로의 뒤에서 힘을 보태 주시기를 귀로의 친구로서 꼭 부탁드리겠습니다. 전 믿습니다. 귀로는 절대로 죽지 않습니다."

"고맙네."

레스토랑을 나와 현우와 헤어진 정 회장 앞으로 승용차가 한 대가 미끄러지듯 멈추었다. 김 비서가 문을 열어 주며 허리를 90도로 굽혔다.

이 여사는 그날 밤 남편 정 회장과의 잠자리에서 다감한 목소리로 달래듯 말했다. 나이가 먹어갈수록 남편은 차츰 어린아이가 되어 가는 듯했다.

"여보, 미국에 있는 애들 걱정에 심기가 몹시 불현하죠? 당신이 말 안 해도 내 다 알아요."

정 회장은 이 여사의 말에 입을 다문 채 말이 없다. 이 여사가 물었다.

"명희는 안 온데죠?"

정 회장이 그제야 입을 열었다.

"그래, 아이들만 귀국 시키겠대."

"명희 고집에 될 말이유? 그 애는 제남편 죽으면 따라 죽을 애예요."

정 회장이 아내의 말을 들었는지 안 들었는지 기척도 없이 눈만 껌벅껌벅

했다. 이 여사가 다시 입을 열었다.
"여보, 사람의 목숨은 사람의 생각대로 아무렇게나 없어지는 게 아니예요. 하늘에 나는 참새도 하나님이 허락해야 떨어져 죽는다잖아요. 생각해 봐요. 김 서방이 쉽게 없어질 목숨 같았으면 벌써 죽고 없어졌을 목숨 아니예요?"
정 회장이 몸을 돌려 아내 쪽으로 돌아누웠다.
"정말 그렇겠지?"
"여보, 부모가 되어서 자식들 걱정을 안 할 수 없지만 모든 것을 하나님께 맡깁시다. 우리가 뭘 어떻게 하겠수."
이제 머리가 하얗게 세어 노년의 문턱에 올라선 부부였지만 어떤 어려운 일이 닥쳐도 침착성을 잃지 않았다. 예기치 못한 문제라도 발생하면 머리를 맞대고 의논하고 서로 용기와 힘을 북돋우어 주었다. 그렇게 살아가는 동안 두 부부는 깊이 깨달은 점이 있었다. 부부가 일심동체로 살다 보면 기쁜 일은 두 배로 슬픈 일은 절반으로 떨어짐을.
이 여사가 정 회장 쪽으로 돌아누워 남편의 머리를 쓸어올려 주며 말했다.
"여보, 사람이 움직이는 세상이 아니예요."
"당신 말이 맞아."
"우리가 어려운 일들을 얼마나 수도 없이 겪고 살았어요. 그때마다 세상만사가 사람의 뜻에 달린 게 아닌 걸 너무도 많이 깨달았잖아요. 아무리 죽고자 해도 안 죽을 사람은 안 죽어요. 아무리 살고자 발버둥쳐도 죽을 사람은 죽어요. 인명은 재천이란 그 뜻이예요. 하나님께 맡기고 삽시다."
"그래, 하지 않아도 될 염려와 근심에 끌려다녔어. 자네 말이 맞아. 염려하고 근심한다고 해서 해결되는 것도 아닌데 말이지. 내가 늙긴 늙었나 보네."
두 부부는 평생을 슬플 때 같이 울고 기쁠 때는 어린아이처럼 기뻐하면서 한 몸처럼 의지하고 살아왔다. 정 회장은 어느새 아내 앞에서 점점 어린아이처럼 되어 가는 느낌이었다.

탕남 탕녀

몇년 전만 해도 땔감이 없었던 주민들이 동백나무를 베어 땔감으로 썼다는 말이 전해질 만큼 동백나무가 밀림처럼 울창한 조그만 섬마을이었다. 파도가 겹겹이 밀려오고 있는 해안을 따라 드문드문 연인들이 팔장을 끼고 해변의 백사장을 걷고 있는 모습이 눈에 뜨였지만 이날만큼은 대체로 한산한 편이었다. 고기잡이 나갔던 배들이 통통걸음으로 하나둘씩 포구로 모여들고 있었지만 오 박사와 진마담은 벌써 한 시간이 넘도록 풍광이 아름답기로 유명한 이 섬의 바위벽에 몸을 붙인 채 움직일 줄을 모른다. 전설에 의하면 옥황상제의 아들이 용왕의 딸과 눈이 맞아 이 섬에 머물렀다는데 옥황상제가 100명의 신하를 내려보내도 올라오지 않자 화가 난 옥황상제가 아들과 신하들을 돌로 변하게 했다는 전설이 이어질 만큼 기암괴석이 옹립해 있는 아름다운 섬이었다. 갈매기들이 어지럽게 날아다니고 있었지만 아무도 갈매기 떼들을 탓하는 사람은 없었다. 이윽고 진 마담이 잔기침을 몇 번 흘린 뒤에 차악 가라앉은 목소리로 입술을 열었다.

"이해할 수 없어요. 그러니까 납득이 안 가기도 하구요."

"이해하려고 애쓸 필요도 없고 납득이 안 갈 이유도 없소. 내 말은 진심이니까."

"대체 어째서 저와 같은 여자와 결혼 하자는 거죠? 아무리 곱씹어 보아도 이해할 수가 없어요. 당신이 날 놀리고 있다는 결론 외엔."

"사랑하니까."

"네에? 사랑한다구요?"

"그렇소."

"칫! 말도 안 되는 소리 말아요. 오 박사님이 날 사랑한다는 건, 그건 결국 날 갖고 놀기 쉬울 만큼 우습게 여긴다는 그런 뜻이예요."

"그렇지 않소. 진마담."

진마담이 고개를 홱 돌려 오 박사를 찌르듯 쏘아보았다. 그녀는 도저히 이해할 수 없다는 듯이 따지고들었다.

"우린 몸으로 서로를 격렬하게 불태우긴 했죠. 난 음탕한 여자예요. 언젠가 당신은 내가 당신의 육체를 뜨겁게 달구는데 그 어느 여자들도 따라갈 수 없는 가공할 테크닉이 있다고 말한 적이 있어요. 그 때문에 당신이 날 사랑한다는 말이예요? 나의 테크닉이 너무 좋아서?"

"그것이 당신을 사랑하게 된 아주 작은 이유 중 하나이긴 하지만 결코 그 때문만은 아니요."

겨울바다는 바람이 살갗을 파고들 듯 춥고 앙칼졌다. 두 사람은 추위 따위는 조금도 아랑곳 않았다. 오 박사가 코트깃을 추켜세운 채 끊임없이 밀려오는 파도에 시선을 던져 놓고 말이 없다. 그만큼 대화의 골이 깊고 진지했다. 어느새 진마담의 눈가에 눈물이 핑그르르 맴돌고 있었다.

"모멸은 잔인해요."

"모멸하는 거 아니요."

"비록 당신의 온몸이 찢어지고 꿰맨 상처자국으로 가득하긴 하지만, 그리고 비록 목발을 짚고 절뚝거리고 다니긴 하지만, 당신은 이 나라 실세 권력자의 아들이고 권위 있는 과학자예요. 당신의 주변엔 공부 많이 하고 가문 좋은 집 딸들이 얼마든지 기웃거리고 있다고 들었어요."

"그렇긴 하오."

"그런데, 그런데도 나 같은 천박한 사람하고 결혼하겠다고요? 돌았어요? 미쳤어요?"

"난 정상이오."

"난 탕녀예요."

"난 탕남이오."

"옛날이긴 해도 당신 이외의 남자와 놀기도 했어요!"

"나도 여러 여자들과 놀았소."

"난 3류대학도 간신히 나왔어요. 일가친척도 변변한 곳 하나 없어요. 재산도 없고 영리하지도 못해요."

"……."

"그것 봐요. 대답 못하잖아요!"

"나도 실인즉 그리 영리하지도 못하고 좋은 대학을 나오긴 했지만 결코 훌륭한 가문의 자식은 못 되오."

휙 돌아앉은 진마담의 손바닥이 오 박사의 뺨을 야멸차게 올려붙였다. 오 박사가 부릅뜬 눈으로 진마담을 쏘아보며 어금니를 질끈 깨물었다.

"정말 놀리고 있군요. 당신은 미국의 명문대학에서 물리학 박사학위를 받은 과학자예요. 지금은 하늘을 나는 새도 떨어뜨릴 만큼 막강한 세력가의 외아들이에요. 그런데도 뭐가 어째요? 파렴치한!"

진마담의 눈에서 흘러내린 눈물이 뺨에서 얼어붙을 듯 그렁그렁 매달려 있었다.

"진마담, 결코 오해 마시오. 내가 진마담과 결혼하겠다는 의지는 순수하고 정직하오."

진마담이 먼 바다에 시선을 고정시켜 놓고 말했다.

"가슴이 너무 참담해요."

"세월이 흐르다 보면 내 진심을 이해하게 될 거요."

"설사 오 박사님의 마음이 진실이라 해도 난 못해요. 차라리 어디 먼 외딴 섬 속으로 꽁꽁 숨어 버릴 거예요."

"그러지 마시오. 진마담, 내 가슴속엔 진마담을 향한 열정과 뜨거운 슬픔이 있소. 그건 진마담 외엔 어느 누구에게도 털어놓을 수 없는 홍수 같은 슬픔이오."

"당신이 술집여자와 가까이 지낸다는 사실조차 세상에 알려질까 봐 두려워해 온 저예요. 하물며 결혼이란, 말도 안 되는 소리! 제발 좀 거두어 줄 수 없어요?"

"그런 의미에서 이제 술집은 그만두시오."

"그건 안 돼요."

"왜 안 돼오?"

"무얼 먹고 살아요?"

"결혼하면 의당 남편이 아내를 먹여 살려야 할 책임이 있지 않소? 그만 모텔로 들어갑시다. 날씨가 많이 춥소. 진마담 얼굴이 새빨갛게 얼었소."

두 사람은 바위벽에서 몸을 뗀 후, 잠시 해변을 걸었다. 태풍이라도 오려는 것일까. 파도가 점점 높아 졌고 바람 또한 거세어 졌다. 오 박사가 낮고 굵직한 목소리로 말했다. 오 박사의 목소리 톤은 굵직한 게 특징이었고 그 목소리가 많은 여자들에겐 무시할 수 없을 만큼 매력적이기도 했다.

"이제부터는 진마담이라고 부르지 않을 테요."

"그럼, 뭐라고 부를 건데요."

"진유정, 참 부르기 좋은 이름이오. 유정이라고 진즉부터 이렇게 이름을 불렀어야 했는데. 나는 이제부터 사랑과 육신의 간극을 속절없이 넘나드는 회색인간이 아닌 유정의 영혼과 육신을 한꺼번에 사랑하는 진실한 남자로 다시 태어날 것이오. 믿어 주오. 유정이."

갑자기 유정이 걸음을 멈추었다. 그녀의 눈길이 아득한 바다 수평선 물마루까지 마냥 달려갔다. 유정이 속삭이듯 오 박사를 불렀다.

"오 박사님."

"앞으로는 오찬우, 그렇게 불러 주었으면 좋겠소."

"당신의 이름은 오찬우죠. 찬우 씨."

"말해요."

"아까 당신이 날 사랑한다고 했어요."

"그랬지. 그래서 결혼하자고 했고."

"그렇담 이젠 내가 당신을 사랑해야 하는데 이 허물 많은 육신을 갖고 어찌 순수하게 당신을 사랑할 수 있을까요?"

"그런 염려는 내게나 유정이에게 아무런 의미도 없소. 이제 머잖아 당신을 좋은 사람에게 부탁할 작정이오."

"좋은 사람요? 어떤 사람인데요?"

"누가 봐도 참 좋은 사람이라고 감동할 만큼 훌륭한 사람이오."

"훌륭한 사람이라구요?"

"그래요. 그때 가서 그 사람을 만나면 비로소 유정이가 내 마음을 이해하게 될 거요."

"그렇다면 이 순간 찬우 씨가 나를 진정으로 사랑한다는 표징은 무얼까요? 무얼 보고 찬우 씨가 날 사랑하는 걸 믿을 수 있죠?"

찬우가 그녀의 눈을 똑바로 들여다보면서 젖은 목소리로 말했다.

"유정이! 내 눈을 봐. 내 눈에 무엇이 보이는지?"

유정이 얼굴을 들고 오 박사의 눈을 쏘는 듯 들여다보았다. 순간 유정은 깜짝 놀랐다.

"어머! 어쩐 일이예요? 찬우 씨 눈에 눈물이 가득해요."

"이 눈물이 당신, 유정이를 사랑한다는 증거요. 믿어 주시오. 유정이."

"찬우 씨… 왜, 왜 우는 거죠?"

"유정일 생각하면 그냥 가슴이 아파서… 지금 내가 흘리는 눈물은 악어의 눈물이 아니라 인간 오찬우의 순수한 눈물이오."

비로소 유정의 눈에서 눈물이 폭포수처럼 쏟아지기 시작했다. 그녀의 얼굴이 순식간에 어린아이처럼 허물어지며 와락 울음을 터뜨리고 말았다. 겉으로 표현은 하지 않았지만 사실 유정은 오 박사에 대한 그리움으로 언제나 가슴이 아려 왔었다. 그러고 보면 두 사람 다 보이지 않는 상사불망의 세월을 소리 없이 견디어 온 셈이었다. 오 박사나 유정이나 손에 잡히지 않는 사랑의 그림자만 쳐다보며 수많은 세월을 신음하며 살아온 것이었다.

"찬우 씨! 지금 이 순간부터 유정이는 찬우 씨를 뼈가 으스러지도록 사랑하겠어요. 찬우 씨."

목발을 쓰러뜨려 놓고 모래밭에 쓰러진 두 사람은 누가 먼저랄 것도 없이 와락 포옹한 채 뜨거운 입맞춤을 오래도록 계속했다.
 사랑은 비록 그것이 남들이 외형상으로 보기에는 형편없이 초라하고 볼품 없을지라도 일단 사랑의 주인공들이 탐욕과 교만의 덫을 빠져 나와 겸허하게 사랑의 아픔을 함께 이겨낼 용기만 있으면 사랑은 절망을 희망으로 바꿀 수 있을 만큼 신비스러운 능력을 가지고 있는 것이었다. 그렇긴 하지만 오 박사의 속내는 정말 어떻게 된 것일까.

풍진세상살이 새댁

그해 개미촌 사람들의 겨울은 그럭저럭 별 탈 없이 세월 속에 묻혀 흘러갔다. 이듬해 새로운 봄기운으로 산천초목이 늘어지게 기지개를 펴고 있었다. 숯공장에도 봄기운이 완연히 찾아와서, 계곡에 꽁꽁 얼어붙었던 얼음이 가장자리부터 살금살금 녹아내리기 시작했다. 녹아내린 얼음물이 웅기웅기 모여 있는 계곡의 바위 틈 사이로 달음박질 치고 있었다.

종태는 숯가마 앞에서 노르스름하게 익은 산토끼 다리 뜯으며 소주를 마시고 있었다. 그는 지난 겨울동안 잠시 중단되었던 수도원 공사가 한참 열을 올리고 있는 수도원 쪽을 내려다보다가 갑자기 눈살을 찌푸렸다. 검은색 지프차 한 대에 이어 트럭 한 대와 승용차 두 대가 흙먼지를 뿌옇게 일으키며 화급하게 달려오는 것이 눈에 들어왔기 때문이었다. 불길한 예감이 종태의 뇌리를 때리고 지나갔다.

'무슨 일이 생겼다! 전화도 하지 않고 직접 달려오는 걸 보면.'

허겁지겁 달려온 지프차에서 제일 먼저 뛰어내린 것은 이도였다. 그는 쓸어질 듯 달려와 종태 앞에 우뚝 섰다. 얼굴이 창백하게 일그러진 이도의 눈이 빨갛게 충혈되어 있었다. 종태가 억지로 침착함을 가장하고 낮게 물었다.

"말해라. 무슨 일이냐?"

"큰형님, 으, 흐흐흐!"

이도의 얼굴에 거머리처럼 달라붙어 있는 고통의 그림자가 더더욱 종태의 심장을 얼어붙게 했다. 종태가 이도를 쏘아보며 신음하듯 말했다.

"어떤 놈들이 또 개미촌에 도전장을 보냈구나."

곧 승용차에서 내린 청년들이 잔뜩 긴장된 얼굴로 종태 앞에 늘어섰다. 이도의 얼굴이 참혹하게 일그러졌다.

"큰형님, 차마 말씀 드릴 수가."

종태가 다시 싸늘한 목소리로 찌르듯 물었다.

"뭐냐? 트럭에 실린 것이."

"보시지 않는 것이, 그냥 말씀으로만."

종태는 침착한 목소리로 명령했다.

"내려. 갖고 와."

"예."

종태의 표정에 긴장하는 빛이 역력했다. 그의 턱가자미가 쉬지 않고 불끈거렸다. 이미 종태의 적개심이 보이지 않는 적을 향해 치열하게 몸부림치고 있다는 증거였다. 이도가 청년들에게 명령했다.

"얘들아, 갖고 내려와라."

"옛!"

그것은 두꺼운 나무로 짜여진 커다란 상자였다. 종태가 낮게 명령했다.

"열어라."

청년들이 못뽑이망치로 못을 빼고 상자의 뚜껑을 열었다. 피비린내가 확 얼굴에 달려들었다. 순간 종태는 흡 숨을 들이쉬었다. 호흡이 끊어질 듯 그의 얼굴은 순식간에 백납처럼 창백하게 내려앉았다.

"……."

"큰형님. 쳐죽여도 시원치 못할 어떤 놈이 이 따위 짓을."

시체는 미숙이었다. 온몸을 몇 토막으로 잘랐는지 모르겠으나 미숙의 얼굴이 반쯤 뜨여진 눈으로 비닐에 싸인 채 상자 속에 반듯하게 놓여져 있었다. 그녀의 자궁은 예리한 칼로 움푹 도려내어져 있었다. 종태는 두 눈을 무섭게 부릅뜬 채 온몸을 와들와들 떨었다. 부르쥔 두 주먹은 금방이라도 폭발해 버릴 것만 같았다. 그는 어금니를 부서져라 악물었다. 겨우 종태의 입이 열렸다.

"언제냐?"

"오늘 새벽에 호철이네 집 대문 앞에서 맨 먼저 두부 배달을 하던 고릴라가 발견했습니다."

"밤에 어딜 갔다가 이렇게 된 거냐?"

"호철의 말에 의하면 부인이 어젯밤 9시쯤 감기약을 사러 나갔다고 했습니다. 아무 염려 않았던 호철은 전국장사씨름대회에 출전하기 위해 씨름연습으로 고단했던 모양, 그대로 새벽까지 잠에 곯아 떨어져 버렸답니다. 고릴라가 뛰어들어 잠을 깨웠을 때까지 말입니다."

"뚜껑을 닫아라. 고릴라."

"옛!"

고릴라가 재빨리 상자의 뚜껑을 닫았다. 그제야 피비린내가 조금은 가시는 듯했다. 종태의 눈에 핏발이 섰다. 그것은 이미 종태의 가슴에 복수의 도화선이 불붙었다는 것을 의미했다.

"호철은 지금 뭣하고 있냐?"

고릴라가 재빨리 나서서 대답했다.

"집에 틀어박혀 울부짖고 부수고 난리 났습니다."

"이도야, 여자들에게 비밀로 해라. 분명히 말한다. 호철의 처는 교통사고로 죽었다. 알았냐!"

"알겠습니다. 큰형님."

"고릴라, 빨리 서울로 가서 호철이를 데리고 와라."

"알겠습니다. 큰형님."

이도가 물었다.

"곧 바로 장례식입니까?"

"물론이다. 숯공장 너머 양지바른 곳에다 묻어!"

"알겠습니다."

"사무실에 연락해서 모두들에게 입조심을 시켜라."

"알겠습니다. 헌데, 큰형님."

"뭐냐?"

"시골에 계시는 할머니들에겐 어떡할까요. 그냥 두 사람을 급히 어느 나라로 이민을 보냈다고 속이면 안 되겠습니까? 노인네들이 워낙에 큰 충격을 받을까 봐서 말입니다."

"시끄럿! 그런 식의 거짓말이 그리 오래 갈 것 같니? 급작스런 교통사고를 당했다고 직접 찾아가서 차분하게 말씀 드리고 세 분 다 모시고 와라. 강한 분들이라서 잘 견디어 내실 거다."

"옛! 말씀대로 하겠습니닷!"

"이도야, 이제부터는 모두 침착해야 한다. 이건 경찰에 알릴 수 있는 성질도 안 돼. 우리 스스로 범인을 찾아내야 한다. 거듭 당부하지만 개미촌 식구들 모두에게 소문이 돌지 않도록 각별히 조심해라. 분명 개미촌 안에 배신자가 있다!"

"알겠습니다. 배신자를 반드시 잡아내겠습니다."

숯공장 인부들이 의아한 얼굴로 종태 주위로 하나둘씩 모여들었다.

황 영감이 종태 옆으로 주춤주춤 다가왔다.

"김 씨, 무슨 난리가 났소? 왜들 얼굴표정들이 그렇소?"

"황 씨! 알 필요 없소. 모두들 가서 숯이나 구워요."

황 영감이 고개를 갸우뚱거리며 돌아갔다.

사흘 후 숯공장 맞은편 조그마한 산등성이를 하나 넘어 양지바른 곳에서 미숙의 장례식이 치러지고 있었다. 종태의 생각 같아서는 미숙을 곧바로 장사 지내고 당장 서울로 달려가고 싶었지만 시골에서 올라온 일도 형제들의 어머니들도 그렇고 또 개미촌 사람들의 쑹얼거림도 만만치 않을 듯해서 삼일장을 치르기로 결심했다. 누구보다 가장 애통해 하는 사람은 호철 어머니였다.

"아이고오! 이를 어쩌면 좋아아. 내 팔자야아. 어째서 내 팔자는 이리 더러운고오오! 불쌍한 우리 아가, 아아아!"

장례식에 참석한 사람들 모두가 호철 어머니의 호곡소리에 눈물을 비 오듯 흘렸다. 호철은 주먹 같은 눈물을 연신 뚝뚝 떨어뜨리면서 멀찌감치 땅바닥에 꿇어앉아 있었다. 병숙이 호철의 어머니 곁으로 다가가서 그녀의 겨드랑이를 안고 일으켰다.

"작은어머니, 이제 고만 진정하세요. 어서 이리로. 일꾼들이 일을 못하고 계시니까요. 네?"

호철 어머니는 슬픔을 참을 생각은 손톱만큼도 없이 하늘이 뚫어져라 미숙의 이름을 부르며 통곡을 그치지 않았다. 옆에서 일도의 어머니가 똑부러지는 목소리로 호철의 어머니를 질타했다.

"고만 하그라! 죽은 사람 명이 고것뿐인 것을 우예노? 산사람은 살아야제. 퍼뜩 울음 몬 그치겠나!"

그제야 호철 어머니는 울음을 뚝 그쳤다.

"큰형님, 우예면 좋응교?"

"우예긴 뭘 우예. 호철이가 맘 잡을 때까지 참고 기다리고 있다가 임자가 나타나모 그때 가서 새장가 보내면 되는기제. 죽은 아만 불쌍하제!"

"큰형님요오, 내가 앞으로 우예 살까 싶네요오!"

일도의 어머니가 그칠 새 없이 뺨을 타고 흘러내리는 눈물을 손끝으로 훔쳐내며 소리쳤다.

"그만 하라카잇!"

대범스레 일갈했지만 일도의 어머니도 급기야 끓어오르는 격정을 주체하지 못했다. 그녀는 기어이 울먹이는 목소리로 애원하다시피 호철의 어머니를 위로했다.

"바라, 호철 엄마야, 우옐끼고. 니 팔자가 고작 이거 뿐인 게라고 생각하고 참고 이겨내며 살아야 안 되겠나. 고만 울고 퍼뜩 일어 서그라. 일꾼들이 저래 아무것도 못하고 서 있잖나."

"으흐흐흑, 내는 인자 우예 사는교. 으흐흐흑."

병숙이가 겨우 호철 어머니를 부축해서 여나므 걸음 뒤로 물러나자 일꾼들이 구덩이 속으로 조심스럽게 관을 내렸다. 여기저기서 사람들이 흐느끼는 소리가 더욱 불어났다. 피눈물이 쏟아질 듯 새빨갛게 눈이 충혈된 종태는 어금니가 부서져라 악물며 가슴으로 부르짖었다.

'태진 엄마, 내가 죽거든 다시는 나와 같은 사람 곁에 가까이 가지 마라. 당신이 그토록 존경하는 최석천 목사 같은 사람에게로 새로 시집가라. 이 종태는 그릇이 이것밖에는 못 돼. 용서해 다오.'

 조금 뒤 관을 반듯하게 안장한 일꾼이 뒤로 물러서자 이도가 가족들로 하여금 흙을 한 삽씩 퍼 넣도록 했다. 호철은 삽으로 흙을 뜨다 말고 그 자리에 한쪽 무릎을 꿇고 산천초목이 떠나갈 듯 짐승처럼 울부짖었다. 그 모습이 어찌나 참혹했던지 보는 이들의 구곡간장이 녹아내릴 듯했다.

 "미숙아아! 미숙아아! 나도 같이 가자아! 아아우우우!"

 경진은 억장이 무너져 내리는 충격으로 쓰러질 듯 종태의 팔을 잡았다. 현기증이 머리를 지끈 때리고 지나갔다. 기어이 종태가 무서운 얼굴로 소리를 버럭 내지르고 말았다.

 "호철아, 이놈! 빨리 일어서지 못했!"

 겨우 사람들이 꿀꺽 울음을 삼켰다.

 "호철이를 데리고 물러서랏!"

 호철이가 삽을 짚고 부들부들 떨며 일어섰다. 그의 무릎이 슬픔과 분노로 와들와들 떨고 있었다. 입술이 터져라 깨물면서 삽으로 흙을 떠넣는 그의 얼굴은 흙먼지와 눈물로 온통 범벅이 되어 있었다.

 "내도 죽어서 니한테 곧 갈끼다. 이래 생각하이 마음이 편타. 기다리고 있그라."

 바람 한 점 일지 않는 양지바른 곳에 미숙의 봉분이 동그랗게 떠올랐다. 무덤 앞에 앉아 몸을 잔뜩 웅크리고 어깨를 떨고 있는 호철 어머니의 모습은 보는 이의 가슴을 저미게 했다. 종태는 부릅뜬 눈으로 울고 있는 호철 어머니의 어깨만 노려볼 뿐이었다.

 종태는 사람들을 한 명도 남아 있지 못하게 돌려보냈다. 하지만 네 할머니는 아직도 봉분 앞에 퍼지고 앉아 지는 해를 바라보며 쉴 새 없이 한숨을 흘리고 있었다. 일도의 어머니가 제일 먼저 중얼거리듯 입을 열었다. 역시 눈물이 그렁그렁 매달린 채로였다.

 "동서들아, 노을이 저래 곱기도 하다. 그제?"

 삼도의 어머니가 그 말을 받아서 들릴 듯 말 듯 혼자 말했다.

"하늘도 무심하시제. 노을진 우리네 목숨이나 델고 갈끼제 우째 새파랗게 젊은 새댁을 그래 델고 가시노."

"우리가 전생에 죄가 참 많은갑다. 조상님의 죄가 억수로 많은기제. 우예 이리도 팔자가 가시덤불처럼 험한기고."

이도의 어머니가 말했다.

"형님, 담배나 한 대 피우소."

이도의 어머니가 담배 한 개비를 일도 어머니의 입술에 물렸다. 아직도 흘러내리는 눈물을 닦을 염도 없이 호철 어머니가 스웨터 주머니에서 가스라이터를 꺼내 불을 붙여 준다. 이도의 어머니가 땅이 꺼질 듯 긴 한숨을 한 줄기 쏟아내며 말했다.

"호철이 엄마야."

"예, 작은형님요."

"고마 서러워하그라. 다 팔자소관으로 돌리야지. 우쨀끼고? 염라대왕이 하는 일을. 인생살이 다 그케 풍진세상살이 아이라."

삼도의 어머니는 주섬주섬 봉분 옆에 널려진 음식찌꺼기들을 주어 모아 신문지에 싸고 있었지만 그녀의 눈에서도 눈물이 그칠 줄 모르고 흘러내리고 있었다. 일도의 어머니가 말했다.

"머하노? 호철이 엄마야, 퍼뜩 담배 한 대 피워 물그라."

"예."

이도의 어머니가 새담배에 불을 붙여 호철 어머니 입에 물려준다. 호철 어머니가 힐끔 큰형님의 눈치를 보고는 돌아앉아 담배를 한 모금 길게 빨아 당겼다가 내뿜는다. 하얀 담배연기가 한숨소리에 섞여 빨간 노을 속으로 머리를 풀어헤치며 흩어진다. 그녀가 내뱉는 한숨소리가 봉분 속으로 잦아드는 듯했다. 그 소리를 미숙이 봉분 속에서 듣고 있는 것만 같았다.

"그나마 형님들이 없었다면 내 우째 이 한 많은 세상 목구멍에 풀칠하면서 살 뻔했노. 형님들 의지하고 사는 재미없이 내 우예 살아 갈끼고. 형님네들 고맙십니더."

일도의 어머니가 머리를 후드득 털더니 슬픔을 확 싸잡아 버리자는 듯 꽃

꼿한 목소리로 말했다.

"내일은 거름 내다 밭에 뿌리야제. 그자? 금년에는 고추보다 콩을 마이 심자이?"

이도의 어머니가 말도 안 된다는 듯이 말했다.

"형님도 차아암!"

"와?"

"고추를 많이 심어야제! 콩값이 고추값 따라 가능교?"

"바라, 둘째야, 니는 모르는 소리 고만 하그라."

"와요? 형님."

"고추농사 다 짓고 나모 겨울에는 우리 아무것도 할 게 없잖나. 겨울에 방구석에 군불만 때고 퍼질러 앉아 화투치기만 하지 마고 두부를 만들어서 장에 내다 팔자. 심심치도 않고 안 좋나? 메주 쒀서 된장도 담가야 하고."

"그래예? 형님 말대로 콩을 마이 심는 게 좋겠네예. 그라입시더. 그라모 금년에는 콩을 마이 심읍시더."

"어데 그뿐이고?"

"또 뭔데예?"

한숨소리에 섞여 쏟아지는 일도 어머니의 말이 억장이 무너질 만큼 듣는 이들의 귀에는 슬프고 쓸쓸하기 짝이 없었다.

"두부 팔러 장에 자주 나가다 보모 혹 아나? 개안은 영감타구 하나 제대로 물어 올지도 모르잖나."

이도 어머니가 코를 횡하니 풀고 나서 말했다.

"형님 두고 하는 말이제예?"

일도 어머니가 말도 안 된다는 듯이 한숨 섞인 어조로 말했다.

"에이고오! 둘째, 먼 소리고? 와 내가 영감타구 얻노? 내가 영감타구 얻자는 게 아이고오."

"그라모 누구 영감타구 얻자는 깅교?"

"누군 누구고? 호철이 엄마제. 호철이 엄마는 안즉도 경수가 끊어지지 않았다 아이가."

그때까지도 돌아앉아 울음을 삼키고 있던 호철 어머니가 팽하니 코를 풀고 당치도 않다는 듯 말했다.

"애고, 큰형님도 차아암! 와 내가 영감타구 얻능교? 얻을라모 큰형님이나 얻소."

"휴우! 말도 안 되는 소리 집어치와라 고마! 내사 얻어 봤자 먼일이 돼야 말이제."

이도 어머니가 시침 뚝 떼고 묻는다. 그러면서도 호철 어머니의 얼굴을 살피는 듯 뜯어보는 눈길이 슬프고 쓸쓸하기는 일도 어머니와 다를 바 없었다.

"와요? 와 먼일이 안 되는데예?"

"밑구멍이 먼지처럼 파삭파삭 가물었는데 영감타구 양물이 어데 들락날락하겠나? 까딱 잘못하모 양물껍떼기가 훌렁 까져뿔모 잘나빠진 농사지갖고 약값 내기도 바쁠라."

우스개 삼아 말을 하면서도 연신 호철 어머니의 동정을 엿보는 것은 마찬가지였다. 일도 어머니는 마음속으로 절망했다. 자신의 우스갯소리에도 호철 어머니의 표정에는 아무런 동요도 일지 않았기 때문이었다.

"우예 저 슬픔이 쉬 사라지겠노. 두고두고 가슴에 쌓여 한이 되겠제. 애고, 불쌍타!"

삼도 어머니가 호철 어머니의 옆얼굴을 연신 흘끔거리며대며 농을 던졌다.

"하이고오! 참 큰형님도 껍데기가 와 까지능교. 들기름을 잔뜩 바르고 하모 될낀데."

일도 어머니가 또 농담 삼아 한 마디 내놓아 보았다.

"호철이 엄마는 안즉도 경수가 안 끊어졌잖나? 그라이께 양물이 들락거리기도 수월하잖나."

이도의 어머니가 겨우 웃음을 머금고 홀짝 끼어들었다. 눈물이 여전히 덜 마른 채였다.

"형님, 전번에 안 그랬능교? 풍기 장바닥에 나온 뱀장수 말마따나 고무신 짝으로 두들겨 패서 퉁퉁 불카갖고 참기름이든 들기름이든 쏟아붓고 하모 된다꼬!"

"여름 내 농사 지은 참기름 들기름 아까와서 우예 거기다 쏟아 붓노? 안 할란다."

"하이고오, 형님도!"

일도 어머니가 또 호철 어머니의 동정을 흘끔거리며 말했다.

"호철 엄마야, 니가 영감 얻으모 가끔씩 돌아가면서 우리한테 한번씩 빌려다고."

평소에 지나치게 과묵하다고 일도 어머니에게 핀잔을 받았던 삼도의 어머니가 억지로 신바람을 내며 호들갑을 떨었다.

"그기 좋겠네예. 큰형님."

호철 어머니가 마지못해 한 마디 했다.

"하이고오, 형님들도 참내!"

아무리 한 마디씩 흰소리를 해도 호철 어머니의 표정에는 먹구름같은 슬픔만 무겁게 머물러 있었다. 일도 어머니는 쓸데없이 나잇살이나 먹고 주책없이 굴었다 싶어 쑥스럽기까지 했다.

네 사람은 땅거미가 발끝으로 아장아장 기어들 때쯤에야 미숙이의 봉분을 떠났다. 호철 어머니는 몇 번씩이나 미숙의 묘를 돌아보며 돌아보며 눈물을 흘렸다. 일도의 어머니는 그런 호철 어머니의 모습이 안쓰러워 가슴이 아팠지만 주책없이 농이 지나치지 않았나 싶어 공연히 마른기침만 뱉어 냈다.

네 명의 배신자

심각한 사건이나 현안문제가 생길 때마다 참모들만 모이는 개미촌의 특급 회의실이 있다. 회의실은 체육관처럼 천정이 높고 100여 평 되는 넓은 홀이었다. 나무로 짠 기다란 테이블이 여러 개 잇대어 놓였고 양옆으로 수백 명 개미촌 사람들이 정연하게 줄지어 앉아 있었다. 모두들 표정들이 바위처럼 딱딱하게 굳어져 있는 것이 회의실 안은 터질 듯한 긴장감으로 숨쉬기조차 힘들 정도였다. 간간히 한두 군데에서 헛기침소리가 두어 번 들렸을 뿐 쇳덩어리 같은 무거운 침묵만이 회의실 안의 공기를 터지도록 짓누르고 있었다. 이윽고 종태가 의자 등받이에서 몸을 떼고 침묵을 깨뜨렸다.

"굴렁쇠."

본명은 백찬혁, 그는 어렸을 적부터 서커스단을 따라다니며 굴렁쇠 타는 묘기를 기가 막히게 부리는 건달이었다.

"옛."

"배신자가 분명히 있지? 배신자가 있었기에 놈들이 호철이가 살고 있는 집도 알아냈을 것이다. 게다가 여러 여자들 중에 하필이면 호철의 처를 골라 그토록 참혹하게 죽일 이유가 무엇이겠는가?"

"그렇습니다. 우리 중에 분명 배신자가 있었습니다."

"이 중에 있나?"

순간 좌중에 있는 사람들의 얼굴이 바짝 긴장했다. 굴렁쇠 백찬혁이 딱 끊어 대답했다.

"없습니다."

모두들 안심했다는 듯 짧은 탄성이 여기저기서 터져 나왔다. 종태가 다시 굴렁쇠의 눈을 쏘는 듯이 쳐다보며 다부진 목소리로 물었다.

"어디 있나?"

"이미 개미촌에서 사라지고 없습니다. 놈들의 숲속으로 숨어 버렸겠죠."

"몇 명인가?"

"네 명입니다. 배신자들은 일찍부터 놈들의 첩자였음이 틀림없습니다. 너무 놈들을 믿었던게."

"굴렁쇠, 내가 그 네 놈의 배신자를 알아맞춰 볼까?"

그 순간 좌중은 찬물을 끼얹은 듯 숨소리조차 들리지 않았다. 종태가 말했다.

"놈들은 호철네 시골집에서 미숙이를 납치해 가려다가 검독수리 형제에게 호되게 혼이 났던 8명중의 네 명이야. 맞지?"

백찬혁이 자신있는 얼굴로 대답했다.

"맞습니다. 그들 중 네 놈이 감쪽같이 사라졌습니다. 그때 놈들의 행동대장이었던 표대치가 검독수리 형제에게 목구멍에 풀칠할 길이 없다면서 사정하는 바람에 큰형님께서 놈들을 받아주었지 않습니까."

"그랬었지. 나머지 놈들은 그대로 남아 있나?"

"예, 하지만 표대치를 제외한 나머지 세 놈을 일단 도망치지 못하도록 감금시켜 놓았습니다. 만에 하나 놈들조차 끄나풀이 아닐까 해서 말입니다."

"굴렁쇠."

"옛."

"네가 잘못 생각했다. 그 녀석들은 더 이상 놈들의 끄나풀이 아냐."

"어떻게 믿습니까? 큰형님."

"놈들 중에 아직도 배신의 이빨을 갈고 있는 놈이 있다면 결코 이곳에 남아 있을 리가 없다. 남아 있어 보았자 자신들에 대한 추궁이 잇따를 게 뻔하고 결국 모든 것이 백일하에 드러나는 판인데 그렇게 되면 무사하지 못할 것이란 것을 놈들이 모르고 있었겠나? 빨리 가서 그들을 데리고 와."

"예."

백찬혁이 밖으로 나간 사이 이도가 말문을 열었다.

"개미촌의 최고실력자들이 대거 귀로 선생님의 신변보호차 미국으로 빠져나간 사실을 알아챈 놈들이 때는 이때다 싶어 감히 개미촌에 선전포고를 한 게 틀림없습니다. 무엇보다 함경도 아바이가 죽었다는 정보를 배신자 놈들을 통해 입수한 놈들이 더더욱 자신감을 얻었을 것입니다."

이도의 설명에 종태는 크게 고개를 끄덕였다. 이도가 말을 이어나갔다.

"이번 사건을 계기로 깜짝 놀랄 일은 일본 야쿠자 중에서도 전설적인 인물인 나카가와 우곤이 새로운 바람을 일으키기 시작했다는 사실입니다."

"뭐라고? 나카가와 우곤?"

"예, 미숙이의 시체를 보시지 않았습니까. 그녀의 자궁이 예리한 칼로 도려졌는데 말입니다. 그런 수법을 썼던 놈들을 옛날에 한번 본 적이 있습니다. 목포에서 아버지가 아직도 최고의 실력자로 군림하고 계실 때 마약 주도권을 놓고 아버지와 치열한 경쟁을 벌였었던 마약 밀매단 중에 나카가와 파가 있었습니다. 놈들은 당시 그런 잔인한 방법을 서슴지 않고 저질러서 아버지마저도 간담을 서늘하게 했었습니다. 놈들이 아버지가 데리고 있던 애첩 두 명을 납치해서 하나는 자궁을 도려내서 보냈고 또 하나는 양쪽 유방을 그 모양으로 해서 짐짝에다 처넣은 채 대문 앞에 던져놓고 사라졌었습니다. 처음 미숙이의 시체를 보았을 때 저는 그때의 악령이 되살아난 듯 몸서리를 쳤습니다. 분명 나카가와 파가 저질렀던 솜씨를 그대로 옮긴 것처럼 닮았습니다."

"그래서 그때 그 야쿠자놈들은 어찌 됐나?"

"함경도 아바이가 철저하게 보복해 버렸죠. 나카가와가 함경도 아바이에게 죽고 난 뒤 놈들의 조직이 모래성처럼 맥없이 무너졌는데 많은 세월이 흐른 지금 그 망령이 다시 고개를 쳐드는 느낌입니다."

종태가 입속으로 중얼거렸다.

'함경도 아바이.'

종태는 함경도 아바이가 그리워졌다. 굴렁쇠 백찬혁이 들어섰다. 뒤이어 표대치를 포함해 세 명의 청년들이 잔뜩 겁먹은 얼굴로 회의실 안으로 발걸음을 들여놓았다. 이미 그들의 얼굴은 핏기를 잃은 채 풀이 죽어 있었다. 종태가 나직한 어조로 말했다.

"표대치!"

"옛! 큰형님."

"한 가지 묻고 싶은 게 있다. 개미촌에서 오래도록 일하고 싶나?"

"큰형님, 물어보시나마나 한 말씀을. 저는 개미촌을 떠나서는 살 희망이 없습니닷!"

"사라진 네 놈이 배신자라고 너도 믿고 있나?"

"예."

"너도 전혀 눈치채지 못했나?"

"예, 전혀 눈치채지 못했습니다. 그들은 근래 들어 오히려 이전보다 더욱 개미촌에 충성을 다하는 듯 했습니다. 그들이 배신자라고는 도저히 믿어 지지 않을 정도로 그들은 큰형님에게 충성하려고 무척 노력했다고 생각합니다. 역시 사람이란 겉만 보아서는 그 깊이를 예측할 수 없다는 것을 이번에 깊이 깨달았습니다. 도망친 놈들은 개미촌에서 돈벌이를 하면서도 놈들과 은밀히 내통했고 놈들이 유혹의 미끼로 내놓은 마약을 동시에 챙겼던 것 같습니다."

"표대치, 놈들에 대해서 무언가 알고 있는 게 없나?"

"그때는 저희를 이용해 먹던 조직이 대구에 근거지를 잡고 있을 때였는데요. 당시에 저희는 미숙이를 책임지고 놓치지 말라는 명령만 엄격히 받았습니다. 우리가 모시고 있던 사장님에 대해서도 무슨 일을 하는 사람인지 전혀 몰랐고 본거지가 어디고 조직의 핵심사업이 무엇인지도 일체 모른 채로 그냥 사장이 시키는 대로만 했을 뿐입니다. 워낙 악랄할 조직이고 사장의 눈에 벗어나면 불구자가 되든지 죽든지 둘 중의 하나라서 사장의 명령은 곧 법이었습니다. 제가 느끼기로 배경에 굉장한 힘이 버티고 있는 것 같았습니다. 꼭 한 가지는."

"꼭 한 가지? 그 한 가지가 무엇이지?"

"언젠가 부산에 있는 비밀카지노 도박장에 심부름을 간 적이 있습니다."

"카지노 도박장에? 카지노 도박장을 비밀리에 할 수도 있나?"

"큰형님, 검은 돈을 좋아하는 권력과 손만 잡으면 못할 것이 없습니다. 이권을 놓고 권력의 꿀을 빨아먹고 사는 악의 세력은 얼마든지 있고 또 그게 충분히 가능합니다."

"무슨 심부름이었나?"

"예쁜 포장지로 싼 상자를 넣은 가방을 검은 장갑을 끼고 앉아 있는 3번 테이블의 여자에게 전해 주고 돈을 받아 오라는 심부름이었습니다. 물론 사장은 또 다른 조직원 몇 명을 제 주변에 비밀리에 깔아놓았죠."

"상자 속에 무엇이 들었는지 몰랐나?"

"처음엔 몰랐습니다만 나중에야 눈치로 알만했습니다. 아마도 마약인 듯했습니다."

종태의 눈빛이 반짝하고 빛을 발했다.

"어떤 여자 같아 보였지?"

"얼굴 생김생김은 언뜻 보기에도 상당한 미인이었습니다. 앞뒤 옆으로 건장한 덩치의 경호원들이 눈을 부라리면서 지키고 서 있는 것으로 보아 예사 여자라고는 결코 생각할 수 없었습니다."

"지금 보아도 그 여자 얼굴을 알아볼 수 있겠나?"

"어두컴컴한 조명등 아래였기 때문에, 또 화장을 워낙 짙게 한 탓에 쉽게 알아보기는 어려울 것 같습니다. 하지만 놀라운 사실을 한 가지 발견했습니다. 저를 데리고 이층 조용한 방으로 자리를 옮긴 그녀가 상자 속에서 무엇인가를 꺼냈을 때 그녀는 오른쪽 검은 장갑을 벗었습니다. 저는 우연히 여자의 새끼손가락이 잘려 나간 것을 발견했습니다. 여자는 하얀 비닐봉지를 뜯고 가루약을 손가락에 묻혀 입으로 가져가서 물건을 확인하는 듯했습니다. 당시에 저는 그런 것에는 조금도 관심이 없었습니다. 물건을 전해 주고 돈만 받아 오면 된다는 명령만 완수하면 됐으니까요."

"그리고? 그리고 어쨨나?"

"여자가 만족한 듯 제게 돈봉투를 쥐어 주고 다시 검은 장갑을 끼고 있었습니다. 전 또 한번 여자의 오른손 새끼손가락이 잘려진 것을 확인했습니다."

"……"

"머릿속에 있는 기억은 그것 하나뿐입니다. 큰형님."

"표대치."

"예."

"고향이 서울이라 했던가?"

"예, 서울 토박입니다."

"네게 누님이 한 분 있다고 들었다. 누님은 어떤 누님이지?"

"저희 엄마 뱃속에서 난 친누나입니다. 아버지가 폐병으로 돌아가셨는데 얼마 후 어머니는 우리 남매를 버려둔 채 집을 나갔습니다."

"그래서 어디에서 뭐하며 먹고 살았나?"

"갈 데가 없어서 유리걸식하다가 고아원으로 들어갔습니다. 저는 몇 달 못 가서 고아원생활을 견뎌 내지 못하고 뛰쳐나와 버렸고 얼마 후 누나도 고아원을 도망쳐 나왔습니다."

"왜 고아원을 견디지 못했나?"

"고아원 원장은 고아들을 이용해서 각처에서 들어오는 구호품과 기부금 등을 모두 자기 잇속으로 챙겼고 고아들에겐 하루세끼 꽁보리밥에 콩나물국 한 가지 뿐이었습니다. 신문팔이 구두닦이, 껌팔이 등을 시켜 우리들을 개나 소처럼 혹사시켰습니다. 도저히 더 이상 참고 견딜 수가 없었습니다."

"누님은 지금 어디에서 뭐하고 살고 있지?"

"588에서, 588에서 몸을 팔고 있습니다."

"……"

"면목이 없습니다. 큰형님."

"누나와 함께 살고 싶나?"

"제 형편과 여건이 누나를 데려다 함께 살고 싶을 만큼 여의치 못합니다. 누나가 쉽게 588을 빠져나올 상황도 안 됩니다. 빚이 워낙 많으니까요."

종태는 좌중에 앉아 있는 개미촌 사람들 중 누군가를 향해 입을 열었다.

"악어이빨!"

"예, 큰형님."

"청량리쪽은 누구지?"

"마카오 박이라고 쌍칼을 씁니다. 마카오를 내 집처럼 들락거리며 카지노쪽으로만 굴러다닌 국제 건달입니다만 얼마 전 빵에서 나와 지금은 청량리에서 자기소유인 백악관이란 나이트클럽을 운영하고 있습니다."

"마카오 박한테 사실대로 얘기하고 내가 얘기 좀 하잔다고, 그리고 빚을 갚아 줄 테니 표대치 누나를 꼭 데리고 와 줬으면 고맙겠다고 단도직입적으로 얘기해 봐라. 자신 있나?"

"알겠습니다."

"내일 오전중으로 데리고 와야 한다고 해. 악어이빨, 쇠뿔은 단김에 빼라."

"알겠습니닷. 그렇지 않아도 마카오 박은 내심 큰형님 쪽으로 마음을 열고 있는 중입니다."

종태는 눈살을 지그시 좁혔다. 무언가 지독한 결단을 내릴 때 보이는 종태의 표정이었다. 회의실 안에 다시 무거운 침묵이 숨막힐 듯 흘렀다. 이윽고 종태가 의사에서 몸을 일으키더니 뚜벅뚜벅 회의실 밖으로 사라졌다. 그제서야 사람들이 일어나 회의실 밖으로 뿔뿔이 흩어졌다.

창녀와 쌍칼과 인간병기

　이튿날 낮 12시를 넘어서기 직전 종태의 사무실로 황급히 뛰어든 사나이가 있었다. 바로 마카오 박이었다. 곧 이어 악어이빨이 여자를 데리고 따라 들어왔다. 마카오 박이 허리를 굽혀 종태에게 인사했다.
　"이렇게 가까이서 뵐 줄은 정말 몰랐습니다. 마카오 박입니다. 말씀하신대로 표대치의 누나를 데리고 왔습니다. 포주가 워낙 독종여편네인데다 빚이 많이 있었습니다. 어쨌든 악어이빨 말을 믿고 데리고 왔습니다."
　곧 표대치가 사무실 안으로 주춤주춤 들어섰다. 표대치의 누나라는 여자는 얼핏 보기에도 창녀라는 짐작이 들만큼 화장이 천박했고 입은 옷매무새가 몹시 현란하고 복잡했다.
　"표대치, 누님에게 의자를 가져다 줘라."
　"옛."
　표대치가 의자를 들어다 누나의 뒤에 바짝 밀어 주었다. 그녀는 지금 왜 자신이 이곳으로 끌려왔는지 납득이 가지 않는 얼굴로 엉거주춤 서 있을 뿐이었다. 종태가 말했다.
　"거기 앉으세요."
　그녀가 아무 말도 않고 시키는 대로 의자에 앉았다.
　"표대치의 누님이라고 들었소만 맞습니까?"

"네."

"거두절미하구 말인데 588을 벗어나와 살고 싶지 않소? 동생과 가까이 지내면서 말요."

그녀는 화들짝 놀란 얼굴로 종태를 쳐다보며 의아해 했다. 어떻게 그런 일을 할 수 있나 싶어 어리둥절한 얼굴이었다.

"말하시오. 588에서 벗어나고 싶은 생각 없소?"

표대치의 누나가 간신히 입을 열었다.

"동생과 가까이서 살고 싶긴 하지만, 588을 벗어나고도 싶지만 빚이 워낙 많은 데다 제가 갖고 있는 재주라곤 몸 팔아 먹고사는 재주밖엔 없는데 588을 벗어나온다고 해서 누가 밥 먹여 줄 것두 아니구요."

"일해서 먹고살면 될 거 아닙니까? 왜 일을 해서 먹고살 생각을 않소?"

"그렇게 살고 싶은 생각을 수도 없이 해 보았지만 이제 너무 깊은 수렁에 빠졌습니다. 헤어날 수가 없습니다. 빚을 갚지 않고 그곳을 벗어나오면 금방 건달들한테 잡히구요. 그땐 죽도록 맞아요. 무서워서 588을 벗어날 꿈은 상상도 못해요."

"빚이 얼마나 되는 겁니까?"

"천만원쯤요."

"천만원? 천만원 빚은 우리 개미촌에서 갚아 주겠소."

표대치의 누나가 튕기듯 놀라며 되물었다.

"엣? 빚을 갚아 주신다고요?"

종태가 자신만만하게 고개를 크게 끄덕여 보였다. 그녀는 도저히 이해할 수 없다는 눈빛으로 물었다.

"왜죠? 왜 제 빚을 갚아주신다는 겁니까?"

"개미촌이 표대치를 꼭 필요로 하기 때문이요. 표대치는 처음과 끝이 똑떨어지는 정직한 사나이란 걸 확실히 깨달았기에 기꺼이 누나의 빚을 갚아 주겠다는 것이죠. 우리 개미촌이 운영하는 숯공장이 강원도 홍천 어느 산골짜기에 있소. 지금 그곳에 직원기숙사랑 식당이 완공되어 있소. 일꾼들이 배불리 먹고 일할 수 있도록 여자들이 몇 명 필요한데 그곳에 가서 열심히 일하면서 떳떳하게 월급 받아 가면서 먹고살면 되잖겠소?"

표대치의 누나는 종태의 말을 믿기 힘들었지만 숫제 애원하듯 말했다.

"제가 음식솜씨가 형편없습니다만, 그야 배워 가면서 하면 자신 있습니다. 빚을 갚아 주신다니 믿어지지 않지만 그렇게 해 주시면 그 은혜 반드시 죽어서라도 잊지 않겠습니다."

"거기 가서 일하며 살다가 건강하고 착실한 남자 한 사람 만나서 아예 결혼해 버리는 게 좋잖을까? 그러기 위해선 몸 간수를 잘해야지."

곧 그녀의 눈에서 눈물이 후드득 쏟아졌다. 험난한 세월을 죽지 못해 지금까지 588에서 몸을 팔며 살아온 그녀는 생전 처음으로 남에게 감사하다는 마음을 느꼈다. 그녀는 속으로 생각했다.

'참 별 일도 다 있네. 살다보니 별 희한한 경우도 다 겪어 보는구나. 혹 꿈은 아닐까?'

종태가 표대치를 향해 말했다.

"표대치, 됐냐? 마음이 좀 편해졌냐? 누나와 가까이 지낼 수 있게 되어서."

표대치가 얼굴을 와락 허물어뜨리며 말했다.

"예, 큰형님, 고맙습니다."

마카오 박은 마음속으로 큰 충격을 받았다.

'역시 소문으로 듣던 대로구만.'

종태가 다시 표대치에게 말했다.

"별도의 명령이 떨어질 때까지 당분간 누나를 데리고 수도원에 내려가 있어라. 네가 데리고 있던 동생들도 함께 데리고 가라. 너도 알다시피 숯공장에서 좀 떨어진 곳에 수도원이 지어지고 있는데 양아치들이 마을 청년들과 합세해서 방해를 놓는다고 한다."

"인근 주민들도 말입니까?"

"양로원이나 장애인촌이 들어서면 땅값도 떨어지고 시끄럽단다. 게다가 전통적으로 마을 사람들이 섬기는 만신당이 바로 앞산에 있는데 거기다가 수도원을 지으면 예수쟁이들이 법석을 떨 것이 분명하다면서 동네 청년들이 시도 때도 없이 나타나서 설친다고 한다. 그냥 따끔할 정도로만 혼내 줘라."

"옛! 알겠습니다. 큰형님."

"내 마누라도 거기에 가 있다. 비명에 간 내 첫째 아우의 아내도 거기서 일해. 지금은 장애인이 된 이도의 마누라, 경찰간부인 내 친구 마누라도 거기에서 땀을 뻘뻘 흘리며 일하고 있다. 그들이 만에 하나 다치는 일이라도 생기면 안 된다."

"옛, 큰형님! 조금도 염려 마십시오. 표대치는 목숨을 각오하고 책임을 완수하겠습니다."

표대치가 누나를 데리고 밖으로 나갔다. 종태는 마카오 박에게 담배를 한 대 권한 뒤 은근한 말투로 입을 열었다.

"마카오 박, 악어이빨과 죽마지우라고?"

마카오 박이 옆에 있는 악어이빨을 흘끔 쳐다본 뒤 말했다.

"예, 어렸을 적부터 생사고락을 같이해 온 친굽니다."

"자네 카지노를 잘한다며? 게임을 할 줄 아느냐고 묻는 거야."

"물론입니다. 큰형님, 마카오 박이라면 바로 카지노계에서 첫손가락 꼽히는 타짜죠. 재수없게 빵을 살고 난 뒤부터 청량리 바닥을 빌빌 기는 신세시만요. 헌데 카지노에 대해서 관심이 있으신 걸 보면 사업을 하실 계획입니까?"

종태가 그의 물음에는 대답이 없이 담배연기만 연신 내뿜고 있었다. 그 사이 악어이빨은 할 일이 있는 듯 사무실을 나갔다. 종태가 입을 열었다.

"마카오 박, 어디 나가서 술이나 한잔 할까? 자네 술 좋아하나?"

"영광입니다."

"백상어라는 내 아우가 야채장수 등으로 돈을 벌더니 개미촌 사무실 맞은편 목 좋은 데다 횟집을 근사하게 개업했지."

"백상어라면, 소문 들어 잘 알고 있습니다. 부산이 바닥이었는데 그놈이 개미촌에 산다니, 대단한 건달인데요. 백상어 같은 골통이 다행히 맘 잡고 사는 걸 보니 역시 큰형님의 능력을 알아줄 만하군요."

"백상어네 집으로 가자구."

두 사람은 백상어네 횟집, 조용하고 아늑한 방 하나를 차지하고 마주앉았다. 소식을 듣고 백상어가 헐레벌떡 달려왔다.

"하이고, 큰형님, 미리 연락이라도 좀 주시지 않구요."
"어디 갔었나?"
"예, 싱싱한 물고기를 지금 마악 싣고 왔습니다. 큰형님, 무얼로 드실까요?"
"내가 제일 좋아하는 광어로 다오."
"알겠습니다. 술은 소주로 드릴까요?"
"물론이지."
"알겠습니다."

마카오 박은 종태와 단 둘이 마주앉아 술 한 배씩을 나눈다는 것이 여간 어렵고 조심스러운 게 아니었다. 종태가 말했다.

"마카오 박, 왜 개미촌으로 들어오지 않았나?"
"빵에서 나오면 개미촌으로 들어가겠다고 악어이빨과 굳게 약속했지만 막상 출옥하고 보니 마중 나온 동생들을 차마 따돌릴 수 없었습니다."
"동생애들이 몇 명이나 되나?"
"옛날부터 한솥밥 먹던 애들이 50명쯤 되는데요. 요즘 하도 경찰의 단속이 심해서 동생들 목구멍에 풀빵 한 개도 못 넘겨 줍니다."
"마카오 박, 보스는 부하들을 굶겨서는 대접 못 받는다. 굶어 가며 충성할 부하는 없다. 왜 일 하지 않나? 일을 않고 비열한 짓으로 남의 주머니 돈이나 긁어내리려고 하지만 오래 못 간다. 결국 감옥살이가 단골이 되는 거지."
"애시당초부터 버린 인생이라고 자포자기한 탓입니다. 우리 애들보고 일해서 정직하게 먹고살라고 하면 모두 돌아서서 콧방귀를 뀔 겁니다."
"원래 고향은 어딘가?"
"홍콩에서 태어났습니다."
"언제부터 건달세계에 발을 들여 놓았지?"
"저희 아버지가 자유당시절 이정재의 동대문사단 참모였습니다. 아버지는 제가 건달세계에 발을 들여놓을까 봐 상당히 염려했습니다."
"쌍칼을 쓴다면서? 누구에게서 배웠나?"
"아버지가 하는 모습을 어깨 너머로 배웠습니다. 아버지는 제게 그 기술을 가르쳐 주지 않았거든요. 아버지는 제가 건달세계에 오염될 것을 몹시 두려워

하셨습니다."

"카지노는 어디서 배웠나?"

"제 어머니가 홍콩 여자로 그곳에서 뿌리를 내리고 계셨기 때문에 저는 홍콩에서 잔뼈가 굵었습니다. 주로 마카오 바닥에서 카지노를 배웠죠."

스무 살쯤 되어 뵈는 앳된 여종업원이 들어와서 탁자 위에 조심스럽게 음식이 담긴 그릇을 펼쳐 놓고 있었다. 잠시 두 사람 사이에 침묵이 흘렀다. 여종업원이 방을 나서자 종태가 먼저 마카오 박에게 말을 건넸다.

"가족은?"

"마누라와 중학교에 다니는 아들이 하나 있습니다. 청량리에 백악관이란 나이트클럽이 제 소유였으나 빵에 들어가 있는 동안 은행에서 압류처분해서 지금 경매에 나와 있는 형편입니다."

"이봐, 마카오 박, 백악관 경매를 막아 줄 테니 네 동생아이들은 거기서 먹고 살게 하고 따로이 아파트 한 채 내줄 테니까 가족들을 이사시켜라. 소유권 이전등기까지 해 줄 테니."

"앗? 경매를 막아 주신다고요? 게다가 아파트까지요?"

"그리고 내 승용차를 주마."

"승용차까지 말입니까? 왜 그런 분에 넘치는 호의를 제게 베푸십니까? 큰형님이 일을 맡겨 주시는 것만도 감지덕지인데요. 큰형님."

"건달은 말이다. 자신은 죽는 한이 있어도 가족만큼은 안전하게 먹고살게 해 줘야 한다. 염려 마. 개미촌은 돈이 많다. 대권을 꿈꾸는 내 친구가 만날 때마다 말했지. 세상에서 제일 멍청한 놈들이 돈을 움켜쥐고 살다가 빈손으로 저승에 가는 놈들이라고. 나는 다른 사람의 말은 귀에 안 들어와도 그 친구의 충고는 꼭 새겨듣지."

"예, 큰형님."

"어때? 개미촌에 들어올 텐가?"

"동생들만 먹고 살게 해 주신다면 들어오고 말고요. 큰형님, 고맙습니다."

"백악관을 잘 운영하면 동생들 밥은 먹고 살 거야. 자, 술 한잔 받아."

"옛! 큰형님! 고맙습니다."

그는 몸을 돌려 술잔을 비우고 나서 빈 술잔을 탁자 위에 내려놓았다.
"큰형님, 이제 이쯤에서 본론으로 들어가는게."
마카오 박의 말에 종태가 비로소 긴장된 얼굴로 말을 꺼내놓기 시작했다.
"어떤 놈들이 개미촌에 선전포고를 해 왔다."
"감히 개미촌에게 말입니까? 놈들이 어떤 놈들인지 정체를 아직 모르십니까?"
"대강 알 만한 데 몸통을 모르겠어. 내 추측이 틀림없다면 놈들의 정체를 알듯한데."
"어떤 식으로 선전포고를 해 왔습니까?"
"아무 죄없는 개미촌 여자 하나를 토막을 쳐서 죽였다. 그래서 놈들의 뿌리를 추측할 수 있는 것이지."
"엣? 여자를 토막살인했단 말입니까? 지독한 새끼들이군요."
"잔인하고도 비열한 놈들이지. 야쿠자도 끼어 있는 것 같아서 배경이 만만치 않은 조직 같다."
"야쿠자도 말입니까?"
"내 추측이 맞다면 놈들은 마약밀매를 일삼는 빨갱이 야쿠자가 틀림없다. 유력한 정보통인 내 친구의 말에 의하면 놈들은 마피아를 끼고 북한에서 생산되는 마약을 전세계에 유통시키는 거대한 마약 밀매단이지만 놈들의 실체는 남한을 마약으로 취하게 하고 적화시키려는 대규모 빨갱이조직이다. 이번엔 일본에서도 전설적인 인물인 나카가와 파와 손을 잡은 것 같다."
"나카가와요? 잘 알죠. 놈은 중국의 삼합회와 러시아 마피아들과도 아주 가깝습니다. 상대가 엄청 거물이군요. 어? 한데 나카가와는 이미 오래 전에 죽었는데요?"
"나카가와의 전설을 이어받아 새로 등장한 자칭 나카가와 파가 활개를 치는 모양이다. 마카오 박, 표대치가 알고 있는 부산의 비밀 카지노 도박장으로 숨어들어라. 감쪽같이 변장을 해. 이를테면 머리를 반백쯤으로 염색을 하고 카이젤식 콧수염을 달아라. 안경을 쓰고 최고급 양복과 구두와 반지와 시계 등으로 온몸을 장식해서 누가 봐도 돈 많은 부자임을 의심치 못하도록 말이다. 돈으로 온몸을 쳐바른 듯해라."

"조금도 염려 마십시오. 저는 변장술과 위조에는 최고라고 자신합니다. 큰형님, 그리고요?"

"장갑을 낀 여자가 나타날 때까지 카지노장을 비우지 마라. 여자의 오른쪽 손 새끼손가락이 잘려지고 없다고 한다. 현재로선 그 여자밖에는 꼬리를 잡을 수가 없다. 모든 것을 물샐틈없이 계획하고 준비해서 보고해."

"잘 알겠습니다. 그 여자의 주변에 나타나는 인물들을 자세히 알아보면 단서가 잡힐 것입니다. 그런데 큰형님, 사람을 하나 쓰죠."

"어떤 사람?"

"북파공작원 출신인데 대단한 놈이에요."

"믿을 수 있는 인물인가?"

"큰형님 같은 보스라면 녀석은 틀림없이 충성을 다할 놈입니다. 놈은 무술 합계가 25단인데다 자기 손에 꼭 맞을 만큼 특수하게 생긴 도끼를 대장간에서 특별히 주문 제작해서 몸에 여나믄 개씩 꼭 지니고 다닙니다. 녀석은 도끼를 기가 막히게 쓰는 도끼의 달인입니다. 북파공작원 중에서도 인간 인내의 한계를 넘는 지옥 특수훈련을 받은 최고의 인간병기입니다. 놈은 10미터 앞에서 기어다는 바퀴벌레를 도끼를 던져 찍을 만큼 도끼의 달인입니다. 단언합니다만 놈을 당해 낼 만한 인간병기는 아마도 지구상에 몇 안 될 겁니다. 뿐만 아니라 놈은 새총을 기가 막히게 잘 쏘는 새총의 명사수이기도 합니다. 게다가 놈의 열 손가락은 상대방의 급소를 찾아 눈 깜짝할 새에 숨통을 끊어 버리는 신기의 손가락 병기이기 도합니다. 놈은 1966년부터 북한을 제 집 드나들 듯하며 수많은 북한 요원을 암살했고 주요 군사시설을 폭파시켰습니다. 북한 놈들에겐 저승사자란 별명이 붙었을 정도입니다. 한번 만나보지 않겠습니까? 놈은 같은 북파공작원 출신의 선배가 있던 절에서 살고 있다가 그 선배와 함께 자리를 옮겨 지금은 치악산에 있는 상원사란 절에 머물고 있습니다. 놈은 한때 박정희 대통령을 저격했던 김재규 중앙정보부장의 비밀경호원 역할도 했었죠."

"나도 새총은 좀 쏠 줄 알지. 좋아! 내일이라도 당장 만나도록 하자. 쇠뿔은 단김에 뺀다는 게 내 삶의 철칙이야."

이튿날 종태는 마카오 박과 함께 치악산으로 향했다. 차창 밖으로 군사처럼 벽립해 있는 우람한 절벽과 청청한 솔수펑이 장관을 속출하고 있었다. 마카오 박이 입을 열었다.

"큰형님, 혹 이런 옛날이야기 아십니까? 까치와 구렁이 이야기 말입니다."

"국민학교 국어 교과서에서 읽은 기억이 난다. 구렁이에게 잡아먹힐 뻔한 까치를 어떤 선비가 구해 주었다는 전설 아닌가?"

"그렇습니다. 목숨을 건져 준 선비의 은혜를 갚기 위해 몸을 날려 종을 울리고 죽은 까치의 전설이 스며 있는 절입니다."

"상원사란 그 절이 말인가?"

"예, 그 범종이 매달려 있는 절이 치악산 상원사입니다. 놈은 선배와 함께 그곳에서 머리를 깎고 중처럼 살고 있습니다. 죄를 지은 것도 아닌데 세상 속에 묻혀 사는 걸 싫어해서 그곳에 은둔해 있는 거죠."

"치악산이 몹시 아름답구나."

이윽고 두 사람은 차를 세웠다.

"마을에서 절까지 이어지는 맑은 계곡이 바로 전설의 고향인 상원사 계곡인데요. 계곡을 따라 끊이지 않고 이어지는 숲길이 한여름이면 하늘이 안 보일 정도로 산죽과 숲으로 덮여 있습니다."

"자주 와 본 모양이군."

"그 친구를 만나 보기 위해서였습니다. 작년 가을에도 왔었습니다만 핏빛 단풍과 울긋불긋 형형색색의 낙엽으로 한껏 멋을 내는 관목숲의 모양은 정말 한 폭의 수채화처럼 수려하고 아름다웠습니다."

"허허, 문학소년 같구나. 마카오 박."

"이래 뵈도 중학교 때는 글짓기 대회에서 특상을 받은 경력이 있습니다."

"호오?"

두 사람은 상원사 경내로 발걸음을 들여놓았다. 벼랑 끝에 전설의 종루가 서 있었고 종루에서 사방을 둘러보니 멀리 첩첩으로 이어진 봉우리들이 희뿌연 모습으로 한눈에 들어서는 것이 장관이었다. 종태는 심호흡을 한번 크게 내뱉었다.

"큰형님, 이곳에 잠깐만."

"그래."

마카오 박이 어디론가 빠른 발걸음으로 사라졌다. 한참 뒤에야 마카오 박이 머리를 하얗게 밀어버린 사나이 하나를 종태 앞에 데리고 나타났다. 그는 종태를 보자마자 90도로 허리를 굽혀 정중하게 인사를 했다. 종태의 시선이 그의 머리에 움푹움푹 패인 상처 자국들을 놓치지 않았다. 그가 아주 정중한 목소리로 입을 열었다.

"4월이라지만 꽃샘바람 때문에 날씨가 차갑습니다. 누추하지만 제가 기거하는 방이 있는데 그리로 모셨으면."

세 사람은 사나이가 묵고 있다는 방으로 들어가 앉았다. 천정이 토반자여서 그런지 훅 메케한 흙냄새가 콧구멍 속으로 밀려들어 왔다. 아늑하고 따뜻한 것이 편안한 느낌을 주는 방이었다. 윗목으로 두 사람이 무릎을 꿇고 앉았고 종태는 아랫목 쪽에 엉덩이를 붙이고 앉았으나 어쩐지 불편한 듯 종태가 말했다.

"바로 앉으시오."

"괜찮습니다."

"바로 앉아야 내가 편하니까."

그제야 두 사람은 책상다리로 몸을 고쳐 앉았다.

"이름이?"

"강무태라고 합니다. 마카오 박에게 잠깐 전해 들었습니다만 이렇게 저 같은 놈을 찾아주시니 무슨 말씀이든 명심해 듣겠습니다. 마음 편히 들을 수 있도록 말씀을 놓으시기 부탁드립니다."

"어머니가 비명에 돌아가시고 여동생과 조카아이가 하나 있다면서?"

"예."

"우선 여동생과 조카의 장래를 개미촌이 전적으로 책임지겠다."

"고맙습니다."

"긴 말이 뭐 필요하겠어. 거두절미하고 우리와 함께 바로 내려갈 텐가?"

"예, 저는 마카오 박의 말이라면 조금도 의심 없이 받아들입니다. 매사에 엇나간 적이 없는 마카오 박은 몇 차례나 제 목숨을 구해 준 생명의 은인이고 둘도 없는 친굽니다."

세 사람은 곧 방문을 나섰다. 무태가 말했다.

"잠깐 인사를 드리고 오겠습니다. 주지스님과 함께 있는 선배님이 계셔서."

10여분 지났을까 무태가 묵직한 배낭을 짊어지고 나타났다. 뒤로 주지스님과 북파공작원 선배가 합장을 하고 있었다. 마카오 박은 무태가 멘 배낭 속에 무엇이 들어있는지 대략 짐작은 했지만 모른 척 눈길을 절벽 아래로 향했다.

상원사 경내를 한바탕 뒤집어엎을 듯 소용돌이치던 꽃샘바람이 세 사람의 귓불을 할퀴고 지나갔다. 삼삼오오 등산객들이 포연 같은 입김을 하얗게 뿜어내면서 올라오고 있었다. 흘출하게 치솟은 산중턱에 허리를 빗대고 걸쳐 있는 운해를 뚫고 금세 거대한 용이라도 한 마리 포효하며 솟아오를 것만 같았다. 자신에게 걸맞은 일을 찾고 싶어 벼름벼름 기회를 기다리고 있던 인간병기 무태, 그는 이렇게 해서 개미촌 사람이 되는 기회를 잡았다.

된장찌개 끓는 행복

🌢

　며칠만에 수도원에서 집에 돌아온 신애가 마악 현관문을 열었을 때 가정부 아줌마가 반기면서 항공우편 한 장을 그녀의 눈앞에 내밀었다. 신애는 그것이 설희에게서 온 편지라는 걸 대뜸 알아차렸다. 그녀는 소파에 몸을 내린 뒤 급한 마음으로 봉투를 열었다.

　〈보고 싶은 오빠와 언니, 근간에도 눈코 뜰 새 없이 바쁘게 보내느라 편지가 한 달이나 늦었군요. 별일들 없으시죠? 우선 수줍은 소식 한쪽을 날려 보내야겠는데, 아이를 낳을 수 없다던 제가 나이 40이 넘어 버린 이 나이에야 기적적으로 임신을 했대요. 5개월짼데 누구보다도 남편이 몹시 기뻐하는군요. 아들일까 딸일까 성급히 추측해 보지만 아무래도 남편 쪽에서는 아들이기를 은근히 바라는 눈치인데요. 남편이 3대 독자라서 그런 것 같아요. 아들이든 딸이든 하나님이 주시는 선물은 그것대로 의미가 깊을 것이고 섭리에 감사해야 한다고 생각해요. 내가 몇 달 후에는 아기에게 젖꼭지를 물려야 한다고 생각하니까 대견스럽기도 하네요. 어쨌든 부끄럼 없는 엄마가 되어야 한다고 생각해요. 조카들도 모두 건강하게 잘 자라고 공부 잘하고 있겠죠?
　오빠와 언니, 그리고 조카들이 몹시 보고 싶어요. 그럴 때마다 사진을 꺼내 보며 그리움을 달래기도 하죠. 지난번 편지에 언니가 수도원에서 장애아들을 돌보느라고 비지땀을 흘린다고 했는데 얼마나 고마운 일인지 몰라요. 우리보다 여러 가지 면에서 부족하고 불쌍한 이웃을 위해 헌신하고 봉사한다는 것은 얼마나 뜻 깊은 삶인가요. 남편은 이곳 영국에 유학 온 뒤부터 더더욱 아프리카 선교에 대한 열정을 버릴 수 없나 봐요. 자신이 제2의 리빙스턴이 되고 싶다고 꿈을 불태우고 있어요. 리빙스턴이 뿌려 놓은 아프리카 선교의 씨앗으로 인해 그가 죽은 지 1백 20여년이 가까워 오는 지금 검은 대륙 아프리카는 서서히 복음의 대륙으로 탈바꿈하고 있어요. 남편은 죽음을 무릅쓴 리빙스턴의 아프리카 선교정신을 이어받아 아프리카인들에게서 무지와 문맹을 몰아내기 위해 농업과 과학 등 각종 생활에 필요한 독특하고도 실제적인 기술들을 전파할 꿈에 부풀어 있어요.

며칠 전에 미국에 있는 귀로 오빠와 명희씨랑도 통화했었는데 무슨 사연인지는 자세하게 말하지 않았지만 교회를 가고 싶어도 못 간다고 명희 씨가 무척 안타까와했어요. 대체 무슨 이유일까요? 몹시 궁금하기도 했고 한편으로 염려도 되어 남편과 함께 새벽마다 기도하고 있어요.

왜 이리 입이 변덕스러운지 몰라요. 가지나물이 먹고 싶다가도 금방 냉면이 먹고 싶고 막상 냉면그릇 앞에 앉으면 구역질이 올라오고 말이죠. 말하자면 입덧을 심하게 하는가 봐요. 결국엔 고추장에 밥을 썩썩 비벼 먹는 것만큼 만족한 적은 없어요.

다음 달쯤 남편과 함께 리빙스턴이 처음 발견해서 빅토리아 영국 여왕의 이름을 따서 폭포명을 붙였다는 빅토리아 폭포를 찾아 남아프리카를 향해 비행기를 타려고 해요.

사랑하는 나의 오빠, 그리고 언니, 조카들, 머잖아 공부를 마치고 한국에 가면 어깨가 으스러져라 안아 주고 싶어요. 밤이 깊었고 논문 준비로 며칠 밤을 설쳤더니 피곤하네요. 이만 잘까 해요. 그럼, 안녕히들.
― 영국에서 설희〉

편지를 다 읽은 신애는 미소를 가득히 머금고 벽에 걸린 설희의 사진을 올려다보았다.

'드디어 설희 아가씨가 임신을 했다니, 아, 얼마나 다행스럽고 감사한 일인가. 나는 얼마나 좋은 남편과 시누이를 두었는가.'

그녀는 언뜻 벽에 걸린 시계를 쳐다보았다. 시계는 6시가 채 못 되어 있었지만 그녀는 서둘러 앞치마를 두르고 주방으로 들어섰다. 파출부 아줌마가 신애의 옷차림을 보고 조금은 어리둥절한 얼굴로 말했다.

"저녁 다 해 놓았는데요. 뭘 하시려구요? 된장찌개만 끓이면 되는데요?"

"아줌마 수고 많으셨어요. 일찍 퇴근하세요. 오랜만에 부엌에서 앞치마 두른 모습을 남편과 아이들에게 보여 주고 싶어요."

"네에, 호호, 그러세요. 그럼 오늘 좀 일찍 들어갈게요."

"네, 조심해 가세요. 아줌마, 내 집처럼 돌봐줘서 참 고마워요."

"참, 사모님도, 그건 제가 할 소리예요."

유별나게 된장찌개를 좋아하는 현우를 위해 신애는 비록 된장찌개 솜씨는 아줌마와 비교도 안 되지만 정성을 다해 뚝배기에 적당하게 물을 담아 가스레인지에 올려놓고 된장을 한 숟가락 풀었다. 된장은 얼마 전 시골에 내려갔던 병숙이 조그마한 단지에 가득히 담아서 신애와 경진에게 하나씩 갖다 준 것이었다. 그녀는 풋고추와 파를 적당량 어슷하게 썰어서 접시에 따로 담아 놓고 냉장고에서 냉동된 모시조개 한 움큼을 꺼내어 수돗물에 깨끗이 씻었다. 내장을 비운 굵은 멸치 몇 마리와 함께 뚝배기에 담는다. 애호박을 넣고 쇠고기 몇 점과 함께 두부도 반모쯤 잘라내어 적당한 크기로 썰어서 뚝배기 그릇 속에 조심스럽게 집어넣었다. 고추와 생파는 된장찌개가 팔팔 끓을 때 넣을 계산이었다. 된장찌개를 끓이는 순서가 맞는지 어떤지 모르지만 현우는 신애가 끓여 내온 된장찌개를 맛있어 했다. 그녀는 가스 스위치를 돌려 불꽃을 적당히 조절해 놓고 다시 응접실로 나왔다. 파출부 아줌마가 워낙에 꼼꼼하고 깔끔해서 가구나 유리창틈에 먼지 한 알 발견할 수 없을 만큼 집안이 깨끗하고 정갈하게 정리되어 있었다. 그래도 화분이 놓인 자리나 사진틀의 위치 같은 것은 마음에 차지 않아서 신애는 화분과 사진틀을 들고 응접실 안을 돌아다니며 이곳저곳 새 자리를 찾아본다.

'애들이 올 시간이 됐을 텐데.'

그런 생각을 하는데 초인종이 짤막하게 두어 번 울렸다.
"누구세요?"
"엄마야? 나 미진이야."
성급하게 현관을 열고 들어온 미진이는 엄마를 와락 껴안으며 마음껏 좋아했다.
"언니랑 싸우지 않았어?"
"싸웠어."
"뭐야? 다 큰 처녀들이 왜 싸웠니? 사이좋게 지내지 않고서."
"히힝! 거짓말이야. 안 싸웠어. 엄마 또 수도원에 갈 거야?"
"아빠와 엄마가 너희들에게 너무 소홀한 것 같아서 미안한 마음이다. 수도원 일이 자리가 잡히면 일주일에 두 번만 다녀오기로 마음먹었어. 엄마가 집에 없는 게 싫든?"
"엄마가 괜히 시간 낭비하러 수도원에 가는 거 아니잖아. 아빠가 그러시던데, 엄마가 고생이 많다고."
"고생은 되지만 마음은 뿌듯하고 행복해."
"그래? 그럼 됐지. 엄마가 즐거우면 나도 즐거워. 엄마는 훌륭한 일을 하잖아. 우리 친구들 엄마들 중엔 나쁜 짓하는 엄마도 얼마나 많은데. 노름에 빠지거나 춤바람 난 친구 엄마도 있고, 또 여기 저기 집을 사 놓았다가 쫄딱 망한 엄마도 있어."
"미진아, 좀 불편하거나 속상한 일이 있어도 참는 습관을 길러야 해. 알았니?"
"엄마, 알았어. 아줌마가 얼마나 잘해 주시는데! 아줌마 월급 좀 올려드려. 응?"
"그래, 조금 전에 엄마도 그런 생각했단다."
"엄마 우리 이사 가야 해?"
"아빠가 그러시든?"
"응, 아빠가 시골로 직장을 옮겨야 할 것 같다고 그러셨어. 왜지?"
"왜는? 공무원은 국가가 시키는 대로 잠자코 따를 수밖에 없는 거야. 허지만 아무래도 이사를 하는 일에 대해선 아빠랑 의논해야겠는데."

"난 이사 가기 싫은데."

"왜? 시골이 좋지 않니? 공기도 맑고 경치도 좋고."

"하지만 친구들과 헤어져야 하잖아."

"거기 가서 좋은 친구들과 사귀면 되지? 너희들 학교문제 때문에 이사는 아무래도 쉽지 않을 것 같다. 너희들이 아줌마와 함께 여기서 살고 엄마는 아빠 계신 곳으로 가 있어야겠지. 엄마랑 친한 혜숙 이모가 와 있게 한다든가, 할머니가 와 계시면 되겠구나. 그치? 외할머니는 너희들을 너무도 예뻐하시니까. 하지만 이젠 연로하셔서 오히려 너희들이 잘 돌봐 드려야 해."

할머니가 와 계시는 게 좋겠다는 엄마의 말을 듣자 미진이는 펄쩍 뛰며 좋아했다.

"외할머니랑? 그거 참 좋겠는데. 난 외할머니가 참 좋거든."

"그럼, 우리 미진이가 친구들과 헤어지지 않아도 되고. 그렇지?"

"외할머니랑 외삼촌이랑 모두 다 와서 살자고 해. 응?"

"그렇게 되도록 해 보자. 하지만 외삼촌들은 안 돼. 각각 하는 일이 다르거든. 아빠가 들어오시면 잘 의논해야지."

주방에서 풍겨 오는 된장찌개 냄새가 코끝에 구수했다.

"된장찌개에 양념 넣구 올게. 미진아, 어서 씻어라."

"응."

신애는 뚝배기 속에서 오그르르 끓어오르는 찌개 속에 모시조개 한 움큼을 넣고 풋고추와 파 썬 것을 털어 넣고 나서 찌개를 숟가락 끝에 찍어 맛을 본다. 스스로 만든 된장찌개이지만 언제 맛을 보아도 맛이 독특하고 바따라지다고 신애는 생각했다. 그래도 역시 파출부 아줌마 솜씨를 따라잡기엔 아름차다고 생각했다. 또 초인종이 울렸다.

"누구세요?"

"엄마? 나 여진이야. 언제 왔어?"

"들어와서 얘기하렴."

여진이가 뛰어 들어와서 엄마의 목을 끌어안는다.

"엄마, 보구 싶었어."

"에구, 어린애두 아님서. 이제 대학졸업반이 됐어. 언제까지 어리광부릴련?"

"히잉! 시집가서 애기 낳고 살아도 난 어리광 부릴 거야."

"뭐야? 어느새 시집갈 생각도 했어?"

"엄마, 수도원에 또 내려갈 거지?"

"당분간은 그래야 되겠어. 지금이 제일 바쁠 때니까."

"장애아들 돌보기가 무척 힘들지?"

"힘들기는 하지만 누군가가 도와주지 않으면 살 수 없는 사람들 아냐? 하나님께서 특히 불우한 이웃을, 고아와 과부를 불쌍해 하라고 하셨잖아. 말로만 불쌍해 하면 무슨 소용 있겠니. 행동으로 실천해야지."

"힘든 게 행복해?"

"남을 위해서 자신을 희생한다는 것처럼 행복한 일은 없는 거야. 이 세상에서 가장 불행하고 불쌍한 사람은 남을 위해서 자신을 희생할 줄 모르는 사람이란다. 나만 권력을 쥐고 나만 돈을 끌어 모으고 나만 좋은 집에서 좋은 것 다 갖고 살고자 하는 사람들의 가슴은 항상 사막처럼 흉흉하고 모래바람이 끊이질 않는 거야. 여진아."

"응?"

"이웃을 사랑할 줄 아는 사람만이 참 행복의 기쁨을 맛볼 수 있는 거야."

"엄마, 난 뭘해서 이웃을 기쁘게 해 줄 수 있을까?"

"넌 피아노랑 바이올린을 아주 잘 하잖아. 그 훌륭한 음악적 재질을 가지고 불행한 이웃들의 가슴에 하나님을 향한 감사와 찬양의 눈물을 흘리게 해 줄 수 있잖아. 얼마나 감사하고 훌륭해. 네가 갖고 있는 재능을 남을 위해서 사용할 수 있다는 게! 안 그래?"

여진이는 엄마의 허리에서 팔을 풀고 나서 얼굴에 웃음을 하나 가득 머금고 다짐하듯 말했다.

"엄마, 우리 때문에 염려가 돼서 수도원 일을 제대로 못 보게 된다면 그건 엄마의 행복을 우리가 빼앗는 꼴이 되잖아. 엄마를 행복하게 하는 일이라면 우리도 엄마가 하는 일을 돕는다는 의미에서 불평을 말아야겠지. 엄마, 우린 괜찮아. 엄마가 하고 싶은 일을 방해하는 나쁜 딸들이 되어선 안 되잖아."
"고맙구나. 엄마를 그토록 이해해 줘서. 하지만 너희들과 함께 있는 것도 행복한 일이지."
"그렇게 되면 우리만 좋잖아. 엄마가 훌쩍 수도원을 떠나오면 수도원에 있는 사람들이 많이 힘들 텐데."
신애는 여진이의 머리를 젖무덤 사이에 끌어안으며 감격해 했다. 자매간에 유난히 띠앗머리가 좋은 것도 여간 감사한 게 아니었다.
'어느새 이렇게들 컸구나. 엄마를 이해하고 이웃을 홀대하지 않을 만큼. 하나님, 감사합니다.'
두 딸은 2층 각자 방으로 올라갔다. 11시가 조금 지나서야 현우가 응접실로 들어섰다. 미진이와 여진은 이미 잠이 들었다. 신애가 남편의 가방과 웃옷을 받아 들며 현우를 반겼다.
"오랜만이에요. 여보."
"허허, 오랜만은 무슨! 며칠 전에도 함께 있었으면서."
"당신은 내가 없었던 그 며칠이 그렇게 아무렇지도 않았어요? 난 당신이 얼마나 보고 싶었는데."
"보고 싶긴! 보고 싶으면 달려오지 그랬어. 차도 있는데."
"뭐예요? 그렇게 아무렇지도 않은 듯 무덤덤하게 말할 거예요?"
신애가 밉지 않은 눈길로 남편을 흘겨보았다. 그런 신애의 눈길이 눈부신 듯 현우는 얼굴을 슬며시 돌리면서 뻥긋 웃었다. 신애가 현우의 코앞으로 얼굴을 바짝 들이대면서 따지듯 물었다.
"칫! 다시 말해 보세요. 내가 보구 싶지 않았어요? 보구 싶으면 달려오라구요? 당신이 달려왔어야죠."
"저기 화장대 서랍 속에."
"예? 화장대 서랍 속에 뭐가 있어요?"
"괴물 같은 게 들어 있더라구. 당신한테 어떤 놈팡이가 보냈나 본데 그걸 보구도 내가 속이 편했겠어? 하물며 보고 싶고 어쩌고 말도 안 되는 소리!"
신애는 재빨리 화장대 서랍을 열었다. 거기에 조그만 보석상자가 허리에

리본을 두르고 들어앉아 있었다. 신애는 재빨리 상자를 열었다. 아름다운 색깔이 영롱하게 반짝이는 다이아 반지였다. 그녀는 급한 마음으로 조그맣게 접힌 쪽지를 펴고 현우의 편지를 읽었다.

"여보, 당신의 생일을 진심으로 축하해. 작지만 그래도 진짜 다이아가 박힌 반지야. 결혼식 때 못해 줬던 반지를 이제야 겨우 사 주는군. 당신의 수고와 고생 덕분에 우리 가정이 이렇게 번듯하게 자리잡혔지. 고마워. 여진 엄마."

순간 그녀의 눈가에 이슬이 핑그르르 돌았다. 신애가 와락 남편의 목을 끌어안았다.

"여보, 고마워요."

"그 동안 당신 손가락이 허전한 것이 내내 가슴 아팠어. 워낙 바쁘게 살다 보니 본의 아니게 무심했어. 미안해."

"이런 거 안 끼면 어때요. 당신의 가슴속에 있는 사랑의 반지가 내 영혼을 한시도 쉬지 않고 감동시키는데요. 참, 좋은 소식이 있어요. 설희 아가씨가 드디어 임신을 했다고 편지가 왔어요."

"설희가 임신을 했다고?"

"편지를 읽어 보심 되구요. 지금은 우리 둘이서 열심히 사랑하기로 해요."

신애는 현우의 목을 힘껏 껴안았다. 현우는 신애와 운우의 정을 나누기 전에 신애의 귓불을 입술로 잘근잘근 씹는 것이 이젠 습관처럼 되었다. 현우가 뜨겁게 속삭였다.

"사랑해, 여보, 당신의 헌신과 사랑 때문에 많은 사람들이 삶의 희망을 얻었지."

신애도 현우의 귓바퀴에 입술을 바짝 갖다 대고 속삭이듯 말했다.

"여보, 오늘 일찍 침대에 들어요. 네?"

"어쩔려고?"

"어쩌긴요. 당신을 최고로 사랑해 주고 싶어요."

"언젠가처럼?"

"언젠가처럼이면 그게 언젠데요?"

"죽은 줄 알았던 설희를 만나고 오던 날 밤에처럼 말야."

"그때보다 더 최고로 해 드릴 게요."
"포르노 영화 봤나? 뭘 어떻게 할 줄 아는데?"
"당신을 사랑하기 때문에 나는 무슨 기술도 다 동원할 수 있어요. 당신을 즐겁게 하기 위해서 나는 별이라도 따오라면 따라가는 시늉을 할 텐데요."

신애가 현우의 입속에 혀를 깊숙하게 밀어 넣었다. 그녀가 현우의 바지춤 속으로 손을 뻗어 현우의 양물을 불끈 쥐었다. 이미 현우의 양물은 터질 듯 빵빵하게 부풀어 있었다.

"어머, 대단해요. 단단이 방망이 같애요. 어서 침대로 올라가요. 여보."

현우는 신애를 번쩍 안아서 침대 위에 던져 놓고 황급하게 옷을 벗어 던졌다. 그리고 맹렬한 기세로 신애의 몸을 향해 맹수처럼 돌격해 들어갔다. 신애가 턱을 천정으로 바짝 치켜세우고는 탄성을 내질렀다.

"아, 여보, 사랑해요."

이튿날은 주일이었지만 신애는 10시가 되도록 침대 속에 파묻혀 꼼짝도 않았다. 어느새 일어나 앉아 신문을 읽고 있던 현우가 걱정스러운 듯 신애의 어깨를 흔들었다.

"이것 봐. 교회 갈 시간 다 됐어. 안 일어나?"

그제서야 신애가 곤침에서 깨어나 기지개를 기다랗게 뽑았다. 신애가 화들짝 놀랐다.

"어맛! 뭐예요? 몇 시죠?"
"10시야."
"옛? 10시요? 큰일났네. 교회 늦겠네!"

그녀는 후다닥 침대에서 일어나 잠옷을 여미고 방을 나섰다. 그녀는 지난 밤 일을 생각하면서 쿡 하고 웃었다.

"내가 최고로 해 주려구 했는데 오히려 자기가 최고로 해 주었어. 후훗!"

신애는 부지런히 물먹은 머리에 샴푸를 풀었다.

수도원 공사장의 난장질

이제 수도원의 공사는 거의 완성단계에 접어든 듯했다. 수도원을 감싸 안은 듯 겹겹이로 둘러쳐진 산자락들이 갓 깨어난 연초록 어린 순으로 새파랗게 덮여 가고 있는 중이었다. 수도원 땅과 접한 논두렁에 얼룩해오라기 한 마리가 목을 길게 빼고 사방을 두리번거리고 있었다. 노인네들이 화사한 봄햇살이 반가운 듯 파릇파릇 싹이 난 잔디밭으로 몰려 나와 즐거워하고 있었다. 장애아들을 데리고 씨름하던 수현이 엄마조차 아이들을 데리고 양지 바른 곳으로 나와서 밭고랑을 호미로 뒤집으며 냉이를 캐고 있었다. 요즘은 일손이 부족하던 차에 장애인을 전문으로 돌보는 직원을 여럿 채용한 덕분에 일이 훨씬 수월해져서 냉이를 캘 수 있을 만큼 여유로워졌다. 이제 곧 나이 60이 될 것이니 머리가 허옇게 변해 가는 것도 새삼스러운 것은 아니었다.

"냉이 캐세요. 아줌니?"

수현 엄마 춘자가 힐끗 뒤를 돌아다보았다. 무태의 여동생 부영이가 새실거리며 다가오고 있었다.

"응, 냉이를 캐고 있어. 된장을 적당히 넣구 비지를 한 바가지 풀어 넣어서 냉잇국을 끓이면 맛이 그만이야. 입맛 없는 노인들한테는 냉잇국이 최고야."

부영이가 창고로 뛰어갔다. 그녀도 호미를 들고 나와서 냉이를 캐기 시작했다. 향긋한 냉이 내음이 코끝에 상큼했다. 부영이는 냉이 캐기가 몹시 즐거운 듯 나지막이 탄성을 내질렀다.
"세상에! 냉이냄새가 향긋하기도 해라!"
수현 엄마가 물었다.
"여기 와서 사는 게 좋아?"
"좋구 말구요. 고향보다 몇 배나 더 좋아요."
"고향이 어딘데?"
"어딘지 이름은 잊었어요."
"물어보고 싶었지만 혹시 속 긁을 일 아닐까 싶어서 참았는데, 애아범은 어디 있는 거야?"
"모르겠어요. 저도 아줌마 딸처럼 정신이 나갔었는데 제정신 들구 보니 남편이 없어졌드라구요."
"부모도 없어?"
"옛날엔 함께 살았었는데 아버진 어디로 갔는지 모르고 동네 사람들이 그랬는데 엄마는 돌아가셨대요. 그 다음 일은 하나도 기억이 안 나요."
"아버지가 미친 년이라고 내팽개치고 도망쳤구먼 뭘!"
"난 몰라요."
"어떻게 여길 오게 됐어? 서울에 김 씨하고 친한 사람 있어?"
"김 씨요? 김 씨가 누구예요?"
순간 수현 엄마는 아차 실수했다는 듯 얼른 입으로 손을 가져갔다.
"애구! 나도 이제 김 씨라고 부르지 말아야지. 사람들 눈치가 별루 좋아 뵈지 않는데. 아, 김 씨가 누군가 허면 회장님이지. 개미촌 회장님."
"개미촌요? 개미촌이 뭔데요?"
그녀는 고개를 털면서 고쳐 말했다.
"몰러? 모르면 그냥 모르는대로 괜찮어. 어쨌거나 친척이 하나도 없어?"
"오빠가 하나 있어요. 서울에."
뭔가 알겠다는 듯 수현 엄마는 조그맣게 고개를 끄덕였다. 누군가가 뛰어와서 두 사람 사이에 냉큼 끼어들었다. 수현이었다. 수현이는 그 무섭던 귀신병에서 고침을 받은 후로 얼굴에 새살이 입혀진 듯 부얼부얼 복스러워졌다.

"엄마, 냉이 캐? 나두 캘게. 많이 캐서 무쳐 먹기두 해. 응?"
"그래, 어서 많이 캐기나 해. 배 선생님이랑 하 선생님이 그랬거든. 냉이 많이 캐라구. 냉이가 위장병 있는 사람헌테 썩 좋다구 하더라. 숯공장 황 씨 영감이 위장이 자꾸 쓰리다고 하던데, 술을 하도 많이 마셔서 속이 쓰린 거야."
"엄마는 황 씨 할아버지를 끔찍히도 생각해? 황 씨 할아버지한테 시집가고 싶어 그러지?"
"옛끼, 이년! 에밀 놀리니?"
"치! 난 다 알어. 엄마 숯공장 옆에서 술장사 할 때 때부터 황 씨 할아버지를 좋아했지?"
"아, 특별히 좋아할 사람 따루 있니? 숯공장 사람들 안 좋은 사람 누구 하나 있어? 다 좋아하지. 엉뚱한 년 같으니."
그러는 엄마를 향해서 수현이는 입을 한번 삐쭉 내밀어 보였으나 엄마는 모른 척했다. 그녀는 오늘 유별나게 마음이 탔다. 염폿국을 유난히 좋아하는 황 영감을 위해 황태국을 끓여서 냉이무침과 함께 갖다 주었으면 좋겠는데 남들 보는 눈이 있어 그러기가 쉽지 않았다.
"남정네 좋아할 거 못 된다. 너두 아예 남정네한테 정들 일 하지 말어."
"……"
"왜 대답 않어?"
"저, 있잖아, 엄마."
"왜? 무슨 할 말 있니?"
"숯공장에 천 씨 아저씨 말인데."
수현 엄마가 화들짝 놀란 얼굴로 딸의 얼굴을 뚫어지듯 쏘아보며 물었다.
"뭐어? 천 씨? 천 씨가 왜?"
"눈치가, 날 되게 좋아하는 눈치던데?"
"옛끼, 이년! 썩 아가리 닥치지 못했? 절대루 안 됐! 눈도 마주치지 말엇! 숯공장 남정네 하군 절대루 안 돼! 내 눈에 흙이 들어가기 전엔 숯공장 남정네 하군 절대 안 된다. 알어? 게다가 천 씨 나이가 얼만데. 내일 모레면 나이가 오십이여어!"

"……."
"아, 대답 않어?"
"엄마두 참! 왜 그렇게 화를 내? 숯공장 남자들 말만 꺼내면 불처럼 화를 내? 숯공장 남자들허구 무슨 원수졌어? 난 그냥 천 씨 아저씨가 날 유별난 눈으로 쳐다본다는 말만 하는 건데?"
"이년이 그래두 에미 말에 대답질야?"
"알았어, 엄마, 말이 그렇지 남자들이랑 아무 짓두 안 할 텐데 괜히 역정을 내구 그래?"
수현 엄마가 겨우 마음을 가라앉히고 한층 조용한 어조로 말을 타일렀다.
"수현아, 내 적당한 때가 되면 배 선생님이나 하 선생님한테 부탁해서 쓸 만한 남자 한 사람 소개해 달라고 헐 테니깐 아예 숯공장 남자들 쪽으로는 눈도 깜짝 말어. 알었니?"
"알았어. 참! 그런데 말야, 엄마."
"왜?"
"숯공장 식당에 와서 일하는 아줌마 둘 다 과부들이야?"
"아니다. 한 여자는 남편이 있는 아줌마야."
"얼굴이 까무잡잡하고 눈이 쌍까풀진 여자도 있는데 아주 멋지게 생겼어."
"표대치 아저씨 누나야."
"표대치 아저씨 누나? 그런 멋쟁이 여자가 왜 숯공장 식당까지 와서 힘든 일 하구 있을까?"
"그야 모르지. 어쨌든 너는 숯공장부터 발 끊어!"
"엄마는 참 이상하네? 왜 숯공장 아저씨들을 뱀 보듯 싫어할까. 황 씨 할아버지는 좋아하면서."
수현 엄마는 아직도 가슴이 활랑활랑대는 것을 짐짓 아무렇지도 않은 듯 태연을 가장했다. 하지만 딸의 얼굴을 똑바로 쳐다보기가 여간 괴란쩍고 낯 뜨겁지가 않았다. 그도 그럴 것이 천 씨든 정 씨든 최 씨든 황보영남이든 스무 명도 넘는 숯공장 남자들의 양물맛 안 본 사람이 있어야 말이지. 더구나 딸이 말하는 천 씨라면 백번 죽었다 깨어나도 말려야 할 형편이었다. 천 씨가 어림도 없는 이유는 수현과 나이 차이가 많이 나는 데다가 기를 쓰고 수현이를 보호해야 할 사연이 따로 있었다. 언젠가 벌건 대낮에 춘자네 가게에 쳐들어온 천 씨가 급한 나머지 춘자를 벽에다 밀어붙여 놓고 꼴에 빗장거리한답시고 껄떡대다가 허리를 삐꺽했다. 그것이 화근이 되어 좌골신경통으로 몇 년을 고생하다가 겨우 낫긴 나았는데 그 이후로 왼쪽 다리를 절름거리는 반절뚝발이가 된 처지였다. 수현 엄마는 행여 수현이가 들을까 염려되어 입안서만 중얼거렸다.

'물건두 물건 같지 않은데다 출입구에서 몇 번 껍쩍거리다가 퇴끼처럼 싸버리는 좆대가리를 갖고 어따데구 행세할라구. 우라질 놈, 나이나 적어? 어딜 감히 수현일 넘봐?'

그뿐이 아니었다. 숯공장 남자들 양물의 성격을 누구보다 빤히 알고 있는 수현 엄마 입장으로는 행여 수현이가 숯공장 남자들과 눈이라도 맞을까 봐 오래 전부터 전전긍긍해 왔다.

'흉칙스럽게 에미하구 딸년허구 그거 동서되다니. 어휴! 그게 어디 말이나 되는 소리야.'

게다가 소위 총각이라고 떠벌이고 있는 황보영남이라는 녀석도 따지고 보면 양물 생김새 하나는 참 요절복통하게 생겼었다.

'껍데기도 덜까진 걸 갖구성. 또 희한하게 끄트머리가 옆으로 반바퀴쯤 뺑 돌아가 생겨 갖고 그걸 사용하려면 내가 부랄 채 덥석 잡고 조준을 해 줘야 겨우 행세를 했었는데 뭘.'

'차아암! 어느 놈 하나 성한 물건 없지! 황 씨영감 빼구성.'

겉으로 보기엔 헌헌장부 같고 기골이 장대한 최 씨도 그랬다. 어느 날 초저녁 때 술이 거나해진 최 씨가 잿간에 대고 오줌을 갈길 때 흘끔 훔쳐보았던 최 씨의 양물이 최상품 송이버섯 만큼이나 굵고 멋있었다. 그런 어느 날 술 치다꺼리를 한바탕 해치우고 난 뒤였다. 고단하게 떨어져 자는 그녀에게 몰래 숨어 들어온 최 씨가 무조건 올라탔다. 최 씨가 잠에서 깬 그녀를 화끈 달아오르게 했었는데 한참 무골장군이 그녀의 몸속으로 연신 신바람 나게 진퇴를 계속하긴 제법 했다. 막상 절정으로 치달을 직전에 가서는 그게 그만 고무

풍선 꺼지 듯 프스스 죽어 버리는 것이었다. 울화통이 있는 대로 뻗힌 그녀가 머리맡에 있던 스텐요강으로 최 씨의 머리통을 냅다 후려갈겼다. 그 바람에 최 씨가 일도 못하고 이틀 동안이나 드러누웠던 적도 있었다.

뿐만 아니었다. 지금은 경상도 상주가 고향인 본집으로 잠시 내려가서 숯공장엔 없지만 한영철이란 총각놈이 있었다. 힘이 좋아서 일을 여느 사람 두 배는 거뜬히 해치우는 총각이었는데 그놈이 은근히 수현 엄마와 하룻밤 정분을 나눌 속셈으로 접근해 왔다. 수현 엄마가 마다할 이유가 없었다. 막상 일이 진행되기 직전 수현 엄마는 기절초풍했다. 세상에 무슨 물건이 그렇게 희한한 물건이 다 있나 싶었다. 수현 엄마는 혼비백산해서 총각을 문밖으로 내쫓아버렸지만 몇 년을 두고도 의혹이 풀리지 않는 희한한 물건이었다. 남자 물건도 아니고 여자물건도 아니었다. 정말 죽을 때까지 두고두고 생각해도 모를 일이었다.

어쨌거나 숯공장 남자들의 양물에 대한 내력을 훤하게 알고 있으면서도 어느 누구한테 입도 뻥끗 않고 그냥 내전보살처럼 살아왔다. 그렇다고 해서 숯공장 남자들의 양물이 나 그렇게 부실한 것은 아니었다. 몇 몇 남자들의 양물이 그렇다는 춘자의 푸념이었다. 어쨌든 숯공장 남자들 중에서는 황 영감을 따라올 만한 양물이 없다는 춘자의 결론일 뿐.

'안 돼지. 절대로 안 돼. 행여나 숯공장 남정네들허구 수현이가 정분이라도 나면 수현이 머리 다시 돌아버리게 될라.'

자신의 남자 편력이 수현에게 피새날까 봐 그녀는 숯공장 남자들 말만 들어도 수현이 눈치 보느라 엉덩이에 풍구를 단 듯 불안했다.

어느새 수현 엄마가 갖고 나온 바가지에 냉이가 수북이 쌓여져 있었다. 부영이가 냉이를 손바닥으로 꾹꾹 누르면서 말했다.

"저, 아줌니."

"왜 그러니? 할 말 있으면 주저 말구 해."

"수현이 언니만 얘기하지 말구요. 저두 얘기해 줘요. 배 선생님한테요. 예? 호호호."

"너두 새서방 얻구 싶니? 허긴 남자 무골장군맛 제대루 보았으면 생각나는 게 당연하지. 에고, 허지만 말이다. 남정네 한번 잘못 만났다 하면 그깐 무골 장군 맛보는 재미도 별 대수가 아닌 거여. 까딱 재수 없으면 또 팔자 더러워지는 거야. 남자 너무 밝히지 말어."

"밝히는 게 아니구요. 아줌니, 그저 수더분하고 마음 착한 사람이랑 같이 살면 좋지요. 뭐, 히잉! 그저 우스갯소리 한번 해 본 거예요."

그때 그들의 등 뒤에서 누군가 수현 엄마를 부르는 소리가 귀청을 때렸다.

"이봐, 곰보댁! 새참 안 줘? 시간이 어느 땐데 여직 조선 반만한 엉덩이를 땅바닥에 붙이구 앉았누. 씨벌!"

수현 엄마가 처음 수도원에 왔을 때 첫대바기로 맞닥뜨렸던 그 찔꺽눈이 목수 영감이었다. 그는 10년 전쯤에 홍천장터 한쪽 구석에 쪼그리고 앉아 신기료장수 일로 먹고 살았었다. 세월이 달라지자 그 일을 때려치우고 남의 밑에서 뒤뿔치기로 목수일을 배우기 시작해서 오늘에 이른 위인이었다. 두 사람은 만날 때마다 철천지원수처럼 앙숙이었다. 금세 그녀의 숨소리가 쏴쏴 콧바람 소리를 내뿜기 시작했다. 최 목사의 설교를 듣고 나서부터 사고방식이나 생활방식이 옛날과는 많이 달라지긴 했어도 여전히 그녀의 성격은 화만 났다 하면 활어처럼 펄펄 살아 날뛰었다. 최 목사가 입에다 욕을 달지 말라고 누누이 당부했지만 이런 경우엔 최 목사의 말이 하나도 생각나지 않았다.

"뭐야? 저 개뼉다귀 같은 씹새끼는 말끝마다 곰보댁이구 욕이야! 내가 곰보래서 네가 뭐 쌀 한 톨 보태 준 것 있나?"

"저년이 오늘 못 먹을 걸 처먹었나 마치 뿔난년 보리방아 찧듯 지랄허구 자빠졌네."

"살다보니 별 쥐뼉다귀 같은 소릴 다 듣구 사네. 세치 새빠닥으로 도끼 들었다 놨다 허다간 제명에 못 죽고 뒈져. 이 병신 새끼야!"

"뭐여? 쥐뼉다귀? 병신? 조금 전엔 개뼉다귀라더니 이번엔 쥐뼉다귀? 이런 요절헐 년 봤나. 아무나 보구 쥐뼉다귀 개뼉다귀야? 씨꾸녕으로 껌 씹는 소리 마. 이년아!"

"야, 이 새끼야, 너야말로 좆대가리루 다듬잇돌 두들기는 소리 작작해. 새끼야! 내가 곰보면 내 얼굴에 내 곰보지 네깐 놈이 왜 뻑하면 곰보, 곰보 그래? 엉? 이 썩은 동태눈깔 같은 새끼야, 주둥이 좀 봐라. 그게 주둥이냐? 돼지 씨꾸녕 꼭 닮아 갖고. 저따위 주둥아릴 주둥아리라고 네놈 여편네가 키스를 허자구 하데? 나 같으면 돼지 오줌 냄새가 코를 찔러서두 못하겠네. 쓰벌."

듣고 서 있던 목수영감이 화가 치받혀 참을 수 없다는 듯 눈알을 쥐약 먹은 똥개처럼 희번덕거리며 입을 씰룩씰룩했다. 마치 화롯불에 올려놓은 마른 오징어 같았다.

"이런 쌍년! 숯공장놈들하고 개잡년 짓 허벌나게 허구 자빠졌다가 수도원에 내려오니께루 눈깔에 뵈는 게 읎써?"

"뭐야? 개잡년? 예끼 이 쥐좆만한 새끼야!"

"뭐, 뭐라구? 뭐 만해?"

"쥐좆만하다구 그랬다 왜? 네놈 새끼 좆대가리가 꼭 쥐좆만한 것두 엽때 모르구 아가리에 밥 처넣구 살았냐?"

"에라, 이 썩을 년! 개잡년! 똥년! 내꺼가 쥐좆 만한 걸 언제 봤냐?"

"에라이, 돼지 씨꾸녕에 코를 쳐박구 뒈질 놈앗! 변소는 폼으로 세워 둔 줄 일아? 왜 허구한 날 오줌 쌀 때마다 아무데나 대구 싸질러 대냐? 그러니까 내가 내 눈으루 똑바로 보고 네놈 좆대가리가 쥐좆만한 걸 알지. 에이그! 쥐좆만 하니까 암놈 쥐새끼하고나 붙어먹어라. 새끼야!"

두 사람이 열이 올라 싸워대자 수현이가 엄마 옆에 바싹 다가섰다. 밖에 나와 앉아 햇볕을 즐기고 있던 노인들이 어느새 두 사람을 둥그렇게 둘러쌌다. 어느 새 장애아들도 수현 엄마 주위로 뺑 둘러 모여 들었다. 광패하기 짝이 없는 목수영감이 이제는 얼굴이 시뻘겋게 달아올랐다. 영감이 달려오더니 다짜고짜 수현 엄마의 따귀를 냅다 올려붙이고 말았다. 금세 수현 엄마의 볼이 벌겋게 부풀어 올랐다.

"씨벌, 곰보딱지년잇! 어따 대고 행악이여 행악이. 앙? 네년이 대처에 나가면 사람 대접 받기나 헐 것 같냐?"

수현 엄마가 악에 받혀 바락바락 소리를 지르며 대들었다.

"이 옘병을 하다 똥을 지리다 못해 여편네 씹두덩에 코를 쳐박고 뒈질 새깨! 네가 날 쳐? 왜 쳐? 왜 쳐? 이 개가 뜯어먹을 새끼얏!"

그녀가 골김에 한 손으로 목수영감의 뒤범벅상투를 확 틀어쥐고 또 한 손으로는 검정 고무신을 벗어들어 연거푸 목수영감의 귀싸대기를 올려붙였다.

"야 이새끼야, 이것두 상투라고 틀었냐? 요새 이따위 상투 같지도 않은 상투 틀고 주책 떠는 놈이 네놈 말고 어딨냐?"

"어이쿠! 이 곰보년 봐라! 이 상투는 이년아, 목수 오야붕이란 증표여. 상투 놓지 못해. 이년아아!"

"네깐 놈이 무슨 목수야. 집을 짓기커녕 여물간이나 제대루 짓겠냐. 잔재비나 부릴 줄 아는 엉터리 목수놈아앗! 가만히 제 할 일만 하면서 목구멍에 풀칠하구 살면 될 텐데 공연히 형틀 갖고 와서 볼기맞은 똥팔자 되네. 이 빙신새끼가."

"이년 봐라! 남자 따귀를 즈들집 헌 벽 털 듯 혀? 에라이 쌍, 개똥년잇!"

"퍽!"

"아이고, 배야아, 내 죽내에!"

이렇게 되자 부영이도 수현이도 호미를 팽개치고 목수영감의 멱살과 허리춤을 붙들고 늘어졌다. 수현이가 이빨을 하얗게 드러내면서 바락바락 악을 써댔다.

"왜 쳐? 왜 우리 엄말 쳐. 아저씨가 뭔데 우리 엄말 때렷!"

"왜 우리 아줌마를 때려욧! 아저씨가 먼저 잘못 했잖앗! 왜 우리 아줌마 보구 자꾸 곰보, 곰보 했!"

"이년들 봐라? 즈덜끼리 한솥밥 먹는다구 역성들구 자빠졌구나. 안 놔? 칵 쳐 죽이기 전에 이거 못 놔? 이 똥년들앗!"

그때까지 구경만 하고 있던 노인네들이 불면 훅 날아갈 듯 배리배리 검불 같은 몸을 이끌고 목수영감에게 삿대질을 해대면서 달려들었다. 장애아들마저 분노한 얼굴을 씰룩이며 목수영감의 다리를 죽자고 붙잡고는 이리저리 개처럼 끌려 다녔다. 그때쯤 목수영감 밑에서 일하는 일꾼들이 줄통뽑으면서 우르르 달려왔다.

"뭐여? 엉? 이것들이 즈들 살 집 지어 주는 사람들헌테 행패를 부려? 우리가 인근에서 뿌리 박구 사는 토박이인데두 꾹 참고 죽어라 일해 주는데, 뭐

어째?"

수현 엄마가 이를 악물고 목수영감의 뒤범벅상투를 움켜쥐고 악을 바락바락 썼다. 며칠 동안 내내 여윈잠을 자서 그런지 몸이 천근인 듯 무거웠지만 악이 받힐 대로 받히자 힘이 어디서 솟구쳐 오르는지 모를 일이었다.

"느들이 공짜루 우리 살 집 지어 주냐? 우리 회장님헌테 돈 받구 허는 일 아냐. 이 나쁜 새끼덜아."

"이런 씨펄, 돈 안 받구 일 안 하믄 고만이여! 어디 한번 해 볼 꺼여?"

"해 보긴 뭘해 봐? 뭘 어쩌겠단 거얏! 이 씨종머리 개만도 못한 새끼얏!"

"뭐가 어째? 씨종머리가 개만도 못해? 에라이, 쌍, 죽어랏!"

일꾼 중의 하나가 대들더니 춘자의 따귀를 냅다 올려붙였다. 꽤 세게 맞았던지 춘자가 비명을 질렀다.

"아이코오, 눈알 빠진다아!"

따뜻한 봄날 오후에 느닷없이 벌어진 수도원의 아수라장 속에서 세 여자는 그렇지 않아도 시시콜콜 반찬 타박을 끼니때마다 늘어놓는 일꾼들의 잔소리에 신물이 났던 터라 아예 이판에 죽자 사자 한번 붙어 보자는 속셈인 듯했다. 오늘따라 최 목사는 노회에 참석차 아예 내려오지도 않았다. 신애는 서울에 갔고 병숙이와 경진은 홍천에 생활용품 사러 나간 지 2시간이 넘었는데도 아직 돌아오지 않고 있다. 개미촌교회에서 자원봉사 내려온 몇 명 여자들이 있었으나 발만 동동 구르고 있을 뿐 속수무책이었다.

수도원 사무실 창문을 통해서 난장판이 되어 가는 싸움판을 굳은 표정으로 내려다 보고 있는 건장한 청년들이 있었다. 그들 중 카메라 셔터를 연신 누르고 있는 한 사람을 제외하고는 모두 하나같이 꼼짝도 않고 있었다. 누군가 다급해진 목소리로 입을 열었다.

"형, 안 되겠어. 내려갑시다."

표대치가 눈을 잔뜩 부릅뜬 채 일갈했다.

"아직 안 돼! 사진을 찍어서 나중에 꼼짝 못하도록 물증을 잡아 놔야 해."

"앗! 저새끼갓! 저것 봐요, 형, 여자들과 장애아들을 막 두들기고 있잖앗."

"조금만, 조금만 더 참아."

"저러다 큰일 나면 큰형님한테 어쩔려구?"

"아직은 안 돼. 꼼짝 못할 물증이 잡히기까지는 안 돼."

이제 인부들은 인정사정 볼 거 없다고 결단을 낸 모양이었다. 그들은 여자들의 머리채를 움켜쥐고 마구 난장질을 해대고 있었다. 나중에야 알게 된 일이지만 그들은 수도원으로 들어오는 초입쯤에 살고 있는 청년들이었다. 농촌에 살고 있는 젊은이들 치고는 나쁜 물을 먹고 자랐는지 하나같이 사박스럽고 하는 짓이 똥감태기였다. 처음 수도원을 3층으로 지을 계획이 완전히 마무리되어 청사진을 들고 최 목사가 종태 앞에 나타났을 때 종태는,

"개미촌에도 교도소에서 배운 훌륭한 기술자들도 많고 잡부들도 얼마든지 있잖습니까. 교도소에서 배운 기술이지만 일도 꼼꼼하게 잘할 것이고 또 시키기도 부담이 없는데 왜 하필이면 현지인을 쓰려고 합니까?"

종태의 말이 백 번 옳은 말이었다. 하지만 최 목사는 완강하게 고집을 부렸었다.

"생활대책이란 얼마 안 되는 논농사와 밭농사로 겨우겨우 먹고사는 농촌 사람들입니다. 자녀들 교육여건도 아주 열악하고 말입니다. 그들에게 일할 기회를 주어서 조금이라도 도움을 줘야 합니다. 설계는 개미촌에서 맡되 건축업자도 홍천 사람을 발탁하고 웬만한 일은 동네 목수나 미장 등 잡역부도 현지인을 쓸 작정입니다. 마을사람들과 좋은 관계를 맺어야 하지 않겠습니까?"

최 목사의 고집에 종태는 덤덤한 표정으로 말을 끊었었다.

"그야 목사님이 알아서 할 일!"

수도원에 대한 모든 절차와 세부적인 일은 종태보다 경진이 쥐고 있다 해도 과언이 아니었다. 종태는 수도원 일에 대해서는 일절 참견하지 않겠다고 마음먹었다.

최 목사는 막상 현지인을 데려다 쓰려고 하니 이만저만 고통스럽지가 않았다. 동네에서 꽤 영향력 있다는 이장에게 목수나 미장 등과 날삯꾼들을 동원해 달라고 부탁했지만 이장이 소개해 준 일꾼들이 일하는 모양새가 마음에 와 닿는 곳이 없었다. 하루면 끝날 일이 이틀이나 걸렸고 빗방울이 몇 방울만 떨어져도 엄부럭을 부리며 연장을 챙겨 버리고는 술판과 화투판을 벌였다. 여

자들 말대로 끼니때마다 반찬이 풀만 있다는 둥 돼지고기가 노린내가 난다는 둥 짜다, 쓰다, 달다, 자기들끼리 귓속질이었고 좌우지간 탈도 많고 타박도 억수로 많았다. 게다가 기회만 오면 은근슬쩍 부영이나 수현이의 엉덩이에다 손바닥을 문질러대는 바람에 수현 엄마와 한두 번 싸운 것도 아니었다. 그뿐 아니었다. 누군가 유언비어를 날조한 듯 근간에 산 아래 사람들의 입에 심상치 않게 오르내리는 말들을 들어보면 최 목사도 배병숙도 여간 속상한 게 아니었다.

"젠장! 우리동네가 빙신촌 되는 모양새야. 경치 좋고 물 맑고 인심 좋아서 돈 많은 서울 사람들이 자주들 놀러도 오고 땅값도 비싸게 매겨졌는데 병신 잡동사니들 잔뜩 끌어다 놓는 바람에 서울사람들 발길이 뚝 끊어졌잖어."

"땅 살 사람도 코빼기도 안 보여."

"쓰펄! 죄 쫓아내야 해!"

"진정서를 올리자구."

그런저런 이유 때문인지 아니면 대체 무슨 까닭인지 현지인 잡역부들의 작입속도와 노동의 질이 여산 언실 먹이는 게 아니었다. 그래도 최 목사는 아무 불평도 하지 않았다. 언제 보아도 최 목사는 일꾼들에게 친절했고 온순했다. 누구보다도 울화가 치민 것은 병숙이었지만 성질이 불처럼 뜨거운 그녀조차도 최 목사의 인내심에 혀를 내두를 정도였다.

사태가 한참 꼬여가고 있을 무렵, 병숙이 몰고다니는 봉고차가 수도원 마당에 멈추었다. 곧 병숙과 경진이 놀란 얼굴로 달려왔다.

"왜들 이래욧."

머리가 산발한 채 입술에 핏물이 시뻘겋게 번진 수현 엄마가 구원병을 얻은 듯 더욱 맹렬히 목수영감의 멱살을 쥐고 악장쳤다. 병숙이 수현 엄마의 팔을 잡고 말렸다.

"아줌마, 이거 놓구 말해 봐요. 대체 왜들 이래욧."

"배 선생니임! 억울해서 안 되겠소. 이눔덜이 우리 여자들을 개 패듯이 패질 않나 이 불쌍한 것들을 마구 두둘기질 않나. 오늘 이눔덜 쥑이고 나도 죽을라오!"

병숙은 인부들의 다리를 죽어라 붙들고 늘어지는 장애아들의 처절한 모습을 발견하고는 눈을 크게 부릅떴다. 그녀가 다짜고짜로 수현 엄마를 두들기고 있는 목수영감의 목덜미를 한 손으로 움켜쥐고 홱 낚아챘다. 목수영감이 한뎃부엌 옆 푸나무 서리에 콱 처박혔다. 병숙의 허릿심이 보통이 아니었다. 사람을 공처럼 내던지는 힘은 팔보다 허리에서 솟아나오기 때문이다.

"저년 봐라? 날 쳤겠다? 에라, 순뚱개년덜! 씨꾸녕을 죄 찢어 버릴 테닷!"

목수영감과 잡부들이 이제는 인정사정 볼 거 없다는 듯 여자들에게 주먹질과 발길질을 사정없이 퍼붓기 시작했다. 그쯤 되어서야 비로소 표대치와 청년들이 달려나와 잡부들을 막아섰다. 병숙이 분노한 얼굴로 표대치를 노려보며 소리쳤다.

"이놈들! 여자들과 힘없는 애들이 당하고 있는데도 여태까지 보고만 있었다니 큰형님께 말해서 당장 네놈들 개미촌에서 쫓아내 버릴꺼닷!"

하얗게 질린 얼굴로 자신을 노려보는 병숙을 향해 표대치는 놈들이 눈치채지 못하도록 한쪽 눈을 한번 씀벅해 보였다. 표대치가 목수영감을 향해 점잖은 말투로 입을 열었다. 대체로 주먹쟁이들의 성격은 울뚝뱉이 있어 벌컥 일부터 저질러 놓고 보는데 표대치는 보기보다 속내가 웅숭깊었다. 그도 옛날에는 그렇지 않았는데 수도원에 내려와 일하고부터 참을성이 많이 늘었다.

"아저씨가 오야붕이요?"

"주먹 오야붕은 따로 있고 작업장에서는 내가 오야붕이다. 왜?"

"고만 돌아들 가시오. 더 이상 난동을 부리면 안 됩니다. 이곳은 신성한 수도원입니다. 수도원에서 여자와 장애인들을 패다니 경찰이 알면 당신들은 모두 구속감이오."

"뭐야? 구속? 구속 좋아허구 자빠졌다. 그래 처넣을 테면 처넣어 봐라."

"충고합니다. 무사하려면 그만 돌아들 가시오."

표대치의 그 말에 잡부들이 발끈해서 대들었다.

"뭐라고? 협박하는 거야? 이 새끼덜이 우릴 순 촌놈 취급허네? 노가다판에 나왔다고 알길 우습게 아는가 뵈?"

덩치가 씨름선수처럼 떠억 벌어진 청년이 표대치를 향해 눈을 내림떠보며 뱃심을 부렸다.

"씨발! 수도원이구 병신 촌이구 죄 부셔 버렷! 홍천경찰이 토박이인 우리 편을 들지 굴러온 돌 편 들겠냐? 국회의원 이상수도 우리 집안이야! 사람을 뭘로 보는 거야, 이것들이!"

또 다른 인부 하나가 표대치 앞으로 쑥 몸을 내밀고 다가섰다.

"이봐, 형씨, 나랑 말 좀 합시다."

표대치는 놈이 노는 꼴이 눈꼴사나웠지만 꾹 참았다.

"형씨 눈엔 우리가 노가다판이나 돌아다닝께루 호구로 보이우? 우리가 촌닭처럼 보이냐고오. 우리가 이래뵈도 전국 노가다판을 다 휘어잡고 있다고! 뭐? 경찰이 알면 당장 구속감이라고? 크흐흐흐, 웃기는 괴물 다 봤네, 이거!"

표대치가 아랫입술을 질끈 깨물었다. 표대치는 끝까지 침착했다. 그 점도 훗날 종태에게 충분히 인정받을 만했다. 놈이 눈에 쌍심지를 켜고 계속해서 반말지거리를 자갈처럼 쏟아냈다.

"알았어. 오늘 이만 실례해 주지. 내 한 마디만 쐐기 칵 박아 놓겠는데, 짓다가 만 이 수도원 건물 일체 손끝 하나 까딱 말라구. 알았지? 어떤 놈이든 이 건물에 망치질 한번 했다간 그 새낀 그 시로 골로 가는 줄 알어. 알겠어?"

듣다 못한 병숙이 바락 소리를 내질렀다.

"아니 일하기 싫어서 그만 뒀으면 그만이지 왜 딴 사람이 손도 못 댄단 말예욧?"

"이 아줌마가 뭘 모르누만. 이 공사 맡은 건 우리 오야붕이야. 우리가 맡은 공산데 감히 누가 손대? 이건 법적으로도 꼼짝 못할 일이라구. 알어?"

"법? 그 따위 법이 어디 있어? 일하기 싫어 그만 뒀으면 그만이지 왜 남의 공사를 방해하는 거얏!"

"흐흐흐, 오야붕한테 공사 포기각서를 받기 전엔 절대로 딴 놈이 손 못대 알아?"

"……"

표대치가 나서서 놈에게 침착한 어조로 말했다.

"당신네들이 일을 안 하면 내일부터 당장 우리가 하겠소. 법이 맞든 틀리든 우리는 반드시 공사를 마무리 지을 겁니다."

"그래? 어디 한번 그래 보셔. 엉?"

허갈을 치며 표대치의 가슴을 손가락으로 한번 꾹 찌르고 난 뒤 등을 돌렸다. 그 꼴을 보고 있던 병숙은 오사리잡놈이란 바로 저런 놈들을 두고 하는 말이라고 분해했다. 탑삭나룻이 까무잡잡하게 덮인 표대치의 얼굴이 분노로 파랗게 질리고 있었다. 곧 그들은 연장을 낱낱이 챙겨서 트럭을 타고 수도원 밖으로 흙먼지를 일으키며 사라졌다. 표대치는 그들의 뒷모습에 시선을 못 박은 채 한참 동안을 꼼짝도 않고 서 있었다.

병숙이 표대치의 등을 툭 치면서 말했다.

"아까 왜 눈을 껌뻑했지? 무슨 속셈이야?"

표대치가 병숙에게 허리를 꾸벅 굽히면서 낮은 목소리로 대답했다.

"큰형님의 명령이었습니다. 완전한 물증을 잡기 전에는 어느 누가 수도원 공사를 방해하더라도 섣불리 손대지 말라는."

"물증을 어떻게 잡아?"

"사진을 모두 찍어 놓았습니다."

병숙은 알아들었다는 듯 고개를 크게 끄덕였다. 병숙은 곧 수현 엄마와 수현이 등을 데리고 임시천막으로 향했다. 제 정신이 든 듯 경진은 터진 블라우스 자락을 한 손으로 여며 쥐고 병숙의 뒤를 따라 천막 속으로 사라졌다.

개미촌의 법

며칠 뒤 개미촌에서 급파된 인부들이 수도원의 마무리 공사를 위해 비지땀을 흘리고 있었다. 모두들 감옥생활을 하면서 사회에 나가 써먹겠다고 배운 쓸 만한 기술이었다.

실낱처럼 기느다란 새우가 촉촉이 내린 뒤의 화창한 오후였다. 목수영감이 한 대의 트럭에 가득히 사람을 태우고 수도원으로 달려왔다. 곧 이어 까만 고급 승용차 두 대가 따라 들어왔다. 트럭에서 험상궂은 청년들이 우르르 쏟아져 내렸다. 또 다른 승용차에서 하얀 구두에 하얀 정장차림에 역시 하얀 중절모와 빨간 나비넥타이를 맨 거한 하나가 너댓 명의 어깨들과 함께 땅에 내려서고 있었다. 두툼한 입술에 시거를 매단 채였다. 표대치가 작업복 차림으로 그들을 정중하게 맞았다.

"어떻게 오셨습니까?"

표대치의 물음에는 대답하지 않고 나비넥타이가 거만하기 짝이 없는 눈길로 표대치의 얼굴을 칩떠보며 물었다.

"대가리가 누구지?"

"예? 대가리요? 대가리가 뭡니까? 무슨 대가릴 찾습니까?"

"씨발놈! 책임자 오라구 해."

"책임자는 접니다."

"뭐라고? 네가 책임자야?"
"그렇습니다. 제가 책임잔데 무슨 일 때문에 오셨습니까?"
"네가 목사놈이냐?"
"목사님 말씀입니까? 목사님은 지금 서울에 계시죠. 하실 말씀이 있으면 제게 해도 됩니다."
"좋아. 누가 이 건물에 손을 대라고 했지?"
표대치는 면장갑을 벗어서 뒷주머니에 쑤셔 넣으면서 말했다.
"손님, 우선 파티를 열까요? 대접상."
"뭐라고? 파티를 열자고?"
표대치가 어딘가에 대고 손짓을 했다. 사람들이 기다란 나무 탁자와 의자를 날라왔다. 그리고 얼음이 둥둥 떠다니는 함지박 속에서 건져낸 맥주병을 즐비하게 탁자 위에 늘어놓았다. 맥주는 병숙이 일꾼들이 일하다 목이 마르면 마시라고 얼음에 재워 놓은 것이었다. 4월 하순경이지만 일꾼들의 얼굴에서는 땀방울이 쉴 새 없이 흘러내렸다. 그 모습이 안쓰러워 병숙이 시원한 맥주를 항상 준비시켜 놓은 것이었다. 곧 이어 수현이와 부영이가 땅콩과 오징어 등 마른안주를 접시에 담아 날랐다. 표대치가 예의를 갖추고 말했다.
"앉으십시오. 손님, 작업장이라서 대접이 소홀합니다만."
나비넥타이가 거만한 웃음을 입가에 흘렸다. 그가 부하들과 함께 표대치가 권하는 의자에 엉덩이를 내렸다. 의자가 삐걱거릴 만큼 엄청난 거구였다.
"시시하게 맥주나 한잔 얻어 마시려구 온 게 아냐!"
표대치가 정중한 태도로 말했다.
"이 좋은 경치 속에서, 얼음에 재웠던 맥주라 매우 시원합니다. 오시느라고 목 마르실 텐데 우선 목부터 축이시고 말씀하시죠. 얼마나 포근하고 아름다운 봄 날씨입니까. 일꾼들에겐 더운 날씨지만."
나비넥타이가 수현이 쪽을 향해 힐끔 눈길을 주며 말했다.
"좋아, 한잔쯤 마셔 주지. 저 여자에게 따르라고 해!"
"아니, 잠깐만! 손님."
순간 표대치의 수도가 바람을 찢었다.

"파바박!"

눈 깜짝할 새 세 개의 맥주병 주둥이가 단번에 잘려 나갔다. 나비넥타이가 화들짝 놀라며 본능적으로 상체를 뒤로 젖혔다. 표대치는 얼굴색 하나 바꾸지 않고 주둥이가 깨진 맥주병을 들고 정중하게 나비넥타이의 컵에다 자란자란 술을 따랐다. 놈들의 눈이 휘둥그래진 것은 말할 것도 없었다. 표대치는 모른 척 또 다른 컵에다 차례차례 술을 부어 나갔다. 좌석은 순식간에 찬물을 끼얹은 듯 숨소리 하나 들리지 않았다. 어느 새 목수영감의 얼굴이 뇌르끄레해졌다. 그쯤으로 나비넥타이는 기가 죽지는 않았다. 그의 얼굴에 잠깐 경련이 일었으나 쉽사리 몸을 놀리지는 않았다. 그가 웃옷을 벗어 옆에 있는 부하에게 건넸다. 표대치가 정중하게 말했다.

"드십시오! 손님."

그때, 누군가가 얍 하는 기합소리를 내지르고 있었다. 사람들의 시선이 일제히 그쪽으로 쏠렸다. 잡역부로 보이는 청년 하나가 빨간 벽돌 한 장으로 자신의 이마를 때렸다. 순식간에 벽돌이 두 동강이가 나서 바닥에 떨어졌다. 그는 원래 조그만 트럭을 몰고 전국 방방곡곡을 누비며 장터에서 약을 파는 차력사였다. 그가 들으라는 듯이 큰소리로 중얼거렸다.

"쓰펄! 몸 좀 풀어야 쓰겄네. 뻑쩍찌끈헌게 틀려 부렀어."

뿐만 아니었다. 이층에서 미장일을 하고 있던 인부 하나가 휙 제비처럼 몸을 날리더니 몇 바퀴 공중회전을 하면서 사뿐히 땅에 내려섰다. 그는 땅에 발을 붙이자마자 다시 한번 몸을 솟구치더니 구옥 지붕을 지탱하고 있는 원목 기둥을 무서운 몸놀림으로 내박찼다. 순간 서까래를 받치고 있던 기둥이 와르르 소리를 내며 쓰러졌다. 기둥과 함께 지붕에 널려 있던 오그랑쪽박 몇 개가 흙더미와 함께 폭풍을 맞은 듯 쏟아져 내렸다. 그렇잖아도 낡은 구옥은 포클레인으로 깨끗이 긁어 낼 참이었다. 그는 어느 새 땅에 내려서서 맥주 한 병을 거꾸로 목구멍 속에 쑤셔 박고는 꿀꺽꿀꺽 단숨에 절반이나 마셔 버렸다. 아직 절반이나 남은 병으로 그 역시 아까의 사나이처럼 자신의 이마를 후려쳤다. 순식간에 맥주병이 산산조각이 났으나 그의 이마는 말짱했다. 뿐만 아니었다. 그가 어른 팔뚝만한 서까래를 집어들었다. 마치 바람개비 돌리듯 서까래를 자유자재로 돌리더니 어느 순간 서까래로 자신의 머리를 후려쳤다. 서까래가 두 동강이 났다. 그도 역시 어리눅은 표정을 지으며 같은 말을 내뱉었다.

"씨발! 몸 좀 풀 데 없나?"

수도원을 짓고 있던 인부들이 험상궂은 얼굴로 하나 둘 주위에 모여들고 있었다. 표대치가 아무 일도 아닌 듯 역시 정중한 자세로 입을 열었다.

"무슨 일로 왜 오셨습니까? 이 건물은 수주 받은 사람이 일을 않겠다고 하기에 우리 스스로가 마무리 할 작정입니다만."

이미 그들의 얼굴은 흙빛으로 변해 있었다. 늙은이답지 않게 오도깝스럽기 짝이 없을 만큼 거만을 떨던 목수영감이 식은땀을 바작바작 흘리면서 연신 침을 꼴깍거리고 있었다. 이윽고 나비넥타이가 떠듬떠듬 떨리는 음성으로 입을 열었다. 엄벙뗑 이 자리를 벗어나려는 수작이 분명했다.

"저어, 어쨌든 저희들은 이만 돌아가겠습니다."

지금까지 의뭉스럽기만 하던 표대치의 목소리가 갑자기 풀을 메긴 듯 빳빳하게 터져 나왔다.

"돌아가? 누구 맘대로?"

"예?"

"분명 목적이 있어서 왔을 텐데."

누군가가 수도원의 철문을 닫는 소리가 철거덕 들렸고 커다란 자물통으로 철문을 채워 버렸다. 표대치가 겁에 질려 있는 나비넥타이를 향해 말했다.

"온 목적이 무어냐고 묻잖아!"

"저어."

표대치가 나비넥타이를 쏘아보며 정중한 목소리로 그러나 비아냥대는 듯한 말투로 입을 열었다.

"선생, 모자를 좀 벗어 주시겠습니까? 눈꼴 사나와 뵈서. 그 좆담배도 땅에 비벼 버리고 나비넥타이도 좀 잡아떼어 주셨으면요. 촌닭들이나 그런 거 매구 다니죠. 손님 같은 괜찮은 분이 그런 넥타이를 매구 다니다니! 좆담배는 미국 놈들이나 물고 다니지 이런 촌구석에 사는 새끼가!"

표대치의 말이 떨어지자마자 놈은 재빨리 시거를 땅바닥에 버리고 구둣발로 뭉개 버렸다. 모자도 벗었고 나비넥타이도 어물쩍 잡아 떼버렸다. 지릅뜬 표대치의 눈매는 광기를 뿜어대며 서서히 독기를 띄워 가기 시작했다. 표대치가 말했다.

"모자를 구둣발로 밟고 계십시오."

"예?"

"모자를 밟고 계시라니까요."

나비넥타이가 자신의 모자를 구둣발로 밟고는 무릎을 덜덜 떨기 시작했다. 이제 표대치의 말투는 완전히 반말로 틀어져 있었다.

"이봐, 나비넥타이! 따라놓은 술은 마셔야지?"

나비넥타이는 순한 양처럼 고분고분해졌다.

"예."

놈이 부들부들 떨리는 손으로 컵을 들었다.

"술이 쏟아지겠군. 어서 드셔."

놈은 컵을 입에다 대고 마치 독약을 마시듯 간신히 잔을 비웠다. 그리고 땅콩 한알을 집어 입속에 넣고 쪽잘거렸다. 표대치의 이빨 사이에서 드디어 욕지거리가 삐죽삐죽 삐져나왔다.

"이새끼들, 곱게 돌아갈 줄 알겠지? 죽여 주마. 똥보다 지저분한 새끼들!"

이제 잡상스럽기 짝이 없던 놈들의 얼굴은 완전히 사색으로 변해 버렸다. 특히 며칠 전 여자들과 장애아들을 짓밟던 놈들의 눈이 썩어빠진 동태눈알처럼 뿌옇게 빛을 잃어 버렸다. 표대치가 손을 쳐들어 누군가에게 손짓을 했다. 한 사람이 사무실로 달려가서 누런 봉투 하나를 들고 나왔다. 표대치가 그 속에서 여러 장의 사진을 꺼내서 탁자 위에 쭉 펼쳐 놓았다. 사진 속에는 놈들이 여자들을 잔혹하게 구타하는 장면과 장애아들을 짓밟는 장면, 그날에 벌어졌던 잔혹한 행동들이 선명하게 찍혀 있었다. 그들은 수도원 일과 깊은 연관도 없으면서 중뿔나게 굴다가 큰 낭패를 당하는 처지가 되어 버렸다. 표대치가 말했다.

"어때? 이쯤 물증이면 경찰에 고발할 만하지? 참고로 말해 두지. 우린 개미촌에서 온 사람들이다."
 나비넥타이의 거구가 더덜거리면서 사정했다.
 "자, 잘못했습니다. 한번만 용서해 주십시오. 애들 시켜서 수도원에 쌀 열 가마 희사하겠습니다.!"
 순간 표대치의 주먹이 놈의 얼굴을 향해 대포알처럼 날아갔다.
 "이새끼갓!"
 나비넥타이가 의자 뒤로 벌렁 나가떨어졌다. 놈의 입에서 옥수수 알맹이가 몇 개 핏물과 함께 땅바닥에 쏟아졌다. 순간 놈의 옆에 섰던 어깨들이 표대치 앞에 털썩털썩 무릎을 꿇었다.
 "잘못했습니다. 몰라 뵙고 죽을죄를 졌습니다."
 "이 수도원에 네놈들을 끌어들인 놈이 누구지?"
 어느새 입이 당나발처럼 부풀어 오른 나비넥타이가 기어들어가는 목소리로 대답했다.
 "저 아랫마을에 살던, 제 똘마닙니다. 이장도 하는."
 "씨발 새끼야! 주로 이따위 더러운 짓으로 목구멍에 풀칠하고 사냐?"
 "……"
 "왜 말이 없어. 새끼얏! 더럽기 짝이 없는 새끼들! 너희들은 오늘 발목쟁이 하나씩 모두 부러져야 이곳을 나간다. 알겠나? 그만한 것도 감사히 생각해라. 감히 개미촌을 건드리다니 더럽게 재수 없는 새끼들이구나. 야, 이태백!"
 "옛!"
 "이 새끼들 창고로 끌고 가서 쇠몽둥이로 발목쟁이 한쪽씩 꺾어 버려랏!"
 "알겠습니다. 부장님."
 "저 새끼, 머리에 괴상한 상투 튼 목수영감하고 그 뒤에 앉은 저 똥돼지 같은 새끼는 양쪽 발목쟁이 둘 다 꺾어 버려랏!"
 "옛! 부장님."
 누구보다도 고약하기 짝이 없던 목수영감이 비지땀을 뚝뚝 떨구면서 가리산지리산 무릎걸음으로 표대치 앞에 다가섰다. 목수영감이 표대치의 바지자락을 붙들고 애원했다. 수도원 사람들이라고 마냥 순하고 부드러운 줄로만 알았는데 느닷없이 뒤통수에 불벼락을 맞은 느낌이었다.

"살려주십시오. 제발 용서해 주십시오. 사장니임, 용서해 주십시요오."

옆에 있던 이태백이 영감의 등때기를 각목으로 사정없이 후려쳤다. 목수영감이 비명을 지르며 살려 달라고 애원했지만 이태백이 움켜쥔 각목은 쉬지 않고 목수영감의 옆구리로 무자비하게 파고들었다. 오십 조금 넘어 뵈는 목수영감의 몰골이 말이 아니게 허물어졌다.

"으아악! 사람살려어!"

표대치가 며칠 전 자신의 가슴을 손가락으로 꾹 찔렀던 놈의 앞에 떡 버티고 섰다. 놈은 아예 땅에다 이마를 붙인 채 죽은 듯 고개를 떨구고 있었다.

"일어서!"

"……"

"일어서! 새끼얏!"

놈이 간신히 비척거리며 일어섰다. 여전히 고개를 푹 수구린 채였다.

"또 한번 내 가슴을 손가락으로 찔러 봐라."

"잘못했습니다. 못 알아뵙고…"

표대치가 놈의 정강이를 냅다 걷어찼다. 놈이 비명을 지르며 정강이를 붙잡고 펄쩍펄쩍 뛰었다.

"이 새끼, 감히 내 가슴을 손가락으로 찔러?"

"죽을죄를 졌습니다."

"이태백!"

"옛, 부장님."

"이 새끼 끌고 가랏. 팔다리 죄 꺾어 버려서 아예 병신을 만들어 버렷! 장애인을 패는 새끼가 저도 장애인이 되어 봐야 장애인 된 심정을 알겠지."

누군가에게 소식을 듣고 경진과 병숙이 헐레벌떡 달려왔다. 이런 일에 익숙해진 병숙은 눈앞에 전개되는 상황에 물처럼 차갑고 냉정했으나 경진은 달랐다.

"이봐욧! 표 부장! 무슨 일이예욧?"

표대치가 경진에게 격앙된 어조로 말했다.

"큰형수님, 이놈들이 수도원 건축을 방해하는 양아치 새끼들입니다."
"그런데 어쩔려구요?"
"다리 한쪽씩 부러뜨려 버리겠습니다. 단단히 혼을 내줘야 합니다."
"뭐라구요? 멀쩡한 사람들 다리를 부러뜨려요? 그게 무슨 말이나 되는 소리예요?"
"힘없는 여자들과 장애아들을 마구 두들겨 팬 놈들입니다. 이대로 돌려보내면 저희들이 큰형님께 크게 혼납니닷!"
"이봐요, 표 부장님."
"예, 큰형수님."
"용서해 주세요. 그냥 돌려보내 주세요. 네?"
표대치가 결연한 얼굴로 고개를 저었다.
"안 됩니닷!"
"저엉 다리를 부러뜨리겠다면, 자! 내 다리부터 부러뜨리세요."
경진은 놈들 앞에서 양팔을 벌리고 표대치를 막아섰다.
"안 됩니다. 이런 놈들을 혼내지 않는 개미촌의 법은 없습니다. 제발 물러나 주십시오."
"안 돼욧! 생사람 다리를 분지르겠다니. 사람이 할 짓이 못 돼욧!"
표대치도 만만치 않았다.
"좋습니다. 끝까지 큰형수님께서 방해하시겠다면 이 표대치 차라리 제 손가락을 자르겠습니다. 개미촌의 법은 이따위 놈들을 용서할 법이 없는데 그 법을 제가 지키지 못한다면 큰형님께 나타날 면목이 없습니다. 기꺼이 제 손가락을 잘라 보이겠습니다."
표대치는 겨드랑이 밑에 찬 가죽벨트에서 날이 새파랗게 선 군용대검을 꺼내들었다. 순간 경진은 정신이 아찔해 지는 느낌이었다.
"표 부장, 제발, 이러지 말아요. 이곳은 많은 사람에게 주님의 사랑을 보여줄 수도원이에요. 내가 애원하고 있잖아요. 표 부장님, 그 칼부터 치워요."
표대치가 자신의 손가락을 자르려고 새파랗게 날이 선 칼을 손가락에 갖다 대었다. 경진이 자지러지듯 비명을 질렀다. 병숙이 와락 달려들어 표대치의 손에서 칼을 빼앗으려 했으나 표대치는 한쪽 손바닥으로 힘껏 병숙을 밀쳐 버렸다. 병숙이 나가 떨어지면서 외마디 비명을 질렀다.

"앗! 안 돼. 표 부장! 이곳은 수도원이얏!"

어디선가 누군가의 목소리가 표대치의 귀청을 때렸다.

"표대칫! 그 칼을 놔랏!"

깜짝 놀란 표대치가 큰목소리의 주인공 쪽으로 얼굴을 돌렸다. 종태가 언제 왔는지 무태를 데리고 철문 앞에 서 있었다.

"큰형님!"

간신히 정신을 차린 경진이 울부짖고 말았다. 남편이 지금 이 순간에 나타난 준 것이 너무도 고마웠기 때문이었다. 이태백이 뛰어가 자물통을 열고 철문을 열었다.

"됐다. 표대치, 너는 이미 개미촌의 법을 지켰다. 그 칼을 치워랏!"

"큰형님."

표대치는 겨우 움켜쥐었던 칼자루에서 손을 떼었다.

"큰형수님의 마음은 물론 아름다운 마음씨이시만, 저놈들이 한 짓은 천벌을 받아도 싸다고 생각할 만큼 악랄했습니다."

"됐다. 표대치, 그만하면."

나비넥타이 패거리들은 바짓가랑이에 오줌을 지릴 만큼 그야말로 혼비백산했다. 나비넥타이는 속으로 감탄했다.

'쪽팔린다. 나는 양아치 중에 양아치구나.'

절체절명의 절박한 순간에 종태가 그곳에 나타난 것이었다. 경진은 겨우 안도의 한숨을 길게 내뱉으며 종태를 힐끔 쳐다본 뒤 다시 임시천막으로 뛰어갔다.

하얀 종이쪽지

공사장 사건으로 한바탕 곤욕을 치른 수도원은 다시 봄 아지랑이 물결 속에서 조는 듯 정적을 되찾고 있었다. 종태는 경진이 비지땀을 뻘뻘 흘리면서 일하고 있는 임시천막 안으로 들어섰다. 기분 나쁜 냄새가 코끝에 밀려왔다. 종태는 애써 아무렇지도 않은 듯 경진의 뒤로 소리 없이 다가가서 손끝으로 톡 어깨를 건드렸다. 경진이 깜짝 놀란 듯 뒤를 돌아다보았다. 거기 빙긋이 웃음 짓고 서 있는 종태를 보고 그녀가 몸을 일으켰다.

"당신이 나타난 게 얼마나 다행스러웠는지 몰라요. 전화도 없이 어쩐 일로 수도원엘 내려왔어요?"

"갑자기 당신이 보고 싶어져서."

"칫! 거짓말!"

"거짓말 아냐. 정말이야."

"토요일인데 태진이도 좀 데리고 내려올 걸 그랬어요. 엄마가 일하고 있는 곳을 많이 궁금해 하던데."

"병숙 씨는?"

"병숙 씨라고 부르지 말고요. 앞으로 배 선생님이라고 불러요."

"그래, 배 선생은 어디 갔어?"

"아이들 데리고 뒷산에 올라갔어요."

"시간이 안 돼? 둘이 모처럼 오솔길이라도 걷지 않겠나?"
"그래요? 좋죠."
조금 뒤 두 사람은 어지러운 수도원 공사장을 벗어나와 진달래가 흐드러지게 만개한 산모퉁이를 끼고 걸었다. 어느 시인의 말처럼 진달래를 한 주먹 따서 쥐어짜면 분홍색 물감이 주르륵 손가락 사이로 흘러내릴 것만 같았다.
"여기 앉을까?"
"그래요."
두 사람은 솜처럼 푹신한 풀방석 위에 나란히 앉았다.
"수도원 자리로는 역시 최적지가 맞지?"
"그럼요. 천혜의 장소죠. 당신이 이 땅을 수도원에 희사했다는 게 너무도 자랑스럽고 마음 뿌듯해요. 어째서 그런 마음이 동했는지 신기해요."
"나 혼자 한 일이 아니라 개미촌 공동체가 한 일이지. 죽었던 귀로가 되살아났을 때의 충격과 감격을 잊을 수가 없었어. 그래서 개미촌 참모들과 의논해서 처음 10만평을 수도원 부지로 내놓은 것이고 나중에 산 땅도 개미촌이 수도원에 기증한 것은 개미촌이 돈만 끌어 보으는 부동산 재벌이라는 세간의 오해를 불식시키고자 함도 있었지. 하여간에 이 일을 성사시키는 데에는 당신의 충고와 이도와 배 선생님의 이해와 협조가 있었기에 가능했지만."
경진이 얼굴에 불안한 표정을 지으며 말했다.
"두려워요."
"두려워? 왜? 무엇을 두려워하나?"
"어느 날 갑자기 당신이 내 곁에서 없어지면 어쩌나 하구요. 당신을 사랑하는 이상으로 당신이 없는 세상이 생각만 해도 끔찍해요."
순간 종태는 무엇에 들킨 듯 찔끔했다. 억지로 태연을 가장한 종태가 경진의 손을 움켜쥐었다.
"그런 마음, 그런 두려움이 드는 것은 나도 마찬가지야. 당신이 없는 세상에서는 나 혼자 살아갈 자신 없어. 살아도 같이 살고 죽어도 같이 죽어야 할 텐데, 그건 내 욕심이겠지."
"당신도 두려움을 느낄 때가 있어요? 철 같은 사나이가?"

"나도 사람 아니겠나."
"하긴요, 사람으로 태어난 이상 두려움을 느끼지 않는 사람은 없죠."
종태는 찢어지는 듯한 심정을 마음속으로 중얼거렸다.
'미안하지만, 당신에게 너무도 가슴 아프다. 개미촌의 비극은 곧 나의 비극이고, 난 결코 사사로운 감정만으론 개미촌을 이끌어나갈 수가 없다.'
어느새 경진의 눈두덩이 빨갛게 물들었다. 그것은 타는 듯한 낙조 때문만은 아니었다. 종태가 말했다.
"당신은 나를 사랑했던 선택을 끝까지 후회하지 않을까?"
"결코 후회하지 않아요. 후회할 리가 없잖아요. 그런데 당신은, 왜 그런 말을 해요? 오늘 전혀 당신답지 않아요."
"흐흐흐, 늙었나 봐."
"치! 늙긴 엉뚱하게스리."
"흐흐흐, 나이 들면 늙은 거지 뭐. 어느새 태진이 녀석 장가들 때가 되어가잖아. 옛날에 당신이 그랬잖아. 아이를 열 명은 낳아야 한다고. 태진이 하나로 끝이군. 그게 참 이상해."
"여보, 태진 아빠, 생명의 탄생은 하나님의 섭리 안에 있어요. 우리는 15년이나 헤어져 살았잖아요. 뿐만 아니라 하나님이 태진이 하나만 주실 때는 그럴 만한 이유가 있을 거예요."
"글쎄, 당신이 그렇다면 그렇겠지."
"태진 아빠, 내 힘으로 당신을 구해낼 수 없다는 것이 너무도 가슴 아파요. 그러니까 하나님께 기도하고 그분께 당신을 구원해 달라고 밤낮으로 울며 매달릴 수밖에 없는 거죠. 난 두렵지 않아요. 하나님은 틀림없이 내 기도에 응답하실 것이라는 확신이 있기 때문이죠."
"하나님이란 정말 존재하기는 해?"
"하나님은 분명 실존하시는 분이예요. 하나님의 실존을 의심하면 안 돼요. 당신을 너무도 사랑해요. 당신을 위해서 나는 하나님의 가슴에서 반드시 구원의 밧줄을 끌어내고야 말 거예요. 죽으면 죽으리라는 각오로요."
"귀가 따가울 정도야. 하나님 얘기밖에 할 말이 그리 없어? 모처럼인데."

"미안해요. 여보."
"뭐 미안할 것까진 없어. 부처님이든 하나님이든 상관없어. 인생살이란 그저 다 내 할 탓이라고 생각하니까."
"저기 내려다 뵈는 냇가에도 가재가 있을까요?"
"가 볼까? 저 냇가에 가재가 있나? 우리 사이에 가재 이야기는 이제 전설이 되었어. 태진이 가졌을 때의 추억 탓에 그런가 봐. 귀로도 그렇고 우리도 그렇고 가재 이야기는 우리 삶에서 빼놓을 수 없는 아름다운 추억이야."
 얼굴이 활짝 밝아지면서 경진이 손뼉을 딱 쳤다.
"그래요. 가 봐요. 가재를 잡아서 그때처럼 꼬치에 꿰어 구워 줘요."
"소주도 한 병 있어야 하는데. 왕소금도 갖고 가야 돼고."
"있어요. 일꾼들 주려고 소주를 짝으로 사다 놓은 게 식당에 있어요. 물론 왕소금도 있고!"
 어느새 경진의 마음은 어린아이처럼 천진해져 있었다. 경진이 하늘을 향해 노래 부르듯 외쳤다.
"태신 아빠, 어서 가요. 노을이 사라지기 전에요. 노을이 사라지면 곧 낭거미가 지잖아요. 어서 가서 가재를 잡아서 님과 함께 맛있게 구워 먹어야지. 와! 신난다."
 경진은 벌떡 일어나 두 팔을 활짝 벌리고 수도원의 천막식당을 향해 언덕을 달려 내려갔다. 그 뒤를 종태도 성큼성큼 큰 걸음으로 걸어 내려갔다. 경진은 오솔길이 끊어진 도랑 앞에서 잠깐 발걸음을 멈추고 소리쳤다.
"여보, 당신은 먼저 냇가에 가서 바위를 들추고 있어요. 내가 소주랑 왕소금을 갖고 곧 뒤따라갈게요."
"알았어. 빨리 오라구!"
 종태는 바바리코트를 벗어들고 냇가를 향해 빠른 걸음으로 내려갔다. 수정처럼 투명한 개울물 속에 크고 작은 바위들이 조는 듯이 엎드려 있었다. 종태는 구두와 양말을 벗고 바짓가랑이를 걷어 올린 뒤 다릿돌에서 물속으로 내려섰다. 그리고 혼잣손으로 꽤 크고 넓적한 바위를 흙탕물이 일지 않도록 조심스럽게 들어올렸다. 돌이 앉아 있던 움푹 팬 자리에 엄지손가락만한 가재가 시커멓게 엎드린 채 꼼짝도 않고 있었다.

"우와! 큰놈이다. 가재가 많겠군!"

"가재 있어요?"

어느새 소주와 소금그릇을 들고 달려온 경진이 종태의 손에서 집게발을 휘두르고 있는 가재를 조심스럽게 받아 들었다.

"우와! 되게 크다아!"

"버드나무 가지를 꺾어 오라구. 가느다란 걸루."

"알았어요."

경진은 가재를 컵 속에 가두어 놓고 그 위에 조그만 돌을 올려놓았다. 그리고 땅버들이 무성하게 깔린 계곡 쪽으로 달려갔다. 종태가 또 한 마리의 가재를 집어 들고 경진을 향해 소리쳤다.

"우와! 또 잡았다. 빨리 갖고 와."

"지금 가요."

종태는 경진이 갖고 온 버드나무의 껍질을 벗기고 가재의 등껍질을 떼어낸 뒤 꼬치를 만들었다.

"잘 들고 있으라구."

"걱정 말아요."

"가만있어 봐. 조금 전에 메기를 봤어. 잡아 봐야지."

"메기요? 그물도 없이 어떻게 잡아요?"

"두고 봐. 잡아 보일 테니."

과연 종태는 바위틈 속에 두 손을 넣고 한참을 꾸물거리더니 메기를 두 손으로 움켜잡고 개울을 뛰쳐나왔다.

"잡앗닷!"

"어머낫! 그렇게 클 수가! 어서 이쪽으로 던져요. 물이 없는 곳으로!"

"이놈은 따로 구워 먹자. 태진 엄마, 버드나무 꼬챙이를 한 개 더 만들어."

"알았어요."

경진이 또 버드나무 숲으로 달려갔다. 종태는 그리고도 두 마리의 메기와 꽁치만한 피라미, 꺽지 몇 마리를 더 건져 올렸다. 수도원을 둘러싼 서쪽 산등성이로 노을이 붉게 물들 때쯤에야 종태는 개울을 나섰다.
"가재가 세 꼬치나 돼?"
"많이 잡았죠? 메기랑 꺽지두요."
"출출해. 어서 구워 먹자."
경진을 너럭바위에 앉혀 놓고 종태는 주위에 흩어진 마른 나뭇가지를 주워 모았다.
"으슬으슬해져요. 태진 아빠."
"곧 불을 피울게."
종태는 나뭇가지를 수북이 쌓아 올린 뒤 종이처럼 바싹 마른 낙엽더미에 라이터를 그어댔다. 금세 나무에 불이 옮겨 붙었다. 종태는 더 많은 나뭇가지를 긁어다 모닥불 위에 어빡자빡 올려놓았다. 금세 불길이 기세를 부리며 탁탁 불꽃을 터뜨리기 시작했다.
"됐다. 이리 와 불을 쬐!"
종태가 냇가로 가서 고기를 손질하는 동안, 경진이 주위에 널려진 마른 나무 졸가리들을 한아름 주어 들고 와서 모닥불 곁에나 수북하게 쌓아 놓았다. 이제 노을마저 산등성이 너머로 희미하게 꼬리를 내리고 있었고, 땅거미가 두 사람의 주위로 바짝 다가와 있었다. 종태가 말했다.
"이제 빨간 숯불을 한쪽으로 끄집어내야 해. 그리고 가재를 서서히 익혀야지. 불에 너무 가까이 대면 타니까 멀찌감치 떨어져서 구워야 해."
"고기는요?"
종태는 주먹만한 돌을 냇가에서 몇 개 주어 와서 검부잿불을 긁어모아 놓고 그 위에 납작한 돌을 올려놓았다. 그리고 나뭇가지들을 꺾어 넣고 불을 지폈다. 손질한 고기들을 그 위에 나란히 뉘어 놓은 뒤 소금을 약간 뿌렸다. 금세 가재가 빨갛게 익었다. 돌 위에 얹은 고기도 하얗게 살집을 내보이며 자글자글 익고 있었다. 그녀가 소주를 조금 마시고 난 뒤 가재를 한 마리 빼어 한 입에 깨물었다. 입안에서 가재 부서지는 소리에 경진은 눈을 꼭 감고 조그맣게 몸서리를 쳤다.
"으와! 고소해! 정말 죽여 주는 맛이야! 참! 젓가락이 없군요. 고기가 잡힌 줄 모르고."

"걱정 마. 젓가락은 얼마든지 있으니까."

종태가 모닥불 옆에서 벌떡 몸을 일으켰다.

"옳아! 역시 버드나무 가지로 젓가락을 만들려는거죠?"

"그렇지."

곧 종태가 쪽쪽 뻗은 버드나무 가지로 두 개의 젓가락을 만들어 가지고 돌아왔다.

"고기가 다 익었나 봐요. 한번쯤 뒤집을까?"

"그게 좋겠어."

"아, 고소한 냄새."

경진은 버드나무 가지로 만든 젓가락으로 고기를 조심스럽게 뒤집었지만 살집이 약간 돌에 묻어나는 것을 몹시 아까워했다. 종태가 다 익은 메기 몸통을 절반 뚝 잘라서 경진의 입에 넣어 준다.

"어때? 맛이."

"아웃! 너무 맛있어요. 자, 당신도 먹어 봐요."

경진이 나머지 반동강을 집어서 종태의 입에 넣어 준다.

"어때요? 기가 막히죠? 이런 행복, 이런 맛은 우리 둘에게만 하나님이 주신 특권이고 축복이예요."

"또 하나님이야? 당신은 나보다 하나님이 더 좋아?"

"당신을 사랑할 수 있는 기회와 힘과 용기를 주신 분이 바로 하나님이거든요. 그러니까 하나님을 더 사랑해야죠."

경진이 손뼉을 딱 치면서 말했다.

"차아암! 한 꼬치는 남겨 두었다가 배 선생님 갖다 줘야겠네. 그쵸? 정 선생님은 오늘 못 내려 오셨으니까."

"그래, 그게 좋겠어."

이미 사위는 앞뒤를 분간할 수 없을 만큼 어두웠고 불티 튀는 소리와 소쩍새 우는 소리, 개울물 지나가는 소리만이 가득했다. 이윽고 경진의 입에서 물에 젖은 듯한 목소리가 물 흐르듯 새어 나왔다.

"태진 아빠, 당신은 절대로 죽지 않아요. 지금도 내일도 영원히."

"영원히 죽지 않아?"

"네, 영원히 죽지 않아요. 하나님의 구원의 손길이 당신의 가슴을 어루만지고 계세요. 오래지 않아 당신은 가슴을 활짝 열고 그 구원의 손길을 꼭 잡을 거예요. 그날이 속히 올 거예요. 하나님을 영접한다는 것은 영원한 천국을 소유한다는 의미예요. 하지만 당신을 사랑하는 만큼 당신이 원망스럽고 미워질 때도 없지 않아요."

"그런 말은…."

"어찌 보면 당신은 참 불행한 남자처럼 보일 수도 있어요. 하지만 이 시대엔 당신처럼 강한 남자가 몇 명쯤은 있어야 된다는 생각도 많이 했어요. 때로는 당신에 대한 염려와 두려움으로 밤을 홀랑 태울 때도 많았지요. 내 남편은 이 세상에 있어야 할 사람인가 아니면 없어도 될 사람인가. 그렇긴 해도 당신을 평가하는 역사의 잣대가 하나님의 섭리 안에서 긍정적으로 평가 받을 날이 반드시 올 거라고 믿어요."

"고마워, 태진 엄마."

"우리 사이에 서로 고맙다는 표현은 당치 않아요. 여보."

"태진 엄마."

모닥불빛에 어린 그녀의 눈에서 금세 눈물이라도 와르르 쏟아질 것만 같았다.

"하나님은 결코 당신을 버리지 않으실 거예요. 당신의 그늘을 벗어나서는 생활이 되지 않는 수많은 불우한 이웃들과 수많은 개미촌 식구들, 당신은 그들의 희망이에요."

순간 종태의 가슴이 불을 맞은 듯 뜨거워졌다. 경진의 말은 계속되었다.

"태진 아빠, 하나님은 스스로 존재하는 분이예요. 비록 지금은 당신이 하나님의 존재를 대수롭지 않게 생각하지만요. 아무리 그래도 하나님은 온 우주만물을 창조하신 절대자예요. 그분을 믿고 의지하는 자에게는 끝없이 자비로운 분이죠. 그분을 미워하고 거부하는 자에게 내리는 엄청난 저주와 형벌은 필설로도 다 표현할 수가 없을 만큼 무서워요. 전쟁의 승패를 쥐락펴락

하는 분도 하나님이고 없는 것도 있게 하는 분이 하나님이시고, 있는 것조차 순식간에 없애 버리는 분도 하나님이에요. 여보, 저 밤하늘을 올려다보세요. 조각배가 떴군요. 우주공간에 헤아릴 수 없이 펼쳐진 저 수많은 별들을 보세요. 별 하나가 지구의 몇 곱절이고 어떤 것은 수백 배 더 큰 별들도 헤일 수 없이 많대요. 저것들을 만드신 분이 하나님이라고 생각해 보세요. 하나님을 무시할 수 있겠어요?"

경진이 늘어놓는 하나님 예찬에도 종태는 입을 꾹 다물고 말이 없다. 경진이 다시 입을 열었다.

"태진 아빠, 나는 그 하나님께 당신을 지켜 달라고 새벽마다 아니 종일토록 가슴으로 울면서 기도하죠. 그러니 태진 아빠."

"무슨 말을 하려는 건데?"

"우리 하나님께서 반드시 당신을 지켜 주실 것이고, 언젠간 반드시 당신을 그분의 품으로 돌아오게 하실 거예요."

종태는 여전히 경진의 말이 조금도 가슴에 와 닿지 않는 것 같았다. 종태는 경진이 하나님이란 말을 너무 자주 쓰는 것이 서먹하기만 했다.

"당신에게 주려고 준비한 선물이 있어요."

"선물? 지금 말야?"

"네."

"어디 있어? 왕자를 속이면 그 벌을 어떻게 받는지 알아?"

"어떻게 받아요?"

"공주를 발가 벗길 테야."

"그래요? 그건 공주가 원하던 바네요. 오늘밤은 그래 볼까요? 왕자님."

"선물이란 뭐야?"

"성서중에 있는 대목이에요. 말씀이 너무도 내게 힘을 주는 것이라서 아예 외워 버렸죠. 이사야서 41편에 기록된 말씀이에요. 들어보실래요?"

"또 성경 얘기야? 하지만 선물이라는 데야! 아무튼 정말 머리 아프다. 하나님 얘기 말야."

종태가 그러거나 말거나 경진은 나직한 목소리로 성경구절을 외워 갔다.

――두려워 말라. 내가 너와 함께 함이니라. 놀라지 말라. 나는 네 하나님이 됨이니라. 내가 너를 굳세게 하리라. 참으로 너를 도와주리라. 참으로 나의 의로운 오른손으로 너를 붙들리라. 보라, 네게 노하던 자들이 수치와 욕을 당할 것이요 너와 다투는 자들이 아무 것도 아닌 것 같이 될 것이며 멸망할 것이라. 네가 찾아도 너와 싸우던 자들을 만나지 못할 것이요. 너를 치는 자들은 아무 것도 아닌 것 같이 허무한 것 같이 되리니 이는 나 여호와 너의 하나님이 네 오른손을 붙들고 네게 이르기를 두려워 말라. 내가 너를 도우리라 할 것임이니라.――

그녀는 주머니에서 잘 접은 하얀 종이쪽지 하나를 꺼내어 종태의 손에 꼬옥 쥐어 주었다.
"방금 외운 성경구절을 적은 선물이예요. 지갑 속에 잘 간직하고 다니세요. 마음으로 항상 외워서 경히 여기지 말구요. 알겠어요? 태진 아빠?"
어느새 경진은 어깨를 파르르 떨면서 울먹이고 있었다. 종태가 종이쪽지를 지갑 속에 소중하게 보관하며 말했다.
"알겠어. 태진 엄마, 그러니 울지 마라."
경진이 손등으로 눈물을 훔쳐 내면서 말했다.
"하나님께서 결코 당신을 언제까지나 살벌한 폭력 세계에 버려 두시지 않으실 거예요. 그러니, 지금은 개미촌의 자존심을 당신답게 훌륭히 지켜 나가시고 김 선생님이 반드시 무사하게 공부 마치고 돌아와 대통령이 될 수 있도록 당신은 불행한 남자의 역할을 후회 없이 잘 감당하시기 바래요. 좋으시고 전능하신 하나님은 당신의 아내가 밤낮으로 부르짖는 눈물의 기도를 절대로 외면하지 않으실 줄 믿어요. 당신을 오직 세상이 필요로 하는 의로운 도구로만 써 달라는 나의 간절한 기도를 말이죠. 제발 피를 부르는 일은 없기를요."
종태는 와락 경진을 끌어안았다.
"여보, 태진 엄맛!"
"용기를 내요. 여보."

종태가 부르짖듯 말했다.

"태진 엄마, 나를 사랑한 당신은 불행한 여자야."

"아니에요. 여보, 그런 말은 하지 말아요."

이제 모닥불은 하얀 재를 소복하게 뒤집어 쓴 채 소리 없이 사그라들고 있었다. 병숙에게 갖다 주겠다고 따로 남겨둔 가재 꼬치가 돌멩이 위에서 등을 구부린 채 잠들고 있었다.

과연 경진의 소원대로 개미촌은 더 이상 피를 보지 않고 최소한 현재의 모습만으로라도 평화를 유지할 수 있을까. 그렇게만 된다면 얼마나 다행스럽고 고마운 일일까. 하지만 상황은 급속도로 복수의 지름길을 찾아 숨막히게 달려가고 있었다.

황금라이터

수도원에서 서울로 올라온 사흘 후, 종태는 사무실에서 잔뜩 긴장된 얼굴로 이도가 바꿔 주는 수화기를 들었다.

"큰형님, 마카오 박입니다. 드디어 검은 장갑의 여인이 나타났습니다."

"언제부터?"

"바로 한 시간쯤 전입니다."

"그래서? 자세히 말해."

"역시 보통 여자는 아닙니다. 건장한 경호원이 10명쯤 카지노장 곳곳에 눈을 번뜩이면서 돌아다니고 있습니다. 건달들이 분명합니다."

"그건 이미 짐작한 바다. 돈이 많은 여자냐?"

"이곳 카지노 관계자들이 여자에게 허리를 90도로 굽히는 걸 보면 돈만 많은 게 아닌 눈치고 말입니다. 조금 전 맡은 냄새로 보아 경찰이 틀림없는데 무슨 이유인지는 모르겠지만 그녀에게 용돈을 두둑이 받아가는 눈치였습니다."

"마카오 박, 넌 어떤 눈으로 살피던가?"

"놈들이 곁눈질을 쉬지 않고 보냅니다만 모른척 합니다. 곧 명함을 건넬 작정입니다."

"명함을? 뭐라고 박았나?"

"대양건설 대표 박상현이라고 박았습니다. 박상현은 청량리의 백악관 지배인인데 그의 주민등록을 진즉 이곳으로 옮겨 놓았습니다. 가짜여권, 가짜 주민등록증 등 위조의 천재 마카오 박의 두뇌는 전광석화처럼 돌아갑니다. 큰형님. 부산시 중심상가에 있는 빌딩의 5층 전부를 임대했습니다. 이도 형님과 의논해서 우리 애들 수십 명을 직원처럼 앉혀 놨구요. 전화에서 집기까지 으리으리하게 갖춰 놓았습니다. 멋지게 생긴 개미촌 아가씨 열 명을 선발해서 사무실 곳곳에 앉혀 놓았습니다."

"사무실은 몇 평짜리냐?"

"한 100평 됩니다. 사업자 등록도 마쳤습니다."

"직원은 몇 명쯤?"

"40명 정도 됩니다."

"지금 어디서 전화 하나?"

"카지노장 입구에서 조금 떨어진 공중전화입니다. 어서 들어가 봐야겠습니다."

"오늘 그 여자와 게임이 시작되면 무조건 잃어 줘야겠지?"

"알겠습니다."

"따긴 딸 수 있나?"

"홍콩에서도 날리던 마카오 박 아닙니까? 하지만 큰형님, 놈들의 실체를 파악하기 위해선 작전상 따기도 하고 잃어 주기도 해야 합니다."

"신중을 기해서 해라. 돈은 잃어도 괜찮다. 돈에 신경 쓰지 말고 매사에 빈틈없이. 알겠나? 여자의 새끼손가락이 잘려 나간 게 확실한지 확인하고 놈들의 정체가 무엇인지 하루빨리 알아내도록 해."

"알겠습니다. 엇? 큰형님!"

갑자기 수화기속에서 마카오 박의 목소리가 다급해졌다.

"왜 그러낫? 마카오 박!"

"눈에 익은 얼굴 한 놈이 여러 명과 함께 들어갔습니다. 이만 끊겠습니다."

마카오 박은 다시 자신이 앉았던 자리로 돌아왔다. 그는 조금 전의 낯익은 얼굴을 기억해 내기 위해서 미간을 잔뜩 찌푸렸다. 그는 상대방에게 눈치채이지 않도록 조심하면서 안경 속의 눈길로 카지노 구석구석까지 샅샅이 훑어 보았다.

"이상한데? 분명히 들어왔는데."

조금 뒤 전혀 엉뚱한 곳에서 조금 전의 사나이가 유령처럼 모습을 나타내었다. 그는 잠시 사방을 두리번거리더니 검은 장갑에게로 천천히 다가갔다. 마카오 박은 눈시울이 따갑도록 녀석을 노려보며 머리를 굴렸다.

'저 새끼, 어디서 눈에 익은 얼굴이 분명한데, 어디서 보았을까?'

마카오 박은 침착하게 자신의 자리에서 몸을 일으켜 몇 테이블 더 가까이에서 새롭게 자리를 잡았다. 막 지나치는 웨이터에게 주스를 한 잔 주문하면서 웨이터의 쟁반 위에 빳빳한 10만원 수표 한 장을 슬그머니 올려놓았다. 살벌한 분위기 속에서 자신감이 없으면 취할 수 없는 대담한 행동이었다. 웨이터의 눈이 휘둥그레지면서 즉시 허리를 굽혀 고맙다는 예를 정중하게 올렸다.

"부탁하실 일은?"

"조금 뒤."

"알겠습니다."

검은 장갑의 여인이 담배를 한 대 꺼내서 입에 붙었다. 마카오 박의 눈에 익은 녀석이 손바닥만큼이나 큰 라이터를 꺼내서 그녀의 담배에 불을 댕겼다. 순간 마카오 박은 소스라치도록 놀라고 말았다. 라이터가 마카오 박의 숨겨진 기억을 되살려 준 것이었다.

'앗! 맞다! 안경을 썼지만 그 새끼다. 저 악랄한 새끼가 한국에 나타나다니! 큰일이다! 상대가 보통 놈이 아니다. 저 새끼 황금라이터가 한국에 나타나다니! 녀석은 홍콩과 북한은 물론 일본, 대만 등을 내 집 드나들 듯하는 국제건달이고 살인전문간데 저놈이 한국에 떴다는 것은 한국에 마약이 확실히 뿌리 내렸다는 증거야. 저 새끼는 북쪽통이 확실한데 어떻게 대한민국에 나타났을까. 하긴 저놈도 나 마카오 박 못지않게 위조의 천재지.'

조금 전의 웨이터가 마카오 박의 앞을 다시 지나가고 있었다.

"잠깐!"

"예."

"이 명함을 저 검은 장갑의 여자에게 전해 주게. 술 한잔하고 싶다고."

"알겠습니다."

마카오 박은 이번에도 10만원짜리 수표 한 장을 서슴지 않고 그에게 건넸다. 웨이터가 또 꾸벅 절을 한 후 사라졌다. 웨이터가 그녀에게로 다가가 정중하게 명함을 건네며 몇 마디 말을 걸고 있었다. 그녀와 황금라이터가 재빨리 이쪽을 향해 쏘는 듯이 시선을 보내왔다. 그 시선에다 대고 마카오 박이 모자를 벗어 꾸벅 인사를 보냈다.

그 날 밤, 자정이 훨씬 지났을 때쯤이었다. 동사무소 주차장에 세워둔 누군가의 승용차에서 불이 활활 타기 시작했다. 숙직하던 직원이 숙직실에서 황급히 달려나왔다. 그가 다급한 목소리로 불이야 를 외치며 이리 뛰고 저리 뛰는 사이 검은 물체 하나가 고양이처럼 날쌘 동작으로 동사무소 안으로 스며들었다. 괴한은 플래시 불빛이 밖으로 새어 나가지 못하도록 두툼한 웃옷을 뒤집어 쓴 채 보통사람이 엄두도 못 낼 만큼 재빠른 솜씨로 서류를 뒤지기 시작했다. 이윽고 괴한이 박상현이란 이름의 사진이 붙어 있는 서류를 한 장 뽑아 들고는 만족한 듯 회심의 미소를 지었다.

그리고 며칠이 지난 어느 날 밤, 종태는 자신의 집 거실에서 마카오 박의 전화를 받았다.

"황금라이터? 북한을 제 집 드나들 듯하는 킬러란 말이지."

"그렇습니다. 놈은 홍콩에선 내로라고 알려진 암흑가의 마당발입니다. 폭파전문가에다 마약전문이죠. 놈은 5캐럿짜리 다이아가 박힌 황금라이터를 분신처럼 갖고 다니는데 황금라이터에 대한 소문이 홍콩의 암흑가에 공포의 멜로디처럼 흘러 다녔습니다."

"무슨 소문?"

"놈이 쥐고 다니는 황금라이터는 때로는 염산을 뿌리기도 하고 때로는 독침, 그러나 무엇보다도 작지만 굉장한 파괴력을 발휘하는 폭탄이라는 소문도 있습니다. 홍콩 정계의 거물들과도 깊은 연관이 있는데 놈은 자신의 황금라이터에 관한 정보를 뒷골목에 파다하게 깔리도록 일부러 소문을 뿌리고 다녔습니다. 어쨌든 홍콩이나 마카오 암흑가에서는 가급적 놈을 건드리지 않으려고 무척 애를 쓰는 눈치였습니다."

"라이터가 폭탄이라니 가능한 얘기냐?"

"충분히 가능하다마다요. 놈은 언젠가 폭발물 제조에 천재적 소질을 가진 외팔이 하나를 데리고 홍콩의 뒷골목에 나타난 적이 있었는데 놈은 외팔이를 무척 신임했던 것 같습니다. 외팔이가 그놈에게 만들어준 황금라이터는 보통의 라이터보다 두께와 폭이 2.5배 쯤 큰 특수하게 조립된 라이터란 소문이었습니다."

종태가 몸을 확 잡아당기며 반문했다.

"뭐라구? 외팔이?"

"큰형님, 외팔이를 아십니까?"

"외팔이가 어떻게 놈과 같이 다녔을까? 어쩌다 외팔이를 알게 되긴 했지만 폭발물 제조에 관한 한 외팔이를 따를 자가 없다는 것을 알고 있었다."

"맞습니다. 외팔이는 폭발물 제조의 천재죠. 바로 그 외팔이가 그 라이터에 폭발장치를 해 주었다고 내게 귀띔해 준 홍콩인 친구가 있었습니다."

"외팔이라."

"큰형님, 외팔이를 어떻게 알게 됐습니까?"

"우연히, 아주 우연한 계기로 알게 되었다. 나중에 기회가 있으면 얘기해 주지. 그런데?"

"놈은 또 홍콩 암흑가에서도 최고의 독종으로 알려져 있습니다."

"독종이라면 어느 정도로 말이냐."

"큰형님, 생각할수록 놈에 대한 이야기가 기억에 새로워집니다만, 놈은 독종이라기보다는 뭐라고 할까요, 놈은 사람이 아니라 차라리 괴물입니다."

"괴물?"

"제가 홍콩에 있을 때 카지노 도박꾼으로 뒷골목에서 악명 높았던 중국인 친구가 있었습니다. 어느 날 그 친구가 어떤 남자 하나를 데리고 제가 단골로 드나드는 술집에 나타난 일이 있었습니다."

"그런데?"

"친구가 내게 소개해 준 건달은 오른쪽 손가락 끝 네 개가 몽땅 뭉그러져 있었습니다."

종태는 마카오 박의 이야기에 정신을 홀랑 빼앗겼다. 마카오 박의 이야기는 계속되었다.

"술잔이 꽤 여러 번 오가고 난 뒤 제가 궁금하던 차 그 손가락은 어떻게 다친 것인지 넌지시 사연을 물어보았습니다. 그가 한번 피식 웃고 나더니 누구에게 물어뜯긴 자국이라고 했습니다. 그는 황금라이터가 소속된 조직의 계보 중 중간보스급 정도의 건달이었는데 어느 날 그는 비밀리에 모터보트를 운전하고 약속 장소에서 누군가에게서 물건을 인수해 오라는 명령을 받았다고 했습니다. 그가 상대방에게서 받은 가방에는 달러가 가득 차 있었는데 엄청난 돈에 눈이 뒤집힌 녀석이 그 돈가방을 그대로 챙겨서 자기가 타고 온 모터보트를 타고 달아나 버렸답니다. 하지만 놈들이 녀석을 놓칠 리가 없었죠."

전화로 계속 이야기하는 도중 종태가 담배를 한 대 입에 물고 라이터를 켰다. 종태의 입에서 뿜어져 나온 담배연기가 사무실 천정으로 뽀얗게 흩어지고 있었다.

"계속해."

"녀석은 결국 중국의 뒷골목에서 삼합회 조직원에게 잡히고 말았는데 그가 갖고 도망쳤던 문제의 가방 속에 든 돈은 몽땅 위조지폐였답니다. 이래저래 화가 머리끝까지 치민 보스가 황금라이터를 시켜 즉시로 녀석의 애인을 잡아다 토막을 내어 버렸습니다. 게다가 황금라이터는 쇠사슬로 기둥에 바짝 묶은 녀석의 손목을 움켜쥐고 늑대처럼 손가락을 와작와작 씹어 버린 것입니다."

"지독한 놈이군."

"예, 큰형님, 놈은 그 정도로 독종입니다. 독종이라기보단 야수에 가깝죠."

"황금라이터는 왜 녀석을 죽이지 않고 손가락만 물어뜯고 놔줬을까?"

"큰형님, 그게 그 새끼의 특징입니다. 놈은 절대로 자기 손으로는 상대방 당사자만 죽이지 않는다는 소문입니다. 꼭 누군가를 죽여야 한다면 죽여야 할 상대방의 애인이라든가 또는 그 가족을 수단과 방법을 가리지 않고 반드시 잡아다 토막을 내어 죽인다고 했습니다. 황금라이터가 문제의 사나이를 그 정도로 끝내준 데는 그만한 이유가 있었습니다. 놈은 북한 고위층 중에서도 마약에 관한 한 영향력이 막강한 보위부 장교의 친동생이기도 했으니까요. 게다가 그 북한 보위부 장교는 황금라이터의 보스에게 마약을 제공해 주는 주요 인맥이었습니다. 그런 사유가 없었더라면 보스는 황금라이터에게 그의 가족들을 몰살시키도록 명령했을 것입니다. 마약을 취급하는 빨갱이 마약 밀매꾼들은 잔인하기 짝이 없는, 짐승보다 못한 놈들이죠. 놈들은 가장 악랄한 외계인입니다. 살아있어서는 안 될 놈들이죠. 그러니까 신중하게 생각하셔야 합니다. 놈들은 세계를 무대로 마약을 팔아 벌어들인 엄청난 돈으로 북한의 최고위층을 주무르면서 한편으로는 핵무기 개발에 열을 올리는 북쪽의 하수인 노릇을 충성스럽게 완수하는 것이죠."

종태가 신음 섞인 목소리로 물었다.

"황금라이터의 복수 방법은 상대방의 가장 가까운 가족을 붙잡아다 토막을 내어 죽인다 이 말이지?"

"예, 제가 들은 소문에 의하면 그렇다는 말씀입니다. 소문이라고 말씀드렸지만 실은 사실입니다."

"놈이 어느 누군가와 싸우다 죽게 될 위험에 처하기라도 하면?"

"그런 절망적인 상황에 처해도 놈의 살아나는 법은 특별합니다."

마카오 박이 침을 한번 꼴깍 삼키고 난 뒤 이야기를 계속했다.

"큰형님, 그놈은 어떤 상황에서도 상대를 먼저 죽이지 않고 일단 자기를 죽이기로 결단합니다. 그 바람에 상대방도 따라 죽을 수밖에 없게 되지만 말입니다."

"뭐라고? 마카오 박! 이해가 되겠끔 말해라!"

"진퇴유곡에 밀려 어쩔 수 없이 죽어야 할 입장일 때 놈은 황금라이터에 장치된 뇌관을 보여 주면서 상대방을 협박합니다. 엄청난 파괴력을 가진 황금라이터가 놈의 손 안에 쥐어져 있는 한 상대방도 자신의 목숨을 구할 방법은 전혀 없습니다. 바로 외팔이에게 배운, 태평양전쟁 때 일본놈들이 써먹던 가미가제식 수법이죠. 결국 상대방은 황금라이터 앞에 무릎을 꿇고 살려 달라고 애원할 수밖에 없죠. 놈은 또한 이 마카오 박에게 뒤지지 않을 만큼 천의 얼굴을 가진 사나이로 통하기도 합니다. 변장의 천재란 뜻입니다. 좀처럼 적에게 자신을 노출시키질 않습니다. 제가 첫눈에 황금라이터를 알아보게 된 것은 제겐 여간 다행스러운 게 아니고, 놈도 황금라이터를 들켜 버린 큰 실책을 범한 것입니다. 모하비란 국제마약책 두목이 놈을 죽이려고 여러 차례 저격수를 고용했지만 실패했을 정도였습니다."

"그래, 듣고 보니 대단한 놈이군. 황금라이터는 외팔이의 솜씨가 맞고."

"황금라이터가 폭발하기 전에는 결코 자신을 죽음의 구렁텅이로 몰아넣지 않는, 그리고서도 상대방을 굴복시키고 마는, 아주 얄미울 만큼 주도면밀한 놈입니다. 허지만 큰형님, 놈의 허점을 역이용해야 합니다."

"허점? 놈의 허점이 뭔지 알고 있나?"

"놈이 다른 여자를 토막 낼 만큼, 생사람 살을 씹어 먹을 만큼 잔인한 독종이긴 하지만 놈은 자기 여자에겐 지독하리만큼, 아주 이상하리만큼 겁쟁이라는 소문이 있습니다."

"그래? 확실한가? 그걸 마카오 박이 어떻게 아나?"

"이 마카오 박이 비록 도망치듯 홍콩으로 날랐지만 그곳 바닥 형편은 손금 보듯 훤합니다. 소문대로 마카오 박 아니겠습니까? 허허허, 쌍칼의 명수 마카오 박이 이래 뵈도 홍콩에서는 알아주는 협객입니다. 뿐만 아니라 북한의 최고위급 실세들과도 아주 가깝게 지냈죠. 지금은 개미촌을 위해서 충성을 바치는 입장이지만 말입니다. 자세히 보아 하니 놈은 검은 장갑의 정부임에 틀림없습니다. 그런 면에서 검은 장갑의 여인은 우리에겐 최고로 맛있는 먹이사슬이 될 수 있습니다."

"알겠다. 놈이 자기 여자에게 형편없는 약골이라는 걸 뭘 보고 느꼈나?"

"홍콩에서 놈이 도박을 벌이고 있는 카지노장에서, 마침 저도 다른 테이블에 앉아 도박을 벌이고 있었는데 말입니다. 도박이 한창 무르익어 갈 때쯤 갑자기 놈의 마누라가 도박장에 들이닥쳤습니다. 놈의 마누라가 다짜고짜로 놈의 멱살을 움켜잡고는 질질 끌고 도박장 밖으로 끌고 나가지 않겠습니까?"

"놈의 마누라가?"

"마누라는 허구한 날 독수공방시켜 놓고 맨날 도박만 한다고 바락바락 악을 쓰면서 말입니다. 그리고 그는 밖에서 기다리고 있던 또 다른 여자들에게

개처럼 질질 끌려가고 있었습니다. 놈의 부하들이 여나므 명이나 뒤따라갔지만 속수무책이었고 마누라에게 놈이 두 손을 싹싹 빌어도 막무가내였습니다. 말씨로 보아 마누라는 북한 말투, 그것도 평안도 말투가 분명했습니다."

"이북 말씨?"

"예, 큰형님, 황금라이터의 마누라는 사실상 가짜였습니다. 북한 보위부였던 내 친구의 말을 빌면 그 여자는 북한의 대남공작을 주도하고 있는 김한철 등과 비밀리에 내연의 관계를 맺고 있으면서 마약을 원활하게 유통시킬 목적으로 명목상으로만 황금라이터와 부부행세를 한다고 했습니다. 게다가 여자가 색골 중의 색골이라고 했습니다."

"마카오 박! 어쨌든 놈의 정체가 황금라이터인 게 분명한가?"

"옛, 놈은 황금라이터가 분명합니다. 놈은 일본 야쿠자들과 연계해 마약 밀매를 총괄하는 조직에서 첫 손가락 꼽히는 토막살인 전문가입니다. 뿐만 아니라 놈들은 북한에서 생산되는 마약을 대량 입수해서 밀매한 엄청난 수익금으로 미국이나 유럽 등지에서 내로라고 떵떵거리며 부귀영화를 누리는 이중간첩 집단이고 황금라이터는 그 하수인에 불과합니다. 하지만 놈들이 마약밀매로 벌어들인 엄청난 돈을 빼돌린 낌새를 알아차린 북한 지도부에 의해 숙청될 날도 멀지 않았다는 보위부 소속 친구의 귀띔이었습니다."

"추악하기기 짝이 없는 놈들이군! 무슨 수를 써서라도 꼬리 잡히지 않도록 조심해라."

"예, 염려 마십시오. 예상했던 대로 놈들이 나를 수상히 여긴 나머지 제 뒷조사를 해 갔습니다."

"뭐라고? 뒷조사? 어떻게 말이냐."

"제 명함에 찍힌 박상현이란 이름을 가지고 암암리에 대양건설 사무실을 샅샅이 뒷조사해 갔습니다. 박상현이란 가짜 주민등록증도 만들었죠. 저는 가짜 주민등록증, 가짜여권, 가짜서류를 만드는데도 최고의 기술을 갖고 있죠. 저희 집 지하실에 위조증명을 만드는데 필요한 모든 소재와 기계가 완벽하게 설치되어 있습니다. 큰형님, 다시 말씀드리지만 저는 위조의 천재입니다. 안심하십시오."

"그러냐? 일이 이쯤 된 건데 널 믿지 않으면 어쩌겠어."

"다른 말씀은 별도로 지시해 주십시오. 상황보고를 바로 드리겠습니다."

"절대로 무태 외에는 어느 누구도 데리고 다니지 마라. 내일 모레면 무태가 그곳에 도착한다. 또 한 가지 꼭 명실할 것은 모든 전화는 반드시 공중전화로만, 알겠나?"

"무슨 뜻인지 알겠습니다."

"무태를 전용 운전수인 듯이 하고. 알겠나?"

"알겠습니다."

"검은 장갑의 여자, 그 여자에게서 실마리를 끄집어내야 해. 그 여자를 절대로 놓치지 마라."

"잘 알겠습니다. 반드시 둘 사이 관계를 확실하게 알아내겠습니다. 큰형님, 이 마카오 박이 요즘 신이 났습니다."

"무태는 지금 수도원에 누이동생을 만나러 잠깐 내려가 있다. 내 예감으로 무태는 개미촌 일을 끝으로 세상에 살아남지 않으려는 각오까지 한 것 같다. 어쩐지 무태의 표정에 비장감이 짙게 깃들어 있어. 모레 오후쯤이면 그곳에 도착할 것이다."

"그렇게 보였습니까? 천만의 말씀. 무태는 그리 쉽게 죽을 친구가 아닙니다. 놈은 불사신 같은 놈이에요. 무태가 빨갱이 놈들에게 뭐라고 불리는지 전에 말씀드리지 않았습니까? 무태는 놈들에겐 저승사자로 통합니다."

"저승사자라, 그럴듯한 별명이라고 생각했지. 하여간에 매사에 조심하고 신중에 신중을 기하도록 해."

그 말을 끝으로 종태는 수화기를 내려놓았다.

기약없는 오누이

내장 마무리가 이제 얼마 남지 않은 듯 목수들의 바쁘게 두드리는 망치소리가 수도원 주변에 쉼 없이 울려 퍼지고 있었다. 진달래마저 꽃잎이 다 떨어졌다. 아직은 풋내음이 싱싱한 봄향기가 그대로인 것 같은데도 5월은 어느새 얼마 남지 않았다. 숯공장에서 수현 엄마를 따라 내려온 강아지가 이제는 숯먼지가 깨끗하게 씻긴 하얀 털을 반짝이며 자기보다 훨씬 크고 위엄 있어 보이는 붉은 수탉을 겁도 없이 쫓아다니고 있었다. 꼬꼬댁대며 연신 쫓기고만 있던 수탉이 갑자기 손바닥만한 붉은 벼슬을 펄럭이며 홱 흰둥이에게 달려들었다. 수탉의 부리가 흰둥이의 콧잔등을 사정없이 쪼아댔다.

"깨갱!"

급기야 흰둥이는 꼬리를 가랑이 속에 바짝 내려 붙이고는 수현 엄마가 아궁이에 불을 지피고 있는 야외취사장 쪽을 향해 줄행랑을 쳤다. 수도원을 뺑 둘러싸고 있는 산자락에 잡목숲이 연초록으로 파랗게 물들어 가고 있었다. 계곡을 숨바꼭질하듯 요리조리 곤두박질치며 흘러가는 살여울의 물줄기를 따라 시선을 옮기다 보면, 멀리 냇가에서 오순도순 모여 앉아 빨래를 헹구는 여자들의 모습이 구름 한 점 없는 파란 하늘과 맞물려 한 폭의 풍경화를 보는 듯했다.

무태와 부영이는 냉이꽃이 가득하게 덮인 밭고랑을 지나 수도원 뒤 잣나무 숲속으로 빠져 있는 좁다란 오솔길로 들어섰다. 둘이서 함께 걸은 지가 벌써 시간이 꽤 되었는데도 두 사람 사이에는 침묵만이 무겁게 흐르고 있었다. 어디선가 뻐꾸기 우는 소리가 조는 듯이 들려왔다. 오랜 세월 부엽토가 쌓여서 발목까지 빠지는 느낌이었다.

"후드득!"

머리에 빨간 관을 쓴 새 한 쌍이 깃털을 펄럭이며 나무꼭대기로 날아오르고 있었다. 이윽고 무태가 입을 열었다.

"아직은 5월인데도 어지간히 찌네."

"오빠, 더운데 잠바 벗지 그래? 오늘도 속옷 안 입었어?"

"오늘은 입었다."

"오빠 어렸을 적 일은 생생하게 기억나는데 중간쯤이 뚝 잘려져 나간것 처럼 기억이 잘 안 나네."

"난 어렸을 때부터 런닝셔츠를 안 입었지. 차암! 안 입은 게 아니구 못 입었지. 살 돈이 없었으니까."

"어렸을 때 우리집은 너무 가난했어."

"그래, 우리집은 너무 가난했었다는 기억이 있어. 이제 너는 예전에 비해 정신이 많이 좋아진 것 같아서 오빠의 마음이 너무 좋다. 그런데 부영아."

"응?"

"왜 계속 오빠한테 아무 말도 않니?"

"오빠가 어디 먼데로 간대니까 내가 마음이 편치 않아서… 그래서 아무 말도 하기 싫은가 봐. 왜 오빠가 아직은 온전치 못한 나를 놔두고 그렇게 돌아오기 힘든 먼 곳으로 가야 하는 건지, 그곳이 대체 어디고 뭐하는 곳인지, 사람이 사는 곳일까, 안 사는 곳일까, 별의별 생각 다 하며 걷느라고 아무 말도 않았나 봐. 오빠, 대체 어디로 가는 거야?"

부영이가 묻는 말에 무태는 입을 다물었다. 부영이 다시 물었다.

"오빠, 왜 말 안 하는 거지? 가는 곳이 어딘지, 어디 가서 무얼하고 살아야 하는 지를. 천지간에 온전치 못한 동생 딱 하나 있는 거 뚝 떨어뜨려 놓고 오빠 혼자만 가야 해?"

"부영아, 너는 이제 정상인과 거의 다름없어. 온전치 못하다는 말을 하지 마. 여기 돌 위에 잠깐 앉아서 이야기하자."

두 사람은 비교적 편편해 보이는 바위 위에 나란히 앉았다.

"곧 돌아올 거야."

"정말 다시 돌아와?"

"그럼, 돌아오고 말고. 어떠냐? 여기서 살기가 좋으냐?"

부영은 그렇다는 듯 고개를 크게 끄덕이며 말했다.

"여기 사람들이 그렇게 좋을 수가 없어. 이렇게 착한 사람들은 생전 처음 보았어. 하 선생님도 배 선생님도 정 선생님이랑 몸이 불편한 애들도 다. 수현이도 정순이도 모두가 언니 같아서 좋아. 난 언제까지나 준이 데리고 여기서 살 거야. 딴 세상엔 안 나갈 거야. 이곳에 와서 살고부터 정신이 많이 온전해진 거야."

"수도원 선생님들께 고맙게 생각한다. 부영아, 준이는 공부를 시켜야지. 사람은 교육을 잘 받아야 한다. 너도 그렇고 이 오빠도 배우지 못해서 사람들에게 얼마나 괄시 천대 받고 살아 왔니? 준이는 훌륭하게 키워야 해."

"치! 오빠두 참, 무슨 돈으로 준일 훌륭하게 공부시켜? 방이 한 칸 있길 하나 당장 우리 모자 덮구 잘 이불 한 채가 따로 있길 하나. 하지만 오빠, 여기 고아들이 공부하는 틈에 끼어 준이도 함께 공부시키면 돼. 참! 깜빡 했네! 하 선생님이 그러는데 어떤 돈이 굉장히 많은 할아버지가 부모 잘못 돼서 고생하는 불쌍한 아이들만 무료로 공부할 수 있는 큰 대학교를 강원도 땅에 짓는데. 이 다음에 준이도 그 대학교에 보내면 된다고 했어. 준이 걱정은 마."

"부영아, 서울에 준이 앞으로 아파트도 35평짜리 한 채 되어 있는 게 있고 너희 두 모자 평생 먹고살 걱정 안 해도 돼."

"뭐라구? 35평짜리 아파트가 준이 앞으로 되어 있다구? 그게 무슨 꿈같은 소리야?"

"회장님이 그렇게 해 주셨다."

"정말이야? 오빠, 정말이야, 그게?"

"물론 정말이다마다. 오빠가 거짓말 하는 거 봤니? 비록 백정짓으로 잔뼈가 굶었어도 남 속이고 도둑질은 안하고 살았다."

"가 볼 수 있어? 아파트 구경할 수 있어?"

"그럼! 아무 때고 언제든."

"어떻게 가 봐? 난 주소도 모르고 서울지리는 까막눈인데."

"표대치 아저씨한테 아파트 등기권리증을 맡겨 두었어. 표대치 부장에게 시간나면 널 데리고 한번 가 달라고 부탁했다."

35평 아파트가 준이 앞으로 되어 있다니 부영은 오빠의 말이 도무지 믿어지지 않았다. 하지만 표대치와 함께 서울에 가서 아파트를 진짜로 볼 수 있다는 오빠의 말에는 숫되어 빠진 그녀도 겨우 수긍이 가는 모양 몹시 기뻐했다. 무태가 물에서 한가로이 노니는 물고기들을 내려다보며 엉뚱한 말을 했다.

"부영아, 너 준이 아빠 보구 싶니?"

"보고 싶을 때가 많지만 이미 어디로 도망가고 없는 사람인데 뭘. 그래도 기다려 볼 테야."

"부영아, 준이 아빠 기다리지 마라. 생각도 말고. 이미 네게서 연분이 끊어진 사람이다."

무태의 말에 부영의 얼굴에 서운한 그림자가 훅 드리워졌다. 무태가 자신 있는 말투로 약속했다.

"꼭 내가 좋은 남자 하나 알아봐서 다시 짝지어 주마."

"싫어!"

"뭐? 싫어?"

"난 준이 아빠 돌아올 때까지 기다릴 테야. 꼭 돌아올 거야. 정신 차리면 나도 우리 준이도 보고 싶어 찾아올 게 틀림없어."

무태는 할 말을 잃었다. 부영이 단단히 결심이 선 듯 또박또박 말했다.

"난 준이 아빨 죽을 때까지 기다릴 거야. 그러니 딴 생각은 아예 말어. 딴 남자랑 짝지어 준다는 말은 절대 말어. 오빠, 혹시 무슨 소릴 듣고 하는 말이야? 내가 수현이 언니 엄마보고 남자 알아봐 달라고 한 건 괜히 웃음엣소리로 한 말이야."

무태는 어금니를 으스러져라 깨물었다. 부영의 남편을 생각하면 심장이 금방이라도 폭발해 버릴 것 같았다.

"부영아, 그건 안 돼. 그 사람은 이미 끝나 버린 사람이야."

"끝나? 오빠가 어떻게 알아? 내가 정신이 나갔을 때 도망갔지만 머잖아 돌아올 거라고 기대했는데."

무태는 가슴속으로 피를 토하듯 절규했다.

'부영아, 그놈은 이미 돌아올 수 없는 곳으로 갔단 말이다. 불구자가 된 여자와 함께 자신도 불구자가 되어서 말이다. 엄마도 그놈 때문에 비명에 돌아가셨다.'

다람쥐 두 마리가 새까만 눈알을 반짝이면서 낙엽송 기둥을 타고 오르락내리락하고 있었다. 까치가 몇 마리 날아와 상수리나무 가지에서 깍깍대고 있었다. 다시 두 사람 사이에 침묵이 흘러갔다. 이윽고 부영이 입을 열었다.

"오빠, 아파트를 장만해 줘서 고마워. 그래도 준이 아빠가 혹 돌아오면 싫다고 내치진 않을 거야. 그래도 돼. 오빠?"

"……."

순간 무태는 부영에게 모든 것을 사실대로 털어놓고 싶은 충동이 불끈 치솟았지만 꾹 참았다. 그는 모든 사실을 가슴으로만 부영에게 털어놓았다.

'준이 아빤 나쁜 놈이었어. 놈은 엄마까지 겁탈한 짐승 같은 놈이었어. 네가 안 보는 틈을 타서 엄마를 정욕의 노리개로 삼은 나쁜 놈이었어. 그래서 오빠가 그 놈을.'

무태는 한숨을 한번 길게 토해 낸 뒤에 담배를 한 가치 꺼내 물고 불을 댕겼다. 부영이 무태의 얼굴을 들여다보며 물었다.

"오빠, 그럼 언제쯤 가는 거야?"

대답 대신에 무태는 준이 아빠에 대한 짜증과 분노로 부글부글 끓고 있는 속내를 삭이느라 어금니를 깨져라 사리물었다. 부영이 그런 무태의 가슴을 툭 건드렸다.

"오빠 화났어? 화 났구나. 내가 오빠 말 안 듣고 고집 부린다고 오빠가 화났어."

"부영아."

"오빠, 내가 준이 아빨 기다리겠다는 것이 오빠를 화나게 했으면 나 준이 아빨 기다리지 않을게. 그냥 준이 데리고 수도원 선생님들이랑 몸이 불편한 노인들이랑 장애인들이랑 한데 어울려 여기서 살지 뭐. 오빠, 마음 쓰지 마. 난 이곳에서 하나님의 말씀을 듣고 사는 게 행복해."

"부영아."

무태가 동생의 어깨를 와락 끌어안았다. 그의 눈두덩이 아까보다 더욱 빨갛게 부풀어 올랐다.

"그래, 부영아, 그렇게 마음잡고 굳세게 살아주겠다니 이 오빠 마음 놓고 떠날 수 있다. 제발 너희 모자는 이 세상을 꿋꿋하게 살아다오. 네가 이만큼 제정신으로 돌아온 것만으로도 오빠는 너무 고맙다."

"오빠, 염려 말아. 오빠 말대로 준이 데리고 굳세게 살아낼 테니까. 오빠나 무사히 잘 다녀와. 나 이젠 건강이 많이 좋아졌어. 모두 수도원 선생님이랑 식구들 덕분이야. 성경공부를 하니까 머리가 맑아지는 느낌이야. 하나님이 날 불쌍히 보셔서 이런 좋은 곳으로 보내신 것 같아."

"부영아, 회장님과 이 수도원 사람들의 고마움을 절대 잊으면 안 된다."

산 아래에서 누군가 소리쳐 부르는 소리가 들렸다.

"오빠, 배 선생님이 부르는 소리 같아. 그치?"

"그래, 널 찾는 소리다. 이제 그만 내려가자."

겨우 마음이 편해진 무태는 동생의 손을 잡고 수도원을 향해 발걸음을 빨리했다. 빨래를 널고 있던 병숙이 숨을 헐떡이며 뛰어온 부영에게 물었다.

"어디 갔었어?"

"오빠랑 뒷산엘 좀 다녀왔어요. 죄송해요. 배 선생님."

"죄송하긴! 오누이가 다정하게 대화를 나눈 모양이구먼. 얼른 가서 세탁물이나 안고 나와."

"네, 선생님."

양로원 쪽으로 달려가는 부영의 등에다 대고 병숙이 또 큰 목소리로 소리쳤다.

"내일 정 선생님이 의사 선생님 모시고 온다고 했어. 모두들 뇌염 예방주사랑 위생검사 받을 준비해야 해. 바쁘게 생겼어."

"네."

누군가 뒤에 와서 굵직한 목소리로 자신을 부르는 소리에 병숙이 깜짝 놀라 뒤를 돌아다본다. 무태였다.

"형수님."

병숙이 깜짝 놀라며 돌아섰다.

"형수님, 제 동생을 살펴줘서 참 고맙습니다."

"형수는요… 형도 죽고 없는데. 그냥 배 선생이라고 불러줘요."

"아뇨, 저로서는 형수님이라 불러야겠습니다. 모두들 그렇게 부르니까요."

"그래요? 뭐예요. 아까 표 부장이 찾던데."

"예, 일이 바쁘다고 빨리 오라는."

"바쁜 일요?"

"예, 형수님."

순간 병숙의 안색에 어두운 그림자가 스치고 지나갔다. 병숙의 경험으로 보아 개미촌에서 뭔가 바쁜 일이 생겼다는 것은 또 어떤 피비린내 나는 전쟁이 예고되고 있다는 것을 의미했기 때문이었다.

"몸조심 하세요. 새벽기도 시간에 부영이 오빨 위해서 꼭 기도할게요."

"고맙습니다. 형수님, 부영이를 잘 부탁드리겠습니다."

"염려 말아요."

무태가 잠시 망설이더니 입을 열었다.

"형수님, 부영이의 남편이 오래 전에 딴 여자와 바람이 나서 집을 나갔는데 영영 돌아오지 못합니다. 술을 너무 좋아한 나머지 어느 추운 겨울날 길거리에서 얼어죽었습니다."

무태의 말을 귀담아들은 병숙이 오히려 무태를 안심시키듯 말했다.

"부영이는 염려 않으셔도 되요. 좋은 곳으로 시집보낼 생각이에요. 아무쪼록 몸 조심하세요."

"형수님, 고맙습니다."

"그리고 큰형님보고 먹을 거 좀 많이 사서 표 부장 편에 내려보내라구 해요. 그럼, 알아들어요."
"알겠습니다."
무태는 병숙에게 꾸벅 허리를 굽히고 나서 돌아섰다. 이 수도원에서 일하는 사람들과 함께 생활하고부터 몸도 마음도 영 딴판으로 달라진 동생이 대견했다. 무태는 가슴으로 동생에게 말했다.
'잘 있어라. 부영아, 기약 없는 세월을 네게 안겨 주고 오빠는 간다.'
그는 표 부장이 시동을 걸고 있는 승용차를 향해서 발걸음을 빨리했다.
'부영아, 어쩌면 영원히 너를 못 볼지도 모르는 길을 오빠는 떠난다. 부디 이 험한 세상을 준이와 함께 당당하게 살아내기를 바란다. 내가 못 돌아오면 저 세상에서 만나서 행복하게 살자.'
그는 가슴이 찢어지는 듯한 아픔을 가까스로 달래며 차창 밖으로 달려가는 5월의 하늘을 무심히 쳐다보았다. 이상한 변신이었다. 무태는 결코 감성적인 사나이가 아니었고 무슨 일이 있어도 눈물 따위는 아예 눈곱만치도 보이지 않는 지독한 냉혈한이었다. 그랬던 그가 개미촌에 몸을 담고부터 눈물이 많아진 것은 왜일까. 그는 가슴으로 나지막이 중얼거렸다.
'난 다시 5월을 맞이할 수 있기나 할까?'
무태는 수도원에만 왔다 하면 별천지에 온 느낌이었다. 왜 수도원 사람들은 그토록 세상 사람들과 생각이라든가 행동이 달라도 그렇게 많이 다른지 모를 일이었다. 부영이도 전혀 딴 사람이 되어 버린 원인이 대체 무엇인지 많이 궁금했지만 곧 그런 생각을 털어버렸다. 표대치가 운전하는 지프차의 차창 밖으로 빗방울이 하나 둘 떨어지기 시작했다. 5월의 끝자락 즈음이었다.

색녀 공작원

급한 마음이 들어 맹도희는 부지런히 샤워를 끝낸 후 물방울이 탱글탱글 튀는 알몸을 빨간색 타월로 젖가슴만 둘러쌌다. 그녀가 침대에 앉으면서 말했다.

"샤워 안 할 거야?"

"해야디요."

"빨리 하구 와."

"알았습네다."

황금라이터가 벌떡 침대에서 일어나 목욕탕으로 사라졌다. 그때 전화벨소리가 요란하게 침실을 때렸다. 수화기 속에서 울리는 카랑카랑한 남자의 음성에 그녀의 얼굴이 굳어졌다.

"이제 막 잠자리에 들 참입네다. 옛, 틀림없습네다. 동사무소에 찾아가서 확인했는데 박상현이란 자는 대양건설 대표가 틀림없습네다. 바깥에 나가서는 절대루 평안도사투리 쓰지 않습네다."

수화기 속에서 터져나오는 거친 남자의 목소리가 맹도희의 귀청을 때렸다.

"그 개미촌 아새끼들 아직도 낌새 없네?"

"조금도 낌새가 없습네다. 아마도 포기한 것 같습네닷."

"이 에미나이레, 무슨 되먹지 못한 소릴 하구 쟈빠뎃어! 그 아새끼들이레 절대로 가만히 당하고만 있을 아새끼들이 아니란 말이다. 분명히 복수의 칼을 뽑아들 것이 틀림없어. 거저 정신 똑바루들 차리라우."

"옛! 잘 알갔습니다. 대장동지."

"내일 일쯕 공작원 동무들 모조리 불러 모아다가 정신상태를 거저 철저하게 교육시키라우. 가능한 많은 남조선 아새끼들을 우리 북조선 편으로 댕겨오라우. 특히 유명인사들, 재벌, 군 장교 아새끼들을 많이 포섭하라우. 알갔어? 그리구 거저 어케서든지 주사파 아새끼들을 국회로 대거 입성시키라우. 남조선 아새끼들 중에는 북조선파가 적디 않아. 그 주사파 아새끼들한테 정치 공작금 듬뿍듬뿍 대주구 억카든지 거저 국회에 입성시키라웃!"

"옛! 잘 알갔습네다."

이어 수화기 속에서 화난 남자의 목소리가 대포알처럼 터져 나왔다.

"이 쌍년아! 피안도 사투리 쓰지 말라니끼니!"

"옛! 대장동지 조심하겠습니닷."

"이보라우, 우리 정체가 탄로났다 하면 지도자 동지레 국제적으루두 개망신당하구 게다가 마약 장사하는 건 볼장 다 보는 거야. 정신 바짝 차리라우. 우리가 마약 장사해서 흥청망청 쓰구 사는 걸 지도자 동지레 알아보라우. 어케 되는지 알아? 총살감이야. 쌍!"

"옛! 대장동지."

"거 박상현이란 놈 말이야."

"옛!"

"진짜루 건설회사 하는지 가짜 간판 내걸구 있는지 다시 한번 자세히 들춰보라우."

"대양건설 대표가 박상현이란 이름도 관련기관에 가서 확인했구 말이죠. 놈이 운영한다는 대양건설도 틀림없이 있었습니다. 창립한 지는 얼마 안 되는 회산데 겉으로는 건설회사 간판을 걸었지만 실속은 사채업 전문이었습니다. 들려오는 소문에 의하면 현찰만 수천억을 굴린답니다. 카지노에서 최고의 물주로 대우받습니다."

"기레? 야! 그거 입맛 댕기는구만. 수천억원씩 굴리는 사채업 우두머리라면 거저 어떡해서든 잘 접근해서리 돈을 빼돌려 보라우. 거 와 맹 동지레 잘 하는 거 있디 않아. 발가벗고 육탄 돌격해서 거품 물고 기절시키는 재주 말이디. 그걸 최대한 써먹어 보라우. 맹동지레 나한테 써먹었던 기술 말이디."

"예, 대장동지, 그건 자신 있습니다."

"대양건설 박상현 사장놈한테 날레 접근하라우. 그래 개구성 그 아새끼랑 몸을 섞으라우. 알갔어? 거저 육탄돌격 하라우. 수천억 재산가면 거저 수단방법 가리지 말구 뺏어 오라우. 알갔어? 이보라우, 맹도희! 뿐만 아니구 그 박상현이란 아새끼를 마약중독자로 만들어 보라우. 수천억을 굴리는 놈이라니! 거 군침도누만. 내 말 대가리에 확실하게 쑤셔 박고 있우라우. 알겐?"

"옛! 대장동지!"

"지도자 동지한테 보고해서 맹도희 여성동지를 영웅으로 추대해 줄 테니끼니 거저 알아서 잘 하라우. 무엇보다도 말이디. 박상현이란 아새끼래 말이야. 그 아새끼레 종태파하구 관련이 있는지 없는지 그게 제일 중요하단 말이다. 알간?"

"옛."

"다시 한번 말하갔는데 말이야."

"옛."

"만에 하나 남조선 수사관한테 꼬리라두 밟히면 억카라구 했디?"

"옛! 그 즉시 독침으로 자결합니다."

"그거이 다 우리가 지도자 동지한테 충성하는 길이야. 알갔네?"

"옛! 대장동지, 그런데 물건은 언제 옵니까?"

"며칠 있으면 도착될 거야. 또 연락할 테니 잠자코 기다리구 있으라우."

"이번 것두 샤넬 최에게 건넵니까?"

"쌍년! 지시가 내려갈 때까지 거저 잠자코 기다리구 있으랏! 말이 와 그리 콩티두룩 많아댔어?"

"알겠습니닷!"

"내레 일본에서 만나면 거저 화끈하게 한번 미치게 해 줄 테니까니 거저 기대하구 있으라우."

수화기 놓는 소리가 딸깍하고 들렸다. 맹도희는 얼굴도 미인이었지만 몸매가 여간 뇌쇄적이 아니었다. 손가락으로 누르면 금방이라도 터질 듯이 풍만한 젖가슴이 우윳빛으로 뽀얗게 빛나고 있었다. 탄력 있는 허벅지에서 쭉 뻗어 내린 하체가 남자를 질리게 할 만큼 색정적이었다.

"이런, 씹새끼레 거저 말끝마다 썅년 썅년이야! 좆대가리두 번데기만큼 형편없이 쬐꼬만 새끼레… 뭐이 어째? 일본에서 만나면 화끈하게 해 주갔다구? 놀구 자빠뎄네. 종간나새끼!"

황금라이터가 샤워를 끝내고 돌아왔다. 팬티 한 장 걸치지 않은 알몸이었다. 온통 근육질로 울퉁불퉁한 그의 몸은 운동으로 바윗돌처럼 단단하게 다져져 있었다. 피부가 마치 흑인처럼 까무잡잡한데다 올리브유를 바른 듯 미끈거렸다. 어느새 그의 거대한 양물은 빨갛게 독이 올라 있었다. 그의 양물이 공중을 찌른 채 괴물처럼 연신 꿈틀거렸다. 맹도희는 침을 꿀꺽 삼켰다.

"이리루 오라우."

황금라이터가 그녀의 입 언저리에다 자신의 괴물을 바짝 들이댔다.

"음."

온몸이 전류에 감전된 듯 짜릿하게 밀려오는 쾌감에 녀석은 나지막하게 신음을 내뱉었다.

"으으으, 흐흐흐."

맹도희가 참을 수 없다는 듯 녀석의 가슴팍을 두 손으로 냅다 내질렀다. 녀석이 뒤로 벌렁 나자빠졌다. 바람난 암케 모습으로 녀석에게 돌진해 들어간 그녀는 녀석의 괴물을 자신의 몸속에 끌어들인 뒤 격렬하게 앞뒤좌우로 몸을 흔들어 대기 시작했다. 그녀의 얼굴이 처절하게 일그러졌다.

"아우우우, 내레 거저 맹 동지하구만 평생 했으면 좋갔시오!"

맹도희는 그 밤 내내 황금라이터가 자신의 몸을 공격하도록 명령했다.

"내레 한달 동안 한번도 못하구 굶었어. 워낙에 바빠서 말이야."

"알겠습네다. 거저 밤새도록 찍어 눌러 드리갔시오."

"견딜 만해?"

"고럼요, 이쯤 갖고는 문제도 없시오. 이것두 조직에 충성하는 일 아닙네까. 자신 있습네다. 거저 체력이 닿는 한 밤새도록 찍어 드리갔시오."
"해 달라우. 밤새도록. 샤넬 최두 널 좋아하디?"
맹도희의 말에 황금라이터가 잠깐 주저하는 기색이 역력했다.
"샤넬 최하구 자 봤네? 알구 있으니까니 말해 보라우."
"예, 자 봤습네다."
"나보다 낫든? 잘 해?"
"아무래도 동무만은… 어쨌든 또 한번 시작하갔습네다."
"하라우. 거저 불이 나도록 해제끼라우!"

돼지고기 한 접시

　무태가 마카오 박을 만나러 부산으로 떠난 일주일 뒤, 종태는 시골에서 막 도착한 듯 초췌한 얼굴의 호철과 마주하고 앉았다.
　"어머니들 모두 건강하시냐?"
　"예."
　"호진이와 함께 시골에서 농사 지으면서 마음 달래고 살라고 했는데 무슨 일로 올라왔니?"
　"……"
　"왜 암말도 않나?"
　"저, 큰형님, 도저히 이대로 살아갈 수 없을 것만 같아서예."
　"뭐라고? 그대로 살아갈 수 없다면 어쩌겠다는 거냐? 네가 복수라도 하겠단 말이냐? 상대가 네가 넘볼 만큼 호락호락한 조직이 아냐. 넌 모든 걸 포기하고 어머니들이나 잘 모셔라. 복수는 네가 맡을 일이 아냐."
　"큰형님요, 절 써 주실 수 없습니꺼? 제발 저도 이 개미촌 조직 속에서 일하게 해 주이소. 부탁입니더."
　갑자기 종태의 입에서 벽력같은 고함소리가 터져 나왔다.
　"이놈잇! 말 안 듣겠나!"
　"……"

"당장 시골로 내려가지 못하겠나!"

"큰형님."

"개미촌의 후세에겐 절대로 폭력을 쓰지 못하게 할 결심이닷! 피를 보는 건 내 시대로 끝이다. 알겠나?"

호철이는 그런 자신의 억울한 심정은 조금도 이해하지 못하고 불같이 화만 내는 종태가 내심 원망스러웠지만 아무런 대꾸도 할 수 없었다.

"네 아내는 바로 나민호, 내겐 너무도 고마웠던 그분 며느리였다. 평생 잊을 수 없을 만큼 은혜를 입었는데 그분 며느리가 아무 죄도 없이 참혹한 죽음을 당했다. 내가 가만 있겠나? 엉?"

"큰형님, 저는요, 우째 됐든간에 지 손으로 그놈을 잡아 갖고."

그 말이 떨어지자마자 종태가 벼락 치듯 소리 질렀다.

"호철 이놈! 버릇없는 놈! 당장 내려가지 못핫!"

고함소리가 워낙 컸던 탓에 이도와 백상어가 놀라서 뛰어 들어왔다.

"큰형님, 무슨 일입니까!"

"이도야, 이놈을 시골로 쫓아버렷! 또 제 멋대로 굴면 가만두지 않겠다!"

두 사람이 호철을 일으켜 세웠다. 이도가 질타했다.

"너 정신이 제대로 박힌 놈이냐? 빨리 시골로 내려가랏! 호진이와 함께 노인들을 탈없이 잘 모시고 있으란 말이다. 알겠나?"

"예, 잘못했습니다."

호철이 종태를 향해 90도로 절을 했으나 종태는 등을 돌린 채 창밖으로 시선을 던져 놓고 아무런 반응이 없다. 종태는 호철이가 잔생이 말을 듣지 않는다고 내심 속을 끓였다. 호철이가 인사를 했다.

"큰형님, 물러가겠습니다. 용서해 주이소 고마."

호철이 사라지고 난 뒤 종태가 조용한 목소리로 이도를 불렀다.

"이도야."

"예, 기분이 많이 상했습니까?"

"오늘이 23일인가?"

"예."

"수도원에 전화해서 배병숙 선생을 바꿔 달라 해라."
"경희 엄마를요?"
"그래, 빨리. 저놈 빨리 새장가를 들게 해 줘야겠다."
"예, 큰형님."

청량리역에서 열차에 몸을 실은 호철은 가방 속에서 소주를 꺼내 꿀꺽꿀꺽 절반이나 병나발을 불었다. 맨정신으로 집에 들어가 식구들 대하기가 죽고 싶을 만큼 싫었다. 농사일을 해 보려고 연장을 들고 밭으로 나가면 어디선가 미숙이가 새참을 이고 밭고랑을 따라 나타날 것만 같아서 미칠 지경이었다. 그는 안주도 없이 나머지 절반마저도 목구멍 속으로 쏟아부었다. 그의 눈이 빨갛게 물들었지만 결코 술기운 탓만은 아니었다.

'큰형님은 나를 얼라 취급한다 아이가. 나도 잘 해낼 수 있을 낀데. 미숙이의 한을 풀어 주지 못하모 늙어서도 눈 감고 죽을 수 없다 아이가.'

호철은 자꾸만 종태가 그토록 화를 내는 것이 원망스럽기만 했다.

'차라리 내도 기차에서 뛰어내려 칵 죽어 삐까 쌍!'

미숙을 잃고 난 뒤부터 호철은 하루하루 살아가는 게 귀찮기만 했다. 세상 사람이 온통 다 원수처럼 여겨졌고 증오스럽기만 했다. 웃고 떠드는 사람만 보면 화가 나서 견딜 수가 없었다. 모든 사람이 자신의 초라함을 비웃는 것만 같았다. 그래서 그는 사람들 주위를 베돌기만 했다. 읍내의 술집에서 자주 싸움판을 벌였고 싸움판이 터졌다 하면 대폿집은 난장판을 치르곤 했다. 그때마다 호진이 나서서 부서진 물품대금을 대신 갚아 주곤 했지만 호철은 날이 갈수록 성격이 비뚤어지고 난폭해져 갔다. 그가 읍내에 나타났다 하면 사람들은 호랑이를 만난 듯 꽁무니를 빼곤 했다.

'씨벌! 차라리 어느 놈한테 맞아 죽기라도 했으면 좋을낀데.'

누구보다도 애간장을 녹이는 사람은 호철 어머니였다. 호철이 그렇게 천방지축으로 날뛰며 속을 썩일 때마다 그녀는 일손을 놓고는 밭고랑에 털썩 퍼질러 앉아 애꿎은 담배만 피워 댔다. 그마저도 형님들한테 눈치가 보여서 가슴만 새까맣게 타들어갔다.

"아이고오! 내 팔자는 우예 이래 꼬이기만 하노오. 옥황상제도 무심키도

하제. 우예 아까지 밴 며느리를 졸지에 델고 가뿐단 말이고. 둘이서 울매나 잉꼬처럼 잘 살았는데. 히유유!"

밭두렁에 퍼지고 앉아 한탄하고 있는 호철 어머니를 이만치서 바라보는 세 분 할머니들도 속이 타기는 매한가지였다.

"보소, 소주 한 병 주소. 삶은 계란도 몇 개 주소."

호철은 지나가는 판매원에게 돈을 내밀면서 또 한 병의 소주를 사서 이빨로 뚜껑을 물어뜯었다.

'칵 목이라도 매달아 죽어 뻴끼다!'

그는 삶은 계란의 껍질을 벗겨낸 뒤 목구멍 속에다 소주병 주둥이를 곤두박질시켰다. 그리고 계란을 입속으로 꾸역꾸역 밀어넣었다.

'내 고마 살기 싫은기라. 먼 재미로 사노? 쳐죽여도 시원치 않을 놈의 웬수놈에 새끼, 이놈에 종자가 어디에 처박혀 있는지 알기마 하모 내 당장 쫓아가서 사지를 찢어 쥑이뻴낀데. 하이고오, 분하고 원통해 우예 사노오!'

그는 술만 취하면 각골통한의 괴로움을 삭일 수 없어 고래고래 소리를 지르며 집으로 돌아오곤 했다. 그런 신세타령을 노인네들 앞에서는 입도 뻥긋 못했다. 네 분 할머니 모두 미숙이는 교통사고로 죽은 줄만 알고 있기 때문이었다. 게다가 추상 같은 종태의 엄명이 있었다.

호철은 세 병째의 소주병을 비우고 나서야 창가에 머리를 기댄 채 코를 골았다. 호철이 퍼뜩 정신이 들었을 때는 기차가 희방사역을 마악 떠나고 있었다. 그는 주섬주섬 가방을 챙겨들고 내릴 준비를 했다. 원래 희방사역에서 내리는 게 집으로 가기엔 빠르지만 대체로 풍기역에서 내렸다.

'집에 들어가기도 싫은데.'

호철이 풍기역에서 내려 역사를 빠져 나오자 호진이가 마중 나와 있었다.

"호철이가? 이번 차에 탈 줄 알았다. 희방사역에서 내리모 우째나 싶었는데 잘했다. 풍기역에서 내리야 먹을 게 많제."

"형, 와 왔노?"

"와 오기는? 니 델고 갈라고 왔제. 경운기 몰고 왔다. 퍼뜩 타그라. 참, 니 점심 못 먹은 갑다."

"개안타. 안 먹어도."
"먼 소리고? 가자. 할매네집에 가서 냉국수 한 그릇씩 말아 먹고 가자."
두 사람은 경운기에 올라타고 할매네 집을 향했다.
"장날이가? 웬 사람들이 이래 많노?"
"장날이 아이고 정세영이 불고기 한 턱 냈다 아이가. 사람들이 불고기 얻어먹을라꼬 쏟아져 나와서 이래 많다."
"와 그래 비싼 불고기 잔치했노? 오늘 먼 날이가?"
"자기 어무이 팔순생신이라카데. 돈 많다고 생색 내는 기제 머. 한 달 전부터 읍내 곳곳에 소문 내고 댕깃제."
"형도 불고기 먹었나?"
"안 먹었다."
"와? 와 안 먹었노? 실컷 얻어먹고 가제."
"니 형수가 신신당부했다 아이가."
"와? 머를 신신당부 했노?"
"그런 거 얻어먹고 댕기모 체신머리 없어 뵌다고 하드라. 그거 얻어먹고 나서 냉중에 그 사람이 국회의원 출마라도 하모 얼굴 외면하기 미안타고 얻어먹지 말라고 하도 오달지게 말하길래 안 먹었다. 호철아, 니 형수 말이 맞제?"
"형수 말이 맞다. 저딴 불고기는 안 얻어먹는기 냉중에도 신상에 좋을끼라. 국회의원 되모 냉중에는 다 도둑놈 되드라."
두 사람은 놋갓장이 영감이 좌판을 벌이고 있는 옆 골목으로 들어가 할매네집에서 탁자를 사이하고 마주앉았다. 불고기 파티에 몰려간 탓인지 식당 안은 사람들이 뜸했다.
"대포 한잔 할래? 기차간에서 소주 마셨제?"
"다 깼다. 한잔씩 하고 가자."
"그라모 국수 먹지 마고 막걸리 안주에 순대 먹을래?"
"그라제."
"할매요, 막걸리 두 되하고 순대 한 접시 주소."
곧 할머니가 두 되들이 막걸리 주전자와 순대 한 접시를 날라왔다. 호진이가 넓적한 사기그릇에 막걸리를 그득히 부으면서 말했다.

"큰형수님하고 둘째 형수님 내려왔다."

"뭐라고? 큰형수님이 내려왔다고? 와?"

"와는 뭔 와고? 어른들한테 뎅기러 왔제. 웬 아 엄마도 델고 왔는데 과부라 카드라. 얼굴도 곱상하고 마음씨도 퍽 착해 보이더라."

"과부는 와 델고 왔노?"

"모른다. 그냥 길동무 삼아 델고 왔나 싶드라. 수도원에서 같이 일하는 과부라 카데."

"……"

"들자. 퍼뜩 들고 가자. 해 저물기 전에 집에 도착해야제."

"작은형수는 몸이 그만 하다 카드나?"

"목발을 짚고 댕기는데 딴 불편은 별로 없는 갑드라. 호철아, 내 말 들어보그라."

"뭔데?"

"인자 고마 맘 잡그라. 우옐끼고? 죽은 사람은 죽었다 쳐도 산사람은 살아야 될 끼 아이가. 어무이들 생각해서라도 니가 인자는 마음잡고 살 궁리해야 안 되겠나. 저래 오래도록 속 끓이다가 화병으로 돌아가시뿌면 우짤레? 불효막심한 자식 되지 마고. 내 말 알아듣겠나?"

호진이 털어놓는 잔사설에 호철은 한숨만 푹푹 내쉬며 아무런 반응이 없다. 호진이가 다시 입을 열었다.

"큰형수가 그라는데, 니 새장가 보낸다 카드라. 개미촌 수도원에 참 좋은 아즈메 있다카데."

"……"

"그라이께로 니는 더 이상 딴 맘 품지 말그라. 퍼뜩 들고 고마 가자."

두 사람은 할매네집을 나와서 경운기를 타고 집으로 향했다. 엊그제 내린 비로 물이 흥덩흥덩 채워진 논바닥에서 농부들이 나란히 허리를 구부린 채 때늦은 모내기를 하고 있었다. 좀 늦긴 해도 벼 타작하기엔 별 문제 없겠다고 호진은 생각했다. 경운기 소리에 모내기를 하던 사람들이 허리를 펴고 두 사람을 쳐다본다. 호진은 모른 척 앞만 보고 경운기를 운전했으나 호철이는 또 사람들한테 대고 욕지거리를 마구 내뱉었다. 성격이 활달하고 거쿨졌던 호철이었지만 아내를 잃고 나서부터 외돌기만 하고 공연히 마음 씀씀이가 오그랑이가 되어 갔다.

"씨벌! 모나 부지런히 심제 멀 쳐다보노? 여태까지 머하고 자빠져 있다가 인제사 모를 내노? 낼 모래가 초복인데."

호진이가 달래듯 나무랐다.

"호철아, 가만 있그라. 와 또 그라노? 지금 모 내도 쌀은 먹는다. 사람들보고 자꾸 그라지 말그라."

"쑤군쑤군대지 않나! 형은 모르나? 동네사람들이 날보고 흉보고 쑤군대는 거 말이다."

"니가 그래 생각해서 그렇제. 실은 그게 아이고 니가 상처한 걸 모두 다 안돼하고 함께 슬퍼하고 있는 기라. 니를 측은하게 생각하는 긴데 뭘 그라노?"

"형은 모른다. 사람들이 전부 다 날보고 손가락질하는 걸 형은 모른다."

"호철아, 그기 아이라카이."

두 사람이 탄 경운기 소리에 모두들 사립문 밖으로 뛰어나왔다. 여자들이 고개를 뽑아 놓고 산허리를 돌아오는 두 사람을 향해 시선을 모았다. 호철 어머니가 맨 먼저 입을 열었다.

"호진이하고 호철이 오네요."

"호철이 오나?"

"예, 와요."

이윽고 경운기를 담벼락 옆에 세워 놓고 호진과 호철이 뛰어내렸다. 자신들을 맞이하고 있는 형수들을 보자 호진이 꾸벅 고개를 숙여 인사를 했다.

"형수님들 왔능교."

병숙이 착잡한 심정으로 말했다.

"그래요. 서울에 다녀오는 길이라구요?"

"예."

"초여름인데도 날씨가 무척 덥죠? 어서 시원한 마루에 올라앉아요. 오늘 우리 불고기 파티해요. 호진이 삼촌은 읍내에서 불고기 안 얻어 먹었겠죠?"
"색시가 그런 거 얻어먹지 말라고 하도 머라케 싸서 안 먹었심더."
병숙이 부엌에서 종종걸음을 치고 있는 호진의 색시와 눈이 마주치자 그녀가 한쪽 눈을 찡긋했다. 오늘 서울에서 모처럼 내려온 손님들이 편안하게 쉴 수 있도록 일찌감치 군불을 지피느라 호진의 색시는 아궁이에 연신 풀무질을 해대고 있었다. 그 사이 호진은 멍석 옆에다 모닥불을 피웠다. 그 위에다 지난 여름에 베어 말린 쑥대강이를 한아름 얹은 후 그 위에다 잡초를 한아름 덮었다. 초여름인데도 모기가 극성스럽기 때문이었다.
호진이 색시는 이름이 연화라 했다. 그 산골 동네에서 읍내 고등학교를 나온 여자는 연화가 유일했다. 지금은 시집온 지 얼마 안 되어 산골색시로 살지만 머리가 좋고 매사에 정직하고 성실했다. 병숙은 연화가 산골에 살기에는 아깝다 싶어 때가 오면 서울로 불러 올려 공부를 더 시킨 뒤 인재로 키울 속셈이었다. 처음에는 그렇게 안 봤는데 시집오고 나서 일거수일투족 어른들에 대한 짓시늉이 제법 곰바지런해서 할머니들이 모두 칭찬을 아끼지 않는 호진이 색시였다. 병숙이 얼굴에 웃음기를 가득 머금고 말했다.
"호진이 삼춘은 색시 말이면 무조건 오케이네요?"
병숙의 말에 호진이 머리를 긁적이며 쑥스러운 듯 말했다.
"어데예! 아이라예."
그날 밤 식구들은 마당에 펼쳐 놓은 멍석 위에 꽃자리를 덧깔고 빙 둘러앉았다. 호진이 색시가 숯불에 익은 돼지고기를 연신 대바구니에 날라댔다. 부영이가 돼지고기를 여러 개의 접시에 나누어 담느라고 얼굴이 빨갛게 익었다. 병숙이 그런 부영이가 안쓰럽다는 듯이 말을 건넸다.
"준이 엄마, 이제 그만 내가 할게."
"아녜요, 배 선생님. 괜찮아요. 제가 할 거예요."
호철 어머니가 대나무 소쿠리에 물방울이 뚝뚝 떨어지는 배추와 상추 등을 수북이 담아 가지고 멍석 위로 올라앉았다. 일도의 어머니가 두리번거리며 무언가를 찾고 있었다. 호철 어머니는 그녀가 무엇을 찾고 있는지를 대뜸 알아챘다.

"술주전자 찾는 기라예?"

"그래, 우째 없노?"

"갖고 올끼라예."

"퍼뜩 갖고 온나. 오랫만에 며느리들 하고 퍼대고 앉아 실컷 취해 볼끼다. 호철아, 니도 오늘만큼은 기분 좀 팍 풀고 웃어 보그라."

호철의 얼굴에 실낱같은 웃음이 한 가닥 스치고 지나갔다.

"호철이 엄마야, 오늘은 세상 시름 내리놓고 기분좋게 먹고 마시자. 좋제?"

"예, 큰형님 말씀이 맞습니다."

이도의 어머니는 몸이 불편한 며느리가 마냥 안쓰러워 못 견디겠던지 연신 며느리의 머릿결을 쓸어 주면서 눈시울을 붉혔다.

"다른 데 아픈 데는 없나? 이도가 잘해 주나? 회사 일이 워낙 바쁜 모양이더라. 그래도 전화는 매일 한데이. 큰형님 생일에 온다카데."

"예, 그때는 다들 올 거예요. 애들도 다 데리고 와야죠. 학교 때문에 이번엔 못 데리고 왔지만 방학때는 시골에 와 있게 하려구요. 어머니, 괜찮겠어요?"

"괜찮고 말고제. 손주 아들이 마이 보고 싶다 아이가."

"의족이 불편하긴 하지만 애들 아빠가 워낙 잘해 줘서 괜찮아요. 목발 짚고 다니는 것도 이젠 익숙해서 불편한 줄 그리 모르겠어요."

"그래, 니가 원래 심성이 착해 그렇제. 웬만해서는 참고 살기 힘들제."

거기다 대고 일도의 어머니가 불쑥 핀잔을 던졌다.

"뭐하고 있노? 퍼뜩 일로 들어 앉그라. 씰데없이 며늘아 델고 눈물 콧물 짜지 마고."

"예, 형님."

호진의 색시가 부엌 한쪽에 묻어 놓은 항아리의 뚜껑을 열었다. 그녀는 발깍거리는 막걸리를 바가지로 휘휘 젓고 나서 닷 되 들이 주전자에 가득히 담아 갖고 멍석자리로 날랐다. 어느 새 호진이와 호철이 앞에 내놓은 돼지고기는 흔적도 없이 사라졌다. 물론 병숙의 접시에 담겨 있던 돼지고기도 말끔히 없어졌다.

석쇠에서 지글지글 타고 있는 고기를 연신 접시에 옮겨 담으면서도 부영이는 자꾸만 낮에 승용차 속에서 은근한 목소리로 운을 떼던 병숙의 말을 지워 버릴 수가 없었다.

"준이 엄마도 알다시피 호철이가 글쎄 졸지에 교통사고로 아내를 잃었지 뭐야. 결혼한 지 얼마 안 되어서 깨가 한참 쏟아질 판에 말이다. 낙심이 돼서 매일 술타령으로 세월을 잡아먹는데 보는 사람 모두가 속이 타서 죽을 지경이야. 어디 웬만한 자리 있으면 새장가 들여 줬으면 좋겠는데. 아무래도 총각 딱지가 떨어졌으니 처녀장가 갈 순 없겠구."

오늘 배병숙이 자신을 이곳으로 데리고 온 데에는 호철이와 자신을 짝지어 주기 위한 속셈이 분명하다고 생각하면서 그녀는 힐끗 호철이를 훔쳐보았다. 호철은 황소처럼 우직하게 생긴 몸을 구부정하게 구부린 채 솥뚜껑만한 손바닥에 배추와 상추를 겹겹이 펼쳐 놓고 그 위에 돼지고기를 수북하게 얹어 놓고 있었다. 병숙이 은근하게 다가와서 부영의 귀에 대고 소곤거렸다.

"준이 엄마, 돼지고기를 한 접시 수북하게 따로 담아다 호철이한테 갖다 줘 보지 않겠어? 내키지 않으면 안 해도 되지만."

"예, 그럴 게요. 배 선생님."

부영은 잘 익은 돼지고기 한 접시를 들고 호철이 옆으로 조심스럽게 다가가서 그의 앞에 고기접시를 살포시 내려놓았다.

"많이 드세요."

호철이가 깜짝 놀란 듯 부영을 쳐다보고는 엉겁결에 대답했다.

"예, 이래 안 해도 마이 먹고 있는데예. 고맙심더."

"천천히 많이 드시라구요. 고기가 많아요."

"예, 참말로 고맙심더."

그 모습을 남몰래 눈여겨보던 병숙이 마음속으로 흐뭇해 했다.

'잘 될 것 같애!'

어느새 앞마당이 떠나갈 듯 시끌벅적하던 소리도 잔자누룩해졌다. 고기 익는 냄새도 조금씩 잦아들었다. 마당에 지폈던 모깃불도 거의 사그라졌다. 소쩍새 우는 소리만이 교교하게 내리비치는 달빛을 타고 산골짜기의 밤을 태우고 있었다. 호진이와 호철이는 일찌감치 건넌방으로 들어가 코를 골고 있다. 부영이와 호진이 색시가 잰걸음으로 어렝이에다 빈 그릇 나부랭이들을 담고 부엌으로 날라대고 있었다. 조금 후 여자들이 마루에 누워 숨을 돌렸다. 부영이와 호진이 색시도 일찌감치 방에 들어갔다. 밤하늘엔 별들이 보석가루를 뿌려 놓은 듯 총총하게 떠 있었고 하현달이 말갛게 떴다. 일도의 어머니가 병숙이 쪽으로 돌아누우며 말했다. 술이 꽤 거나해진 목소리였지만 호철 어머니의 귀에 들리도록 일부러 목청을 돋워 내놓는 말이었다.

"과부라 캣나?"

"예, 어머니."

"싹싹하고 곱살스럽고 일도 꼼꼼하게 잘하네. 참 좋은 새댁인데 안됐다."

"수도원에 같이 있으면서 쭉 눈여겨보았지만 공부를 못해서 그렇지 나무랄 데가 별로 없어요."

"서방이 우예 된 기고?"

"잘은 모르는데요. 아마 도망쳤다나 봐요."

"뭐래? 기집이 도망가는 게 아이고 서방이 도망쳤단 말이가? 와 그랬노? 새댁이 워낙에 색골이가?"

"아이, 어머니, 그게 아니구요. 어떤 여자와 눈이 맞아 도망갔다는데 말이죠. 준이 엄마 오빠 얘기론요 죽었데요."

"죽어? 와 죽노? 전쟁바닥도 아이고 먼 사고로 죽었나?"

"어느 추운 겨울날 술에 취해서 갈팡질팡하다가 눈밭에 파묻혀 죽었데요."

"얼어 죽었단 말이가? 첩년 얻어 살다가?"

"예, 그랬데요. 워낙 술을 정신없이 퍼 마셨나 봐요."

"쯔 쯔 쯔, 저 새댁도 팔자 에지간히 몬타고 났네. 그래 우쨀라카노? 저래 청상과부로 늙어 죽을라카나? 후살이가 쉽지는 않지만서도. 더 나이 먹기 전에 좋은 남자한테 시집가야제."

"글쎄요, 그건… 뭐 새로 좋은 남자한테 시집가면 되죠 뭐."

"바라, 호철이 엄마 듣나?"

"예, 큰형님, 듣고 있심더."

"저 새댁을 호철이하고 짝 맞차 주면 안 되겠나? 어차피 호철이도 처녀한테 장가가기사 다 틀려 부렸잖나. 안 그랬나?"

"그야 그렇다마다요. 큰형님, 하지만서도 아엄마가 어데 그래할라 캅니까. 말 꺼냈다가 싫다카모 우짤라꼬예. 괜시리 호철이 속만 더 뒤집어노모 우짤라고요."

"그라이께 번개불에 콩 튀듯이 하지 말고 은근슬쩍 운을 띠와 보는기제."

"우짤라꼬예?"

"저 새댁을 당분간 여개 살게 하모 안 되겠나?"

병숙이 시어머니 쪽으로 돌아누우며 말했다.

"그렇게 아니고요, 제가 어느 날 호철이를 수도원으로 불러 올릴게요."

"수도원으로?"

"앞으로 수도원에 남자들이 할 일이 많거든요. 부영이하고 자주 마주치다 보면 은근히 정이 들지 않겠어요? 그러다보면 호철이도 마음을 잡을 거예요."

"그기 좋겠다. 그자? 바라, 호철이 엄마야, 우째 또 우노? 고만 울그라."

"아이라예, 형님, 아까부터 눈에 불티가 드갔나 봅니더."

"고마 자야제. 며늘아, 니는 내일 서울로 올라갈끼고 우리는 고추모 낼낀데. 방에 들어가서 이불 갖고 나온나. 시원하게 마루에서 자자."

"예, 어머니."

그 사이 이도의 어머니는 몸이 불편한 며느리를 데리고 일찌감치 방으로 들어가서 두런두런 쌓인 이야기를 늘어놓고 있었다. 병숙은 오랜만에 시어머니 옆에 나란히 누웠다. 시어머니 몸에서 이도의 냄새가 끈적끈적 묻어나오는 듯했다. 별빛이 통마루 가득히 쏟아져 들어와 사람들의 얼굴을 푸르스름하게 물들이고 있었다. 병숙은 밤을 적시는 냉기가 이마에 싸늘했지만 맑고 깨끗한 공기가 주는 신선함 때문에 싫지 않았다. 시어머니가 이불을 끌어다 병숙의 몸을 덮어 주면서 속삭이듯 병숙이의 귀에다 대고 말했다.

"바라, 며늘아."

"예, 어머니."

"어느 여자고 젊은 시절 안 겪고 살아온 여자 있나. 그래도 여자한테는 든든한 서방이 있어야 된다. 서방 없이 늙는 것만큼 서글픈기 없다. 그래서 이래

저래 내 속이 말이 아이다."

병숙이 깜짝 놀라 시어머니 쪽으로 얼굴을 돌렸다.

"왜요, 어머니?"

"니도 이제 일도 생각 고만 하고 고마 좋은 남자 만나 팔자 고치고 살아야 안 되겠나. 이래 젊은 나이에 우예 혼자 늙을끼고."

"아이, 어머니도 참, 별 말씀을 다 하세요."

"내 말 잘 새겨듣고 곰곰히 생각해 보그라. 여자의 평생이 그기 아이다. 내가 뼈가 저리도록 경험해서 하는 말이다. 허술히 듣지 말그라. 지금은 여자가 남 눈치 보고 사는 세상이 아이라 카잖나."

"생각 없어요, 어머니."

"그기 그게 아잉기라. 잘 생각해 보그라. 내 눈치 볼 거 없다. 알겠나?"

"……"

"그라고 며늘아, 그 대통령 된다는 사람은 우예 됐노?"

"아직 미국에서 공부하고 있어요. 내년쯤 한국으로 돌아오실 거예요."

"얼굴이 우예 생깃노? 보고 싶다. 잘 생깃나?"

"네, 아주 잘 생겼어요. 월남전에서 한쪽 눈을 다쳤지만 참 잘 생긴 얼굴이예요. 그렇게 잘 생긴 남자는 두번 다시 보기 힘들 걸요? 어머니."

"고마 자자."

아무래도 소쩍새는 새벽이 밀려올 때까지 밤을 태우려는 모양이었다. 병숙은 시어머니의 냄새가 이토록 마음을 편안하게 해 줄 줄은 몰랐다. 눈을 감았다. 시어머니가 또 살며시 이불자락을 끌어다 그녀의 턱밑까지 덮어 주었다. 병숙은 또 눈시울이 뜨거워졌다. 일도와 경희가 사무치도록 그리웠다. 소쩍새 우는 소리가 병숙의 귓가에서 아스라히 사라지고 있었다.

소쩍…….

엉뚱한 강물을 타고 흐르는 인생

　무태가 부산에 도착한 그날 오후, 마카오 박은 모처럼 부산항 변두리에 있는 조용한 카페에서 무태와 마주앉아 술을 마시고 있었다. 조용필의 노래 '돌아와요 부산항'이 카페의 구석구석까지 구성지게 스며들고 있었다. 창밖으로 갈매기떼들이 부산하게 날아다니며 괴성을 질러댔다. 마카오 박이 술잔을 내려놓으며 먼저 입을 열었다.
　"개미촌에 몸 담은 느낌이 어떠냐?"
　마카오 박의 물음에는 대답을 하지 않고 무태는 담배연기만 연신 내뿜었다. 이윽고 재떨이에 담배 꽁초를 부벼 끈 뒤 무태가 입을 열었다.
　"우리 북파공작원이 사회에 나와서 떳떳하게 들어앉을 만한 자리가 있겠냐. 다행히 믿고 따를 만한 보스를 만난 덕택에 비로소 살맛을 느낀다. 여동생 부영이와 조카녀석의 장래를 개미촌에서 책임져 준다니 이 이상 바랄게 뭐 있겠어. 더욱이 상대할 놈들이 거대 마약을 밀매하는 빨갱이 야쿠자집단이라니 한번 붙어볼만 하잖냐? 원래 북파공작원의 천적은 빨갱이 새끼들 아니냐. 그런 의미에서도 이번에 내게 맡겨진 일은 신의 선물이랄까."
　마카오 박이 고개를 몇 번 끄덕이고 난 뒤 의미심장한 얼굴이 되어 말문을 열었다.
　"마카오에 있는 친구에게서 전해 들은 정통한 정보인데, 근자에 북한에 봉화조란 조직이 생겼어."

무태의 눈살이 깊게 찌푸려졌다.

"뭐? 봉화조? 그게 뭔데?"

"알고 있어? 태자당이라고."

"태자당? 그건 중국에 있는 최고위층 자식들로 결성된, 마약이나 위조지폐로 돈을 억수로 많이 번다는? 태자당이 어쨌다는 것인데?"

"봉화조란 조직이 바로 태자당과 똑같은 형태로 결성되었다 이 말이지. 봉화조는 오항택 국방위원장의 아들 오영진과 김향원 군총정치국 조직 담당자의 아들 김기택 등이 국제무대에 돌아다니며 카지노 도박을 벌린다는군. 그리고 최고 브랜드의 사치품을 구입해서 북한의 최고위급 인사들에게 뇌물로 도배를 한다는 것이야. 북한 인민들 중에는 녀석들을 망나니라든가 날건달이라는 둥 비난의 소리도 만만치 않다는데 말이지."

"그런데? 뭘 말하려는 건데 그렇게 서론이 기냐?"

"바로 '봉화조의 핵심 멤버가 지금 LA의 팔로스버디시 파세오델마가 어디에서 마피아를 끼고 마약장사를 하는 최달재란 놈이다. 봉화조의 멤버들은 하나같이 김일성종합대학이라든가 평양외국어대학을 졸업했는데 최달재는 평양외국어대학을 졸업한 엘리트인데다 초특급 마약 밀매책이라는 거야."

"최달재란 놈이…."

"그래, 놈의 이름이 최달재야. 잘 기억해 둬. 놈은 동양인으로는 드물게 마피아에게 특별보호를 받고 있는 위치에 있다. 봉화조 놈들은 대부분 마약 중독자들인데 최달재는 한때 헤로인 중독으로 홍콩의 어느 격리시설에서 치료를 받기도 했다는군."

"그래서? 마카오 박, 이야기를 계속해라"

"나는 이 정보를 아직 큰형님에게 말씀 드리지 않았어."

"왜 그 이야길 내게 먼저 하는건데?"

"개미촌의 여자를 토막살해한 놈은 황금라이터가 틀림없다. 최달재의 입에서 떨어지는 명령을 하달받는 중간 보스가 있는데 황금라이터는 그 중간 보스의 유일한 행동대원이지. 그런데 그 중간보스는 남자가 아닌 여자야. 이름을 맹도희라 한다."

순간 무태의 눈썹이 꿈틀했다.

"황금라이터? 맹도희?"

"한국에 뿌리 내리고 있는 모든 마약의 진원지가 바로 최달재이고 최달재의 명령하에 남한 전역에 포진하고 있는 방대한 조직원들이 일사불란하게 움직인다."

"그런데?"

"황금라이터와 놈의 정부 맹도희란 고정간첩의 문어발을 자르면 놈들의 몸통이 모두 드러나지 않겠느냐는 내 생각이다. 어떻게 생각하나?"

무태의 눈살이 실날처럼 가늘어졌다. 마카오 박이 말을 계속했다.

"황금라이터가 개미촌의 여자를 토막 살해했어. 놈은 오래전부터 야쿠자들과 한통속인데 정통한 소식통에 의하면 놈들이 인신매매까지 서슴지 않는다고 한다. 옛날에 죽고 없는 나카가와의 망령을 새롭게 뒤집어쓰고 등장한 전문가들로 조직되어 있는데 그 최고 실력자가 황금라이터야."

무태의 입에서 새어 나오는 목소리가 가늘게 떨렸다.

"황금라이터, 그리고 맹도희."

"북한쪽에 대한 정보와 인맥은 안기부나 큰형님보다 너와 내가 훨씬 밝은 편 아니냐. 우리 둘 다 북쪽을 내 집 드나들 듯했고 난 북한 고위층의 머리속에 무엇이 들어 있고 그들이 무엇을 선호하는지 훤하게 알고 있지. 이왕에 네가 뛰어들어야 할 일이라면 큰형님 몰래 네가 멋지게 해치워 보는게 어떨까 싶은 나름대로의 생각에서였지. 그래서 큰형님에겐 아직 말씀드리진 않았다. 하지만 역시 상대가 워낙 살인의 고수인지라 아무리 무태라 할지라도 친구의 입장에선 염려가 된다. 허물 없는 사이니 네게 먼저 쏟아놓았지만 곧 큰형님에게 자세히 보고해야지."

"……."

"그런데 말이야. 무태야."

"말해."

"최달재란 놈이 이중간첩이라는 사실이다. 예전엔 새빨간 간첩이었는데 돈

맛을 알고부터 이중간첩이 되었어."

"뭐? 최달재가 이중간첩? 그게 사실이야?"

"흐흐흐, 무태야, 너는 내 몸 자체가 정보의 창고인 걸 잊었냐? 내가 왕년에 북한은 물론 동남아 일대를 내 집처럼 넘나들던 마당발이었던 사실을 잊었어?"

"최달재가 이중간첩이라. 흥미있구나. 마카오 박."

마카오 박이 술잔을 목구멍 속에 털어넣으며 씨익 웃었다.

"해 볼만 하지? 크흐흐흐흐."

"마약범죄단에다 인신매매, 게다가 빨갱이 야쿠자에다 이중간첩? 좋았어. 이 무태가 역사의 한 페이지를 확실하게 장식하겠군."

"크흐흐흐, 그래, 무태 이 자식아."

갑자기 마카오 박이 웃음기를 싹 거두고 정색을 했다.

"널 믿긴 하지만 만에 하나 잘못되면 개미촌이 치명타를 입는다. 황금라이터는 상상할 수 없으리만큼 치밀한 살인의 천재다. 아무리 저승사자인 무태라도 결코 자만하거나 방심해서는 안 된다."

무태가 미간을 잔뜩 좁히며 눈을 가늘게 떴다. 무언가 생각이 깊을 때의 표정이었다. 조금 뒤 무태의 입에서 독기 서린 목소리가 새어 나왔다.

"황금라이터… 좋았어! 이 저승사자의 도끼맛을 확실하게 보여 주마. 빨갱이 야쿠자 새끼!"

두 사람 사이에 침묵이 흘렀다. 시간이 흐를수록 카페는 밀려드는 손님들로 빈자리를 찾을 수 없을 정도였다. 투박한 부산사투리에 섞여 갈매기 울음소리마저 잦아드는 듯했다. 이윽고 마카오 박이 탄식어린 어조로 말했다.

"어느새 나이 40을 넘어섰다. 세월이 이렇게 빠르다니."

무태가 담뱃갑을 꺼내 마카오 박에게 한 개비를 건네주고 자기도 한 대 피워 물었다. 그의 얼굴에 깊이 찢긴 상처의 계곡으로 담배연기가 잠시 머물다가 꼬리를 끌며 사라졌다. 무태가 중얼거리듯 말했다.

"우리 인생은 왜 이렇게 엉뚱한 강물을 타고 흘러가는 걸까! 가끔씩 나는 혹 외계인이 아닐까 하는 착각에 빠질 때도 있어."

마카오 박이 담배연기를 길게 뿜어 내면서 말했다.
"이해하기 힘들어."
"뭐가?"
"큰형수님 말이다."
"왜?"
"얼마든지 호의호식하며 여왕처럼 살 수 있을 텐데 왜 수도원에서 고생을 사서 하실까?"
"……."
무태의 눈앞에 부영이와 조카 준이의 부얼부얼한 얼굴이 웃으며 다가왔다. 무거운 침묵을 깨고 다시 마카오 박이 먼저 입을 열었다.
"큰형수님뿐 아니라 개미촌의 많은 여자들이 왜 수도원에서 그 고생을 하느냐 이 말이지."
무태가 말했다.
"우리와는 태생이 틀린 사람들이야. 술이나 마시자."
빈 잔을 테이블 위에 내려놓고 창밖에서 어지러이 날아다니는 갈매기 떼들을 바라보며 둘 다 말이 없다. 한참 후에 무태가 입을 열었다.
"이봐, 마카오 박, 내가 아무에게도 털어놓지 못한 비밀이 있다. 내가 김재규 정보부장의 비밀경호원으로 일할 때였는데 한 가지 풀리지 않는 의혹이 아직도 머릿속에 찜찜하게 남아 있어."
마카오 박이 빈 잔에 술을 부으며 물었다.
"무엇이었는데."
"어느 날 김재규 정보부장이 날 불러내어 명동의 어느 한식집에서 함께 술을 마셨는데 이상한 말을 했어."
"글쎄, 무엇이었냐니까."
"최태민 일가를 박근혜로부터 떼어내는 일을 내가 맡아 달라는 것이었어."
마카오 박의 표정이 금방 긴장했다.
"최태민? 그 목사란 사람? 최태민이란 사람은 지금까지도 사람들의 입에 회자되고 있잖아. 별의별 억측과 소문을 타고 말야."

"최태민은 목사가 아니고 사이비 종교 교주였어. 그놈한테 성폭행당한 여자들이 당시 모 일간지 신문 편집국장에게 탄원서를 가지고 왔다는 거야. 뿐만 아니라 최태민과 그의 딸 최순실, 최순득이 박근혜에게 최면을 걸고 있다는 것이었어. 그에 대한 상세한 정보가 이미 정보부에 낱낱이 보고되었다고."

"최면을 걸어? 최태민이 최면술사였어?"

"사이비교주라면 의당 사람을 홀리는 기술이 있겠지."

마카오 박이 지나치는 여종업원을 향해 말했다.

"아가씨, 술 한 병 더 주쇼. 땅콩안주 한 접시하고."

곧 여자가 술과 안주를 가져왔다. 무태가 땅콩안주를 씹으면서 말을 이어갔다.

"부장님의 말은 최태민이 박근혜를 데리고 가는 곳마다 조폭들이 칼을 품고 밀착경호를 했다고 했어."

마카오 박이 상체를 쑥 내밀고 물었다.

"그 신문사 편집국장은 탄원서를 어떻게 했어? 신문에 공개했나?"

"박정희 대통령과도 면식이 있었지. 그가 탄원서를 박정희 대통령에게 보여주었지."

"그래서?"

"박정희 대통령이 노발대발해서 박근혜를 불러다 당장 최태민과 절교하라고 호통을 쳤다는 거야."

"그랬는데."

"박근혜가 울며불며 아버지한테 빌었다는 거야. 최태민 목사는 절대 그런 사람이 아니라고, 다 자기와 최 목사를 모함하는 사람들이 저지른 거짓말이라고."

"대체 최태민이란 작자는 왜 박근혜에게 접근했을까?"

"김재규 정보부장이 그때 이런 말을 내게 했어."

"무슨 말을?"

"최태민 일가를 그냥 놔두면 훗날 대한민국이 커다란 국가 위난의 혼란 속에 빠질 염려가 있다면서 박근혜의 장래를 위해서라도 최태민과 그의 딸들을 없애야 한다면서 그 악역을 내가 맡으라고."

"허! 그래서 어쨌냐?"

"북파공작원으로 북한을 드나들며 내가 사람을 한두 명 죽였겠나? 최태민 일가를 죽여 없애는 것쯤 식은 죽 먹기지."

마카오 박이 말했다.

"북쪽 놈들에게 저승사자란 별명을 받을 정도였으니 말해 뭘해."

"나는 부장님의 말을 알아듣고 결심을 굳혔지. 그리고 1979년 10월 27일 밤에 최태민과 그의 딸들을 도끼로 죽여 없애기로 마음먹고 있었는데 하루 전날인 26일 저녁에 박정희 대통령이 김재규 정보부장의 권총을 맞고 서거하셨어. 근래 들어 생각해 봤는데 그때 김재규 정보부장이 박정희 대통령을 시해하지 않았다면 박정희 대통령은 어떤 모습으로 후세 사람들에게 기억될까? 난 김재규가 박정희 대통령을 영웅으로 후세가 기억되게 해 준 일등공신이라고 생각한다."

마카오 박이 알 듯 모를 듯 중얼거렸다.

"글쎄다, 거기까지는."

"지금까지도 나는 내 자신에 대해 저울질하기를 그치지 못하는데 김 부장이 사형대의 이슬로 사라진 후에라도 김 부장이 내게 명령했던 일을 행동에 옮겨야 했는지 아니면 그 반대인지 판단이 서지 않는단 말이지. 내 북파공작원 생애에서 그것이 가장 풀리지 않는 수수께끼이고 오점이야. 이봐, 마카오 박, 내가 그때 최태민 일가를 죽여 없앴어야 했을까?"

마카오 박이 술잔을 입 안에 털어넣고 나서 말했다.

"그걸 어떻게 알겠어. 역사의 시계바늘에 맡겨야겠지."

두 사람 사이에 다시 무거운 침묵이 끼어들었다. 잠시 후, 마카오 박이 무언가 단단하게 작심한 듯 다른 말을 끄집어냈다.

"글쎄, 그건 그렇고, 무태야, 나도 네게 한 가지 고백할 게 있다. 몇 년 전 북한에 넘나들면서 말이야."

"그런데?"

"우연히 어느 보위부 간부의 마누라와 잠깐 눈이 맞았었어."

"그래서."
"놈이 집을 비운 새 그녀와 한바탕 색사를 치렀는데, 재수 없으려니까."
"왜?"
"그 자식이 일정이 취소됐는지 일찍 집에 들어온 거야."
"저런! 그래서?"
"놈이 다짜고짜 자기 방으로 날 데리고 가서 하는 말이 가관이었어."
"뭐라 했는데?"
"실은 자기도 친구 마누라랑 한탕하고 오는 길이라면서 말야. 눈 딱 감을 테니 그 달에 마약밀매로 벌어들인 돈에서 20%만 뚝 떼서 달러로 바꾸어 달라는 거야. 그때 진짜 아슬아슬했지."
"그런 말을 왜 하는 건데?"
 마카오 박의 얼굴에 고뇌의 그림자가 짙게 깔렸다.
"사랑이었어."
"뭐라고?"
"그 보위부 간부의 마누라가 목숨을 걸고 북한을 탈출했어. 천신만고 끝에 태국으로 들어가서 우리측 대사관에 망명을 신청했어. 그 여자가 지금 한국에 와 있다."
"만났어?"
"그래."
"지금 어떻게 돌아가는 상황인데?"
"이렇게 된 이상 같이 살아야 지. 기쁨조 출신인데 나이도 나보다 15년이나 젊고 예뻐."
 마카오 박의 고백에도 무태는 무슨 생각을 하는지 항구를 넘나드는 어선들을 향해 시선을 던져 놓고 말이 없다. 마카오 박이 물었다.
"넌 그냥 이대로 혼자 살다 인생 종칠래?"
 무태가 술잔을 입으로 가져가며 혼잣말처럼 중얼거렸다.
"킬러가 여자를 좋아하기 시작하면 십중팔구 망한다."
"……"

"네가 운영하던 청량리의 백악관은 잘돼 가지?"

"큰형님이 큰돈을 대 주셔서 지금 애들이 잘하고 있어. 큰형님의 은혜를 갚는 길은 오직 맡겨진 일에 목숨을 거는 길밖에 없겠지."

"최달재를 뒤에서 조정하는 제3의 괴물이란 놈은 여전히 수면하에 있어?"

"글쎄다, 놈의 정체를 알고 있는 놈은 최달재밖에 없지 않을까. 큰형님은 제3 괴물의 정체가 곧 수면 위로 떠오를 것이라는 자신감으로 넘쳐 있더라."

무태가 빈 술잔을 탁자 위에 내려놓자마자 딱 끊어 말했다.

"그만 일어서자!"

어느새 부산항은 산더미 같은 배들을 입가에 머금고 현란한 불빛 속에서 꾸벅꾸벅 졸고 있었다.

너나 지옥에 가라

🌢

　동두천에서 전곡 쪽으로 시원하게 뚫린 도로를 한참 달리다 보면 동쪽으로 빠지는 비포장 도로가 나온다. 꼬불꼬불 자갈길을 따라 한참 덜컹거리며 올라가다 보면 드문드문 초라한 슬레이트지붕의 촌가가 너댓 채 보이고 잣나무가 빽빽하게 들어찬 계곡이 한 폭의 그림처럼 아름답게 펼쳐진다. 엊그제 하루 종일 쏟아진 장맛비 탓에 계곡의 물이 길가로 넘칠 듯 불어나 있었다. 사방을 아무리 둘러보아도 사람의 모습은 전혀 찾아볼 수가 없다. 지루한 장맛비 탓에 약초를 캐는 촌사람들도 발길을 끊었다. 아마도 술집에 모여 앉아 막걸리 타령을 하거나 사랑방을 차지하고 앉아 고스톱을 치는 재미에 흠뻑 빠져 있을지도 모른다. 다시 오른쪽으로 뚫린 자갈길을 10여분 더 들어가면 바위에 천불사라고 붉은 페이트로 쓰인 글씨가 보이고 곧 ㅁ자로 지어진 낡은 외챗집이 딱 한 채 눈에 들어선다. 절이라기보다는 폐옥 같은, 오래 전에 지어진 허름한 기와집을 손질해서 절간처럼 사용하고 있는 듯했다. 퍼뜩 차창 밖으로 하늘을 올려다보니 장맛비가 멎어 있었으나 하늘은 아침부터 저녁나절까지 그렇게 뿌옇게 찌푸려 있었다.
　낡은 베이지색 바바리코트를 입은 할아버지가 지프차에서 내려 빗장이 열린 채로인 대문을 밀고 안으로 들어섰다. 두레우물이 있는 마당 가운데 놓인 툇마루에 앉아 저녁식사를 들고 있던 스님들이 일제히 할아버지 쪽으로 시선을 보내오고 있었다. 그 중 얼굴이 희넓적한 스님이 무릎 부위에 쇠똥찜을 하다 말고는 할아버지에게 다가와 합장을 했다.

"어떻게 오셨습니까? 노인장."

"주지스님 좀 뵐까 해서 왔습니다."

"어디서 오셨나요?"

"의정부에서 소문 듣고 물어물어 찾아오는 길입니다. 듣던 대로 신선이라도 한 분 머물듯 산수가 매우 훌륭하구먼요."

"무슨 일 때문에 주지스님을 뵈려고 하는지요?"

"이 절에 돈을 현찰로 천만원 낼까 합니다. 집안에 우환이 그치지 않아서 양벽부도 몇 장 사고 부처님께 자비를 구해야 할 것 같아서요."

"참 고마우신 손님이시군요. 잠깐만 기다려 주시면 곧 주지스님을 모셔 오겠습니다."

"고맙습니다."

쇠똥찜을 하던 스님이 본당으로 보이는 건물 안으로 사라졌다. 한참 후에 조금 전의 스님이 또 다른 스님 한 분과 함께 모습을 드러냈다. 할아버지가 공손하게 합장하며 허리를 굽혔다. 스님이 손님을 귀인이라도 대하듯 정중하게 허리를 굽혔다.

"오시느라 수고가 많으셨습니다. 이쪽 조용한 곳으로 드실까요?"

"고맙습니다."

그때 굽혔던 허리를 펴면서 할아버지는 보일 듯 말 듯 바바리코트의 단추를 풀었다. 순간 그들은 까무러칠 만큼 놀라고 말았다. 그들 앞에 바바리코트의 단추를 훌쩍 열어젖힌 할아버지의 양겨드랑이에 쌍권총이 걸려 있었기 때문이었다. 게다가 허리의 가죽밴드에는 날이 새파랗게 선 무시무시한 도끼들이 가지런히 꽂혀 있었다. 스님들의 얼굴이 하얗게 질렸다.

"엇! 뭐야? 저것?"

스님들이 몸을 꿈틀대는 찰라 할아버지의 쌍권총이 불을 뿜었다.

탕, 탕, 탕……

눈 깜짝할 사이에 7명의 스님 아닌 스님들의 얼굴이 석류처럼 으깨어져 마당에 나뒹굴었다. 금세 마당에 핏물이 홍수처럼 흘렀다. 미처 손을 쓸 사이도 없이 벌어진 일에 소스라치게 놀란 주지가 재빨리 품속으로 손을 가져갔다. 어느새 할아버지의 총구는 주지의 이마를 향해 싸늘하게 비웃고 있었다. 주지가 간신히 몸을 추스리고 물었다.

"누구…?"

변장한 할아버지는 무태였다. 무태가 그 물음에는 대답도 않고 차갑게 명령했다.

"법당 안으로 들어가랏!"

주지가 비척거리면서 법당을 향해 등을 돌렸다. 무태가 반질반질 윤이 나는 주지의 뒷통수에다 권총을 바짝 갖다 대고 일갈했다.

"딴 짓 할 생각 마! 대갈통을 날려버릴 테다. 알았나?"

무태가 주지를 따라 법당 안으로 들어섰다. 향 타는 냄새가 콧구멍 속으로 밀려 들어왔다. 받침대 위에 늘어앉은 크고 작은 불상들이 섬뜩한 느낌을 주었지만 무태는 괘념치 않고 주지와 단 둘이 마주앉았다. 지릅뜬 무태의 눈에 귀기가 서린 듯 그의 몸 주위로 뽀얗게 피어오르는 살기가 주지의 가슴을 몸서리치게 했다. 무태가 주지 앞에 무언가를 툭 던졌다. 순간 주지의 입에서 비명이 터져나왔다.

"헉! 황금라이터…!"

무태가 쏘는 듯한 목소리로 말했다.

"죽일놈, 황금라이터를 알고 있는 걸 보니 빨갱이 야쿠자 새끼가 맞네! 묻는 대로 대답 해. 네놈이 황금라이터를 시켜 개미촌의 여자를 죽여 달라고 최달재에게 청부했지?"

"……"

"입 꼭 다물고 있다고 살 길이 열리지 않아. 왜 아무 죄도 없는 여자를 그토록 무참하게 죽여야 했지?"

무태의 말에 주지도 독이 올랐는지 혓바닥에 힘을 빳빳하게 메기고 소리쳤다.

"우리 아버지의 여자였는데 개미촌에서 빼앗아 갔으니까."

"씨발 새끼야! 빼앗아 간 게 아니라 노망한 늙은이에게서 도망쳐 나온 거지! 오죽 징그러웠으면 그랬을까?"

놈은 이제 죽음을 각오한 듯 대담한 얼굴로 무태를 노려보았다. 놈의 입에서 평안도 사투리가 삐질삐질 새어 나왔다.

"흥! 네 놈이레 한 수 못 미쳤군. 흐흐흐, 내가 속을 줄 알았네? 이 황금라이터는 가짜다! 알겐? 진짜 황금라이터는 이렇게 생기디 않았어. 한심한 아새끼! 이미 넌 황금라이터의 그물에 걸려들었어!"

무태가 놈의 말이 끝나자마자 받아쳤다.

"멍텅구리 같은 새끼, 물론 이 라이터는 가짜지. 놈은 아직 살아있으니까."

"껌 씹는 소리 하구 자빠뎃어. 종간나 쌔기레! 황금라이터가 살아있으면 네레 죽은 목숨이야. 간나새끼야!"

무태가 바바리코트 안주머니에서 비닐에 싼 물건을 주지 앞에 툭 던져 주자 주지가 기겁을 했다.

"앗! 맹도희 동무의 손목."

"역시 알아보는군. 허긴 네놈들은 똑같은 반지를 차고 있는 빨갱이 년놈들이지. 가운데 박힌 알만 서열에 따라 색깔이 틀리고 말이지."

주지가 무태의 눈을 빨아들일 듯 노려보며 물었다.

"맹도희는 죽었나?"

"아직 죽이지는 않았지만 죽을 지경이겠지. 손목이 잘린 채 홀로 창고에 갇혀 있으려니 오죽할까. 죄 없는 여자를 참혹하게 죽였으니 네놈들도 지옥이 어떤 곳인지 가 보면 알겠지."

"날 죽일 셈이냐? 하지만 황금라이터를 죽이지 못한 이상 너도 개죽음이나 마찬가지야. 네놈도 황금라이터에게 걸리면 거저 영락없이 황천객이 될 테니까니."

무태가 주지의 눈을 쏘는 듯이 노려보며 또깡또깡 힘주어 말했다.

"개소리 말고 묻는 말에만 대답해. 말만 잘 들으면 목숨만은 살려 주마. 네놈들 뒤에서 네놈들을 조종하는 최달재란 놈 말고 그 위의 인물이 누구냐? 약속하마. 솔직히 털어놓기만 하면 틀림없이 네 목숨은 살려주겠다. 이 도끼로 두 손만 잘라 버리고 말이지."

무태가 허리에 찬 도끼벨트를 툭툭 두들기며 말했다. 하지만 주지는 무태를 향해 완강하게 저항했다.

"야, 이 쌍 간나새끼야, 꾸물대지 말고 죽일 테면 빨리 죽이라우. 뭘 질질 끌구 자빠댔어? 황금라이터가 무서운 모양이디?"

"최달재 놈이 조총련 야쿠자들과 짜고 전 세계에 마약을 밀매해서 벌어들인 엄청난 돈으로 남한에서 활동하고 있는 주사파 종북세력과 첩자들에게 공작금을 대주고 있지. 네놈들도 겉으로는 스님인 척하면서 부산과 서울에다 최고급 아파트를 사 놓고 초호화판으로 살고 있다는 걸 우리가 모를 줄 아나? 씨발새기들! 북한동포들은 먹을 게 없어 하루에도 수백 명씩 굶어 죽어 가고 있는 판에 말이지. 이 절간 어딘가에도 엄청난 마약을 숨겨 놓았을 테고."

"……."

"자칭 나카가와 파 야쿠자들과 손잡은 최달재가 마약장사를 해서 모은 검은 돈을 빼돌려서 LA의 파세오 델마가에 초호화판 저택을 사 놓고 있지. 뿐만 아니라 워싱톤 근교에 동물원까지 만들어 놓고 황제처럼 군림하며 사는 꼴을 너희 지도자 동지께서 알면 최달재와 네놈들은 어떻게 될까? 너희들은 지도자 동지를 배신한 반역자야."

무태의 말에 비로소 주지의 눈동자가 조금씩 동요하기 시작했다. 주지가 살기 어린 무태의 시선에 지지 않겠다는 듯 이빨을 하얗게 깠다.

"개씨꾸녕 쑤시는 소리하구 자빠졌네. 종간나새끼레."

그때 무태의 입에서 듣기에 따라서는 청천벽력 같은 소리가 터져나왔다.

"지금 그 파세오 델마가의 저택에 최달재와 함께 살고 있는 년은 바로 네놈의 친딸이라는 것도 알고 있지. 하나밖에 없는 딸을 최달재의 첩으로 상납한 대가로 네놈도 엄청난 특혜를 받고 있다는 것도."

주지가 발악하듯 소리쳤다.

"이 개간나새끼가 무슨 개소리하구 자빠댔어? 쏠레면 쏘라우. 황금라이터의 눈이 네놈을 꿰뚫어보고 있으니까니!"

무태의 입가에 싸늘한 미소가 흘렀다.

"네 딸년을 정부로 데리구 살면서 최달재 새끼가 무슨 짓을 하는지 알아? 네 딸년이 미국 하바드대학생이라구? 개가 다 웃겠다. 더러운 놈."

주지의 눈은 분노로 숯불처럼 이글이글 타고 있었다. 무태가 비웃적거리는 말투로 주지의 뼛성을 툭툭 건드리자 주지가 분을 참지 못하고 어금니를 질끈 깨물었다. 무태가 다시 입을 열었다.

"어떠냐? 내 말이 맞지?"

주지의 얼굴은 절망감으로 보기 민망할 만큼 처절하게 일그러지고 있었다. 무태가 다시 말을 계속했다.

"그런데 최달재와 너희들을 뒤에서 조종하고 있는 또 다른 놈이 누구인지 난 꼭 알아야겠다. 그 놈이 누구인지 말해라. 그러면 목숨만은 살려 주마. 나는 헛소리는 절대 안 한다. 이것도 마지막 기회야."

주지는 눈을 부릅뜨고 자신을 노려보는 무태의 눈이 결코 건공잡이가 아니라는것을 느꼈다. 하지만 주지는 끝까지 호락호락 넘어가지 않겠다는 듯 독살스럽게 내뱉었다.

"이 간나새끼야, 어차피 살아남지 못할 목숨, 쏠 테면 빨리 쏘라우. 황금라이터의 발걸음 소리가 서서히 들리기 시작하지? 크흐흐흐."

무태는 권총을 놈의 이마에 정통으로 겨냥했다. 그래도 놈은 대담했다. 무엇을 믿는지 몰라도 이 순간이 자신의 최후가 될 것이라는 것을 믿지 않는 듯했다. 놈은 황금라이터가 금방이라도 나타나 무태의 머리를 향해 권총을 들이댈 것이라고 굳게 믿었다. 그만큼 황금라이터는 신출귀몰한 존재로 놈들에게는 우상이었다. 무태가 말했다.

"좋아. 시간이 없으니 이대로 깨끗이 죽여 주지. 너 같은 추악한 새끼들은 백번 죽어도 싸지. 네 놈이 불지 않는다고 해서 내가 못 알아낼 줄 알아? 불쌍한 빨갱이 이중간첩 새끼! 난 북파공작원 출신이야. 내 손에 죽은 빨갱이 새끼들이 수백 명도 넘지. 더구나 네 놈들은 순수한 빨갱이도 아냐. 마약을 팔아서 마음껏 사치스럽게 사는데 혈안이 된 가짜 빨갱이지. 혹 들어본 적이 없나? 저승사자라고."

"뭐라고? 저승사자? 네놈이 저승사자?"

"너 같은 새끼에게 총알이 아깝지."

무태가 권총을 총집에 넣었다. 때는 이때다 싶었던지 놈이 품속에 감춰 둔 권총을 꺼내 든 순간 이미 무태의 손을 벗어난 도끼가 놈의 이마에 깊숙이 들이박혔다. 놈의 이마에서 핏물이 분수처럼 솟구쳤다. 놈은 비명 한번 제대로 질러 보지 못하고 통나무처럼 벌렁 나자빠졌다. 놈의 숨이 완전히 끊어진 것을 확인한 무태가 자신의 흔적을 없애기 위해 놈의 이마에 박힌 도끼를 빼어 들었다. 무태가 피투성이 시체들이 처참하게 나뒹굴고 있는 마당을 황급히 걸어나와 지프차에 올라탔다. 어느새 산속은 어슴푸레 어둠이 잦아들고 있었다. 무태는 조금도 흔들리지 않는 말투로 표대치에게 물었다.

"사람이 보였나?"

표대치가 긴장한 얼굴로 대답했다.

"아뇨, 한 사람도. 이곳은 사람이 다니는 곳이 아닌 듯 합니다."

무태가 준비해 온 비닐봉투에 피 묻은 도끼를 넣으며 말했다.

"빨리 가자."

"알겠습니다."

지프차는 울퉁불퉁 자갈길을 뒤뚱대면서 빠르게 산속을 빠져 나왔다.

그날 밤, 12시가 거의 다 되어 갈 때쯤 황금라이터는 맹도희의 은밀한 숙소로 돌아와 있었다. 침대머리맡에 놓아둔 하얀 메모지에는 자정쯤 돌아올 것이니 깨끗이 샤워를 끝낸 뒤 파티를 벌일 준비를 하고 있으라는 맹도희의 메모가 놓여 있었다. 황금라이터는 옷을 훌렁훌렁 벗어서 침대에 던져 놓고는 알몸으로 목욕탕으로 들어갔다. 곧 물줄기 쏟아지는 소리가 들렸다. 비누갑을 건드린 듯 딸가닥거리는 소리와 부스럭거리는 소리가 조금 들렸는데 바로 그 순간 전기가 꺼지면서 실내는 칠흑처럼 깜깜해졌다. 하지만 목욕탕의 불은 꺼지지 않았다. 누군가 응접실에 들어왔다는 느낌이 들자 황금라이터는 온몸에 비누칠을 하면서 태연하게 물었다. 이 집에 들어올 수 있는 비밀번호를 알고 있는 사람은 맹도희와 자신뿐임을 잘 알고 있는 황금라이터였다.

"맹동무요? 들어오시라요. 같이 합시다."

그의 목소리가 끝나자마자 목욕탕 문이 열리면서 시뻘건 고기덩어리 같은 것이 목욕탕 안으로 쏟아져 들어왔다. 황금라이터는 기겁했다.

"어억! 이게 뭐얏?"

그것은 맹도희의 알몸시체였다. 얼굴은 도끼를 맞은 채 온통 새빨간 피투성이였고 그녀의 오른쪽 팔목 한 개가 잘린 자리에 하얀 뼈마디가 파리한 색깔로 애처롭게 떨고 있었다. 그녀의 몸 위로 떨어지는 물방울들이 그녀의 나체에서 꾸덕꾸덕 응고된 핏덩어리를 씻겨 내리고 있었다. 순식간에 목욕탕 바닥을 시뻘겋게 물들인 피의 홍수가 콸콸거리며 배수구 속으로 빨려 들어가고 있었다. 황금라이터가 용수철처럼 목욕탕 밖으로 뛰쳐나왔다. 눈앞은 먹물처럼 새까만 어둠으로 한 치 앞도 분별할 수가 없었다. 황금라이터의 눈빛이 어둠을 찢으며 응접실 안을 살폈다. 황금라이터는 머리털이 공중으로 송두리째 뽑혀 올라가는 느낌이었다. 이 순간만큼 서릿발 같은 전율이 온몸으로 쏟아지는 느낌은 처음이었다. 황금라이터는 곧 무엇인가 어둠보다 더 시커먼 물체가 응접실 벽을 등지고 장승처럼 버티고 서 있다는 것을 알아챘다. 황금라이터의 입에서 쇳소리가 쏟아졌다.

"쌍! 종간나새끼레, 돼질려구 간이 밖으루 쏟아뎃어? 감히 여기가 어디메라구 나타난기얏! 내레 황금라이터야. 옳티, 죽고 싶어 왔다 이거이구만."

검은 물체는 유령인 듯 일체 낌새가 없다. 그는 저승사자 무태였다. 그때 무태의 왼손에 들려 있는 플래시가 번쩍 빛을 쏟아내었다. 플래시는 응접실 중앙에 있는 테이블 한가운데로 불빛을 모아 놓고 꼼짝도 않았다. 불빛 속에서 놈의 황금라이터가 반짝반짝 빛을 발하고 있었다. 황금라이터는 보통의 라이터와는 비교도 안 될 만큼 크고 길쭉했다. 놈이 벌거벗은 몸을 가릴 생각도 없이 무태를 향해 소리쳤다.

"이 씨브럴 새끼레, 정체를 밝히지 못하겠? 네래 죽고 싶어 환장했구만. 내레 누군 줄 알구 감히!"

"난 저승사자야. 빨갱이 야쿠자들이 저승사자를 모를 리 없지. 난 네 놈이 황금라이터라는 걸 최근에야 알았지만 네놈은 오래 전부터 날 알 텐데."

무태의 입에서 고드름처럼 뚝뚝 떨어지는 목소리에 황금라이터의 턱자가미가 연신 꿈틀거렸다.

"뭐야? 네 놈이레 저승사자라구? 기래, 소문은 들었다. 잘 만났어. 간나새끼! 남자대 남자로 한번 붙어 보자우."

황금라이터는 지금까지 수많은 프로들을 해치워 왔지만 지금처럼 강력한 기운이 뻗쳐 나오는 상대를 만나 보지 못했다. 무태의 입에서 쏟아지는 말이 황금라이터를 전율케 했다.

"더러운 빨갱이 야쿠자 새끼, 마카오나 홍콩에서 써먹던 수법을 한국에 와서도 써먹어? 그것도 아무런 죄도 없는 남의 유부녀를, 더군다나 임신까지 한 여자를? 이제 때가 왔어. 네놈이 죽을 때가."

황금라이터의 눈이 독사처럼 독을 뿜으며 어둠 속의 무태를 찢어질 듯 노려보았다. 놈의 비장의 무기인 황금라이터는 손이 닿지 않는 테이블 위에 있는 것이 황금라이터로하여금 목이 타게 했다. 이 절체절명의 숨막히는 순간에도 무태는 황금라이터에게 게임을 걸었다. 과연 저승사자 무태다웠다.

"황금라이터를 집어! 지렁이만도 못한 새끼. 네놈이 태이블 위에 있는 그 라이터를 집는 순간 너와 나는 콩가루가 되겠지. 맹도희 년이 어지간히 색골인 줄 알고는 있지만 네놈 좆대가리 별 거 아니군. 내것에 비하면 절반도 안 돼. 맹도희가 그걸 좆이라고 좋아했다니 딱하기 짝이 없는 년이군. 내 좆을 보았으면 아마 기절했을 거야."

자존심이 몹시 상했던지 황금라이터의 입에서 이빨 가는 소리가 빠지직 새어 나왔다. 무태가 말을 계속 이어갔다.

"지금 당장 네놈의 대가리를 날려 버릴 수도 있다. 하지만 아무 것도 들지 않은, 더구나 발가벗은 채 전혀 무방비인 놈을 일방적으로 죽이긴 이 저승사자의 자존심이 허락지 않아. 나는 네놈처럼 비열한 살인마와는 근본적으로 달라. 네놈은 황금라이터가 전부라며? 마지막으로 네놈에게 찬스를 주겠어. 네놈이 저 황금라이터를 잡는 시간과 내 도끼가 네놈의 얼굴을 두 쪽 내는 시간과 어느 쪽이 더 빠를까? 네놈이 두 눈으로 똑바로 보듯 황금라이터가 있는 거리는 네놈이 나보다 훨씬 가깝다."

황금라이터의 입에서 독이 뚝뚝 떨어지는 소리가 응접실 벽을 싸늘하게 물고 늘어졌다.

"썅, 금방 죽을 새끼레 무슨 말을 지껄이고 자빠댔어! 저 황금라이터 하나면 이 건물은 콩가루가 돼. 네놈도 콩가루에 묻혀 흔적도 없이 사라지갓디."

무태가 받아쳤다.

"알고 있다. 황금라이터는 연발로 독침을 쏠 수 있을 뿐 아니라 염산도 뿜어 나오고 게다가 남도 죽이고 너 자신도 죽이는 특수 폭파장치까지 되어 있다면서? 이런 집쯤은 단번에 날릴 만큼. 나도 죽는 게 별로 무섭지 않아. 어차피 나도 따라지목숨인 걸 네 놈도 잘 알겠네. 네놈이나 나 등활지옥은 따놓은 당상이지. 그곳에 가서 내게 복수해 봐. 씨발새끼야!"

여전히 무태가 비추고 있는 플래시 불빛은 얼어붙은 듯 황금라이터를 조금도 벗어나지 않고 있었다. 일순 놈이 표범처럼 날쌘 동작으로 테이블 중앙에 있는 황금라이터를 향해 몸을 날렸다. 간발의 순간, 무태의 허리춤에서 도끼 한 자루가 무서운 속도로 빠져나갔다. 놈의 손이 황금라이터를 잡으려는 찰라 무태의 도끼가 놈의 목통을 절반쯤 치고 나갔다.

"으아악!"

도끼가 부르르 몸통을 떨며 맞은편 장농을 찍었다. 놈이 바닥에 나가떨어지는 소리가 응접실 안을 육중하게 울렸다. 곧 응접실 안에 불이 환하게 켜졌다. 황금라이터는 목의 절반이 옆으로 꺾인 채 마지막 한 움큼 남은 숨결을 처참한 모습으로 할딱거리고 있었다.

"내레 이렇게 죽다니, 부, 분하다. 지옥에서 만나자우. 그땐 내 반드시, 네놈을 산 채로 씹어 죽이갓어."

거기다 대고 무태가 싸늘한 어조로 말했다.

"너나 지옥에 가. 새끼야, 난 지옥에 안 간다. 난 너같은 놈들을 지옥으로 안내하는 저승사자지."

곧 황금라이터는숨이 끊어지고 말았다. 무태는 바바리코트 주머니에서 하얀 장갑을 꺼내어 손에 끼었다. 테이블 한쪽에 놓여 있는 메모철에서 종이를 한 장 뜯어내어 '폭탄'이라고 쓴 후 쪽지를 황금라이터 위에 올려놓았다.

행여 수사관들이 자칫 황금라이터를 건드릴까 봐 배려한 것이었다. 무태는 장농에 꽂힌 도끼를 빼서 허리에 찬 벨트에 꽂았다. 그는 사람을 죽일 때마다 한번 피맛을 본 도끼를 두번 다시 사용하지 않았다. 이 경우엔 살해현장에 도끼를 남겨 둘 수 없는 일이었다. 무태는 마치 물인 듯 그림자인 듯 맹도희의 비밀 아지트를 소리 없이 빠져 나왔다. 무태는 과연 두억시니도 몸서리칠 만큼 무시무시한 살인전문가였다.

감싸는 힘을 느끼지만

　숨막힐 것만 같은 긴장의 시간이 일주일이나 흘러갔다. 세상은 이상하리만큼 조용했다. 온세상이 매스컴의 집중보도로 발칵 뒤집혀질 것이 불을 보듯 뻔한대도 그랬다. 하지만 수사기관도 매스컴도 그야말로 기분 나쁠 만큼 잠잠했다. 종태는 자꾸만 초조해지는 느낌이었다. 세상이 발칵 뒤집어져야 정상인데도 세상은 아무 일도 없었다는 듯이 조용했다.
　"이상한데? 너무도 조용하잖은가."
　"어찌된 셈일까요? 큰형님, 벌써 일주일째입니다. 마카오 박에게서도 소식이 끊어졌고."
　그때 사무실 안을 두들겨 깨듯 전화벨이 요란하게 울렸다. 이도가 재빨리 수화기를 들었다. 그가 종태를 힐끗 쳐다보면서 수화기를 건네주었다.
　"큰형님, 마카오 박입니다."
　종태가 수화기를 받아들고 다급한 목소리로 말했다.
　"마카오 박? 말해라."
　"오늘도 한 놈도 나타나지 않았습니다. 샤넬 최도, 황금라이터는 물론 검은 장갑의 여인, 그 일당 어느 누구도 머리털 하나 보이지 않습니다. 오늘로 놈들이 잠적해 버린 지 일주일째입니다. 진짜 기분 나쁠 만큼 잠잠한데요?"
　"카지노에서 밥먹고 사는 놈들은 뭐라고 하던가! 놈들의 잠적에 대해서."

"은근히 지배인에게 물어보았습니다. 그도 고개를 갸우뚱거릴 뿐 영문을 모르겠다는 눈치였습니다."

"카지노 도박장에 붙어 있는 사람들이 놈들과 아무런 관계가 없다는 뜻 아닌가. 과연 그럴까?"

"카지노 도박장 큰손은 억만장자 백영태였습니다. 지금 국회의원 노준희와 고등학교 동창생입니다. 노준희도 이곳에 몇 번 들렀던 적도 있고 말입니다. 이제야 알겠는데 이 비밀 카지노 도박장의 실세는 노준합니다. 그런데 백영태는 지금 감옥에 들어가 있습니다."

"백영태를 알고 있다. 놈은 얼마 전 사채업자 박천만 사장 살인사건 배후인물로 지금 콩밥을 먹고 있지. 곧 무혐의로 풀려 나온다는 소문이 돌던데."

"잘 아시는군요. 놈의 백그라운드가 여간 든든한 게 아닙니다. 검찰총장과도 아주 가까운 고교동창생이고 말씀 드린 대로 현 여당 실세인 노준희 의원과도 고교동창생이고요."

"이봐 마카오 박! 하지만 백영태나 노준희라면 마약 밀수와는 거리가 멀잖나. 어쨌든 대양건설은 곧바로 철수준비를 해야 한다. 황금라이터와 검은 장갑 일당은 무태가 해치웠다."

"과연! 무태가 해치웠군요. 잘 알겠습니다."

"내일중으로 대양건설 사무실을 철수한다. 종이 한 장 흔적을 남기지 말고 깨끗하게 철수해라."

"알겠습니다."

종태는 수화기를 내려놓고 창가로 다가가서 입술을 지그시 깨물었다. 오늘도 뱃살이 통통하게 살이 찐 참새들이 전선줄 위에 나란히 앉아서 접시를 깨고 있었다. 한참 후에야 종태가 신음하듯 입을 열었다.

"이도야."

"예, 큰형님."

"놈들이 치운 거야."

"예? 무엇을 말입니까?"

"언젠가 강원도의 암자에서 벌어졌던 사건처럼 뒤가 구려도 지독히 구린 빨갱이 마약밀매단 새끼들이 감쪽같이 절을 비우고 북한으로 자취를 감춰 버린 거지."

"놈들이 시체를 치우고 도망갔다? 그렇겠는데요. 형님!"

"빨갱이 야쿠자 놈들이 동두천 쪽의 천불사와 연락이 갑자기 두절되자 수상히 여긴 나머지 동두천으로 달려갔겠지. 죽어 자빠진 동료들의 시체를 발견하고 즉시 윗선에다 보고했겠지. 내가 추측컨대 놈들은 천불사에 비밀리에 쌓아 놓은 엄청난 마약과 시체를 깜쪽같이 치우고는 휘발유를 한 드럼 뿌려 천불사를 잿더미로 만들었을 것이다. 흔적을 완벽하게 지워야 했으니까 말이지. 당황한 놈들이 맹도희와 황금라이터를 찾았을 테고 그들 또한 맹도희의 집 응접실과 목욕탕에서 시체로 발견되었다. 놈들은 황금라이터와 맹도희의 시체를 부랴부랴 유기하고는 일본으로 건너가서 상선을 타고 북한으로 스며들었겠지."

"큰형님, 그렇겠는데요."

"요즘은 초정밀 과학수사가 발전되어서 지문이라든가 DNA판독 등으로 만에 하나 놈들의 정체가 세상에 드러나기라도 할 경우 온 세상이 벌집 쑤시듯 발칵 뒤집힐 것이다. 오래잖아 놈들의 몸통인 제3의 괴물, 그 정체가 만천하에 드러날 게 뻔하다. 그렇게 되면 남한에서 마약장사는 종치게 될 테고, 남한에서 비밀리에 활동하고 있는 고정 간첩단도 속속 드러날 테고, 국회에서 남한을 적화시키려는 음모를 꾸미고 있는 빨갱이 국회의원들의 정체도 속속 온세상에 알려지게 될 테지. 별 수 없이 놈들은 시체를 감쪽같이 감춰 버린 뒤 일본으로 건너간 거야. 그리고 북한을 넘나드는 상선을 타고 북쪽으로 물처럼 자취를 감춰 버린 것이지. 놈들의 가장 안전한 도피처는 북쪽이니까."

이도가 썩 고무된 듯 홍조까지 띤 얼굴로 말했다.

"큰형님, 그렇다면 우린 살인사건과는 아무런 연관도 없는 거죠. 끝까지 그렇게 밀고 나갈 마음의 준비를 단단히 해야 합니다. 천불사란 절은 마약 밀조창고인데다 수사관이 들이닥치면 놈들의 엄청난 조직과 행태가 샅샅이 파헤쳐질 것을 두려워한 나머지… 큰형님, 그렇게 된 일이라면, 흐흐흐."

"그래, 당분간 경찰을 의식하지 않아도 되겠다. 빨갱이 새끼들, 쪽빠리 야쿠자 새끼들과 짜구서 이 땅에 마약을 뿌리다니! 예상은 했지만 개미촌을 건드린 놈들의 정체가 나카가와가 남기고 간 쓰레기 야쿠자들과 마약밀수 등 인신매매와 살인을 일삼는 대규모 빨갱이 범죄 집단이라면? 진짜 야쿠자들은 이런 놈들처럼 지저분하지 않다. 원래 조총련 빨갱이 새끼들이 저지르는 행태가 저토록 더럽고 추악해. 그건 그렇고, 이도야."

"예, 큰형님."

"이거 진짜 명분이 서는 싸움 아니냐? 개미촌만이 할 수 있는 전쟁. 국가가 할 수 없는 일을 대신해서 개미촌이 벌일 전쟁 말이다. 개미촌만이 천인공노할 빨갱이 마약 밀매단을 일망타진 할 수 있다. 안 그러냐? 이도야?"

"그렇습니다. 해 볼 만한 전쟁입니다. 어린이인질 사건 때부터 놈들이 개미촌을 건드린 게 큰 실책이었습니다."

종태가 미간을 좁히고 조그맣게 입속으로 중얼거렸다.

"그래, 우리가 빨갱이 마약밀매단에게 선전포고를 한 셈이다. 이렇게 되면 제3의 괴물은 더욱 몸을 움츠리고 세상 밖으로 나오지 않으려 하겠지. 이도야, 그나저나 비가 또 쏟아지려나 보다. 날씨가 어째… 그런데 이도야, 그 어디에선가 보이지 않는 강력한 힘이 개미촌을 감싸고 있다. 대체 그 힘의 정체가 무엇일까…?"

이도가 다가와서 종태와 나란히 서서 창밖에다 시선을 보냈다. 종태가 물었다.

"무태에게선 아직 연락 없지?"

"예, 큰형님이 지시한 대로 일을 마친 후 경찰이 상상도 못할 비밀의 섬으로 몸을 감춘 뒤로는요. 거긴 전화도 없잖습니까. 그리고 무태는 자신이 저지른 살인의 흔적을 결코 남기지 않는 저승사자입니다."

"이도야?"

"예, 큰형님."

"내일 중으로 개미촌 사람들 집집마다 최신형 전화기를 새로 바꿔 줘라. 비용은 개미촌에서 부담하고."

"잘 알겠습니다."

"이도야, 요즘 들어 곰곰히 생각해 보았는데 말이다. 오래 전부터 신은 나를 버렸다고 생각했는데 꼭 그렇게만 생각할 것이 아니라 어쩌면 신이 나를 은근히 두둔하는 건 아닐까 하는 생각이 들 때도 있다."

"형님, 왜 그런 생각을 하게 됐습니까?"

"세상에서 친구를 위해 목숨을 버리는 자가 얼마나 될까? 내 친구는 나를 살리기 위해서 베트콩이 우글거리는 적진 속에 죽음을 마다하고 뛰어들었어. 그래서 오늘의 우리가 있지. 나는 그런 내 친구가 이 나라의 훌륭한 정치지도자가 되도록 그에게 인생을 걸었다. 친구를 위해서는 목숨도 아깝지 않다는 마음은 아무나 가질 수 없는 신의 특혜라고 나는 생각하니까. 이도야, 나도 어느 새 신의 마음을 알아가는 것이 아닐까?"

"큰형님, 모든 것이 다 때가 있다고 했습니다. 이제 개미촌에도 때가 온 것 같습니다."

"때가 왔다? 때란 무슨 때를 말하는 거지?"

"이번 빨갱이 마약밀매단과의 전쟁만 끝나면 이 개미촌에 전쟁의 기운이 완전히 사라질 그때가 가까이 오고 있다는 느낌입니다. 아시다시피 이 개미촌에 완전한 평화가 오기 전까지 우리는 살얼음을 딛듯 한시도 마음을 놓을 수 없는 상황 아니겠습니까? 빨갱이 마약밀매 조직 새끼들은 개미촌을 잡아먹지 못해 밤잠을 설칠 것이고 갖은 수단과 방법을 동원하겠죠. 큰형님, 우리는 국가가 할 수 없는 전쟁을 떠안은 고독한 전사들입니다."

종태가 이도의 말에 크게 고개를 끄덕이며 색다른 질문을 했다.

"네 아내는 비록 불구의 몸인데도 남편을 위해 헌신적인 데다가 아들까지 둘 낳아서 훌륭히 키웠어. 아내를 많이 사랑하냐?"

"그럼요, 큰형님, 참 고마운 아내라고 생각합니다. 제 아내도 개미촌교회 최석천 목사한테 많은 영향을 받았는가 봅니다. 불편한 다리를 이끌고 봉사활동 다니느라 쉴 새가 없습니다. 큰형님, 개미촌은 최석천 목사한테 많은 빚을 지지 않았나 싶습니다. 그런 분이 우리 개미촌에 오셨다는 게 여간 다행한 일이 아니라고 생각합니다만 큰형님은 어떻게 생각하시는지."

"너도 그렇게 생각해? 그래서 말인데 인연이란 참 묘한 것 같아. 최석천 목사와 이 김종태의 인연 말이다. 대체 이런 기막힌 인연이란 누가 만들어 내는 걸까?"

창밖을 내다보고 있는 종태와 이도의 시선이 따가웠던지 그때까지도 전선줄 위에서 자냥스레 재깔이고 있던 참새들이 어디론가 우르르 몰려가고 있었다. 종태가 들릴락말락 중얼거렸다.

"제3의 괴물, 그놈의 정체를 잡아야 해. 제3의 괴물이 시체를 없애도록 명령했을 것이다. 자신의 정체가 세상에 드러날 것을 가장 두려워하는 놈이 바로 제3의 괴물이니까. 그래서 제3의 놈은 자신의 정체가 드러날 것이 염려된 나머지 우리 개미촌을 향해 이를 갈면서도 서뿔리 우리를 못 건드리는 거다."

개척교회 초대장

　골방에 틀어박혀 홀로 기도하고 홀로 성경을 읽고 홀로 찬송을 해도 메워지지 않는 영적 공허감은 가뭄으로 크레바스처럼 엉그름이 간 대지처럼 죽을 듯이 목이 탔다. 명희는 지금 고통스러운 영혼의 공황상태에 빠져 가슴이 너무도 아팠다. 교회를 나갈 수 없는 현실이 얼마나 고통스러운지 전엔 몰랐다.
　마트에서 생활용품을 사들고 돌아온 명희는 우체함 속에서 뾰족하게 얼굴을 내밀고 있는 봉투를 한 장 꺼내들었다. 그녀는 급한 마음으로 봉투를 열었다. 명희는 자신의 눈을 의심하듯 날짜와 장소가 적힌 초대장을 들고 몇 번이나 읽고 또 읽었다. 도무지 믿겨지지가 않았기 때문이었다.
　"개미촌 교회라니! 그것도 한국도 아닌 미국인 이곳에, 대체 어찌된 초대장일까? 최석천 목사님이 미국에 왔다는 걸까?"
　초대장에 있는 이름은 이경복 목사였다. 명희는 사뭇 설레는 가슴을 쉽사리 진정시킬 수가 없어서 재빨리 전화기 쪽으로 달려가 초대장에 적힌 전화번호로 전화를 했으나 계속 통화음이 울렸다. 명희는 일단 초대장을 읽고 있던 성경책 속에 소중하게 끼워 놓고 나서 남편이 빨리 돌아오기만을 기다렸다. 남편은 여섯시가 조금 지나서야 혁진과 함께 현관을 들어섰다. 가까스로 설레는 가슴을 진정시키고 있던 명희가 달려가서 남편의 손에서 가방을 받아들었다. 명희는 급한 마음으로 성경책을 열고 초대장을 꺼내와 귀로의 눈앞에 불쑥 내밀었다.

"뭐지?"

"뭐긴요? 초대장 아니예요?"

"우리하고 무슨 상관이 있는 초대장인데 당신이 그토록 기뻐하는 거지?"

초대장을 다 읽고 난 귀로도 눈이 휘둥그레졌다.

"최석천 목사님이 미국에 교회를 개척했나 본데? 이름도 개미촌교회로 말야. 이제야 종태의 전화가 이해되는군."

"뭐라구 전화했는데요?"

"며칠 전에 통화중 보스턴 시에서 한참 떨어진 조용한 농촌 마을에 곧 한국인 교회가 생길지도 모른다고 말야. 참! 내가 당신한테 말 안 해 줬었나?"

"아뇨? 전혀 없었어요."

두 사람이 모처럼 기뻐하는 모습을 보고 의아해 하던 혁진이 다가와 무슨 일이냐며 수화로 물어왔다. 그는 백운거사에게 독순술을 익혀서 상대방의 입술의 움직임만 보고도 말의 뜻을 알아차릴 만큼 탁월한 능력을 갖추고 있었다. 이런 경우엔 그도 두 사람의 입술의 움직임이 조금은 생소하게 느껴진 듯했다.

"무슨 기쁜 일 생겼어요? 사모님."

"이제 우리도 한국인 교회에 나가게 되었어."

"……"

어찐 일인지 혁진의 표정이 그다지 밝지 못한 것이 의아스러운지 명희가 수화로 물었다.

"혁진인 기쁘지 않아? 우리가 한국인 목사님이 설교하는 교회에 출석할 수 있다는 게?"

그도 역시 기쁜 일이라는 듯 몇 번 고개를 끄덕였지만 귀로는 혁진의 얼굴에 훅 스치고 지나가는 불안한 그림자를 재빨리 낚아챌 수 있었다. 혁진은 한국인 교회에 나갈 경우 또 어떤 나쁜 세력이 교회를 위협하지는 않을까 염려했다. 그런 혁진의 속내를 귀로는 전혀 깨닫지 못했다.

'무엇인가 불안한 모양이다. 혁진이는… 왜 그럴까?'

항상 그림자처럼 붙어다니는 느낌 때문에 언젠가도 귀로는 혁진에게 조금은 언짢은 투로 말했었다. 그것이 혁진을 꼭 나무라고픈 마음에서 그랬던 것은 아니었다.

"혁진아, 넌 자기생활을 전혀 하지 않아? 눈만 뜨면 오로지 우리집 식구에게만 정신을 쏟아붓는 느낌이야. 웬만한 일엔 참견을 말아줬으면 좋겠다. 너도 스스로 취미생활 같은 걸 좀 해야 하지 않겠니? 가끔씩 클라라 선생님과 함께 영화감상을 한다거나 미국사회의 습성이나 문화에 관심을 갖는다거나 말이지. 음악공부 말고도 몸에 익히고 살아야 할 유익한 일이 많거든."

혁진은 그렇게 말하는 귀로 앞에 고개를 숙이고 있을 뿐 쇠심더께인 듯 이 타저타 일절 반응이 없었다. 혁진에게 너무 완벽하게 사생활이 감시당하는 기분이라서 귀로는 내심 거추장스럽다는 느낌이 들 때도 많았다. 그때마다 혁진을 딸려 보낸 함경도 아바이를 떠올리고는 금세 마음을 새롭게 고쳐먹곤 했다.

크리스마스 전날, 귀로는 명희와 함께 약도에 그려진 대로 개미촌 교회를 향해 승용차를 몰았다. 물론 혁진이도 함께였다. 미국의 농촌풍경은 한국과는 대조적인 데가 많았지만 역시 농촌만이 갖고 있는 특유의 냄새가 세 사람의 코끝에 향수처럼 몰려왔다. 그들은 양쪽으로 끝도 안 보이게 펼쳐진 광활한 평야 한 가운데를 질주했다. 명희가 맑은 목소리로 말했다.

"넓은 땅이 부러워요. 농사짓는 방법이 모두 기계화되어 있어요."

"한국 농촌도 완전 기계화될 날이 머지않았어. 한국에서도 호주나 미국처럼 소나 돼지를 초원 속에 완전히 풀어 놓고 키워야 하는데 말이지. 그래야 가축들이 전염병에 걸리지 않고 건강하게 자랄 텐데."

"우리나라는 땅이 좁잖아요."

"천만에! 놀고 있는 유휴지나 청정 국유림이 얼마든지 있어. 규제를 활짝 풀어서 공장이나 아파트를 짓는 것도 중요하지만 소나 돼지를 마음껏 뛰어놀도록 혁신적인 축산정책을 반드시 펼쳐야 해. 그것이 창조질서를 흩뜨리지 않고도 건강한 고기를 먹을 수 있는 최고의 지름길이야."

얼마를 달렸을까. 명희가 어린아이처럼 손뼉을 치며 소리쳤다.

"어마! 저기예요! 저기 하얀색 건물에 세워진 십자가가 보이죠? 참 아담하고 아름다운 교회예요."

"어서 도착해 놓고 보자구."

세 사람이 승용차에서 내리자마자 제일 먼저 달려온 사람은 역시 최석천 목사였다. 귀로는 힘껏 최 목사를 끌어안았다. 뜨거운 감동이 두 사람의 가슴에 파도치듯 했다.

입당예배가 끝난 뒤 최 목사는 귀로네 일행을 목양실로 안내했다. 최 목사가 감개무량한 듯 입을 열었다.

"교회생활을 자유롭게 못해서 많이 힘드셨죠?"

귀로가 웃으며 대답했다.

"예, 많이 힘들었습니다."

"힘드셨지요? 사모님."

명희가 울먹이는 목소리로 말했다.

"다른 것은 그런 대로 다 참을 수 있었는데 교회에 나갈 수 없었던 것이 너무도 가슴 아팠어요."

최석천 목사가 웃음을 하나 가득 담고 말했다.

"이제 마음 놓고 교회에 나오셔도 됩니다. 원근 각처에서 한국인들이 많이 찾아올 겁니다."

귀로가 감회어린 목소리로 말했다.

"예배 때 담임목사님이 말씀하셨지만 어떻게 이곳 미국에서 개미촌 교회를 개척하게 되었습니까?"

"우리 개미촌교회에서 그동안 신앙심이 깊고 두뇌가 우수한 청년들에게 장학금을 주며 미국으로 유학을 보내고 있었습니다. 작년에 신학박사 학위를 받은 학생이 미국에서 교회개척을 하겠다며 제게 그 뜻을 물어온 일이 있었지요. 그래서 김종태 회장과 의논해서 제가 이 지역을 소개했습니다. 저 또한 안식년을 맞아 공부도 좀 할 겸 미국에 왔습니다."

"그럼, 이제 이곳에서 당분간 목사님을 뵙게 되는군요. 목사님 숙소는 정하셨어요?"

명희의 말에 최 목사가 대답했다.

"안식년이 끝날 때까지 교회 사택에서 담임목사와 함께 지내기로 했습니다. 이 교회 목사는 아직 총각입니다. 여담입니다만 우리 개미촌교회는 지구촌 곳곳에 민들레 풀씨처럼 교회를 개척해 나가기로 방침을 세웠습니다."

귀로가 고개를 크게 끄덕이며 말했다.

"훌륭한 생각이십니다."

"김 선생님, 누군가가 김 선생님 부부가 다니던 교회에 대고 협박을 했다고 들었습니다만, 그 교회 목사님을 이해하시기 바랍니다. 목사는 많은 양들의 영혼을 책임진 사람입니다. 협박에 많은 고민을 했을 것입니다."

"그렇겠지요. 그 교회 목사님과 성도들을 이해합니다."

"교회는 전능하신 하나님께 예배를 드리는 곳입니다. 교회는 주님의 몸입니다. 교회란 그저 맹목적으로 성격책이나 옆에 끼고 왔다갔다 하는 심심풀이 장소가 아니거든요. 사람 머리 숫자만 많다고 올바른 교회가 아니지요. 100마리의 양들 중에 99마리 양보다 길 잃은 한 마리 양을 더욱 소중히 해야 하는 곳이 교회입니다. 100마리 양 모두가 길을 잃지 않고 목자를 잘 따라간다면 그야 더 이를 나위가 있겠습니까? 대체로 협박이란 무위로 끝나는 것이 상식이고 정의로운 일에 쉽사리 굴복하는 것은 신앙인의 자세가 아니죠."

명희가 힐끗 귀로의 눈치를 한번 살피고 나서 조심스럽게 입을 열었다.

"목사님, 저희들 때문에 이 교회 목사님마저 혹 어려움을 겪게 되시면… 그렇게 될까 봐 저희는 벌써 걱정이 앞섭니다만."

"허허허! 사모님, 조금도 염려 마십시오. 저도 죽을 고비를 여러 번 넘나들면서 목사가 되었습니다만 살아온 제 경험으로 봐도 염려는 대체로 이루어지지 않을 허무한 것들인 경우가 대부분이었습니다. 이 교회를 섬기는 목사는 복음을 전하기 위해서 순교할 각오까지 하고 있는 당찬 목사입니다. 인류역사 속에는 수없이 많은 사람들이 주님의 뜻을 따르기 위해 순교자의 길을 서슴지 않고 걸었습니다. 이 최석천도 할 수만 있다면 그런 순교자의 대열에 끼어드는 영광을 안고 싶습니다. 그만큼 하나님께 받은 은혜가 크다는 뜻이지요. 두 분 때문에 이 교회가 잘못되지 않을까 염려 마시기 바랍니다. 나라와 민족의 장래를 위해 열심히 기도하시기 바랍니다. 기도는 모든 악을 부끄럽게 할 뿐만 아니라 모든 인간의 상상과 추측을 초월하여 해와 달과 별들조차 기도하는 자에게 고개를 숙이게 합니다. 두려워 마세요. 강하고 담대하십시오. 하나님이 하늘의 천군천사들을 동원해서라도 이 교회와 성도들을 반드시 지켜 주십니다. 이경복 목사는 누구의 협박이 두려워 성도를 내쫓을 만큼 나약하지 않습니다."

명희의 눈가에 눈물이 가득히 고였다. 최 목사가 다시 말을 이었다.

"김 선생님, 잘 아시겠지만 어느 시대를 막론하고 자신의 힘과 지혜만 믿고 자기 민족에게 진정한 자유와 번영을 누리게 한 통치자는 없었습니다. 잠깐 번성하는 듯했으나 오래지 않아 모두 몰락의 나락으로 자취를 감춰 버렸습니다. 교만으로 포장되었던 인간의 영광과 번영의 탑들이 모두 잿빛 안개처럼 역사의 뒷문으로 사라지고 말았습니다."

"맞습니다. 목사님."

"국가와 민족의 장래를 올바르게 이끌어간다고 하는 것은 좌우 흑백논리라든가 돈이나 권력이라든가 막강한 군사력을 믿고, 그런 것들이 갖고 있는 힘의 논리에 의지해야 한다는 의미가 결코 아니라고 생각합니다. 도덕성을 상실한 개인이나 가정, 국가는 망합니다. 도덕심은 기도의 토양에서 꽃피고 그런 예화는 성경에서 얼마든지 찾아볼 수 있습니다. 가장 좋은 예로 구약성서 열왕기하에 기록되어 있는 히스기야 왕의 지혜가 얼마나 감동적입니까. 앗수르 왕 산헤립이 보낸 랍사게 장군이 185,000명의 군대와 함께 예루살렘성을 새까맣게 포위했을때 히스기야 왕은 이 절체절명의 위급한 상황을 어찌해 볼 도리가 없었습니다. 그는 성전에 올라가 가슴을 찢으면서 하나님께 눈물로 부르짖고 호소했습니다. 그 밤으로 앗시리아 캠프 속의 적군 185,000명은 단 한 명의 생존자도 없이 시체로 변하고 말았습니다. 모세의 뒤를 이어 이스라엘 민족을 가나안 땅으로 인도해 가던 여호수아 장군이 아모리군과의 전투 때 그가 하나님의 초자연적인 능력을 힘입은 기도는 또 어떠합니까. 이스라엘군이 적군을 완전히 전멸할 수 있을 때까지 해와 달이 중천에서 조금도 움직이지 않고 하루 동안 지지 않았습니다. 누가 해와 달의 운행을 멈추고 하루 종일 중천에 머무르게 했습니까."

최 목사의 말을 귀담아듣고 있던 귀로가 한 마디 거들었다.

"저도 그 대목을 읽고 크게 도전을 받았습니다. 목사님."

"김 선생님! 외람되지만 노파심으로 말씀드리자면."

"예, 목사님."

"히스기야나 여호수아처럼, 또는 갈멜산에서 845명의 우상 추종자들과 고독한 대결을 당당하게 벌여서 하늘에서 불을 끌어내려 그들을 전멸시켜 버린 엘리야처럼 하나님과 항상 동행하는 지도자가 되셔야 합니다. 지도자는 세상의 학문에만 뜻을 두면 결코 소망이 없습니다. 진정한 지도자는 성경 안에서 지혜와 용기, 또는 기적을 이끌어 냅니다. 성경을 모르는 지도자의 머리는 사막에 핀 한송이 선인장처럼 영혼이 매마르고 팍팍합니다. 그런 지도자의 결말은 실패와 좌절 뿐이고 국민의 마음을 절망시킵니다. 김 선생님은 김 선생님과 항상 함께하고 싶은 하나님의 마음을 슬프게 하시기 바랍니다. 그래야 이 민족이 소망이 있습니다. 망하지 않습니다. 번영하고 발전합니다. 이 이야기는 김 선생님도 알고 계시는지 모르지만 1874년 미국 미네소타주에 인간이 도저히 어찌할 수 없는 엄청난 재앙이 닥쳤습니다. 3년 동안 비 한 방울 내리지 않는 대흉년으로 모든 농지는 사막처럼 타들어 가고 있었지요. 설상가상으로 메뚜기 떼까지 구름처럼 달려들어 모든 농작물과 초목을 초토화시켰습니다. 그때 주지사인 필스베리는 기도의 날을 선포했지요. 절망의 밑바닥에서 신음하던 사람들은 학생이든 회사원이든 정치인이든 가리지 않고 삼삼오오 모여 무릎을 꿇고 하나님께 기도했습니다. 기도의 날이 선포된 사흘 후에 들판을 가득 메웠던 메뚜기 떼는 흔적도 없이 사라졌습니다. 과학이 도저히 설명할 수 없는 기적이 일어난 것이죠 메말라서 거북이 등처럼 쩍쩍 갈라졌던 땅에 단비가 내렸습니다. 제가 보기에도 우리나라의 정치행태는 지금 총체적 위기의 벼랑끝을 걷고 있는 것 같습니다. 대한민국이 이 위기를 극복하고 젖과 꿀이 흐르는 약속의 땅으로 들어가는 길은 어떠한 적대세력의 방해에도 추호의 흔들림 없이 자신의 소신을 끝까지 굽히지 않는 지도자의 믿음과 기도 외에는 달리 해법이 없다는 것을 김 선생님은 명심하시기 바랍니다. 제가 알기로 많은 사람들이 김 선생님을 지지하고 있는 듯합니다만 항상 마음을 겸손히 하고 가난한 심령을 가지시기를 바랍니다. 저는 목회자의 입장이라서 정치는 잘 모릅니다. 다만 우리 개미촌 회장님과 친구 분이 되시고 김 선생님에 대한 개미촌 사람들의 관심이 유별난 터라서 저 또한 김 선생님을 위해 기도하지 않을 수 없습니다. 목회자는 말씀 선포와 전도, 구원과 영적 성장을 위해 전심전력을 해야 할 책임이 있지요."

귀로가 최 목사의 말에 고무된 목소리로 말했다.

"공감이 가는 말씀입니다. 종교가 정치에 지나치게 관여하는 모습은 많이 생각해 보아야 할 문제이지만 종교가 정치에 너무 무관심한 것도 볼썽사납습니다."

"아무쪼록 믿음으로 승리하는 훌륭한 지도자가 되시길 기도하겠습니다."

"예, 목사님, 감사합니다. 앞으로 많은 기도와 격려를 부탁드리겠습니다."

"나는 어쩌면 김 선생님께 이 말을 하기 위해서… 이 말을 꼭 해드려야겠기에 안식년을 맞아 이곳 미국으로 달려온 건지도 모릅니다. 400여년 동안 에굽에서 종살이하던 이스라엘 민족을 이끌고 가나안으로 인도한 모세와 같은 지도자가 되어 달라는 부탁을 드리고 싶군요. 제 말이 김 선생님께 부담이 될지도 모르겠군요. 하지만 미래가 불투명하기 짝이 없는 한국은 이 난국을 지혜롭게 타개해 나갈 불세출의 지도자에 목이 타고 있다는 것입니다. 6·25 전쟁 때의 한 비사를 소개하고 싶습니다. 아군이 낙동강까지 밀려 내려갔을 때의 일입니다. 자칫 남한 전체가 공산군의 수중에 떨어질 즈음이었습니다. 미국의 트루먼 대통령이 빌리 그래함 목사로부터 편지 한 통을 받았습니다. 편지의 내용은 이랬습니다. '한국에는 미국에서 건너간 선교사들이 많고 그들의 선교로 한국에는 기독교인들이 많습니다. 그런데 곧 남한 전체가 공산화될 위기에 처했습니다. 속히 한국에 군대를 파견해 한국을 구출해야 합니다' 라는 내용이었습니다. 트루먼 대통령은 한국을 구출하기로 용단을 내렸습니다. 이때의 결단이 오늘의 대한민국을 자유민주주의 국가로 세계 속에 우뚝 서게 한 계기가 되었습니다. 훗날 한 기자가 트루먼 대통령과의 인터뷰에서 한국에 군대를 파견하게 된 결정에 대해 물었답니다. 질문을 받은 트루먼 대통령은 손가락으로 하늘을 가리켰습니다. 하나님의 뜻이었다는 의미였습니다. 이처럼 하나님을 믿는 지도자는 이웃 국가가 처한 절망을 희망으로 바꿀 수도 있습니다. 김 선생님은 하나님의 뜻에 따라 국가의 미래를 위해 일해 주시기를 바랍니다. 한 가지 부탁드리고 싶은 것은 정적들과 대립할 때는 역지사지를 실천하는 지혜로운 지도자가 되시길 바라겠습니다. 수도자 에바그리우스는 인간의 타락을 염려하면서 몇 가지 꼭 경계해야 할 점을 가르쳤습니다. 탐식과 음욕, 물욕, 불만이라든가 분노, 절망, 허영심, 교만 이런 것들입니다. 훌륭한 지도자가 명심해야 할 덕목이라고 생각합니다."

명희가 손수건으로 눈물을 닦아내면서 말했다.

"훌륭하신 조언 참으로 감사합니다. 목사님, 저희 부부에게 힘이 되어 주셔서 정말 감사합니다."

최 목사가 말끝을 맺었다.

"김 선생님, 세상을 다스리는 지혜는 세상의 학문과 철학에 있는 게 아니고 성경 속에 모두 감춰저 있습니다. 김 선생님은 성경에서 지혜의 샘물을 많이 마시기 바랍니다."

고요한 밤은 아니었지만

미국 땅에서의 개미촌교회 창립예배에 참석하고 난 뒤 최 목사와 작별하고 집으로 돌아온 귀로 부부는 하늘을 훨훨 날아갈 듯한 기분이었다. 귀로가 명희의 입술에 가볍게 입을 맞춘 뒤 말했다.
"크리스마스 이븐데 집안에만 있기가 좀 뭣하니까 우리 거리구경 나갈까?"
갑자기 명희의 얼굴에서 웃음이 싹 사라졌다.
"아뇨, 크리스마스 트리도 이렇게 예쁘게 만들어 놓았는데 그냥 집에서 캐럴을 부르며 지내요. 금용이랑 금희한테서 축하 전화도 올 텐데. 무엇보다도 경호원도 없이 밤에 외출하는 건 삼가해야 해요."
"이봐, 명희 아줌마, 경호원이 수백 명 있어도 죽을 사람은 죽어. 링컨 대통령이나 케네디는 경호원이 없어서 암살되었나?"
"뭐라구요? 명희 아줌마? 호홋!"
"경찰이 순찰 올 때가 됐지?"
"시간을 정해 놓고 오는 게 아니잖아요. 시도 때도 없이 불쑥불쑥 나타나던데요? 또 그래야 하잖아요. 혹 불순한 사람들이 경찰의 순찰시간을 교묘히 피해서 도적질하러 들어올 수도 있고."
"도적질? 우리집에 도적질하러 와? 뭐 가져갈 게 있다구."
"날 업어 가면 어쩔 거예요?"

"허허허! 한국식으로 보쌈 말인가? 참! 아까 교회를 나오기 직전에 최 목사님과 무슨 얘길 그리 오래 주고 받았어? 혁진과 내가 차 안에서 기다리고 있을 동안 말야."

명희가 샛말간 미소를 띠며 손뼉을 딱 쳤다.

"참! 그 얘길 놓치고 안 했군요."

두 사람은 응접실 소파에 마주 앉았다. 혁진은 이층으로 올라가 제 방에서 오선지와 싸우기 시작한 모양이었다. 명희가 말했다.

"혁진이 얘기였어요."

"혁진이 얘기? 아니 최 목사님이 혁진에 대해 아는 얘기가 뭣이 있다고?"

"그것도 내가 먼저 물어본 게 아니고요. 목사님이 먼저 말을 꺼냈어요."

"뭐라시면서?"

"저 청년이 누구냐고 몹시 궁금해 하시길래 한국에서 같이 온 식구라고 했죠. 함경도 아바이란 분의 소개로 알게 되었다는 얘기도요."

"그런데?"

"목사님이 고개를 끄덕이며 말씀하셨는데요. 함경도 아바이란 분이 어느 날 최 목사님을 한번 찾아 오셨더래요."

"함경도 아바이께서 최 목사님을? 왜?"

"함경도 아바이님은 교회라든가 절이라든가 아무튼 종교적 색깔을 아주 싫어하는 분이었다는데요. 그날은 대뜸 사람이 나쁜 기억으로부터 벗어나는 방법이 있냐고 묻더래요."

"그래서?"

"목사님은 목사님 식으로 얘기했대요. 하나님을 믿고 믿음으로 거듭나면 과거의 나쁜 기억이나 증오나 원한 따위는 차츰 눈 녹듯 사라진다고요."

"그랬더니?"

"아주 못마땅한 듯 혀를 차면서 혁진이 이야길 풀어 놓더래요."

귀로가 눈이 둥그레져서 명희 앞으로 상체를 쑤욱 내밀었다.

"그래서?"

"백운이라는 분이 어느 날 함경도 아바이께 동네사람에게 전해 들은 이야기를 털어놓더래요. 혁진이 아버지는 시골 중학교의 음악선생님이었대요. 당시만 해도 시골 중학교에는 선생님이 부족해서 학교장이 혁진이 아버지에게 새로 선생님이 부임해 올 때까지 음악시간을 없애고 영어과목을 맡아달라고 부탁했대요. 그러자 혁진아버지가 그렇게 할 수 없다고 학교장님과 맞섰다는 군요. 학생들의 정서교육은 영어보다는 음악이 훨씬 중요하다면서요."
 "그런데?"
 "그랬는데 학교장이 혁진 아버지를 파면시켜 버렸데요. 졸지에 혁진 아버지는 실업자가 되어 술로 세월을 보냈다네요. 그때부터 혁진 엄마는 광주리에 생선을 이고 돌아다니면서 장사를 해서 그럭저럭 생계를 유지했대요."
 "그래서?"
 "혁진 아버지는 못된 버릇마저 생겨서 술만 취하면 혁진 엄마를 마구 때렸데요. 혁진 엄마는 매를 당해낼 재간이 없어 결국 집을 뛰쳐나왔다는군요."
 "저런! 그래서 어떻게 됐는데?"
 "혁진이 아버지가 음악에는 천재적 소질을 타고난 사람이었다는데요. 세상이 자신의 음악을 이해해 주지 못한다고 비관해서 알코올중독자로 전락했고 행려병자처럼 풍찬노숙하며 신줏단지처럼 소중하게 갖고 다니던 바이올린으로 늘 '겨울나그네'를 켜고 다녔다네요. 끝내 혁진 아버지는 어느 추운 겨울날 서울역 대합실에서 얼어죽고 말았다는데 말이죠. 그러던 어느 날 혁진이 엄마가 장질부사에 걸려 사경을 헤매고 있었대요. 혁진엄마가 살던 집은 귀신이 나온다고 사람들이 가까이 하기도 꺼리는 폐가였다는데 그곳에서 그녀는 어린 혁진을 데리고 병마와 싸우고 있었대요."
 "……"
 "그런데 글쎄, 앓아 드러누워 있는 혁진 엄마를 남자들이 시도 때도 없이 드나들면서 혁진 엄마에게 몹쓸 짓을 했다는군요. 남자들은 혁진 엄마가 장질부사란 무서운 전염병에 걸린 줄도 모르고 그 짓을 했나 봐요."
 "고국에 있을 때 종태에게 대강 듣긴 했지만 그런 얘긴 못 들었지."
 "혁진 엄마는 어린 혁진이를 머리맡에 둔 채 죽고 말았대요. 불쌍해라."
 "그것 참, 너무도 애처로운 일이군. 그래서?"

"전쟁이 할퀴고 지나간 땅에서 너나없이 춥고 배고픈 시절에 어린 혁진에게 누구 하나 밥 한 그릇 먹여 주는 사람이 없었대요. 어린 혁진이가 엄마 옆에 앉아 배가 고파 울다 지쳐 잠이 들었는데 동네사람들이 혁진 엄마를 돌보아 주지 못한 이유는 먹을 것이 부족해서도 그랬지만 장질부사가 무서운 전염병이라서 감히 혁진 엄마가 앓아 드러누운 방에 들어갈 만큼 용기있는 사람도 없었다는군요. 동네사람들에게 자초지종 이야기를 다 듣고 나서 천애고아가 되어 버린 그 어린아이를 백운거사라는 도인이 자신이 기거하고 있는 산속으로 데려다 산에서 나는 산삼이나 온갖 약초를 구해 먹이면서 혁진이를 키웠대요. 백운거사가 노쇠하여 돌아가시게 되었을 때쯤 함경도 아바이에게 혁진이를 부탁했다는데 백운거사란 도인이 유언으로 혁진의 과거 속에 나쁜 기억이 도사리고 있어서 그것을 조심하지 않으면 큰일을 저지를 아이라면서 아이 머리속에 있는 나쁜 기억을 하루속히 없앨 방법을 찾아보라고 했대요."

귀로는 고개를 끄덕이며 명희의 말에 계속 귀를 기울였다.

"함경도 아바이께서 궁여지책 끝에 사람들이 많이 모이는 개미촌교회 최 목사님을 찾아 뵌 거래요. 혁진이가 머리를 심하게 다친 후부터 나이를 먹어 갈수록 악한 짓을 하는 사람은 뱀을 보듯 증오하기 시작했다는군요. 만약 혁진의 증오심이 폭발하면 사람을 수십 명도 넉넉히 죽이고도 남는대요. 축지법으로 하룻밤에 천리를 달린다는 소문이 자자한 백운거사란 도인한테 절륜할 무공을 이어받아 황소도 때려 죽일 만큼 내공의 힘이 엄청나데요. 그 증오심이 폭발하면 상상하기조차 힘든 무서운 일을 저지를 사람이래요."

"그런 내력이 있었구먼. 어쩐지…"

"이제 이해가 가는 것은 혁진이가 작곡을 하면서 천사의 노래처럼 아름다운 선율을 따라가다가 갑자기 호흡이 빨라지는 것은 그 순간 나쁜 기억이 그의 잔잔한 영혼에 돌을 던졌기 때문일 거예요. 그래서 혁진의 작품 곳곳에 으스스한 대목이 많이 지적된다는 헨리 교장의 말씀이었어요."

"아름다운 음율을 따라가다가 갑자기 어느 순간 사나워지는 이유가 그 때문일까?"

"혁진이는 비록 듣지는 못해도 새들의 노랫소리, 꽃과 나비의 관계라든가 숲과 나무들의 숨소리, 우주를 향한 호기심 어린 눈빛이 치열하다는 느낌이에요. 혁진이는 고등학교에 다닐 때도 음악에 대해 유별나게 집착했다는군요. 어쨌든 혁진이는 음악성에 관한 한 매우 남다르다는 확신이 들어요."
얼핏 귀로는 다른 생각을 떠올렸다.
'혁진이를 연모하는 클라라 여선생을 정식으로 만나봐야겠군…'
명희가 목소리를 고쳐서 명랑한 얼굴로 말했다.
"이봐요. 김귀로 씨."
"엉?"
"엉? 호홋! 크리스마스 이브예요. 우리도 주님의 탄생을 축하하며 즐겁게 보내요. 제가 2층에 가서 혁진을 데리고 올게요. 혁진이도 오늘밤에는 크리스마스를 즐기고 싶을 거예요."
"좋아!"
명희는 곧 혁진을 데리고 응접실로 내려왔다. 그때, 누군가가 현관문을 두드리고 있었다. 귀로가 현관 쪽으로 걸어갔다. 어느새 혁진이가 귀로를 막아서서 자신의 손으로 현관문을 열었다. 혁진은 가족들의 눈빛과 표정만 읽고도 정상인보다 더 뛰어난 순박력을 발휘했다. 아무리 그렇다 해도 멀쩡한 사람도 대응하기 쉽지 않은 순간적인 돌발상황에 어떻게 그토록 감각이 뛰어난 것인지 참으로 놀라운 일이었다. 귀로가 어이없다는 듯 두 어깨를 찔끔하며 웃었다. 문을 열고 들어선 것은 수지였다.
"엇? 수지!"
"안녕하셨어요? 선생님, 사모님도요."
명희는 모처럼 가족들만의 행복이 갑작스런 수지의 출현에 산산이 깨어져 버리는 느낌이었다. 명희는 애써 부드러운 미소로 수지를 맞이했다. 미국에 온 뒤로 여러 가지 어렵고 힘든 일들이 많긴 했지만 수지가 나타난 뒤로부터 명희의 가슴은 불을 맞은 듯 답답하고 안타까웠다. 하나님이 어찌하여 수지와 같은 요망한 여자가 남편에게 접근하는 것을 허락하셨는지. 그것이 몹시 원망스러울 때도 많았다. 수지 때문에 남편의 유학생활이 얼마나 힘든지 때로 남편은 비명을 지르기도 했다. 그러나 오늘 최석천 목사를 만난 후에 그녀는 모든 어려움을 신앙심으로 인내하고 범사에 감사해야 한다는 각오가 새롭게 용솟음치는 느낌이었다. 인생에 있어서 모든 행운과 불행의 비늘들은 그 때가 지나면 훗날에야 그 되어진 결과를 보고 한 꺼풀씩 비밀의 껍질이 벗겨진다는 이경복 목사의 설교에 은혜를 많이 받았다.

"어서 와요. 수지 양."

"어머! 트리까지! 두 분끼리 오붓하게! 참 멋져요. 선생님, 제가 크리스마스 선물을 갖고 왔거든요. 두 분께 하나씩요."

"선물까지나! 우린 수지에게 아무것도 장만하지 못했는데?"

수지는 소파에 앉자마자 가지고 온 선물을 귀로와 명희 앞에 내놓았다. 명희가 선물의 포장지를 뜯었다. 감촉이 열브스름한 감색 스카프였다.

"어머나! 무척 예쁜 스카프야. 당신 것두 어서 뜯어보세요."

귀로가 천천히 선물 포장지를 뜯고 뚜껑을 열었다. 귀로는 섬뜩한 느낌을 받으면서 움찔했다. 그것은 자루와 몸통이 온통 누런 황금색으로 입혀진 조그만 권총이었다.

"수지, 권총? 권총을 선물해?"

수지는 아무렇지도 않은 듯 밝은 표정으로 두 사람을 바라보았다. 실로 새퉁스럽기 짝이 없는 아가씨였다. 아름다운 외모에 비해 속내가 여간 비뚤어지지 않아 보여서 명희는 수지를 볼 때마다 마음이 몹시 불편했다. 도대체 한국 여자치고 잔부끄럼이라곤 눈곱만치도 없어 보였다. 수지가 오히려 이상하다는 표정을 지으며 말했다.

"네? 권총이 어때서요? 조그맣고 예쁘지 않아요? 선생님, 전번날 밤에 큰일날 뻔했잖아요? 괴한들에게 하마터면 죽을 뻔했어요."

그런 수지를 귀로는 나무라듯 말했다.

"수지, 무슨 소릴. 아내가 듣는 데서!"

"아니, 그럼 사모님은 모르고 계셨어요? 그날 밤의 무서웠던 일을?"

명희의 얼굴이 하얗게 굳어졌다. 자신은 전혀 모르고 있었던 사실을 수지가 알고 있었다는 것이 이만저만 자존심 상하는 게 아니었다. 아니꼽다고만 생각하면 속이 뒤틀려 견디기 힘들었지만 그녀는 애써 태연을 가장했다. 생각 같아서는 그녀도 한바탕 골풀이라도 하고 싶었지만 꾹 참았다.
"무슨 일이 있었나요? 수지 양"
"선생님과 늦은 밤에 데이트를 했었는데요."
귀로가 노골적으로 기분 나쁜 표정을 지으며 수지를 칩떠보았다.
"이봐! 수지! 무슨 쓸데없는 소릴 하려구 그래? 난 그때 일을 일부러 아내에게 말하지 않았어. 아내가 놀랄까 봐 염려해서였지. 이제 와서 수지가 왜 아내 앞에서 그 말을 끄집어내는 거지? 이해할 수 없어."
명희는 놀랄 만큼 차분했다. 끓어오르는 분노를 삭여 내기가 작히나 힘들었겠지만 그녀는 언젠가처럼 이마에 빨갛게 독이 오른 채로 죽을힘을 다해 침착을 가장했다.
"괜찮아요. 어서 말해 봐요. 수지 양"
"선생님과 데이트 중이었는데 말이죠. 갑자기 괴한들이 나타나서 우리 두 사람을 죽이려고 했어요."
명희가 조금 떨리는 목소리로 물었다.
"그래서 어쨌어요. 수지 양?"
"김 선생님이 모두 해치웠어요. 괴한들은 권총까지 꺼내 들었었거든요."
"……"
"사모님, 선생님이 말이죠. 비록 다리가 불편하긴 했지만 번개처럼 빠른 박치기로 놈들을 눈 깜짝할 새에 때려 눕혔어요. 그런 끔찍한 일이 있은 후로 저는 선생님에게 예쁜 호신용 권총을 한 자루 선물해야겠다고 결심했죠."
명희는 쓰러질 듯 소파에 기대어 앉았다. 그녀는 지금 이 순간이 자신의 인내심을 시험하는 극한의 기로에 서 있다고 입술을 깨물었다. 하지만 수지에게 쫍치는 행동을 보여 봐야 자신의 부족함만 비칠 뿐이라고 생각했다.
"어머, 몹시 언짢아하시는 표정이에요. 사모님? 제가 권총을 선물한다는 게 영 반갑지 않은 모습이에요."
"수지 양, 우리는 권총을 쓸 줄 몰라요. 어쨌든 그것은 사람을 죽이기 위해서 만들어진 것 아니에요?"
"하지만 사모님, 미국에서는 총기를 소지할 수 있는 권리가 있어요. 정당방위를 위해서 말예요. 갑작스레 위험에 부딪히면 어쩌죠? 그냥 죽어도 좋아요? 정당방위도 못해 보고 죽는 게 좋아요?"

"수지 양, 그래도 우리는 사람을 죽이는 목적으로 만들어진 흉기는 갖지 않겠어요. 도로 갖고 갔으면 좋겠는데."

"어쩔 수 없군요. 그럼."

귀로가 수지를 냉정한 눈길로 바라보면서 단호하게 말했다.

"수지, 이 권총 갖고 당장 우리 집을 나가 줬으면 좋겠어. 우리 부부는 사람을 죽이는 흉기 따윈 필요치 않아. 그리고 이 시간 이후론 우리 가족에게 끼어들지 말아 주었으면 좋겠어. 알겠어? 난 수지에게 크게 실망했다 이 말이지. 다시는 우리 집에 찾아오지 말아 줘. 부탁이야."

수지가 얼굴이 빨갛게 되어 입으로 손을 가져갔다. 모욕감을 심하게 느낀 듯했다.

"선생님, 뭐라구요? 세상에! 어쩌면 그렇게 심한 말을…."

귀로가 가슴속에서 치밀어 오르는 울화를 간신히 억누르고 신음 섞인 목소리로 말했다.

"이제 이 권총을 들고 돌아가. 어서!"

혁진이는 응접실 한쪽 구석에 그림자처럼 붙어 서서 금세라도 달려들어 수지의 사지를 갈가리 찢어버릴 듯 치밀어오르는 광기로 가슴이 끓고 있었다. 수지는 그런 혁진의 시선을 의식하지 못한 듯 여전히 빨갛게 독이 오른 얼굴로 입술을 잴강잴강 씹었다.

"이건 치욕이에요. 난 이렇게 치욕적인 대우를 받아본 적이 없어요. 난, 선생님을 가만 놔두지 않을 거예요. 이 가족 모두를, 침몰시켜 버릴 거예요!"

곧 그녀의 입가에 안개처럼 피어오르는 한줄기 야릇한 미소가 감돌았다. 그녀는 천천히 코트의 단추를 하나씩 열기 시작했다. 귀로가 낮게 소리쳤다.

"뭐하는 거얏!"

이윽고 그녀의 어깨에서 표범무늬 털코트가 미끄러지듯 스르르 벗겨져 발치께로 내려갔다. 순간 귀로도 명희도 앗! 하는 외마디 소리와 함께 소스라치게 놀라고 말았다. 수지는 터질 듯 풍만한 젖가슴을 환히 드러내 놓고 귀로를 향해 천박하게 웃고 있었다. 도저히 정상인이라고 생각할 수 없을 만큼 수지의 행동은 오망하기 짝이 없었다. 대체 정신이상자가 아니고서야 어떻게 저런 행동을 서슴없이 할 수 있을까 싶어 명희는 둔기로 뒤통수를 세게 얻어맞은 듯 아쯕했다. 두 사람의 눈길이 수지의 아랫도리 쪽을 스치고 지나갔다. 명희는 그만 홱 얼굴을 돌리고는 안방쪽으로 달려가더니 문을 깨질 듯 소리내어 닫았다. 잡초처럼 무성한 그녀의 시커먼 음모가 천정에 매달린 샹들리에 불빛 속에서 귀로를 향해 음흉하게 비웃고 있었다. 정상이라고 생각할 수 없을 만큼 괴망스러운 행동이었다. 수지가 입가에 비웃음을 흘리며 말했다.

"비록 사모님이 아름답다고 하지만 제 몸처럼 싱싱하고 멋져요?"

귀로는 머리를 짓누르는 엄청난 절망감으로 고통스러웠다. 그는 참담한 얼굴이 되어 부르짖듯 말했다.

"수지… 이것이 수지의 참 모습인가? 정신이 있는 거야? 어서 옷을 입어!"

"좀더 확실하게 보여드릴까요? 몸을 빙그르르 한번 돌려보여 드리죠."

수지는 패션모델처럼 멋진 제스처로 귀로 앞에서 몸을 한번 빙그르르 돌려 보였다. 탐스러운 머릿결이 어깨 위에서 부드럽게 물결치고 있었다.

"이봐 수지! 빨리 옷 입엇!"

수지가 알몸으로 귀로의 목을 껴안았다.

"선생님, 제발 저를 그렇게 괄시하지 말아요. 제가 무슨 큰 잘못을 한 것도 아니잖아요. 전 선생님을 사랑한 죄 밖에는 없어요. 한국의 어느 영화 제목도 그런 게 있던데요? 사랑한 게 죄인가요 라고."

그때였다. 누군가 바람처럼 달려와서 수지의 머리채를 홱 낚아챘다. 혁진이었다. 바닥에 벌거벗은 모습으로 참혹하게 나뒹굴고 있는 수지를 향해 혁진이 괴성을 지르며 성난 고릴라처럼 달려들었다. 기세로 보아 금세 수지의 몸을 발기발기 찢어 놓을 것만 같았다. 어느새 안방문을 박차고 달려온 명희가 파랗게 질린 얼굴로 혁진의 팔에 대롱대롱 매달렸다. 명희가 몸짓 손짓 얼굴 표정을 총동원해서 사정했다.

"안 돼! 혁진이, 이럼 안 돼!"

"우 워워워!"

"안 돼. 혁진이, 이러면 큰일 나는 거얏!"
"으워워워!"
혼비백산한 수지가 황급히 코트를 입고 현관 밖으로 도망치듯 사라졌다.
"참앗! 이럼 안 됐!"
"우워워…"
"혁진앗!"
혁진이 현관을 박차고 밖으로 내달았다. 명희가 또 찢어질 듯 소리쳤다.
"안 돼. 혁진이, 안 돼!"
상황이 급박해진 것을 눈치 챈 귀로도 현관문을 박차고 나갔다. 충격이 간 듯 다리를 크게 절쑥거렸다.
"혁진아! 안 돼. 안 돼. 돌아왓!"
"여보! 혁진일 건드리지 말아욧! 말로 해야 해욧!"
어떻게 사람의 몸에서 저토록 무서운 힘이 분출되는 것인지 도무지 이해할 수 없는 일이었다. 혁진은 겉으로 보기에 누가 보아도 헌헌장부이고 웬만한 일엔 화를 쉽사리 내지도 않았다. 하지만 일단 화가 났다 하면 산천초목이 사시나무 떨듯 한다는 표현은 지나친 것일까.

언젠가 백운거사가 죽고 난 후, 혁진이 함경도 아바이와 함께 산속 움막 같은 집에서 살 던 때였다. 당시에 혁진은 바위벽을 의지해 대나무를 뺑 둘러쳐 놓고 닭을 여러 마리 길렀었다. 어느 날 아침, 닭이 몇 마리 없어진 것을 발견하고 혁진은 용광로가 폭발할 듯이 화를 냈었다. 함경도 아바이가 달랬지만 분노가 쉬 가라앉지 않았다. 그날 밤부터 혁진은 일부러 닭장문을 열어 놓고 조금 떨어진 곳에 구덩이를 팠다. 혁진은 구덩이 속에 숨어서 닭을 훔쳐간 범인을 잡으려고 몇 날 며칠을 죽은 듯이 웅크리고 있었다. 어느 날 밤 드디어 닭장으로 살금살금 접근하는 검은 물체가 있었다. 늑대였다. 늑대가 닭장 속으로 날쌔게 뛰어 들어가는 찰라 구덩이에서 비호처럼 몸을 날린 혁진이 늑대의 뒷다리를 잡고 바위벽에다 힘껏 후려쳤다. 늑대가 비명을 지르며 금세 숨이 끊어졌는데 함께 왔던 대여섯 마리의 늑대들이 한꺼번에 혁진에게 달려들었다. 혁진은 주먹으로 늑대들을 사정없이 때려 죽였다. 그래도 분이 안 풀린 혁진은 맨 마지막 남은 늑대의 목덜미를 무릎으로 짓누른 채 입을 찢어 죽이고 말았다. 그러고도 분이 풀리지 않자 혁진은 죽은 늑대의 다리를 두 손으로 움켜쥐고 바위벽에다 걸레가 되도록 연거푸 후려쳤다. 엄청난 괴력이었다. 그리고 나서야 혁진이 겨우 숨을 고루 쉬며 화를 삭였었다.

지금도 혁진은 그때의 모습 못지않게 화가 머리끝까지 치민 모습이었다. 수지가 사람이기 때문에 찢어 죽이지 않는다는 보장도 없는 위태한 상황이었다. 어느새 혁진은 차에서 마악 시동을 걸려는 수지의 몸에서 코트를 빼앗아 갈기갈기 찢어 놓고 있었다. 괴력이란 표현도 충분하지 못할 정도였다. 삼두육비조차도 혁진이 앞에서는 맥을 못 출 것 같았다. 쑥대강이처럼 헝클어진 혁진의 머리는 이번에야말로 정말 머리끝까지 화가 치민 성난 고릴라와 같았다. 혁진은 분을 못 참겠다는 듯 주먹으로 수지의 차를 힘껏 내리쳤다. 수지의 차가 바위덩어리에 얻어맞은 듯 쑥 들어갔다. 수지는 온몸이 한 줌으로 오그라드는 듯한 극도의 공포로 운전석에 앉아 새처럼 파들파들 떨고 있을 뿐이었다. 혁진이 다시 수지가 타고 있는 승용차의 범퍼를 번쩍 치켜들었다. 그리고 범퍼를 양손 바닥 위에 올려놓은 채 마치 역도선수처럼 두 팔로 힘껏 밀어 올렸다. 차의 앞부분이 번쩍 올려졌다. 귀로도 명희도 입을 딱 벌린 채 그 자리에 얼어붙은 듯 꼼짝도 못했다. 혁진은 차를 뒤집어엎을 모양이었다. 이윽고 번쩍 정신이 든 듯 명희가 달려들어 혁진의 팔을 붙들고 늘어졌다.

"놔! 놓지 못햇!"

"우우우워…"

명희는 허덕지덕 혼이 다 빠져 달아나는 듯 결사적이었다.

"혁진앗! 참아! 내려놔. 어섯!"

겨우 혁진이 승용차를 내려놓았다. 명희가 수지에게 소리쳤다.

"빨리 가세욧. 수지 양!"

명희는 정신 없이 허든거리며 자신이 입고 있던 스웨터를 벗어서 수지의 어깨 위에 걸쳐 주었다. 수지는 그러나 싸늘하게 식어 버린 눈으로 명희의 친절을 살똥스럽게 거절했다. 명희가 타이르듯 재촉했다.

"추운데 그렇게 벌거 벗고 어떻게 가려구 그래요. 어서 입고 가요."

수지는 스웨터를 차 밖으로 던지며 차가운 어조로 말했다.
"안 입어요. 염려마세요. 히터를 켜면 더우니까요. 그리고 사모님."
"말해요. 수지 양."
"저 벙어리 괴물은 언젠가 내 손에 꼭 죽을 거예요. 오늘 밤의 이 치욕을 반드시 복수하고 말 거예요. 나를 홀대하고 무시한 댓가가 얼마나 무서운지 처절하게 후회할 날이 머지않았어요."
명희는 그녀의 눈에서 고드름이 뚝뚝 떨어지는 느낌이었다.
"수지 양, 그런 말은 수지 양처럼 예쁜 여자에겐 전혀 어울리지 않는 말이예요. 수지 양은 마음을 고쳐먹지 않으면 안 돼요. 그런 생각은 결국 자신을 파괴할 뿐이예요."
명희의 말이 말 같지 않다는 듯 홱 고개를 돌린 수지는 몇 발자국 명희의 뒤에 서 있는 귀로를 한번 뚫어질 듯 쏘아본 후 바람처럼 세 사람의 시선에서 벗어났다.
집안으로 들어선 명희는 혁진을 달래서 이층의 제 방으로 들여보낸 뒤 응접실로 내려왔다. 그녀는 공연히 미안한 표정을 감추지 못하고 눈만 껌뻑껌뻑하고 앉아 있는 남편을 향해 매끄러운 목소리로 입을 열었다.
"여보, 무슨 생각해요? 그 권총을 치워야겠군요. 필요없죠?"
"필요없어. 금용 엄마, 이렇게 되고 보니 당신한테 할 말이 없군!"
"괜찮아요. 어서 기분을 바꾸세요."
"위험한 일이 생길 때마다 당신에게 일일이 말해 줄 수 없었어. 당신이 잠 못 이룰까 봐."
명희의 눈에 반짝 이슬이 맺혔다. 그런 명희의 눈을 들여다보면서 귀로는 가슴이 가시에 긁힌 듯 쓰렸다. 오늘밤 느닷없이 들이닥친 수지의 입에서 그동안 자신이 쓰렁쓰렁 숨겼던 사실이 드러난 것이 명희에게 여간 죄스럽지 않았다. 그런 생각을 하면서 귀로는 아무래도 수지의 정체가 너무도 수상하다는 느낌이었다. 왜냐하면 수지의 거침없는 언행 뒤에 숨어 있는 야릇한 미소를 귀로는 여러 번 감지했기 때문이었다.
조금 뒤 명희가 혁진을 데리고 내려왔다. 화가 삭아 내린 듯 그는 어느새 양처럼 온순해져 있었다. 명희가 혁진의 이마에 늘어진 머릿결을 쓸어 넘겨주면서 수화로 말했다.
"오늘은 크리스마스 이브야. 크리스마스 이브 파티를 멋지게 하자. 응?"
혁진이 힐끗 귀로의 눈치를 살피고 나서 볼 낯이 없다는 듯 고개를 푹 수그렸다. 귀로가 혁진의 손을 힘 있게 쥐어 주었다. 백운거사 밑에서 자라면서 돌덩이처럼 단단하게 단련된 손이었다. 귀로가 수화로 뜻을 전달했다.
"혁진아."
"……"
"나는 말이다. 혁진이 너를 사랑한다. 넌 우린 가족이나 다름없어. 알겠니? 그러니 앞으로는 오늘처럼 격한 짓은 자제토록 애를 써 봐라. 자신을 통제하는 노력을 많이 해봐."
혁진의 눈에서 굵은 눈물이 한두 방울 또르르 바닥에 굴러 떨어졌다. 그런 혁진의 모습을 보면서 화가 나면 사자나 고릴라처럼 사나운 혁진의 가슴속 한구석에 외로움의 샘물이 늘 고여 있는 듯해서 명희는 가슴이 아팠다. 그때 명희의 입에서 흘러나온 소프라노 목소리가 응접실 안에 울려 퍼졌다.
"고요한밤 거룩한 밤 어둠에 묻힌 밤 주의 부모 앉아서…"
귀로도 명희의 음을 맞추어 캐롤 송을 따라 부르기 시작했다. 명희가 두 손으로 혁진의 손을 꼬옥 쥐었다.
"왕이 나셨도다… 왕이 나셨도다…"
혁진이는 심하게 어깨를 떨더니 와락 울음을 터트렸다.
"고요한 밤 거룩한 밤 영광이 들린 밤 천군천사 나타나 기뻐 노래 불렀네 왕이 나셨도다 왕이 나셨도다…"
명희는 천사를 닮은 여자라고 표현할 수밖에 없는, 마음도 몸도 아름다운 여자이자 한 남편의 소중하기 짝이 없는 아내였다.

급선회하는 정치음모

숙소로 돌아온 검독수리 영표와 살모사 춘식은 겨우 안도의 숨을 내쉰 뒤 담배를 꺼내 물었다. 영표가 라이터에 불을 댕기며 말했다.
"십년감수했다. 큰일이 날 줄 알고."
"그 수지라는 여자, 사이코 아냐? 대체 어쩌자고 김 선생님에게 저런 식으로 육탄돌격이지? 아무래도 정체가 의심스러운 여자야. 김 선생님에게 접근하는 또 다른 목적이 있다고 봐야겠어."
"정말 골 때리는 여자야. 별 수 있어? 좀더 두고 볼 수밖에. 어쨌든 혁진이가 김 선생님 가족에게 그림자처럼 붙어 있어 줘서 여간 마음 든든하지 않아. 말도 못하고 듣지도 못하는데 상황판단이 매우 예민하단 말이지."
영표가 냉장고에서 물병을 꺼내 물을 마신 뒤 말했다.
"놈들 쪽에서 기분 나쁠 만큼 조용한 게 이상하지?"
"그러게 말이야. 정말 기분 나쁠 만큼 낌새가 없어. 왜일까? 고목나무 숲속에서 카메라를 들고 서성거리던 놈들도 요즘은 통 안 보이고."
전화벨이 요란하게 울렸다. 영표가 달려가서 수화기를 들었다.
"예, 큰형님, 아무 이상 없습니다. 요즘 전혀 낌새를 보이지 않습니다. 예, 제 옆에 있습니다."
춘식이 수화기를 옮겨 받았다.

"예, 큰형님, 이상해요. 이곳 미국에서도 전혀 쥐새끼 한 마리 나타나지 않습니다. 예, 카메라 든 놈들도 요즘 안 보입니다. 그게… 그게 사실입니까? 그게 누굽니까? 대단한 실력이군요. 예예, 미국 수사기관에서요? 황금라이터요? 그게 뭡니까? 형님."

그리고도 10여 분 더 통화를 끝내고 나서야 춘식은 조용히 수화기를 내려놓았다. 검독수리 영표가 다가와 의아한 눈길로 그를 살펴보며 물었다.

"살모사, 심각한 일 생긴 건 아냐? 큰형님이 무슨 말을 그리 오래 하셨냐?"

"오래잖아 모두 한국으로 빠질 준비를 하라고 한다. 그리고 어떠한 일이 벌어지더라도 무기를 사용하지 말고 위험한 상황이 감지되면 곧바로 경찰에 연락하라고 했어."

영표가 물었다.

"조금 전 큰형님과의 통화에서 황금라이터 어쩌구했는데 무슨 소리냐?"

"개미촌 사람 누군가가 빨갱이 마약밀매단 열 명을 해치웠는데 놈들 중 가장 무서운 킬러가 황금라이터라는군."

"뭐라고? 개미촌 사람이? 그게 누군데?"

"북파공작원 출신인데 별명이 저승사자라는군. 우리가 미국에 온 뒤에 개미촌에 들어왔겠지. 그런데 저승사자가 죽인 빨갱이 마약밀매단의 시체가 감쪽같이 사라졌다는 거야. 그런 후부터 놈들의 행적이 끊어졌다는 것이고. 큰형님 말로는 놈들이 자신들의 신분이 탄로날 것이 두려운 나머지 시체를 깜쪽같이 유기하고는 북한으로 몸을 숨겨 버린 모양이라는군. 국제 건달들이 몸을 숨기기에 지구상에서 가장 안전한 도피처 중의 한 곳이 북한이라고."

"그 저승사자가 그 놈들을 열 명씩이나 죽인 이유는 뭐야?"

"복수였다고 한다."

"뭐라고? 무엇에 대해, 대체 누구를 위한 복수였는데?"

"너도 알고 있지? 미숙이라고."

영표가 대답했다.

"물론 알다마다. 호철이라고 하는 이도 형님 집안의 동생과 결혼해서 행복하게 산다고 표대치한데 들었는데."

"그 여자를 놈들이 납치해 토막을 내어 호철이네 집 문앞에 버리고 갔다."
"뭐가 어째? 저런 찢어 죽일 놈들읫! 아흐! 가루를 내버릴 새끼들읫!"
춘식은 화를 내는 영표에게 눈길도 주지 않고 이야기를 계속했다.
"저승사자가 그 복수를 철저하게 해 보인 거지. 국제건달 중에서도 최고로 손꼽히는 황금라이터란 놈을 해치웠을 정도의 실력이니 알만 하잖아! 아무튼 그 이후부터 이곳 미국에서도 놈들의 냄새가 자취를 감추어 버렸어."
"그렇다면 놈들과는 아무런 이해관계도 없는 우리의 김 선생님을 무엇 때문에 그토록 괴롭히는 걸까?"
"큰형님의 얘기는 치밀하게 계획된 정치적 음모라는 거야."
"정치적 음모?"
"아무튼 상황전개가 미묘하게 급선회하는 바람에 우리가 김 선생님 주변에 어물대는 것이 자칫 김 선생님의 입지를 곤란하게 할 우려가 있다는 큰형님의 말씀이다. 언제라도 즉시 바람처럼 모든 걸 깨끗이 정리하고 귀국할 준비태세를 갖추고 있으라는 지시다. 귀국 절차는 며칠 뒤 강 전무가 알아서 처리할 거라는군. 대신 저승사자란 별명이 붙은 우리측 사람이 미국에 온다고 한다. 그때까지는 실수 없이 임무에 최선을 다하라는 큰형님의 명령이다."
춘식은 또 한 개비의 담배를 꺼내어 입술에 매달고 지그시 눈살을 찌푸렸다. 영표의 라이터가 또 번쩍 불꽃을 튕겼다. 춘식이 중얼거리듯 말했다.
"그랬었군. 그 흑인이 바로…"
"무얼 혼자 중얼중얼하는 거야?"
"덩치가 산처럼 컸던 어느 날엔가의 흑인 말이다. 우리에게 수시로 정보를 날려준 흑인이 바로 정보원이라고 한다. 그리고 가끔 김 선생님을 건드린 놈들은 빨갱이 마약조직이 심심풀이로 풀어놓은 개라고 했어. 어쩌면 김 선생님과 사모님을 납치할 음모도 꾸밀지 모르니 경호에 만전을 기하라고. 개미촌은 앞으로 빨갱이 마약 조직과의 전쟁을 피할 수 없게 되었다고 한다. 영표야, 우리같은 전과자들이 한번 해 볼 만한 전쟁 아냐?"
벽시계가 밤 11시를 알리고 있었다. 조금 후 노크 소리가 조그맣게 들렸다. 영표가 문으로 다가가서 작은 목소리로 물었다.

"누구냐?"

"와라지 김 상사."

영표가 문을 열어주었다. 번차례로 귀로의 집 주변을 주의 깊게 살펴보던 김 상사가 싱그레 웃음 띤 얼굴로 영표의 동생 영철이와 함께 들어섰다. 군대 시절부터 별명이 붙어 있는 '와라지 김 상사'는 권총의 명사수로 월남에서 채명신 장군 옆을 그림자처럼 따라다니던 인물이었다. 김 상사 앞에 와라지라는 말이 왜 붙었는지는 김 상사 자신도 모른다고 했다.

제대 후에는 박정희 대통령의 최측근인 차지철 경호실장 밑에서 막강한 권력을 휘두르던 와라지 김 상사는 1979년 10·26사건 후, 바람처럼 자취를 감추었다. 그런데 강원도의 카지노 도박장 주변을 어슬렁거리며 카지노 앵벌이로 목구멍에 풀칠하고 있는 그의 모습이 마카오 박의 눈에 걸려들었다. 마카오 박은 개미촌에 있는 친구 악어이빨에게 그를 소개했는데 그때부터 개미촌으로 들어와 산 지 3년째 되는 인물이다. 그는 평소 잘 웃기도 했지만 딱장대처럼 거친 말씨에 무작스레 욱하는 성격이 있었다. 그것이 염려가 된 종태가 춘식에게 매사에 자중하도록 신신당부해 왔다.

하여튼 와라지 김 상사는 사격에는 뛰어난 솜씨를 자랑하는 권총의 명사수였다. 그는 말년에 폐병에 걸려 죽고 마는 운명이지만 살아생전에 그가 채명신 장군에게 바쳤던 충성심보다 개미촌에 훨씬 더 심절한 충성을 다했다 해도 과언이 아니었다.

그런데 귀로의 주변을 살피는 임무는 무태 혼자만으로도 족할 것이라는 종태만의 결정에는 과연 빈틈이 없는 것일까. 오로지 못다한 공부를 열심히 해서 지도자로서의 덕목을 쌓겠다고 미국에까지 유학을 온 자신에게 전혀 상상도 못할 음모와 협박이 끊이지 않는 것에 귀로는 가슴이 아팠다. 귀로는 이 모든 고난의 가시를 믿음의 힘으로 물리쳤다. 물론 명희의 내조가 큰힘이 된 것은 말할 것도 없었다.

"아무리 고난의 파도가 밀려와도 나는 반드시 미국 유학을 성공적으로 마치고 귀국한다."

4대 강국의 틈바구니에서

성탄절을 지낸 뒤 해가 바뀌고 난 2월 둘째 주일이었다. 예배를 마치고 귀로 부부는 최석천 목사와 마주앉았다. 주일 예배를 마치고 나면 교인들이 한 가족처럼 점심을 먹고 차를 마시며 교제를 나눈다. 이윽고 교인들이 모두 집으로 돌아갔고 귀로와 명희, 혁진만이 남았다. 이경복 목사는 몸이 아파 줄석 못한 어느 교인의 집으로 심방가고 없었다.

최 목사가 명희를 향해 입을 열었다.

"제가 한국에서 떠날 때 개미촌 수도원에서 일하는 하경진 선생님이 사모님을 무척 보고 싶어 하시던데요."

"네, 저도 마찬가지입니다. 많이 보고 싶어요. 모두들"

귀로는 오래전부터 가슴속에 자리잡고 있는 소신을 최 목사에게 조심스레 꺼냈다.

"목사님, 지금 우리에게 안겨진 가장 뜨거운 감자는 어떻게 해야 전쟁준비에만 광분하고 있는 북한을 개방세계로 이끌어내야 하는 문제가 시급하다고 보는데요. 북한과 손잡고 북한의 땅밑에 매장되어 있는 엄청난 지하자원을 공동으로 개발해서 통일의 꿈을 앞당기고 싶은 소망은 비단 저 혼자의 꿈이 아니라 우리 민족 모두가 바라는 소망일 것입니다. 정말 그렇게 되었으면 얼마나 좋겠습니까."

최 목사가 조심스럽게 입을 열었다.

"외람되지만 김 선생님께 한가지 묻겠습니다. 김 선생님은 미국과 러시아와 중국과 일본 이 네 나라를 어떤 잣대로 보고 계시는지요?"

귀로가 침묵했다. 곧 귀로가 최 목사의 얼굴을 똑바로 쳐다보며 말했다.

"목사님, 요약해 말씀드리면 미국은 우리 민족에게 선교사를 많이 보내어 우리 민족에게 복음이 뿌리 내리게 한 고마운 나라입니다. 그들이 이 나라에 들어와 학교와 병원을 짓고 교회를 세운 이후 지금의 대한민국은 미국 다음으로 선교대국이 되었습니다. 6·25 때는 한국의 공산화를 막기 위해 무수한 미국의 젊은이들이 목숨을 잃었습니다. 미국은 우리가 결코 잊어서는 안 되는 혈맹의 나라입니다. 러시아는 한국전쟁이 발발하게 한 원인제공의 나라이며 중국은 이 전쟁중에 중공군 개입이라는 악수를 두어 우리나라를 확전의 수렁으로 빠뜨린 나라입니다. 일본은 잘 아시다시피 바다를 사이에 두고 우리 민족을 괴롭혀 온 나라입니다. 일본의 역사에는 오래 전 한반도에서 건너간 조상들의 영혼이 그 밑바탕에 흐르고 있습니다. 이상하게도 그들의 정치와 사회적 기저에는 삐뚤어진 열등의식 같은 게 깊이 드리워져 있는 것 같습니다. 일찍이 저들이 문호를 개방해서 서구의 시대흐름을 받아들였지만, 그들은 그것을 있는 그대로 받아들이지 않고 비틀고 뒤집고 구부려서 받아들였습니다. 그들 식으로 일본화시킨 것이지요. 이 어두운 그림자를 우리는 예의 주시할 필요가 있습니다.

우리는 이 네 나라의 틈바구니에서 지혜롭게 국력을 키워 나가야 하는데 우리는 더 이상 지나간 역사의 횡포와 뼈아팠던 자존심의 상처에 연연하지 말고 주변국들의 압력에 당당히 맞서야 할 것입니다. 새롭게 밀려오는 역사의 물결이 무엇을 등에 업고 덮쳐 오는지 냉철하게 판단하고 강한 대한민국을 구축하기 위해 서둘러 힘을 모아야 합니다. 지나온 역사를 돌이켜 보면 우리 민족은 양반 상놈 편 가르느라 국력을 키우는데 허약했고 이 허약해 빠진 국력의 틈새를 뚫고 중국과 일본의 침략이 봇물처럼 이 땅에 들이닥친 것 아니겠습니까.

강한 국력은 튼튼한 경제력과 막강한 군사력이 필수적입니다. 저는 북한의 핵개발에 맞서 우리도 상응하는 핵을 개발해야 된다는 편에 속합니다. 이스라엘이 중동의 여러 국가와의 전쟁에서 6일만에 승리한 요인이 무엇인가를 우리는 깊이 연구해 볼 필요가 있습니다.

힘의 균형이 없이는 진정한 의미의 대화가 불가능하고 북한 못지않게 일본을 경계해야 한다고 생각합니다. 일본은 분명 자위력의 타당성을 내세우며 우리와 북한의 틈새를 비집고 들어와 간책을 부릴 것입니다. 만일 북한과 일본이 핵을 보유한다면 우리가 얼마나 초라한 입장에 처해 지겠습니까. 다시 말씀 드리지만 일본은 침략의 근성이 있습니다. 일본은 여전히 독도가 자기네 땅이라고 주장하고 있고 일제 36년동안 우리 민족에게 저질렀던 만행을 숨기기에 급급합니다. 북한 못지않게 일본 역시 우리에겐 경계의 대상입니다.

그들은 기회를 엿보다가 반드시 배신과 패악의 칼을 들이댈 것입니다. 그것이 역사를 통해서 우리 민족이 터득한 일본의 모습입니다. 하지만 우리가 일본을 이기기 위해서는 미국과의 혈맹을 돈독히 하면서 일본과의 외교도 지혜롭게 이어가야 합니다. 역사는 증오의 뿌리를 은근히 두둔하는 편에 속합니다. 일본의 미국 진주만 공격과 그 후 미국이 일본에 투하한 두 번의 원폭, 이로써 일본이 패망을 하지만 이러한 과거사를 일본과 미국은 미래지향적인 좌표에서 새로운 관계를 설정해 나가고 있습니다. 우리는 이러한 점을 지혜롭게 계산해야 합니다. 증오는 전쟁에서는 필요하지만 국력을 희생해야 하는 나쁜 원인이 됩니다.

중국은 기독교를 박해하는 나라입니다. 인류역사를 통틀어 기독교를 박해하는 나라가 전쟁에서 승리하고 자유와 번영을 누린 예는 없습니다. 그런 면에서 북한 역시 미래가 없는 절망의 땅이라고 생각합니다. 하루빨리 북한을 개방세계로 이끌어내는 데에 우리가 앞장서야 한다고 생각합니다."

잠깐의 침묵이 흐른 뒤 최 목사가 입을 열었다.

"김 선생님, 북한이 우리에게 쉴 새 없이 도발하는 저의는 무엇이라고 생각하십니까?"

귀로가 서슴없이 대답했다.

"북한은 미국으로부터 한국을 떼내어 국제사회의 미아가 되는 것을 획책하고 있는 것이죠. 미국과 한국의 동맹의 고리를 끊어 놓지 않으면 자신들의 체제유지가 위태롭고 국제사회에서 설 자리가 없기 때문입니다. 북한이 끊임없이 도발을 획책하는 것은 그들이 미국의 관심을 끌기 위한 단세포적인 포석이라고 생각합니다. 어리석은 짓이지요. 우리나라와 미국이 동맹관계라는 사실을 제일 싫어하는 나라는 중국과 북한 아니겠습니까. 북한이 대화의 빗장을 열게 하려면 러시아와 중국의 역할이 중요하다고 생각합니다만 쉬운 일은 아닙니다. 중국이 기독교를 박해하는 한 중국의 미래는 어둡습니다. 중국은 현재의 공산체제로는 창의력에 한계가 있을 뿐 아니라 지금의 공산당 체제와 1인 독재를 이어가는 한 중국이 미국을 앞서간다는 것은 불가능합니다."

"김 선생님, 남한이 북한에게 햇볕정책을 구사한다는 발상 자체도 문제가 있다고 생각합니다. 어찌 보면 바둑으로 치면 최악의 악수를 놓은 것이죠. 황장엽 씨 말대로 북한을 몰라도 너무 모르고 있다고들 말합니다. 하지만 목회자인 제 입장에서 보면 그들과 의견이 전혀 틀립니다. 북한에 제일 먼저 들어가야 하는 것은 돈이 아니라 복음, 바로 하나님의 말씀이 아닐까요? 왜냐하면 인간의 완악함을 바꿀 수 있는 가장 강력한 무기는 복음이니까요. 우리는 북한 동포들을 위해 눈물로 기도해야 합니다."

최 목사의 말에 귀로와 명희는 크게 고개를 끄덕였다. 귀로가 항상 국가의 장래를 놓고 깊이 고민해 온 것은 오늘날처럼 색깔이 분명한 개성 시민사회에서는 개인이나 어느 집단의 각양각색의 이해와 갈등을 지혜롭게 조정해야 하는 것이 지도자가 해야 할 첫째로 중요한 덕목일 것이라고 생각했다. 그러한 과정을 잘 여과시킬 수 있어서 모든 국민이 납득하고 따라올 수 있는 법제적이고 합리적인 법체계가 엄격하게 갖추어져야 한다고 생각했다. 뿐만 아니라 지도자는 모든 사람들의 이해와 갈등을 엄격한 법의 잣대로 다스려야 하고 모든 국민이 안심하고 살 수 있도록 고굉지신의 체계를 새롭게 확립해야 한다고 생각했다. 귀로는 지도자부터 그 법의 지배하에서 흙처럼 낮고 겸손해져야 한다고 굳게 마음먹었다. 특히 지도자는 하늘을 우러러보나 세상을 살펴보나 양심에 거리낄 만한 언행을 국민들에게 보여서는 절대 안 된다고 귀로는 굳게 마음먹고 있는 중이었다.

귀로는 새삼 최석천 목사가 존경스러웠다. 깡패두목으로 영등포 일대를 휘어잡고 악명을 떨쳤던 그가 저토록 겸손해졌다는 사실이 그저 놀랍기 짝이 없었다. 최석천 목사가 다시 입을 열었다.

　"제가 어느 월간지에 실린 어느 학자의 글을 읽고 감동한 일이 있었습니다. 그분의 말로는 두려워했던 냉전의 시대가 무너져내렸음에도 불구하고 지역의 질서를 틀어잡으려는 강대국들의 이해관계가 소리 없는 전쟁처럼 자주 충돌하고 한 치의 양보도 하지 않으려 한다는 것입니다. 그렇기 때문에 강대국들의 횡포에 치를 떨며 이를 가는 약소국가들의 저항의식은 갈수록 골이 깊어져서 자칫 자기들도 핵무기를 소유해야 한다는 조급함으로 급선회할 것이 뻔하다는 것입니다. 저의 좁은 소견으로도 이 문제에 관한 한 대한민국도 강 건너 불 구경하듯 예외는 아니라고 봅니다."

　"그렇겠습니다. 목사님."

　"교회의 장로님이기도 한 그 학자의 말을 다시 빌리면 아시아 태평양 지역에서는 중국의 역할이 그 어느 때보다도 위협적으로 돌출될 것이랍니다. 오랜 사회주의 국가에서 있었던 천안문 사태가 그 예표라고 했고, 중국으로서는 뼈아픈 홍역을 치루었다 싶겠지만 그로 인해 중국은 대륙적 자존심을 내세워 국제사회에서 그 위상이 급부상할 것이 틀림없다는 것이죠. 그분은 중국은 머잖아 세계 경제대국 2위권으로 다가서게 될 거라고 내다봤습니다. 하지만 그분 역시 김 선생님의 말씀처럼 중국이 미국을 앞지른다는 것은 환상에 불과하다고 생각했어요."

　귀로가 손목시계를 보면서 자리에서 일어섰다. 시간이 너무 길어졌기 때문이다. 귀로가 말했다.

　"그 장로님이 시대의 추이를 예리한 눈으로 보고 계셨군요. 저도 그 장로님의 통찰에 동감합니다. 목사님, 이제 저희는 돌아가 봐야 할 시간이 됐습니다. 미국에서 홀로 생활하시기에 불편하시죠?"

　"허허헛, 제가 혼자 사는 생활에 익숙해서 불편한 건 없습니다."

　명희가 말했다.

　"저희가 가까이 있다면 도와 드릴 텐데 멀리 있다 보니 마음만 앞서네요."

"조금도 그런 건 염려 마세요. 말씀만으로도 고맙습니다."

최 목사의 배웅을 뒤로 하고 집으로 돌아가는 승용차 안에서 명희는 졸리운 눈을 껌뻑이며 귀로에게 말했다.

"금용 아빠, 운전 조심해요. 난 좀 자야겠어요. 어젯밤 잠을 설쳤거든요."

귀로는 운전에 집중하면서도 며칠 전 커피를 마시면서 테일러 박사와 함께 나눈 대화를 떠올렸다.

일본은 앞으로의 경제체제를 전기자동차, 친환경적인 항공기, 선진 의료 기기술, 연료전지라든가, 첨단로봇, 게다가 우주개발에 막대한 예산을 쏟아 부을 것이라고 테일러 박사는 진단했다. 그는 한국 역시 발 빠르게 중국과 일본 사이에 끼어 있는 샌드위치 전략을 대담한 기술혁신과 친환경 전기자동차, 항공, 정보통신, 군사무기 등에 과감하게 투자해야 한다고 조언을 했었다. 뿐만 아니라 개방시대 후폭풍의 치명적 상처를 입은 러시아가 머잖은 장래에 예기치 못했던 세력으로 다시 세계 속에 떠오를 것이고 세계는 러시아의 자존심을 건드리는 일을 조심하지 않으면 안 될 다급한 현실이 코앞에 떨어져 있다고 점치듯 말했었다.

테일러 교수는 러시아는 날로 늘어나고 있는 석유와 가스값으로 자신만만하지만 러시아만이 가지고 있는 병적인 고집과 아집 때문에 국제사회에서 외톨이가 될 가능성이 높다고 예단했다. 대한민국은 미래첨단기술을 개발하는데 있어서 러시아나 중국처럼 히토류같은 지하자원이 전혀 없다는 것도 엄청난 부담이라고 귀로는 생각했다. 특히 한국에게 우호적 입장을 보이기 시작하는 러시아에 대해 한국은 중국과 미국을 의식하지 않을 수 없고 조심스럽고도 적극적인 우호관계를 펼쳐 나가야 하는 부담이 클 것이라고 테일러 교수가 지적했었다.

하지만 러시아가 석유와 가스산업으로 언제까지나 호황을 누린다는 보장은 없다고 귀로는 나름대로 예단했다. 그리고 북한은 반드시 중국과 러시아에 양다리를 걸쳐 놓고 서서히 남한의 목을 조여 올 것이라고 귀로는 나름대로 계산했다.

향후 동북아 정세는 그 전역이 눈에 보이지 않는 증오나 적대감정, 지역패

권주의 상호간 자존심의 상처 등에 대한 강한 불신감 등등, 그로 인해 동북아 지역에 가장 강력한 군사력이 집중될 것이 불을 보듯 뻔했다. 앞으로 중국과의 대외적인 접합점에 의지할 한국은 수출과 통일문제에 대해 중국과 첨예한 신경전을 벌여야 할 것이었다. 이 문제가 좀체로 해결하기 쉽지 않은 커다란 난제라고 귀로는 고민했다.

'이런 일들은 인간의 능력으로 해결될 문제는 아니다. 하지만 할 수 있다는 믿음으로 정의의 편에 서서 과감하게 행동하면 하나님은 우리의 손을 들어 주신다.'

귀로는 무엇보다 시급한 것은 국제사회와 공조하여 하루빨리 북한의 핵 개발 의지를 포기하도록 유도해야 하고 북한을 개방경제로 이끌어 내기 위해 혼신의 노력을 기울여야 한다고 생각했다.

북한이 세습이라는 체계를 통해서 권력을 대대로 움켜쥐겠다는 욕망의 불꽃이 꺼지지 않는 이상, 국제사회는 끝까지 북한을 외면할 것이고 북한은 서서히 괴멸의 벼랑 끝으로 내몰릴 것이라고 귀로는 염려했다.

'인간의 교만과 지혜를 초월해서 우주의 숨통을 쥐고 계신 하나님은 인류의 역사를 이끌어가신다. 어리석은 인간들은 자신의 생각과 지혜만 믿고 기고만장하지. 결국 남은 자들의 기도 외엔 방법이 없다.'

무엇보다도 개탄스러운 것은 국가 내부에 독버섯처럼 만연되는 정치한탕주의, 원칙도 상식도 약속도 자존심마저도 하루아침에 헌신짝 버리듯 하는 권력제일주의라고 귀로는 탄식했다. 게다가 물질 제일주의와 함께 맞물려 돌아가는 무사 안일주의 등 지역 내부적인 갈등과 잘못된 얼뜨기 지식인들의 국가미래에 대한 미숙한 진단이 교육자들과 청년들의 안목을 흐리게 하고, 이러한 여러 가지 문제의 틈새를 비집고 남북 해빙의 무드를 악용해 아메바처럼 만연된 좌파세력이 국가전복의 야심을 여과 없이 드러내고 있는 현실도 큰 걱정이었다.

한국은 점점 잘사는 나라로 세계 속에서 자존심의 어깨를 들먹이고 있지만 부자들의 힘에 억눌린 서민들의 피부에 와 닿는 불안과 가난은 날이 갈수록 시름의 벽이 두터워만 갔다. 바로 이런 것들이 정치지도자들이 해결해야 할 시급한 과제라고 귀로는 진단했다.

무엇보다 소위 자유민주주란 보호막 안에서 독버섯처럼 제멋대로 서식하고 있는 좌파 지도세력을 하루빨리 발본색원해서 올바른 민주주의 잣대로 국민에게 평가받게 하는 것이 시급한 일이었다. 그들의 목적은 수단방법을 가리지 않고 어떻게 해서든지 국가기능을 자기들 색깔로 전복시켜 그들만의 이데올로기를 합리화시키려고 음모를 꾸미는 것이 문제였다. 이런 모든 걸림돌을 뛰어넘어 북한과 진정한 의미의 파트너쉽을 구축할 때 국제사회에서 한국의 위상이 크게 돋보일 뿐 아니라 장차 통일한국은 세계가 무시할 수 없는 강대국의 거보를 힘차게 내디딜 수 있을 것이라고 귀로는 마음을 굳혔다.

'그래야 하는데…. 북한을 하루속히 개방세계로 끌어내야 하는데…'

북한을 개방세계로 이끌어내는 일이야말로 얼마나 뼈를 깎을 만큼 힘들고 어려운 일이겠는가. 결코 대통령이나 개인이나 정치적 집단의 능력으로 될 일이 아니었다. 이미 돈은 미국, 유럽 등지에서 아시아로 급속하게 이동 중에 있는데 시대의 흐름을 예리하게 내다보고 판단과 결정의 논리를 성공적으로 귀결시키는 지혜의 샘은 어디에서 오는 것일까. 바로 전지전능하신 하나님께 지혜를 달라고 눈물로 호소할 수밖에 없을 것이다. 왜냐하면 어떠한 돌파구를 헤쳐나가든 인간의 능력에는 한계가 있으며 인간이 배워야 할 모든 지혜의 샘은 하나님의 말씀, 곧 성경 속에 감추어져 있기 때문이었다.

무엇보다도 대한민국의 정치지도자들에게서 도덕심이 자취를 감추었다는 사실도 통탄할 일이었다. 대한민국이 경계해야 할 가장 나쁜 대상은 공산주의 이념에 뼈가 닿아 있는, 소위 진보를 외치는 위장된 좌파세력이라고 귀로는 어금니를 사리물었다.

귀로가 이런저런 생각으로 골몰하면서 핸들을 잡고 있는 사이 옆에서 명희는 조그맣게 코를 골고 있었다. 뒤에 앉은 혁진 또한 고단했는지 코를 골았다. 두 사람의 코 고는 소리가 재미있다 싶어 귀로는 슬며시 미소를 지었다.

이성본능

기암괴석이 웅장한 자태로 하늘을 찌를듯 벽립해 있는 남해바다, 어느 조그마한 어촌마을이었다. 곧 폭풍이라도 불어닥칠 듯 하늘은 검회색으로 어둡고 성난 파도가 거센 물보라를 일으키며 연신 바위벽을 때리고 있었다. 크고 작은 고기잡이배들은 아침나절부터 포구에 묶여 있는 채 파도에 떠밀리며 넘실넘실 춤을 추고 있다. 갈매기들이 저마다 맵시를 자랑하듯 하늘로 치솟았다가는 쏜살같이 아래로 곤두박질쳤다. 금세 물속에 처박힐 듯 아슬아슬 위태로워 보였지만 놈들은 또 보라는 듯 날쌘 동작으로 하늘 속으로 까맣게 치솟는다.

무태는 무슨 생각을 하는지 바위벽을 등지고 앉아서 부서지는 파도를 응시한 채 꼼짝도 않은 지가 벌써 한 시간이 넘는다. 무태는 부영이가 개미촌 수도원에 온 뒤부터 정신상태가 거의 정상인에 가깝도록 좋아진 것에 마음이 많이 안정된 모습이었다. 호철이와 재혼시켜서 새롭게 보금자리를 마련할 수 있도록 배병숙이 책임지고 두 사람을 엮어 놓고야 말겠다고 철석같이 약속해 준 것도 얼마나 고마운 일인지 몰랐다. 동생과 조카의 앞날을 생각해서 종태가 조카 앞으로 집을 마련 해 주는 등 여러 가지 배려를 아끼지 않은 덕분에 무태는 한결 마음이 놓였다. 무엇보다도 대학을 졸업할 때까지 조카의 학비를 개미촌에서 책임져 주겠다는 약속에 무태는 감격했다.

'이젠 죽어도 여한이 없다….'

그의 삶은 어려서부터 소나 돼지를 잡는 백정으로 시작되었다. 북파공작원으로 북한을 제집 드나들듯 하면서 본의 아니게 북한 병사들과 생사의 고비를 수도 없이 주고받았다. 그에게 있어서 백정시절 소나 돼지를 도끼로 때려잡는 일과 북파공작원으로서 사람을 죽이는 일은 거의 일상적인 것이었다. 그래서 그런지 그는 항상 외롭고 고독했다.

'나 같은 인간백정은 지옥에서도 제일 큰상을 받겠지. 그래도 나는 한 때 조국의 부름을 받았던 군인이었다.'

무태는 미국에 건너가면 또 얼마나 많은 사람을 죽여야 할지 모르겠지만 어차피 그에게 있어서 이제 살인은 차라리 숙명이고 지옥행은 오래 전부터 따놓은 당상이라고 생각했다.

바람이 더욱 맵게 느껴진 모양, 그는 바바리코트 깃을 또 한번 바짝 추켜세웠다. 그는 자신의 옆구리 쪽에 바짝 붙어 있는 검은색 가방의 손잡이를 소중한 듯 쓰다듬었다. 그 가방은 그에게 있어서 생명보다 소중한 모양이었다. 자나 깨나 그의 검은 가방은 분신처럼 그를 붙어다녔고 그는 가방을 신줏단지 모시듯 소중해 했다.

누군가 뒤에 와서 그의 등때기를 탕 소리 나게 쳤다. 예리한 감각으로 이미 발자국의 주인이 누구인지를 눈치 채고 있었지만 짐짓 깜짝 놀란 듯 뒤를 돌아다보았다. 순희였다. 어려서부터 바닷바람을 맞고 자라서 그런지 섬처녀답게 햇볕에 얼굴이 검게 그을렀고 말과 행동이 억실억실하기 짝이 없었다.

"뭐하는교? 고추바람이 이리 심하게 불어쌌는데 퍼뜩 드갑시더."

"순희가 어쩐 일로."

"어쩐 일은예. 아저씨가 물에 빠져 죽었나 싶어 찾아 나왔어예."

"허허, 빠져 죽긴."

"아저씨, 날 따라오이소. 바람 한 점 못 들어오는 기가 막힌 굴이 있어예."

"뭐, 굴?"

"따라오이소."

무태는 잠자코 일어서서 가방을 들고 순희를 따라갔다. 그녀는 얼마 안 가서 바위천정이 활처럼 굽어진 굴속으로 무태를 안내했다. 과연 굴속은 신기하게도 바람 한 점 들어오지 않는 것이 아늑하고 훈훈하기조차 했다. 굴 밖 까맣게 내려다보이는 아래에서는 여전히 파도가 밀려와 하얗게 부서지고 있었다. 사람이 가끔씩 들어와 앉았던 모양, 모닥불을 지핀 흔적이 있었고 납작한 돌들이 여기저기 몇 개 차분하게 자리잡고 있었다. 사방이 온통 바위로 둘러싸여 있었고 바닥 역시 바윗덩어리였으나 바위벽은 습기로 축축하게 젖어 있었다.

"조용하고 따뜻하지요?"
"응, 순희 혼자만 아는 바위굴인 모양이군. 이곳에 와서 뭘하지?"
"머하기는 예, 고기잡이 나간 아부지 기다릴 때 여개 앉아 있으모 비도 눈도 바람도 안 맞고 얼매나 좋은데예. 보소, 바다가 훤하게 내다보이지 않능교?"
"허긴…"

무태는 순희가 말해 준 대로 멀리 수평선끝 물마루에 눈길을 보내 놓고 말이 없다. 그런 무태를 보고 그녀는 무슨 남자가 여자를 앞에 앉혀 놓고도 어지간히도 재미없고 냉수스럽다는 생각이 들었다. 그에 비하면 비록 섬처녀이긴 해도 순희의 너름새가 남자 뺨칠 정도였다. 그녀의 어느 구석을 눈여겨보아도 섬처녀처럼 순박하다든가 여린 부분은 없고 매사에 여간 되바라지고 당돌하지 않았다.

"배 안 고픈교? 점심때가 지났는데예."

무태가 입가에 미소를 흘리며 그녀를 쳐다본다. 까무잡잡하게 햇빛에 그을린 그녀의 얼굴에서 건강미가 활어처럼 넘쳐나는 듯했다. 아무리 뜯어보아도 도시여자들처럼 만들어 붙인 구석이라곤 조금도 느낄 수 없을 만큼 오달지고 억척스러워 보였다.

"몇 살?"
"나이요? 나이는 와 묻능교? 남사스럽게스리."
"뭐, 그냥… 싫으면 대답 안 해도 돼."
"스물여덟 살이라예. 노처녀 아잉교. 어데 시집보내 줄랑교?"

그러면서 그녀는 힐끗 곁눈질로 무태를 쳐다보았다. 그녀와 눈을 마주치며 무태가 물었다.

"시집가고 싶어?"

"아무 것도 없어도 좋으잉께로 고마 몸만 황소처럼 튼튼한 데릴사위 한 사람 구해 주소."

"데릴사위?"

"데릴사위 아이모 시집 못갑니더. 생각해 보소. 내가 훌쩍 시집가 뿌면 울 아부지 혼자 우예 사능교? 70이 다 됐는데."

"그럼, 엄마는 왜 안 계신 거지?"

순희가 수평선 멀리 눈길을 보내 놓고 나지막이 말했다.

"엄마는… 지가 열두 살 때 위암에 걸려서 돌아가셨어요. 돈이 없어서 병원에도 한번 못 가 보고 생으로 죽었어요. 남들이 위암이라카이 내도 위암인 줄 알고 있는 거라예."

"그럼, 그때부터 죽 아버지하고 둘이서 이 섬에 산 거야?"

"예."

"몸 건강하고 정직한 총각 만나서 시집가면 되잖아."

"내처럼 국민학교밖에 못 나오고 가진 것도 없고, 또 섬구석에 처박혀 사는 여자를 누가 좋다하겠능교."

"내가 보기엔 순희가 참 마음에 드는 아가씬데."

갑자기 순희는 슬픈 말투로 아버지에 대해 말했다.

"내가 어데로 시집이라도 가뿌면 우리 아부지는 혼자 살아야 되는데 아부질 혼자 놔두고 우에 내 좋다고 훌쩍 시집가겠능교. 안 그렁교? 내는 아부지 혼자 놔두고 내 좋다고 훌쩍 시집가지는 않을끼라예. 이대로 늙어 죽는 한이 있어도 아부지랑 같이 살랍니더."

무태는 공연히 콧등이 찡해져 고개만 주억거렸다. 엄지 손톱만한 게 서너 마리가 바위벽을 재빠르게 기어 다니고 있었다.

"어? 언제 생겼지?"

순희가 빵시레 볼웃음을 지었다.

"기어 들어온기라예."

"이것도 먹는 게야?"

그녀가 보일 듯 말 듯 고개를 끄덕끄덕했다. 순희가 무태를 물끄러미 올려다보며 물었다.

"아저씨는 언제까지 울 집에 계실끼라예?"

"글쎄, 당분간은…."

"그라모 어데로 가예?"

"어쩌면 아주 먼 나라로, 미국일지도 몰라."

"미국예? 미국엘 와 가능교? 거게 누가 있능교?"

"회사 일로."

"아저씨는 장가갔지예? 부모님도 다 계실 테고. 맞제예?"

무태가 고개를 설레설레 흔들며 대답했다.

"난 일가친척도 없고 가족이 거의 없어. 여동생과 조카 하나밖엔."

"그래예…."

무태가 굴속에 기어다니던 조그마한 게를 한 마리 잽싸게 집어들고 요리조리 살펴본다. 그리고 라이터를 꺼내 불을 켰다. 순희가 물었다.

"와요? 라이터불로 그걸 꾸 먹을라꼬예?"

"허허, 글쎄, 먹는 게라며?"

갑자기 그녀가 무태의 손등을 탁 쳤다.

"고만 두소. 고마! 그기 머하는 짓잉교. 쫌스럽게시리!"

"허헛, 참, 쫌스럽다니 심한 말 아냐?"

"아저씨 게 먹고 싶어예? 내가 퍼뜩 가서 갖고 올까예? 아부지가 대게를 몇 마리 잡아왔어예. 쪼매만 기다리 보소. 내 퍼뜩 가서 준비해 올끼라예. 기다리소."

그녀는 댓바람에 동굴을 나가 집을 향해 달려갔다. 무태는 집었던 게를 다시 놓아 주었다. 언뜻 동생 부영의 얼굴이 동그랗게 떠올랐다. 달포 전 무태는 종태로부터 의외의 소식을 듣고 반신반의했었다. 물론 수도원에서 병숙에게 언질은 받아 놓고 있는 중이긴 했다.

455

"무태, 네 동생이 호철이와 결혼하게 될지도 모른다. 네 의향은 어떠냐?"

당시 무태가 부영을 만나러 수도원에 잠시 내려갔을 때였다. 비록 전화로 종태에게 들은 말이었지만 내심 얼마나 뛸 듯이 기뻤는지 모른다.

"배 선생님한테 잠깐 이야기를 들었습니다만 제동생이 과연 자격이 되겠습니까? 어눌한 아인데, 게다가 낳은 자식까지 있고요."

전화대화 중에 종태는 두 말할 것 없다는 듯 딱 끊어 말했었다.

"네가 싫든 좋든 네 동생이 좋다고 승낙하면 고만이야. 괜히 골치 아프게 이것저것 미루어 생각할 것 없다!"

무태는 그때 주고받았던 종태와의 전화내용을 상기하자 가슴 속에서 한 가닥 희망을 보는 듯 마음이 썩 좋았다.

'그렇게만 되면야 참 잘된 일이지. 무엇보다 수도원 아이들이 부영이를 친누나처럼 잘 대해 주고 잘 따르기 때문에 더욱 마음이 놓인다. 부영이와 조카가 큰형님 약속대로만 된다면 난 정말 죽어도 여한이 없다.'

순희가 굴속으로 다시 들어섰다. 무태가 눈을 둥그렇게 뜨고 물었다.

"뭐야? 그게?"

그녀는 솥뚜껑을 열어 보였다. 깨끗하게 손질 된 대게 몇 마리가 솥단지 안에 엎드려 있었다.

"야! 굉장하군. 이걸 끓여 먹자는 거지?"

"아저씨, 끓이 먹는기 아이고예. 쪄 먹는 깁니더."

"그래?"

"굴 밖으로 나가면예. 오른쪽 언덕바지에 마른 나뭇가지들이 많아예. 퍼뜩 한 아름 안고 오소. 불을 때야 할끼 아잉교. 바람이 마이 불어서 밖에서는 불 못 때에."

"그래? 그럼, 그렇게 할게!"

무태는 검은 가방을 들고 그녀가 시키는 대로 굴 밖으로 나가서 오른쪽 언덕바지로 올라섰다. 무태는 뒷간에 갈 때도 가방을 들고 갈 만큼 가방에 대해서는 빈틈없이 용의주도했다. 쌩! 날카로운 바닷바람이 살갗을 찢어발길 듯 사나웠다.

무태는 주위에 널려진 마른 나뭇가지를 부지런히 주어 모았다. 무태가 가방을 어깨에 둘러맨 채 나무를 한 아름 안고 굴속으로 들어섰다. 그 모습을 보고 순희가 모르겠다는 표정을 지으며 말했다.

"아저씨예, 대체 그 가방에는 머가 들었는데 그래 몸에 붙이고 댕기는교? 일로 와 앉으소. 그리고 퍼뜩 불을 피워야제."

무태는 바바리코트를 벗어서 가방 위에 포개 얹어 놓고 불을 피우기 시작했다.

"아저씨예, 술 하능교?"

"술? 물론 하지. 막걸리는 안 마신 지 오래되었어. 소주나 양주라면 몰라도."

"뭐라꼬예? 양주요? 양주가 뭔교?"

"양주는…."

말을 하다 말고 무태는 얼른 말꼬리를 돌렸다.

"아냐, 아무 술이든 잘 마 실수 있어. 소주든 막걸리든!"

"막걸리는 없고 막소주 큰 거 있어예. 갖고 오까예?"

"아버님은? 아버님 몰래 우리끼리만 이걸 먹어?"

"아부지는 오늘 침쟁이 할매네 집에서 사람들하고 나이롱뽕 친다 아잉교."

"그래…."

그녀가 또 굴 밖으로 달려나갔다. 소주를 갖고 오려고 다시 집으로 가는 것이다. 그 사이 무태는 마음에 간직하고 있는 생각을 다시 끄집어내었다. 종태가 맡긴 모든 임무를 무사히 끝내고 나면 자수할 결심을 굳혀 왔다. 무태의 낌새를 알아챈 종태는 이렇게 딱 잘라 말했다.

"빨갱이 마약밀매단 새끼들과의 전쟁은 우리의 숙명이다. 섣불리 딴 생각 품지 말고 잠자코 기다려 보자."

종태가 그 말을 했을 때도 무태는 마음에 품은 각오를 굽히지 않았었다.

"살인을 밥먹듯 하고 살아온 인생을 안고 살고 싶지 않습니다. 빨갱이놈들 죽인 것도 부처님께 사죄하고 자수하겠습니다."

무태의 말이 땅에 떨어지자마자 종태의 입에서 벼락같은 고함소리가 터져

457

나왔다.

"무태, 닥치지 못하겠낫! 빨갱이 마약 밀매단과 싸우는 게 죄라면 경찰과 군인이 왜 필요하냐?"

무태는 움찔했다. 종태의 목소리는 바위를 깨뜨릴 듯 무서웠다.

"아가리 꽉 다물고 있지 못하겠어? 또 한번 그 아가리 함부로 놀릴 테냐?"

서릿발 같은 종태의 일갈에 무태는 가슴이 얼어붙는 느낌이었다. 지금까지 험악한 세상을 마음껏 헤치고 살아오면서 사람을 무서워해 본 적이 없었던 무태였다.

"큰형님, 알겠습니닷!"

그렇게 대답하고 무태는 식은땀을 씻으며 종태 앞을 벗어나왔다. 그는 자기 자신을 제외하고는 세상에서 두려워하는 존재는 아무것도 없었다. 그는 늘 자기자신만이 제일 두려웠다. 하지만 종태에게만큼은 죽으라면 죽는 시늉이라도 할 만큼 그는 종태를 무서워하고 존경했다.

"여권수속을 밟을 예정이니 당분간 마카오 박이 안내하는 남해의 조용한 섬마을에 가서 바람 좀 쐬고 있어라."

"예, 큰형님."

무태는 이튿날 부랴부랴 가방을 챙겨 들고 마카오 박이 며칠 머물러 본 적이 있다는 이 조그만 섬마을에 찾아왔다. 순희네 집에 방을 하나 얻어 놓고 가끔씩 순희 아버지의 고기잡이를 도와 주며 더부살이한 지가 오늘로 꼭 두 달째다.

'미국에 있는 개미촌 남자들을 다 불러들이고 나 혼자 미국에 가라는 이유는… 김귀로 선생님의 신변을 나 혼자 책임지라는 뜻인데, 어려운 임무다. 어차피 목숨을 저당잡혀 놓고 살아온 인생인데 뭐. 부영이와 조카만 행복하게 살면 그걸로 난 더 이상 바랄 게 없다.'

무태가 그런 생각을 하고 있는데 순희가 들어서면서 나무라듯 말했다.

"불도 안 피우고 여태 뭐 하능교? 멀 그래 꼼꼼하게 생각하능교?"

"아 참. 불 피우는 걸 깜빡했군."

군에 있을 때 습관처럼 하던 일이 산속에서 모닥불을 피우고 항고에다 밥을 지어먹는 일이었는데 오늘따라 무태는 불 지피는 일이 영 서툴렀다. 무태는 눈물을 연신 찔끔거리며 불씨를 살리려고 애를 썼다. 그 모습이 보기 답답했던지 순희가 무태를 옆으로 확 밀치고 들어앉았다. 그녀의 솜씨로 곧 빨간 모닥불이 속살을 드러내었다. 그녀는 모닥불 가장자리에 서너 개 돌을 놓고 그 위에 솥을 얹었다. 바위천정에 자옥하게 머물러 있던 연기가 빠르게 동굴 밖으로 빨려 나가고 있었다.

"인자 됐어예. 대게는 끓이는 게 아이고 이래 쪄먹는 거라예."

"맞는 말인 것 같아. 대게는 쪄먹는 것이지."

순희의 말에 맞장구를 쳐놓고 무태의 눈길은 다시 바다끝을 향해 달려가고 있었다.

"또 먼 생각하능교? 차암내, 기분 나쁘다 아잉교? 여자를 옆에 놔두고 딴 생각만 하모 내는 뭔 꼴잉교? 아무리 호박처럼 생깃어도 사람이 그라모 몬쓰는 기라예."

무태가 정신이 번쩍 든 듯 멋적어했다.

"그래? 미안해."

순희가 수상스러운 눈길로 무태를 살펴본다.

"아저씨, 서울서 먼 죄짓고 쫓기 내리온 거 아잉교? 와 그래 얼굴색이 편치가 못항교?"

"아냐, 그런 거 아냐. 죄짓긴!"

"그기 아이모 머 바람나 도망간 아즈매 생각하능교? 맞제예? 아저씨 마누라 바람나 도망간 거 맞제예?"

"아냐, 도망가긴 누가 도망을 가. 난 결혼도 안 했는데."

"그라모 먼 병 앓능교?"

"병? 그것도 아냐. 이것도 저것도 다 아무 것도 아니지."

"아저씨 처음 볼 때부터 얼굴이 와 그케 어두운가 했어예. 웃지도 않고 말도 없고 아무래도 먼 내력이 있는 갑따!"

무태가 헛웃음을 터뜨리고 말았다.

"허허, 내력이래야 뭐 별거…"

솥뚜껑이 들먹들먹하기 시작했다. 솥뚜껑 가장자리로 두 사람을 향해 주먹질을 하듯 김이 푹푹 새어 나오고 있었다. 게 익는 냄새가 구수하게 코끝을 간지럽혔다. 무태는 헛헛증이 일어 시장기가 밀려왔다. 빨리 한 마리 꺼내 먹고 싶은 충동에 무태는 입안에 가득 고인 침을 꿀꺽 삼켰다. 그런 무태를 힐끔 쳐다보며 순희가 말했다.
"쪼매만 더 있어야 되예."
무태는 게 익는 냄새에 참을 수 없다는 듯 연신 감탄을 토해 냈다.
"하! 냄새 하나 끝내주는군! 술 한잔 안 따라 줘?"
"술을 와 내보고 따라 달라 카능교? 내가 술집 여잔교?"
"허엉? 그래, 그건 미안해. 내가 따라 먹지."
무태는 소반에 있는 조그마한 사기종지에 4홉들이 소주병을 기울였다. 식욕이 껄떡거리며 목구멍까지 치솟아 올랐다.
"아직 덜 익었을까?"
"쪼매만 더 기다리소."
무태가 종지 속의 소주를 조금 입속에 털어 넣고는 만상을 찌푸리며 몸을 떨었다. 그 모습을 쳐다보며 순희가 놀리는 투로 말했다.
"아저씨는 얼뜨기 매로 술도 못 마시는갑따!"
"아냐, 오랜만에 마셔서 그래. 잘 마실 테니 걱정 마. 이 술 다 마셔도 끄떡도 않을 테니."
"다 익었어예. 퍼뜩 드소."
그녀가 뚜껑을 열었다. 빨갛게 익은 게를 한 마리 꺼낸 그녀의 얼굴도 게딱지를 닮아 빨갛게 달아올랐다. 그녀가 손바닥보다 넓고 둥그런 게딱지를 쫙 뜯어내었다.
"보소! 살이 많지예? 발도 보소. 게는 암놈을 먹어야 되능기라예. 그래야 알도 있고 살도 많고 쫄깃쫄깃한 게 맛있능기라예. 알아듣능교? 이담에 장개 가모 아즈매한테 그래 갈키 주소."
"알겠어."
무태는 순희가 건네주는 게다리살을 열심히 뽑아먹기 시작했다.

"맛있지예?"
"와! 맛있어! 나 이렇게 맛있는 게는 오늘 처음이야. 순희는 안 먹어?"
"와 안 먹어예. 먹어야제."

두 사람은 곧 할 말을 잊은 채 게살 뽑아 먹기에만 열심이었다. 금세 소반 위에 게껍데기가 수북하게 쌓였다. 날이 저물어가자 동굴 안이 어둑어둑해지며 으슬으슬 한기가 밀려왔다. 순희가 벌떡 일어섰다.

"잠깐 기다리소."
"왜? 어딜 가는 거야?"

그녀는 아무 대꾸도 없이 동굴 밖으로 나갔다. 조금 뒤 장작을 한아름 안고 동굴 안으로 들어섰다. 무태가 미안한 얼굴로 나무라듯 말했다.

"왜 그랬어? 내가 가서 갖고 오면 될 텐데."
"아저씨가 게를 하도 맛있게 드이께로 내가 미안해서 말을 못하겠는 걸 우째능교. 또 나무 줏어오라 카모 가방 들고 나갈꺼 아잉교. 가방을 들고 불편해서 장작을 우예 들고 올끼데?"

그녀는 장작을 두세 개 모닥불 위에 올려놓았다. 곧 불씨가 장작으로 옮겨 붙더니 불티 튀는 소리가 타닥거리기 시작했다. 갈매기 우는 소리와 파도 부서지는 소리가 더욱 거세어진 걸 보면 폭풍이 불기 시작하려는 것 같았다. 하지만 희한하게도 동굴 안은 바람 한 점 들어오지 않았다.

갑자기 순희가 깜짝 놀랄 말을 했다.
"아저씨예, 고마 내캉 여기서 안 살랑교? 복잡한 서울에 가서 돈만 억수로 마이 벌면 머하능교? 마음이 편해야제."

무태가 순희의 얼굴을 물끄러미 바라보며 입가에 미소를 지었다. 순희가 무태의 시선을 마다하지 않고 마주 쳐다보며 말했다. 수줍음이란 전혀 없는 얼굴이었다.

"아저씨, 내캉 여개서 삽시더 고마."

무태가 비로소 입을 열었다.
"난 그럴 만한 입장이 못돼!"
"먼 입장인데예? 장가도 안 갔고 일가친척도 하나 없다믄서예?"

"그렇긴 하지만 안 돼! 난 할 일이 많은 사람이야."
 무태가 종지에 남은 소주를 마저 입안으로 털어넣고 나서 또 한 마리의 게를 잡고 뚜껑을 뜯었다. 순희가 무태가 내려놓은 술잔을 들고 말했다.
"씽! 내도 한잔 주소 고마. 속상해서 칵 취해 뿔끼다."
 무태가 빈 종지에 소주를 조심스럽게 따랐다. 순희가 대번에 잔을 비웠다.
"한 잔 더 주이소."
 어느 새 그녀의 얼굴에 이드르르 윤기가 넘쳐흐르고 있었다.
"바다에서 고기나 잡아 묵고 사는 섬사람들이 술 한잔씩 안 마시고 먼 재미로 사능교. 보소, 아저씨예, 그래 술잔에다 따르지 마고 게껍데기에 따라 주소. 술맛이 최고라예."
"그래?"
 무태가 술병을 기울여 게껍데기에 술을 반쯤 채웠다. 그녀가 게껍데기에 담긴 술을 몇 모금 마시고 나서 소반 위에 조심스럽게 내려놓는다. 순희의 얼굴이 조금 전보다 더 빨갛게 물든 것이 요염해 보이기까지 했다.
"아저씨예."
"말해 봐."
"지는예 아무래도 혼자 이렇게 노처녀로 늙어 죽을랑가 봅니더. 팔자가 고거밖에 안 될지 싶네예. 내도 여자 아잉교. 남자 생각이 와 안 나겠능교. 아무리 그래도 아부지 혼자 놔두고 뭍으로 시집 못 갑니더."
"무슨 그런 소릴! 때가 되면 좋은 남자 나타날 거야."
 그녀가 게껍데기에 남은 술을 깨끗하게 마시고 난 뒤 게껍데기를 무태에게 내밀었다.
"자, 한 잔 드소."
 술이 알큰할 만큼 오른 듯 그녀의 몸놀림이 조금 흐트러지는 느낌이었다. 그런 순희를 물끄러미 바라보며 무태가 말했다.
"순희가 술 마신 것 아버님이 아셔도 괜찮아?"
"개안소! 퍼뜩 술이나 드소."
 무태는 순희가 따라준 술을 단숨에 마셨다. 그 사이 그녀는 또 한 개의 장작을 모닥불 위에 올려놓았다. 순희가 잠깐 머뭇거리는 듯하다가 작심한 듯 물었다.

"아저씨예, 그거 해 봤능교?"

무태가 눈을 둥그렇게 뜨고 물었다.

"뭘?"

"남자 여자 둘이 만나모 하능거 안 있능교? 해 봤능교 안 해 봤능교?"

무태는 순간 아랫도리 쪽에서 욕망의 불덩이가 한번 꿈틀 용트림 치는 것을 느꼈다. 곧 무태는 뇌리에 오롯이 잠들어 있던 한줌의 기억을 찾아 타임머신을 타고 먼 옛날로 달려갔다.

무태의 나이 15살 되던 때였다. 어린 나이에도 어른들 뺨치게 백정일이 점차 익숙해지던 무렵이었다. 하루는 동네 어른들이 모두 일을 나간 사이에 푸줏간 주인의 딸이 무태에게 다가왔다. 무태보다 세 살 위인 아가씨였다. 그녀가 무태를 방으로 데리고 들어가자마자 무태의 바지춤을 홀렁 끌어내렸다. 놀라는 무태의 귀에다 대고 아가씨가 말했다.

"무태야, 우리도 아버지 엄마처럼 그거 한번 하자."

엉겁결에 무태는 아가씨에게 동정을 잃었다. 그때 처음으로 겪었던 짜릿한 느낌은 평생을 두고 잊혀지지 않고 무태의 욕정 속에서 뱀처럼 똬리를 틀고 있었다. 무태가 북파공작원으로 제대를 한 뒤 잠시 고향에 다녀온 일이 있었다. 푸줏간 주인의 딸은 동네 이장의 아내가 되어 있었다. 어머니의 한맺힌 죽음을 따지러 갔던 이장 집에서 무태는 그녀와 눈이 마주쳤지만 두 사람은 모른 척 애써 시선을 피했었다.

무태가 그때의 기억에서 빠져나와 서슴없이 대답했다.

"해 봤어."

"우예 하능깅교? 내도 좀 갈키 주면 안 되능교?"

"순희, 그런 말은 함부러 하는 게 아니야. 취했어."

"취한기 아이라예. 내는 정신 말짱하다 아입니까."

무태는 순간 목구멍 속으로 침덩이가 꿀꺽 소리를 내며 넘어가는 느낌을 받았다. 순희가 애끓는 눈빛으로 졸랐다.

"내하고도 한번 해 보입시더. 예?"

"순희, 난 이곳을 떠나면 영원히 돌아올 수 없어. 책임질 수 없는 일을 저질러 놓고 순희를 불행하게 할 순 없지."

"지가 오래 전부터 마음속으로 바라던 소원이 꼭 한 가지 있어예. 아저씨예, 책임 안 져도 개안소. 안 돌아 와도 개안소. 절대로 원망은 안 할끼라예. 노처녀로 늙어 죽어도 남자를 한번쯤은 알아야 될꺼 아잉교. 소원이라예. 내한테 아들 하나 만들어 주고 머얼리 가뿌소. 내 아저씨 원망 절대로 안 할끼라예. 내는요 아들 하나 갖는 게 평생소원이라예. 아부지 늙어 돌아가실 때까지 아들 하나 델고 이 섬에서 아부지 모시고 사는 것뿐이라예. 아저씨요, 내한테 아들 하나 낳게 해 주고 멀리 가뿌리도 내 절대 아저씨 원망 안 할끼라예. 이번에 기회를 못 잡으모 내는 평생 노처녀로 늙어 죽는기라예. 그라이께로 내한테 아들 하나만 낳게 해 주고 떠나소. 아저씨예."

순희가 술병을 들고 무태의 게뚜껑에 술을 조금 부었다. 새로 옮겨 붙은 장작에서 불똥이 탁 튀어 무태의 눈두덩을 때렸다.

"앗! 눈이."

순희가 깜짝 놀라 무태의 얼굴에 자신의 눈을 바짝 들이댔다.

"눈에 불똥 튄능교? 하이고 아프겠네. 어데 보입시더."

순희가 무태의 무릎을 타고 앉아 무태의 눈을 까뒤집어 보았다. 두두룩이 솟아오른 풍만한 젖가슴이 무태의 가슴에 물컹 와 닿았다. 순간 무태는 부르르 진저리를 쳤다.

"안즉도 아픈교? 안 아파예?"

"응, 됐어. 안 아파. 어서 저리 가서 앉어."

"아저씨예…"

순희가 또 절절한 표정으로 무태를 조르기 시작했다.

"내한테 떡두꺼비같은 아들이나 하나 만들어 주고 떠나소. 내사마 그거 하나 델고 평생 아부지 모시고 살다가 나도 이 섬에서 늙어 죽을라요. 내 절대로 아저씨 원망 안 할라요. 내는 노처녀로 늙어 죽으면 죽었지 남의 첩살이는 절대 몬합니더. 이번 기회를 놓치모 남자를 만날 기회가 다시는 안 올지 싶어예. 아저씨가 울 집에 들어와 살 때부터 내는 딴 맘 품었어예. 내 나이 낼모레면 서른이라예. 내한테 한을 안기 주지 마고 내 말 좀 들어주소. 내 말 안 들어 줄끼면 오늘 중으로 당장 우리 집에서 나가소. 아이모 아저씨 잠에 골아떨어져 잘 때 부엌칼로 아저씨 칵 찔러 직이 뿔라예."

순희는 숨가쁘게 더운 김을 뿜어내며 다그쳤다.

"자, 빨리 해 보이소. 우예하면 되능교!"

눈앞에서 출렁이는 순희의 풍만한 젖가슴이 기어이 무태의 정신을 혼미하도록 뇌쇄시키고 말았다. 이미 무태의 아랫도리는 쇠방망이처럼 껄떡대며 성을 발하고 있었다. 그녀의 살내음에 끈적끈적 소금기가 묻어나왔다. 무태가 화끈 달아오른 목소리로 말했다.

"바닥이 울퉁불퉁 돌이라서… 아파서 안 돼."

"그라모 우예능교. 이불도 없는데예. 아무렇게나 빨리 해 보소 고마."

무태의 입에서 뿜어져 나온 뜨거운 입김이 순희의 귓불을 달궈 놓았다.

"입을 벌려 봐."

순희가 입술을 열었다. 무태의 입술이 그녀의 입을 덮치자마자 무태의 혓바닥이 그녀의 입속을 해파리처럼 마구 휘젓고 다니기 시작했다. 순희의 가슴이 쿵쾅거리며 방망이 치듯 뛰기 시작했다. 어느새 그녀는 황홀경에 도취된 듯 뜨겁게 달아오른 몸을 파르르 떨면서 자지러지고 있었다. 무태가 순희의 귀에다 입을 대고 뜨겁게 속삭였다.

"손을 이리 들이 밀어 봐. 뭐가 있는지."

순희가 무태의 바지춤 속으로 손을 디밀었다. 뜨겁게 달궈진 무태의 양물이 덜퍽진 느낌으로 손바닥에 들어오자 순희는 또 한번 몸서리를 쳤다. 그녀의 이마에 땀방울이 송알송알 맺히고 있었다.

"이기 바로 그깅교? 남자들 좆이라 카능게? 말만 들었제 실지로 만져 보기는 첨이라예."

"그래…"

"이래 큰 좆이 내 속에 들어오능교."

"그래…"

무태는 그녀의 치마 속에 두 손을 집어넣고 속옷을 우악스레 끄집어 내렸다. 그리고 자신의 바지와 팬티를 내리자마자 힘껏 그녀를 들어 안았다. 무태가 그녀의 적삼을 와락 뜯어 버리자 무태의 눈앞에 순희의 붉은 젖꽃판이 활짝 드러났다. 무태가 그녀의 젖꼭지를 입에 물고 빨아대기 시작했다. 그녀가 비명을 내질렀다. 무태의 양물이 그녀의 비밀스런 통로로 무작스럽게 밀고 들어갔다. 그녀의 터질 듯한 비명소리가 파도소리와 갈매기 울음소리에 섞여 동굴 안을 찢어발기듯 했다.
　"아파요오… 살살 해요. 아저씨이… 아앗!"
　기어이 순희는 무태의 목을 끌어안고 울부짖고 말았다.
　"아이고오! 내 죽어예. 살리 주이소오!"
　쏴아! 철썩! 쏴아아, 철썩. 끼륵, 끼륵, 끼륵….
　동굴 속에서 순희와 무태의 운명은 또 그렇게 새로운 세상을 열어가고 있었다.

함박눈과 초고추장

무태는 바다가 내려다보이는 공터에서 홀로 무술 연습에 구슬땀을 흘리고 있었다. 며칠 내내 섬 마을을 통째로 집어 삼킬 듯 기세를 부리던 폭풍우와 파도는 언제 그랬냐는 듯 모래톱을 적시는 물소리만 찰싹거릴 뿐 평화롭고 조용했다. 누군가 등 뒤로 가까이 다가오는 발자국 소리에 무태는 놀리던 몸짓을 뚝 멈추었다. 발자국 소리로 보아 순희나 마을 어부들의 발자국 소리가 결코 아니었기 때문이었다.

"나야. 마카오 박이 왔다."

"소식도 없이?"

"이 섬으로 어떻게 소식을 전하겠나. 전화도 없는데. 긴장하지 마. 하루쯤 이곳에서 쉬었다 오라는 큰형님의 지시가 있었어. 네가 섬에 혼자 있는 게 염려되는 모양이야. 배에서 내려 이리로 오는 길에 웬 아가씨가 친절하게 안내해 주던데 누구지?"

"주인 영감님 딸이야."

"어제 오려고 했는데 일기예보가 시원치 않았다. 게다가 이곳에 오는 배도 흔치 않은 모양이더군. 무슨 무술인데 그리도 현란하지? 합기도나 태권도처럼 일정한 합도 없이 언뜻 보기에 잡탕 무대포 무술 같애?"

"칼리라는 필리핀 전통 무술이야. 보기엔 이래 뵈도 이 무술이 미국 CIA,

FBI, 마약 단속국이나 특전대 네이비 씰의 정식 교과목이야."

"안 익힌 무술이 없을 텐데, 그건 또 언제 어디서 누구에게 배웠냐?"

"군에 몸 담고 있을 때 우연히 필리핀 무술 교관을 사귀게 되었는데 그때 그가 보여준 칼리의 매력에 이끌리어 따라다니며 틈나는 대로 배웠지."

"강해? 네가 그토록 몰입할 만큼?"

"2차 대전때 필리핀을 점령했던 일본군이 칼리로 단련된 특수부대 말만 듣고도 36계 줄행랑을 쳤을 정도로 강하고 예리한 무술이다. 돌돌 만 신문지로 상대방의 손목을 쳐서 무력화시킬 뿐 아니라 상대의 관절을 꺾고 급소를 찌르는 수기는 다른 무술이 따라잡지 못하는 고도의 종합 격투기라고 할 수 있지. 나를 보호해 줄 수 있는 유일한 방법은 나 스스로 끊임없이 자신을 단련하는 방법밖에 없으니까."

마카오 박이 섬 주위를 둘러보면서 묻는다.

"아직도 집이 몇 채 안 되는군. 내가 몇 년 전 고깃배를 타고 잠깐 들렸을 때처럼 그대로야."

"모두 열 다섯 채뿐이다. 그나마 거의 노인들이고 젊은 사람은 아까 그 아가씨 하나뿐이야."

"아가씬 왜 이 섬에 남아 있는 거지?"

"홀아버지 모시고 있다."

"이곳에서 견디기엔 너무 적적하지 않나?"

"괜찮아. 큰형님은 딴 말 없었나?"

"아직은."

"미국엔 언제쯤 가게 되는 거지?"

"수속절차가 끝나는 대로겠지. 비공식으로 하는 일이라 좀 까다롭다고 하시더라. 뭐 빽과 돈이면 다 통하는 세상이니까."

두 사람은 자리를 옮겨 순희네집을 향해서 천천히 걸었다.

"목이 마르군. 어디 샘이 없나?"

"이곳은 샘이 없다."

"뭐라고? 그럼 물을 어떻게 먹나? 내가 전에 잠깐 머물렀을 땐 샘이 있었던 걸로 기억하는데?"

"몇 해 전까지 샘이 있었다는데 이젠 말라 버렸다는군. 이곳 사람들은 가끔씩 뭍에서 들여오는 물을 저장해서 마시기도 하지만 대체로 빗물을 받아두었다가 먹는다. 집에 가면 있어. 몰라서 그렇지 빗물도 깨끗한 물이야."

"물고기는 실컷 먹겠군. 싱싱한 회라든가."

"집에 가면 영감님이 금방 잡아온 고기가 있다. 넌 오징어회 좋아하지?"

"끝내 주지. 회라면 무엇이나."

"제대한 뒤로는 술을 자주 마시지 않다가 얼마 전 아가씨가 준 막소주 몇 잔 먹고 혼났다. 하지만 나도 이젠 소주에 익숙해졌어."

"그런 줄도 모르고 죠니 워카 큰 걸로 두 병이나 사와서 아가씨에게 맡겨뒀지."

두 사람은 곧 순희네집 마당으로 들어섰다. 순희는 커다란 함지박에서 꺼낸 새뽀얀 빨래를 한 장씩 짬질해서 빨랫줄에 널고 있었다. 엊그제 쏟아진 비로 커다란 플라스틱 통마다 빗물이 가득가득 담겨 있었다. 오늘 따라 순희는 머리를 곱게 땋아 내리고 빨간 댕기까지 매달고 있었다. 무태는 어느새 그녀를 볼 때마다 가슴이 뜨거워질 만큼 그녀를 좋아하고 있었다.

"순희, 친구가 왔는데 뭐 먹을 것 좀 줄 수 있어? 우선 물부터 한 잔."

"토마루에 올라 앉으이소. 퍼뜩 물 떠올릴께예!"

그녀가 부엌으로 종종걸음을 치고 사라졌다. 두 사람은 눈썹차양 밑 좁다란 토마루에 나란히 앉았다. 날파람이 한바탕 두 사람의 얼굴을 때리고 지나갔다. 마카오 박이 감탄하며 말했다.

"얼굴은 검지만 몸이 멋지게 빠진 섬 아가씨군."

"마카오 박, 저기 다라 속을 들여다봐라. 뭐가 있나."

마카오 박이 일어나 고무함지박 속을 들여다보고는 탄성을 내질렀다.

"우왓! 싱싱한 횟감들이 와글와글 하구만. 고기 이름은 잘 모르겠지만 이건 돔이라는 거 아니냐?"

"나도 고기 이름은 잘 모르지만 회를 떠서 주기에 먹어 보니 기가 막히더군."

순희가 사발에 물을 떠 갖고 나왔다.
"물 드이소. 빗물이라서 좀 찝찔합니더."
마카오 박이 물그릇을 받으며 말했다.
"예, 고맙소."
무태가 턱으로 가리키며 말했다.
"저쪽 함지박을 들여다봐라."
마카오 박이 물그릇을 토마루에 내려놓고 다른 함지박 속을 들여다보더니 또 탄성을 내질렀다.
"우와! 대게 아냐? 이렇게 크고 싱싱한 대게는 처음 본다. 꼬물거리는 걸 보니 아직 살아있잖아. 아가씨, 이거 돈 계산해 드릴 테니 먹게 해 줄 수 있습니까?"
"돈 안 받아도 개안소."
무태가 정색을 하고 순희를 의미 있는 시선으로 쳐다보면서 말했다.
"아버님이 고생스럽게 잡으신 거야. 걱정마. 돈은 얼마든지 있으니까."
"그래도…"
"괜찮아. 우선 회부터 좀."
"예, 그라지예."
그녀가 바가지를 갖고 나와 고기를 몇 마리 건져서 부엌으로 들어갔다. 무태가 말했다.
"여기 앉아서 바다를 내려다보면서 먹자."
"하긴 양주 안주에 회라니. 어쩐지 어울리지 않는 것 같군."
무태가 부엌에다 대고 큰소리로 물었다.
"이봐, 순희, 소주 남은 것 없을까?"
부엌에서 순희의 목소리가 물을 머금은 듯 들려왔다.
"알았어예. 소주도 갖다 드릴께예. 쪼매만 기다리소."
요즘 들어 그녀의 눈가에 이슬이 자주 맺히고 말할 때마다 울먹이는 횟수가 잦아졌다. 무태는 그런 순희를 보며 가슴이 아려오는 느낌이었다.
두 사람 사이에 잠시 침묵이 지나갔다. 마카오 박이 먼바다에 시선을 내몰고 중얼거리듯 말했다.

"무태야, 참 아름다운 곳이다. 마치 한 폭의 그림 같은 곳이야."

무태가 마카오 박의 얼굴을 돌아보며 말했다.

"이곳에서 살고 싶지 않아?"

마카오 박이 씩 웃음을 지으며 고개를 흔들었다.

"전에도 한번 와 보긴 했지만 잠깐 보기에 평화롭고 아름다울 뿐이지. 오래도록 뿌리 내리고 살 곳은 아냐. 내 생리에 이곳은 맞지 않아. 난 역시 마카오의 카지노 판에서 국제건달들의 주머니에서 돈을 긁어내는 게 생리에 딱 맞아."

무태가 담뱃갑을 꺼내 마카오 박에게 건넸다.

"내 동생 부영이 말이다. 내가 수도원에 잠깐 들렀을 때 큰형님이 전화를 주었는데 호철이와 재혼시킬 계획이라고 했다. 이야기 없든?"

"나도 그 얘긴 아직 몰라. 하지만 그렇게 되면 잘된 일 아냐?"

마카오 박이 무태가 건네준 담배를 피워 물면서 말했다.

"큰형님은 널 미국에 빨리 보낼 모양이야."

"왜?"

"김귀로 선생님이 살고 있는 집 주변을 샅샅이 숙지해야 김 선생님 부부의 신변을 실수 없이 경호할 수 있다는 큰형님의 말씀이야."

"맞는 말이다."

"넌 북파공작원 시절에도 적의 지형지물을 살피는 데는 탁월했으니 쉽사리 그쪽 지형을 숙지할 수 있을 거야."

무엇을 생각하는 것일까. 두 사람은 잠시 말을 끊고 멀리 펼쳐진 수평선 끝을 향해 눈길을 보내 놓고 있었다. 부엌에서는 순희가 부지런히 횟살을 뜨고 있는 모양이었다. 도마를 치고 그릇들이 달각달각 부딪치는 소리가 들려왔다. 무태가 보기 드물게 비장감이 밴 말투로 입을 열었다.

"마카오 박, 내가 혹 이 세상에서 사라지고 없더라도 동생을 잘 부탁한다."

마카오 박이 눈을 희번득이며 말했다.

"이놈 무태, 저승사자답지 않게 함부로 그따위 섣부른 소리 마라! 넌 저승사자야. 불사신이기도 하고. 죽다니! 말도 안 되는 소리 마라. 죽을 팔자였으면 이미 옛날에 죽었지."

"그 죽을 팔자가 때를 놓쳤다 싶어 이제야 성큼성큼 다가오는지도 모르지."

"큰형님은 네가 목숨을 그닥 소중해 하지 않는 것을 몹시 염려하는 눈치야. 쓸데없이 경거망동 마라."

두 사람의 대화가 들렸는지 부엌에서 순희가 한번 크게 코를 훌쩍거리는 소리가 무태의 가슴을 때렸다. 아이 하나만 낳게 해 주고 떠나도 조금도 원망하지 않겠다고 했지만 순희는 하루하루가 너무도 빨리 가는 느낌이 들어 초조하고 답답한 심정이 말이 아니었다. 마카오 박이 말했다.

"무태야, 무슨 생각을 그리 골똘히 하나?"

"……."

대답이 없는 무태의 눈을 힐끗 쳐다보며 마카오 박이 넘겨짚어 보았다.

"우린 지금 마약으로 조국을 취하게 하려는 빨갱이 야쿠자들과 소리 없는 전쟁을 치르고 있는 중이야. 넌 김 선생님의 신변을 무사하게 지킬 막중한 책임이 있는 것이고. 알겠냐? 천하의 무태가 왜 이렇게 마음이 여려졌냐? 너 혹시 사랑에 빠진 거 아냐? 남자가 사랑에 빠지면 마음이 약해진다던데."

마카오 박이 부엌을 향해 목을 늘어뜨려 놓고 있었다. 무태는 그런 마카오 박의 말에 전혀 아니라는 듯 말했다.

"사랑은 무슨… 약해지지 않았으니 걱정 마라. 다만 부영이와 조카 녀석이 아무 탈없이 잘 살아주기만 바랄 뿐이지. 난 이미 오래 전에 지옥에다 목숨을 저당잡힌 채 살아오고 있다."

마카오 박이 묻지도 않은 말을 늘어놓았다.

"많은 사람들이 김귀로 선생에 대해 기대를 갖고 있는 것 같아. 하긴 유명 연예인이나 변호사, 하다못해 인기 권투선수나 씨름선수들도 국회의원이 되겠다고 설치는 판이니 뭐. 너도 소문 들어 알고 있지? 강희찬 전국회의원 말이다. 그 새끼도 씨름선수로 천하를 평정하자 메스컴이 야단법석을 떨었지. 나중에는 조폭두목인 게 온 세상에 알려졌지만 말이다. 김귀로 선생은 월남전의 영웅인데다가 어린이 인질사건, 그리고 평소에도 불의와는 전혀 타협을 모르는 올곧은 성격 등, 각종 매스컴을 통해서 알려진 그분의 이야기가 국민들의 가슴에 깊이 뿌리 내린 때문일 거야."

마카오 박의 그 말에 무태는 잠잠하기만 했다. 그는 어려서부터도 자기 일에만 관심이 있지 남의 일이나 정치적인 면에는 전혀 문외한이었다. 그의 손가락 사이에서 타들어가는 담배꽁초가 위태로워 보였다. 무태가 중얼거리듯 입술을 열었다.

"원래는 대단한 싸움꾼이었다는데."

"그랬었다는군. 한때 그랬다 해도 지금은 아니니까. 무태야, 근래 들어 깊이 느끼는데 말이다. 비록 건달 짓을 하고 살아왔지만 요새는 정말 신바람이 난다. 난생 처음 행복하다는 느낌이야. 살맛난다는 게 이런 것인 모양이야."

무태가 아득하게 보이는 물마루에 시선을 보내 놓고 중얼거리듯 말했다.

"내가 미국에 가면 내 상대가 될 놈들은 어떤 놈들일까?"

"큰형님의 말을 대강 추측컨대 마약을 전문으로 취급하는 마피아 아니면 빨갱이 야쿠자가 아닐까 싶다. 네가 황금라이터 일당을 처치하고 난 이후로 놈들은 아직도 김 선생님 주변에 모습을 나타내지 않고 있어. 네가 놈들을 해치운 바로 다음날로부터 한국에서는 물론 미국에서도 김 선생님 주변을 맴돌던 놈들마저 안개처럼 사라져버렸다고 한다. 희한한 일 아냐? 큰형님 말로는 놈들이 일단 상황판단을 할 겸 잠시 어딘가에 몸을 감춘 게 틀림없다는군. 하지만 오래잖아 놈들은 다시 행동을 개시할 게 뻔하다고 하셨어."

"미국엔 나 혼자 가나? 전혀 생소한 곳이고 영어도 못하는데, 염려가 돼."

"네가 미국행 비행기를 탈 때 정보처에서 영향력이 큰 큰형님의 친구도 함께 동행한다는군."

"알고 있다."

"네가 미국의 지리도 전혀 모르고 영어가 되지 않으니까. 하지만 넌 모든 상황에 남들이 결코 따라잡지 못할 만큼 감각이 뛰어나니까 곧 익숙해 지리라 믿는다. 저승사자 무태에게 영어가 무슨 소용이겠냐."

마카오 박이 잠깐 말을 끊었다가 다시 시작했다.

"참 궁금하기 짝이 없는 게 한 가지 있다. 넌 원래 PPK 권총 한 자루뿐이었는데 어느 날부터 쌍권총을 차고 다니기 시작했어. 대체 똑같은 권총 한 자루는 어떻게 구했지?"

무태는 굳어진 얼굴을 외로 돌려놓고 무뚝뚝한 목소리로 말했다.

"그건 무덤까지 안고 가야 할 나만의 비밀이야. 앞으로는 더 묻지 마라."

"그래? 말하기 싫으면 그만둬. 넌 독일제 월터 PPK 권총이 아니면 아무리 성능이 뛰어난 최신형 권총이라도 일체 사용하지 않잖아? 이건 내 생각인데 할 수만 있다면 네가 필요로 하는 무기는 최신형으로 현지에서 구입해 쓰는 게 편리하지 않을까?"

"내가 필요로 하는 물건들은 큰형님이 수사관 친구와 의논해서 차질없이 처리하겠다고 했어. 그 문제는 걱정하지 않는다. 난 몸만 가면 된다고 했어."

"미국 수사관들은 마피아와 연계된 대규모 마약 밀매단을 일망타진하는 것이 목적이지. 마약과는 아무런 상관없는 김 선생님 개인에겐 전혀 관심 없겠지. 우리측 수사관들도 인터폴과 협조해서 이미 미국에 팀을 상륙시켰다는 유력한 정보가 있다고 했어. 뭔가 굉장한 일이 진행되고 있는 느낌이야."

무태는 마카오 박의 말에 이타저타 반응이 없다. 무태가 물었다.

"오늘은 여기서 하루 쉬었다가 간다고?"

"그래, 모처럼 친구와 함께 섬바람을 쐬면서."

순희가 회접시를 초고추장과 함께 들고 와서 소반 위에 가지런히 펼쳐 놓았다. 그녀의 눈가가 빨갛게 물들어 있는 것을 무태는 재빨리 알아차렸다. 순희가 젖은 목소리로 말했다.

"드이소. 소주도 갖고 올께예."

마카오 박이 말했다.

"고맙소. 아가씨, 아까 맡겨둔 술도 주시오."

"예."

순희가 술병을 갖다 놓고 잠깐 하늘을 올려다보고 서 있다. 오늘따라 그녀의 얼굴이 전에 없이 찌무룩하고 핼쑥해 보이는 것도 무태의 가슴을 아프게 했다. 보통 사람들은 상상할 수도 없을 만큼 거칠고 험악한 삶을 살아온 세월이지만 무태가 여자에게 이토록 유별난 감정을 가져 본 적도 없었다. 순희가 혼잣말로 중얼거렸다.
"눈이 올란갑네."
무태가 그런 순희를 향해 큰소리로 물었다.
"뭐라구? 뭐라구 혼자 중얼거렸지?"
"눈이 올 것 같다고 했어예. 이곳에는 겨울에도 눈이 오는 예가 거의 없는데예."
"비가 와야 물을 받지. 눈이 오면 뭘해?"
"눈이 와도 괜찮아예. 눈도 녹으면 물 아입니까."
마카오 박은 두 사람 사이가 어쩐지 예사롭지 않은 듯한 느낌이 들면서도 모른 척 순희에게 농을 던졌다.
"아가씨, 참 예쁘게 생겼군. 어디 중매 좀 서볼까?"
"머라꼬예? 중매예?"
"그래요. 중매."
그녀의 눈길이 무태의 눈과 파뜩 마주쳤다. 마카오 박은 재빨리 그 순간을 놓치지 않고 읽어 버렸다. 그녀가 딱 잘라 말했다.
"싫소!"
"왜요? 어디 정해 놓은 혼처라도 있소? 육지에 애인이라도 있는 거요?"
"없어예!"
"그럼, 노처녀로 늙어 죽겠단 겁니까?"
"그래요. 노처녀로 아부지 모시고 이 섬에서 평생 살다가 늙어 죽을라요. 내 소원은 그거 하나 뿐이라예."
무태는 모른 척 마카오 박의 잔에 소주를 따랐다. 마카오 박이 소주잔을 비우고 회를 한 젓가락 수북하게 집어 초고추장에 듬뿍 담근 후 입안으로 밀어넣었다. 마카오 박이 감탄했다.
"야, 오늘 기분 정말 끝내 주는군! 오랜만에 무태와 함께라서 그런가."
그제야 무태도 회부터 한 젓가락 두껍게 집어서 초고추장에 푹 찍어 입으로 가져갔다. 그가 또 탄성을 내질렀다.
"야! 이거 진짜 기가 막힌다! 언제고 시간이 나면 큰형님을 한번 이곳으로 꼭 모셔와야겠는데?"
마카오 박이 말했다.
"큰형님이 회 좋아하시는 걸 어떻게 알았지?"
"회? 회라면 사족을 못 쓴다고 수도원에 있는 표대치가 그랬어."
"모실 기회가 있으면 좋겠군. 하지만 워낙 바쁘신 분이라서."
마카오 박이 소주를 한잔 들이키고 나서 또 한 젓가락 회를 가득하게 초고추장에 찍어 입으로 가져갔다. 두 사람이 회를 맛있게 먹는 모습을 만족스러운 얼굴로 바라보고 있는 순희에게 마카오 박이 말했다.
"아가씨. 아가씨도 드셔?"
순희가 조그맣게 고개를 저으며 말했다.
"배추에 싸 잡수소. 상추가 없어예."
"글쎄, 배추고 상추고간에 아가씨도 같이 들자니까요?"
무태도 순희에게 눈짓을 보내며 함께 먹자는 시늉을 보냈다. 순희가 토마루 모서리에 외어앉았다가 무태 옆에 바짝 다가앉았다. 그 모습을 보고 마카오 박이 기겁하듯 소리쳤다.
"어? 아가씨, 왜 그 친구에게 그렇게 바짝 붙는 거요? 그놈은 서울에 처자식 있는 놈이요. 난 홀아비지만."
"예? 뭐라켓능교? 서울에 처자식이 있다고예? 그기 참말잉교?"
순희의 눈가에 훅 쓸쓸한 그림자가 스치고 지나갔다. 그 모습을 보고 가슴이 찡해 오는 아픔이 느껴지자 무태는 순희에게 억지로 웃음을 보이면서 말했다.
"농담이야. 어서 먹기나 해."
마카오 박은 순간 확신했다.
'이런, 이 자식 사고를 친 게 확실하구만…'
다시 얼굴에 웃음기를 되찾은 순희가 배추에다 회를 듬뿍 얹어 그 위에 초고추장을 넉넉하게 얹었다. 그것을 무태의 입으로 가져갔다. 무태는 마카오 박이 보는데서 어쩐지 피새난 느낌이 들었으나 잠자코 쌈을 받아먹었다. 마카오 박은 모른 척 얼굴을 딴 곳으로 외면했다. 멀리 눈 아래 펼쳐진 바다에

뜨문뜨문 고기잡이배들이 한가로이 졸고 있었다. 느닷없이 마카오 박이 순희를 불렀다.
"아가씨."
"예? 와요?"
"이 섬을 살 수도 있소?"
"뭐라 켓능교?"
"이 섬의 땅주인이 따로 있습니까?"
"여기 사는 사람들이 전부 땅 주인이라예. 와요?"
"이 섬을 살 수도 있겠나 그걸 물었소."
"이 섬은 살 수 없어예. 우리 아부지도 그렇고 다른 사람들도 섬 땅을 팔라 꼬 안 할낍니더."
"왜요?"
"조상들이 모다 이 섬에 묻혔는데 우예 조상을 팔아 묵소? 이 섬 말고예. 저 앞에 보이는 큰 섬 말이라예. 그 섬은 살 수 있을 끼라예."
"그래요? 둥그렇게 둥실 떠 있는 저 섬 말이요?"
"예, 그 섬 임자는 지금 충무에서 먼 사업한다카는데 그 섬을 팔라고 한다 캅디더. 장사하다 폭삭 망했다는 소문입디더. 그 섬에는 옛날부터 과수댁들이 많이 모여 살았는데 섬이 팔리모 갈 곳이 없겠네예."
"그래요? 저기도 샘이 없습니까? 넓이가 얼마나 됩니까?"
"저 섬에는 물이 많아예. 샘도 마이 나고 개울물도 있어예. 땅도 이 섬보다 몇 배나 커예. 그란데 돈이 울매나 마이 있다고 저래 큰 섬을 사능교?"
"그럴 만한 사연이 있어서 하는 말이오."
무태가 말문을 열었다.
"큰형님이 섬 얘길 하든?"
"응, 언젠가 큰형님이 섬을 하나 사고 싶다고 했어."
"섬을 사서 뭐하게?"
"경치 좋고 위치 좋은 섬 한 개를 사서 휴양객을 끌어들일 모양이야. 최고급 호텔과 카지노, 야외극장과 오락실을 골고루 갖춘 국제적 관광명소로 만들 계획이 있는 것 같아."

"서울 가서 큰형님에게 말해 보렴. 여기 썩 좋은 섬이 있다고."

"그래, 그래야겠는데."

"어서 먹자. 게도 몇 마리 쪄 먹자구."

순희가 또 회를 젓가락으로 잔뜩 집어서 무태의 입에 하나 가득 밀어넣어 주었다. 마카오 박이 모른 척 얼굴을 옆으로 돌렸다.

'젠장! 난 뭐야.'

조금 전에 순희가 말했던 대로 회색빛 하늘에서 눈송이가 하나둘씩 흩날리기 시작했다. 곧 바다가 가려져 안 보일 만큼 함박눈이 펑펑 쏟아졌다. 순희가 마당으로 달려가서 두 팔을 활짝 벌리고 하늘을 쳐다보며 소리쳤다.

"와! 눈 봐라. 눈이 억수로 쏟아지네. 아무래도 금년에는 이 순희가 좋은 신랑한테 시집갈란 갑데이!"

그녀가 부엌으로 뛰어들어가 다라이를 내오고 함지박이랑 귀때기둥이를 들고와서 마당에 펼쳐 놓았다. 눈을 받아 허드렛물로 쓰려는 것이다.

마카오 박이 힐끗 무태를 훔쳐보고 나서 말없이 또 술을 입안으로 털어넣었다. 함박눈은 그밤 내내 바다 가운데 떠 있는 조그마한 섬을 하얗게 덮어가고 있었다. 순희의 말에 의하면 섬에 함박눈이 이렇게 많이 떨어지는 것은 5년 만에 처음 있는 일이라 했다.

우리는 다시 만나야 해

마가오 박이 섬을 다녀간 지 석 달의 시간이 흘렀다. 무태는 가방을 들고 토마루에서 몸을 일으켰다. 따스한 봄햇살이 토마루 위에 엎드려 졸고 있는 강아지 머리 위에 소복하게 쏟아지고 있었다. 엊그제 방씨네 개가 낳은 강아지가 젖이 떨어지자마자 순희 아버지가 데려다 놓은 강아지였다. 순희 아버지와는 이미 고기잡이 나가는 새벽녘에 작별인사를 나누었다. 순희는 밤새 한숨도 못 잔 듯 퉁퉁 부은 눈에 눈물을 그렁그렁 매달고 마당 가운데 서 있다.
"울지 마."
무태가 그렇게 말했는데도 순희는 미동도 하지 않고 서 있다. 그녀의 눈에서 흘러내린 눈물이 코끝에서 잠간 머뭇거리다 발등에 떨어졌다.
"순희, 울지 마."
순희가 겨우 기어들어가는 목소리로 말했다.
"그라예. 안 울께예."
슬픔이 북받쳐 견딜 수 없는 모습이었다.
"따라나서지 마. 마음만 더 아프니까."
"배 타고 가는 거 볼랍니더."
"그러지 말라니까."
그녀가 기어이 울음을 터뜨리고 말았다.

"와 자꾸 그래예? 마지막이라 카믄서 가는 모습도 보지 말라카능교?"
"순희 마음이 더 아플 것 같아서. 무사히 돌아올 수 있도록 용왕님한테 가서 많이 빌어 줘."
"안 그래도 그랄라캅니더. 가입시더. 배 올 시간 다 돼 가예."
두 사람은 무거운 발걸음으로 선착장을 향해 한 걸음씩 발을 옮겨 놓았다. 어느새 순희의 배가 눈에 띄게 불러 있었지만 무태는 애써 고개를 외로 돌려놓고 말이 없다. 그녀가 겨우 입을 열었다.
"아들이면 좋겠는데예."
들릴락말락한 말이지만 무태의 귀에 안 들렸을 리가 없다. 무태는 여전히 입을 꾹 다물고 반응이 없다.
"……"
"보소!"
그제야 무태가 순희의 얼굴을 돌아보며 말했다.
"왜 목소리가 갑자기 커지는 거야?"
"말 좀 하소. 아무 말이라도 말 좀 해 보소. 답답해 죽겠네."
"좋은 사람 만나게 해 주겠다고 친구가 약속했어."
"싫소 고마! 지금 그딴 소리 할 땐교. 내는 고마 아들 낳아갖고 아부지캉 둘이서 늙어 죽도록 여기서 고기잡고 살랍니더. 당신 친구한테 아예 내 걱정 말라카소 고마."
무태가 마음이 너무 안돼서 위로하듯 말했다.
"순희… 어쩌면 다시 만나게 될지도 모르긴 해. 하지만 장담은 할 수 없다."
"내는 다 알아예! 여태껏 모른 척했지만서도예!"
무태가 깜짝 놀란 얼굴로 그녀를 돌아다보았다.
"안 다고? 뭘 알지?"
"당신은 사람을 죽였지예? 그래서 자수하러 갈라꼬 그라는 거 다 알아예. 그라고 당신은 예사 사람이 아닝기라예. 큰 깡패라예!"
"순희."
"저번에 당신 친구 왔을 때 말하는 거 내 부엌에서 다 들었지예. 내사 고마 모른 척하고 지내왔을 뿐이라예."

무태는 어금니를 아프도록 깨물었지만 그녀의 얼굴을 똑바로 쳐다볼 용기가 없었다. 어느새 그녀의 얼굴은 온통 눈물 콧물로 뒤범벅되어 있었다. 무태가 무거운 목소리로 입을 열었다.

"난 목숨을 저당잡히고 사는 사람이야. 언제 죽을지 언제 뭐가 어떻게 될지 모르고 사는 하루살이 같은 세월을 살아왔어."

"친구가 그랬는데예. 빨갱이 야쿠자하고 무슨 전쟁을 한다는 말이 뭐교?"

"지금은 말할 수도 없고 말해 보았자 순희는 아무것도 이해할 수 없어."

"그라모 지금 가는 곳이 어뎅교?"

"미국이라고 했잖아."

"미국에 가서 전쟁하는교? 말이 되는 소릴 해야제."

무태의 눈에서 반짝 빛이 일었다.

"앞으로 우리나라 대통령이 될지도 모르는 사람을 나쁜 놈들로부터 지키는 일이야."

"누가 대통령이 되능교?"

"그건 나중에 알게 될 거야. 우리 큰형님이 저 앞섬을 곧 사들일지도 모르는데 그렇게 되면 이 섬도 오래잖아 세상 사람들에게 많이 알려져서 사람들이 많이들 놀러올 거야. 그러면 뭍사람들은 순희를 알아보고 깜짝 놀라겠지. 이렇게 아름답고 인어 같은 아가씨가 이런 조그만 섬에 숨어 있었구나 하고 말이지. 순희의 형편과 처지를 이해하는 좋은 남자들이 너도나도 대들어 뭍으로 데리고 나갈려고 할 거야. 좋은 남자를 만나게 될 거야."

"시끄럽소 고마! 씰데없는 소리 작작하소! 미국에 가지 마고 경찰서에 가서 자수하모 우예 되능교?"

무태는 단호한 목소리로 잘라 말했다.

"안 돼!"

"와요? 와 안 되는데예? 그라고 말인데예. 대체 큰형님이 누군교?"

"그건 순희가 알 일이 아냐. 이제 고만 물어."

상황을 전혀 알지 못하면서 순희는 고집스럽게 자기 생각만 쏟아냈다.

"자수하소. 자수하란 말입니더. 내 대통령한테 찾아가서 몇 날 며칠이고 살려달라고 밥도 안 먹고 물도 안 마실 꺼라예. 살려준다고 약속 받아낼 때까지 나도 죽으믄 죽었지 아무것도 안 먹고 안 마실 끼라예. 보소, 걱정 마이소. 내가 당신을 반드시 살려내고 말 끼라예."

무태는 순희의 말에 속으로 고소를 금치 못했다. 하지만 어느 순간 눈에 띠게 불어난 그녀의 배를 힐끔 내려다보고는 한숨을 길게 쏟아냈다.

"보소, 그라고 다시는 못 본다는 말은 아예 집어치우소. 우리는요 다시 만나서 살 수 있을 끼라예! 꼭 그래 믿고 가소. 예?"

무태는 별 수 없이 그녀를 향해 고개를 끄덕였다.

"그래, 그렇게 될 거라고 믿고 가지. 순희도 몸 건강하고 용감하게 살아내야 해. 알겠지?"

그녀가 빨갛게 물든 무태의 눈을 보고 깜짝 놀랐다.

"보소, 우능교? 울지 마소. 우리는 꼭 다시 만나게 된다 말입니더."

무태가 멋쩍은 듯 재빨리 손등으로 눈물을 훔쳐내고 난 뒤 힘주어 말했다.

"그래, 내 꼭 살아서 돌아오마. 미리부터 영원히 못 만날 듯이 겁주고 말해서 미안해. 기다리고 있을 테야?"

"머라꼬예?"

"내가 돌아올 때까지 기다리고 있을 거냐구."

"그걸 말이라고 하능교? 당신 자수해서 감옥에 드가 살게 되믄사 내도 그 감옥소 옆으로 가 살지요. 생선을 이고 다니면서 팝니다. 생선 사이소오. 생선 사이소오 하고 예."

"왜 하필이면 생선장순가?"

"생선장수 지나가는 소리 나모 낸 줄 알고 당신 힘내라 이 뜻 아잉교?"

순간 무태는 무슨 생각이 났는지 그 자리에 발걸음을 뚝 세웠다.

'그렇구나! 북파 공작원답게 싸우다 죽을 땐 죽는 거고, 요행 목숨을 건져 살아남으면 살아남는 것이고. 난 어쩌면 순희와 여생을 함께 이 섬에서 보낼 수 있을지도 모르겠구나. 큰형님 말씀대로 빨갱이 야쿠자들과의 전쟁만 무사히 끝난다면, 그리고 김 선생님을 잘 지켜 낼 수만 있다면 말이지. 난 김일성

모가지를 따오도록 조국의 부름을 받았던 북파공작원 출신 군인이었어. 젠장헐!'

갑자기 무태가 하늘을 향해 고개를 꺾어 놓고 앙천대소했다.

"우 하하하하핫!"

순희가 후다닥 놀라서 무태의 팔을 꽉 움켜잡았다.

"와이카노? 갑자기 미쳤능교?"

"우하하핫!"

"갑자기 와 그래 웃어 대능교?"

무태가 그녀의 허리를 와락 끌어안았다.

"와 이카능교? 누가 보믄 우짤라고?"

"순희야, 우리는 행복하게 이 섬에서 함께 살 수 있다. 기다려. 이 무태가 빨갱이 마약 밀매단을 일망타진하고 돌아올 때까지 알겠어? 난 원래부터 빨갱이 놈들과 싸우도록 특별히 훈련받은 최고의 군인이었거든."

그녀의 얼굴이 금세 박꽃처럼 활짝 피었다.

"그래예! 내 떡두꺼비만한 아들 떡 낳고 기다리고 있을끼라예. 몸조심하고 무사히 잘 댕기오소. 하루도 빠짐없이 울 집 마당의 동백나무 밑에 정한수 떠다 놓고 천지신명님께 빌고 또 빌 끼라예."

어느새 두 사람은 선착장에 와 있었다. 무태가 속주머니에서 돈을 한다발 꺼내서 순희의 손에 쥐어 준다. 그녀가 펄쩍뛰며 마다했다.

"이 많은 돈을 와 날 주능교? 먼길 가는 사람이 갖고 가야제."

"이 돈 말고도 돈은 얼마든지 있어. 받아 둬. 아버님 보약도 한 첩 사드리고 배도 수리하고 그물도 새 걸로 사드려. 그리고 육지에 나가서 시장에서 예쁜 옷도 몇 벌 사 입구 말야."

"그래예? 참말로 그래도 되능교?"

"그럼, 되구말구."

"퍼뜩 타소. 몸 조심해야 되예. 알겠능교? 꼭 살아서 돌아오소."

"그래, 내 돌아올 때까지 아버님 모시고 잘 있어."

"예, 무사히 댕기오소오!"

이윽고 통통배가 물살을 가르며 섬을 빠져 나가고 있었다. 멀리서 언제까지나 순희가 손을 흔들고 있었다. 무태는 새삼 도끼와 권총이 들어있는 검정색 가방끈을 불끈 쥐며 어금니를 질끈 깨물었다.
　'좋아. 나는 북파공작원으로 부름받았던 대한민국 군인이었고 비록 제대는 했지만 아직도 빨갱이라면 이가 갈린다. 게다가 놈들은 마약으로 대한민국을 몽땅 오염시킬 흉계를 꾸미고 있다 이 말이지. 공연히 저승사자답지 못하게 감상에 젖어 갖고, 순희에게 눈물을 보이다니. 그렇지, 나는 빨갱이들과 싸우기 위해 극한의 지옥훈련을 이겨 낸 최고의 군인이었고 인간병기였어. 그래 마피아든 빨갱이 야쿠자 새끼들이든 어디 한번 붙어 보자. 씨이발!'
　무태의 입에서 어금니 갈리는 소리가 우두둑 새어 나왔다.

자리잡혀 가는 수도원

　개미촌 수도원의 소문을 듣고 전국에서 몰려온 장애인들과 의지할 데 없는 무의탁 노인들과 고아들, 그리고 소년소녀 가장, 심지어 행려병자들까지 뒤엉켜서 수도원은 항상 벌집 쑤셔 놓은 듯 시끄럽고 복잡했다. 개미촌 교회에서 자원봉사 나온 사람들이 수십 명이 넘는데도 접수 받으랴 옷 갈아 입히랴 한쪽에서는 똥오줌 받아내랴 술주정 받아내랴 또 한쪽에서는 밥을 해대랴 사람들은 눈코 뜰 새가 없을 만큼 바쁘게 돌아쳤다. 그러나 시간이 흐를수록 수도원은 점차로 질서가 잡히기 시작하는 추세였다. 정신이상자 몇몇이 난동을 부리는 바람에 머리가 터진 아주머니 두어 명이 피를 흘리며 위생실로 급하게 업혀 가는 등 모두들 얼굴에 비지땀을 흘리면서도 표정은 하나같이 천사를 닮아 있는 것이 참 이상했다. 힘들고 고통스럽게 고생하면서도 얼굴에 웃음기가 가시지 않은 환한 얼굴들은 왜일까…….
　종태는 구름떼처럼 박신대는 사람들 틈에서 경진을 찾았다. 경진은 땀을 좔좔 흘리면서 온몸을 흐느적거리는 한 장애아의 옷을 갈아입히고 있었다. 수도원 안은 땀냄새와 오물냄새로 머리가 지끈거릴 만큼 끈적끈적했다. 종태가 사람들 틈을 비집고 경진의 옆으로 다가갔다. 종태는 경진이 옆에 있어도 그리울 만큼 경진이 사랑스러웠다.
　"여보."

"어머? 언제 내려왔어요? 전화도 한번 안 주구."
"조금 전에 막 내려왔어."
"혼자요?"
"응, 혼자 왔어. 마카오 박이 어제 내려왔지?"
"예, 지금 사무실에 있을 걸요. 여기에 무슨 볼 일 있어요? 어맛! 애 좀 붙들어 줘요. 오줌 싸네? 아휴! 금방 속옷 갈아 입혔는데. 얼른 좀 붙잡아 줘요."
 종태는 당황했다. 문어발처럼 흐느적거리는 아이의 몸을 잡아줄 용기가 생기지 않았다. 혼자서 쩔쩔매고 있는 경진을 더 이상 내버려 둘 수도 없는 처지여서 엉거주춤 아이의 겨드랑이에 손을 집어넣었다. 종태는 온몸에 소름이 좌악 돋는 느낌이었다. 그래도 종태는 경진의 앞에서는 항상 대범한 척 또는 아무렇지도 않은 척 짐짓 헛장을 부렸다. 종태는 경진이 앞에만 있으면 어린아이처럼 순진했고 누가 보아도 나무랄 데 없는 무등호인이었다.
"아이, 여봇! 이렇게 두 손으로 애 겨드랑이를 번쩍 들어 줘야 속옷을 벗기죠. 잡고만 있으면 어떡해요!"
"엉? 그래, 알았어. 뭐 내가 언제 해 봤어야지."
 종태는 다시 용기를 내어 아이의 겨드랑이를 받쳐들었다. 눈도 입도 제멋대로 돌아가 있었고 팔도 다리도 제멋대로인 아이가 종태를 향해 아는 체를 하는 모양이었지만 종태는 이맛살을 잔뜩 찌푸리며 얼굴을 돌렸다. 그런 종태를 쳐다보며 경진은 피식 웃었다.
"하이구! 태진 아빠, 왜 얼굴을 돌리고 있어요?"
"그 애가 이쁘다고? 그게 정말 솔직한 표현이야?"
"여보, 이 아이가 귀엽지 않아요? 눈을 들여다봐요. 얼마나 초롱초롱하고 맑고 아름다운가!"
"병숙씨는?"
"배 선생님은 수현 엄마랑 식당에서 바빠요."
"신애 씨는 안 보이잖아."
"정 선생님은 위생실 근무죠. 의사 선생님과 함께 뇌염 예방주사 놓느라고 정신없어요. 전에도 말했죠? 아무개 씨 하지 말고 배 선생님, 정 선생님 이라고 하라구요."

"알았어."

아이를 다른 자원봉사자에게 건네주고 나서 경진은 종태를 따라 수도원 건물을 나섰다. 갑자기 끈적끈적한 회오리바람이 쌩하며 심술을 부리며 숲속으로 사라졌다.

"왜 왔어요? 무슨 할 말 있는 듯 하네요?"

"시간을 좀 내 줬으면 해. 나와 함께 그곳에 가면 남쪽이라 봄기운이 완연할 텐데."

"당신과 함께요? 왜요? 어딜 가자구요?"

"그래."

"어딜요?"

"며칠 전에 마카오 박이 썩 괜찮은 섬을 하나 발견하고 왔는데 같이 가 줬으면 하고."

경진이 눈을 동그랗게 뜨고 종태를 올려다본다. 경진 역시 세월의 시샘은 비껴갈 수 없었던지 어느 새 흰머리가 늘어 있었다. 종태는 경진의 눈가에 이는 햇살 같은 잔주름과 흰머리가 가슴 아팠다. 경진이 종태의 이마를 덮고 있는 반백의 머리를 쓸어올려 주며 속삭이듯 말했다.

"섬에요? 섬을 뭐하게요. 이렇게 정신없이 바쁜 중에 아이들 놔두고 놀러가자 그 말예요? 지금?"

"개미촌에서 섬을 하나 사서 관광사업을 벌여 볼까 하는데 당신과 함께 가보고 싶어서."

"관광사업요? 웬 관광사업을."

"같이 가 주겠어?"

경진이 종태의 얼굴을 살짝 꼬집어 주면서 말했다.

"같이 가구 말구요. 하늘같은 내 낭군이 섬을 통째로 사신다는데 여왕마마가 안 가 볼 수가 있겠소이까? 호호호."

"흐흐흐, 과연 내 마누라야."

"언제 갈 건데요?"

"내친김에 바로. 안 될까?"

"치! 너무 바쁜데."

"일단 배 선생님과 정 선생님을 만나 보고 와. 개미촌 참모들과 회의를 했던 사항이라 배 선생님에겐 이미 알려진 이야기야."

"그럴게요. 사무실에 가 계세요. 배 선생님을 만나 보고 올게요."

"그러라구."

종태는 수도원 사무실 문을 밀고 들어섰다. 마카오 박이 신문을 읽다 말고 얼른 자리에서 일어섰다.

"앉아라."

"예."

"외국인 관광객을 많이 끌어들이려면, 카지노 도박장은 필수적이지?"

"그렇습니다. 돈도 엄청 많이 들겠지만 유력한 정치인들과도 인맥의 다리를 놓아야 합니다. 우리나라 정치인들은 돈 생기는 일이라면 눈에 불을 켜죠. 그런데 큰형님, 무태 자식이 안타깝습니다."

종태가 화들짝 놀라서 물었다.

"뭐라고 했냐? 안타깝다고 했나?"

"설마해서 큰형님에겐 말씀드리지 않았지만 무태놈이 글쎄 섬처녀와 관계를 맺고 말았습니다."

"뭐라고? 섬처녀와 사고를 쳤단 말이야?"

"무태는 어느새 섬처녀를 사랑하게 되었나 봅니다. 무태가 여자와 사랑에 빠진다는 것도 참 희한한 일입니다."

"저런, 엉뚱한 놈 봤나. 섬처녀를 건드려서 어떻게 책임지려고."

"여자가 애걸하다시피 했답니다. 아이만 하나 만들어 주고 영원히 가버려도 결코 원망하지 않겠다고 말입니다."

"그래? 그럼 됐어!"

"예?"

"여자가 그렇게 각오했으면 됐어. 무태 책임 아니다."

"그렇군요."

종태는 미간을 잔뜩 찌푸리고 생각에 잠겼다. 아침에 받은 귀로와의 전화 내용이 자꾸만 마음에 걸렸기 때문이었다.

경진과 병숙이 사무실에 들어섰다. 병숙이 반가운 얼굴로 종태의 손을 잡았다.

"큰형님, 경진 씨에게서 얘기 들었어요."

"가 봐서 마음에 들면 말이오. 제수 씨도 함께 갑시다. 구경도 할 겸, 머리도 식힐 겸."

종태의 말에는 대답하지 않고 병숙은 엉뚱한 말부터 꺼냈다.

"미리 말씀 드리는데 수도원에서는 앞으로 큰형님을 회장님으로 부르기로 단단히 입을 모았어요. 수도원을 짓게 해 준 감사의 표시로 말이죠. 이젠 머리에 희끗희끗 잔설이 내리기 시작하고 있잖아요. 그러니 개미촌 사람들도 젊잖게 변해야죠. 어느 새 아들딸들이 시집장가 가서 아이들을 낳는 판에. 그나저나 난 섬에 가기 싫은데요."

"싫어요? 왜 싫습니까? 어차피 개미촌 공동체 명의로 사는 건데."

"내가 왜 둘 사이에 끼어들어 부부 사이의 금실을 엉망으로 만들어요? 난 안 갈 거예요. 그것보다 그 섬에 관광객을 유치하겠다고요?"

"그래요. 참모들과의 회의에서 말이 나온 대로 초현대식 위락시설을 갖춘 국제관광 명소로 만들참요. 최고 시설을 갖춘 카지노 도박장도 함께."

병숙이 뿌루퉁해서 말했다.

"그렇게 돈만 자꾸 끌어모아서 뭘 하려구요? 죽어서 갖고 갈 건가요?"

"돈은 벌어야 해요. 벌 수 있다면 얼마든지 벌어야 한다 이 말이요."

"모르겠어요. 회장님이 알아서 하는 일이니깐. 단지 회장님이 자꾸만 돈버러지가 되어 가는 느낌이 들어 마음이 안 돼서 그러는 거예요. 하여간에 전 할 일이 많아서 못 가니 둘이서 다녀오세요."

"알겠소. 둘이 다녀와서 자세히 말씀드리죠."

종태는 승용차에 경진을 태우고 수도원을 벗어났다.

음담패설 말잔치

　봄향기가 바람결에 실려 오는 따지기에 샛강의 얼음은 완전히 녹아내렸다. 엊그제까지도 흰 눈으로 하얗게 덮여 있던 산중턱에 거뭇거뭇 바위벽이 반가운 듯 얼굴을 드러내고 있었다. 동쪽하늘 끝으로 목화솜을 촘촘하게 뜯어 붙인 듯 하얀 양떼구름이 떼몰이로 몰려가고 있었고 종달새들이 하늘 높이 치솟아 날고 있었다.
　오늘은 모처럼 개미촌 식구들이 마음 터놓고 하루를 즐겁게 보낼 축제가 벌어지는 날이었다. 숯공장 개업 24주년 기념행사와 황 영감의 칠순잔치가 함께 벌어지려는 참이었다. 사람들은 모두 맞바라기 산등성이 아래 현대식으로 깨끗하게 지어진 2층 기숙사 앞마당에 새까맣게 몰려들었다. 그렇지만 일제시대 때 지어진 너와집은 헐지 않고 그대로 두었다. 고생스러웠던 시절의 기억을 지우고 싶지 않아서였다.
　사시사철 청렬한 장류수가 흘러내리는 계곡을 끼고 광활하게 펼쳐진 억새풀밭 위에다 야외용 천막도 30동을 나란히 쳐놓았다. 집채만큼이나 커다란 무쇠 솥이 한뎃부엌에 5개나 줄지어 걸려 있었다. 그 아래 계곡에서는 너럭바위 위에다 갓 잡은 돼지를 다섯 마리나 펼쳐 놓고 각을 뜨느라 사람들이 비지땀을 흘리고 있었다. 지난밤에 마신 소나기술이 덜 깼는지 주갈이 들어 연신 개울물을 퍼 마시며 너스레를 늘어놓고 있던 김 씨가 볼멘 듯이 내뱉았다.

"아, 숯불 좀 놔. 구어 먹어 가매 허지 뭐."
호물때기 최 영감이 맞장구를 쳤다.
"그려, 싸게 숯불 좀 피워 놔. 석쇠도 올려놓고 염통이랑 간 좀 구워 먹게."
거기다 대고 김 씨가 받아치듯 내뱉었다.
"간이 싱싱헌데 구워 먹긴! 날 것으루 처먹어! 이빨은 죄 빠져 갖고 오무래미 다 된 판에 고기 먹을 때 보면 굴우물에 말똥 쓸어 넣는 듯하는디. 쓰벌!"
김 씨의 말에 호물때기 최 씨가 눈알을 희번덕거렸다. 앞이빨이 몽땅 빠져 달아나서 호물때기라고 붙여진 별명이었다. 그는 유난히 화투놀이를 할 때면 이랬다저랬다 변덕이 죽 끓는 듯하는 바람에 판이 깨지기 일쑤였다. 그럴 때마다 원인을 호물때기 최 씨가 어김없이 홀랑 뒤집어쓰곤 했다. 그는 소시 적부터 부족증에 걸릴 만큼 바람꾼으로 소문이 자자했었다. 주로 여자를 밝히느라 바람을 잘 피웠지만 술바람, 노름바람으로 그렇게 가는 곳마다 취생몽사하며 바람을 몰고 다녔다. 그는 그 주근주근한 바람기 때문에 나이 50이 넘도록 빚두루마기 신세로 집 한 칸도 없이 노가다 판을 전전하며 겨우 목구멍에 풀칠하고 살았다. 그나마 숯공장에 들어오고서부터 사는 꼴이 많이 나아졌다.

몇 해 전 그는 주막거리에서 술이 얼큰한 채 낡아 빠진 50cc 오토바이를 타고 털털거리면서 밤길을 달리고 있었다. 갑자기 쿵하고 오토바이 앞바퀴가 무엇에 심하게 충돌했는가 싶었는데 순간 그의 몸이 밤하늘 속에서 한 바퀴 회전하더니 그대로 얼굴을 자갈바닥에 칵 처박았다. 그때부터 그는 앞이빨이 몽땅 빠져 달아난 채 여태껏 틀니 한쪽 해 박을 정신도 없이 살아왔다.

"저 시끼는 내 말이라면 죽자사자 나서고 지랄이여! 날것으로 처먹는 눔이나 처먹지, 날거 못 먹는 놈은 구워 먹어야 헐 거 아녀? 언눔이 쇠간도 아닌 돼지간을 날것으로 처먹대?"
정 씨가 고기에 칼집을 내면서 연신 입을 실룩거렸다. 정 씨 역시 불편하고 남볼썽도 사나운데 그놈의 머리는 뭣하러 허구한 날 뒤범벅상투인지 참 모를 일이었다. 언젠가 수도원을 지을 때 허구한 날 땡깡부렸던 목수영감의 상투와 똑같이 생겼다고, 모처럼 숯고장에 음식 장만 차 올라온 춘자가 정 씨의 뒤범

벽상투를 보고 끌끌대며 혀를 찼었다. 게다가 며칠 전부터 눈병이 심하게 나서 눈자위가 새빨갛게 충혈되어 있었다. 사람들은 그 눈병을 개씨바리라고 했고 그래서 더더욱 정 씨 옆에 가까이 가지 않으려 했다. 정 씨가 말했다.

"이빨도 읎넌 호물떼기 주제에 구워 먹는 걸 어지간히 밝히네. 아, 날걸로 먹어야 씹을 것두 없이 호물호물 잘 넘어 갈 거 아녀?"

거기다 대고 호물떼기 최 씨가 탕 하고 받아쳤다.

"아가리 닥치구 그 놈에 개씨바리나 빨리 고쳐! 괜시리 흥이야 항이야 말 참견 말구!"

그러자 아무 말도 없이 각만 뜨고 있던 박 씨가 벌떡 일어나 자리를 떴다. 말씨름들 하는 거 듣고 있을 필요없이 손수 숯불을 만들어 올리는 모양이었다. 그때 대순이와 마사지 아줌마가 앞치마를 두른 채 돼지 잡는 곳으로 달려왔다. 마사지 아줌마는 처음 숯공장 식당에 왔을 때부터 이전에 익힌 기술로 숯공장을 구경 온 여자들의 얼굴에 갖가지 화장품을 이용해 마사지를 해 주었다. 그 소문이 홍천 시장 바닥에까지 쫙 퍼져서 시골시장이지만 돈푼께나 있는 여자들이 그녀에게 마사지를 받으러 일부러 숯공장까지 찾아왔다. 그래서 언젠가부터 사람들은 그녀의 별명을 마사지 아줌마라고 붙여 주었다.

대순이가 홑치마 바람으로 다릿돌에 쪼그리고 앉아 손뼉을 치면서 좋아했다. 대순이는 표대치의 누나인데 588에 몸담고 있다가 종태의 선처로 그곳을 빠져나와 지금까지 숯공장 식당에서 일하고 있는 중이었다. 처음에 와서는 적응하기 몹시 힘들어 했으나 지금은 마음도 몸도 자리가 잡혔다.

마사지 아줌마가 너스레를 떨었다.

"하이고, 돼지고기 배 터지게 먹게 생겼네. 돼지비게가 얇아 고기가 맛있겠네. 순대도 만들어 먹어야제. 돼지는 앞다리가 맛있나 뒷다리가 맛있나?"

호물떼기 최 씨가 마사지 아줌마를 칩떠보며 물었다.

"그냥 왔어?"

"예?"

"아, 임자눈엔 이 사람들 땀 뻘뻘 흘리는 거 안 뵈?"

마사지 아줌마가 눈을 동그랗게 뜨고 대답했다.

"그란데예, 우째란 말입니꺼? 내보고 아저씨 땀 닦아 달라 그 말잉교?"
"이런 젠장, 아, 막걸리 몇 되허구 그놈에 벼락김치라도 좀 갖구 올 것이제."
대순이가 활짝 얼굴을 펴면서 말했다.
"참, 그렇군요. 내 빨리 갖고 올게요. 쫌만 기다리셔."
대순이가 천막을 친 야외식당으로 쪼르르 달려갔다. 마사지 아줌마는 남자들의 돼지각 뜨는 손길이 신기한 듯 넋을 빼고 앉아 아래쪽으로 고개를 잔뜩 떨어뜨려 놓고 있었다. 구슬 같은 땀방울을 줄줄 흘리면서 각을 뜨던 김 씨가 눈을 허옇게 치뜨며 마사지 아줌마를 향해 버럭 소리쳤다.
"아, 오므렷!"
"예? 뭐라켓능교?"
"아, 바짝 오므려!"
"뭘 오므리라 카노?"
"아, 다리 오므려. 염병헐, 벌건 대낮부터 쩍 벌리고 앉았긴 쓰벌!"
그녀가 그제야 알아듣고는 샐쭉 입술을 빼물고 대답했다.
"안 보믄 됐지 뭘 그라요? 돼지나 부지런히 잡제 남 여자 다리 벌리고 앉아 있는 꼴은 와 쳐다보노?"
"이런 젠장헐! 아, 쩍 벌린 다리 오므리라는데 무슨 말이 많어?"
"돼지나 부지런히 잡지! 먼 말이 그래 많아요? 다리를 오므리고 앉으면 불편해서 안 되겠소. 더 쩍 벌리고 앉아야지."
그녀는 일부러 다리를 더 벌리고 털썩 퍼질러 앉았다. 사람들이 모두 와르르 웃음을 터뜨렸다. 고 씨 영감이 키들키들 웃으면서 투덜대듯 말했다.
"삼년재수 옴 붙게 생겼네. 내 참 더러워서."
노재덕이 고개도 안 돌린 채 물었다.
"뭐야? 어째 삼년씩이나 재수 없다는 거야? 털 없는 년이란 잖어? 그런 소리 자꾸 나불대싸면 진짜로 3년 재수 없으면 어쩔라고 그래?"
고 씨 영감이 말했다.
"할 수 읍써. 아, 옛말에 허연 년하구 그 짓을 허면 3년 재수 읍다잖어."
돼지 각뜨는 데는 도꼭지라 소문난 노재덕이 능숙하게 칼질하며 말했다.

"엊그제 장날 숯차 타고 읍내에 잠깐 나갔다가 여주집에 들렀다더니 그년이 바로 허연년이어?"
김 씨가 끼어들었다.
"그년 에지간히 잡아돌렸던 모양일쎄. 털이 다 닳아 없어진 거지 뭐야."
호물때기 최 씨가 그 방면에는 도가 트이라도 한 듯 나섰다.
"먼 소리를 해쌌능겨! 내도 여주집에 한번 가 봤는디 털이 닳아서 없어진 게 아녀."
"뭐야? 그럼 애시당초부터 털이 없는 년이란 말야? 닳아 없어진게 아니구? 그걸 네 놈이 어찌 아냐?"
정 씨가 말했다.
"아, 닳아 없어졌으믄 밑둥거리라도 쬐께 붙어 있을 게 아녀. 이건 아예 보송보송허던데 뭘. 아예 읍써!"
김 씨가 물었다.
"그래 어쨌냐?"
고 씨 영감이 대답했다.
"허다 말았제."
"왜? 왜 허다 말어? 비싼 돈 주구 했을 텐디."
"김이 팍 새니까나루 좆대가리가 푸스스 죽어갖고 뻗데기만 해졌는디 먼 맛으로 끝까지 껍쩍댈겨?"
정 씨가 힐끗 마사지 아줌마를 쳐다보았지만 그녀는 그들의 이야기에는 아랑곳없이 돼지 잡는 모습에만 정신이 팔린 듯했다. 정 씨는 은근히 그녀를 놀려 줄 심산이 커져 버렸다. 정 씨가 그렇게 속으로 작심한 데는 나름대로 마사지 아줌마에 대해서 들은귀가 있었기 때문이었다. 정 씨가 그 방면엔 일가견이 있다는 듯 혀끝에 침을 바르며 말했다.
"몰러서 그렇제. 감칠맛은 허연년이 최고여! 뭘 모르구성."
호물때기 최 씨가 목젖이 보이도록 소리쳤다.
"저놈은 여자란 여자는 그냥 치마만 둘렀어도 대들끼여?"
정 씨가 대뜸 받아쳤다.

"하다마다. 천하에 오입장이가 단 거 쓴 거 젊은 거 늙은 거 가리냐? 볼 맛은 다 보고 다녔지. 젠장할! 허연거구 꺼멍거구 가릴께 어딨냐?"

박 씨 영감이 풍로에 파란 불꽃이 이글대는 숯불을 석쇠와 함께 가져다 바위에 올려놓았다. 박 씨가 호기심이 바짝 올라 물었다.

"무슨 말들을 씨부렁거리는 거야. 허영거구 꺼멍거구?"

"알꺼읍써. 좆대가리도 쥐좆만 해 갖고서 뭘 참견해?"

"썩을 놈이!"

호물때기 최 씨가 숯불 위에 석쇠를 올려놓고 그 위에 돼지고기랑 허파 염통 등을 골고루 섞어서 펼쳐 놓았다. 금세 지글지글 고기 익는 냄새가 계곡 주위에 확 퍼졌다. 박 씨가 식당쪽에다 대고 소리를 버럭 내질렀다.

"이봐! 뭘혀? 술 안 갖고 오능겨?"

"예, 갖고 갑니다아."

대순이가 석 되들이 큰 주전자를 들고 뒤뚱거리면서 달려오고 있었다. 그제야 마사지 아줌마가 아래로 내려가 석쇠 위의 고기를 익숙한 솜씨로 뒤집어 놓기 시작했다.

"고기가 비계가 얇고 좋네예."

"사료를 거의 안 먹이고 풀하고 쌀겨만 삶아 먹인 거라서 그려. 게다가 풀어 놓고 키웠잖어. 고기가 좀 좋겠어! 오늘 서울서 온 손님들 이 고기 맛보고 환장들허게 생겼구마."

대순이가 막걸리를 한 잔씩 따라 돌렸다.

"퍼뜩 한 잔씩 허구 서둘러야겠는디? 해가 벌써 저래 됐네 잉? 여자덜 할 건 준비 다 혔남?"

마사지 아줌마가 연신 돼지고기를 뒤집으면서 대답했다.

"내가 누군데? 하루 3, 4백명 손님 치다꺼리를 한 사람 아잉교. 우리 할 일은 일찌감치 다 준비 됐능기라. 쫌 있으모 서울에서 일할 여자들이 들이닥칠 꺼라예. 우리 할 일 걱정 말고 아저씨들이나 빨리빨리 하소 고마. 허연기고 꺼먼기고 주책들 고만 떨고."

남자들이 또 어깨를 들썩거리며 키들키들 웃어댔다. 마사지 아줌마가 이

지렁을 떨며 말했다.
"대순아, 우리도 퍼뜩 몇 점 먹고 가자. 여개 쪼매만 더 앉아 있다가는 내는 우째 됐든간에 졸지에 니마저도 허연년 될까 싶다. 퍼뜩 먹고 가자."
"그래요. 얼른 먹고 가요."
얼마 안 있어 두 여자는 식당 쪽으로 사라졌다. 언제부턴가 숯공장 남자들 사이로 그게 사실인지 거짓인지 알 수 없는 희한한 소문이 스멀스멀 기어 다니고 있었다. 그런 소리가 바람결에 밀려와 마사지 아줌마 귀에도 들어갔을 테지만 정작 그녀는 숯공장 남자들이 찧고 빻고 아망 떠는 소리에 조금도 신경 쓰는 것 같지 않았다. 정 씨가 담배를 한 대 피워 물면서 조금 전에 작심했던 말을 끄집어 냈다.
"마사지 아줌마 말여. 허영다네?"
"뭐야? 누가 봤나? 언제 누가 벌써 새치기 했어? 그게 정말야?"
"정말이래. 눈딱부리 영감이 누군헌테 전해 들었다며 내게 전해 주던데."
"설마 한두 가닥은 있겠지. 그렇게 아주 말짱 하얗단 말여?"
"아, 그렇다구 하더라니깡. 낸들 알아? 본 놈이 얘기해서 소문난 거지. 아주 그냥 백사장이더래!"
"예끼! 눈으로 보지두 못하구성. 씰데없이."
호물때기 최 씨가 끝까지 고집스럽게 우겨 대었다.
"아, 본 놈이 있으니까 그런 소문 났지. 아니 땐 굴뚝에 연기가 나?"
"글쎄, 누가 봤단 말여?"
그제서야 호물때기 최 씨마저 똑부러지게 확답을 못하고 어물어물하는 꼴이었다.
"글씨… 그게 확실치가 않은겨. 야튼 한 올도 없이 말짱 허옇다는데 뭘."
그런 해괴한 소문이 숯공장 남자들 사이에 파다하게 퍼져 있는 줄 그녀는 진즉 알고 있었다. 하지만 그런 소문에 그녀가 전혀 얼굴색 하나 변하지 않는 걸 보면 그건 말짱 헛소문일지도 모른다고 숯공장 사람들은 내심 고개를 주억거렸다.
숯공장 사람들은 먹자판만 벌어지면 습관처럼 음담패설로 말잔치를 벌인다. 무슨 목적이 있어서도 아니고 의미나 가치를 찾자고 벌이는 말잔치가 아니다. 하루종일 숯굽는 일을 하면서도 그들의 입은 돌이 매달린 듯 말이 없다. 구슬같은 땀방울만 좔좔 흘리다 잠깐 나무 그늘에 앉아 쉴 때면 금세 목덜미에 소금버캐가 허옇게 쌓인다. 달리 할 말이 없다. 술판을 벌이며 쏟아내는 음담패설마저 없다면 숯공장 사람들의 일상은 사막처럼 팍팍할 것이다. 그저 딱히 할 말이 없으니 쓸 말 못 쓸 말 다 동원하는 것 같았다. 그러나 세상에 숯굽는 남자들이라고 다 그렇게 입이 지저분하지는 않을 것이다.

칠순잔치 한복

수현 엄마는 웬지 오늘따라 숫처녀처럼 가슴이 두근두근했다.
"내가 뭐하러 내 손으로 황 영감 한복을 만들었담? 이거 만드느라고 몇 날 며칠 걸렸는고."
황 영감의 칠순잔치를 숯공장에서 벌인다는 이야기를 들은 지가 벌써 작년 겨울부터였다. 황 영감을 빼놓고 대부분 숯공장 남자들은 고향에 처자식이 다 있었지만 일가친척 하나 없는 황 영감의 처지를 환히 알고 있는 숯공장 사람들이 의논을 모아 황 영감의 칠순잔치를 치러 주기로 했고 또 그 사실을 박 씨가 종태에게 넌지시 건넸을 때 종태는 대번에
"그래요? 그거 잘됐군. 그날 개미촌 식구들도 모두 함께 축제를 합시다."
종태는 그 사실을 제일 먼저 수도원에서 일하고 있는 수현 엄마에게 알려 주었었다.
"황 영감 칠순잔치를 숯공장에서 하기로 했어. 어쩔 테야. 곰보댁도 영감한테 뭘 하나 선물해야잖어? 하루밤 가서 실컷 물고구마를 만들어 주던지. 흐흐흐."
"쓸데없는 소린 젠장! 한복이나 한 벌 떠주지 머. 내 소싯적부터 남의 집 식모 노릇헐 때 익힌 한복솜씨 있으니까. 그리고 김 씨도 인자부턴 나보고 곰보댁, 곰보댁 하지 마셔. 앞으로는 회장님이라고 부를 거여. 배 선생님이 작심하

고 그렇게 못박았으니 말이우."

"호! 그거 훌륭한 선물이 되겠군. 황 영감이 보통 좋아하지 않을 거야. 곰보댁이란 소리가 듣기 싫어졌다구? 알았어. 그럼, 내 앞으로 곰보댁이란 소리 않을게."

수현이 엄마 춘자는 그 다음 홍천 장에 나가 황 영감을 위해 한복감을 떠왔다. 밤마다 틈을 내어 앉은뱅이재봉틀을 돌리면서 한 땀 한 땀 바느질을 해서 엊그제 완성해 놓고 있는 중이었다. 황 영감에 대한 수현 엄마의 가슴은 남다를 수밖에 없었다. 겉으로 보기에야 생판 남남 같았지만 숯공장에서 속속들이 가슴 아픈 사연 서로 주고받고 살면서 웃고 울고 지내온 세월이 종태가 오기 전부터 계산하면 20여년이 넘어섰다. 행여 누가 먼저 병이라도 나면 만사 제쳐놓고 읍내로 달려가 약을 지어다 내놓는 것은 황 영감이나 수현 엄마나 차례가 따로 있는 게 아니었다. 딱 하나 피붙이인 딸 수현이가 정신병원에 죄인처럼 갇혀 있고 어느 놈의 씨앗인지도 모르는 어린 손주 녀석을 고아원에 맡겨 놓은 채 그녀는 외롭고 슬플 때마다 술잔을 앞에 놓고 홀로 한숨을 들이쉬고 내쉬곤 했다. 그럴 때마다 홀앗이인 황 영감이 남몰래 그녀를 찾아와 슬그머니 손을 꼬옥 쥐어 주곤 했다.

"사람 사는 게 어느 누구나 다 그렇구 그런 거여. 너무 속 끓일 거 없네."

얼핏 보기에 매욱스럽기 짝이 없어 보였지만 황 영감은 그 일 치르는데 만큼 실력이 대단해서 하룻밤에도 그녀를 몇 번씩이나 죽였다 살렸다 했다. 숯공장 남자들 양물이 누구 것은 어떻구 누구 것은 어디에 사마귀 같은 점이 있다는 것조차 훤히 알 만큼 그녀는 숯공장 남정네들에게는 허구한 날 목욕탕이었다. 그래도 황 영감만큼 절묘한 기술과 힘을 발휘하는 남자는 하나도 없었다. 이런 일 저런 일 세세하게 손꼽아 보아도 황 영감이 그녀에겐 유일하게 사는 낙이었다. 여러 가지 마음에 걸리는 일이 많기도 했지만 어쨌든 딸 수현이가 숯공장에 일체 올라가지 못하도록 단단히 쐐기를 박은 데에는 그녀만이 갖고 있는 속앓이가 따로 웅크리고 있었기 때문이었다.

수현이가 멀쩡한 꼴이 되어 수도원에서 좋은 사람들과 일하면서 신앙심도 월등하게 좋아 진 것은 배 선생님의 특별한 배려가 있었지만 춘자는 그것이 여간 다행스럽고 고마운 게 아니었다. 가끔 엄마를 향해 반친구처럼 우스개소리를 할 때도 있었는데 춘자는 그때마다 수현이가 행여 숯공장 남자들과 헛된 짓이나 하지 않을까 정신이 번쩍 들곤 했다.

그녀는 문갑을 열고 소중하게 모셔 놓은 조그만 손가방을 꺼냈다. 몇 달 전 서울에 다녀온 김 씨 마누라(경진)가 선물로 사다 준 화장품 셋트였다. 얼굴에 마마자국이 있어서 평생 화장이라곤 한번도 해 본 적이 없지만 그래도 이것저것 바르고 두들기며 화장을 해 보았다. 입술에 엷은 살색 루주도 발랐다. 확실히 민낯보다 나아 보였다.

수현이가 방문을 열고 얼굴을 빠꼼히 디밀었다.

"엄마, 숯공장에 언제 갈 거야? 어머, 화장도 했네? 왠 일이야."

"곧 올라가 봐야지. 어제 올라가 봤는데 할 일이 태산 같더라. 수도원도 바쁜데 내가 빠지면 밥은 누가 할까 걱정이다."

"하이고오! 엄마는 괜한 걱정을 다 허네? 아니, 밥할 사람이 엄마밖에 없어? 교회에서 자원봉사 나온 권사님들 집사님들이 얼마나 많은데."

"그래도 내일은 내가 해야 하는 건데. 나는 내일 남한테 빼앗기는 게 제일 싫타!"

"황 씨 아저씨 한복은 어쨌어?"

"싸서 트렁크 안에 넣어 놓았다. 너는 올라오지 말어. 알았어?"

"싫어! 나도 구경갈 테야. 엄마는 괜히 날 숯공장에 못 가게만 할려구 해?"

"그럼 올라와도 남자들하군 멀리 떨어져 있어. 알았어?"

"싫어!"

"뭐야?"

"박 씨 아저씨 옆에 바짝 붙어 있을 테야, 호호!"

"이년잇!"

수현이는 탕 하고 방문을 닫고 내뺐다.

"후유!"

그녀는 방바닥이 꺼져라 한숨을 토해 내었다. 지금은 정신이 멀쩡하게 된 탓에 무서웠던 지난 날의 딸의 모습은 흔적도 없이 사라졌지만 어느새 나이

삼십이 훌쩍 넘어간다 싶으니 공연히 초조함이 시도 때도 없이 가슴에 밀려왔다.

'짝을 만들어 주긴 해야 하는데….'

갑자기 그녀는 눈에다 꽃불을 켜고 머리를 절레절레 흔들었다.

'하야튼 숯공장 남자놈은 절대로 안 되는 거야.'

하기사 숯공장 남자들 나이가 거의 다 50줄을 훌쩍 넘었는데 그중에서 수현이와 짝이 될 남자를 고른다는 건 삶은 호박에 이빨도 안 들어갈 소리였다. 단지 갱충맞기 짝이 없는 숯공장 남자들한테 심심풀이로 걸려들까 봐 그게 큰 걱정거리였다. 그래서 수현 엄마는 딸은 물론이고 무태의 동생 부영이마저도 숯공장 근처에는 얼씬도 말라고 눈을 부라렸다.

그녀는 귀퉁이가 허옇게 닳아빠진 낡은 트렁크 속에서 옷보따리를 꺼내 들고 방문을 나섰다. 작년에 읍내 시장에서 병아리를 다섯 마리 사다 길렀는데 두 마리는 죽고 남은 세 마리가 나뭇광 옆에서 땅까불을 하고 있었다.

그녀는 사무실을 막 나서는 병숙이와 딱 맞닥뜨렸다. 병숙이 먼저 말을 걸었다.

"어머, 아주머니, 어디 가세요? 오호라 참, 숯공장엘 가신다 그랬죠?"

"예, 배 선생님, 오늘은 숯공장에서 일을 도와야 할 것 같네요."

"아무렴 그러셔야죠. 걸어서 올라가시려구요?"

"그럼요, 그깐 얼마 된다고. 걸어가죠."

"아녜요, 표 부장이 물건을 싣고 올라갈 거예요. 같이 타고 가세요."

"아니요, 걸어갈랍니다. 날씨도 따뜻한데!"

"그러세요. 그럼."

그녀는 옷보따리를 가슴에 안고 숯공장을 향해 걸음을 옮겼다. 상큼한 봄내음이 코끝에 묻어오는데도 가슴속은 어쩐지 여간 처량하지가 않았다.

'다행히 김 씨가 황 영감한테 전기세탁기를 한 대 사줘서 속옷 빨아 입기가 쉬워서… 김 씨 덕분에 팔자 늘어진 사람들이 수도 없이 많구나. 그 복을 어떻게 다 받고 누릴꼬.'

후다다다닥!

"우왓! 깜짝이야. 어이구, 저눔의 장끼!"

이윽고 그녀는 거우듬히 매달려 있는 황 영감의 방문 앞에 서서 인기척을 알렸다. 황 영감은 새로 잘 지어 놓은 기숙사를 마다했다. 군불을 때고 무쇠솥에다 물을 끓이고 밥해 먹는 재미가 좋아서 굳이 굴피나무집에 살고 있는 황 염감이었다.

"안에 있소?"

곧 문이 활짝 열리더니 황 영감이 얼굴을 내밀었다.

"아, 왔으면 들어올 것이지 왜 밖에 서 있능겨. 첨 온 집도 아닌디."

그녀는 방에 들어서자마자 잠깐 눈살을 찌푸렸다.

"아유, 쾨쾨한 냄새. 김 씨가 기숙사도 말끔하게 잘 지어 놓았는데 왠 고집으로 여기 눌러 사는 건지. 원! 목욕은 했소?"

"보면 몰러? 멀쑥허잖어?"

그녀가 황 영감을 새삼스런 눈길로 바라 보았다.

"허긴 말끔하게 이발도 했구랴. 그나저나 방 좀 치우고 살지. 에이그, 이거 얼른 입어 보구려."

그녀는 들고온 보따리를 황영감 앞으로 밀어놓았다. 황 영감이 오늘따라 머리를 정갈하게 빗어 넘기고 화장까지 하고 앉아 있는 수현 엄마를 새삼스러운 눈길로 바라보았다. 황 영감이 그녀와 눈길이 마주치자 잔기침을 두어 번 하더니 눈이 부신 듯 애써 얼굴을 외로 돌려놓으며 묻는다.

"뭐여? 이게."

"한복이요. 칠순잔친데 한복을 입어야지요."

"뭐여?"

황 영감이 수현 엄마가 밀어준 보따리를 풀어 보고는 눈이 휘둥그레졌다.

"이기 웬게여?"

"웬거는요. 내가 대강 눈짐작으로 만들었소. 옛날에 남의 집 식모살이 할 때 익혀 둔 바느질 솜씨로 만든 거요. 입어 봐요."

금세 황 영감의 눈자위가 벌겋게 물들었다.

"빨리 입지 않고 뭐해요. 곧 손님들이 들이닥칠 텐데."

"잠깐 나가 있어."

"뭐요? 왜 나가 있어요?"

"옷을 갈아입어야 할 것 아잉가?"

그녀는 웃긴다는 듯 황 영감을 실쭉 흘겨보고는 입을 삐죽이 내밀었다.

"차암! 별 요절복통헐 소리 다 듣겄네. 아니 언젠 내 앞에서 홀랑 벗어부치고 별의별 짓 다 하구성. 새삼스럽게시리."

"허허허, 허긴 그렇네잉."

"입어 봐요. 얼른."

황영감은 한쪽 구석으로 가서야 바지를 끌어내리고 한복으로 갈아입었다.

"조끼랑 저고리도 입어 봐요. 어서."

옷을 다 입고 난 황영감이 어린아이처럼 활짝 웃는 얼굴로 그녀를 바라보았다.

"잘 맞네요. 오래된 기억으로 마름질했는데."

"고맙소. 임자."

"내가 먼저 인사하리다. 칠순을 축하하우. 오래오래 건강하게 살구랴."

"오래 살아선 뭐해? 늙구 병들면 큰일이지."

"내 전에 그러지 않습디까. 늙고 병들면 수도원으로 오라고 말이우. 내가 잘 보살펴 줄 테니…."

황 영감의 눈에 간신히 머물러 있던 눈물이 몇 방울 뚜르르 방바닥으로 굴러 떨어졌다.

"임자…."

그녀의 눈에서도 금세 눈물이 와르르 쏟아질 것만 같았다. 그녀는 얼른 자리를 털고 일어섰다.

"다 준비하고 나오시우. 난 식당에 가 봐야 되겠소. 바쁠 테니."

그녀는 방문을 나서자마자 앞치맛자락으로 얼굴에 가득한 눈물을 닦아내었다.

'늙고 병들면 수도원에 오구랴. 내 잘 돌봐 줄게요. 영감이 옆에 있어 준 덕분에 내가 사는 맛이 있었소. 그리고 목사님이 설교 말씀에 그랬소. 하나님을 믿으면 영원히 천국에서 행복하게 산다구 합니다. 거기에는 고통도, 근심도, 고난도, 염려도, 슬픔도 없는 곳이라오. 거기는… 그러니 황 영감도 어서 하나님을 믿어야지.'

갑자기 그녀가 발걸음을 그 자리에 뚝 세워 놓고는 손바닥으로 해가림을 하고 저 아래를 내려다보았다.

"어이구! 벌써들 오네? 버스가 몇 대야. 열대나 되잖나. 하이고오! 큰일났네. 서둘러야겠어!"

그녀는 사람들이 웅성거리는 곳으로 달려가면서 소리쳤다.

"와요, 와. 사람들이 온다. 버스가 열 대나 온다아. 빨리빨리 장작불부터 지펴요. 정 씨! 정 씨는 국솥에다 물 퍼다 붓고 돼지고기는 맨 오른쪽 솥에다 넣고 푹 삶아야 해. 빨리 빨릿!"

덩실덩실 흥겨운 춤판

　버스는 마치 배추벌레처럼 이어져 억새풀 숲을 헤치고 숨차게 달려오고 있었다. 표대치의 승용차가 맨 앞에서 길을 안내하고 있었다. 표대치가 승용차를 한쪽 구석에 세워 놓고 재빨리 달려와서 버스를 유도하느라고 땀을 뻘뻘 흘리고 있었다. 제일 앞 버스에서 쏟아져 내린 사람들은 모두 여자들이었다. 모두 개미가 그려져 있는 파란 개미촌 유니폼을 통일해서 입고 있었다. 그녀들은 내리자마자 가지고온 물건들을 나누어 들고는 텐트가 쳐져 있는 곳을 향해 와글대며 몰려갔다. 두 번째 세 번째 계속 내리는 사람들도 모두가 여자들이었다. 네 번째 버스에서부터 남자들이 쏟아졌다. 여자들이 천막이 쳐져 있는 곳을 향해 달려갔다. 누군가 큰소리로 소리치고 있었다.
　"빨리들 각자가 챙겨온 그릇이나 음료수 등을 들고 텐트로 가요. 손님들이 밀어닥치기 전에 빠짐없이 준비해 놔야 해요."
　그녀는 고래의 아내 말례였다. 당뇨로 고생하고 있는 하마는 오늘 축제에 참가하지 못했다. 그녀는 핸드마이크를 입에 대고 큰소리로 외치기 시작했다.
　"빨리빨리! 그러나 침착하게요. 일사불란하게요. 손님들이 천여 명이 몰려와요. 개미촌의 여성들이여, 아름다움과 소박함과 정직과 후덕함을 보여 줄 때입니다. 몸매를 단정하게, 웃음을 결코 헤프지 말게, 예의 바르고 친절한, 우리를 보는 사람마다 개미촌의 여자들에게서 도덕성과 부유한 웃음이 넘치는 어머니를 연상하게끔…."

말례는 개미촌 여자들을 휘어잡는 울골질을 벗어나서 놀랍게도 아무도 흉내 낼 수 없을 만큼 변화되어 있었다. 그녀는 작년 봄에 신학대학을 졸업한 뒤 개미촌교회의 전도사가 되었다. 말례는 언젠가부터 개미촌 여자들 사이에 울보라고 소문났을 만큼 밤이나 낮이나 눈에 눈물을 달고 다녔다. 그녀 스스로도 오늘의 변신이 신기해서 때로 깜짝깜짝 놀랄 정도였다.

맨 마지막 버스에서 울긋불긋 풍악대가 장고나 꽹가리 등을 두들기며 쏟아지기 시작했다. 곧이어 승용차가 꼬리를 물고 이어지고 있었다. 그제야 말례도 천막이 처져 있는 천막식당 쪽을 향하여 부랴부랴 달려갔다.

숯공장 창립기념행사를 겸한 황 영감 칠순잔치로 모인 사람들은 모두 한마음이 되어 함께 먹고 춤추고 신나게 어우러졌다. 소식을 듣고 몰려온 지방주재 기자들은 물론 홍천 지역 유지들과 마을주민들, 서울에서 소식을 듣고 내려온 은행장들, 국회의원들, 사업가들, 경찰간부들뿐만 아니라 정부요직에 있는 내로라는 몇몇 얼굴들도 모두 함께 풍악에 맞춰 얼싸안고 돌아갔다.

그날만큼은 종태에 대한 호칭은 무조건 회장님이었다. 이도는 모든 개미촌 식구들에게 회장 호칭을 실수 없이 철저하게 지키도록 했다. 숯공장 사람들도 입에 밴 김 씨라는 호칭을 회장님이라고 바꾸어 부르는데 실수를 저지르지 않기 위해서 며칠 전부터 연습을 할 정도였다. 그리고 누구든 별명을 쓰지 않고 본명을 써야 할 것을 종태는 엄격하게 쐐기 박아 놓았다. 살모사도, 백상어도, 악어이빨도, 검독수리도, 고릴라도, 점백이도, 마카오 박도, 그 외에도 얼마든지 많은 별명들을 일체 입밖에 내지 못하게 했다.

오후 3시경 바쁘게 떠나는 몇몇 귀빈들을 환송해 보내고 난 뒤 잠시 한적한 곳으로 자리를 옮긴 종태는 멀리 눈 아래서 사람들의 흥겨워하는 모습을 내려다보며 새삼 가슴이 뜨거워짐을 느꼈다. 군대에서 만난 김국진의 소개로 이 숯공장을 인수했을 때는 첩첩산중이라 길도 제대로 나지 않았었다. 여기저기에서 숯가마들이 입을 시커멓게 벌리고 있을 뿐 굴피지붕을 한 토담집 서너 채뿐이었었다.

'귀로야, 이제 개미촌 숯공장도 이만큼 자리를 잡았다.'
그는 자신도 모르게 눈자위가 따가워짐을 느끼고 꿈틀 놀랐다.
'약해지는 것인가…'
종태는 곧 고개를 강하게 흔들었다. 그것은 자신이 약해지는 것이 아니라 귀로에 대한 그리움으로 잠깐 가슴이 미어져 왔을 뿐이었다.
'네가 대통령이 되겠다는 꿈을 갖고 미국에서 공부하고 있기 때문에 오늘 이 즐거운 자리에 참석할 수 없는 거야. 하지만 어쩌면 나는 영원히 너와 함께 어깨춤을 출 수 없을지도 모른다. 시냇물에서 가재를 잡아 구워 놓고 소주를 나누어 마실 일도 없을 테고 냄비뚜껑에다 소주를 따라 라면을 안주로 나누어 먹는 일은 더더욱 상상도 못할 테지.'
아직도 사람들은 휘몰아치는 장고, 꽹가리 소리에 맞춰 한데 어울려 춤을 덩실덩실 추어대고 있었다. 맨 가운데에서 학처럼 몸을 구부렸다 훅 솟구치고 또 한번 구부렸다가 두 팔을 훌쩍 펼치고 있는 사람은 황 영감이 틀림없었다. 그 앞에서 장고 소리에 맞추어 빙글빙글 엉덩이를 흔들면서 신바람나게 돌아치고 있는 여자는 수현 엄마가 분명했다. 종태는 담배를 한 개비 피워 물었다. 종태의 망막에 귀로가 활짝 웃으며 다가왔다. 종태가 가슴으로 중얼거렸다.
'설희를 겁탈했던 나쁜 놈들을 모조리 때려 눕혔던 신기의 박치기 기술은 전설적인 스라소니조차도 혀를 내둘렀을 거야. 군대 시절에서 겪어야 했던 참혹했던 분노와 참담했던 절망의 계곡을 우리는 정말 용케도 벗어나왔다. 월남에서 포로가 된 나를 구하기 위해 단신 베트콩의 숲속으로 뛰어들었던 친구야. 결국 너는 불구의 몸이 된 채 수많은 아픔의 세월을 소리 없이 울며 보내야 했었지. 그토록 치열했던 삶의 터널을 간신히 기어나와 날개 꺾인 독수리처럼 이 숯공장으로 찾아 들었을 때 난 너 모르게 얼마나 울었던지. 그리고도 우리들의 우정은 이 숯공장 속에서 더욱 돈독해졌지. 또 어린이 인질사건에 휘말렸었지. 우린 그때도 얼마나 멋지게 악마들을 부숴 버렸던가. 이어진 너의 죽음, 그때 난 살아있기를 거부했었다. 네가 없는 세상에 나 홀로 남아 있다고 생각했을 때 난 너무도 절망했었거든. 하지만 도저히 이해할 수 없는 힘에 의해 너는 기적적으로 살아났고 난 너를 살려준 신에게 감사한다는 뜻으로 저 아래 사 두었던 십만 평 땅을 서슴없이 최석천 목사에게 희사했던 거 아니겠냐. 이젠 수도원 땅이 백만 평으로 늘었지만 말이지. 지나온 날들을 돌이켜보면 마치 꿈속을 헤매는 듯하다. 귀로야, 난 대통령을 만드는데 숨은 공신이 될지는 모르지만 그 대신 친구는 잃겠구나.'

또 서너 명의 여자들이 춤꾼들 속으로 너풀너풀 뛰어 들어가고 있었다. 종태는 눈살을 잔뜩 찌푸리고 그들이 누군인가를 확인하려고 애썼다. 망원경을 준비 못한 것이 후회가 되었다.

'엇! 저건 경진이랑 병숙 씨, 신애 씨랑 고래의 마누라가 분명하군. 장애아를 하나씩 업었잖아? 노인들도 아이들도 수도원 가족들 모두가 한판 신명나게 어우러져 돌아가는군. 아름답다 저 모습이… 병숙이랑 경진이 춤추는 거 좀 봐. 역시 예쁘다, 경진이는….'

"회장님."

"춘식이냐? 아무도 없는데 회장님 소리 치워라."

"그래도 오늘만은 아닙니다. 왜 여기 홀로 앉아 계십니까. 고민이라도?"

"아니다. 여기 잠깐 앉아 봐라. 저것 좀 봐. 저 여자들 누군지 알아보겠냐?"

"예, 큰형수님하고 일도 형수님, 그리고 경찰서장 부인, 그리고… 엉? 저건 무태의 여동생 부영입니다."

"멋진 춤이야. 내 마누라가 춤추는 모습이 저토록 예쁘게 보이긴, 그것이 오늘 또 새삼스럽군."

"그렇군요. 회장님, 엇? 저것 보십시오. 고래와 마카오 박이 개미귀신한테 홀리듯 춤판으로 끌려 들어갑니다. 저것 보십시오. 이도 형님이 일도 형수님을 붙잡고 돌아가네요. 검독수리 형제도 노랭이도 와라지 김 상사도 모두 뛰어드는데요? 엇? 이 지역 군수님도 읍장님과 함께 뛰어드는데요? 저것 보십시오. 이 지역 국회의원도 신애 씨를 붙들고 잘도 돌아갑니다. 허어! 표대치마 저도…"

종태가 소리쳤다.

"춘식아, 가잣!"

"예?"

"춤추러 가자. 우리도 춤을 추러 가자."

"예, 좋습니닷. 회장님!"

두 사람은 춤판이 벌어지고 있는 곳을 향하여 흐드러진 억새풀 속으로 구르듯 달려갔다. 그날은 개미촌 식구들에겐 최대의 명절날이나 다름없었다. 종태는 뛰면서 마음속으로 작심했다. 아마도 개미촌이 존재하는 한 해마다 이 날에는 이러한 축제가 끊이지 않고 계속 될 것이라고.

<5권으로 이어집니다>